Babylon

Thomas Thiemeyer, geboren 1963, studierte Geologie und Geographie, ehe er sich selbständig machte und eine Laufbahn als Autor und Illustrator einschlug. Mit seinen Wissenschaftsthrillern und Jugendbuchzyklen, die etliche Preise gewannen, sich über eine halbe Million Mal verkauften und in dreizehn Sprachen übersetzt wurden, ist er eine feste Größe in der deutschen Unterhaltungsliteratur. Der Autor lebt mit seiner Familie in Stuttgart.

Thomas Thiemeyer

Babylon

Thriller

Weltbild

Besuchen Sie uns im Internet
www.weltbild.de

Genehmigte Lizenzausgabe für Weltbild GmbH & Co. KG,
Werner-von-Siemens-Straße 1, 86159 Augsburg

Ein Imprint der Verlagsgruppe Droemer Knaur GmbH & Co. KG, München
Umschlaggestaltung: Johannes Frick, Neusäß
Umschlagmotiv: © Johannes Frick,
Neusäß unter Verwendung von Shutterstock-Motiven
Satz: Datagroup int. SRL, Timisoara
Gesamtherstellung: CPI Moravia Books s.r.o., Pohorelice
Printed in the EU
ISBN 978-3-95569-946-8

2019 2018 2017 2016
Die letzte Jahreszahl gibt die aktuelle Lizenzausgabe an.

Meiner Familie gewidmet.
Blut ist eben doch dicker als Wasser.

Lass Sonne mein Gesicht verbrennen
und Sterne meine Träume füllen.
Bin Reisender durch Raum und Zeit,
um hinzugehen, wo ich einst war.
Treff sanften Volkes Älteste,
wie selten sie zu finden sind.
Die wartend von den Tagen sprechen,
wenn alles man zum Vorschein bringt.
(Led Zeppelin – Kashmir)

Dort vor den Toren von Babel führt ein Pfad in die Dünen.
Siehe, wie die Karawanen ziehen, Krieger in Seide und Samt.
Sie alle folgen dem Ruf in das verheißene Land.
Die letzten steinigen sieben Meilen gehst du allein,
doch kehrst du heim, wirst du ein König sein.
(Morlockk Dilemma – Der Baum)

1

Badiyat al-Jazira, Nordirak ...

Die Stufen führten senkrecht in die Tiefe. Staubig, steil und von starker Abnutzung gezeichnet. Wie das Maul eines uralten Haifischs inmitten eines Meeres aus Sand. Heulend fegte der Wind über die Stufen und bedeckte sie mit einer Schicht von Quarzkristallen, die überall kleine Haufen bildeten.

Professor Ahmad Hammadi von der Universität Bagdad kniff die Augen zusammen. Drüben bei Mossul war die Sonne aufgegangen. Über der aufgewirbelten Wüste sah er die flammenden Strahlen, die die Bergkuppen berührten und rasch nach unten glitten. Noch etwa eine halbe Stunde, dann würde die gleißende Helligkeit ihre Augen blenden.

»Was denkst du, Hasan? Ist es das, wofür ich es halte?« Das Reden fiel ihm schwer. Seine Kehle war wie ausgetrocknet. Er hatte ein Taschentuch vor den Mund gebunden, um den Sand nicht einzuatmen.

Das Gesicht seines Sohnes leuchtete in der Dämmerung.

»Wie kannst du nur fragen, Baba? Sieh dir die Stufen an, sie sind alt. Verdammt alt. Du hast es geschafft. Allah hat deine Gebete erhört.«

Ahmad schob seinen Hut in den Nacken. Trotz des kühlen Windes schwitzte er. Sein Körper glühte vor Aufregung, er fühlte sich zittrig und krank.

War es möglich? Hatte Allah ihn wirklich erhört? Er grub bereits seit so langer Zeit, dass er schon fast nicht mehr damit gerechnet hatte, fündig zu werden. Jahrelange Rückschläge, Demütigungen und Spott hatten Narben auf seiner Seele hinterlassen. Die Verletzungen reichten tief. Er wollte das Gefühl von Freude und Triumph nicht an sich heranlassen. Nicht, ehe er wirklich sicher war, dass er gefunden hatte, wonach er suchte.

Kurzentschlossen streifte er die hochgekrempelten Ärmel runter. »Ich kann nicht länger warten. Ich muss wissen, was da unten ist. *Jetzt.*«

Hasans Augen blitzten auf. »Ich hole die Lampe.«

Sein Sohn eilte rüber zum Pick-up, zog die staubige Plane von der Ladefläche und kletterte hinauf. Der portable Halogenscheinwerfer lag irgendwo zwischen all den anderen Ausgrabungswerkzeugen. Metallisches Poltern erklang, doch das störte Ahmad nicht. Es gab Momente für Stille und solche für Feuerwerk und Freudenrufe.

Er versuchte, sich das Bild einzuprägen, jeden kleinen Ausschnitt, jedes noch so unwichtige Detail. Die Staubschicht auf der Karosserie des Toyotas, der abblätternde Lack, die runtergenudelten Reifen. Der Truck hatte seine besten Jahre lange hinter sich, er wurde praktisch nur noch von Rost und frommen Gebeten zusammengehalten. Trotzdem erstrahlte er in diesem Moment in überirdischer Schönheit.

An der Anhängerkupplung hing immer noch die Kette, mit der sie die fünfzig Zentner schwere, massive Sandsteinplatte aus der Verankerung gezogen hatten. Dort, wo sie für Hunderte, wenn nicht gar Tausende von Jahren gelegen hatte. Ohne den Pick-up hätten sie sie niemals vom Fleck bewegt.

Ahmad zog sein Smartphone aus der Tasche und machte ein paar Schnappschüsse. Das Licht war schlecht, aber vielleicht würde dieser Moment einmal als eine der Sternstunden der Menschheit in die Geschichtsbücher eingehen. Wie würde er sich später ärgern, wenn ihn nicht wenigstens ein paar Bilder an diesen schicksalhaften Moment erinnerten?

Ein elektronisches Piepen erinnerte ihn an den niedrigen Akkustand. Rasch machte er ein paar Fotos, dann schaltete er auf Stand-by.

Hasan kam zurück mit Videokamera und Handscheinwerfer. Die Halogenbirne warf einen hellen Finger in den aufgewirbelten Sand. Ahmad riss ihm die Lampe aus der Hand und leuchtete in die Öffnung. Sein Sohn hatte recht gehabt, die Stufen waren alt. Viel älter, als seine schlechten Augen ihn zunächst hatten erkennen lassen. Die Art und Weise, wie die Erbauer die Platten zusammengefügt hatten, ließ erahnen, dass sie aus babylonischer oder assyrischer Zeit stammten, demnach also etwa zweitausendfünfhundert Jahre alt waren. Das musste natürlich genauer untersucht werden, aber zuerst mal war es wichtig, sicherzugehen, dass sie nicht aus Versehen einen Bunker der Terrormiliz freigelegt hatten. Die Fundstätte war antik, mehr brauchten sie im Moment nicht zu wissen.

Tief Luft holend und seinem Sohn einen aufmunternden Blick zuwerfend, senkte Ahmad seinen Fuß auf die oberste Stufe. Verlief der obere Treppenabschnitt noch in klarer Ost-West-Richtung, machte der Schacht nach etwa zwanzig Metern einen scharfen Knick in südlicher Richtung. Sehr ungewöhnlich für ein Bauwerk des alten Mesopotamien. Ein paar Stufen noch, dann traten sie in den Windschatten.

Schlagartig wurde es still. Ahmad strich mit der Hand über die gemauerten Wände, die dunkel vor Alter waren.

»Siehst du die Ziegel, Hasan? Plankonvex, genau wie früher. Seit zweitausend Jahren fertigt niemand mehr solche Ziegel an.« Er lächelte. Sein Sohn dokumentierte das Geschehen mit der Videokamera. Er würde den Film später zurechtschneiden und archivieren. Wenn erst die Schwärme ausländischer Archäologen hier einfielen, würden diese Aufnahmen der einzige Hinweis auf die wahren Entdecker sein.

Im Gegensatz zu ihm kannte sein Sohn sich gut mit Technik aus. Ahmad war in einer Zeit aufgewachsen, als Archäologie noch mit Maultieren, Klappspaten und Theodoliten betrieben wurde. Dieser ganze neumodische Kram – Camcorder, Computer, Datensticks und GPS – bereitete ihm große Probleme. Hasan war obendrein ein talentierter Filmemacher. Wie er die Blickwinkel wählte, wie er Perspektive und Licht setzte, das nötigte Ahmad Respekt ab. Ihm selbst gelang es ja noch nicht mal, bei einer einfachen Landschaftsaufnahme den Horizont gerade abzulichten.

Er löste seine Finger von der Wand und ging weiter. Die Luft wurde kühler. Ihre Schritte hallten von den Wänden wider.

Er konnte sich nicht erinnern, jemals eine solch reine Luft eingeatmet zu haben. Es war, als wäre sie über Tausende von Jahren hinweg konserviert worden, als hätten Zeit und Raum ihr nichts anhaben können. Ihm schoss der Gedanke durch den Kopf, dass schon die alten Könige diese Luft eingeatmet hatten. Hammurabi, Nebukadnezar, Assurbanipal – die größten Herrscher, die die Welt jemals gesehen hatte. Allein der Klang ihrer Namen trieb ihm einen Schauer über den Rücken.

Gewiss, die Pharaonen waren auch nicht zu verachten, aber die Wissenschaft hatte ihnen über die Jahrhunderte hinweg viel zu viel Bedeutung beigemessen. Die Herrscher des Nils waren dekadent gewesen. Sie hatten ihre Bedeutung erst im Tod erlangt und waren vor allem wegen ihrer monumentalen Begräbnisstätten berühmt geworden. Im Gegensatz zu ihnen hatte das Zweistromland zwischen Euphrat und Tigris die erste Hochkultur der Welt hervorgebracht – die Sumerer – und mit ihnen die älteste Schrift. Die Hexerkönige Babylons und Assyriens waren bereits zu Lebzeiten zu Legenden geworden und um ein Vielfaches spannender und geheimnisvoller als die Pharaonen. Während die Forschung im Zweistromland jedoch durch fortwährende Kriege und instabile Machtverhältnisse erschwert worden war, hatte das alte Ägypten vor allem in Europa regelrechte Begeisterungsstürme entfacht. Malerei, Literatur, ja selbst die Musik – alles war geprägt gewesen vom Reich am Nil. Eine Entwicklung, die bis heute anhielt und die dem Staat Ägypten jährlich Millionen von Dollar in die Tourismuskasse spülte. Zu Unrecht, wie Ahmad fand. Hatte sein Land nicht dasselbe Recht auf Anerkennung? Es war höchste Zeit für eine kulturelle Wiederentdeckung, und er, Ahmad Husin Hammadi, würde dafür sorgen, dass es so kam.

Er erreichte die Kehre, wandte sich nach rechts. Wie angewurzelt blieb er stehen. Ein gewaltiges Relief ragte vor ihm auf. Eines, wie er noch kein zweites gesehen hatte. Das

Bildnis war so ehrfurchtgebietend, dass Ahmad für einen Moment die Kamera vergaß. Erst, als Hasan ein Räuspern hören ließ, erinnerte er sich daran, dass sie immer noch auf ihn gerichtet war. Sein Herz schlug ihm bis zum Hals.

»Das ... das ist Marduk«, sagte er mit rauher Stimme. »Der höchste Gott des babylonischen Pantheons. Bekannt auch als *Asalluhi*, der sumerische Beschwörungsgott, oder *Asarualim* – Herr des geheimen Wissens. Manche nennen ihn *Enlil* – Herr des Windes – und *Enki* – Gott des Wassers. Sein Name ist Legion. Im Alten Testament wird er zu *Belial, Beelzebub* oder *Baal*, dem Gott der Unterwelt. Seine Symbole sind Spaten und zweigehörnter Drache, siehst du?« Er deutete auf den unteren Teil des Bildnisses. Eine weitere Tür war dort zu sehen, die in noch größere Tiefen führte.

»Warum der Drache?«, fragte Hasan.

»Das hat mit dem Chaosdrachenkampf zu tun«, sagte Ahmad. »In der Legende tritt Marduk gegen Tiamat, die Göttin der Salzwasserozeane, an. Er besiegte sie und spaltete sie in zwei Hälften. Aus der einen formte er die Welt, aus der anderen den Himmel. Für diese Tat verliehen ihm die anderen Götter fünfzig Ehrennamen und befestigten sie in Form von Schicksalstafeln an seiner Brust. Marduk war unumstrittener Herrscher über alle anderen Götter. Er errichtete seinen Thron in Babylon und erklärte die Stadt zum Zentrum der Welt.« Ahmads Wangen glühten vor Aufregung, während die Lampe immer neue Details enthüllte. »Siehst du das prachtvolle Gewand mit den aufwendigen Stickereien? Manch einer meiner Kollegen hat sie als Sterne gedeutet, als einen Hinweis auf Marduks Herkunft. Man könnte sie auch als Zahnräder interpretieren, also als Symbole für Technik und Fortschritt. Niemand weiß genau, was sie bedeuten. Vielleicht liefert uns die nächste Ebene einen Hinweis auf den Zweck dieses Tempels. Ich frage mich, warum man ihn in die Tiefe anstatt in die Höhe gebaut hat, so wie alle anderen …«

Mit einem zittrigen Gefühl in den Beinen setzte er seinen Weg fort. Hoffentlich war noch niemand vor ihm hier gewesen.

Viele Tempel und Grabanlagen waren über die Jahrhunderte von Dieben und Grabräubern geplündert worden. Ausgeraubt, geschleift und zurückgelassen wie ausgehöhlte Schildkrötenpanzer. *Bitte, Allah, mach, dass dieser Tempel unversehrt ist. Dafür würde ich alles opfern. Alles!*

Er betrat den Durchgang, der zwischen den Beinen des Gottes hindurch in tiefere Regionen führte. Tausend Fragen kreisten in seinem Kopf. Wieso hier? Wieso in dieser entlegenen Gegend, gut hundert Kilometer vom antiken Ninive entfernt? Und wieso unter der Erde? Der Sinn eines Tempels war doch, gesehen zu werden und Gläubige zum Gebet einzuladen. Tempel waren Stätten der Begegnung und des geistigen Austauschs. Ein *unterirdisches* Heiligtum war ein Paradoxon, für das es in der Weltgeschichte keine Entsprechungen gab. Vielleicht also doch eine Grabstätte?

Ahmad erreichte das Ende der Treppe, ging unter einem gewölbten Bogen hindurch und betrat einen Raum.

Was das Licht seiner Lampe enthüllte, machte alles noch komplizierter.

Der Saal maß etwa zehn auf fünfzehn Meter und besaß eine Deckenhöhe von mindestens vier Metern. Statt der erhofften Inschriften oder Königsbildnisse gab es nur weitere Marduk-Darstellungen. Marduk kniend, Marduk mit erhobenem Arm, die Hand zur Faust geballt, Marduk auf einem Streitwagen, gezogen von einem halben Dutzend Löwen, deren Fell mit einem Sternenmuster überzogen war. Überall Marduk.

Was um alles in der Welt war das?

»Vater, sieh mal hier drüben.« Hasans Stimme hallte von den Wänden wider. Er hatte den Raum der Länge nach durchschritten und stand am gegenüberliegenden Ende, wo sich ein besonders prächtiges Relief befand. Ahmad folgte ihm. Irrte er sich, oder war das eine weitere Tür?

Kein Zweifel, es war eine massive Pforte, die beinahe die gesamte Breite des Raumes einnahm. Sie wirkte so ungeheuer massiv, dass nicht mal eine Wagenladung TNT ausreichen würde, sie zu öffnen. Kein Hebel, kein Schalter. Nichts, was darauf hindeutete, wie man sie aufbekam. Eine feine Linie genau in der Mitte zeigte, wo die beiden Flügel auseinandergleiten konnten. Die Texte waren in Keilschrift geschrieben, wenn auch in einer Sprache, die er nicht recht verstand.

Ahmad stellte die Lampe auf den Boden, den Strahl an die Decke gerichtet. Das indirekte Licht machte es einfacher, die Inschriften zu inspizieren.

»Was hat das zu bedeuten?«, fragte Hasan, seinen Blick keinen Moment vom Display der Kamera nehmend. »Kannst du das lesen?«

Ahmad wünschte, es wäre so. Doch seine Kenntnisse reichten nicht aus. Das wenige, was er verstand, ergab keinen Sinn.

»Irgendetwas mit neun Ebenen«, sagte er, mit dem Finger über die Zeichen wandernd. »Die Zeichen berichten über Zwietracht und Hass. Sie sprechen von der Erweckung eines erleuchteten Wesens. Und auch hier geht es wieder um Marduk. Immer Marduk, siehst du?«

Als seine Hände die glatte Oberfläche des Sandsteins berührten, glaubte er ein feines Summen zu spüren. Eine sanfte Vibration, die direkt aus dem Fels zu kommen schien. Hasan bemerkte, dass etwas nicht stimmte.

»Was ist, Baba?«

»Pst.« Ahmad trat an die Pforte und presste sein Ohr an den Sandstein. Irrte er sich, oder hörte er da ein entferntes Brummen? »Seltsam«, sagte er. »Gib mir die Kamera. Versuch du mal herauszubekommen, was das ist. Deine Ohren sind feiner als meine.«

Hasan tat, was sein Vater von ihm verlangte, und lauschte. Mit seinen fünfzehn Jahren war er bereits einen Kopf größer.

Nach einer Weile schüttelte er den Kopf. »Klingt wie eine Maschine«, sagte er. »Als würden sich Räder in der Wand bewegen. Und sieh mal hier ...« Er deutete auf eine seitliche Vertiefung, die Ahmad bisher verborgen geblieben war. Er nahm seinem Vater die Kamera ab und reichte ihm wieder die Lampe. »Was ist das?«

Ahmad trat näher und inspizierte das Loch. Die Öffnung war so groß wie eine Schreibmaschine und unregelmäßig geformt. Im hinteren Teil befanden sich kreisförmige Vertiefungen, die einander überschnitten. Es war ganz eindeutig, dass hier etwas hineingehörte. Eine Art Schloss vielleicht? Oder ein Öffnungsmechanismus?

Ahmad ließ den Kegel seiner Lampe durch den Raum schweifen. Da war nichts. Was immer hier drin gewesen war, man hatte es vor langer Zeit entfernt.

Inzwischen war er ziemlich sicher, dass dies kein Tempel war. Eine Grabstätte vielleicht. Aber für wen? Es gab keinen Hinweis auf einen Toten. Es sei denn, Marduk selbst läge hier begraben. Aber eine Grabstätte für einen Gott?

Ahmad streckte den Finger aus und berührte die metallenen Kontakte in der Vertiefung.

In diesem Moment verlosch das Licht.

2

Neunzig Kilometer nördlich ...

Eine Kolonne von Fahrzeugen bretterte in östlicher Richtung über die staubige Piste. Fünf Humvees und ein gepanzerter Truck der Marke Stewart & Stevenson. Ihr Ziel war das Dorf Al-Hawl, etwa fünfundzwanzig Kilometer von Hasaka entfernt. Die Hauptstadt der Region al-Dschazira lag im Nordosten von Syrien, im kurdisch kontrollierten Teil des Landes, nur wenige Kilometer von der irakischen Grenze entfernt. Gestern, in den späten Abendstunden, war eine Meldung über Funk hereingekommen, dass einzelne Verbände der IS-Milizen gesehen worden seien, die in Richtung des Dschabal Sindschar zogen. Vermutlich wollten sie sich irgendwo in den langgestreckten und verkarsteten Höhen des Bergrückens verschanzen. Bereits 2014 hatte der Dschabal Schlagzeilen gemacht, als Tausende jesidische Kurden vor den anrückenden sunnitischen Terrorgruppen in die Berge geflohen waren. Dort hatten sie sich mit Unterstützung der Peschmerga verschanzt. In den anschließenden Gefechten hatten die Streitkräfte der autonomen Region Kurdistan die IS-Milizen mit Unterstützung des US-Militärs zwar zurückgedrängt, doch offenbar war das nur ein Pyrrhussieg gewesen. Teuer erkauft und wenig effektiv. Mit dem heutigen Tag war klar, dass die Terrorbrigaden wieder da waren.

Leslie Rickert vom BBC World Service duckte sich auf

ihrem Sitz zusammen. Sie hatte keine Lust, mit dem Kopf gegen das Dach zu knallen. Der Untergrund war voller Schlaglöcher und Bodenwellen. Alan, ihr Kameramann, saß rechts von ihr und prüfte die Aufnahmen, die sie in den frühen Morgenstunden in Hasaka gemacht hatten. Wie er bei diesem Krach arbeiten konnte, war ihr ein Rätsel.

Die Luft im Humvee war trotz Klimaanlage stickig. Der Staub drang überall ein, selbst in ihren Mund. Sie nahm einen Schluck aus der Feldflasche, um den ekligen Geschmack loszuwerden. Der September war dieses Jahr wieder besonders trocken.

Draußen war die Sicht schlechter geworden. Wind hatte eingesetzt und blies den Sand frontal vor die Windschutzscheiben. Leslie sah Bremslichter im Dunst aufleuchten. Sie spürte, wie ihr Fahrer in die Eisen stieg.

»Dreckswetter.«

Der Einsatzleiter, Major James Faulkner, wirkte sichtlich ungehalten. Ob das Wetter daran schuld war oder der Befehl, zwei BBC-Reporter mitzunehmen, wusste Leslie nicht. Es war ihr auch egal. Faulkner war kein Mann, mit dem man sich gerne unterhielt. Verschlossen, zugeknöpft, arrogant – genau wie all die anderen GIs in seinem Gefolge. Erste US-Panzerdivision Amman. *Old Ironsides.* Ganz harte Burschen. So sahen sie sich selbst jedenfalls gerne. Leslie ging dieses Machogehabe am Arsch vorbei.

»Alles in Ordnung dahinten?« Faulkner drehte sich zu ihnen um und sah sie an. Seine Augen waren klar wie Bergseen.

»Alles in Ordnung«, sagte Leslie. »Danke, dass wir bei Ihnen mitfahren dürfen.«

Faulkner winkte ab. »Freuen Sie sich nicht zu früh. Gut möglich, dass wir unverrichteter Dinge umkehren müssen.«

»Warum?«

»Bei dieser Sicht ist ein Einsatz viel zu gefährlich. Vielleicht haben die *Reaper* mehr Glück. Aus der Höhe ist die Sicht besser.« Er machte eine Pause, dann fragte er: »Wie lange sind Sie schon Reporterin?«

Leslie zog eine Braue in die Höhe. »Fünfzehn Jahre insgesamt. Zehn davon im Nahen Osten. Warum?«

»Und davor?«

»Hauptsächlich Südafrika.«

»Dann werden Sie ja einiges zu sehen bekommen haben.«

Leslie schwieg. Sie hatte keine Lust, Kriegserlebnisse auszutauschen. Spätestens übermorgen würden sich ihre Wege trennen. Welchen Sinn machte es da, vertraulich zu werden?

Doch Faulkner ließ nicht locker. »Was hält man denn in Europa so von unseren Einsätzen? Könnte mir vorstellen, dass viele sich beklagen, wir US-Militärs würden uns wieder als Weltpolizei aufspielen. Habe ich recht?«

»Wenn Sie es schon wissen, warum fragen Sie dann?«

»Ich würde es nur gerne bestätigt bekommen. Sie sitzen doch an der Quelle.«

Leslie seufzte. Wollte der Typ jetzt ernsthaft eine politische Diskussion mit ihr anfangen? Das hatten schon einige versucht und meistens den Kürzeren gezogen. Wenn sie einmal in Fahrt war, konnte nichts sie aufhalten.

»Und?« Faulkner sah sie neugierig an.

»Die Meinungen gehen auseinander«, sagte Leslie vorsichtig. »Wie Sie bestimmt wissen, gibt es bei uns, im

Gegensatz zu den USA, viele linksgerichtete und pazifistische Strömungen.«

»Was Sie nicht sagen.« Faulkner verzog den Mund, als hätte er in eine Zitrone gebissen.

»Wobei das kein Widerspruch ist«, konterte Leslie, der das Schwarz-Weiß-Denken der Amerikaner gehörig auf die Nerven ging. Im Gegensatz zum Rest der Welt schienen die Cowboys immer genau zu wissen, wer der Böse war.

»Man kann gegen den Krieg sein und sich trotzdem für eine militärische Lösung aussprechen. Man muss es nur richtig machen.«

Er kräuselte amüsiert die Lippen. »Ist das so?«

»Aber ja. Nehmen Sie Afghanistan 2001, Irak 2003, Libyen 2011 – alles Fehlschläge. All diese Einsätze haben ein Blutbad unter der Zivilbevölkerung angerichtet und terroristische Gegenschläge provoziert. Genau das Gegenteil von dem, was beabsichtigt war.« Sie sprach leise und beherrscht. »Trotzdem bin ich der Meinung, dass militärische Gewalt das einzige Mittel ist, um dem IS das Handwerk zu legen. Diese Köpfeabschneider verstehen einfach keine andere Sprache.«

»Dann sind wir ja einer Meinung«, sagte Faulkner und lehnte sich zufrieden zurück. Vermutlich glaubte er, das Gespräch wäre damit beendet.

»Nein, sind wir nicht«, sagte Leslie mit ironischem Lächeln. »Jedenfalls nicht, wenn wir die Dinge zu Ende denken. Im Gegensatz zu Ihnen bin ich nämlich der Meinung, dass die westlichen Nationen hier nichts verloren haben.«

Faulkner lupfte eine Braue. »Wovon reden Sie?«

»Na, von den Luftschlägen. Von den Kampfjets, den Drohnen und den Bombern der Air Force. Das Weiße Haus und das Pentagon scheinen geradezu besessen von Lufteinsätzen zu sein. Sie glauben wohl, damit ließe sich alles lösen. Dabei ist es nur ein fauler Kompromiss. Wirksam fürs Fernsehen und für den Wahlkampf, höchst uneffektiv, wenn es darum geht, Probleme zu lösen.«

»Ich fürchte, Sie reden da über Dinge, von denen Sie keine Ahnung haben.«

»Nein?« Sie lächelte grimmig. Sie spürte, dass sie langsam in Fahrt geriet. »Wissen Sie, ich habe vor einiger Zeit ein Interview mit General David Richards geführt, dem ehemaligen Kommandeur der Britischen Landstreitkräfte. Wissen Sie, was er mir gesagt hat? Er fragte mich, ob mir bekannt sei, dass noch niemals ein Krieg aus der Luft gewonnen wurde. Lufteinsätze erweckten zwar den Eindruck, man habe alles im Griff, aber sie nützen bestenfalls zur Vorbereitung eines Landeinsatzes. Sein Motto war: *Boots on the ground, Stiefel auf den Boden.* Ohne Landtruppen ist auf Dauer kein Frieden zu machen. Wie gesagt: seine Worte, nicht meine.«

Faulkner warf ihr einen unfreundlichen Blick zu. Offenbar hatte er nicht mit so viel Gegenwehr gerechnet.

»Sie widersprechen sich«, sagte er. »Eben haben Sie gesagt, keine weitere militärische Intervention, jetzt reden Sie von Bodentruppen. Was denn nun?«

»Ich habe gesagt, keine *ausländischen* Bodentruppen.«

»Wem wollen Sie denn die Verantwortung übertragen, der irakischen Armee?« Er lachte zynisch.

»Natürlich nicht.« Leslie blieb völlig ernst. »Ist das denn

wirklich so schwer zu begreifen? Es gibt doch genug Bodentruppen um uns herum. Überall. Gut ausgebildete Leute, mit dem Willen und der Fähigkeit, sich den IS-Truppen entgegenzustellen.«

Jetzt sah Faulkner wirklich überrascht aus. »Reden Sie etwa von den Kurden?«

»Von wem denn sonst?«

Er schüttelte den Kopf. »So einen Unsinn muss ich mir nicht anhören ...«

»Dann hätten Sie nicht fragen sollen«, erwiderte Leslie schnippisch. »Meiner Meinung nach sollten wir sowohl die Peschmerga als auch die kurdischen Volksverteidigungseinheiten mit allem versorgen, was wir haben. Panzer, Aufklärungsfahrzeuge, Artillerie, satellitengestützte Boden-Luft-Einheiten. Und zwar *State of the Art.* Nicht dieser billige Scheiß, den ihr den Irakis aufs Auge gedrückt habt. Derselbe Scheiß übrigens, den der IS sich unter den Nagel gerissen hat und der uns jetzt um die Ohren fliegt. Die Kurden mit Waffen auszurüsten, ist das Beste, was wir tun können.«

Der Major schüttelte den Kopf. »Man merkt, dass Sie keine Militärexpertin sind. Wir können so ein Volk nicht mit Hightech-Waffen ausrüsten. Die Türken stufen sie als Terroristen ein ...«

»Die Türken, natürlich.« Leslie schüttelte den Kopf. »Und dass sie das vielleicht nur aus innenpolitischen Interessen tun, ist Ihnen noch nicht in den Sinn gekommen? Ich muss mich doch sehr wundern ...«

»Nachdem jetzt auch noch die Sowjets mitmischen, würden wir mit den Kurden einen weiteren unkontrollierbaren

Machtfaktor in dieser Region schaffen«, sagte Faulkner. »Einer Region, die jetzt schon unüberschaubar ist.«

Leslie spürte, dass die Emotionen in ihr hochkochten. »Ich mag keine Militärexpertin sein«, sagte sie mit leiser Stimme, »aber ich besitze genügend Menschenverstand, um die Dinge nüchtern zu betrachten. Wenn ich Ihre Erinnerung mal ein bisschen auffrischen darf: Die Kurden haben erfolgreich verhindert, dass die Städte Erbil und Kirkuk in die Gewalt der Dschihadisten gefallen sind. Sie haben Kobane praktisch im Alleingang vor dem Sturz bewahrt. Die türkischen Panzer standen damals auf der anderen Seite der Grenze und haben nicht eingegriffen. Können Sie sich vorstellen, was dieses Volk empfinden muss? *Peschmerga* heißt wörtlich übersetzt: *Die dem Tod ins Auge sehen.* Und das tun sie, wortwörtlich, indem sie in die Läufe der Waffen von Soldaten sehen, die sie eigentlich unterstützen sollten.«

»Ich weiß, was Peschmerga heißt, ich brauche keine Geschichtslektion von Ihnen.«

Leslie hielt seinem Blick stand. Endlich stieg der Typ mal von seinem hohen Ross herunter. In der Branche hatte sie den Ruf, eine Zecke zu sein. Jemand, der sich in eine Sache verbiss und erst aufhörte, wenn das Wirtstier tot umfiel. Faulkners Gesichtsausdruck nach zu urteilen, war er soeben zu derselben Erkenntnis gekommen. Doch Leslie ließ nicht locker.

»Ich will die Verdienste der kurdischen Truppen – zu denen übrigens auch Frauen gehören – gar nicht im Einzelnen aufzählen«, sagte sie. »Da säßen wir noch morgen hier. Allerdings werden sie dem IS auf Dauer nichts entgegensetzen können. Nicht, wenn wir ihnen ständig in den Rücken fallen. Außerdem – und das ist der wohl wichtigste Punkt – sind wir es ihnen schuldig.«

»Wem schuldig, *den Kurden?* Erklären Sie mir das.«

Leslie holte tief Luft, ließ es dann aber. »Vergessen Sie's«, sagte sie.

Sie hätte ihm erzählen können, dass die Kurden sich vom Westen verraten und im Stich gelassen fühlten – und das mit Recht. Sie hätte erzählen können, dass sie, mit rund dreißig Millionen Menschen, die größte staatenlose Minderheit der Welt waren. Dass sie aufgeteilt zwischen der Türkei, Iran, Irak und Syrien lebten. Dass sie von den einen bombardiert, von den anderen hingerichtet, vergast und belagert wurden. All das wusste Faulkner. Trotzdem war er zu anderen Überzeugungen gelangt. Mit so jemandem zu diskutieren war sinnlos. Also schwieg sie. Und Faulkner tat das auch.

Auf einmal erschien ein Lächeln auf seinem Gesicht. Seine wasserblauen Augen bekamen einen sanfteren Ausdruck.

»Wissen Sie, ich bin nur ein einfacher Soldat«, sagte er. »Ich werde nicht fürs Denken bezahlt. Sunniten, Schiiten, Juden, Kurden, Palästinenser, Peschmerga, IS – da blickt doch keiner mehr durch. Wenn Sie mich fragen, diese ganze Region, bis rüber zum Mittelmeer, ist von kollektivem Wahnsinn befallen. Und das nicht erst seit gestern. Seit Tausenden von Jahren leben die Menschen hier im Unfrieden. Ich bin höchst skeptisch, was den Erfolg dieser Militäroperationen betrifft. Vielleicht können wir das Leid der einen oder anderen Gruppe etwas lindern, lösen werden wir diesen Konflikt damit nicht. Da ist etwas in den Köpfen der

Menschen, das sie einfach nicht zur Ruhe kommen lässt ...« Er richtete seinen Blick nach draußen.

Leslie nickte. Sie wusste, wovon er sprach. Nach all den Jahren, die sie in diesem Land lebte, war sie dem Grund für Hass und Gewalt keinen Schritt nähergekommen. Warum hier, warum der Nahe und der Mittlere Osten? Was war es, das Stamm gegen Stamm kämpfen ließ, Volk gegen Volk, Religion gegen Religion? Und wie Faulkner ganz richtig sagte: Das geschah nicht erst seit gestern.

Sie war so in Gedanken versunken, dass sie den Fluch, der aus der Fahrerkabine kam, erst ein paar Augenblicke später registrierte. Sie begriff zunächst nicht, war vorgefallen war. Bis ihr klarwurde, dass der Motor ausgegangen war. Und nicht nur der Motor, offenbar war die gesamte Elektronik betroffen. Displays, Klimaanlage – alles tot.

Der Fahrer hatte Schwierigkeiten, das Lenkrad gerade zu halten. Klar, auch die Servolenkung wurde elektrisch gesteuert. Unaufhaltsam zog der Wagen nach rechts. Genau auf den Graben zu.

»Festhalten«, schrie Faulkner.

Das Fahrzeug machte einen Satz, sprang etwa einen Meter in die Höhe und landete mit dumpfem Krachen auf der anderen Seite. Alan versuchte krampfhaft, die Kamera festzuhalten, konnte aber nicht verhindern, dass die Tasche mit dem Laptop zu Boden fiel. Leslie hörte ihn fluchen.

Ein paar Meter weiter kam das Fahrzeug endlich zum Stillstand. Der Fahrer, ein junger Bursche von vielleicht dreiundzwanzig Jahren, war bleich vor Schreck. Er brauchte einen Moment, um sich zu berappeln, dann versuchte er, den Motor zu starten. Ohne Erfolg.

»Meldung, Gefreiter Higgs«, sagte Faulkner.

»Die Zündung ist ausgefallen, Sir. Keine Ahnung, was da los ist. Ich kann nicht starten, sehen Sie?« Er drehte den Schlüssel herum, doch nichts geschah.

»Nur ruhig«, sagte der Major. »Ist ja nichts passiert. Lassen Sie mich mal.« Er langte rüber, zog den Schlüssel ab und steckte seinen eigenen hinein. Noch immer gab die Zündung keinen Mucks von sich. »Seltsam«, sagte er. »Scheint was Grundlegendes zu sein. Mal sehen, ob die anderen uns helfen können.«

»Das bezweifle ich.« Leslie deutete nach draußen.

Überall waren die Fahrzeuge liegengeblieben. Soldaten stiegen aus und standen ratlos um die Autos herum.

Faulkner presste die Lippen zusammen.

»Sie beide bleiben hier, ich werde mal nachsehen, was da los ist. Higgs, Sie begleiten mich.« Er öffnete die Tür. Sofort fegte ein Schwall Sand und Staub in den Wagen.

Leslie sah, wie die beiden Männer zu den anderen hinübergingen. Sie umrundeten die Fahrzeuge, sprachen miteinander und gestikulierten heftig.

Noch immer wütete der Wind. Er rüttelte an der Karosserie und pfiff über das Dach hinweg. Die Geräusche hatten etwas Beunruhigendes. »Komm schon, Alan. Das ist unsere Chance. Lass uns ein paar Aufnahmen machen.«

Alan schüttelte den Kopf. »Keine Chance, Les. Das Ding ist tot.«

Sie öffnete den Mund. »Erzähl keinen Scheiß.«

»Tot wie ein Stein, sieh selbst.« Er reichte ihr das fünfzehntausend Pfund teure Hightech-Equipment. Sie drückte ein paar Knöpfe und schaute auf das Display. Die Schwärze hatte etwas Endgültiges.

»Bist du sicher, dass du das Teil heute Nacht aufgeladen hast?«

Er sah sie beleidigt an.

»Wie sieht es mit den Ersatz-Akkus aus?«

»Habe ich schon versucht. Alle tot.«

»Aber das gibt's doch nicht. Wie kann das sein?«

»Keine Ahnung. Der Laptop ist auch hinüber.«

»Was?« Sie fummelte an ihrer Weste herum. »Moment mal, ich habe ja noch mein iPhone.« Sie öffnete die rechte Brusttasche und holte ihr Handy heraus. Das Display war schwarz wie Obsidian. Draußen wurde immer noch heftig palavert.

Sie fluchte leise. Der Redaktionsleiter würde ihr das Fell über die Ohren ziehen. Eine Weile starrte sie in den Sturm, dann setzte sie ihre Baseballkappe auf und schlug den Kragen vor den Mund.

»Was hast du vor?«, fragte Alan.

»Ich will wissen, was da los ist.«

»Faulkner hat gesagt, wir sollen drinbleiben.«

»Sehe ich aus wie jemand, der sich vorschreiben lässt, was er darf und was nicht? Was ist, kommst du mit, oder bleibst du hier?«

Alan schüttelte den Kopf. »Stur wie ein Maulesel. Aber was habe ich auch anderes erwartet?« Er band sich ein Taschentuch um den Mund, setzte seine Mütze auf und folgte Leslie.

Die Fahrzeuge standen wild verstreut in der Gegend herum. Der Laster war am weitesten gerollt, vermutlich wegen seines hohen Gewichts.

Als Faulkner Leslie sah, stellte er sich ihr in den Weg. »Ich habe Ihnen doch gesagt, Sie sollen im Auto bleiben.«

»Könnte eine elektromagnetische Störung sein«, sagte Leslie und trat in den Kreis der versammelten Männer. »Kamera, Laptop und Handys sind auch tot. Ich dachte, das könnte Sie interessieren.«

»Haben wir auch schon festgestellt«, sagte ein Mann aus einem der anderen Fahrzeuge. »Uhren, Walkie-Talkies – es ist, als hätte jemand den Stecker gezogen.«

»Vielleicht der Sturm«, warf Alan ein. »Eine elektrostatische Aufladung des Sandes ...«

»Unsinn«, erwiderte Faulkner. »Wenn dem so wäre, müssten wir ja bei jedem noch so kleinen Gewitter Probleme bekommen. Außerdem sind die Geräte abgeschirmt.«

»Und was haben Sie dann für eine Erklärung?«, fragte Alan. »Schwer vorstellbar, dass sämtliche Batterien, einschließlich der Lichtmaschinen, im selben Augenblick den Geist aufgegeben haben.«

Leslie hob den Blick. Über dem aufgewirbelten Sand kam der Himmel durch. Rosafarbene Sonnenstrahlen zuckten über den Rand des Gebirges. Zwei schwarze Punkte prangten in dem blauen Ausschnitt. Sie schienen größer zu werden.

»Sagen Sie mal, ist das die zugesagte Luftunterstützung?« Sie deutete nach oben.

Die Männer unterbrachen ihre Gespräche. Faulkner zog sein Fernglas und kniff die Augen zusammen. »Sie haben recht«, sagte er. »Sieht aus wie die beiden Reaper. Aber unser Gefreiter hier kann das sicher besser beurteilen. Schauen Sie mal durch, Higgs.«

Der junge Mann nahm das Fernglas und justierte die Schärfe.

»Drohnen, stimmt, Sir. General Atomics MQ-9. Gehören zu der Luftunterstützung, die uns von der Navy zugesichert worden ist. Allerdings ...« Er verstummte.

»Was?«

»Nun, Sir, irgendwas an ihrem Flugverhalten ist eigenartig.«

»Was meinen Sie?«

»Sie wirken instabil. Ich könnte mich täuschen, aber es sieht aus, als würden sie ohne Antrieb navigieren.«

Faulkner nahm dem Jungen das Glas aus der Hand und starrte hindurch. »Verdammt. Sie haben recht, Junge. Die Dinger liegen wie bleierne Enten in der Luft.«

Mittlerweile konnte Leslie mit bloßem Auge erkennen, dass die Flugbahn instabil war. Die Maschinen waren in eine Trudelbewegung geraten und fingen langsam an, sich um ihre Längsachse zu drehen.

»Strömungsabriss«, sagte Faulkner, während er weiter am Schärferad drehte. »Ich glaube nicht, dass sie das noch in den Griff bekommen.« Er erhob seine Stimme. »Deckung suchen, Leute. Unter die Fahrzeuge, aber sofort.«

Sein Befehl kam keinen Moment zu früh. Kaum, dass sie unter den Humvees Schutz gefunden hatten, raste ein Schatten auf sie zu. Ein Metallgebilde fegte über sie hinweg und gab dabei ein Geräusch von sich, als würde ein gewaltiges Schwert durch die Luft sausen. Keine Triebwerksgeräusche, kein Alarmsignal, nur dieses grässliche Zischen. Und dann schlug die Maschine auf.

Ein Lichtblitz zuckte durch die Wüste. Die Detonation ließ den Boden erzittern. Trümmerteile regneten ringsherum in die Landschaft. Unweit von Leslie schlug ein Blechteil in den Boden und blieb dort wie eine Wurfaxt stecken. Bolzen, Nieten und Schrauben regneten wie Hagel vom Himmel. Manche landeten scheppernd auf Dächern und Motorhauben, andere prasselten klirrend durch die Windschutzscheiben. Angstschreie ertönten, während eine dunkle Rauchwolke langsam in den Himmel stieg.

Leslie war zu benommen, um klar denken zu können. Sie lag da, die Hände vor die Ohren gepresst, und fragte sich, ob dies wohl das Ende der Welt sei.

Dann schlug die zweite Maschine ein.

3

– News Break –

Meine Damen und Herren, ich begrüße Sie zu *News Live* auf al-Jazeera. Mein Name ist Leila Dawud. Und hier die Topnachrichten. Aus bislang ungeklärten Gründen stürzten heute früh zwei Drohnen der US-amerikanischen Luftwaffe im Grenzgebiet zwischen Syrien und dem Irak ab. Die Maschinen vom Typ Reaper waren vom Flugzeugträger Harry S. Truman, der in der ägyptischen Hafenstadt Hurghada vor Anker liegt, in Richtung des Dschabal Sindschar aus gestartet. Das Gebirge, das an seiner höchsten Stelle knapp tausendfünfhundert Meter über den Meeresspiegel ragt, markiert die Grenze zwischen den beiden Ländern und steht im Verdacht, den IS-Terror-Milizen als Unterschlupf zu dienen. Zur Klärung der Vorfälle schalte ich jetzt live zu unserer Korrespondentin Leslie Rickert.

»Leslie, Sie befinden sich gerade am Ort des Geschehens, was können Sie uns über die Situation sagen?«

»Hallo Leila. Ja, die Lage ist im Moment sehr angespannt. Ein Bergungsteam ist gerade hier, das die Trümmerteile untersucht und nach den Flugschreibern forscht. Die Experten erhoffen sich dadurch einen Hinweis auf die Unglücksursache. Die Maschinen waren zur Luftunterstützung angefordert worden und befanden sich gerade im Anflug auf das Zielgebiet, als es geschah.«

»Sie haben die Katastrophe unmittelbar miterlebt. Was haben Sie gesehen?«

»Leider nicht sehr viel. Ich war mit einem Konvoi von Militärfahrzeugen von Hasaka aus in Richtung der kleinen Ortschaft Al-Hawl unterwegs. Die Sicht war durch Sand und Wind getrübt, so dass wir nur die unmittelbaren Folgen des Absturzes miterlebt haben. Jedoch schienen beide Maschinen Probleme zu haben. Sie kamen direkt auf uns zu und taumelten und trudelten dabei, als wären die Triebwerke ausgefallen.«

»Es gibt Gerüchte, die Drohnen seien abgeschossen worden. Können Sie das bestätigen?«

»Bislang weiß niemand etwas Genaues. Tatsache ist allerdings, dass es kurz vor dem Unglück bei unseren Fahrzeugen eine Fehlfunktion gegeben hat, die uns zwang, anzuhalten. Möglicherweise handelte es sich dabei um eine Störung, die auch die Navigations- und Flugsysteme der Reaper in Mitleidenschaft gezogen hat.«

»Eine Fehlfunktion?«

»Ein Stromausfall, ja. Wir waren gerade dabei, nach der Ursache zu forschen, als wir die herannahenden Flugzeuge bemerkten.«

»Konnten Sie inzwischen das Problem beheben?«

»Ja. Der Strom setzte kurz nach dem Absturz wieder ein. Erklären können wir das allerdings immer noch nicht.«

»Wir werden an der Sache dranbleiben. Ich danke Ihnen für dieses Gespräch.«

Die Fernsehmoderatorin hob den Kopf. »Auch in anderen Teilen der Region wurde über plötzlich auftretende Stromausfälle geklagt. So gab es Probleme im gut zweihundert Kilometer westlich gelegenen Baath-Wasserkraftwerk. Aber auch im Gaskraftwerk Kirkuk im Irak und am Mossul-Staudamm lagen die Maschinen eine Zeitlang brach. Störungen an Satelliten und Funkanlagen legten über einige Minuten Kommunikations- und Navigationssysteme der angrenzenden Regionen lahm. Zum Glück wurde dabei niemand verletzt. Schon gibt es erste Schuldzuweisungen. Insbesondere zwischen den Regierungen von Syrien und des Irak. Doch solange die Gründe nicht geklärt sind, bleibt alles im Ungewissen. Wir halten Sie auf dem Laufenden.

Und nun zu weiteren Nachrichten ...«

4

Ausgrabungsfeld Messene, südwestlicher Peloponnes …

Hannah schob den Laptop zur Seite und stand auf. Verrückte Geschichte. Zwei verunglückte US-Kampfdrohnen in Syrien, vierundzwanzig Millionen Dollar Schaden, und das in einer Region, die ohnehin nicht zur Ruhe kam. Der Ärger war vorprogrammiert.

Die Nachricht war von vorgestern, und es gab seither keine neuen Erkenntnisse. Trotzdem sollte sie sich mal angewöhnen, zumindest einmal pro Tag die Nachrichten zu schauen. Da sie so selten dazu kam, hatte sie ihren Computer entsprechend programmiert und sah sich die Sendungen *en bloc* später an. Nicht, dass sie sonderlich daran interessiert war, was in der Welt geschah – schließlich ging es in den meisten Fällen um Mord und Totschlag –, aber so ganz abgeschnitten wollte sie auch nicht sein.

Sie setzte die Bierflasche an ihre Lippen, trank einen Schluck und schüttete den Rest auf den ausgedörrten Boden. Das *Mythos* war schal geworden. Kein Wunder bei den Temperaturen. Seit Juni brannte die Sonne auf sie herab, und noch immer war kein Zeichen von Abkühlung zu erkennen. Die Einheimischen hatten einen Sommer bis in den November prognostiziert, und sie schienen recht zu behalten. Hannah hatte nichts dagegen. Sie liebte diese Temperaturen, mit Hitze konnte sie umgehen. Deutlich besser als mit Regen oder Kälte. Trotz der vielen Arbeit und des schalen Biers kam ihr das letzte Jahr wie ein ausgedehnter Urlaub vor. Fern vom Trubel der Welt, dem Stress und der Hektik. Nur sie, ihre Familie und geschichtsträchtiger Boden unter ihren Füßen. Was konnte es Schöneres geben für eine Archäologin?

Während sie sich wieder den aktuellen Fundstücken zuwandte, Ton- und Glasscherben sowie Tierknochen und Schmuckstücken aus frühhellenistischer Zeit, bemerkte sie, wie ihr Assistent mit eiligen Schritten über die grünbewachsenen Hänge des Amphitheaters auf sie zukam. Er sah sie im Schatten der weit ausladenden Kiefer und hob die Hand.

»Hannah!«

»Giorgos.« Sie musste lächeln. Ihr griechischer Kollege wirkte ein bisschen gestresst, aber das tat er eigentlich immer. Sein weißes Hemd war brusttief aufgeknöpft, und auf seinem schwarzen Fell glänzte der Schweiß.

»Was ist los?«

»Leni ist weg.«

Hannah hob eine Braue und legte die bemalte Scherbe zurück auf den Tisch. »Nicht schon wieder.«

»Offenbar wollte sie nur mal kurz auf die Toilette und ist dann nicht zurückgekommen.«

»Das ist nun schon das dritte Mal«, sagte sie, war aber deswegen nicht sonderlich überrascht. Leni war einfach nicht wie andere Kinder.

Giorgos nickte. »Sofia ist ziemlich ungehalten deswegen. Sie sagt, so könne es nicht weitergehen. Sie möchte mit dir reden und wartet oben im Museum auf dich.«

Hannah seufzte. Na toll. Dabei war es gerade so schön

ruhig gewesen. Giorgos blickte neugierig auf ihren Laptop. »Was siehst du dir da an?«

»Die Nachrichten vom Samstag. Die Sache mit den abgestürzten Drohnen ...«

»Ja, seltsam, nicht wahr? Die Lage hat sich in der Zwischenzeit wieder etwas entspannt, aber wirklich etwas gefunden haben sie nicht.«

»Ich frage mich, was wohl diesmal dahinterstecken mag«, sagte Hannah. »Grenzstreitigkeiten, ein terroristischer Akt, höhere Gewalt?«

»Ist das nicht egal?« Giorgos schüttelte den Kopf. »Wie immer wird die Zivilbevölkerung darunter zu leiden haben. Darauf läuft es ja jedes Mal hinaus. Hausdurchsuchungen, Ausgangssperren, Razzien, Bombardements – das übliche Programm. Der eine schiebt dem anderen die Schuld in die Schuhe, und bis man sich an einen Tisch setzt und halbwegs vernünftig miteinander redet, sind Häuser zerstört, Familien obdachlos und Hunderttausende auf der Flucht.«

»Schrecklich, diese Flüchtlingsströme«, sagte Hannah. »Ganze Regionen sind bereits entvölkert. Ich frage mich, was diese armen Menschen noch alles erdulden müssen, ehe irgendwann wieder Frieden einkehrt. Ist das überhaupt möglich? Ich kann mich nicht erinnern, jemals die Nachrichten eingeschaltet zu haben, ohne Hiobsbotschaften aus dem Nahen oder Mittleren Osten zu hören. Jom-Kippur-Krieg, Intifada, Libanon-Konflikt, Gazastreifen, Hisbollah, el-Fatah, Hamas – es ist ein Fass ohne Boden.«

»Nicht zu vergessen die Golfkriege, die Invasion in den Irak und der syrische Bürgerkrieg«, ergänzte Giorgos. »Konflikte, die die Welt seit über einem halben Jahrhundert in Atem halten, ausgetragen auf einer Fläche, nicht größer als Frankreich.«

»Zum Glück sind wir hier davon nicht betroffen.« Hannah streckte ihren Oberkörper. »Und mit meiner Tochter sind wir auch schon ziemlich gut bedient. Die junge Dame wird immer eigensinniger. Sie kann zwar recht gut allein auf sich aufpassen, trotzdem wird es Zeit, dass ich mal ein ernstes Wort mit ihr rede.«

Giorgos wiegte den Kopf. Vermutlich grübelte er darüber nach, ob der Begriff *junge Dame* auf Leni zutraf. Hannah wusste es selbst nicht. Man hatte ihr geraten, ihre Tochter wie ein ganz normales Kind zu behandeln, und genau das tat sie. John und sie versuchten, ihr die Freiheiten einer unbeschwerten Kindheit zu bieten, die aber dennoch nicht ziellos war. Das betraf auch den Privatunterricht. Sofia Dorou war auf Fälle dieser Art spezialisiert. Eine Expertin aus Kalamata, die an einer Schule für Hochbegabte arbeitete. Sie hatte Leni sofort in ihr Herz geschlossen und war bereit, für eine gewisse Probezeit den Unterricht zu übernehmen. Ihr Kleidungsstil war zwar gewöhnungsbedürftig, aber es konnte keinen Zweifel an ihrer fachlichen Qualifikation geben. Sie war resolut, aber nicht unfreundlich, pragmatisch, aber nicht ohne Idealismus. Und vor allem sprach sie mehrere Sprachen fließend. Eine ideale Wahl, so hätte man annehmen können. Doch selbst sie schien langsam an ihre Grenzen zu geraten. Wer hätte auch ahnen können, dass Leni sich so schnell und so eigenwillig entwickeln würde? Sofia verwendete hin und wieder den Begriff *Autismus*, doch das ließ Hannah nicht gelten. Noch hatte sie Hoffnung, dass ihre Tochter irgendwann einen ganz normalen Weg einschlagen würde. Sie zog ein Haargummi aus ihrer Jeanstasche, strich ihre Haare nach hinten und band die braunen Locken zusammen. Normalerweise war John für Erziehungsfragen zuständig, aber er war gerade im Süden unterwegs und würde vor morgen Mittag nicht zurück sein.

»Ich sehe zu, was ich machen kann«, sagte sie. »Bin bald wieder hier. Hast du kurz ein Auge auf die Sachen?«

»Klar. Darf ich mir ein Bier aus der Kühlbox nehmen?«

»Fühl dich ganz wie zu Hause.«

Begleitet vom Sirren der Zikaden, schlug Hannah den Weg zum Haupteingang ein. Sie grüßte die alte Maria im Kassenhäuschen und erklomm die Treppen hoch zum Museum.

In Messene waren die Fundstellen für jedermann frei zugänglich. Säulenarkaden, Mosaike und Gebäude wurden nicht hinter Zäunen versteckt, sondern waren Teil eines offenen Konzeptes, bei dem jeder hingehen konnte, wohin er wollte. Auf diese Weise bekamen die Besucher ein Gespür für die Arbeit der Archäologen und für die Verantwortung, die mit dieser Freiheit einherging. Natürlich verschwanden hin und wieder mal Mosaiksteinchen oder Scherben, aber das war ein akzeptabler Preis für den Zauber, der über diesem Ort lag.

Vom nahe gelegenen Kloster *Voulkánou* drangen Mönchsgesänge herüber. Hannah musste wieder einmal feststellen, wie idyllisch es hier war.

Die antike Stadt Messene war am Fuße des knapp achthundert Meter hohen Berges *Ithomi* errichtet worden, und zwar dergestalt, dass sie an drei Seiten von umliegenden Hügeln flankiert wurde. Somit bildete die Landschaft eine vergrößerte Form des Amphitheaters, die das Bühnengeschehen ins wirkliche Leben transferierte. Ein Meisterwerk, wie man es auch im östlich gelegenen Epidaurus bestaunen konnte. Der Genius der Architekten und Stadtplaner überstrahlte mühelos die Jahrtausende. Er ließ einen ganz demütig werden, angesichts der Bausünden, die heutzutage in die Landschaft gestellt wurden. Als Hannah die Ausgrabungsstelle zum ersten Mal besucht hatte, konnte sie kaum verstehen, wieso sich die Menschen im einige Kilometer nördlich gelegenen antiken Olympia tottrampelten, während man hier völlig ungestört war. Aber Messene lag nicht auf den Routen der gängigen Tourismusveranstalter und war somit immer noch ein Geheimtipp.

Zu verdanken hatte sie diesen Luxus Norman Stromberg. Der Milliardär, Entrepreneur, Mäzen und Antiquitätensammler war nach den dramatischen Ereignissen vor vier Jahren auf Spitzbergen wie ausgewechselt. Sanft wie ein Lamm, freundlich und spendabel – fast, als wolle er sich dafür entschuldigen, was er ihr aufgebürdet hatte. Dabei fand Hannah nicht, dass es einen Grund dafür gab. Sie hatte damals nach eigenem Ermessen gehandelt und würde es wieder tun. Aber natürlich wäre es dumm gewesen, ein solches Angebot auszuschlagen. Nicht nur, weil sie auf diese Weise viel Zeit mit John und Leni verbringen konnte, sondern vor allem, weil sie merkte, dass auch an ihr die Jahre nicht spurlos vorübergegangen waren. Sie war jetzt neunundvierzig Jahre alt. Ein Alter, in dem sich viele ihrer Freunde und Kollegen bereits aus der aktiven Arbeit zurückgezogen hatten. Statt zu forschen, saßen sie hinter Schreibtischen und hielten Vorträge. Nun, sollten sie. Hannah liebte ihren Job. Sie liebte den Kontakt zu den Menschen und der Erde, das Gefühl, Bodenschichten abzutragen, Fundstücke zu konservieren, sie zu klassifizieren und dokumentieren und der Vergangenheit ihre Geheimnisse abzutrotzen. Wer hinter einem Schreibtisch saß, der verwaltete nur noch. Wirklich Neues gab es auf diese Weise selten zu entdecken. Sie jedenfalls würde graben, bis sie umfiel, und erst dann über weitere Schritte nachdenken.

Sofia wartete auf der oberen Treppenstufe. Sie trug ein dunkelrotes, eng geschnittenes Kostüm, das ihr fülliges Dekolleté zur Geltung brachte, hochhackige Schuhe sowie einen Sonnenhut. Den Männern schien das zu gefallen. Sofia war seit kurzem zum dritten Mal verheiratet. Ein Bauunternehmer aus Kalamata, der die Südküste mit Einkaufscentern zupflasterte. Hannah war ihm noch nie persönlich begegnet. Sie hegte aber die Vermutung, dass er nicht viel von ihrer Arbeit hielt. Anstatt alte Steine auszugraben, stand ihm eher der Sinn danach, neue aufeinanderzuschichten.

»*Jásu*, Sofia, *ti kánis*. Ich habe gehört, es gibt Probleme.«

»Oh ja, die gibt es.« Sofia verschränkte die Arme vor der Brust. »Leni ist verschwunden, und ich habe keine Ahnung, wohin sie diesmal abgehauen sein könnte. Sie sagte, sie müsse auf die Toilette, und ich war so naiv, sie einfach gehen zu lassen.«

»Vermutlich fand sie, dass es Zeit für eine Pause wäre. Sie ist in dieser Beziehung sehr eigen«, sagte Hannah mit schiefem Grinsen. »Ich werde mich gleich auf die Suche machen.

Ich werde ihr sagen, dass sie zur Strafe morgen noch eine Stunde dranhängen muss.«

Hannah konnte Sofia an der Nasenspitze ansehen, dass sie mit dieser Lösung nicht wirklich zufrieden war.

»Sie muss lernen, dass Gehorsam wichtig ist und dass man Befehle nicht einfach ignorieren kann«, sagte sie. »So klug sie auch ist, aber mit dieser Lektion hat sie große Probleme.«

Sie ist vier, lag es Hannah auf der Zunge, aber sie verkniff sich den Kommentar. Sofia wusste selbst, wie alt Leni war. Ihre Erfahrung mit körperlich und geistig fortgeschrittenen Kindern war ja der Grund gewesen, warum Hannah sie eingestellt hatte. Allerdings glaubte sie nicht, dass Sofia jemals zuvor eine solche Schülerin gehabt hatte. Leni war selbst für Sofias Verhältnisse ein gutes Stück außerhalb der Skala.

»Sobald ich sie gefunden habe, werde ich mit ihr darüber reden«, sagte Hannah. »Mach dir keine Gedanken. Nimm dir für heute frei und genieße den Abend mit deinem Mann. Wir sehen uns dann morgen wieder, einverstanden?«

Sofia rang einen Moment mit sich, dann zuckte sie die Schultern. »Von mir aus. Aber du musst ihr dringend einschärfen, dass das so nicht weitergeht. Ich gebe mir wirklich alle Mühe, aber was zu viel ist, ist zu viel.«

Hannah nickte. Ein Stück weit fühlte sie sich persönlich angegriffen. Was Leni tat, fiel auf sie zurück. Es gelang ihr nicht, zwischen sich und ihrer Tochter zu trennen. Das war genau der Grund, warum sie John gerne diese Dinge erledigen ließ. Einer plötzlichen Eingebung folgend, sagte sie: »Darf ich mal sehen, woran ihr gerade gearbeitet habt?«

»Aber natürlich, komm mit.«

Sofia führte Hannah durch den Haupteingang des kleinen Museums nach hinten ins Konferenzzimmer. Der Blick über die Hügel und die antike Polis war atemberaubend. Die Schatten fingen bereits an, länger zu werden. Durch die Fenster fiel spätnachmittägliches Licht und erzeugte honigfarbene Streifen auf dem Linoleumboden.

Da der Raum nur selten benutzt wurde, hatten sie ihn kurzerhand zu einem Schulzimmer umfunktioniert. Überall lagen persönliche Dinge herum. Dinge, die Leni immer um sich haben wollte. Stofftiere, Schmusekissen und Malzeug. Leni liebte es, zu malen und zu zeichnen, sie konnte ganze Blöcke mit ihren Bildern füllen und so ihrer Fantasie freien Lauf lassen. Um der Flut der Bilder Herr zu werden, hatte John eine große Kiste ins Zimmer stellen lassen, in der die Kunstwerke aufbewahrt wurden. Wenn die kreative Energie nicht nachließ, würden sie bald einen neuen Anbau benötigen.

»Mathematik, wie ich sehe«, sagte Hannah mit Blick auf die Tafel. Zahlenkolonnen bedeckten das dunkle Feld.

»Prozente, Zinsberechnung und Dreisatz«, erläuterte Sofia. »Wir haben am Donnerstag damit begonnen.«

»Und wie schlägt sie sich so?«

»Verständnis und Anwendung waren noch nie ihr Problem«, sagte Sofia. »Wie gesagt, es ist der Gehorsam, an dem es hapert. Ich erwische sie immer wieder dabei, wie sie unter dem Tisch andere Dinge tut.«

»Zum Beispiel?«

Sofia holte einen Schlüssel aus ihrer Handtasche und schloss die Schreibtischschublade auf. »Den musste ich ihr neulich abnehmen, weil mich das Geräusch genervt hat.« Sie ließ einen Rubikwürfel in Hannahs Hand fallen.

»Sie löst das Ding mittlerweile in einer halben Minute. Sagt, es helfe ihr, sich zu konzentrieren. Aber ich glaube, dass der Unterricht sie langweilt.«

Hannah drehte ein bisschen an dem Würfel herum, stellte aber schnell fest, dass sie keine Ahnung hatte, wie das funktionierte. Was logische Knobeleien betraf, war sie schrecklich unbegabt. »Prozente und Zinsrechnung? Ab welcher Klasse wird das normalerweise unterrichtet?«

»Ab der sechsten. Ich weiß, das ist ein bisschen früh, aber Leni ist überaus begabt, und es schien ihr Spaß zu machen. Jedenfalls glaubte ich das ...«

Sechste Klasse, dachte Hannah. Da waren die Kinder elf. Sie gab Sofia den Würfel zurück. »Wie gesagt, ich rede mit ihr. Mal schauen, was ich herausbekommen kann. Wir sehen uns morgen zur gewohnten Zeit, okay?«

»Ja. *Adió* und alles Gute.«

Hannah machte sich auf den Weg, den Kopf voller Gedanken. Am meisten beschäftigte sie Sofias trauriges Lächeln am Ende des Gesprächs. Sie konnte sich täuschen, aber es hatte verdammt nach Mitleid ausgesehen.

5

Hannah hatte eine ziemlich genaue Vorstellung, wo sie Leni finden würde. Ohne große Hast wandte sie sich nach Norden. Der Weg führte leicht bergan, bis hin zu einem Punkt, an dem rechts die Straße nach *Meligalas* abzweigte. An dieser Stelle passierte die Fahrbahn eine antike Fundstätte und verlief danach in Serpentinen wieder bergab. Als sie zum ersten Mal mit dem Auto hier hochgekommen war, hatte sie nicht glauben können, dass dies wirklich der offizielle Weg war. Er führte mitten durch den neun Kilometer langen Wall, der zu den besterhaltenen Stadtmauern Griechenlands zählte. Hier befand sich das Arkadische Tor mit dem runden Innenhof und einer umgestürzten zyklopischen Kalksteinsäule, die wie ein Fremdkörper in die Landschaft ragte. Die mächtigen Kalkquader waren vielerorts von Bränden geschwärzt worden, die über die Jahre hier gewütet hatten. Der letzte war erst ein gutes Jahr her.

Seit Griechenland angefangen hatte, Brandschäden an Bäumen mit EU-Geldern zu subventionieren, fackelten viele Landbesitzer ihren Baumbestand lieber selbst ab, als sich mit der mühseligen und wenig lukrativen Gewinnung von Olivenöl oder Obst über Wasser zu halten. Oft bekam man es auch mit kriminellen Bodenspekulanten zu tun. Die Methode hatte sich bewährt: Verbrenne den Wald und errichte über Nacht Hausfundamente. Wenn die Sache ans Licht kam, war es bereits zu spät. Der Bürgermeister hatte das Bauprojekt durchgewinkt, die Gemeinde, die Familien sowie die Landbesitzer schauten weg, denn schließlich profitierten alle davon. Dass die Feuer oft außer Kontrolle gerieten und die Natur dabei auf der Strecke blieb, interessierte niemanden. Man setzte nebendran einfach noch ein paar Fundamente. Eines von vielen Beispielen, die einen fragen ließen, wie ein Konstrukt wie Europa überhaupt funktionieren konnte.

Sie entdeckte Leni weiter links in den Hügeln. Am Boden kauernd und ganz offensichtlich mit irgendetwas beschäftigt, schien ihre Tochter die Welt um sich herum völlig vergessen zu haben. Ihr pinkfarbenes T-Shirt leuchtete hell auf dem dunklen Untergrund.

Hannah verkniff es sich, zu rufen. Auch weil sie den Zauber dieses Ortes nicht stören wollte, vor allem aber deshalb, weil es ohnehin nichts genutzt hätte. Leni besaß, was Befehle betraf, ein sehr selektives Gehör. Sie würde sie ignorieren, wenn ihr der Ton nicht passte.

Schnaufend erklomm Hannah die zyklopische Kalksteinmauer und stieg den Hang empor. Die Natur eroberte das Gelände bereits wieder zurück. Überall wuchsen trockenes Gras und kleine Sträucher. Aber es würde noch Jahrzehnte dauern, bis die Bäume zurück waren.

Einige Schritt von ihrer Tochter entfernt, blieb sie stehen. Leni hielt einen ausgehöhlten, verkohlten Schildkrötenpanzer in der Hand. Das hässliche, angeschwärzte Ding vors Auge haltend, spähte sie durch die Öffnung in die Ferne.

»Hallo Leni.«

Keine Antwort.

»Was machst du da?«

»Ausschau halten.«

»Ja, das sehe ich. Aber nach was?«

»So Sachen halt.«

»Aha. Interessant.« Hannah kauerte sich neben ihre Tochter und versuchte zu erkennen, worauf sie ihr Augenmerk richtete.

»Sofia vermisst dich.«

Sie warf ihrer Tochter einen Seitenblick zu, doch die Reaktion war gleich null. »Sie war sehr enttäuscht, dass du nicht ins Klassenzimmer zurückgekommen bist.«

»Sie hat diesen Ausblick geliebt«, sagte Leni. »Sie alle haben ihn geliebt.«

»Wer? Sofia?«

»Die Schildkröte. Und all die anderen, die hier gelebt haben. Die Schlangen, die Eidechsen. Die Mäuse und Käfer. Sie vermissen ihren Hügel.«

»Haben sie dir das gesagt?«

Leni nickte ernsthaft. »Sie haben mich gerufen und gefragt, ob ich Auge und Ohr für sie sein kann. Ich sagte ja. Und dann habe ich ihnen erzählt, was ich sehe. Hier, willst du auch mal?« Sie hielt ihr den Panzer hin.

Zögernd nahm Hannah das Ding und hielt es vors Auge. Der Panzer stank immer noch nach verbranntem Horn.

»Die Dinge sehen anders aus, findest du nicht?«

»Das tun sie«, erwiderte Hannah verblüfft. »Irgendwie größer. Obwohl der Bildausschnitt kleiner ist.«

»Manchmal hat sie davon geträumt, ein Vogel zu sein. Die Schildkröte, meine ich. Dann ist sie hier hochgekommen und auf den Stein geklettert.« Leni klopfte auf einen nahe gelegenen Felsen, dessen Oberseite wie eine schräge Rampe geformt war.

»Früher stand hier ein alter Olivenbaum, in dessen Schatten sie sitzen konnte. Doch der ist auch verbrannt. Mit allem anderen.«

»Oh, meine Kleine. Ich hab dich lieb.« Hannah konnte nicht anders, sie musste ihre Tochter umarmen.

Leni verzog das Gesicht. »Ich bin keine Kleine.«

Doch, das bist du, dachte Hannah und löste sich von ihr. Auch wenn sie nicht so aussah. Aber dass das so war, dafür konnte Leni nichts. Niemand konnte etwas dafür.

»Nein, natürlich nicht.« Sie wischte eine Träne aus ihrem Augenwinkel und sah hinüber zu dem Felsen. Möglich, dass eine Schildkröte bis dort hinaufkam, sehr wahrscheinlich war das aber nicht. Diese Tiere waren nicht besonders geländegängig.

Sie gab Leni den Panzer zurück. »Und was sagen wir jetzt Sofia?«

»Ich werde mich bei ihr entschuldigen und ihr erklären, dass ich gerufen wurde. Sie wird es verstehen.«

»Meinst du?« Hannah war da eher skeptisch.

»Aber klar. Sie versteht mich immer.«

»Na dann ...« Angesichts von so viel Grundvertrauen musste Hannah schmunzeln. Sie fand Trost in dem Gedanken, dass Leni zwar aussah und redete wie eine Zehnjährige, aber in Wirklichkeit erst vier war. Ihr kleines Mädchen eben. Dass sie noch nie *Ich hab dich lieb* gesagt hatte, wog schwer auf Hannahs Seele. Tagtäglich hoffte sie darauf, aber noch schien Leni nicht bereit dafür zu sein.

Sie erinnerte sich an die schicksalhaften Ereignisse auf Spitzbergen. Daran, wie sie auf der Suche nach dem versunkenen Hyperborea von einem tödlichen Virus befallen worden war. Vier Wochen hatte sie im Koma gelegen und erst nach ihrem Erwachen erfahren, dass sie schwanger war. Ebendieser Schwangerschaft hatte sie es zu verdanken, dass sie nicht verreckt war, so wie alle anderen. Leni war ihr Schutzengel gewesen. Ihre ungeborene Tochter hatte den aggressiven Krankheitserreger besiegt und aus ihrem Körper vertrieben – allerdings fast um den Preis ihres eigenen Lebens. Eigentlich hätte sie kurz nach der Geburt sterben müssen, doch Hannah hatte das nicht zugelassen. In einem Anflug von Wahnsinn und Tollkühnheit war sie zum Ort des Geschehens zurückgekehrt, hatte das Serum besorgt und ihre Tochter damit gerettet. Ein Leben für ein Leben, das war nur fair.

Dass Lenis Erbgut durch das Virus verändert worden war, hatte sie erst später erfahren. Genauso wie die Tatsache, dass die mentale und körperliche Entwicklung ihrer Tochter stark beschleunigt ablief. So stark, dass sie bereits vor ihrem ersten Geburtstag laufen und sprechen konnte. Mit zwei hatte sie ersten Unterricht bekommen und besaß jetzt mit vier das geistige Niveau einer Gymnasiastin. Wie diese Entwicklung weiter verlief und ob Lenis Lebensspanne dadurch beeinträchtigt wurde, wusste niemand. Und wenn es nach Hannah ging, sollte es auch nicht thematisiert werden.

Leni war kein Kind wie jedes andere, aber sie besaß das gleiche Recht auf einen unbeschwerten und fröhlichen Start ins Leben. Schlimm genug, dass die Ärzte in Oslo ihr ständig mit irgendwelchen Untersuchungen zugesetzt hatten. Als dann noch Einzelheiten über das sogenannte Wunderkind an die Presse durchgesickert waren, hatte Hannah die

Reißleine gezogen. Sie hatte Stromberg gebeten, ihr und ihrer Familie beim Verschwinden zu helfen, und der alte Mann hatte es getan. Er hatte sie nach Griechenland transferiert, ihr und ihrem Mann eine neue Arbeitsstelle besorgt und sämtliche Spuren ihrer Identität und ihres Verbleibs getilgt.

Das war jetzt zwei Jahre her. Zwei Jahre voller Sorge, Bedenken und Ängste. Zwei Jahre aber auch, in denen sie über ihre Tochter und die Art, wie sie die Dinge anpackte, nur staunen konnte.

Leni stand auf, ließ den Schildkrötenpanzer den Hügel hinabrollen und sagte: »Wir sollten los. Papa ist bald da.«

Hannah runzelte die Stirn. »John? Der kommt erst morgen wieder.«

»Nein, tut er nicht. Er ist auf dem Weg. Und er bringt Besuch mit.« Ohne ein weiteres Wort zu verlieren, drehte Leni sich um und rannte den Hügel hinab.

Hannah stand auf und staubte ihre Jeans ab. Ihr schwirrte der Kopf. Leni konnte so blitzschnell umswitchen, dass es ihr manchmal unheimlich war. Auch ihre offensichtliche Unfähigkeit, Emotionen auszudrücken, war und blieb verwirrend. Hannah hatte lange gebraucht, damit klarzukommen, doch sie hatte die Hoffnung noch nicht aufgegeben. Vielleicht eines Tages, wenn sie am wenigsten damit rechnete ...

Bei der Sache mit John konnte es sich nur um einen Irrtum handeln. Gestern früh noch hatte er ihr bestätigt, dass er erst übermorgen eintreffen würde. Daher konnte es keinen Zweifel geben. Dass Leni an ihren Vater dachte, wertete Hannah aber als gutes Zeichen. Es waren die kleinen Dinge, an denen man sich erfreuen sollte.

Ohne übertriebene Hektik und mit einer Geschwindigkeit, die den schweißtreibenden Temperaturen entsprach, folgte sie ihrer Tochter die Straße zum Dorf hinab.

Sie hatte etwa die Hälfte der Strecke zurückgelegt, als sie ein entferntes Dröhnen hörte. Sie blieb stehen und beschirmte ihre Augen mit der Hand.

Die Sonne stand schon recht niedrig, doch vor dem goldenen Abendhimmel war ein blinkender Punkt zu sehen, der von Süden her auf sie zukam. Das Dröhnen klang jetzt eindeutig nach Rotoren.

»Ein Helikopter?«, murmelte Hannah. Sofort fiel ihr Lenis Bemerkung wieder ein. Das konnte nur ein Zufall sein – auch wenn Hannah nicht so recht an Zufälle glaubte.

Unbewusst ihren Schritt beschleunigend, setzte sie den Weg fort. Kein Zweifel, der Helikopter kam näher. Ob Leni das Motorengeräusch gehört hatte? Eigentlich unmöglich. Aber Kinder verfügten ja bekanntlich über Ohren wie Eulen, zumindest, wenn etwas sie interessierte.

Der Helikopter ging in den Sinkflug über. Er schien tatsächlich zu ihnen zu wollen.

John?

Langsam bekam Hannah doch Zweifel. Aber warum sollte er früher heimkommen? Und warum hatte er sie nicht angerufen?

Sie verließ die Straße und eilte die Zufahrt zum Parkplatz hinunter. Wieder am Kassenhäuschen vorbei und mitten durch das Amphitheater. Giorgos saß immer noch auf dem Stuhl neben dem Fundtisch, hatte die Beine hochgelegt und süffelte an seinem Bier. Aus dem Radio drangen griechische Schlager.

»Hallo, Hannah, ich ...«

Sie ignorierte ihn und setzte ihren Weg fort. Mittlerweile rannte sie eher.

Leni war bereits unten und hatte die weite, staubige Fläche des Stadions betreten. Am entgegengesetzten Ende erhob sich schimmernd der Tempel des Hermes und Herakles – den Beschützern der Jugend.

Der Helikopter drehte eine Runde, dann öffneten sich seitlich ein paar Luken, und das Fahrwerk kam heraus. Auf der blau-silbernen Außenhülle stand seitlich in kleiner Schrift: *Stromberg Enterprises.*

Staub und Wind bliesen Hannah ins Gesicht, als sie bei Leni eintraf. Sie legte ihre Arme um sie und hob sie hoch. Das Donnern raubte ihr den Atem. Giorgos kam ebenfalls hinterhergeschnauft, seine Augen hinter einer Sonnenbrille versteckt.

»Stromberg Enterprises?«, rief er. »Wer ist das?«

»Ein Mann, den ich schon sehr lange kenne«, erwiderte Hannah. »Noch aus der Zeit, als ich in der Sahara geforscht habe.«

»Und was will er hier? Uns ist niemand angekündigt worden.«

»Norman Stromberg kündigt sich niemals an.«

Die Maschine setzte auf, und die Turbinen verstummten. Schwirrend kam der Rotor zur Ruhe. Ein paar Umdrehungen, dann stand er still. Seitlich wurde eine Treppe ausgefahren, und eine Tür öffnete sich.

Der Erste, der erschien, war John. Er trug seinen Rucksack lässig über die Schulter geworfen und winkte ihnen fröhlich zu. Mit den dunklen, leicht ins Gesicht fallenden Haaren und der sonnengebräunten Haut sah er zehn Jahre jünger aus. Lächelnd ließ Hannah Leni zu Boden.

Die Kleine rannte auf ihren Vater zu und flog ihm in die Arme.

John schnappte sie und wirbelte sie einmal im Kreis herum. »Hallo, meine Hübsche. So erfreut, mich zu sehen? Man könnte beinahe meinen, du hättest mich erwartet.« Er drückte ihr einen Kuss auf die Wange. Leni presste angewidert die Lippen zusammen.

John grinste und stellte sie wieder auf die Füße. Dann ging er zu Hannah und küsste auch sie. Seine Lippen waren weich und fest zugleich. Sie genoss seine muskulösen Arme um ihre Taille, aber die Bartstoppeln kitzelten sie. Sie kräuselte die Nase.

»Tut mir leid«, sagte er grinsend. »Ich bin nicht dazu gekommen, mich zu rasieren. Ging alles ein bisschen schnell.«

»Nun, ich hoffe, nicht *zu* schnell.« Norman Stromberg kam unter Zuhilfenahme eines Stocks vorsichtig die Stufen herunter. »Freut mich, euch zu sehen.«

Hannah kam ihm zu Hilfe. »Geht's, Norman?«

»Natürlich geht es. Der Tag, an dem ich nicht mehr alleine die Treppe runterkomme, ist der erste Tag meines Ruhestandes.«

Hannah hatte ihn seit zwei Jahren nicht gesehen. Sie fand, dass er stark gealtert war. Sein Schädel war mittlerweile völlig kahl, und er wirkte dürr und eingefallen. Sie umarmte und drückte ihn. Er fühlte sich zart und zerbrechlich an. Der Körper eines alten Mannes. Mit einem Lächeln versuchte sie, ihre Gedanken vor ihm zu verbergen.

»Wie schön, dich zu sehen. Gut siehst du aus.«

»Du warst noch nie eine gute Lügnerin, Hannah, aber ich danke dir. Und damit wir uns gleich richtig verstehen: Mein Gesundheitszustand wird kein Thema unserer Unterhaltung sein. Ich weiß, wie ich aussehe, und ich entschuldige mich nicht dafür.« Sein Blick wanderte zu Leni. »Es ist, wie es ist. Sprechen wir lieber von schöneren Dingen. Meine Güte, junges Fräulein, du hast dich aber verändert. Du warst zwei, als wir uns zum letzten Mal gesehen haben. Erinnerst du dich noch an mich?«

»Klar«, sagte Leni. »Du hattest damals einen Bart, warst dick und brauchtest keinen Stock.«

Stromberg lachte. »Wir können nicht alle immer jung und schön bleiben. Jetzt bin ich alt, aber ich versuche, das Beste daraus zu machen.«

»Hättest du dich doch angekündigt«, sagte Hannah. »Dann hätten wir dich gebührend empfangen können. Dir einen anständigen Koch beschafft, ein Haus herrichten und den Pool befüllen lassen.«

Stromberg winkte ab. »Nur keine Umstände. Eine einfache mediterrane Kost und ein Bänkchen, von wo aus ich euch bei der Arbeit zuschauen kann, mehr wünsche ich mir nicht. Ach ja, und ein bequemes Bett. Es scheint eine Ewigkeit her zu sein, dass ich ruhig geschlafen habe.«

»Ich werde gleich oben in Mavromáti Bescheid geben«, sagte Hannah. »Ist zwar einfacher griechischer Standard, aber es gibt da eine sehr nette kleine Pension, in der wir unsere Gäste gerne einquartieren.«

»Klingt genau nach dem, wonach ich mich sehne.«

»Lass nur, ich mache das«, erwiderte Giorgos und streckte Stromberg seine Hand hin. »Mein Name ist Giorgos Papadakis, Hannahs Assistent. Ich bin hier ein bisschen das Mädchen für alles. Wann immer Sie etwas brauchen, Ouzo, Raki, Metaxa, wenden Sie sich vertrauensvoll an mich.«

Der alte Mann erwiderte den Handschlag und lächelte. »Freut mich, Sie kennenzulernen. Hannah hat mir schon viel von Ihnen erzählt.«

»Ach ja? Ich hoffe, nur Gutes.«

»Sie sagte, Ihre selbstgemachte Ziegensuppe sei ein Gedicht.«

»Meine ... oh, vielen Dank. Ich kann sie Ihnen gerne mal zubereiten.« Giorgos strahlte wie ein Honigkuchenpferd.

»Falls du es immer noch nicht weißt«, sagte Hannah, »Norman ist derjenige, der das alles hier finanziert. Er und ein paar Fördergelder aus Brüssel. Du solltest die Sache mit dem Metaxa also lieber noch einmal überdenken.«

Giorgos zuckte zusammen. »Ich ... aber natürlich. Verzeihen Sie, Mr. Stromberg, ich wusste nicht ...«

»Keine Sorge«, sagte der alte Mann lächelnd. »Grundsätzlich habe ich nichts gegen rustikale Kost einzuwenden, vor allem an einem Ort wie diesem, allerdings muss ich etwas vorsichtig sein. Wenn Sie statt des Schnapses lieber einen trockenen Weißwein auftreiben könnten, wäre ich Ihnen sehr dankbar.«

»Den besten, Mr. Stromberg, den besten. Darf ich Ihr Gepäck mit nach oben nehmen?«

»Das erledigt mein Pilot. Ich bleibe nicht lange. Aber vielen Dank für das Angebot.«

Giorgos verabschiedete sich und eilte zurück in Richtung Dorf. Stromberg atmete tief durch, ging ein paar Schritte und ließ sich dann auf einem Mauerrest nieder. Seine Augen schweiften über das Panorama. Die Täler lagen bereits im Schatten, doch die harzigen Kiefernhaine und duftenden Zypressen an den Flanken der Hügel wurden noch von der Sonne bestrahlt.

»Was für ein herrliches Fleckchen Erde«, sagte er. »Ich kann verstehen, dass es euch hierhergezogen hat. Diese Ruhe, dieser Blick. Ich weiß nicht, wann ich das letzte Mal an so einem paradiesischen Ort gewesen bin.«

»Wir sind sehr glücklich hier«, sagte John und strich Leni sanft über den Kopf. »Das haben wir dir zu verdanken.«

Stromberg winkte ab. »Das war das mindeste, was ich tun konnte, nach allem, was ich euch abverlangt habe – und vielleicht noch abverlangen werde. Wie du dir denken kannst, Hannah, bin ich nicht grundlos hier. Aber davon wollen wir später sprechen. Zeigt mir lieber erst mal, woran ihr die letzten Jahre gearbeitet habt. Besonders brenne ich darauf, den Asklepiostempel zu sehen.«

Irgendetwas stimmte nicht, das spürte Hannah. Diese übertrieben heitere Begrüßung war nicht seine Art. Ihr war auch nicht verborgen geblieben, dass John und er sich seltsame Blicke zuwarfen. Blicke, die nicht unbedingt etwas bedeuten mussten – es sei denn, man hieß Norman Stromberg.

6

Wadi Adschidsch,
tief im Sindschar-Gebirge …

Blut war ein zähes Zeug. Fettig, klebrig und dunkel. Fast wie Wagenschmiere, vor allem, wenn es aus einer Vene stammte. Khalid al-Aziz nahm noch etwas Seife und benutzte die Bürste für die Fingernägel.

Erstaunlich, wie unansehnlich dieser Quell des Lebens doch war. Der Stoff, der alles miteinander verband und ohne den keiner von ihnen existieren konnte. Erstaunlich auch, wie schlecht der menschliche Körper gegen den Verlust dieses kostbaren Elixiers geschützt war. Ein kleiner Schnitt am Hals, eine sicher geführte Klinge entlang des Unterarms oder der Innenseite des Oberschenkels, und schon war alles vorbei. Neunzig Sekunden, viel länger dauerte es nicht, um einen erwachsenen Mann ausbluten zu lassen. Khalid hatte das mal gestoppt. Nicht, dass er danach strebte, seine Opfer besonders schnell zu töten, das taten nur Idioten, aber manchmal geschah es einfach, und dann konnte man nur danebenstehen und staunen.

Warum war die Natur so nachlässig mit ihrer Schöpfung? Warum gab es da keine doppelte oder dreifache Sicherung, die den Verlust verhinderte, so wie ein Aquastop bei Waschmaschinen?

Khalid war kein Freund des Tötens, aber wer glaubte, in dieser Welt bestehen zu können, ohne sich ab und zu die

Hände schmutzig zu machen, der irrte. Entscheidend war also nicht die Frage, ob oder ob nicht, sondern *wessen Blut*; das eigene oder das des Feindes? Und da das Töten im Einklang mit dem Willen des Höchsten geschah, fühlte Khalid keinerlei Bedauern deswegen.

Und bekämpfet sie, bis die Verführung zum Unglauben aufgehört hat und der Glaube an Allah da ist.

Und kämpft gegen sie, bis niemand mehr versucht, die Gläubigen zum Abfall vom Islam zu verführen, und bis nur noch Gott verehrt wird!

Sure 2 Vers 193, Khalid kannte die Passage auswendig. Sie betraf den Dschihad, den Heiligen Krieg. Khalid war stets bemüht, sicherzugehen, dass es richtig und gut war, was sie hier taten, und sie dabei nicht gegen höhere Gesetze verstießen. Solange das gewährleistet war, hatte er ein reines Gewissen.

Der Mann auf dem Stuhl war nicht am Blutverlust gestorben, sondern an seinem Erbrochenen erstickt. Ein paar kleinere Verletzungen, da, wo seine Fingernägel in die Handflächen eingedrungen waren, und natürlich die Zunge, die er sich selbst abgebissen hatte. Ob vor Schmerz oder aus Scham, wer konnte das schon sagen? Jedenfalls hatte das Ding an einem Hautfetzen baumelnd in seinem Mundwinkel gehangen, weswegen Khalid es abgerissen und in den Müll geworfen hatte. Im Anschluss daran hatte er den Toten gereinigt und ihm die Augen geschlossen. Zumindest so viel Würde musste sein. Wenn schon nicht im Leben, so doch im Tod. Respekt vor dem Gegner, das war etwas, zu dem er sich verpflichtet fühlte. Niemals den Feind unterschätzen, niemals vergessen, dass auch Ungläubige oder Verräter tapfer sein konnten.

Viele Schlachten waren aus Überheblichkeit verloren worden, aus Arroganz und dem Glauben an die eigene Unfehlbarkeit. Nicht so bei Khalid. Für ihn war eine Schlacht erst geschlagen, wenn der Gegner vor ihm im Staub lag. *Am Abend macht man das Licht aus*, hatte ihm seine Mutter eingeschärft, und daran hielt er sich.

Er beendete seine Wäsche, trocknete seine Hände und strich über die kurzgeschorenen Haare. Die Augenringe, die er im Spiegel sah, zeugten von Schlaflosigkeit. Irgendwann, wenn dieser Krieg vorüber war, würde er schlafen. Lange schlafen. Er würde im begrünten Innenhof seines Hauses in Mossul sitzen, dem Gesang der Vögel lauschen und sich von seiner Frau Tee servieren lassen, während seine Kinder im Hintergrund lachten und spielten. Das war sein Traum, und er wollte ihn erleben, ehe er alt und grau war.

Er stopfte sein Hemd zurück in die Hose, rollte die Ärmel nach unten und ging hinüber zu seinem Spind, wo er seine Sachen aufbewahrte. Ein schneller Schluck aus der Flasche, den Korken wieder in den Hals gedrückt, dann war er bereit. Er hatte herausgefunden, was er wissen wollte. Nun war es an der Zeit, das Wissen in eine Angriffsstrategie umzuwandeln. Er ging zur Tür und öffnete sie. Der bewaffnete Posten dahinter salutierte.

»Hol mir Jafar.«

»Zu Befehl.« Der Mann entfernte sich, nur um kurz darauf in Begleitung eines schmalgesichtigen Gelehrten mit üppigem Bart und traditioneller Gebetsmütze zurückzukehren. Als er Khalid sah, neigte er den Kopf. »Ihr habt mich rufen lassen, Herr?«

Er versuchte, einen Blick in den Raum zu erhaschen, aber

da er einen Kopf kleiner war als Khalid, musste er sich zur Seite neigen.

»Ich habe die Information«, sagte Khalid knapp. »Hat nicht lange gebraucht, sie aus ihm herauszuholen.«

»Und wo?«

»In *Jaz'ah*.«

Die Augen des jungen Mannes blitzten auf. »Genau wie wir vermutet hatten. Wir werden ihnen einen gebührenden Empfang bereiten.« Der Imam rieb seine Hände. »Darf ich ihn sehen?«

Noch ehe Khalid antworten konnte, schnürte er an ihm vorbei und betrat die Verhörzelle. Khalid runzelte die Stirn. Seine Neugier behagte ihm nicht, aber es gab keinen Grund, ihm den Zugang zu verweigern. Jafar war noch jung. Was konnte es schaden, sich frühestmöglich an den Kriegsalltag zu gewöhnen?

Der Geistliche umrundete den getöteten Kurden wie eine Katze eine Maus. Seine Wangen waren vor Erregung gerötet.

»Hat er etwas über die Uhrzeit gesagt?«

»Kurz nach neun.«

»Mitten am Tag?« Die buschigen Brauen schossen in die Höhe. »Die scheinen sich ihrer Sache ja sehr sicher zu sein.«

»Sieht so aus, ja.«

»Wir werden sie für ihren Leichtsinn bestrafen, Allah ist mein Zeuge.« Er tippte den Toten mit dem Finger an. »Wie ist er gestorben?«

»Herzinfarkt vermutlich, so genau kann ich das nicht sagen, ich bin kein Arzt.«

»Er ist noch warm.«

»Es ist ja auch noch keine zehn Minuten her. Es ging alles sehr schnell.«

»Zehn Minuten? Das heißt, seine Seele ist hier noch irgendwo.«

»Schon möglich …«

Jafar drehte sich um. Seine Finger zuckten grapschend durch die Luft. »Wo ist sie, könnt Ihr sie sehen?«

»Seine Seele?« Khalid runzelte die Stirn. »Natürlich nicht.«

»Aber spüren könnt Ihr sie auch, oder nicht? Ich fühle, dass sie hier ist. Ganz nah. Ich frage mich, ob man sie sichtbar machen kann.«

»Um was zu tun?«

»Mit ihr zu kommunizieren. Informationen über das Jenseits zu erhalten. Seid Ihr nicht neugierig, zu erfahren, was uns nach dem Tod erwartet?«

Khalid verzog amüsiert den Mund. »Wissen wir das nicht längst? *Auf golddurchwirkten Ruhebetten liegen sie einander gegenüber, während ewig junge Knaben unter ihnen die Runde machen mit Humpen und Kannen und Bechern von Quellwasser, von dem sie weder Kopfweh bekommen noch betrunken werden, und mit Früchten und Fleisch von Geflügel, wonach sie Lust haben. Und großäugige Jungfrauen haben sie zu ihrer Verfügung, in ihrer Schönheit mit wohlverwahrten Perlen zu vergleichen.*«

Jafar nahm das Koran-Zitat schweigend zur Kenntnis und fuhr fort, das Opfer zu umrunden. Khalid hegte den Verdacht, dass es den jungen Imam weniger nach Jungfrauen denn nach jungen Knaben gelüstete. Aber jeder so, wie es ihm beliebte. In den Gärten Allahs war für jeden Platz. Vorausgesetzt, er kämpfte tapfer.

Die Füße des getöteten Kurden standen in einer mit Wasser gefüllten Metallwanne. Daneben lag das Stromkabel.

Jafar ging sicherheitshalber einen Schritt zurück.

»Strom?«

»Richtig angewendet, immer noch die effektivste und sauberste Methode«, sagte Khalid. »Nur auf die Zunge hätte ich besser achtgeben sollen. Vielleicht wäre ein Knebel angebracht gewesen. Andererseits wäre er dann nicht mehr in der Lage gewesen zu sprechen …«

»Was ist mit seiner Zunge?«

»Abgebissen.«

Der Geistliche überlegte kurz, dann hellte sich sein Gesicht auf. »Ohne Zunge wird er im Jenseits keine Lügen verbreiten können. Sehr gut. Ich wäre gerne dabei, wenn Ihr das nächste Mal einen verhört.«

»Warum?«

»Ich möchte es sehen.«

»Glaube mir, das willst du nicht. Ein Mann beantwortet Fragen, er schreit, dann stirbt er. Es ist nichts Ehrenvolles daran.«

»Wer redet denn von Ehre? Mir geht es darum, den Moment festzuhalten, wenn die Seele den Körper verlässt. Das ist eine spirituelle Erfahrung, die ich als Geistlicher machen muss. So hat es mir mein Mullah beigebracht. Ohne diese Erfahrung werde ich das Mysterium des Lebens niemals verstehen, hat er gesagt.«

Khalid zog eine Braue in die Höhe. Dass jemand freiwillig einer solchen Tortur beiwohnen wollte, befremdete ihn. Was brachten sie den jungen Männern heutzutage in den Koranschulen eigentlich bei? Früher ging es um den Glauben, um die Tradition. Ehre den Vater, ehre die Mutter, ehre die Familie und den Stamm. Am meisten aber ehre Allah. Er ist der Anfang und das Ende, solange die Welt besteht. Die neue Generation von Geistlichen war eine andere. Sie schien sich mehr für Politik als für den Koran zu interessieren. Und jetzt sollten diese jungen Männer auch noch aktiv ins Kriegsgeschehen eingreifen?

»Ich werde verfahren, wie ich es für richtig halte«, entgegnete er kurz angebunden. »Eine weitere Person verkompliziert die Dinge unnötig.«

Jafars Blick zuckte empor. »Bitte.«

Khalid zögerte einen Moment. Seine Augen wurden zu Schlitzen. »Ich habe eine einfache Regel: Verlange nichts von jemandem, was du selbst nicht zu tun bereit bist. Wenn du der Prozedur beiwohnen willst, musst du bereit sein, dem Verhörten die Elektroden selbst anzulegen. Du musst bereit sein, ihm die Fingernägel auszureißen, die Knochen zu brechen und die Augen auszustechen. Bist du das? Wirst du standhaft bleiben, wenn er dir das Blaue vom Himmel verspricht?«

Jafar erbleichte, dann reckte er das Kinn vor. »Das bin ich.«

»Dann soll es so sein. Ich werde dich das nächste Mal rufen. Mögest du finden, wonach du suchst. Und möge Allah dir danach einen ruhigen Schlaf gewähren. Aber jetzt genug davon. Es gibt Wichtigeres, über das wir sprechen müssen.« Er nahm den Imam beim Arm und geleitete ihn zur Tür. »Der Kurde hat gesagt, dass ein Waffentransport von Quamishli nach Jaz'ah unterwegs sein wird. Ein Transport, mit dem unsere Feinde den Korridor, den sie zwischen der syrischen Grenze und dem Dschabal geschlagen haben, sichern wollen. Hundertzwanzig Maschinengewehre, zwei Dutzend Landminen sowie fünf komplette Milan-Panzerabwehrsysteme und ebenso viele Boden-Luft-Raketen. Diesen Fang dürfen wir uns nicht entgehen lassen.«

Jafar stand die Verwunderung ins Gesicht geschrieben. »Seid Ihr sicher? Ich meine ... es klingt fast zu schön, um wahr zu sein.«

»Ein Mann, der solche Schmerzen erduldet, lügt nicht«, sagte Khalid. »Dieser Fang würde unsere Nachschubprobleme auf einen Schlag lösen.«

»Wir könnten uns endlich mit unseren Brüdern von der al-Nusra im Norden Syriens vereinen.« Jafars Augen leuchteten. »Ein großer Schritt für die Wiedervereinigung des Glaubens und die Errichtung unseres Kalifats.«

Khalid nickte. »Ich muss dir nicht sagen, dass unsere Versorgungslage seit dem Desaster von Sinjar schlechter geworden ist. Mit den neuen Waffen könnten wir unseren Bestand endlich aufstocken. Außerdem würden wir unseren Gegnern das Material zur Verteidigung und Erweiterung dieses verdammten Korridors rauben. Ein strategisch wichtiger Faktor.«

»Eine Verschiebung des Machtgleichgewichtes in der Region.«

Khalid nickte. »Aber wir müssen vorsichtig sein. Unsere Feinde wissen um den Wert dieser Lieferung. Sie werden sie zu schützen wissen. Ich werde unsere besten Leute darauf ansetzen.«

Jafar richtete sich auf. »Bitte nehmt mich mit. Ich will dabei sein und meinen Anteil leisten.«

»Du bist ein Geistlicher, kein Kämpfer.«

»Aber ich ...«

»Ich brauche ein eingespieltes Team. Für Amateure ist da kein Platz.«

»Aber es könnte wichtig sein.«

»Inwiefern?«

»Für die Moral. Wenn die Männer erkennen, dass ihr geistliches Oberhaupt sich nicht hinter Büchern und Gebetstafeln versteckt, sondern selbst zur Waffe greift, würde das ihren Glauben stärken. Meint Ihr nicht?«

Khalid strich sich übers Kinn. »Möglich«, sagte er. »Aber du gehst ein hohes Risiko ein. Die Kurden sind tapfere Kämpfer. Gut möglich, dass sie Luftunterstützung von den Amerikanern angefordert haben ...«

»Die Amerikaner, *ha!*« Jafars Augen leuchteten. »Habt Ihr nicht gehört, was geschehen ist? Allah hat uns ein Zeichen gesandt. Er hat ihre Drohnen wie Fliegen vom Himmel gefegt und sie in der Wüste zerschellen lassen. Und er wird es wieder tun, sollten diese Hunde es noch einmal wagen, ihre Hand gegen uns zu erheben. Glaubt mir, dies ist unsere Stunde.«

Khalid schwieg. MQ-9. Die besten unbemannten Flugmaschinen der Welt. Jede von ihnen zwölf Millionen Dollar teuer. Zerstört in wenigen Sekunden.

Es war, als wäre ein Blitzstrahl vom Himmel gefahren. Gewiss, der IS hatte ebenfalls unter dem Ausfall der Technik zu leiden gehabt, allerdings längst nicht in dem Maße wie die Amerikaner. Etwa eine halbe Stunde lang hatte nichts funktioniert. Funkgeräte, GPS, ja selbst die Kompressoren – alles war ausgefallen. Und dann, wie durch ein

Wunder, funktionierte es plötzlich wieder. Ob göttlicher Wille oder ein natürliches Phänomen, jedenfalls waren sie aus der Situation gestärkt hervorgegangen. Und jetzt würden sie zum Gegenschlag ausholen.

»Ich werde darüber nachdenken«, sagte er. »Aber jetzt lass uns hinüber in den Planungsraum gehen und alles für morgen früh vorbereiten. Du da …«, er deutete auf den Wachposten, »hol dir einen zweiten Kollegen und macht hier sauber. Begrabt den Mann draußen in den Bergen und seht zu, dass keine Spuren von ihm zurückbleiben. Wenn ich zurückkomme, soll mich nichts mehr an ihn erinnern, verstanden?«

»Zu Befehl, Kommandant.«

7

Messene …

Das Feuer knisterte. Glimmende Funken stoben in den Nachthimmel. Ein Abend, wie geschaffen für eine gemütliche Runde unter dem Sternenzelt – wäre da nicht diese düstere Stimmung, die wie eine erstickende Decke über der antiken Grabungsstätte lag.

Stromberg saß Hannah gegenüber und stützte sich auf seinen Stock. Ihm war anzusehen, dass ihm die Sache unangenehm war.

»Du musst mir glauben, Hannah, ich hätte das nicht von euch verlangt, wenn es eine Alternative gegeben hätte.«

»Warum?«, fragte Hannah. »Warum jetzt? Und warum John? Hast du keinen anderen, den du schicken kannst?«

»Weil er der Beste ist und weil die Sache keinen Aufschub duldet«, sagte er. »Es geht um einen Auftrag von besonderer Dringlichkeit.«

John räusperte sich verlegen. »Immerhin konnte ich Norman dazu überreden, noch mal kurz hier vorbeizukommen, um mich von euch zu verabschieden. Bitte mach es mir doch nicht so schwer.«

Die Sonne war hinter dem Horizont verschwunden, und das schrille Zirpen der Zikaden wurde von den ruhigeren Klängen der Grillen abgelöst. Eine Sternschnuppe zischte über das Firmament.

Es war die Zeit des Zusammenseins. Normalerweise aßen

sie jetzt Brot, Käse und Oliven und berichteten einander von ihrem Tag. Hannah erzählte Leni Geschichten von Nymphen und Dryaden, von Faunen und Satyrn, die um diese Uhrzeit aus ihren Verstecken kamen und Schabernack mit den Menschen veranstalteten. Und John lauschte ihnen lächelnd und nippte an seinem Retsina. Wie gesagt: *Normalerweise.*

»Könnt ihr nicht wenigstens einen weiteren Tag bleiben? Um was geht es denn überhaupt?« Ihre Stimme bekam etwas Flehendes.

»Um dir das zu erklären, sind wir hier«, sagte Stromberg. »Doch ehe wir dazu kommen: Hast du in letzter Zeit mal Nachrichten geschaut?«

»Wie es der Zufall so will, kurz bevor ihr aufgekreuzt seid. John weiß, dass ich mich nicht so wahnsinnig für das Weltgeschehen interessiere. Immer derselbe Quatsch. Deshalb nehme ich die wichtigsten Sendungen auf und schaue sie mir bei Bedarf am Stück an. Die letzte Sendung stammt vom Samstag. Warum fragst du?«

»Weißt du von den beiden abgestürzten Militärmaschinen?«

»Habe ich von gehört, ja. Merkwürdige Geschichte. Aber was hat das mit euch zu tun?«

»Was du vermutlich nicht weißt, ist, dass der Ton inzwischen schärfer geworden ist«, sagte Stromberg. »Die USA beschuldigen die syrische Armee, die Maschinen abgeschossen zu haben. Baschar al-Assad weist die Sache weit von sich und beschuldigt seinerseits die IS-Milizen. Die aber hätten gar nicht das notwendige Equipment, um so etwas durchzuziehen, hört man vom US-Geheimdienst. Man dreht sich im Kreis.«

»So ist das doch immer bei derlei Konflikten«, seufzte Hannah. »Das ist genau der Grund, warum ich so ungern Nachrichten schaue.«

»Trotzdem bleibt die Frage nach der Ursache«, sagte Stromberg. »Irgendwer scheint hier ein diebisches Vergnügen daran zu haben, mit Streichhölzern in der Pulverkammer zu spielen.«

»Könnte es nicht auch eine technische Erklärung geben?«, fragte Hannah. »Diese Reporterin schien doch etwas zu wissen. Wie war ihr Name noch mal?«

»Leslie Rickert, vom BBC«, sagte Stromberg. »Sie ist an der Sache dran und berichtet nahezu rund um die Uhr. Allerdings hat auch sie keine konkreten Informationen. Im Moment ist sie damit beschäftigt, zusammenzustellen, welche Regionen von dem Stromausfall betroffen waren und welche Schäden entstanden sind. Das Gebiet ist riesig. Teile davon reichen bis rüber nach Israel und Afghanistan.«

»Und niemand weiß etwas? Das gibt es doch nicht ...«

»Vielleicht existiert ein stillschweigendes Übereinkommen«, warf John ein. »Eine Absprache, solange man nicht hundertprozentig weiß, womit man es zu tun hat.«

»Ein Übereinkommen zwischen Staaten, die sich nicht riechen können?« Hannah zog eine Braue in die Höhe. »Kommt mir nicht sehr wahrscheinlich vor. Die lassen doch keine Gelegenheit aus, dem anderen eins auszuwischen. Aber das ist doch nicht das Thema, oder? Ich meine, was hat das alles mit euch zu tun? Was interessieren uns ein paar Flugzeuge, die irgendwo in der Wüste runtergekracht sind? Es sei denn ...«, sie geriet ins Stocken. »Moment mal ... ihr habt doch wohl nicht etwa vor, dorthin zu fahren, oder?«

Stromberg lehnte sich zurück.

John senkte den Blick.

Hannah hielt den Atem an. »Also doch. Ich glaub's ja nicht. Ist euch euer Leben so wenig wert, dass ihr meint, unbedingt in eine der schlimmsten Krisenregionen der Welt fahren zu müssen?«

»Manchmal kann man sich den Ort eben nicht aussuchen ...«

»*Blödsinn!* Wisst ihr eigentlich, dass diese Entscheidung euch das Leben kosten kann? Es ist nicht dasselbe, ob man sich entschließt, keine Nachrichten mehr zu gucken, oder ob man sich direkt in den Abgrund stürzt. Diese Region ist ein Pulverfass. Das ist ... *unverantwortlich.*«

Entrüstet sah sie die Männer an. »Was gibt es denn da so Aufsehenerregendes, dass es nicht noch ein Jahr oder so warten kann? Zumindest so lange, bis sich die Wogen geglättet haben?«

Stromberg kratzte mit seinem Stock über den Boden. »Weil ich kein Jahr mehr habe. Genau genommen habe ich nicht mal mehr einen Monat.«

»*Was?*«

»Ich habe Krebs, Hannah. Endstadium. Die Ärzte haben mir in Bezug auf meine Lebenserwartung keine großen Hoffnungen gemacht. Es mag dich traurig stimmen, aber Fakt ist, ich werde das neue Jahr nicht mehr erleben.«

»Unsinn ...« Hannah war zu schockiert, um irgendetwas Sinnvolles sagen zu können.

»Leider nein«, sagte Stromberg. »Für eine OP ist es längst zu spät. Die Metastasen sind überall, sogar im Gehirn.«

»Oh nein ...«

Stromberg zuckte die Schultern. »Das ist der Lauf der Welt. Die Alten müssen gehen, damit die Jungen nachkommen können.« Er blickte lächelnd auf Leni, die im Schneidersitz auf der Erde hockte und ihren Zauberwürfel drehte. »Aber tröste dich, ich werde nicht unglücklich sterben. Ich habe sechs Kinder von vier Frauen, die alle mein Dahinscheiden beweinen werden – aus welchen Gründen auch immer. Meine Kunstsammlung übertrifft die des *British Museum*, und meine Stiftungen zur Förderung von Hochbegabten genießt weltweites Ansehen. Mit meinem Vermögen habe ich sogar den alten Zocker Warren Buffett hinter mir gelassen.« Er lachte, doch es endete in einem Hustenanfall.

Hannah war viel zu schockiert, um seinen Heiterkeitsausbruch teilen zu können. Für sie war Norman Stromberg immer der Fels in der Brandung gewesen. Der Mann, der alles fest im Griff hat, unerschütterlich, ruhig und selbstbewusst. Sie hatte immer geglaubt, dass, solange sich die Erde dreht, es einen Norman Stromberg geben würde, der die Geschicke der Welt leitet.

Dass er sterben sollte, ging nicht in ihren Verstand.

»Wie du weißt, mache ich mir nichts aus Geld«, sagte er, nachdem er sich ausgiebig geschneuzt hatte. »Geld alleine ist wertlos, es kommt darauf an, was man damit macht. Du kennst mich gut genug, um zu wissen, dass ich nicht still und leise aus dem Leben scheiden werde. Ich will noch einmal etwas Großes leisten. Etwas, woran sich die Menschen erinnern werden, wenn sie meinen Namen hören. Wenn ich gehe, dann mit einem Paukenschlag.«

»Es ist sein letzter Wunsch.« John legte dem Milliardär die Hand auf die Schulter. »Hätte ich ihm den abschlagen sollen?«

»Nein«, murmelte Hannah leise.

»Dann habe ich also dein Einverständnis?«

Sie nickte. »Und wenn ich mitkomme?«

»Ausgeschlossen.« John schüttelte energisch den Kopf. »Es ist, wie du gesagt hast: Die Region ist ein Pulverfass. Schwer reinzukommen, noch schwerer, unentdeckt zu bleiben. Wir werden uns ganz schön anstrengen müssen, um nicht den Terrorbrigaden in die Hände zu fallen. Dich oder gar Leni einer solchen Gefahr auszusetzen, ist ... nein. Das könnte ich mir nie verzeihen.«

»Aber wie wollt ihr das anstellen? Ist es überhaupt möglich, unbemerkt dorthin zu gelangen?«

John zuckte die Schultern. »Keine Ahnung. Wir werden vermutlich inkognito reisen und auf jeglichen Komfort verzichten. Ich weiß noch gar nicht, wie Norman das durchhalten will, bei seiner angegriffenen Gesundheit.«

»Ich werde das schon schaffen, mein Junge. Der Gedanke an das, was wir dort finden werden, wird mich am Leben erhalten.«

»Und was wäre das?«, fragte Hannah.

Stromberg schwieg einen Moment. In seinen Augen lag ein seltsamer Glanz. Ob das an dem kalten Licht der Gaslaterne lag oder aber an den Medikamenten, war schwer zu sagen. Jedenfalls schien er direkt durch sie hindurchzuschauen.

»Etwas Großartiges«, sagte er, seine Stimme war kaum mehr als ein Flüstern. »Noch können wir nicht hundertprozentig sicher sein, aber wenn es das ist, was ich glaube – *was ich erhoffe* –, so ist es das bedeutendste Bauwerk der Menschheitsgeschichte.«

8

Badiyat al-Jazira …

Professor Ahmad Hammadi starrte auf seinen Laptop. Das blasse Licht des Displays warf harte Schatten gegen das Außenzelt. Über seinem Kopf wölbte sich der unendliche Nachthimmel. Wie schwarzer Samt sah er aus, überzogen mit einem glitzernden Band von Sternen und Galaxien. Ein kurzes Aufflammen, dann raste eine Sternschnuppe über den Himmel und verglomm in der Ferne.

Ahmad spitzte die Ohren.

Die Stille war ehrfurchtgebietend. Nicht das geringste Geräusch. Endlos breitete sich die Wüste nach allen Richtungen aus. Es gab nur sie beide, Ahmad und Hasan, und diesen Laptop, dessen Licht wie ein einsamer Leuchtturm in der Finsternis glomm. Der Professor lächelte. Waren die Sterne wirklich Lagerfeuer, wie es in der Überlieferung hieß, oder waren es nicht vielmehr die Laptops einsamer Gelehrter, die, wie er selbst, in der Unendlichkeit nach den Fragen des Universums forschten? Ein kurioser Gedanke.

Sein Atem kondensierte zu kleinen Schleiern. Er merkte, dass es kalt geworden war. Fröstelnd griff er nach seiner Wollmütze und zog sie über. Hinter dem geöffneten Zelteingang sah er seinen Sohn auf der einfachen Bastmatte liegen. Eingerollt in seinen Schlafsack, den Saum bis zur Nasenspitze hochgezogen.

Ahmad gönnte ihm die Ruhe. Ihm selbst war nicht nach Schlafen zumute. Er wurde von einer inneren Unruhe getrieben, die ihn kein Auge zutun ließ. Sein Puls flatterte, als hätte er drei Tassen Kaffee getrunken. Ständig musste er an Marduk denken.

Herrscher der Unterwelt, Wächter, *Drache*.

Der Gedanke war beunruhigend. Vielleicht nahm Marduk es ihnen übel, dass sie sein Grabmal geöffnet hatten. Hatten sie seine Ruhe gestört? Für einen rational denkenden Menschen war solch eine Vorstellung natürlich indiskutabel. Aberglaube war etwas für Hirten und Beduinen. Trotzdem gingen Ahmad die Ereignisse einfach nicht aus dem Kopf. Das plötzliche Erlöschen der Lichter, die pechschwarze Finsternis. Das Versagen der Kamera und das panische Umhertappen bei gleichzeitiger Orientierungslosigkeit. Dann endlich der rettende Weg zurück an die Oberfläche und ihr Erstaunen, als sie festgestellt hatten, dass ihre Uhren exakt zum selben Zeitpunkt stehengeblieben waren. Sie hatten beide gespürt, dass etwas Unerhörtes vorgefallen war. Etwas, das sich auf rationalem Wege wohl kaum erklären ließ.

Seither ertappte er sich dabei, wie er in die Nacht spähte und lauschte. Doch was er hörte, war nur sein eigener Atem.

Alles war ruhig. Oder?

Er zuckte zusammen. Bildete er sich das ein, oder hatte er da eben eine Bewegung in der Dunkelheit wahrgenommen? Ein kurzes Vorbeihuschen vor dem Sternenhintergrund? Ein Rauschen, wie von riesigen Schwingen? Er griff nach seiner Lampe und hielt sie hoch. Wie die Wellen eines steinernen Meeres breiteten sich die Dünen bis in weite Ferne aus. Nichts. Niemand da außer ihnen beiden. Trotzdem wurde er das Gefühl nicht los, etwas wahrgenommen zu haben.

Von Unruhe getrieben, stand er auf und umrundete das Zelt. Mit dem Lichtkegel seiner Lampe suchte er die Umgebung ab. Alles schien wie gewohnt. Nur diese Stille war irgendwie verdächtig. Ob sein Sohn wirklich schlief? Ahmad schlich zurück zum Zelteingang und spähte hinein.

»Hasan?« Sein Flüstern klang zischend wie ein Peitschenhieb.

»Schläfst du?«

Keine Reaktion.

Er wartete noch einen Moment, dann wandte er sich ab. Das waren wohl nur seine überreizten Nerven. Zum Aus-der-Haut-Fahren, so was. Höchste Zeit, dass er etwas unternahm.

Arbeit, dachte er. Arbeit war die beste Medizin. Immer schon gewesen. Sie hatte ihm geholfen, als seine Frau gestorben war und danach, als man ihn an der archäologischen Fakultät wegen abwegiger Thesen in der Besoldung runtergestuft hatte. Arbeit war die beste Art, auf andere Gedanken zu kommen.

Er setzte sich hinter den klapprigen Campingtisch, zog seinen Laptop heran und starrte auf das Display. Dort war noch immer das Standbild jener letzten Aufnahme, die Hasan gemacht hatte. Der Screenshot wies zwar keine besonders gute Qualität auf, genügte aber, um die Spurensuche im Internet fortzusetzen. Ahmad besaß eine kleine Satellitenanlage, mit der man zwar keine Filmdateien hochladen konnte, die aber für Fotos durchaus ausreichte. Er hatte bereits ein paar Standbilder an Norman Stromberg geschickt und die erhoffte Resonanz erhalten. Der Milliardär hatte ihm sofortige Unterstützung zugesagt und ihn zudem ermahnt, niemandem von dem Fund zu berichten. Was ganz in Ahmads Sinne war. Nichts wäre schlimmer, als wenn ihm jemand auf der Zielgeraden den Fund wegschnappte. Er und Hasan hatten sicherheitshalber die Steinplatte wieder an ihre ursprüngliche Position gezogen und die Spuren verwischt. Man konnte in diesen Dingen gar nicht vorsichtig genug sein.

Jetzt konzentrierte er sich auf das Bild vom Türschloss. Ganz offensichtlich fehlte dort etwas. Der Screenshot ließ eine deutliche Vertiefung erkennen. Mehrere kreisförmige Aussparungen – große und kleine –, in deren Mitte sich Bohrungen befanden. Waren es Halterungen für Drehscheiben? Möglicherweise hatten sich dort Zahnräder befunden. Er musste an Marduks Gewand denken.

Rings um die Aussparungen ragten kleine bronzene Metallstifte aus dem Sandstein. Sie waren stark oxidiert und kaum größer als ein Fingernagel. Mit ein bisschen Geschick konnte man sie vielleicht so weit restaurieren, dass ihr Zweck erkennbar wurde. Er erinnerte sich an das seltsame Gefühl, als er seinen Finger daraufgelegt hatte. Als wäre etwas durch ihn hindurchgeflossen. Der Gedanke an ein Tresorschloss drängte sich ihm auf.

Zahnräder also. Die Bohrungen könnten als Halterung für Achsen gedient haben. Rotierende Zahnräder, Achsen, metallische Kontakte – eine Art Uhr? Ahmad konnte sich nicht erinnern, jemals etwas Derartiges gesehen zu haben. Vielleicht musste er die Suche über das Zweistromland hinaus ausdehnen. Was war mit Ägypten oder dem antiken Griechenland? Gab es dort einen Fund, auf den die Beschreibung zutraf? Ahmad trommelte mit den Fingern auf den Tisch. Was übersah er hier gerade?

Je länger er auf das Bild starrte, desto mehr beschlich ihn das Gefühl, in einer Fachzeitschrift etwas darüber gelesen zu haben. Aber wo? Wenn er sich nur erinnern könnte.

Er schrak aus seinen Gedanken hoch.

Er hatte einen Luftzug gespürt und war davon ausgegangen, dass Hasan aufgestanden war. Doch sein Sohn schlief immer noch tief und fest. Bildete er sich den Luftzug nur ein?

»Hallo?« Seine Stimme klang dünn und ängstlich. Wie das Piepsen einer Maus. »Ist da jemand?«

Keine Antwort. Die Sterne blickten kalt und fern auf ihn herab. Er wartete noch einen Moment, doch nichts geschah.

»Nervöser, alter Mann«, sagte er kopfschüttelnd. »Fängst schon an, Gespenster zu sehen. Höchste Zeit, dass du ins Bett kommst.«

Plötzlich fiel ihm wieder ein, wo er schon einmal darüber gelesen hatte. Hastig öffnete er das Suchfenster seines Browsers. Seine Finger huschten über die Tastatur, als er den Suchbegriff eintippte. Es gab da eine Insel vor dem griechischen Festland. Vor einigen Jahren hatte etwas darüber in der Presse gestanden. Taucher hatten in einigen Metern Tiefe eine seltsame Apparatur gefunden, deren Funktion und Zweck niemand so recht erklären konnte. Abenteuerliche Geschichten rankten sich um die Entdeckung, aber noch viel aufsehenerregender war die Apparatur selbst. Das

Ding verströmte diesen speziellen Duft nach ungelösten Rätseln und geheimen Wissenschaften, die den Beruf des Archäologen so anziehend machten.

Während sich das Vorschaubild aufbaute, fühlte Ahmad, dass er einer heißen Sache auf der Spur war. Größe, Form und Aufbau konnten durchaus passen. Aber er musste sichergehen. Er wählte die höchste Auflösung und lehnte sich zurück.

Die Transferrate war miserabel. Ahmads Hände wurden feucht, während sich das Bild Zeile für Zeile aufbaute.

Grundgütiger! Zahnräder, Achsen und Getriebe, eingefasst in einen Kasten von den Abmessungen einer Schuhschachtel. Das war es! Das war des Rätsels Lösung.

Hastig öffnete er die Seite des archäologischen Nationalmuseums von Athen, wo die Apparatur aufbewahrt wurde. Mit fiebrigen Augen überflog er die Beschreibung. Dreißig bronzene Zahnräder, wobei man davon ausging, dass noch ein paar fehlten. Wie es der Zufall so wollte, war gerade eine Gruppe von Forschern in der Ägäis damit beschäftigt, nach den restlichen Teilen zu suchen.

Er musste Stromberg informieren.

Er öffnete sein E-Mail-Programm und begann zu schreiben.

Lieber Norman! Glaube, dem Rätsel über den fehlenden Mechanismus einen Schritt nähergekommen zu sein. Siehe Foto im Anhang. Werde mich morgen mit dem Nationalmuseum in Athen in Verbindung setzen. Gruß, Ahmad PS: Komm bald. Könnte Unterstützung brauchen. Fühle mich unwohl. Ich glaube, wir werden beobachtet.

Schnell drückte er auf den Senden-Knopf, dann ließ er sich zurücksinken. Wie er Stromberg kannte, würde dieser umgehend Maßnahmen ergreifen, um den Fund zu schützen.

Noch einmal studierte Ahmad das Bild und verglich es mit dem Screenshot von Hasans Kamera. Hoffentlich war er nicht zu voreilig gewesen. Aber die Indizien waren evident. Jeder hätte diesen Schluss gezogen.

Er lächelte versonnen. Mesopotamien und Griechenland, vereint in einem Wimpernschlag. Was für eine Entdeckung! Schulen würden nach ihm benannt werden, Universitäten. *Archaeology today* würde ihn um ein Interview bitten, vielleicht schaffte er es sogar auf die Titelseite. Jetzt war erst recht nicht mehr an Schlaf zu denken. Er fühlte sich wie eine zu stramm aufgezogene Uhrfeder.

In diesem Moment spürte er wieder diesen Windhauch. Eiskalt strich er über seinen Nacken. Als würde ihm jemand ins Genick blasen!

Er wagte nicht, sich umzudrehen. Was auch immer das war, es befand sich *direkt hinter ihm*. Stocksteif saß er da, mit beiden Händen die Tischkante umklammernd.

»Hallo?«

Der Luftzug fächelte leise an sein Ohr.

AHMAD ...

Kaum mehr als ein Flüstern.

Er spürte, wie sich sämtliche Härchen an seinem Körper aufrichteten. War das echt, oder bildete er sich das nur ein?

»W... wer bist du?«

Warum hast du meine Ruhe gestört?

Bei Allah! Diese Stimme. Körperlos und doch real. Als würde sie direkt in seinem Kopf entstehen. War das ein Traum?

»Ich ... es tut mir leid«, stammelte er. »Ich wusste nicht ...«

Den Schlüssel. Gib ihn mir.

Das Flüstern steigerte sich zu einem Wind, der direkt durch ihn hindurchfuhr. Eine eiskalte Hand umschloss sein Herz.

Hast du ihn mitgebracht? Ich bin es leid, zu warten!

»M... mitgebracht? Was denn?« Ahmad würgte die Worte heraus. Ein ungeheurer Druck lastete auf seiner Brust. Schmerzen fuhren ihm in Arme und Beine. Es war, als würde er von glühenden Nadeln durchbohrt. Er konnte sich nicht erinnern, jemals solch intensive Schmerzen empfunden zu haben. Träumte er? Es musste ein Traum sein.

Er spürte, dass er seinen Körper nicht länger unter Kontrolle hatte. Zuckend kippte er vom Stuhl. Sein Kopf schlug hart gegen die Satellitenfunkanlage. Zitternd ragte die Antenne über ihm auf. Etwas Riesenhaftes senkte sich auf ihn herab.

Der Schlüssel.

»Allah, hilf mir ...«

Seine Stimme verkam zu einem Wimmern. Sterne flammten auf. Oder waren es Zahnräder?

Die Stimme hatte etwas Übermächtiges. Für den Bruchteil einer Sekunde glaubte Ahmad, den fremden Geist zu erspähen. Schemenhaft, undeutlich und von imposanter Erscheinung. *Grundgütiger!*

Er sah ihn – und verstand.

Aber natürlich. Die Welt, das Licht, die Zeit – das ganze Universum spannte sich wie ein Regenschirm vor ihm auf. Alle Schrecken, alle Wunder waren auf einen einzigen Moment geschrumpft. Grenzenlose Freiheit, gefolgt von kalter, schwarzer Enge.

Alles und nichts.

»Ich habe ihn nicht«, flüsterte er. »Ich komme mit leeren Händen.«

Augenblicklich spürte er die Enttäuschung. Sie flutete über ihn hinweg wie ein Ozean aus Trauer. Das Gefühl war so überwältigend, dass ihm Tränen über die Wangen liefen. Tränen des Kummers, Tränen der Verbitterung und Einsamkeit, vor allem aber Tränen unstillbarer und grenzenloser Wut. Das Unrecht war kaum wiedergutzumachen. Aber er musste es versuchen. Wenn er Marduk schon keine Erlösung bringen konnte, so doch zumindest ein Opfer. Nicht irgendein Opfer – das Wertvollste, was er anzubieten hatte. Er zog sein Messer.

Im selben Moment fühlte Ahmad sich emporgehoben und auf die Füße gestellt. Die Klinge in seiner Hand schimmerte wie diamantenes Eis. Der Geschmack von Blut lag auf seinen Lippen.

Vor ihm stand das geöffnete Zelt. Sein Junge schlief dort, die schwarzen Haare ganz verstrubbelt.

Niemand war frei von Schuld.

Ahmad kniete nieder. Das Messer in seiner Hand schien einen eigenen Willen zu besitzen. Es hob seinen Arm und ließ ihn niedersinken. Einmal. Zweimal. Das alles geschah in vollkommener Lautlosigkeit. Und dann war es vorbei.

Er spürte seinen Arm nicht mehr. Auch seine Beine waren taub. In seinem Inneren war alles zerbrochen.

Er wusste, dass er nur Kraft für eine einzige Aktion hatte, also richtete er die Klinge auf seine Brust.

»Allah, vergib mir.«

Mit diesen Worten drückte er den Stahl tief in sein Herz.

9

Messene …

»Der Turm zu Babel? Das ist doch Unsinn, oder?«

Die Archäologin sah ihn skeptisch an. Norman Stromberg hielt ihrem Blick stand. Er kannte sie mittlerweile gut genug, um zu wissen, war für ein Typ Frau sie war. Sie glaubte nur das, was sie selbst herausgefunden hatte. Ehrlich gesagt, hätte ihn alles andere auch verwundert.

»Sagte ich nicht, es wäre das bedeutendste Bauwerk der Menschheitsgeschichte? Und endlich haben wir Gewissheit, wo wir suchen müssen.«

»Aber … das kann doch nicht sein«, entgegnete Hannah verwirrt. »Es ist doch allgemein bekannt, wo der Turm zu Babel stand.«

»Dann klär mich mal auf.«

Sie neigte ihren Kopf. »Was soll das werden, eine Quizsendung?«

»Komm schon«, sagte er. »Tu mir den Gefallen und erzähl mir, was du darüber weißt.«

Ihre Augen wurden einen Tick schmaler. »Inzwischen bin ich mir fast sicher, dass du dir einen Spaß erlaubst. Aber sei's drum, spiele ich das Spiel eben mit.« Sie straffte ihre Schultern und setzte sich aufrecht. »Dem aktuellen Stand der Forschung nach handelt es sich bei dem Turm von Babel um die Zikkurat von Babylon. Das Bauwerk besitzt eine quadratische Grundfläche, eine Kantenlänge von etwa hundert Metern und eine Höhe von einundneunzig Metern. Der Turm war in mehrere Terrassen unterteilt und wurde vor etwa dreitausend Jahren errichtet. Nur den Priestern war es gestattet, die oberste Etage zu betreten, da das Dach für astronomische Beobachtungen genutzt wurde.«

»Nur weiter«, sagte Stromberg.

»Mal sehen, ob ich noch alles zusammenbekomme.« Sie massierte ihre Schläfen. »Nebukadnezar der Zweite vollendete den Tempel und ließ ihn mit farbigen Ziegeln verzieren. In der Folgezeit verfiel das Bauwerk allerdings; möglicherweise wurde es von Perserkönig Xerxes dem Ersten zerstört. Als Alexander der Große Babylon einnahm, ließ er die Reste des Turms abtragen und baute ihn an anderer Stelle wieder auf. Eine Arbeit, mit der zehntausend Mann gute zwei Monate lang beschäftigt waren. Doch der frühe Tod Alexanders brachte den Wiederaufbau ins Stocken. Der Turm zerfiel und geriet in Vergessenheit. Seine Trümmer verschwanden im Dunkel der Geschichte.«

»Ausgezeichnet«, sagte Norman. »Ich hätte es selbst nicht besser zusammenfassen können.«

»Und?«

»Die Frage ist: Glaubst du das?«

»Es gibt keinen Grund, daran zu zweifeln.«

»Doch, den gibt es: das Alte Testament. Hier wird eine völlig andere Geschichte erzählt. Die Bibel spricht von einem Volk aus dem Osten, das die eine heilige Sprache spricht und sich in einem Land namens Schinar ansiedelt. Dort will es eine Stadt und einen Turm mit einer Spitze bis zum Himmel bauen.«

»Gewiss, aber ...«

»Laut Altem Testament fand der Turmbau, zeitlich gesehen, zwischen der Sintflut und Abrahams Reise nach Haran statt. Gestatte mir, dir den genauen Wortlaut vorzulesen.«

Er zog einen Zettel aus der Tasche und faltete ihn auseinander.

»Es hatte aber alle Welt einerlei Zunge und Sprache. Als sie nun nach Osten zogen, fanden sie eine Ebene im Lande Schinar und wohnten daselbst. Und sie sprachen untereinander: Wohlauf, lasst uns Ziegel streichen und brennen! – Und nahmen Ziegel als Stein und Erdharz als Mörtel und sprachen: Wohlauf, lasst uns eine Stadt und einen Turm bauen, dessen Spitze bis an den Himmel reiche, damit wir uns einen Namen machen; denn wir werden sonst zerstreut in alle Länder. Da fuhr der HERR hernieder, dass er sähe die Stadt und den Turm, die die Menschenkinder bauten. Und der HERR sprach: Siehe, es ist einerlei Volk und einerlei Sprache unter ihnen allen, und dies ist der Anfang ihres Tuns; nun wird nichts mehr verwehrt werden können von allem, was sie sich vorgenommen haben zu tun. Wohlauf, lasst uns herniederfahren und dort ihre Sprache verwirren, dass keiner mehr des anderen Sprache verstehe! So zerstreute sie der HERR von dort in alle Länder, dass sie aufhören mussten, die Stadt zu bauen. Daher heißt ihr Name Babel, weil der HERR daselbst verwirrt hat aller Länder Sprache und sie von dort zerstreut hat in alle Länder.«

Er faltete das Papier zusammen und steckte es wieder ein.

»Und, was hältst du davon?«

»Die Passage ist mir bekannt«, sagte Hannah. »In der Bibelforschung wird das Turmbauprojekt als Versuch der Menschheit gewertet, Gott gleichzukommen. Gott, dem bei dieser Selbsterhebung seiner Schöpfung mulmig wird, bringt den Turmbau mittels einer Sprachverwirrung unblutig zum Stillstand und zerstreut die Bauherren in aller Herren Länder.« Sie grinste schief. »Ziemlich kleingeistig, wenn du mich fragst.«

»Warum?«

Sie zuckte die Schultern. »Gott will sein Volk unterentwickelt und demütig halten. Es klingt fast, als hätte er Angst, seine Schöpfung könne ihm zu nahe kommen. Welcher Vater würde so handeln? Wenn wir Kinder in die Welt setzen, dann doch mit dem Wunsch, dass sie uns eines Tages überflügeln, nicht, damit sie auf ewig in unserem Schatten stehen, oder?«

Norman fühlte den Krebs in seiner Lunge rumoren. »Vielleicht, vielleicht auch nicht. Ein Gedankenexperiment: Stell dir vor, es gelänge uns eines Tages, Roboter zu erschaffen, die über ein eigenes Bewusstsein verfügen. Wäre da nicht die Sorge angebracht, dass sich die eigene Schöpfung über uns selbst erhebt?«

»Möglich ...«

»Ich finde, es steht uns nicht zu, ein Werturteil abzugeben. Die Bibel wurde von Menschen geschrieben, und Menschen machen Fehler.«

Er seufzte. Ihm war klar gewesen, dass er mit diesem Thema bei Hannah auf Granit biss. Er lächelte entschuldigend. »Bitte verzeih. Wenn man den Tod so nah vor Augen hat wie ich, denkt man über manche Dinge anders. Worauf ich hinauswill, ist Folgendes: Ist dir aufgefallen, dass es eine klare Ortsangabe in dem Text gibt?«

Hannah nickte. »Sogar zwei: Babel und Schinar.«

»Richtig.« Er hatte ganz vergessen, wie aufmerksam sie war. »In der alten Geschichtsschreibung wurden Länder doch oftmals nach ihren Hauptstädten benannt. Folglich könnte es sich sowohl um Länder als auch um Städte handeln.«

»Das stimmt«, sagte Hannah.

»Die Stadt Schinar, in manchen Quellen auch *Singara* genannt, entspricht dem heutigen Sinjar. John, würdest du mir bitte mal meinen Computer geben.«

John griff neben sich und entnahm der Tasche vorsichtig einen Laptop – das Produkt einer Londoner Edelmarke. Stromberg öffnete das Display, und das System begann augenblicklich hochzufahren. Nicht, dass er unbedingt Wert auf Design legte, aber zufälligerweise befand sich unter der mahagonifarbenen Haube das beste High-End-Equipment, das momentan auf dem Markt zu bekommen war. Ein Gerät, das so manchen Großrechner in den Schatten stellte.

»Computer, zeige mir die Lage der Stadt Sinjar im Irak.«

»Aber gerne.« Die Computerstimme klang sanft und feminin. Kein Wunder, war sie doch der Schauspielerin Scarlett Johansson nachempfunden.

Während die Spracheingabe die akustischen Signale verarbeitete, erschien eine Karte. »Voilà«, flötete die Stimme.

Hannah hob amüsiert eine Braue.

»Computer, berechne die Entfernung zwischen Sinjar und Babylon.«

»Jawohl, Mr. Stromberg.« Der Ausschnitt veränderte sich.

»Die antike Stadt Babylon befindet sich nahe der heutigen Stadt Hilla. Möchten Sie die Strecke per Flugzeug oder mit dem Auto zurücklegen?«

»Mit dem Auto.«

Sofort erschien eine Anzeige, auf der die Route blau unterlegt war. »Die Entfernung beträgt sechshundertvierundvierzig Kilometer, bei einer Fahrzeit von acht Stunden und einundzwanzig Minuten. Möchten Sie weitere Informationen über den Zustand der Straßen und eventuelle Verkehrsbehinderungen haben?«

»Danke, nein.« Stromberg warf Hannah einen neugierigen Blick zu. »Was hältst du davon?«

»Toller Laptop. Schöne Stimme.«

»Ich rede von Babylon und Sinjar. Ziemlich weit auseinander, findest du nicht?«

Hannah zuckte die Schultern.

»Zu weit für meinen Geschmack«, sagte Stromberg. »Zu weit, um als geografische Ungenauigkeit durchzugehen. Zu unterschiedlich aber auch in Schreibweise und Aussprache, um als Übersetzungsfehler zu gelten.« Er richtete sich auf. »Wir haben also ein Problem. Einerseits haben wir Koldewey und seine Nachfolger, die behaupten, der Turm sei die Zikkurat von Babylon, andererseits haben wir die Aussagen in der Bibel. Beides ist nicht miteinander vereinbar.«

»So wie die Relativitäts- und die Quantentheorie.«

»Exakt.«

»Also?«

»Also liegt die Vermutung nahe, dass wir etwas übersehen haben. Ein Detail, das uns bislang verborgen geblieben ist.«

»Und du hast es gefunden?«

Er zog eine Braue in die Höhe. »Schon möglich ...«

Hannah schüttelte den Kopf. »Jetzt mach aber mal einen Punkt, Norman. Der Irak ist nicht der Amazonasdschungel. Dort lassen sich keine Ruinen unter Riesenbäumen verstecken. Das Gebiet wurde dutzendfach untersucht, unter anderem aus dem Weltraum. Meter für Meter und mit hochauflösender Satellitenoptik. Wenn da irgendwo irgendwelche Fundamente gewesen wären, hätte man sie schon längst gefunden. Besonders bei einem so gewaltigen Bauwerk wie einem Turm.«

»Ganz recht«, sagte Stromberg. »Vorausgesetzt, dieser Turm wäre tatsächlich in die Höhe gebaut worden ...«

Er ließ die letzten Worte sacken und lehnte sich zurück.

Unter seinen gesenkten Brauen beobachtete er Hannahs Reaktion.

Es war faszinierend, ihrem Mienenspiel zu folgen. Erst war da Erstaunen, dann Skepsis und Ablehnung – dann wieder Erstaunen. Am Schluss saß ihm ein menschliches Fragezeichen gegenüber.

»Nach unten?«

Norman hustete. Ein Schmerz in der Brust ließ ihn zusammenfahren. Sofort war John bei ihm.

»Alles klar, Norman?«

»Geht schon wieder. Die Anfälle kommen jetzt häufiger.«

Durch einen Tränenschleier warf er Hannah einen Blick zu. Sie sah ziemlich perplex aus. »Gib zu, daran hast du noch nicht gedacht, oder?«, sagte er.

»Nein, warum auch? Diese Vorstellung ist so idiotisch, dass mir die Worte fehlen ...«

»Das ist schön, denn dann kann ich ja die Pause nutzen, um noch ein paar Informationen loszuwerden.« Er nahm einen Schluck aus seiner Teetasse und befeuchtete seine trockene Kehle.

»Wie wir gehört haben, ist Babylon sechshundertfünfzig Kilometer von Sinjar entfernt. Die Großmetropole Ninive jedoch nur etwa hundert Kilometer. Sinjar und Ninive – das heutige Mossul – sind durch eine Handelsstraße miteinander verbunden, die bis rüber nach Aleppo reicht. Dort verlief früher die große Ost-West-Route durch den alten Orient. Wenn du mit der Bibel vertraut bist, dürfte dir aufgefallen sein, dass es durchaus Ungenauigkeiten, Ninive und Babylon betreffend, gibt.«

»Zum Beispiel?«

»Beide Städte galten als Inbegriff der Sünde und Lasterhaftigkeit. Beide bereiteten Gott Missfallen und wurden vom Antlitz der Welt gelöscht. Der Begriff *Babel* kann durchaus auch als Metapher verstanden werden, so wie zum Beispiel Sodom und Gomorrha. Genau genommen war Ninive sogar das schlimmere Übel. Die Stadt war lange Jahre das Zentrum von Politik, Wirtschaft, Kunst, Wissenschaft und Kultur. Genau wie das Rom der Cäsarenzeit. Ninive wurde von rücksichtslosen Despoten beherrscht. Einer von ihnen war Sanherib, der von 705 bis 680 vor Christus über das assyrische Reich herrschte. Seine Regentschaft war geprägt von Mord, Plünderung, Sklaverei, Unterdrückung, Schändung und Schrecknissen aller Art – wobei die Hexerei noch eine der harmlosen war. Am Schluss wurde er von seinen beiden Söhnen ermordet, was dir einen Hinweis auf die Herzlichkeit innerhalb dieser Familie geben dürfte. Kein Wunder also, dass Ninive als die *große Hure* in die Geschichtsschreibung eingegangen ist.«

»Vorausgesetzt, man sieht in der Bibel eine historisch akkurate Quelle«, sagte Hannah mit hochgezogener Braue. »Für mich ist sie eher ein Flickenteppich, an dem viele Autoren über Jahrhunderte hinweg herumgeschustert haben. Ein wirres Sammelsurium von Märchen, Überlieferungen und ethischer Gebrauchsanweisung.«

»Bitte, Hannah ...«

»Ich weiß, ich weiß. Tut mir leid, wenn ich dich damit verletze, aber ich denke, wir kennen uns gut genug, als dass wir uns ehrlich die Meinung sagen können.«

»Schön, lassen wir die Bibel mal außer Acht«, sagte Norman. »Es gibt andere historische Quellen. Aus ihnen wissen wir, dass beide Städte in einen tiefen Konflikt verwickelt waren. Der Konflikt zwischen dem babylonischen und dem assyrischen Reich dauerte Jahrhunderte an. Ninive war die erste Stadt, die daran zerbrach. Am 10. August 612 wurde sie als letzte Hauptstadt Assyriens von den Medern und Babyloniern zerstört. Babylon erging es nicht besser, auch wenn sich der Niedergang langsamer vollzog. Das babylonische Reich zerfiel und wurde von den Parthern übernommen.« Er nippte an seinem Tee. »Nicht, dass du dich wunderst, dass ich so weit aushole, ich wollte dir nur das große Bild zeigen. Ich halte es für unumgänglich für das Verständnis und die Bedeutung dieses Fundes.«

Hannah verzog amüsiert den Mund. »Lass dir Zeit, ich habe heute Abend nichts anderes vor.«

»Schön.« Er stellte die Tasse wieder ab. »Nehmen wir also für einen Augenblick mal an, dass mit dem Begriff *Babel* auch eine lasterhafte Stadt wie Ninive gemeint sein könnte, dann ergibt sich ein völlig neuer Zusammenhang. Im Buch *Nahum* wird ihr Untergang prophezeit.« Noch einmal bemühte er seinen Zettel:

»Siehe, ich will an dich, spricht der Herr Zebaoth; ich will dir den Saum deines Gewandes aufdecken über dein Angesicht und will den Völkern deine Blöße und den Königreichen deine Schande zeigen. Ich will Unrat auf dich werfen und dich schänden und ein Schauspiel aus dir machen, dass alle, die dich sehen, vor dir fliehen und sagen sollen: Ninive ist verwüstet; wer will Mitleid mit ihr haben?«

Er steckte den Zettel weg und wählte einen Ausschnitt auf dem Laptop, der Mossul und Sinjar nebeneinander darstellte. Hannah rückte näher, um besser sehen zu können.

»Die Gegend südlich des Dschabal Sindschar ist seit dem achten Jahrtausend vor Christus besiedelt«, sagte Norman. »Sie war ein wichtiges Durchzugsgebiet zwischen der westlichen und östlichen Hälfte des alten Orients. Der Höhenzug war über die Jahrtausende hinweg Schauplatz unzähliger kriegerischer Auseinandersetzungen. Zwischen dem Römischen Reich und den Parthern, zwischen Byzanz und den Sassaniden, zwischen den Juden und den Hamdaniden, den Zengiden und Ayyubiden, später zwischen den Jesiden, den Sunniten und Schiiten. Eine unfassbare Anzahl von Stämmen, Völkern und Glaubensrichtungen und eine geradezu babylonische Sprachverwirrung.«

»Eine der größten Krisenregionen der Welt«, sagte Hannah. »Und ausgerechnet dort vermutest du den Turm?«

Stromberg nickte. »Einer meiner langjährigen Mitarbeiter hat eine Entdeckung gemacht, die unser bisheriges Verständnis der Geschichte auf den Kopf stellen könnte. Und zwar im wahrsten Sinne des Wortes.« Er öffnete ein paar Bilddateien. Standbilder aus dem Film, den Ahmad bei der Öffnung des Tempels gemacht hatte. Leider hatte er ihm nicht die kompletten Videodateien zugeschickt, so dass sie sich jetzt mit unscharfen Aufnahmen begnügen mussten.

Zu sehen waren Wüstenausschnitte, eine rechteckige Öffnung im Boden, Fotos von Stufen, glasierte Ziegel sowie ein gewaltiges Relief. Hannah atmete hörbar ein. »Was für ein schönes Relief«, sagte sie. »Das ist Marduk.«

»Die Kandidatin hat hundert Punkte.«

»In diesem Loch in der Erde?«

»Exakt.«

»Und? Jetzt komm schon. Lass dir nicht jedes Wort aus der Nase ziehen.« Sie sah ihn mit großen Augen an.

Er wusste, dass er sie am Haken hatte, aber er wollte sie noch ein bisschen zappeln lassen. Er faltete die Hände über der Brust und lehnte sich zurück. »Ich wollte dich nicht langweilen ...«

»Norman.«

»Schon gut, schon gut.« Lächelnd hob er die Hände. »Gefunden wurde dieses Bauwerk von Professor Ahmad Hammadi, von der archäologischen Fakultät der Universität Bagdad. Ein schwieriger und verbitterter Mann, der für seine Texte über den Turmbau nur Hohn und Spott von seinen Kollegen geerntet hat. Er verfolgt die Theorie bereits seit Jahrzehnten. Wie es aussieht, hat er endlich etwas gefunden.«

»Seine Kollegen waren vermutlich von Hannahs Schlag«, witzelte John und erntete dafür einen kleinen Hieb gegen den Oberschenkel.

»Schon möglich«, sagte Norman. »Jedenfalls war er mehr als dankbar, in mir einen aufmerksamen Zuhörer zu finden. Ich unterstütze seine Bemühungen bereits seit Jahren und hatte die Hoffnung, ehrlich gesagt, schon aufgegeben. Doch vor zwei Wochen bekam ich einen Anruf. Ahmad berichtete mir freudestrahlend, dass er auf etwas Großes gestoßen sei. An einem Ort namens *Badiyat al-Jazira*, etliche Kilometer südlich von Sinjar.« Er deutete auf die Bilder. »Was ihr auf diesen Fotos seht, ist nur ein kleiner Teil dessen, was als tempelartige Struktur unterhalb des Wüstensands schlummert. Einer Struktur, die seit Jahrtausenden unentdeckt ist. Ahmad und sein Sohn Hasan fanden eine gewaltige Vorhalle, die alle Zeichen für ein Grabmal erkennen lässt, das jedoch keiner speziellen Person zuzuordnen ist. Stattdessen ist überall nur Marduk zu sehen. Du kannst dir die Fotos nachher gerne in Ruhe anschauen.«

»Das werde ich machen, keine Sorge.« Hannah hatte ihre Brille aufgesetzt und studierte die Bilder. »Sehr beeindruckend«, sagte sie. »Aber was bringt dich auf die Idee, dass es sich dabei um den Turm zu Babel handeln könnte?«

»Das wiederum hat mit der Pforte zu tun«, sagte Stromberg, der glücklich war, endlich zum Kern seiner Geschichte kommen zu dürfen. Das lange Reden strengte ihn an, und er sehnte sich nach Ruhe. »Ich werde dir jetzt ein paar Bilder zeigen, die mein Kollege unten in der Vorhalle aufgenommen hat. Sie zeigen bestimmte Abschnitte eines gewaltigen Reliefs. Darauf ist eine Seitenansicht des Gebäudes zu sehen. Wir interpretieren sie als Querschnitt durch den gesamten Komplex. Sie liefert uns einen Anhaltspunkt dafür, wie das Gebäude unter der Erde weiterverläuft. Es ist mit nichts zu vergleichen, was wir vorher gefunden haben. Hier ist es. Na, was sagst du?«

Minutenlang starrte Hannah über den Rand ihrer Brille hinweg auf den Monitor. Norman glaubte schon, sie wäre vielleicht eingeschlafen, bis sie sich schließlich wieder regte. Als sie sprach, klang ihre Stimme verändert. »Sagtest du nicht etwas von einer Pforte? Wohin führt sie?«

10

Früh am nächsten Morgen …

Hannah fuhr aus dem Schlaf. Sie versuchte, sich zu orientieren. Erinnerungsfragmente waberten in ihrem Kopf. Irgendetwas mit Messern und Blut. Sie hatte von Reliefs geträumt, von einem auf dem Kopf stehenden Gott und seinem Grabmal. Ihre Augen reibend, zwinkerte sie müde in Richtung Fenster. Hinter den Hügeln deutete sich erste, zaghafte Helligkeit an.

Leni saß am Fußende ihres Bettes. Die Beine im Lotussitz gefaltet, betrachtete sie ihre Mutter mit ausdruckslosem Blick.

»Wie spät ist es?«, murmelte Hannah.

»Früh«, lautete die knappe Antwort.

»Und du bist schon auf?«

»John will mit dir sprechen.«

Hannah tastete auf dem Nachttisch herum. Ihr Buch fiel polternd zu Boden. Wo war nur die Brille? Sie stöhnte. Endlich fand sie, wonach sie suchte. Ungläubig zwinkerte sie die Digitalziffern an. Der Wecker zeigte fünf Uhr vierzig.

»Oh, Mann …« Sie ließ sich in die Laken zurücksinken.

Mit energischem Griff zog Leni ihr die Decke weg. Kalte Luft strich über Hannahs Körper und ließ sie frösteln.

»He, was soll das, gib mir meine …«

»Aufstehen.«

Hannah versuchte, die Decke zurückzuerobern, aber wenn Leni in diesem Zustand war, konnte man nicht mit ihr diskutieren. Sie hätte wütend sein müssen, aber selbst dafür war sie zu müde. Was war nur in ihre Tochter gefahren?

Sie vergrub ihren Kopf im Kissen. Die Worte kullerten wie Bleikugeln durch ihr Gehirn. Ein zweites Mal schlug sie die Augen auf. »Moment mal ... John will mich sprechen?«

Leni nickte. »Er sagte, es gibt auch Kaffee.«

»Den werde ich brauchen.« Hannah richtete sich auf.

Ihr Kopf fühlte sich an wie ein Tafelschwamm. Wie diese gelbe Comicfigur, von der Leni ein halbes Dutzend Exemplare in ihrem Spielzimmer herumliegen hatte.

»Lass mir noch ein paar Minuten, okay?«

»Ich warte hier.«

Hannah schlüpfte aus dem Bett und zog sich an. Eine Handvoll Wasser und die Zähne geputzt – das musste reichen.

Als sie müde hinter Leni zum Ausgrabungsfeld hinuntertrabte, begann es bereits Tag zu werden.

John und Norman saßen neben dem Ausgrabungstisch. Der Laptop war hochgefahren, das Display schimmerte kalt. Beide Männer wirkten konzentriert. Hatten sie etwa die ganze Nacht hier verbracht?

Als sie Hannah und Leni kommen sahen, unterbrachen sie ihr Gespräch. Hannah war inzwischen so weit wiederhergestellt, dass sie Wut empfinden konnte. »Was macht ihr denn hier in aller Herrgottsfrühe?«, grollte sie. »Es ist gerade mal sechs.«

»Dir auch einen guten Morgen, Süße.« John stand auf und schloss sie in seine Arme. »Kaffee?«

Sie sperrte sich, spürte jedoch, wie ihr Widerstand zu bröckeln begann. Er wusste, wie er sie zu nehmen hatte.

»Ohne den wird's nicht gehen«, sagte sie.

Er schenkte ihr eine Tasse aus der bereitstehenden Thermoskanne ein und bereitete sie so zu, wie sie es gerne mochte. Mit zwei Stückchen Zucker und einem kleinen Schluck Sahne.

Fröstelnd nahm sie auf einem der Klappstühle Platz, ergriff die Tasse und umklammerte sie wie einen Rettungsanker.

»Also, schießt los«, sagte sie. »Was gibt es denn so Dringendes, dass ihr mich mitten in der Nacht wecken müsst?«

Stromberg drehte ihr den Laptop zu. »Das hier kam heute Nacht rein.« Die dunklen Ringe unter seinen Augen waren tiefer geworden. Ihm war anzusehen, dass er schlecht geschlafen hatte. Wenn überhaupt.

Hannah fummelte in ihrer Hemdtasche herum, zog ihre Brille heraus und setzte sie auf. Die Abbildung stellte ein vertrautes Gebilde aus Achsen, Scheiben und Zahnrädern dar. Ein berühmter Fund, der in Fachkreisen überaus populär war. Sie würde sogar behaupten, dass jeder Archäologe irgendwann einmal davon gehört hatte.

»Der Mechanismus von Antikythera«, murmelte sie. »Was ist damit?«

»Manchmal treibt das Schicksal seine Späße mit uns«, sagte Stromberg leise. »Diese Aufnahme könnte die Lösung unseres Problems darstellen. Du erinnerst dich sicher an das hintere Portal und die seltsame Öffnung?« Der Milliardär öffnete ein paar weitere Fotos und arrangierte sie so auf dem Desktop, dass sie sich leicht überschnitten. Die Qualität war schlecht, aber man erkannte das Nötigste.

»Ich wüsste gerne deine Meinung dazu.«

»Zu der Aussparung in der Wand oder zu dem Mechanismus?«

»Zu beidem. Um es dir leichter zu machen, erzähle ich dir kurz, was wir darüber denken. Wir vermuten, dass diese Aussparung eine Art Schloss enthielt, ohne welches die massive Rückwand nicht zu öffnen ist. Es muss etwas mit den Bronzestiften zu tun haben, die du hier siehst. Vielleicht sind es versenkbare Stifte oder elektrische Kontakte. Das werden wir erst vor Ort erfahren.«

»Etwa so wie bei einem Tresor?« Sie runzelte die Stirn.

»Was auch immer es war, es muss wie eine Art Sicherheitsschloss funktioniert haben.« Stromberg deutete auf die kreisförmig angeordneten Zapfen. »Man kann erkennen, wo die Achsen in den Stein eingelassen waren, wo sich die Räder befunden haben und wie groß das Ganze in etwa war. Doch nirgends – weder in den Archivdatenbanken der großen Museen noch in irgendwelchen Aufzeichnungen – konnten wir auch nur den geringsten Anhaltspunkt für einen solchen Mechanismus finden. Mein Team in Washington hat die ganze Nacht darüber gegrübelt, und sie sind in so etwas wirklich gründlich, das darfst du mir glauben. Sie tappten also ziemlich im Dunkeln, bis Professor Hammadi einen Geistesblitz hatte und mir diese Mail geschickt hat. Ich glaube, das könnte des Rätsels Lösung sein.«

»Der Mechanismus von Antikythera?«, wiederholte sie

lahm. Sie nahm noch einen Schluck. Der Kaffee war bei weitem nicht stark genug. »Das halte ich aber für sehr unwahrscheinlich.«

»Warum?«

»Ich weiß gar nicht, wo ich anfangen soll. Die räumliche Distanz – der Dschabal Sindschar und die Ägäis liegen rund tausendfünfhundert Kilometer auseinander – und natürlich die Funktionsweise.«

»Was meinst du damit?«, fragte John, ein entschuldigendes Lächeln auf seinem Gesicht. »Du musst verzeihen, aber ich bin nicht wirklich up to date, was diesen Mechanismus betrifft.«

»Ich auch nicht«, gestand Hannah. »Aber so viel habe ich mitbekommen: Der Antikythera-Mechanismus ist kein Tresorschloss oder Computer, wie vielfach in der Fachpresse behauptet wurde. Man kann mit ihm keine Rechenoperationen darstellen. Er scheint eher so etwas wie ein immerwährender Kalender zu sein, eine astronomische Uhr. Er funktioniert sowohl als Sonnen- als auch Mondkalender und ist überdies in der Lage, zukünftige Finsternisse darzustellen. Ein ziemlich komplexer Apparat, das muss ich zugeben, aber bestimmt kein Schloss. Aber, wie gesagt, ich bin keine Expertin.«

»Hättest du Lust, eine zu werden?«, fragte Stromberg.

»Wie meinst du das?«

»Ich möchte, dass du einen Auftrag für mich erledigst. Du wirst dich mit Barney Wilcox vom WHOI in Verbindung setzen und einen Termin vereinbaren. Er ist gerade drüben auf Antikythera, wo sie den Apparat gefunden haben. Sie sind dort mit neuartigen Geräten zugange. Sieh zu, was du herausfinden kannst, und gib mir dann unverzüglich Bescheid. Möglich, dass es in der Sache neue Informationen gibt.«

Hannah sah ihren Chef verwundert an. »*WHOI?*«

»Die *Woods Hole Oceanographic Institution.* Eine private, gemeinnützig operierende Forschungseinrichtung, die auf die Untersuchung aller Aspekte der Meereswissenschaften und die Ausbildung von Meeresforschern spezialisiert ist.« Stromberg öffnete die Website der Einrichtung. »Das Institut liegt in Woods Hole, Massachusetts, und bildet um die tausend Studenten aus. Wilcox ist ein alter Freund und Weggefährte. Ich habe mit ihm telefoniert, und er freut sich darauf, dich kennenzulernen.« Er zwinkerte ihr zu. »Er hat mir hinter vorgehaltener Hand zu verstehen gegeben, dass sie weitere Fragmente der Maschine gefunden haben. Ich möchte, dass du das untersuchst.«

Hannah hielt ihre Kaffeetasse umklammert. Ihr ging das alles entschieden zu schnell. »Du willst, dass ich für dich nach Antikythera fahre?«

»Genau das. Aber du brauchst nicht allein zu fahren. Wir werden dich dort abliefern und von dort aus weiterfliegen. Es ist allerdings eilig. Ahmad hat geschrieben, dass er auf Unterstützung wartet. Jeder Tag, der verstreicht, birgt die Gefahr, dass die Sache auffliegt. Und wir wollen kein Risiko eingehen, oder?«

»Dieser Professor Hammadi, das ist doch der, der euch die Fotos geschickt hat, nicht wahr?«

Stromberg nickte.

»Habt ihr mit ihm mal über die Sache gesprochen? Für wie wahrscheinlich hält er es, dass der Mechanismus von

Antikythera und das Schloss in diesem Tempel identisch sind? Ich meine, vielleicht ist das ja nur eine vage Vermutung, die uns auf eine völlig falsche Fährte bringt. Ich finde, ihr solltet vorher noch mal mit ihm reden. Nein, noch besser, *ich* rede mit ihm. Ich möchte ihm auf den Zahn fühlen, ehe ich mich auf irgendetwas einlasse.«

Stromberg räusperte sich. »Er ist im Moment nicht zu erreichen. Ich habe es die halbe Nacht lang versucht. Fehlanzeige.«

»Das ist schade«, sagte Hannah. »Sehr schade.«

»Er hätte ohnehin nicht mit dir geredet«, fügte John mit einem traurigen Lächeln hinzu. »Er ist Moslem und spricht nicht mit fremden Frauen.«

»Abgesehen davon, ist das auch unerheblich«, sagte Stromberg. »Wir *müssen* dieser Spur nachgehen. Als ich die Fotos zum ersten Mal sah, war mir bereits klar, dass das eine ganz heiße Fährte ist.«

Hannah sah zu John hinüber und fühlte Ärger in sich aufsteigen. Warum stand ihr Lebensgefährte nicht auf ihrer Seite? Stattdessen saß er da und bekam den Mund nicht auf. Gewiss, sein Freund war krank, aber musste er ihm deshalb treu ergeben wie ein Hund folgen? Bedeutete sie ihm denn gar nichts?

»Warum ich?«, fragte sie erneut. »Habt ihr keinen anderen Handlanger, den ihr schicken könnt? Du hast doch ein weitverzweigtes Netzwerk, Norman, da wird sich doch bestimmt jemand finden ...«

»Niemanden, der gerade verfügbar wäre, nein«, sagte er. »Außerdem möchte ich nicht zu viele Leute ins Boot holen. Nicht in so einem frühen Stadium. Es gibt nur wenige, zu denen ich so ein uneingeschränktes Vertrauen habe wie zu dir und John.«

»Und die laufenden Projekte? Morgen kommen die Statiker aus Athen. Ihnen obliegt die Rekonstruktion des Asklepiostempels. Soll ich denen absagen?«

»Wenn sie nicht ohne dich anfangen können – ja.«

»Aber ich kann doch hier nicht einfach alles stehen und liegen lassen. Es wird Monate dauern, bis wir einen neuen Termin finden. Sag du doch auch mal etwas, John.«

»Ich wüsste nicht ...«

»Das hier ist wichtiger«, unterbrach ihn Stromberg. »Ich werde für die Mehrkosten aufkommen.«

»Und was ist mit Leni?« Hannah sah sich händeringend nach einem Ausweg um. »Sie braucht ihre vertraute Umgebung, ihren Unterricht. Sofia ist ohnehin schon sauer, weil unsere Kleine ihren Kopf überall hat, nur nicht beim Unterricht. Wenn ich mit ihr jetzt einfach so verschwinde, kann es gut sein, dass Sofia bei unserer Rückkehr nicht mehr da ist. Ich will sie aber nicht verlieren, verstehst du, Norman? Es ist wichtig, dass Leni diesen Unterricht bekommt.«

»Ich verstehe das vollkommen«, sagte Stromberg. »Trotzdem muss ich hart bleiben. Ich würde das ja selbst übernehmen, wenn die Zeit nicht so drängen würde.«

»Kann denn nicht ...?«

»Nein, Hannah. Es geht nicht anders. Bitte sieh das ein. Leni kann dich von mir aus gerne begleiten. Ich bin sicher, es wird ihr gefallen.«

Hannahs Finger verkrampften sich. Nichts von dem, was sie sagte, schien irgendetwas auszurichten. Ihre Worte prallten an Stromberg einfach ab.

»Aber ich ...«

»So leid es mir tut, Hannah, aber du wirst diesen Job für mich erledigen müssen. Ein Nein lasse ich nicht gelten. Du wirst fahren. Und das ist mein letztes Wort in dieser Angelegenheit.«

Hannah überlegte, was sie noch vorbringen könnte, aber ihr fiel nichts ein. Es war sinnlos. Abgesehen davon, dass sie müde und verwirrt war, ließ dieser Mann einfach nicht mit sich diskutieren.

Sie stand auf. Sie hasste es, wenn sie das Gefühl hatte, nicht mitentscheiden zu dürfen.

Mit zusammengepressten Lippen drehte sie sich um und ging.

11

Al'Arajah ...

Wie die Bilder sich glichen.

Wieder auf einer staubigen Buckelpiste unterwegs. Wieder auf der Rückbank sitzend, eingequetscht zwischen Filmausrüstung und Proviantkisten. Derselbe Lärm, derselbe Staub, und schon wieder begannen die Temperaturen im Fahrzeug zu klettern.

Leslie verfluchte den Tag, an dem sie entschieden hatte, das irakisch-syrische Grenzland zu ihrer Wirkungsstätte zu erklären. Hätte sie sich nicht ein ruhigeres Plätzchen aussuchen können? Die Bahamas kamen ihr als angemessener Ort gerade in den Sinn. Oder die Malediven. Andererseits – Bequemlichkeit war nicht alles. Wer etwas erreichen wollte, der durfte sich keine zu einfachen Ziele setzen. Die letzten Tage waren nervenaufreibend gewesen, doch wie sie zwischen den Zeilen ihres Chefredakteurs herauslesen konnte, waren ihre Bemühungen auf fruchtbaren Boden gefallen. Vielleicht konnte sie demnächst mit einer Gehaltserhöhung rechnen, vielleicht sogar mit der Versetzung ins Hauptstadtstudio Bagdad. Dafür konnte man sich schon mal den Arsch in polternden, schlecht gefederten Humvees platt sitzen.

»Wie weit ist es noch?«, schrie sie gegen den Lärm an.

Major Faulkner drehte sich um. Sein Gesicht verriet Anspannung.

»Noch etwa eine Viertelstunde. Sie sollten Ihre Sachen bereithalten. Das Verladen wird ziemlich schnell vonstattengehen. Keine Zeit für lange Kameraeinstellungen oder Testaufnahmen. Die Jungs von der YPG bringen die Waffen rüber zu den Jeeps und dann sofort zu den Stellungen.«

Leslie spürte ein Kribbeln. Die Jagdsaison war eröffnet.

»Was ist mit Interviews?«

Faulkner schüttelte den Kopf. »Vergessen Sie's. Die Stammesführer waren sehr entgegenkommend, als sie uns die Drehgenehmigung erteilt haben. Es hat mich einiges an Überzeugungsarbeit gekostet. Aber glauben Sie nicht, dass Sie einen der Kämpfer unverschleiert vor die Linse bekommen. Dafür haben die viel zu viel Angst.« Er prüfte das Visier seiner Waffe. »Hier kennt jeder jeden. Da können solche Aufnahmen schnell dazu führen, dass Familien bedroht und Anschläge verübt werden.«

Leslie nickte. »Habe ich mir schon gedacht. Aber fragen schadet ja nicht.« Sie überlegte kurz, dann sagte sie: »Übrigens möchte ich mich noch ganz herzlich bei Ihnen bedanken. Die neuen Unterkünfte sind ausgezeichnet. Viel besser als das Rattenloch, in dem wir vorher gehaust haben.«

»Dann sind Sie mit der Umquartierung also einverstanden?«

»Mehr als das. Endlich mal wieder duschen.« Sie lächelte. Mittlerweile mochte sie Faulkner. Er war vielleicht ein zäher Knochen, aber unter der harten Schale befand sich ein netter Kerl. Vermutlich mähte er zu Hause regelmäßig den Rasen, stellte zu Weihnachten den Baum auf und dekorierte das Haus. Nicht gerade geeignet für einen Seitensprung, aber jemand, den man gerne an seiner Seite wusste, wenn die Welt draußen den Bach runterging.

Der Humvee machte einen Satz, der sie aus dem Sitz hob. Der Gurt schnitt tief in ihre Schulter. Zum Glück war sie angeschnallt, sonst wäre sie mit dem Kopf direkt unter das Wagendach geknallt. Warum musste dieser Fahrer denn auch durch jedes Schlagloch fahren?

Ein ohrenbetäubender Knall ließ sie erschrocken zusammenfahren. Sie war so geschockt, dass sie sich versehentlich auf die Lippe biss. Ein scharfer Schmerz durchzuckte sie. Durch die Windschutzscheibe sah sie, wie sich der vorderste der Humvees in eine Wolke aus Rauch und Feuer auflöste. Trümmerteile flogen herum. Orangerote Flammen schossen in alle Richtungen, während das Fahrzeug durch die Luft segelte. Es überschlug sich mehrmals und landete als rauchende Karkasse im Wüstensand. Irgendetwas zischte draußen am Fenster vorbei. Dann erklang das Rattern von Maschinengewehren.

»Kopf runter«, brüllte Faulkner und griff dem Fahrer ins Lenkrad. Der Wagen brach seitlich aus.

Glück oder Instinkt, jedenfalls schien er den richtigen Riecher gehabt zu haben. Das Fahrzeug vor ihnen wurde von einer heftigen Explosion in Stücke gerissen. Hätten sie die Richtung beibehalten, wären sie geradewegs in das brennende Inferno hineingerast.

Aus dem Augenwinkel sah Leslie, wie ein einzelner Reifen durch die Luft segelte und eiernd und taumelnd in die Wüste hopste. Ein ziemlich alberner Anblick, wenn man mal vergaß, was hier gerade ablief. Der eisenhaltige Geschmack nach Blut füllte ihren Mund. Sie fuhr sich mit der

Hand über die Lippen. Auch das noch! Rasch zog sie ein Taschentuch hervor und presste es auf die Wunde.

Ihr Humvee holperte einige hundert Meter über Sand und Geröll und blieb dann in der Wüste stehen. Leslie blickte entsetzt durch die Scheiben. Draußen herrschte Krieg. Das Rattern von Maschinengewehrsalven, einzelne Explosionen und schwarzer Rauch – viel mehr war nicht zu erkennen. Der Konvoi wurde offenbar angegriffen. Aber von wem?

Ihr Herz raste. Sie sah, wie US-Infanteriesoldaten und Kämpfer des YPG umeinanderrannten, hinter liegengebliebenen Fahrzeugen Schutz suchten und das Feuer, das aus den nahe gelegenen Hügeln auf sie abgegeben wurde, erwiderten. Wie aus dem Nichts erschienen Pritschenwagen, die mit schweren Maschinengewehren bestückt waren. Leslie hatte das Gefühl, in einem Alptraum gefangen zu sein. Die Ladeflächen waren gerammelt voll mit schwarzgekleideten *Fedajin*. In ihren Händen hielten sie Kalaschnikows und Panzerfäuste.

Sie glaubte das Wort *Todesschwadron* aus Faulkners Mund zu hören, als er und seine beiden Begleiter die Türen des Humvee aufrissen und in geduckter Haltung rüber zum Konvoi rannten.

Schlagartig wurde das Rattern der Waffen lauter. Staub verhüllte die Sicht. Der Gestank nach Benzin und verbranntem Gummi drang in die Fahrerkabine.

Leslie war wie traumatisiert. Sie war ganz sicher im falschen Film. Erst der Flugzeugabsturz, jetzt das. Es war, als würde ein Fluch auf ihr lasten.

Ihr Taschentuch war inzwischen dunkel von Blut.

Alan saß neben ihr im Halbdunkel, bleich und mit weit aufgerissenen Augen. Sein Mund stand offen, während er das Getümmel außerhalb ihrer vermeintlich sicheren Nussschale verfolgte. Sein irres Kichern ließ erkennen, dass er sich in einem Schockzustand befand.

Noch immer lief der Motor.

Leslie schluckte den ekligen Geschmack runter und traf eine Entscheidung. Ohne sich der Konsequenzen ihres Handelns wirklich bewusst zu sein, griff sie nach vorn und schwang sich auf den Fahrersitz. Sie mussten weg hier, und zwar schnell.

Sie schnallte sich an. Der säuerliche Geruch von Angst lag in der Luft. Sie sah ein Päckchen Kaugummi in der Ablage liegen, griff danach und steckte sich einen in den Mund. Sie hatte noch nie hinter dem Lenkrad eines Militärfahrzeugs gesessen. Das Fahrzeug besaß ein Automatikgetriebe und ein intuitives Bedienfeld. Sie schaltete in den Allradmodus, legte den Hebel auf *Drive* und trat aufs Gas. Der Wagen machte einen Satz nach vorn.

Alan kam durch den Ruck wieder zur Besinnung.

»Was machst du denn?«, kreischte er von hinten.

»Nach was sieht es denn aus? Ich versuche, unseren Arsch zu retten.«

»Aber ... aber du kannst doch nicht einfach abhauen. Was wird denn aus den Soldaten? Was ist mit Faulkner?«

»Die müssen allein zusehen, wie sie aus der Scheiße rauskommen. Wir sind keine Soldaten. Schnall dich an und halt den Mund.«

Sie wendete um hundertachtzig Grad und lenkte den Wagen in einem Bogen zurück auf die Straße. Nur weg von hier.

Kaum hatten sie die Schotterebene verlassen und waren zurück auf der Piste, als sie im Rückspiegel zwei aufgeblendete Scheinwerfer sah, die durch den aufgewirbelten Staub rasch näher kamen. »Scheiße!«, stieß sie aus. Ihr Puls raste.

»Was ist los?«, wimmerte Alan.

»Wir werden verfolgt.«

»Was?«

Ohrenbetäubendes Scheppern und Klirren ertönte. Seitlich spritzte Sand in die Höhe. Sie wurden beschossen!

Alans Stimme überschlug sich fast. »Wir sind verloren! Drück drauf.«

Leslie presste die Lippen zusammen. Ihre ganze Hoffnung galt der Panzerung. Ein paar Kugeln sollte das Fahrzeug eigentlich abwehren können. Hochkonzentriert, den Blick starr geradeaus gerichtet, trat sie stärker auf das Gaspedal. Der Motor heulte wie eine Sirene, trotzdem hatte sie das Gefühl, der Wagen würde sich kaum von der Stelle bewegen.

»Jetzt komm schon, du Dreckskarre«, fluchte sie. »Warum geht das denn nicht schneller?« Sie versuchte, den Verfolger am Überholen zu hindern, indem sie ruckartig das Steuer herumriss. Eine heftige Kollision erschütterte das Auto. Blech schlug auf Blech, doch das Fahrzeug nahm den Treffer relativ gelassen hin. Die Humvees waren vermutlich für solche Manöver ausgelegt. Aber das mit dem Tempo war ein echtes Problem.

Siedend heiß fiel ihr ein, dass sie ja noch immer im Offroad-Modus war. Kein Wunder, dass der Wagen nicht auf Tempo kam. *Was war sie nur für ein Idiot.*

Ohne den Blick von der Fahrbahn zu nehmen, tastete sie nach dem Schalter. Wo war nur das verdammte Ding? Karten und Funkgeräte verrutschten und flogen kreuz und quer über die Armaturen.

Im Seitenspiegel zuckten Scheinwerfer auf. Die Verfolger kamen. Voll aufgeblendet rasten sie von hinten heran. Das dumpfe Wummern eines Maschinengewehrs war zu hören. Wieder schlugen Kugeln in das Blech und in die Heckscheibe. Das Glas wurde mit einem Muster feinster Spinnweben überzogen.

Himmelherrgott noch mal!

Endlich fand sie den Schalter und kippte ihn nach unten. Der Motor heulte auf, als das Fahrzeug einen Satz nach vorn machte. Die Beschleunigung war so heftig, dass Leslie vom Andruck in den Sitz gepresst wurde. Sie wollte schon triumphieren, als ein fieser Knall ertönte. Ohne Vorwarnung brach das Auto nach links aus und steuerte ins Niemandsland. Leslie riss das Steuer herum, versuchte gegenzulenken, doch sie konnte nicht verhindern, dass der Humvee von der Fahrbahn abkam. Ein Reifen war geplatzt – oder war er zerschossen worden? Einerlei. Sie hatte alle Hände voll zu tun, ein Überschlagen zu verhindern. Aus dem Augenwinkel sah sie, wie das Verfolgerfahrzeug ebenfalls die Straße verließ und von links nach rechts wechselte. Mündungsfeuer blitzte auf, dann zerplatzte auch der zweite Hinterreifen. Jetzt wurde sie merklich langsamer.

Noch einmal trat sie aufs Gas, doch es war, als würden die Räder einfach durchdrehen. Auf den Felgen würde sie den Verfolgern niemals entkommen.

Das war's. Schachmatt. *End of line.*

Sie nahm den Fuß vom Gas und ließ den Wagen ausrollen.

»Was tust du denn da, bist du bescheuert?«, wimmerte Alan. »Wir müssen weg hier.«

Leslie schwieg. Nervös ihr Kaugummi bearbeitend, beobachtete sie im Rückspiegel, wie zwei schwarz vermummte Gestalten mit Maschinenpistolen zu ihnen nach vorn kamen, einer links, einer rechts.

»Hast du gehört, was ich sage? *Fahr los!*«

»Halt deinen Mund und nimm die Hände hoch.«

»Aber ich …«

»Tu, was ich sage!«

Links von ihr tauchte der erste Dschihadist auf. Unter dem Stirnband, das mit arabischen Schriftzeichen bestickt war, leuchteten unnachgiebige Augen. Die Mündung der Waffe war auf Leslies Kopf gerichtet. Ein leichtes Wippen des Laufes, mehr brauchte es nicht. Sie sollte die Tür aufmachen.

Nun war das Glas so dick, dass sie es darauf hätte ankommen lassen können. Aber welcher Sinn lag darin? Die Terroristen saßen am längeren Hebel, und sie wussten es.

»Ich steige jetzt aus«, flüsterte sie. »Folge mir unauffällig und halte deinen Kopf gesenkt. Nicht in die Augen sehen, verstanden?«

Alan sagte nichts. Sie deutete das als Einverständnis.

Sie gab dem Mann draußen Zeichen, dass sie jetzt herauskommen würde. Er nickte und trat einen Schritt zurück.

Die Klinke nach unten drückend, öffnete sie die Tür. Sofort blies ihr heißer, staubiger Wind ins Gesicht. Der Motor gab ein besorgniserregendes Knacken von sich. Offenbar hatte sie ihn bis kurz vor die Überlastungsgrenze getrieben.

Die Hände hinter den Kopf gelegt, ging sie einen Schritt auf den Mann zu.

Er wedelte mit der Waffe. *»Atini al-muftah.«*

»Ich verstehe nicht …«

»Ishab wa ahdiru.« Er deutete auf die Tür und machte eine Geste, als wolle er sie zuschließen.

»Der Schlüssel? Aber der steckt noch im Schloss.«

»Bisor'a!«

»Ich soll sie holen? Von mir aus, aber bitte keine Dummheiten, okay?« Sie ging zurück, griff ins Innere und zog die Schlüssel ab. Sofort erstarb der Motor. Sie warf ihn dem Mann zu, und er schnappte ihn aus der Luft.

»Ishab wa irkab as-sayara.«

Nervös wedelte er mit dem Lauf in Richtung des Verfolgerfahrzeugs. Es stand etwa zehn Meter hinter ihnen. Der Motor tuckerte hörbar. Dort, wo das Fahrzeug vom Humvee gerammt worden war, prangte eine mächtige Beule im Kotflügel. Der Fahrer blickte feindselig über das Lenkrad. Auf dem Maschinengewehrstand befand sich ein vierter Mann, ebenfalls in Schwarz gekleidet und bis zur Unkenntlichkeit vermummt.

Leslie schluckte. Ihr Hals war plötzlich so trocken. Ihre Beine fühlten sich an, als wären sie nicht länger mit ihrem Körper verbunden. Langsam setzte sie sich in Bewegung. Nur keine hektischen Bewegungen jetzt. Die Jungs schienen einen äußerst nervösen Zeigefinger zu haben.

Wo blieb nur Alan?

Plötzlich ertönten Schüsse. Sie schienen aus dem Humvee zu kommen und wurden durch die geöffneten Türen abgefeuert. Die beiden Dschihadisten zogen die Köpfe ein und erwiderten das Feuer. Der Mann auf dem Pritschenwagen richtete das Maschinengewehr auf den Humvee.

Leslie hielt den Atem an.

Offenbar hatte Alan irgendwo im hinteren Teil des Fahrzeugs eine Waffe gefunden und fing an, auf die Entführer zu schießen. Eine dümmere Idee konnte man gar nicht haben.

Diese Typen waren keine Kleinganoven, die man mit ein paar Knallfröschen in die Flucht schlagen konnte. Das waren skrupellose, durchtrainierte Killer.

Kaum hatten die beiden den ersten Schreck überwunden, als sie geduckt um den Humvee herumliefen und die Türen zuschlugen. Der mit dem Schlüssel sperrte sie zu. Während der eine zur Ablenkung gezielte Feuerstöße in die Luft abgab, schlich der andere um das Auto herum und öffnete den Tankdeckel. Er riss den Ärmel seines Hemdes ab und stopfte ihn in den Einfüllstutzen. Es dauerte einen Moment, bis Leslie klarwurde, worauf das hinauslief.

»Nein, nein, nein.« Sie ging ihm entgegen, aber eine Salve vor ihre Füße zwang sie zum Anhalten. Der Mann sah sie an. Wie aus dem Nichts war ein Feuerzeug in seiner Hand erschienen.

»Bitte tu das nicht«, flehte sie. »Alan ist keine Bedrohung für euch, er ist nur ein wenig durcheinander. Plemplem, versteht ihr? Ich kann ihn zum Aufgeben bewegen. Bitte lasst es mich versuchen.«

Der Mann schüttelte den Kopf. *»Masa turid?«*

»*Bitte!* Er ist mein Freund. Er ist verwirrt. Er hat Angst. Ihr könnt doch nicht einfach ...«

Eine Flamme zuckte auf.

»Oh Gott, nein.«

»Wada'a as-sadiqak.« Sie konnte förmlich das breite Grinsen hinter dem Mundtuch sehen. Dann brannte das Tuch im Tankstutzen. Nur ein kleines Feuer, nicht übermäßig spektakulär. Dennoch kamen beide Terroristen mit schnellen Schritten zurück zum Pick-up. Sie packten Leslie, schleiften sie nach hinten, wuchteten sie auf die Ladefläche und warfen sie dort zu Boden. Hart schlug sie mit dem Kopf gegen den Radkasten. Sie wurde auf den Bauch gedreht, ihre Hände wurden nach hinten gerissen und zusammengebunden. Sie versuchte, den Kopf zu heben, aber eine kräftige Hand drückte sie nach unten.

»Tamam.« Der Mann mit dem Feuerzeug klopfte dem Fahrer auf die Schulter. Der Pick-up wendete und fuhr ratternd und rumpelnd zurück in die Richtung, aus der sie gekommen waren. Noch einmal hob Leslie den Kopf. Diesmal wurde sie von niemandem gehindert.

Niemand kümmerte sich mehr um den Humvee, der einsam und verlassen draußen in der Wüste stand. Warum war er nicht schon längst in die Luft geflogen? Ob das Feuer ausgegangen war? Vielleicht hatte Alan Glück. Vielleicht sprangen die Flammen nicht über.

»Raus jetzt, Alan. Steig doch endlich aus«, flüsterte sie, und ihre Stimme wurde zu einem Flehen. »Jetzt komm schon. Wenn schon nicht durch die Türen, dann wenigstens hinten durch die Ladeluke. Dort haben sie nicht abgeschlossen. Du musst da raus! *Bitte. Bi...*«

Ein Lichtblitz zuckte auf. Eine heftige Explosion ertönte und verschlang den Humvee in einer Kugel aus Feuer und Rauch.

12

Donnernd erhob sich der Helikopter in die Luft und strebte in östlicher Richtung fort über das Meer. Hannah sah ihm hinterher, bis er mit einem letzten Aufblitzen der Positionslichter hinter einer Wolke verschwand.

Hannah ergriff Lenis Hand. Ihre Gefühle waren eine seltsame Mixtur aus Wut, Sorge und Trauer. Wut darüber, dass die Entscheidungen einfach über ihren Kopf hinweg getroffen worden waren, Sorge, weil sie nicht wusste, was John und Stromberg in der irakischen Wüste widerfahren mochte, und Trauer, weil dies möglicherweise das letzte Mal gewesen war, dass sie Norman lebendig gesehen hatte. Vor allem tat es ihr leid, dass sie ihn nicht wenigstens noch einmal in den Arm genommen und ihm Glück gewünscht hatte. Sie wusste, dass ihm das viel bedeutet hätte, aber sie war einfach nicht in der Lage gewesen, über ihren Schatten zu springen. Jetzt war er fort, und es gab keine Möglichkeit, diesen verpatzten Abschied rückgängig zu machen.

»Ein Jammer, das mit seinem Krebs.« Barney Wilcox stand neben ihr, die Hände tief in den Taschen vergraben.

Er war etwa in Hannahs Alter und erinnerte sie stark an den amerikanischen Schauspieler Paul Giamatti. Nicht, dass sie eine große Filmkennerin war – tatsächlich konnte sie sich nur an eine Handvoll Filme wirklich erinnern –, aber die gedrungene Statur, die Halbglatze, Hornbrille und der strubbelige Bart waren ihr im Gedächtnis geblieben. Es war angenehm zu wissen, dass man nicht unbedingt jung und gutaussehend sein musste, um in Hollywood Karriere zu machen.

»Es gibt kaum einen feineren Kerl«, sagte Wilcox. »Eine der beeindruckendsten Persönlichkeiten, die mir in meiner gesamten Laufbahn untergekommen sind.« Er schüttelte betrübt den Kopf. »Ich wünsche ihm so sehr, dass er diese schreckliche Krankheit in den Griff bekommt. Mit all seinem Geld sollte er doch eine geeignete Therapie finden. Allerdings nicht dort, wo er gerade hinfliegt ...«

»Nein«, sagte Hannah, tief in Gedanken versunken. »Dort wartet nur der Tod.«

Wilcox sah sie nachdenklich an. »Mir ist nicht verborgen geblieben, dass Ihr Abschied etwas holperig war. Gibt es etwas, worüber ich Bescheid wissen sollte?«

Sie schüttelte den Kopf. »Ist was Persönliches. Machen Sie sich keine Gedanken.«

»Ich würde mich freuen, wenn Sie mich Barney nennen.« Er streckte ihr die Hand entgegen. Sie war rauh und über und über mit Sommersprossen bedeckt. Hannah erwiderte den Handschlag. »Hannah. Und das ist Leni. Danke, dass du uns so freundlich empfangen hast. Ich bin sicher, du hast Wichtigeres zu tun, als dir die Zeit mit neugierigen Touristen zu vertreiben.«

»Also erstens würde ich jemanden mit deinen Qualifikationen nicht unbedingt als Touristen bezeichnen, und zweitens käme es mir nie in den Sinn, Norman einen Wunsch abzuschlagen. Er ist wie ein Vater für dieses Projekt. Er hat es begleitet, seit wir vor einem Jahr mit den Tauchgängen begonnen haben. Komm, ich fahr euch rüber nach Potamos und dann auf unser Schiff. Dort erkläre ich euch alles Weitere.« Er ging hinüber zu dem verrosteten Kübelwagen, der ein paar Meter entfernt am Ende des holperigen Feldwegs stand. Das Ding sah aus, als stamme es noch aus den Restbeständen der Wehrmacht.

»Norman hat mir gegenüber nur ein paar vage Andeutungen gemacht. Er hat mir gesagt, alles, was es zu wissen gäbe, würde ich von dir erfahren. Du würdest entscheiden, was du mir erzählst und was nicht.«

»Tatsächlich?« Hannah hob eine Braue. »Nun, mir hat er gesagt, ich solle nichts herauslassen.«

»Vermutlich mag er dich so sehr, dass er dir die Entscheidung überlässt. Einen größeren Vertrauensbeweis kann es kaum geben, oder?«

»Ja, vermutlich.«

Holpernd und polternd schaukelte der Wagen den steinigen Weg zum Meer hinunter, wobei er die drei Insassen gut durchschüttelte. Hannah überprüfte sicherheitshalber noch einmal, ob Lenis Gurt festsaß, und ermahnte sie, auf ihren kleinen Lederkoffer zu achten. Das Ding war uralt und enthielt Lenis wichtigste Reiseutensilien: einen Teddybären, eine Lupe, Bücher, Zeichensachen, eine Rolle Garn, Klebstoff und noch so einiges mehr, was für einen Abenteurer unverzichtbar war. Sehr zu Hannahs Leidwesen gehörten dazu weder Kämme noch Spiegel oder Zahnbürsten. Aber von wem sollte sie es auch haben? Hannah war in dieser Hinsicht kein wirkliches Vorbild für ihre Tochter. Eine mittelgroße Schultertasche, in der alles drin war, was sie für die nächsten Tage benötigte, mehr hatte sie nicht mitgenommen. Sie liebte es, mit kleinem Gepäck zu reisen, und schien dies an Leni weitergegeben zu haben. Aber zumindest die Zahnbürste hatte sie immer dabei.

»Wart ihr schon mal auf Antikythera?«, fragte Barney.

Hannah schüttelte den Kopf.

»Nun, da habt ihr nicht viel verpasst. Die Insel ist ziemlich kahl, wie ihr seht. Knapp siebzig Menschen leben hier, von denen die meisten schon recht alt sind. In den Sommermonaten sind's natürlich mehr. Der Tourismus bildet die Haupteinnahmequelle dieser Insel. Ein bisschen Fischerei, das war's.«

»Was ist mit der Schwammtaucherei?«

»Nope«, lautete die Antwort. »Dafür hat man die Bänke Anfang des zwanzigsten Jahrhunderts viel zu nachhaltig ausgebeutet. Lohnt nicht mehr, deswegen sein Leben aufs Spiel zu setzen. Außerdem werden die Naturschwämme heutzutage zum Glück weitestgehend durch Kunstschwämme ersetzt. Die paar, die es noch gibt, werden drüben bei Kalymnos oder in der Karibik geerntet.«

Hannah bemerkte aus dem Augenwinkel, wie Leni ihren Koffer öffnete und ihre Zeichensachen herausholte. Ihre Schöpferkraft war selbst unter holperigen Bedingungen kaum zu bremsen.

Barney lächelte. »Hat Norman dir etwas über unser Institut erzählt?«

»Ein bisschen. Er sagte, ihr hättet um die tausend Studenten, was mir etwas übertrieben erschien.«

»Stimmt aber«, sagte Barney. »Das WHOI wurde 1930 gegründet und ist die größte unabhängige, ozeanografische Forschungseinrichtung der Welt. Sie ist in sechs Abteilungen gegliedert. Vier Institute für das Leben im Ozean, den

Küstengebieten, den Meeres- und Klimawandel und die Tiefseeforschung. Und natürlich das Genossenschaftsinstitut für Klima- und Meeresforschung und Meerespolitik. Der größte Teil der Finanzierung erfolgt durch Zuschüsse und Verträge mit der *National Science Foundation* sowie anderen staatlichen Stellen. Aber natürlich auch durch Stiftungen und private Spenden. Wir bauen Hochseeinstrumente zur Datensammlung und arbeiten in fast allen Ozeanen der Welt. Geologische Aktivitäten, pflanzliche, tierische und mikrobiologische Populationen, Küstenerosion, Ozeanzirkulation, Meeresverschmutzung und globaler Klimawandel – das volle Programm. In den letzten Jahren waren wir vor allem mit der Untersuchung des vermissten Air-France-Fluges 447 beschäftigt.«

»Davon habe ich gehört«, sagte Hannah. »Über zweihundert Menschen sind dabei ums Leben gekommen, nicht wahr?«

Er nickte. »Der Flug von Rio de Janeiro nach Paris 2009 gilt als das bislang schlimmste Unglück der Air France. War ein kniffliger Fall, aber wir haben ihn gelöst.«

»Ich bin beeindruckt«, sagte Hannah. »Und jetzt seid ihr mit der Bergung eines antiken Schiffswracks beschäftigt?«

»Nicht *ein* Wrack. Das größte Wrack der Antike überhaupt. Siehst du das Schiff da drüben? Das ist die *Atlantis II*. Sie liegt direkt über der Fundstelle. Leider haben wir keine Landeplattform, sonst hättet ihr auch direkt dorthin fliegen können. Aber ansonsten verfügen wir über jeden Komfort. Eine nette Bibliothek, Tischtennisplatten, Videospiele, sogar eine Bowlingbahn, die allerdings nur bei ruhiger See bespielbar ist.« Er drehte sich grinsend zu Leni um. »Spielst du Bowling?«

Leni antwortete nicht, sondern zeichnete etwas, das aussah wie ein rechteckiger Tafelschwamm, der von Tauchern umlagert wurde.

Hannah stupste sie an. »Barney hat dir eine Frage gestellt.«

Leni ignorierte sie einfach.

»Spongebob«, sagte Barney grinsend. »Meine Tochter liebt ihn auch. Ziemlich anarchischer Humor, aber ich bekomme Kopfschmerzen davon.« Er lächelte gequält. »Wenn Helen in ihrer eigenen Welt steckt, gibt es nichts, was sie stören könnte, nicht mal ein Erdbeben.«

»Ist sie zurzeit an Bord?«

»Leider nicht. Die Schulferien sind zu Ende, und meine Frau ist mit ihr, Jason und John letzte Woche zurückgeflogen.« Er verließ den Feldweg und bog auf die schmale Straße ab, die hinunter in den Ort führte. Etwas oberhalb in den Felsen war eine kleine Feriensiedlung zu sehen. Potamos selbst bestand nur aus etwa fünfzehn oder zwanzig Häusern, die wie weißgestrichene Würfel vor dem blauen Meer leuchteten. Barney grüßte einige Leute im Vorbeifahren, rief dem Gastwirt eines Restaurants zu, er möge für heute Abend schon mal das Bier kalt stellen, und parkte das Auto dann neben der Hafenmole. Unten am Kai lag ein rotes Schlauchboot mit der Aufschrift *Atlantis II*.

»Rein mit euch«, sagte er, während er das Verdeck hochklappte und die Türen verriegelte. »Die letzte Etappe eurer Reise ist angebrochen. Gebt mir eure Sachen und dann steigt ein, es geht gleich los.« Er nahm Hannah und Leni ihr

Gepäck ab und verstaute es im Boot, dann löste er das Halteseil, startete den Außenbordmotor und gab Gas.

Sie hatten etwa die halbe Strecke zurückgelegt, als plötzlich rechts und links ein paar scharf geschnittene Flossen die Wasseroberfläche durchdrangen und neben ihnen herschwammen. Sofort war Leni wieder bei der Sache und quietschte vor Vergnügen. »Delphine!«

»Von denen gibt's hier reichlich«, rief Barney. »Die haben nur Unsinn im Kopf. Sie machen uns die Arbeit da unten ganz schön schwer. Die reinsten Rabauken. Aber ihr werdet es selbst erleben.«

»Soll das heißen, wir werden hinuntertauchen?«, fragte Hannah.

»Aber selbstverständlich«, rief Barney. »Dachtest du, ich lade euch ein, nur um euch dann mit nüchternen Fakten zu langweilen? Das hätten wir auch per E-Mail erledigen können. Nein, nein. Norman hat mir aufgetragen, euch den Mechanismus von Antikythera zu zeigen, und genau das habe ich vor. Und zwar mit allem Drum und Dran.«

13

Wadi Adschidsch …

Die Fahrt wollte kein Ende nehmen. Leslie strömte der Schweiß übers Gesicht. Ihre Lippe war inzwischen dick wie ein Golfball und gab ein schmerzhaftes Pochen von sich.

Ihr war übel. Vermutlich lag das an dem Sack über ihrem Kopf. Das Scheißding ließ gerade so viel Luft hindurch, dass sie nicht erstickte. Der Stoff war mit irgendetwas imprägniert und stank ekelerregend nach Farbe. Durch das enge Gewebe fiel kaum Licht. Sie konnte von Glück sagen, dass sie den Sack am Hals etwas lockerer geschnürt hatten, so dass wenigstens hin und wieder ein leichter Windzug zu ihr hereindrang.

Leslie versuchte, ruhiger zu atmen. Diese Panikschübe brachten nichts – auch wenn sie angesichts der widrigen Umstände nur allzu verständlich waren. Ruhig bleiben und die Ohren aufsperren, das war alles, was sie im Moment tun konnte.

Sie hörte Stimmen – arabische Stimmen –, die lautstark und aufgeregt miteinander sprachen. Aus dem wenigen, was sie verstand, schloss sie, dass sich die Männer immer noch zu dem Überfall gratulierten. Immer wieder erklangen Danksagungen an Allah.

Allah! Wo warst du, als mein Freund Alan bei lebendigem Leib verbrannt ist? Warum hast du den Grausamkeiten nicht Einhalt geboten?

Wieder machte das Fahrzeug einen Satz. Leslie kippte zur Seite und schlug hart mit der Schulter gegen die Seitenwand. Sie stöhnte vor Schmerzen, doch niemanden interessierte das.

Wo brachte man sie hin? Was war mit den anderen? Immer wieder musste sie an den Moment denken, als der Humvee in die Luft geflogen war. Das dreckige Gelächter ihrer Entführer, diese unbarmherzigen Augen. Und was würde nun mit ihr geschehen? Bei dem Gedanken daran wurde ihr schon wieder übel.

Man hatte sie schon einmal entführt, damals in Lesotho, 1998, als oppositionelle Rebellen sie und ihr Team in ihre Gewalt brachten und sie zwangen, sich öffentlich für die Annullierung der Wahl und die Absetzung des frisch vereidigten Premierministers Bethuel Pakalitha Mosisili auszusprechen. Genutzt hatte es wenig. Truppen aus Südafrika und Botswana waren ins Land einmarschiert und hatten die Lage stabilisiert. Leslie und ihre Freunde konnten mit knapper Not entfliehen, ehe die Rebellen ihnen den Prozess machten. Damals war sie wochenlang traumatisiert gewesen, hatte geschworen, nie wieder so einen Auftrag anzunehmen und künftig einen weiten Bogen um Krisenregionen zu machen. Doch mit Vorsätzen war es wie mit dem Wetter: heute Regen, morgen Schnee. Und irgendwann kam die Sonne wieder durch, und man vergaß, weswegen man überhaupt so besorgt gewesen war.

Apropos Sonne: Leslie spürte, dass sie seit geraumer Zeit im Schatten unterwegs waren. Und das, obwohl es mitten am Tag war. Sie fragte nicht nach den Gründen. Sie war einfach nur froh, der Hitze zu entkommen.

Die Zeit zog sich wie Kaugummi. Es musste jetzt mindestens zwei Stunden her sein, seit man sie verzurrt auf den Wagen geworfen hatte. Ihr Zeitempfinden war durch den Stress und die Angst empfindlich gestört. Gut möglich, dass sie unterwegs eingenickt war.

Der Geruch von Zigarettenrauch stieg ihr in die Nase. Zigaretten und etwas anderes. Marihuana? Das süßliche Aroma war unverkennbar. *Schwarzer Afghane, haha.* Ihren Humor ließ sie sich nicht nehmen. Lachen auf dem Schafott, gute britische Tradition.

Das Geplapper drang gebetsmühlenartig an ihre Ohren. Sie fühlte, wie sie schon wieder schläfrig wurde.

Doch dann änderte sich etwas. Die Stimmen der Männer wurden leiser und verstummten schließlich ganz. Das Fahrzeug nahm einige enge Serpentinen. Dann bremsten sie ab. Stimmen waren zu hören. Befehle wurden gerufen, und das Klicken entsicherter Waffen war zu vernehmen.

Offenbar hatten sie ihren Zielort erreicht.

Leslie hörte, wie etwas Schweres, Quietschendes zur Seite bewegt wurde. Dann fuhr das Fahrzeug wieder los. Schlagartig wurde es dunkel. Kalte Luft strich über ihre Haut. Der Motorenlärm hallte. Es roch nach feuchtem Gestein, nach Teer und Benzin. Ein Tunnel? Kein Zweifel, sie waren im Inneren eines Berges!

Das Fahrzeug wurde abgestellt. Die Ladefläche wippte, Türen knallten, und es wurde wieder geredet. Rauhe Hände packten sie und schleiften sie von der Ladefläche. Dann stellte man sie auf die Füße.

»Los, vorwärts!« Eine junge Stimme, mit einigermaßen

akzentfreiem Englisch, sprach zu ihr. »Du sollst gehen, habe ich gesagt.«

Der Mann stieß sie in den Rücken. Ihr Herz schlug bis zum Hals. »Wo... wohin soll ich gehen?«

»Zuerst mal nur geradeaus. Ich sage dir, wenn du abbiegen sollst.«

»Okay.« Sie ging los, blieb mit dem Fuß hängen und geriet ins Straucheln. Schadenfrohes Gelächter ertönte. Offenbar hatte jemand ihr ein Bein gestellt. Sie ging nicht darauf ein, sondern lief weiter. Sie wollte den Entführern keinen Anlass zu weiteren Erniedrigungen bieten.

Sie war etwa zwanzig Meter gelaufen, als der Befehl kam, nach rechts zu gehen. Dann noch einmal nach rechts und wieder links. Ihre Schritte warfen ein knirschendes Echo von den Wänden. Was war das hier, ein alter Stollen, ein Bunker oder eine Mine?

»Halt!«

Das Klirren eines Schlüsselbunds ertönte. Irgendwo wurde quietschend eine Metalltür geöffnet.

»Dreh dich nach links und dann geh drei Schritte vorwärts.«

Sie tat es, dann blieb sie stehen. Der Sack wurde ihr vom Kopf gerissen. Erschrocken fuhr sie zusammen. Die plötzliche Helligkeit stach ihr schmerzhaft in die Augen.

»Rühr dich nicht, ich schneide deine Hände frei.«

Mit pochendem Herzen fühlte sie, wie der Mann mit dem Messer hinter sie trat und die Klebestreifen zersäbelte. Ein unangenehmer Moment, der zum Glück rasch vorbei war. Sie konnte die Arme wieder heben.

»Dreh dich um.«

Ihre Handgelenke massierend, leistete sie dem Befehl Folge. Vor ihr stand ein Mann mit Mütze. Bart, Kapuzenshirt mit der Aufschrift *Wrangler*, darunter ein Paar abgewetzte Jeans. Die Füße steckten in löchrigen Chucks. Leslie erkannte auf Anhieb, dass er kein Araber war. Sie tippte auf einen Europäer. In seinen Händen hielt er eine AK-47, die genau auf ihr Herz gerichtet war. Angsterfüllt wich sie zurück.

»Mach's dir bequem«, sagte er und deutete auf die Zelle. »Feldbett, Eimer, da drüben steht etwas zu trinken. Gibt es sonst noch etwas, was du brauchst?«

»Ich müsste mal …«, sagte sie leise.

»Dafür ist der Eimer da. Später bringe ich dir etwas zu essen. Der Kommandant will mit dir sprechen, also sei besser vorbereitet.«

Ehe sie noch etwas erwidern konnte, verließ der Kerl die Zelle und schloss zu. Leslie war allein. Sie stand da und spürte, wie die Anspannung ein wenig von ihr abfiel. Sie war am Leben. *Noch.*

Sie tastete an sich herunter. Handy, Pass und Portemonnaie – alles weg. Sie besaß nur noch die Sachen, die sie am Leibe trug.

Ihre Blase war zum Zerreißen gespannt. Sie vergewisserte sich, dass die Sichtluke in der Tür geschlossen war, dann zog sie die Hose runter und nahm auf dem Eimer Platz. Sie hatte schon in schlimmeren Löchern gehaust. Die Pritsche sah sogar einigermaßen bequem aus, und mehr brauchte sie im Moment nicht. Sie stand auf, knöpfte die Hose wieder zu und schob den Eimer zur Seite. Dann ging sie rüber zum Bett, griff nach der Flasche und roch daran. Das Wasser schien frisch zu sein. Sie trank einen Schluck, dann noch einen. Nach wenigen Augenblicken hatte sie die Flasche halb geleert. Sie hatte gar nicht bemerkt, wie durstig sie war. Sie sollte besser aufhören, schließlich wusste sie nicht, wann sie das nächste Mal etwas bekommen würde.

Mit einem Blick auf die nackte Glühbirne an der Decke setzte sie sich auf das Feldbett, streckte sich darauf aus und war wenige Augenblicke später eingeschlafen.

»He, du da, aufwachen.«

Leslie schnappte nach Luft. Sie wollte schreien, doch es kam kein Ton über ihre Lippen. Der Sack über ihrem Kopf erstickte sie nahezu. Die Schnüre schnitten ihr ins Fleisch und drückten ihr die Luft ab. Sie riss die Augen auf – und stellte erleichtert fest, dass es nur ein Traum gewesen war. Keuchend atmete sie aus. Sie war schweißüberströmt.

Das Erste, was sie sah, war das grelle Deckenlicht. Sie hielt die Hand vor die Augen und richtete sich auf.

»Der Boss wünscht, dich zu sehen, also komm.«

Sie brauchte einen Moment, um sich zu orientieren. Die kahle Höhle, das Bett, der Eimer – es war nur zum Teil ein Alptraum gewesen.

Schlagartig fiel ihr alles wieder ein. Der Überfall, die Flucht ...

»Alan«, flüsterte sie heiser.

»Maul halten und mitkommen.« Der Mann richtete seine Maschinenpistole auf ihren Kopf. Es war derselbe Kerl, der sie hergebracht hatte. Erst jetzt fiel ihr auf, wie jung er war. Sein Gesicht war sonnengebräunt, er trug einen fusseligen Bart. Definitiv kein Araber.

Sie unterdrückte die Furcht, die die Waffe bei ihr auslöste.

»Woher kommst du?«, fragte sie.

Er sah sie an, als wäre sie von einem fremden Stern. Einen Moment lang schien er unsicher, ob er sich mit ihr unterhalten durfte, kam dann aber zu dem Schluss, dass nichts dagegen sprach. »Dänemark«, lautete die knappe Antwort.

»Dänemark?« Sie hob überrascht eine Braue. »Und wie lange bist du schon dabei?«

»Ich habe mich dem Kampf vor zwei Jahren angeschlossen.«

»Dem Kampf gegen ...?«

»Gegen den imperialistischen Westen natürlich. Wir kämpfen für die Gründung unseres eigenen Kalifats. Eines Kalifats, das vom Irak bis in den Libanon reichen wird.«

»Ja, verstehe schon«, sagte sie. »Und wie ist dein Name?«

Stolz reckte er seine Brust vor. »Frederik Abdul Kalim.«

Sie nickte. »Du bist weit weg von zu Hause, Frederik.«

»Na und?«

»Bist du sicher, dass dies der richtige Ort für dich ist?«

Seine Augen wurden hart wie Kieselsteine. »Was soll die dumme Frage?«

Sie zuckte die Schultern. »Ich interessiere mich für das, was du hier tust.«

Seine Lippen wurden schmal. »Wir werden dich und deinesgleichen dahin zurückschicken, wo ihr hergekommen seid. Und jetzt halt dein Maul und beweg deinen Arsch. Der Boss wird schon ungeduldig.«

»Bitte entschuldige, wenn ich dich beleidigt habe, das lag nicht in meiner Absicht«, sagte Leslie. Sie hatte mit einer solchen Reaktion gerechnet. Fanatiker wurden grundsätzlich pampig, wenn man sie zur Selbstreflexion aufforderte.

»Ich bewundere deine Zielstrebigkeit und Klarheit, ehrlich«, sagte sie. »Wie alt bist du, zwanzig, zweiundzwanzig? In deinem Alter habe ich noch nicht gewusst, was ich vom Leben will. Ich war mit den falschen Leuten zusammen und hing an den falschen Orten herum. Selbst heute gibt es Tage, an denen ich nicht weiß, wo ich hingehöre. Das Leben kann verdammt kompliziert sein …« Sie sprach ruhig und sanft – wie mit einem Freund. Drei Jahre Deeskalationsseminar. Es war wichtig, einen persönlichen Kontakt herzustellen. Freundlich und vertrauenswürdig, aber nicht einschleimend. Man sollte ruhig auftreten und es nicht an Respekt mangeln lassen. Entführer wollten ernst genommen werden. Meist standen sie genauso unter Spannung wie ihre Opfer, oft sogar noch stärker.

»Kompliziert? Nicht für mich«, sagte Frederik. »Ich weiß gar nicht, wieso ich mich mit dir unterhalte. Du sollst losgehen, habe ich gesagt.«

Leslie nickte und hob die Hände, zum Zeichen, dass sie verstanden hatte. Sie durfte jetzt nicht gleich alles wieder zunichtemachen. Viele machten den Fehler, dass sie es übertrieben.

Widerspruchslos setzte sie sich in Bewegung und ließ sich von ihm durch das unterirdische System von Gängen führen. Frederik würde kein Problem darstellen. Ihre Sorge galt dem, dem sie als Nächstes gegenübertreten würde.

Der Däne steuerte auf eine Tür zu, die von einem Soldaten bewacht wurde. Er trug die Uniform der Republikanischen Garde. Die ehemalige Leibgarde Saddam Husseins, schoss es Leslie durch den Kopf. Das war schon ein anderes Kaliber.

Frederik trat vor und sagte: »Ich bringe die Gefangene.«

»Sie warten bereits.«

Sie? Das klang nicht gut.

Der Posten öffnete die Tür, wartete, bis Leslie hindurch war, und schloss sie dann wieder.

Frederik blieb draußen.

14

Zwei Männer befanden sich in dem Raum. Der eine, ein älterer, breitschultriger Typ, mit kurzgeschorenen Haaren und Narben im Gesicht, der andere deutlich kleiner, mit Bart, einem weißen Umhang und Sandalen. Er hielt sich im abgedunkelten Teil des Raumes auf, so dass Leslie ihn nicht genau erkennen konnte. Der ungesunde Glanz in seinen Augen blieb ihr jedoch nicht verborgen.

Sie richtete ihre Aufmerksamkeit auf den Großen. Er wirkte ruhig und intelligent, besaß aber einen unnachgiebigen Zug um den Mund. Er deutete auf den Stuhl, der vor seinem Schreibtisch stand.

»Bitte treten Sie näher, Ms. Rickert. Setzen Sie sich.« Sein Englisch war gut und die Aussprache einigermaßen akzentfrei. Er klang, als hätte er einige Jahre im Ausland verbracht.

Leslie blieb stehen.

»Ich werde mich nicht wiederholen.«

Mit zusammengepressten Lippen nahm sie Platz. Es war unsinnig, Widerstand zu leisten.

Der Mann nickte. »*Tamam* – schon besser.« Er musterte sie aufmerksam. »Mein Name ist Khalid al-Aziz. Ich bin Kommandant dieser Einrichtung. Dies ist mein Berater Jafar Saleh Mutlak. Ich freue mich, Sie kennenzulernen. Wir haben nicht jeden Tag so prominenten Besuch. Darf ich fragen, wie Sie mit Ihrer Unterbringung zufrieden sind?«

»Ich kann nicht klagen.«

»Gut.« Khalid nickte. »Es ist uns wichtig, dass unsere Gäste sich bei uns wohl fühlen. Was kann ich Ihnen anbieten? Kaffee, Tee, Wasser?«

»Wasser.«

Khalid nahm eine Karaffe, schüttete etwas daraus in ein Glas und plazierte es vor Leslie. Dann setzte er sich. »Ich brenne vor Neugier, Ms. Rickert. Was führt Sie in diese entlegene Gegend? Sie haben sich doch wohl nicht etwa von kurdischen Streitkräften entführen lassen, oder?«

Wenn das witzig gemeint sein sollte, konnte sie nicht darüber lachen.

»Ich bin Kriegsberichterstatterin«, sagte sie, wobei sie versuchte, sich ihre Nervosität und Angst nicht anmerken zu lassen. »Ich arbeite im Auftrag von BBC und al-Jazeera. Dass Sie uns angegriffen haben, ist ein Akt der Barbarei. Ich verlange, dass Sie mich sofort freilassen.«

Khalid sagte nichts. Er saß nur da und sah sie an. Wie eine Schlange, die eine Maus betrachtet, ehe sie sie verschluckt. Ohne Ankündigung stand er auf, kam zu ihr herüber und nahm auf der Tischkante Platz. Leslie zuckte zurück.

»Keine Angst«, sagte er. »Ich werde Ihnen nichts tun. *Noch nicht.*« Er nahm ihr das Glas aus der Hand und stellte es ab.

»Ein Journalist ist niemals neutral, Miss. Ihr Berufsstand prägt das Bild in den Medien. Er hat damit entscheidenden Einfluss auf die öffentliche Meinung und die Politik. Sie werden verstehen, dass meine Stammesbrüder und ich es nicht gutheißen, wie Sie und Ihre Kollegen über uns berichten.«

»Wenn Sie die Wahrheit nicht vertragen, ist das Ihr Problem, nicht meines.«

Khalid lachte. »Was ist Wahrheit, was ist Lüge? Was gut, was böse? Eine Frage der Perspektive, finden Sie nicht?«

Leslie sah ihn überrascht an. Eine solche Antwort hatte sie nicht erwartet. »Wohl kaum«, sagte sie zögernd.

»Nein?«, sagte Khalid. »Kommen Sie, Ms. Rickert. Selbst für jemanden wie Sie, der von der westlichen Politik auf Kurs getrimmt wurde, müsste es doch klar sein, dass es immer mindestens zwei Perspektiven gibt. Sehen Sie hier drüben.« Er deutete auf eine kleine Grafik, die seitlich neben seinem Tisch an der Wand hing. Sie stellte einen zylindrischen Körper dar, der von zwei Seiten beleuchtet wurde. Zwei Schatten fielen auf die gegenüberliegenden Seiten, ein kreisförmiger und ein rechteckiger. Sowohl über dem Kreis als auch über dem Rechteck stand das Wort *wahr*. Über dem zylindrischen Körper in der Mitte aber stand das Wort *Wahrheit*. Eine einfache Darstellung, die zu unmittelbarem Verstehen führte.

Khalid betrachtete sie aufmerksam. »Wie Sie sehen, ist es nicht so einfach mit der Wahrheit. Wir tendieren dazu, uns immer auf die Schatten zu konzentrieren und den Körper völlig außer Acht zu lassen. Eine menschliche Schwäche. Aber in Ihrem Berufsstand können Sie sich eine solche Betrachtungsweise nicht erlauben. Nicht, wenn Sie objektiv sein wollen.«

Leslie wusste nicht, was sie dazu sagen sollte. Sie hatte mit allem gerechnet: Drohungen, Verwünschungen, Folter – nicht aber damit, einem Mann von Bildung und Intelligenz gegenüberzusitzen.

»Was wollen Sie von mir?«, fragte sie leise.

»Was ich will? Mich mit Ihnen unterhalten. Ich dachte, das wäre klar.«

»Und worüber?«

»Über Sie, über mich. Über die besonderen Momente, wenn Menschen mit so unterschiedlichem Hintergrund aufeinandertreffen.« Er zog eine Schachtel Zigaretten heraus und bot Leslie eine an. Sie lehnte ab. Schulterzuckend nahm er selbst eine, zündete sie an und nahm einen tiefen Zug.

»Ich sollte das eigentlich nicht tun. Meine Frau ermahnt mich immer, damit aufzuhören.« Er nahm noch einen tiefen Zug. »Für wie alt halten Sie mich?«

»Was?«

»Mein Alter. Wie alt schätzen Sie mich?«

»Ich ... ich habe keine Ahnung. Anfang vierzig vielleicht.«

Er lächelte. »Sie schmeicheln mir. Ich habe vor wenigen Monaten meinen fünfzigsten Geburtstag gefeiert. In einem Schützengraben, fünfzig Kilometer nördlich von Mossul.« Er blies einen Rauchkringel in die Luft. »Ich mache mir nicht viel aus Geburtstagen, aber ein solches Datum gibt einem schon zu denken.« Er betrachtete die glühende Spitze der Zigarette. »Ich habe erlebt, wie dieses Land Stück für Stück vor die Hunde ging. Runtergewirtschaftet durch die selbsterklärten Sheriffs aus den USA, die diesen Staat in Chaos und Bürgerkrieg gestürzt haben.«

Leslie schwieg. Die alte Leier. Immer waren die anderen schuld. Wie oft hatte sie das schon gehört?

»Ich weiß, was Sie denken«, fuhr Khalid fort. »Ich will nicht beschönigen, was Hussein getan hat. Wie alle Staatschefs, die zu lange und zu gierig an der Titte der Macht gesaugt haben, hat er irgendwann den Boden unter den Füßen verloren. Ausgelöst aber wurde der Untergang durch den Westen, und das ist eine Verantwortung, der Sie sich nicht entziehen dürfen.«

»Haben Sie mich entführt, um mir Geschichtsunterricht zu erteilen?«

Er lachte. »Wusste ich doch, dass Sie nicht lange stillhalten können.«

»Ich bin nur vorsichtig. Besonders in einer Umgebung wie dieser.«

»Das verstehe ich sogar. Vermutlich überlegen Sie noch, ob ich Ihnen den Kopf abschlagen oder mich wirklich mit Ihnen unterhalten möchte.«

»Warum sagen Sie nicht einfach, was Sie wollen, und gut ist?«

Er kehrte an seinen Platz zurück. »Nur nicht ungeduldig werden, Ms. Rickert. Wir haben doch Zeit. Oder haben Sie einen wichtigen Termin?«

Leslie hatte einen furchtbar trockenen Hals und musste erst mal einen Schluck trinken. »Was meinen Berufsstand betrifft«, sagte sie, nachdem sie ihren Durst gelöscht hatte, »so kann ich Ihnen versichern, dass wir uns niemals in Kampfhandlungen einmischen würden.«

»Was Sie nicht sagen.«

»Was Sie getan haben, widerspricht allem, was internationales Recht für unseren Berufsstand vorgesehen hat.«

»Internationales Recht.« Er stieß ein trockenes Lachen aus. »Sie sollten sich mal hören.«

»Sie haben meinen Freund Alan ermorden lassen. Dafür werden Sie geradestehen, das verspreche ich Ihnen.«

Er zog amüsiert eine Braue hoch. »Drohen Sie mir etwa?«

»Das tue ich, verdammt noch mal.« Erschrocken hielt sie inne. War sie noch ganz bei Sinnen, so mit einem IS-Führer zu reden?

Khalid klopfte die Asche ab. »Tja, dann haben wir ein Problem. Sehen Sie, dieser Konvoi hat Waffen an Peschmerga-Stellungen im Sindschargebirge transportiert. Waffen, die dazu dienen, unsere Leute zu töten und uns aus den angestammten Gebieten zu vertreiben. Sie dienen der Ausrottung unserer Stämme und unserer Familien. Ihnen muss bewusst gewesen sein, welches Risiko Sie eingingen, als Sie dort mitfuhren. Ihr Kollege hat uns aus einem US-Militärfahrzeug beschossen. Als Journalist hat er zur Waffe gegriffen und gefeuert. Glauben Sie mir, ich hatte jedes Recht, so zu handeln, wie ich es getan habe.« Seine Stimme war leise und beherrscht, aber sie spürte, wie es unter der Oberfläche brodelte.

»Wie Sie vermutlich wissen, steht unsere Organisation unter ziemlichem Druck. Wir mussten in der jüngeren Vergangenheit einige Rückschläge wegstecken, besonders, was diese Bergregion betrifft. Haben Ihnen die US-Soldaten nicht gesagt, wie gefährlich es ist, sich den kurdischen Kämpfern anzuschließen? Sie können von Glück sagen, dass Sie noch am Leben sind. Sie haben mir immer noch nicht erzählt, was Sie hier eigentlich wollen.«

»Wir untersuchten den Fall der beiden abgestürzten Drohnen ...«

»Die *Reaper?*« In Khalids Augen blitzte es auf. »Höchst bemerkenswert, nicht wahr? Ich gebe zu, dieser Unfall war ein Geschenk des Himmels. Meine Männer sehen in ihm eine Form von ma Ma'na – wie sagt man? –, von *göttlicher Vorsehung*. Ich wäre dumm, wenn ich diese Sichtweise nicht für meine Pläne ausnutzen würde.«

»Ich kann darin wenig Göttliches erkennen.«

»Schweig, du Schlampe!« Im verdunkelten Teil des Raumes war Bewegung zu erkennen. Der Mann, der die ganze Zeit über ruhig im Hintergrund gestanden hatte, trat hervor und kam mit erhitztem Gesicht auf sie zu. Endlich konnte sie ihn genauer betrachten. Seiner Kleidung und dem Bart nach zu urteilen, ein islamischer Geistlicher. Und ziemlich jung dazu.

Er deutete auf Leslie, wie man auf ein ekliges Insekt deutet. »Sie zweifelt am Willen des Allmächtigen. Das ist Blasphemie.«

»Ja, ich weiß«, sagte Khalid. »Aber was hast du anderes erwartet? Sie ist eine Ungläubige.«

»Sie muss sterben, auf der Stelle! Lasst sie mich zum Schweigen bringen, Kommandant.«

»Noch nicht, Jafar. Ich möchte mich gerne noch einen Moment mit ihr unterhalten. Aber da wir gerade beim Thema sind, Ms. Rickert, wie steht es damit, glauben Sie an Gott?«

Leslie war starr vor Schreck. *Diese Augen.* Konnte es sein, dass er es gewesen war, der den Humvee in Brand gesteckt hatte? Sie war normalerweise recht gut im Wiedererkennen von Menschen. Und diese Augen waren unverwechselbar.

»Ich habe Ihnen eine Frage gestellt.«

Leslie versuchte, sich zusammenzureißen. *Gott?* Was sollte sie darauf antworten? Sagte sie die Wahrheit, würde man sie vierteilen. Log sie, und sie wurde durchschaut, half ihr das auch nicht weiter. So oder so eine beschissene Situation. Sie entschied sich für die Wahrheit.

»Nein«, sagte sie. »Gott ist eine Erfindung des Menschen.«

»Da habt Ihr's, Khalid.« Jafar schien sich in allen Punkten bestätigt zu fühlen. »Lasst mich sie töten, damit sie uns nicht mit ihren unreinen Gedanken infiziert.«

»So schnell werde ich nicht infiziert. Ungläubigkeit ist schließlich kein Schnupfen«, sagte der Kommandant. »Eine Ungläubige, in der Tat. Aber wenigstens eine ehrliche Ungläubige. Eine Lüge hätte ich Ihnen nicht verziehen, Ms. Rickert, da bin ich pingelig. Aber Wahrheit erfordert Mut, und Mut respektiere ich.«

Er nahm einen letzten Zug, dann drückte er die Zigarette aus. »Können Sie mir sagen, was den Absturz der Maschinen ausgelöst hat? Was man in den Nachrichten darüber erfährt, ist höchst unbefriedigend.«

Leslie kam sich vor, als läge ein Schwert über ihrem Nacken. Es war ein schmaler Grat, über den sie lief, und jeder Schritt konnte den Tod bedeuten. Vor allem durfte sie sich ihre Furcht nicht anmerken lassen. Wer einmal dem Pfad der Angst folgte, der war verloren.

»Nicht viel, fürchte ich. Es ging alles sehr schnell. Die Systeme standen wohl zur selben Zeit still. Wir haben die Flugschreiber ausgewertet, sie waren in dieser Beziehung eindeutig. Der Totalausfall trat zur selben Zeit ein. Später erfuhren wir, dass unsere Fahrzeuge exakt im selben Moment liegengeblieben waren. Es gibt einen Zusammenhang, den wir aber noch nicht kennen.«

»Ich verstehe«, sagte Khalid. »Wir hatten ebenfalls Probleme, wenn auch nicht solche gravierenden.« Nachdenklich presste er die Fingerspitzen zusammen. »Irgendeine Idee, was das ausgelöst haben könnte?«

Leslie zuckte die Schultern. »In Fachkreisen wird über ein EMP gemunkelt, aber das sind nur vage Vermutungen.«

»Ein EMP?«

»Ein elektromagnetischer Puls. Eine Folgeerscheinung von Atomexplosionen. Wobei ich nicht weiß, ob EMPs nicht auch ohne das Zünden einer solchen Waffe ausgelöst werden können. Jedenfalls werden dadurch wohl kurzzeitig starke Ströme in Metallen und Halbleitern induziert, die zu Fehlfunktionen oder zur Zerstörung einzelner elektronischer Bauteile führen. Ich musste das selbst erst mal nachschlagen. Es deutet alles darauf hin, dass die Drohnen aufgrund eines solchen EMPs abgestürzt sind.«

Sie sah ihn mit schräg gehaltenem Kopf an. »Sie haben nicht zufällig etwas damit zu tun, oder?«

»Sie meinen, ob wir eine Atomwaffe gezündet haben?« Khalid lachte. »Glauben Sie mir, wenn ich so etwas in meinem Besitz hätte, säßen wir hier nicht so gemütlich beisammen. Ich befände mich im UN-Gebäude in New York und würde der Welt meine Bedingungen diktieren.«

Leslie war dieser vertrauliche Ton suspekt. Was bezweckte er damit? Wollte er sie aushorchen? Aber worüber? Sie wusste doch selbst nicht, was genau geschehen war. Jedenfalls musste sie wachsam bleiben. Ihr Gegenüber beherrschte die Kunst der Unterhaltung ebenso gut wie sie selbst – ein Umstand, der ihn doppelt gefährlich machte.

»Wirklich, sehr schade«, sagte er. »Aber vielleicht ist es ganz gut so. Sehen Sie, es gibt Männer in unseren Reihen, die nicht so besonnen sind wie ich. Dermaßen gefährliche Spielzeuge in den Händen gewisser Männer wären für uns beide nicht sehr erbaulich. Begnügen wir uns doch lieber mit den Waffen, die wir am Wegesrand erbeuten. Und das sind nicht eben wenige. Gerade der letzte Fang bereitet mir große Freude. Ich denke, er hat das Potenzial, die Machtverhältnisse in dieser Region ein Stück weit zu unseren Gunsten zu verschieben.«

»Glauben Sie wirklich, dass Sie auf Dauer eine Chance haben?« Das Gespräch fing an, Leslie auf die Nerven zu gehen. Warum sagte er nicht endlich, was er von ihr wollte?

»Die gesamte Weltgemeinschaft ist gegen Sie. Wie wollen Sie gegen eine solche Übermacht bestehen?«

»Mit Allahs Hilfe«, entgegnete Khalid. »Und natürlich mit Hilfe der Waffen, die Sie und Ihresgleichen in unser Land schaffen. Sehen Sie, wir haben jahrtausendelang mit Speeren, Schwertern und Bögen gekämpft und täten das vermutlich immer noch, wenn die westlichen Nationen nicht den Nahen und Mittleren Osten zu ihrem Spielplatz erkoren hätten. Ihr habt uns militärisch in einem nie gekannten Maße aufgerüstet. Wir brauchen das Zeug nicht mal zu kaufen, es liegt überall herum.« Er beugte sich vor und nahm Leslie scharf ins Visier. »Der Konvoi, den Sie begleitet haben, startete in Haddad. Sie waren von Anfang an mit dabei, nicht wahr?«

Leslie schluckte. »Ja«, sagte sie.

»Schön. Dann können Sie mir sicher etwas über die Bestände der kurdischen Armee sagen. Was finden wir, wenn wir diese Lagerhäuser angreifen? Mehr Waffen? Fortschrittlichere Systeme? Erzählen Sie mir, was Sie gesehen haben.«

Leslie blinzelte vorsichtig. »Ziemlich viele Fragen auf einmal.«

»Ich bin ein ziemlich neugieriger Mensch.«

Sie senkte den Kopf. »Ich kann darauf nicht antworten, so gerne ich's auch täte. Ich bin so unpatriotisch, wie es nur geht. Aber Tatsache ist, ich weiß es nicht. Der Bereich, in dem die Waffen gelagert werden, ist hermetisch abgeriegelt. Niemand, der nicht über die höchste Sicherheitsstufe verfügt, hat dort Zutritt, am allerwenigsten wir von der Presse. Man traut uns nicht. Noch so eine Besonderheit, die unseren Berufsstand betrifft.« Sie lächelte entwaffnend und hoffte, dass er die Kröte schluckte. Was hätte sie auch anderes sagen sollen, schließlich entsprach es der Wahrheit.

Nachdenklich spielte Khalid mit seinem Bleistift. »Ja, das hatte ich mir schon gedacht«, sagte er. »Wie steht es mit irgendwelchen Gerüchten über kommende Lieferungen?«

»Auch da muss ich leider passen. Wie gesagt, wir waren nicht aktiv an dieser Operation beteiligt. Vielleicht fragen Sie mal die Kurden oder Major Faulkner, die können Ihnen sicher weiterhelfen ...« Sie verstummte. Ihr war nicht wohl dabei, dass sie ihrem Entführer so gar keine Informationen liefern konnte. Das Spiel war einfach: Gib mir etwas, dann gebe ich dir etwas. Gib mir nichts, und du bist entbehrlich. Und entbehrlich zu sein, war ein Zustand, der ihr überhaupt nicht gefiel.

Der Kommandant verzog keine Miene. Er saß nur da und musterte sie mit kaltem Blick. Dann mit einem Mal stand er auf.

Leslie fühlte, wie eine kalte Hand ihr Herz umklammerte.

»Interessant, dass Sie Major Faulkner erwähnen«, sagte Khalid. »Über ihn wollte ich ohnehin gerade mit Ihnen sprechen. Möchten Sie ihn sehen?«

»Den Major ...?«

»Ja. Er ist hier.« Er streckte die Hand aus. »Kommen Sie, ich führe Sie zu ihm.«

Ehe sie wusste, wie ihr geschah, wurde sie auf die Füße gezogen. Khalid ging zur Tür und hämmerte dagegen. Das dumpfe Dröhnen wurde durch das quietschende Lösen eines Eisenriegels beantwortet.

Frederik schaute herein. »Kommandant?«

»Wir möchten Major Faulkner einen kurzen Besuch abstatten. Begleitest du uns?«

»Zu Befehl.«

»Nach Ihnen, Ms. Rickert.« Khalid deutete durch die Tür. »Einfach rechts den Gang entlang.«

Leslie hob das Kinn. Da war es wieder: dieses Gefühl, eine geschärfte Klinge am Hals zu haben.

Sie ging durch die Tür, dann nach rechts. Der Gang war nur kurz. An seinem Ende sah sie eine weitere Tür. Die Farbe war nicht gerade dazu angetan, ihre Befürchtungen zu mildern. Im Licht der Lampen sah sie aus, als wäre sie mit frischem Blut gestrichen.

»Major Faulkner wird sich gewiss freuen, Sie zu sehen«, sagte Khalid. »Ihr Anblick wird ihm neue Kraft spenden. Kennen Sie sich gut?«

»Er war der befehlshabende Kommandant«, erwiderte sie knapp.

Khalid schien das als Antwort zu genügen. Zumindest bohrte er nicht weiter, was Leslie entgegenkam.

Ein weiterer Posten erwartete sie. Vielleicht lag es an ihrer Einbildung, aber auf Leslie wirkte er noch finsterer als sein Kollege. Als er Khalid kommen sah, nahm er Haltung an.

»Wie geht es dem Gefangenen?«

»Scheint wieder bei Bewusstsein zu sein, Kommandant. Ich habe Geräusche aus der Zelle gehört.«

»Aufmachen.«

Der Posten zog den Riegel von der Tür und schob sie auf.

Khalid betrat den Raum. Leslie folgte ihm. Sie konnte sich nicht erinnern, wann jemals etwas sie so große Überwindung gekostet hatte. Sie betrat die Zelle und richtete den Blick auf Faulkner. Sie sah eine Wasserwanne, ein Stromkabel, Transformatoren und Instrumente, die einem ganz bestimmten Zweck dienten. Faulkner saß festgeschnallt auf einem Stuhl. Als sie ihn sah, schlug Leslie die Hände vor den Mund.

15

Die Seilwinde gab ein ohrenbetäubendes Jaulen von sich. Der zweiarmige Ausleger hievte das Tauchboot *Alvin* über das Heck und ließ es langsam zu Wasser, wobei das Stahlseil bedenklich knackte.

Der sieben Meter lange Druckkörper mit seinem markanten orangefarbenen Einstiegsturm bestand im Wesentlichen aus einer Druckkugel, an der man Antriebsaggregate, Ballasttanks, Greifarme und verschiedenartigen elektronischen Schnickschnack befestigt hatte. Eine stromlinienförmige Kunststoffverkleidung, fertig war das schwimmende Forschungslabor.

Hannah verfolgte das Manöver mit Anspannung, obwohl dafür eigentlich kein Grund bestand. Der Ablauf wirkte, als ob die Mannschaft jeden Handgriff schon mindestens hundert Mal ausgeführt hätte. Trotzdem blieb dieser kleine Rest Unsicherheit, der den Unterschied zwischen Routine und Leichtsinn ausmachte. Aber sie hatte schon immer ein zwiespältiges Verhältnis zu Booten gehabt. Und dieses Boot sah *äußerst* eng aus.

Barney bemerkte ihr Unbehagen. »Angst vor unserem kleinen Tauchgang?«, fragte er augenzwinkernd.

»Gewisse Vorbehalte«, sagte sie. »Um ehrlich zu sein, ist es das erste Mal, dass ich in so etwas sitze.«

»Du musst das nicht tun, wenn du nicht möchtest. Aber du brauchst dir wirklich keine Sorgen zu machen, es ist sehr gemütlich. Die Alvin ist für drei Mann ausgelegt und mit einigem Komfort ausgestattet. Du wirst es genießen, glaub mir. Oder leidest du an Klaustrophobie?«

Hannah zwang sich ein Lächeln aufs Gesicht. *Punktlandung.* Wäre ihr nur ein klein wenig mulmiger zumute gewesen, hätte sie ihm mitgeteilt, dass er den Nagel auf den Kopf getroffen hatte. Aber für die Wahrheit war der Leidensdruck noch nicht hoch genug – zumal Leni sich sehr auf die Unternehmung zu freuen schien. Sie hatte sogar für einen Moment aufgehört, ihren Block mit kleinen Zeichnungen zu verzieren. Hannah brachte es nicht übers Herz, sie zu enttäuschen.

»Ich bin nur vorsichtig.«

»Du musst sagen, wenn dir unbehaglich dabei ist. Denn wenn wir erst in fünfzig Metern Tiefe sind, dauert es eine Weile, bis du wieder aussteigen kannst.«

»Es wird schon gehen.«

Barney nickte. »Ich liebe die Alvin. Dieses kleine Tauchboot hat eine überaus bewegte Geschichte hinter sich. 1964 gebaut, war es an der Bergung einer Wasserstoffbombe beteiligt, die vor Spanien ins Meer gefallen war.«

»Im Ernst? Das Boot sieht so neu aus.«

»Es war sogar an der Entdeckung und Untersuchung des Wracks der Titanic mit von der Partie. Es besitzt eine fünf Zentimeter dicke Titanhülle und kann auf eine Tiefe von über viertausend Metern tauchen. Wir haben großes Glück, dass es nicht gerade irgendwo anders benötigt wird, denn so kann ich euch mit nach unten nehmen. Und die Aussicht ist wirklich spektakulär, glaubt mir.«

»Hat es schon mal Probleme gegeben?«, fragte Hannah vorsichtig.

»Nicht wirklich. Einmal wurde es von einem Schwertfisch angegriffen, ein anderes Mal missglückte ein Tauchgang. Da bekam es ein Leck vor der Küste Nantuckets und sank auf eine Tiefe von tausendsechshundert Metern. Die Mannschaft konnte sich vorher in Sicherheit bringen, aber um ein Haar hätten wir die Alvin damals verloren. Das Bergungsmanöver war ganz schön aufwendig.« Er beugte sich über die Reling. »Hey, Bob, wie weit seid ihr? Ist Steven schon unten?«

»Gerade angekommen. Ihr könnt einsteigen, wenn ihr wollt.«

Barney wandte sich strahlend an seine beiden Gäste. »Es kann losgehen. Seid ihr bereit?«

Hannah war viel zu benommen, um nein zu sagen. Ihr dröhnten immer noch die Ohren von den Begriffen *Leck* und *missglückter Tauchgang.*

Während um sie herum das Licht dämmeriger zu werden begann, musste Hannah feststellen, dass *Komfort* ein äußerst dehnbarer Begriff war. Ein schmaler Sitz, unbequeme Gurte und metallene Vorsprünge, an denen man sich ständig den Kopf stieß, viel mehr existierte hier nicht. Abgesehen natürlich von einem Haufen Messinstrumente und Armaturen, mit denen die Außengreifer gesteuert wurden. Zumindest gab es drei neun Zentimeter dicke Sichtfenster, durch die man den Blick auf die Umgebung genießen konnte.

Hannahs Schuhe hinterließen quietschende Geräusche auf dem weißlackierten Metall. Das Brummen der Elektromotoren versetzte das Boot in sanfte Vibration. Es stank nach Salz und Elektrizität. Das bisschen Frischluft, das kurz vor Verschließen der Druckluke zu ihnen hereingedrungen war, war inzwischen aufgebraucht und durch etwas ersetzt worden, das man nur als *Konservengas* bezeichnen konnte. Es war zwar auszuhalten, Genuss sah jedoch anders aus. Hannah, die Duftbäumchen eigentlich hasste, fragte sich, ob sie hier nicht Wunder gewirkt hätten.

Barney starrte versunken auf seine Messgeräte. Das Licht der LEDs tauchte sein Gesicht in kühles Blau.

»Zehn Meter«, konstatierte er. »Ich werde jetzt die Außenscheinwerfer einschalten. Bereit? Drei ... zwei ... eins.«

Das Meer wich auseinander, als hätte Moses die Wogen geteilt. Schwärme kleiner Fische stoben davon und suchten Schutz in der Dämmerung. Über ihnen war der schattenhafte Umriss der *Atlantis II* zu sehen. Ein Stahlkabel und ein Luftschlauch reichten von einer der Seitenwände bis in dunklere Tiefen.

»Dort ist Steven.« Barney deutete nach unten, wo ein winziger Punkt in der Dunkelheit leuchtete. »Er war in den letzten Wochen täglich am Wrack. Er hat diesen Anzug mitentwickelt, der sich bereits prächtig bewährt hat. Ihr werdet ihn gleich noch besser sehen können.« Er lachte. »Oh, und dort sind auch unsere Freunde, Huey, Dewey und Louie, die schwulen Delphine. Ich habe euch bereits von ihnen erzählt.«

Hannah grinste. »Schwul?«

»Klar, warum nicht? Homosexualität ist keine Seltenheit im Tierreich. Die drei sind unzertrennlich.«

Leni hörte auf zu zeichnen und schaute gebannt nach draußen. Ihre Augen waren groß vor Aufregung.

»Und wenn Weibchen dazukommen?«, fragte Hannah.

»Die werden einfach ignoriert«, sagte Barney. »Steven wurde übrigens auch schon etliche Male umworben. Sehr zu seinem Leidwesen, wie ich hinzufügen muss, er ist nämlich stockhetero. Aber unsere drei Kerle finden ihn in seinem silbergrauen Outfit offenbar unwiderstehlich.«

Hannah verkniff sich die Frage, wie ein schwuler Delphin einem Taucher wohl seine Gunst bezeugen mochte, und widmete sich stattdessen dem Sonar. Das grünliche Display zeigte eine langgestreckte Formation am Meeresboden, genau vor ihnen.

»Ist es das, wofür ich es halte?«

»Yep. Wartet noch einen kleinen Moment, dann könnt ihr das Schiff live und in voller Pracht bewundern.«

Die Alvin sank noch ein Stück tiefer. Hannah presste ihre Nase an das Backbordfenster. Das zuckende Licht kam näher. Der Meeresboden war nur undeutlich zu erkennen, aber er wirkte recht überwuchert und uneben. Dort, wo das Sonar einen länglichen Fleck anzeigte, erschien der Boden dunkel und hügelig. Hannah tippte gegen das Glas.

»Das da …?«

»Yep, das ist unser Wrack.« Barney grinste und steuerte die Alvin direkt darauf zu. »Beeindruckend, nicht wahr?«

»Das Ding ist ja riesig!«

»Fünfzig Meter lang und über sechs Meter breit. Wobei sich die Funde über ein Gebiet von dreihundert Quadratmetern erstrecken. Es trägt nicht umsonst den Spitznamen *Titanic der Antike.*« Das blaue Licht ließ seine Zähne wie Perlen schimmern. »Es spricht vieles dafür, dass es das größte antike Schiffswrack ist, das jemals gefunden wurde. Es liegt mit fünfundfünfzig Metern so tief, dass wir es mit herkömmlichen Tauchausrüstungen nur schlecht erforschen können.«

»Warum?«, fragte Hannah. »Kommt man mit Taucheranzügen denn nicht sogar noch tiefer runter?«

»Du bist noch nie getaucht, oder?«

»Nur geschnorchelt.«

»Okay, das erklärt einiges. Also, das Runtertauchen ist kein Problem, dafür aber das Hochkommen. Ab dreißig oder vierzig Metern Tiefe musst du als Taucher in regelmäßigen Abschnitten Dekompressionspausen einlegen. Die Druckabnahme würde sonst im Blut Gasblasen entstehen lassen, die zu Bewusstlosigkeit und zum Tod führen können. Vor einiger Zeit gab es hier bereits Unfälle, bei denen ein Taucher starb und zwei andere gelähmt blieben. Das wollten wir natürlich nicht riskieren. Diese Pausen kosten Zeit, und Zeit kostet Geld. Unser moderner Exosuit besteht aus einer Aluminiumlegierung und ermöglicht es, Luft unter Atmosphärendruck zu atmen. Damit können wir die Dekompression umgehen und bis zu acht Stunden unten bleiben.«

»Mama, da unten ist ein Ritter auf dem Meeresgrund.«

»Das ist Steven in seinem Anzug, Liebes. Aber du hast recht, er sieht tatsächlich aus wie ein Ritter. Die Delphine sind bei ihm ...«

»Ich sagte ja, dass sie ihn unwiderstehlich finden.« Barney grinste. »Kommt, wir besuchen ihn. Vielleicht hat er ja schon etwas Interessantes gefunden.«

Wie gebannt starrte Hannah durch das Bullauge. Sie war froh, mitgekommen zu sein. Der Ausflug war wirklich spektakulär.

»Wozu braucht ihr denn überhaupt einen Taucher, wenn ihr so ein fantastisches Tauchboot habt?«

»Erstens, weil die Alvin nicht dauerhaft verfügbar ist, zweitens, weil Steven an Stellen rankommt, die für die Alvin unerreichbar sind. Wenn ihr genau hinschaut, könnt ihr erkennen, dass der Meeresboden steil abfällt und recht uneben ist. Überall sind Kanten und Vorsprünge, unter denen sich Fundstücke verbergen könnten. Wir konnten bisher Vasen, Statuen, Geschirr und sogar das Holzbein eines Luxusbettes bergen. Mit ihm ist uns die zweifelsfreie Datierung gelungen. Das Wrack ist zweitausendeinhundert Jahre alt und damit deutlich älter als vermutet. Auch was seine Größe betrifft, mussten wir die Zahlen nach oben korrigieren. Zuerst dachten wir, es wäre nur zwanzig oder dreißig Meter lang, bis wir die Anker und einige Schiffsplanken fanden. Das Schiff kam offenbar aus dem Nahen Osten und lief bei der Durchquerung der Meerenge vor Antikythera auf eine Klippe. Pech für die Mannschaft, Glück für uns, denn so konnten wir den Mechanismus bergen, von dem wir sonst vielleicht nie erfahren hätten. Bislang arbeiteten unsere Taucher am Wrack bis zu einer Tiefe von sechzig Metern, aber mit dem Exosuit können wir bis zu dreihundert Meter hinabgleiten. Wir können unsere Suche nach fehlenden Teilen also noch ein bisschen fortsetzen. Denn dass bei dem Mechanismus etwas Entscheidendes fehlt, glauben wir schon deshalb, weil eines der Fragmente nicht zu den anderen passt. Wir wissen zwar immer noch nicht, was es ist, aber es dürfte weitaus mehr als nur ein einfacher Kalender sein.«

Hannah wurde hellhörig. »An was habt ihr denn gedacht?«

»Wissen wir noch nicht. Sterne, Sonne und Planeten spielen mit Sicherheit eine Rolle, aber was der ursprüngliche Zweck war, da tappen wir völlig im Dunkeln. Wir haben eine 3-D-Simulation im Computer angefertigt. Wenn du möchtest, kann ich sie dir oben mal zeigen. Wir haben sogar die Möglichkeit, Teile über einen 3-D-Drucker auszudrucken, sie hinterher in unserer Werkstatt zu Metallteilen ätzen und feilen zu lassen und so zu einem funktionierenden Ganzen zusammenzusetzen. Unglaublich, welche Möglichkeiten der Wissenschaft heutzutage zur Verfügung stehen. Als ich damals mit dieser Arbeit anfing, hätte ich davon nicht mal zu träumen gewagt.«

Hannah schwieg. Ob Stromberg doch recht hatte mit seiner Vermutung?

Sie war drauf und dran, Barney davon zu berichten, als ihr Blick auf Leni fiel. Ihre Tochter war seit geraumer Zeit auffällig still gewesen. Hannah war davon ausgegangen, dass sie den Delphinen beim Spielen zuschaute, doch jetzt sah sie, dass sie sich getäuscht hatte. Leni saß einfach nur da und starrte gegen die Wand. Ihre Augen waren so groß wie Silbermünzen, ihr Mund stand offen, und ihre Finger waren verkrampft. Sie hielt einen Stift in der Hand, mit dem sie hastig über das Papier fuhr. Ein dünner Schweißfilm glänzte auf ihrer Haut. Sanft legte Hannah ihre Hand auf den Arm ihrer Tochter. Er war eiskalt. Hannahs Kehle war wie zugeschnürt. Sie spürte, dass etwas nicht stimmte.

»Was ist los, mein Schatz?«

Leni schaute sie stumm an.

16

Leslie hielt ihr Ohr an den schmalen Lüftungsschlitz gepresst. Das Ding befand sich unter der Pritsche knapp über dem Boden, und sie musste sich hinlegen, um es zu erreichen. Reiner Zufall, dass sie es entdeckt hatte. Sie hatte ausgestreckt auf ihrer Liege gelegen und unter die Decke gestarrt, als von nebenan Geräusche erklungen waren. Als sie dann noch den Namen *Faulkner* gehört hatte, war sie hellhörig geworden. Sie konnte zwar nicht wirklich sicher sein, dass er es war, aber immerhin bestand die Chance, dass man James nebenan untergebracht hatte. Und das war mehr, als in dieser Situation zu erhoffen war.

Als sie glaubte, zu hören, dass die Entführer den Raum verlassen hatten, rutschte sie an das Gitter und flüsterte: »James, bist du das? Antworte mir, wenn du kannst.«

Ihre Stimme war gerade so laut, dass sie nicht befürchten musste, von ihren Feinden gehört zu werden. Aber natürlich blieb ein Rest von Risiko. Das tat es immer.

Sie presste ihr Ohr gegen das Gitter.

Nichts.

Vielleicht schlief er. Entkräftet, ohnmächtig, besinnungslos. Er hatte furchtbar ausgesehen, in diesem Verhörzimmer. Arme und Beine gefesselt, die Füße in einer Wanne mit Wasser, daneben das Stromkabel. Offenbar hatte er Elektroschocks erhalten, und das bereits seit einiger Zeit. Sie hatte zweimal hinsehen müssen, um zu erkennen, dass es wirklich der Major war.

»Ha… hallo?«

Eine Stimme. *Faulkners Stimme.* Sehr weit entfernt und kaum zu verstehen, aber er war es. Erleichtert rückte sie näher ans Gitter. »James?«

»Ja?«

»Ich bin's. Leslie.«

»Leslie?« Pause. Dann: »Wo steckst du?«

»In der Zelle nebenan. Liegst du gerade auf deiner Pritsche?«

»J… ja.«

»Schieb sie zur Seite. Darunter ist ein Lüftungsschlitz. Sprich dort hinein, dann kann ich dich besser verstehen.«

»In … Ordnung.«

Sie hörte Kratzen und Quietschen, dann erklang seine Stimme erneut. Klarer und deutlicher diesmal. »Jetzt besser?«

»Viel besser«, sagte Leslie. »Wie geht es dir?«

»Geht so.«

»Ich habe dich gesehen«, sagte Leslie. »In der Verhörzelle. Du warst bei Bewusstsein, schienst mich aber nicht zu erkennen.«

»Kann mich nicht dran erinnern …«

»Nicht schlimm. Was haben sie mit dir gemacht?«

»Fragen gestellt. Viele Fragen. Über Sachen, auf die ich keine Antwort wusste. Dieser Drecksack Khalid hat mich geschlagen und mir gedroht, mir meine Hoden abzuschneiden und an die Hunde zu verfüttern. Ich habe ihm gesagt, er könne mich mal kreuzweise.« Leslie hörte ein Lachen, aber es klang unecht.

»Und dann?«

»Dann wurde er wütend. Er hat das Stromkabel genommen und mich …« Die Stimme brach ab.

Eine ganze Weile war es still. Leslie glaubte ein Schluchzen zu hören. Ihr Magen verkrampfte sich.

»Alles in Ordnung?«

»Es … es geht schon wieder.« Ein Schniefen. »Ich muss irgendwann ohnmächtig geworden sein. Als ich wieder aufwachte, fand ich mich in dieser Zelle wieder. Irgendwas ist mit meinen Beinen. Sie fühlen sich merkwürdig taub an.«

»Das wird schon wieder«, sagte Leslie. »Vermutlich nur ein eingeklemmter Nerv.« *Durch die Krämpfe*, dachte sie. Sie sagte einfach das Nächstbeste, ohne zu wissen, ob sie damit richtiglag. Hauptsache, er hörte ihre Stimme.

»Ja, vielleicht«, sagte er. »Wenn ich wieder gehen kann, werde ich diesem Typ eine Kugel in den Kopf jagen. Ein eiskalter Kotzbrocken. Bist du ihm schon mal begegnet?«

»Allerdings.«

»Dann weißt du ja Bescheid.«

Nicht wirklich, dachte Leslie. Mit ihr war er erstaunlich zivil umgegangen. Aber sie zweifelte keine Sekunde daran, dass er auch anders sein konnte.

Das Flüstern war anstrengend. Ihr Hals fühlte sich trocken an. »Was wird mit uns geschehen? Hat man dir irgendetwas gesagt?«

»Keine Ahnung. Um ehrlich zu sein, ich habe keine besonders großen Hoffnungen.«

»Verstehe …«

Sie hörte ein Räuspern. »Ich freue mich, dass du am Leben bist, Leslie, und dass es dir gutgeht. Ich war schockiert, als ich erfahren habe, was mit Alan passiert ist.« Er zögerte.

»Wir werden hier irgendwie wieder rauskommen, das verspreche ich dir. Nur nicht den Mut sinken lassen.«

Leslie nickte, obwohl dies das Unsinnigste war, was sie tun konnte. Sie spürte, dass ihr seine Worte guttaten – selbst wenn es nur fromme Lügen waren. Alleine die Tatsache, dass sie miteinander reden konnten, half ihr.

In diesem Moment hörte sie Schritte draußen auf dem Gang. Weit entfernt, aber rasch näher kommend. Sie zischte Faulkner eine Warnung zu, sprang auf und schob die Pritsche zurück an ihren Platz.

Keinen Augenblick zu früh.

Kaum hatte sie sich hingelegt, als die Sichtluke im oberen Teil der Tür zur Seite geschoben wurde und ein Paar Augen argwöhnisch auf sie herabstarrten. Die Luke wurde geschlossen, und die Tür ging auf. Leslie erstarrte. *Der Imam.* Unter seinen Arm hatte er eine Reitgerte geklemmt.

Er trat ein, rümpfte angewidert die Nase und ließ seinen Blick durch die Zelle schweifen. Hatte er etwas mitbekommen? Hatte er gelauscht? Hinter dem Geistlichen erschien Frederik, demütig den Kopf gesenkt haltend. Wie ein Hund, der seinem Herrchen folgte.

Jafar pflanzte sich vor Leslie auf und ließ die Gerte auf ihre Beine niedersausen. »Aufstehen.«

Seine Stimme klang wie ein rostiges Türscharnier.

Leslie folgte den Anweisungen widerspruchslos.

»Hände hinter den Rücken und fesseln lassen.«

Frederik kam her und band ihr die Hände zusammen. Er tat es ohne unnötige Brutalität und mit genügend Spielraum, damit die Blutzirkulation nicht abgeschnitten wurde. Leslie schenkte ihm ein dankbares Lächeln, spürte aber sofort, dass sie einen Fehler begangen hatte. Der Lederriemen traf sie mitten ins Gesicht. Es war ein Schmerz, schlimmer als tausend Brennnesseln. Hätte sie ihren Kopf nur um wenige Zentimeter anders gehalten, wäre sie nun womöglich auf einem Auge blind. Tränen strömten ihr aus den Augen.

»Scheiße, was soll denn das?«, schrie sie.

Sausend fuhr die Gerte herab. Leslie zuckte zurück und wurde an der Schulter erwischt. Aus Wut darüber, nicht richtig getroffen zu haben, schlug Jafar noch einmal zu.

»Was habe ich denn verbrochen?«, wimmerte sie.

»Schweig, Ungläubige.« Zwei weitere Schläge sausten klatschend auf sie nieder. Ihre Haut brannte wie Feuer. Sie fühlte, wie ihre Beine nachgaben. Frederik trat dazwischen und stützte sie. »Erhabener …«

»Was?«

»Der Kommandant hat befohlen, dass ihr nichts geschehen darf.« Er zuckte zurück, als er merkte, dass er seine Kompetenzen überschritten hatte. In Jafars Augen war ein bösartiges Funkeln zu sehen.

»Was fällt dir ein, so mit mir zu reden? Ich bin das geistliche Oberhaupt dieses Clans«, zischte er. »Ich verfahre mit dieser Schlange, wie ich es für richtig halte, hast du verstanden?«

»Aber …«

»Ob du das verstanden hast, will ich wissen.«

»Ja. Herr.«

»Dann halt dein Maul, oder auch du wirst meine Gerte zu spüren bekommen.«

Frederik sackte in sich zusammen. Es war beschämend, mit anzusehen, wie wenig Selbstachtung er besaß. Ein gebrochener Charakter, dem die Gehirnwäsche auch den letzten Rest Menschenwürde geraubt hatte.

»Bring die Schlampe zu Khalid und wehe, ich höre noch eine dumme Bemerkung. Dann könnte es leicht passieren, dass du den morgigen Tag nicht mehr erlebst.«

Jafar steckte die Gerte unter seinen Gürtel und verließ die Zelle. Leslie folgte ihm, immer noch etwas wackelig auf den Beinen. Frederik bot ihr seinen Arm an, doch sie lehnte ab. Sie wollte Jafar nicht noch mehr reizen.

Der junge Däne machte einen ziemlich aufgewühlten Eindruck. Schweigsam und in sich gekehrt, versperrte er die Zellentür und folgte ihr.

17

Hannah machte sich schreckliche Sorgen. »Was ist los, geht es dir nicht gut?«

Lenis Gesicht glänzte blass und künstlich im Schein der Armaturen. Ihre Haut sah aus, als bestünde sie aus Wachs. Hannah legte ihr die Hand auf die Stirn. Nein, kein Fieber. Trotzdem, irgendetwas stimmte nicht.

»Das Licht ...« Leni starrte durch das Bullauge nach draußen. Sie hielt ihren Block krampfhaft umklammert, den Stift in der Hand. Die weiße Fläche war mit heftigen Schraffuren bedeckt.

»Das ist Steven in seinem Taucheranzug«, sagte Hannah, bemüht, ihre Tochter zu beruhigen. Sie schien sich über irgendetwas schrecklich aufzuregen, doch Hannah konnte den Grund dafür nicht erkennen. »Er sucht nach antiken Reliquien. Die drei Delphine sind bei ihm, siehst du? Wie hießen sie doch gleich? Huey, Dewey und Louie? Tick, Trick und Track im Deutschen. Die magst du doch so gerne.«

Null Reaktion. Es war, als spräche sie mit einem Stein.

»Ich kann gerne wieder auftauchen«, sagte Barney. »Vielleicht macht ihr die Enge zu schaffen.«

»Nein, das ist es nicht ...«

Der Stift fing wieder an, über das Papier zu zucken. Wirre, zusammenhanglose Striche, die wie das Werk eines Irren aussahen. Beim Anblick des abstrakten Musters krampfte sich Hannahs Herz zusammen.

»Was zeichnest du da?«

»Mond ...«

»Den Mond?« Sie glaubte immer noch, ihre Tochter würde Steven damit meinen. Aber sicher war sie nicht. Barney warf einen Blick auf die Zeichnung. »Interessant«, bemerkte er. »Erinnert mich ein bisschen an die 3-D-Karte, die wir vom Wrack hergestellt haben.«

»Was denn für eine Karte?«

»Von der ich dir erzählt habe. Hältst du mal kurz das Steuer, ich glaube, ich kann sie auch von hier aus abrufen ...«

Er schaltete auf einen anderen Monitor und gab einige kurze Befehle in die Konsole ein. Hannah griff über seinen Schoß und versuchte, das Boot in der Schwebe zu halten. Sie spürte, wie empfindlich das Gerät reagierte. Bilder huschten über den Bildschirm.

»Wir haben Hunderte von Aufnahmen in unserer Datenbank«, sagte Barney. »Viele davon stammen aus der näheren Umgebung. Sie wurden aus unterschiedlichen Blickwinkeln gemacht, die der Computer dann zusammensetzt. So konnten wir eine dreidimensionale Ansicht des Meeresbodens erstellen. Nachdem wir nämlich festgestellt hatten, dass manche der Fundstücke bis zu hundert Meter vom Wrack entfernt lagen, mussten wir unseren Suchradius ausdehnen. Und siehe da: Unsere Vermutung hatte sich als richtig erwiesen. Die Meeresströmung hatte etliche Wrackteile im Umkreis von einigen hundert Metern um die Absturzstelle verteilt. Deswegen waren wir auch so wild auf diesen Exosuit. Himmel, wo habe ich nur diese Karte? Ah, ich glaube, hier ist sie.«

Es erschien eine Darstellung, die ein bisschen an eine Modellbaulandschaft erinnerte, nur, dass sie absolut monochrom war. Dafür war sie hübsch schattiert und ziemlich plastisch. Fast glaubte man, winzig kleine Taucher darüber hinwegschwimmen zu sehen. Als Barney auf das nächste Bild schaltete, wurde klar, warum Lenis Zeichnung ihm so vertraut vorkam. Die Ähnlichkeit war in der Tat verblüffend. Obwohl das Ding aussah wie von Jackson Pollock gemalt, gab es doch unbestreitbare Parallelen.

»Der dunklere Teil ist das Wrack«, sagte Barney. »Es wurde über die Jahrtausende stark deformiert und zerstört, so dass man viel Fantasie braucht, um sich vorzustellen, wie es mal ausgesehen haben könnte. Die Übereinstimmung ist bemerkenswert, findest du nicht?«

»Allerdings«, murmelte Hannah. »Kann Leni das Foto schon mal irgendwo gesehen haben?«

»Ausgeschlossen, die Aufnahmen sind brandneu. Wir haben einen Exklusivvertrag mit National Geographic. Die würden uns das Fell über die Ohren ziehen, wenn wir das irgendwo vorher veröffentlichten.«

»Im Internet vielleicht?«

»Dann müsste es jemand von uns ins Netz gestellt haben. Derjenige dürfte mit seiner sofortigen Kündigung rechnen …«

Hannah knabberte auf ihrer Unterlippe. Sie verwarf den Gedanken, der ihr durch den Kopf schwirrte, und versuchte, noch einmal zu ihrer Tochter durchzudringen. »Ist es ein Schiff, was du da zeichnest?«

Ein kaum wahrnehmbares Nicken. Die Bewegungen des Stiftes intensivierten sich. Eine Stelle schien von besonderer

Wichtigkeit zu sein. Der Grafit des Bleistiftes hatte dort eine beinahe schwarze Fläche erzeugt. Nur der stabilen Papierqualität war es zu verdanken, dass die Bleistiftspitze nicht schon längst ein Loch hineingebohrt hatte.

»Was ist das dort?«, fragte Hannah und deutete auf den schwarzen Fleck. »Ist das eine Öffnung?«

»Licht ... Mond.«

Hannah versuchte, sich anhand der 3-D-Karte zu orientieren, und starrte dann zu einer der Luken hinaus. »Aber da ist alles dunkel. Was für ein Licht soll das denn sein, Liebes?«

Hektisch fuhr der Stift über das Papier. »Die Quelle ...«

Strahlen schossen aus dem Punkt und über das Papier, teilweise auch darüber hinaus. Hannah legte beruhigend ihre Hände auf die von Leni. Mein Gott, die Kleine zitterte ja. Sie atmete sehr schnell. Ihr Herz schien zu rasen. Sanft nahm Hannah ihr den Stift aus der Hand und schloss ihre Tochter in die Arme. Unter ihrer Liebkosung beruhigte sich Leni rasch wieder.

»Ich habe dich lieb, Kleines«, sagte sie. Und dann: »Ich glaube tatsächlich, wir sollten jetzt lieber wieder auftauchen.«

Barney sah sie mit einem seltsamen Ausdruck an. Es war eine Mischung aus Skepsis und grenzenloser Verblüffung.

»Was ist denn?«, fragte Hannah. »Sagtest du nicht, wir würden wieder auftauchen?«

»Gewiss«, sagte er zögernd. »Ich werde sofort alle Vorbereitungen treffen. Es ist nur so ... ich würde gerne eine Sache überprüfen. Der Ort, den Leni da eingezeichnet hat, ist nicht weit entfernt. Wir wären in fünf Minuten dort. Er liegt etwas tiefer und ist schwer zu erreichen, weshalb es sinnvoll wäre, Steven um Hilfe zu bitten.«

»Um was geht es denn?«

»Wir haben diesen Punkt schon lange auf unserer Agenda, haben uns aber immer ein bisschen davor gedrückt, nachzusehen. Nicht, weil er sehr unzugänglich ist, sondern vor allem wegen der Strömung.«

»Ich verstehe kein Wort.«

»Nun, es ist etwas, wovon deine Tochter eigentlich nichts wissen dürfte. Aber sie hat das Wort erwähnt, und ich finde, wir sollten das überprüfen. Dort unten tritt Wasser aus dem Boden. Ein Phänomen, das man nur sehr selten findet, vor allem in solchen Tiefen. Eine Quelle.«

18

Leslie sah den Kommandanten im Schatten eines Granatapfelbaumes sitzen. Offenbar war er gerade damit beschäftigt, eine Mahlzeit zuzubereiten. Die Mittagssonne brannte auf die steil aufragenden Felsen und bleichte die Farben. Ein leichter Wind umwehte die Bergfestung. Leslies Blick wanderte nach oben, doch sie musste die Augen vor der Helligkeit verschließen.

»Nicht einschlafen, weiter«, hörte sie Jafars Stimme hinter sich. Der Imam trieb sie vorwärts wie ein Stück Vieh. Stumm setzte sie ihren Weg fort.

An dem gedeckten Tisch neben Khalid stand ein Rollstuhl, in dem ein alter Mann saß. Ein graues, eingefallenes Männlein mit schneeweißem Bart, schlammfarbener Tunika und ebensolchem Turban. Seine Augen schimmerten weiß, genau wie sein Bart.

Als der IS-Kommandant sie kommen sah, hob er die Hand. Er schien sie bereits zu erwarten. Sein Blick fiel auf Leslie, und er hielt inne. Als er ihr ins Gesicht sah, verengten sich seine Augen.

»Was ist passiert?«

Jafar faltete die Hände von der Brust und neigte seinen Kopf.

»Sie hat sich gewehrt, Kommandant.«

»So sehr, dass du ihr ins Gesicht schlagen musstest?«

»Für die Verletzung an der Lippe ist sie selbst verantwortlich ...«

»Ich rede nicht von der Lippe. Ich rede von den Striemen auf ihren Wangen und den Malen am Hals.«

»Verzeiht, Kommandant.« Jafar bemühte sich nicht mal um eine Ausrede. Um seinen Mund spielte ein tückisches Lächeln.

Khalid richtete seine Augen auf Frederik. »Warst du bei der Züchtigung anwesend?«

Der Junge zuckte zusammen. »Ich ... nun ja ...«

»Er stand draußen vor der Zellentür«, fiel ihm Jafar ins Wort. »Er konnte nichts sehen.«

Khalid sog die Luft durch seine breite Nase. »Ich hatte ausdrücklich befohlen, dass ihr nichts geschehen darf.«

»Ich weiß, Herr«, stammelte Frederik. »Ich ...«

»Melde dich beim Quartiermeister. Ich will, dass du den Rest der Woche Latrinen schrubbst. Jetzt geh mir aus den Augen.«

»Jawohl.« Frederik drehte sich um und eilte wie von der Tarantel gestochen davon. Jafar hingegen lächelte immer noch.

»Und was dich betrifft, Jafar, so ist das jetzt das zweite Mal, dass ich mich über deine Unbeherrschtheit wundern muss. Erst der Tod des Kameramanns, jetzt die Züchtigung. Ich habe Zweifel, ob du die nötige Reife für unsere Unternehmung mitbringst.«

»Der Reporter hat auf uns geschossen, Kommandant.«

»Deswegen habe ich auch nichts gesagt. Aber das hier war unnötig.«

»Es wird nicht wieder vorkommen«, erwiderte Jafar mit aalglatter Stimme.

»Ich warne dich. Noch so ein Vorfall, und ich muss mich nach einem anderen Geistlichen umsehen.«

»Wie Ihr befehlt, Herr.« Jafar schien nun doch den Ernst der Lage zu begreifen. In seinem Gesicht rangen Wut und Enttäuschung miteinander.

»Halt dich von der Frau fern, hast du mich verstanden?«

»Jawohl, Herr. Ich werde Euch nicht enttäuschen.«

»Jetzt geh! Ich möchte mit Ms. Rickert allein reden.«

Widerwillig folgte Jafar dem Befehl, versäumte aber nicht, Leslie noch einen letzten hasserfüllten Blick zuzuwerfen. Sie wusste nicht, was der Typ für ein Problem hatte, nur, dass sie keine Minute mit ihm allein sein wollte.

Als er weg war, schien die Luft irgendwie klarer zu werden.

»Setzen Sie sich.« Khalid deutete auf den Stuhl ihm gegenüber. Leslie folgte seinem Befehl. Sie hatte den Eindruck, dass er nach Alkohol roch.

»Ich hoffe, es stört Sie nicht, dass ich meinem Vater noch rasch sein Frühstück gebe. Er ist alt und kann sich nicht selbst versorgen. Es wird auch nicht lange dauern.« Er reichte dem Greis ein Stück Brot mit Butter und wartete, bis dieser den Bissen mit einem Schluck Kaffee runtergespült hatte.

»Ich muss mich für die Behandlung durch meine Männer entschuldigen. Hätte ich gewusst, dass Jafar so großes Interesse an Ihnen hat, hätte ich jemand anderen mit dieser Aufgabe betraut.«

Leslie zog eine Braue in die Höhe. »Vielleicht hatte ich ja tatsächlich vor, zu fliehen.«

»Das glaube ich nicht, dafür sind Sie zu klug.« Er gab seinem Vater einen weiteren Bissen. Leslie nippte an dem Kaffee. Das Zeug war zäh wie Schmieröl, schmeckte aber erstaunlich gut.

Unauffällig beobachtete sie Khalid über den Rand ihrer Tasse. Dieser Mann war ein Widerspruch in sich. Sie wusste, was er mit Faulkner angestellt hatte. Sie zweifelte keine Sekunde, dass er das auch mit ihr machen würde, wenn er es für nötig hielt. Andererseits schien er ein liebender Sohn zu sein. Vermutlich war er auch ein guter Vater und Ehemann. Wie passte das zusammen?

»Was haben Sie mit mir vor?«, fragte sie.

»Essen wir zuerst eine Kleinigkeit. Es spricht sich leichter, wenn man etwas im Magen hat. Bitte bedienen Sie sich.«

Leslie war eigentlich nicht hungrig, aber sie wollte nicht unhöflich sein. Also brach sie sich ein Stück vom Brot ab, nahm etwas Ziegenkäse, dazu ein paar Oliven und frische Feigen. Über ihnen zwitscherte ein Vogel im Granatapfelbaum. Sein stahlblaues Gefieder schimmerte in der Sonne.

Um sie herum ragten die Felsen steil in die Höhe. Ein malerischer Ort, wäre er nicht zufällig das Hauptquartier einer der schlimmsten Terrororganisationen, die dieses Land je gesehen hatte.

Khalid stand auf, gab seinem Vater einen Kuss auf die Wange und schob den Rollstuhl in Richtung der Tunnel, die wie Madenlöcher in der Felswand gähnten. Leslie hatte das Gefühl, als wäre das gesamte Bergmassiv von einem Labyrinth einander kreuzender und verzweigter Gänge durchzogen. Uneinnehmbar, selbst aus der Luft. Kein Wunder, dass es so schwierig war, den IS aus diesem Gebiet zu vertreiben.

Khalid kam zurück. »Bitte verzeihen Sie die Unterbrechung. Mein Vater will jetzt seine Radiosendung hören. Er wird dieses Jahr dreiundneunzig und hört nicht mehr so gut. Ich habe ihm ein Paar Kopfhörer geschenkt.« Er lächelte. »Man sieht es ihm vielleicht nicht an, aber er war früher ein mächtiger Anführer. Stolz und mutig. Das ist auch der Grund, warum er hier lebt und nicht bei meiner Familie in der Stadt. Er will bei seinen Kriegern sein. Ich stamme aus seiner zweiten Ehe und habe sieben Brüder und zwei Schwestern.«

»Eine große Familie«, erwiderte Leslie vorsichtig. Sie spürte, dass dieses Gespräch über ihr Schicksal entscheiden würde.

»Das waren wir«, sagte Khalid und nahm eine Feige. »Meine Brüder sind alle während des Irakkrieges gefallen. Ich bin der letzte männliche Erbe.«

»Es tut mir leid, das zu hören ...«

»Dieses Land braucht Stabilität, Ms. Rickert. Einen starken Mann, der die Stämme und Glaubensrichtungen vereinen kann. Unser derzeitiger Anführer ist so jemand. Er könnte es schaffen, ein Kalifat zu errichten, das Syrien und den Irak, aber auch den Libanon, Israel und Jordanien umfasst und das dieser Region Frieden und Stabilität wiederbringt.«

»Ein Kalifat, in dem jeder, der nicht Ihrer Meinung ist, hingerichtet wird?«

»In dem wir Verbrecher hinrichten, ja. Entsprechend den Regeln aller Länder, in denen der Koran Rechtsgrundlage ist. Saudi-Arabien, um mal ein Beispiel zu nennen. Öffentliche Auspeitschungen und Enthauptungen, täglich. Und niemand regt sich darüber auf. Warum? Weil die Saudis wichtige Verbündete im Nahen Osten sind. Und weil sie Öl haben. Oder nehmen Sie Syrien und Baschar al-Assad. Von

Hillary Clinton einst als großer Reformer gepriesen, ein paar Jahre später als Völkermörder geächtet. Jetzt, da er gegen uns kämpft, steigt sein Ansehen plötzlich wieder. Ehrlich, Leslie – ich darf Sie doch Leslie nennen –, in Sachen Verlogenheit macht den westlichen Moralkriegern keiner etwas vor.«

Leslie senkte den Kopf. Ihr gefiel dieser vertrauliche Ton nicht.

»Was die Saudis und Assad machen, kann ich natürlich nicht gutheißen«, sagte sie vorsichtig. »Ich kann mich aber nicht entsinnen, dass sie Frauen entführen und vergewaltigen. Oder dass sie nicht-islamische Glaubensrichtungen ausrotten und wichtige Kulturstätten dem Erdboden gleichmachen.«

»Und was ist mit den Flüchtlingsströmen nach Europa? Glauben Sie, die fliehen alle nur vor uns? Sie sind wirklich sehr naiv, wenn Sie das annehmen.«

»Ich weiß nicht, was ich glauben soll«, sagte Leslie kleinlaut. »Eines aber weiß ich gewiss: Was Sie da errichten wollen, ist kein Kalifat, es ist die Hölle auf Erden. Sie werden damit niemals erfolgreich sein.«

»Abwarten«, sagte Khalid. »Ich habe nicht gesagt, dass es einfach sein wird. Wer das glaubt, ist ein Narr. Ich habe auch niemals behauptet, es würde ohne Ungerechtigkeit und Blutvergießen vonstattengehen.«

»Wie das Blut von Major Faulkner?«

Khalid zuckte die Schultern. »Gängige Praxis in unserem Beruf. Daran sollte man keine großen Emotionen knüpfen. Er wird keine bleibenden Schäden davontragen.«

»Das ist einfach barbarisch.«

»Auf allen Seiten sind Opfer zu beklagen, und es werden noch sehr viel mehr werden, bis dieser Krieg vorüber ist.«

»Wenn Worte versagen, sprechen die Kanonen«, zitierte Leslie. »Keine Ahnung, wer das gesagt hat, es fiel mir gerade so ein.«

Er lehnte sich zurück und musterte sie mit ausdrucksloser Miene. »Solche Worte aus dem Mund einer Amerikanerin grenzen schon fast an Zynismus. Nach zwei Weltkriegen.«

»Ich bin Britin, keine Amerikanerin ...«

Khalid wischte die Bemerkung mit einer Handbewegung beiseite. »Was Sie nicht zu verstehen scheinen, Miss, ist, dass es keine Alternative gibt. Diese Revolution ist unsere letzte Option – der einzige Weg, dieser Region Frieden und Stabilität zu schenken. Es wundert mich, dass Sie das nicht erkennen.«

»Der einzige?« Leslie schüttelte den Kopf. »Solche Sprüche höre ich immer nur von Menschen, die nach der Herrschaft gieren. Ihnen geht es doch gar nicht um Frieden und Wohlstand. Auch nicht um die Menschen und Ihr Land. Sie wollen Macht. Je mehr, desto besser. Um dieses Ziel zu erreichen, sind Sie bereit, alles zu tun: Häuser anzuzünden, Familien zu zerstören und Chaos zu verbreiten. Ängstliche Menschen lassen sich besser kontrollieren, sie halten die Klappe und machen ihre Geldbeutel auf. Und um das noch zu ergänzen: Ich bin keine naive Klatschreporterin. Ich war in vielen Ländern dieser Erde, habe viel erlebt und viel erduldet. Und wenn ich eines gelernt habe, dann, dass es niemals nur einen Weg gibt. Jeder, der das behauptet, lügt. Was ich nicht verstehe, ist, wieso es kein friedvolles Nebeneinander aller Beteiligten geben sollte. Warum zählt immer nur das Recht des Stärkeren, des Härteren, des Brutaleren? Warum können Christen, Schiiten, Semiten, Sunniten, Aleviten und Juden nicht das Land untereinander aufteilen und zusammenleben – unbehelligt von Terrorbrigaden und unbeeinflusst von den Interessen anderer Nationen? Ihr seid doch verwandte Seelen. Setzt euch an einen Tisch. Teilt das Land neu auf, groß genug ist es ja. Verbrennt eure Waffen. Schluss mit Strafaktionen, Blutrache und Sühne. Ersetzt Hass durch Toleranz, Wut durch Respekt und Rache durch Bewunderung. Ich verspreche Ihnen, dass die blühenden Gärten Allahs kein frommer Wunschtraum bleiben müssen.«

»Das meinen Sie nicht ernst, oder?« Khalid sah sie an, als stamme sie von einem anderen Stern.

»Doch, natürlich. Warum nicht?«

»Haben Sie sich je mit der Geschichte dieses Landes beschäftigt? Seit Tausenden von Jahren bekriegen sich die Menschen in dieser Region. Der Krieg ist ein Teil unseres Landes. Jeder Quadratmeter unter unseren Füßen ist mit Blut getränkt. Die Gewalt steckt in uns, sie ist ein Teil unseres Erbes, unserer Tradition. Sie ist wie ein Löwe, der nur darauf wartet, aus seinem Käfig auszubrechen. Sie hat es uns ermöglicht, in dieser kargen und lebensfeindlichen Umgebung zu bestehen. Gäbe es keine Gewalt, wir hätten hier niemals überlebt.«

»Und was ist mit Liebe, Zärtlichkeit und Toleranz?«

»Sie sind wichtig und notwendig«, sagte Khalid. »Allerdings sind sie ein untergeordneter Teil unseres Wesens. Sie dürfen sprechen, wenn der Löwe schläft.«

Leslie atmete tief ein. »Gandhi hat uns etwas anderes gelehrt. Mit seiner Gewaltlosigkeit hat er eine Revolution ausgelöst und Indien von seinen Eroberern befreit.«

Khalid winkte ab. »Die Inder ticken anders als wir, hier ist so etwas aussichtslos.«

»Wissen Sie eigentlich, wie armselig das klingt? Das ist ein Offenbarungseid, den Sie da leisten.«

»Sie glauben mir nicht? Dann sind Sie eine weltfremde Pazifistin. Und Pazifisten sind die Ersten, die hier sterben.« Die Augen des Kommandanten blitzten auf. Unter den zusammengezogenen Brauen zog ein Gewitter auf.

Leslie biss sich auf die Lippen. Sie befand sich in diesem seltsamen Schwebezustand zwischen Trotz und Furcht, der sie schon mehr als einmal in Schwierigkeiten gebracht hatte. Eigentlich wäre es besser gewesen zu schweigen, aber sie konnte nicht. Nicht nach dem, was bereits gesagt worden war. Trotzdem spürte sie, dass sie vorsichtig sein musste, wenn sie den Bogen nicht überspannen wollte.

»Bitte verzeihen Sie«, sagte sie. »Das war eine unbedachte Äußerung. Es wird nicht wieder vorkommen.«

Er trank einen Schluck Wasser und wischte mit dem Handrücken über seinen Mund. Erst jetzt sah sie, dass der gesamte Handrücken vernarbt war. Eine alte Brandverletzung.

»Es war der 22. September 1980«, sagte er. »Ich war ein blutjunger Offizier in einer blutjungen Armee, die befehligt wurde von einem blutjungen Staatspräsidenten. Das Nachbarland Persien war geschwächt. Jahrzehntelang hatten die Amerikaner das Land als Bollwerk gegen den Kommunismus aufgerüstet. Der Schah von Persien, Resa Pahlewi, verfügte damals über die viertgrößte Streitmacht der Erde. Gleichzeitig unterdrückte und knebelte er sein eigenes Volk, und zwar so sehr, dass es irgendwann auf die Straße ging und ihn und seine Familie rauswarf. Danach scharte es sich hinter einen religiösen Führer. Sein Name war Ayatolla Chomeini.«

»Kommt mir bekannt vor«, sagte Leslie.

»Chomeini war ein erklärter Gegner der amerikanischen Machtspielchen. Durch die Revolution und die Vertreibung des Schahs war ein Machtvakuum entstanden. Händeringend sahen sich die Amerikaner nach einem neuen Verbündeten um und fanden ihn in Saddam Hussein. Hussein hatte mit Religion nicht viel am Hut. Er freute sich über die neu gewonnenen amerikanischen Freunde und die massiven Waffenlieferungen, die sein Land binnen weniger Jahre zur stärksten Kraft im Nahen Osten werden ließen. Derartig hochgerüstet und von euch Amerikanern dazu ermuntert, startete er einen Eroberungsfeldzug gegen den abtrünnigen Iran. Acht Jahre dauerte dieser Krieg. Acht Jahre, in denen wir den Persern alles entgegenwarfen, was wir von euch geliefert bekamen: Panzer, Flugzeuge, Artillerie, nicht zu vergessen das effektive Senfgas aus Deutschland. Glauben Sie nicht? Doch, doch, machen Sie mal Ihre journalistischen Hausaufgaben.«

Sie nickte. Warum erzählte er ihr das alles?

»Ganze Frontabschnitte haben wir damals damit eingedeckt. Offiziell waren es natürlich keine Giftgaslieferungen, sondern Pestizide. Aber fragen Sie mal die Opfer, wie egal denen das ist. Die, die nicht starben, leiden noch heute unter den Folgen. Acht Jahre, wie gesagt. Ich habe das alles hautnah miterlebt, linientreu, wie ich war. Doch diese verdammten Perser wollten nicht klein beigeben. Unsere eigenen Verluste waren so hoch, dass wir uns irgendwann aus dem Golfkrieg zurückzogen. Amerika hatte erreicht, was es wollte, immerhin hatten wir Chomeini acht Jahre lang beschäftigt. Und die eine Million Tote auf beiden Seiten? Schwamm drüber! Kollateralschaden, heißt es nicht so bei euch?«

Leslie schwieg. Khalid schälte eine Feige und aß das Innere. Der Saft tropfte ihm dabei von den Lippen. »Saddam Hussein fragte nach acht Jahren Krieg und Entbehrung bei den Amerikanern nach, ob eventuell eine kleine Belohnung für ihn herausspringen würde, schließlich hatte unser Land einen hohen Preis bezahlt. *Welche Belohnung?*, schallte es aus dem Weißen Haus. *Habt ihr Ölquellen erobert? Habt ihr Chomeini vertrieben? Nein? Dann gibt es auch keine Belohnung.*

Sie können sich vorstellen, dass wir nicht eben erfreut waren. Wir fühlten uns verraten. Wir entschieden, anstatt der iranischen Ölquellen nun eben die kuwaitischen zu erobern. Ist doch egal, woher das Öl kommt, Hauptsache, es fließt, oder? So dachten wir, naiv, wie wir waren. Womit wir nicht rechneten, war die Reaktion der USA. *Finger weg von Kuwait! Welches Land ihr überfallt, das bestimmen immer noch wir.* So ähnlich dürfte die Botschaft damals gelautet haben.«

»Überspitzt formuliert«, sagte Leslie.

»Wir haben das damals nicht verstanden. Was hatten wir falsch gemacht? 1990 hatten wir doch nichts anderes getan. Jetzt hatten wir uns nur nach Süden gedreht und ein anderes Land überfallen. Eine Diktatur überfällt eine andere, so läuft das bei uns seit tausend Jahren. Aber über Nacht wurden wir von den Kämpfern gegen das Böse zum Bösen selbst. Ihr habt das einfach umdefiniert. So ähnlich, wie ihr es mit den Taliban in Afghanistan gemacht habt. Geschichte wiederholt sich, immer und immer wieder, Miss.«

Leslie biss sich auf die Unterlippe. »Da muss ich Ihnen leider recht geben.«

»Hussein war also der neue Hitler, und Herr Hitler musste bekämpft werden. Chefsache, versteht sich. Seither sitzt ihr da unten am Persischen Golf und betrachtet unser Land als eure Spielwiese. Dabei geht es euch gar nicht um Menschenrechte oder um den Erhalt unserer Kultur. Es geht um Schürfrechte und Macht. Wie sagte doch euer ehemaliger Außenminister und Friedensnobelpreisträger Henry Kissinger so treffend? *Öl ist zu wertvoll, um es den Arabern zu überlassen.*« Er lachte zynisch. »Es hat ein bisschen gedauert, aber inzwischen ist mir klargeworden, dass es weder den USA noch Russland etwas nützt, wenn Frieden im Nahen oder Mittleren Osten herrscht. Es ist taktisch viel klüger, die einzelnen Staaten gegeneinander aufzustacheln, damit sie sich bekriegen und sich gegenseitig schwächen. So könnt ihr sie besser kontrollieren. Ein starker Machtfaktor wie unser Kalifat würde euch aller Vorteile berauben.«

Er nahm ein Stück Käse und steckte es in den Mund. Kopfschüttelnd sagte er: »Ihr Menschen im Westen seid so verdammt selbstgefällig. Ihr glaubt, eure Werte und Ziele sind die alleinig richtigen. Dabei habt ihr eure hochgerüsteten Armeen, die ganze Landstriche dem Erdboden gleichmachen. Ihr sitzt zu Hause vor euren Fernsehern und müsst euch nicht mal die Finger schmutzig machen. Mit einer Tüte Chips auf dem Schoß und einer Cola in der Hand sitzt ihr da und beobachtet, wie eure Soldaten die Drecksarbeiten erledigen. Vermutlich glaubt ihr auch, Fleisch würde in Supermärkten wachsen, und Strom käme aus der Steckdose. Ihr habt euch so weit von eurer eigenen Natur entfernt, dass ihr überrascht und angewidert seid, wenn sie dann doch hin und wieder aus euch herausbricht. Aber dann ist der Katzenjammer groß. Dann seid ihr verstört und rennt zum Psychiater.«

Er war fertig mit dem Schälen der Feige und rammte sein Messer in den Tisch. Leslie zuckte zusammen. Sie hatte sich von seinen Worten einlullen lassen. Dies war keine Unterhaltung auf Augenhöhe, sondern ein Gespräch zwischen einem Entführer und einer Gefangenen. Sie musste wachsam bleiben, denn noch immer war ihr nicht klar, wo das enden sollte.

»Ihr mögt euch selbst für zivilisiert halten«, sagte Khalid, »aber das seid ihr nicht. Im Kern seid ihr genau wie wir, nur mit dem Unterschied, dass wir unsere Angelegenheiten selbst erledigen. Wenn wir Fleisch essen wollen, schlachten wir eine Ziege, wenn uns jemand bedroht, töten wir ihn. Und ihr tätet das auch, wenn man euch dazu zwingen würde.«

19

Die Männer und Frauen der *Atlantis II* standen schweigend um den silbergrauen Kasten mit der roten Zierleiste und der Aufschrift *DeeRed* und warteten auf das Ergebnis. Der Hochleistungsdrucker war in der Lage, Werkstücke bis zu einem Format von vierzig auf achtzig Zentimeter herzustellen, und gehörte zur High-End-Generation moderner 3-D-Drucker, wie sie in jüngster Zeit überall auf dem Markt erschienen. Summend produzierte das Gerät eine scheibenartige Form, die zuvor nur virtuell im Computer existiert hatte und von einem Spezialisten mit Hilfe eines Modelling-Programms rekonstruiert worden war. Durch das schmale Sichtfenster konnte man dabei zusehen, wie die schlanken Arme des Druckers um den Werkskörper herumfuhren, hier ergänzten, da glätteten und die Daten in weißes Kunstharz übersetzten.

Die Spannung stieg.

»Ich kann immer noch nicht verstehen, wie deiner Tochter das gelungen ist«, flüsterte Barney mit unterdrückter Erregung. »Woher konnte sie wissen, dass wir dort unten die fehlenden Teile finden würden? Woher wusste sie überhaupt von der Quelle? Hätte mir jemand die Geschichte abends bei einem Bier erzählt, ich hätte behauptet, er wolle mir einen Bären aufbinden. Aber ich war dabei, als Steven das Ding aus dem Schlamm gezogen hat. Hast du dafür eine Erklärung?«

Hannah schüttelte den Kopf. »Glaub mir, es gibt vieles

an ihr, was ich selbst nicht verstehe. Vielleicht in ein paar Jahren, wenn Leni etwas älter ist.«

Sie sah zu ihrer Tochter hinüber, die nebenan am Tisch Spaghetti aß und dabei Tasten auf ihrem Gameboy drückte. *Pokémon* – Leni spielte es, seit sie zwei war. Knuffige kleine Monster, die man sammeln und trainieren und später in Zweikämpfen gegeneinander antreten lassen konnte.

Die Aufregung schien sie völlig kaltzulassen. In dem Augenblick, als Steven mit seinem Taucheranzug aus der Klamm gestiegen war und triumphierend den Fund in die Höhe gehalten hatte, war bei Leni das Interesse erloschen. Wie bei einem Traum, an den man sich später nicht mehr erinnerte.

Doch für die anderen war es eine Sensation. Hannah würde nie vergessen, wie die Fundstücke zum ersten Mal vor ihr gelegen hatten – im Schein der Lampen, feucht, voller Algen und überkrustet mit Muscheln und Seepocken. Eine bronzene Scheibe, eingerahmt von einem Zackenkranz, sowie etliche andere Zahnräder und Achsen. Manche von ihnen waren mit eigenartigen Symbolen verziert, seltsamen Ungeheuern, Fratzen und Buchstaben, die zu einem Teppich aus purer Magie verwoben waren.

Leider war die große Scheibe beschädigt gewesen, so dass sie virtuell am Computer ergänzt werden musste. Die Bruchstelle war stark korrodiert, was darauf schließen ließ, dass der Schaden bereits vor vielen Jahrhunderten entstanden war. Zudem war Eile geboten, denn das Metall begann sich unter dem Einfluss von Sauerstoff rasch zu verändern. Barney ließ die Bauteile umgehend einscannen und dann für spätere Analysen in eine vakuumierte Box verfrachten.

Nach zwei Stunden, und unter Mitwirkung einiger Fachleute, war es gelungen, den ursprünglichen Zustand wiederherzustellen und sie ausdrucken zu lassen. Mit dieser Kunstharzvorlage konnte man anschließend darangehen, die Stücke aus Metall zu fräsen. Auf diese Weise ließ sich ein voll funktionsfähiges Modell herstellen, das dieselben Eigenschaften aufwies wie das Original. Das Rohmodell stand in diesem Augenblick neben Hannah auf einem Tisch und wartete darauf, durch die neuen Teile ergänzt zu werden.

Die Rekonstruktion basierte auf der Arbeit von AMRP – dem *Antikythera Mechanism Research Project*. Einem griechisch-walisischen Forscherteam von Schriftexperten, Mathematikern und Naturwissenschaftlern, die dem fleckigen Bronzeklumpen im Jahre 2006 mit modernsten Simulationsverfahren und Durchleuchtungstechniken zu Leibe gerückt waren und versucht hatten, den ursprünglichen Zustand möglichst detailgetreu wiederherzustellen. Allein der 3-D-Röntgentomograf, der das verwirrende Innere des antiken Automaten mit Zehntel-Millimeter-Genauigkeit abgetastet hatte, wog acht Tonnen. Weil das empfindliche Räderwerk nicht transportfähig war, wurde der Tomograf kurzerhand nach Athen geschifft und dort zum Einsatz gebracht. Die Wissenschaftler fanden zwar auch damit nicht heraus, wozu der Mechanismus letztlich gedient haben mochte, wohl aber, dass das Maß an technischem Know-how, das zu seiner Herstellung nötig gewesen war, erst wieder im ausklingenden Mittelalter erreicht wurde. Dazwischen lagen tausendfünfhundert Jahre Dornröschenschlaf – eine ziemlich lange Zeit.

»Fast fertig«, hörte Hannah die Computerspezialistin sagen. »Nur noch die UV-Bestrahlung zur Aushärtung, dann können wir den Rohling den Feinmechanikern übergeben.«

Hannah seufzte. Sie hätte den Vorgang gerne beschleunigt, aber vor den Erfolg hatte der liebe Gott nun mal den Schweiß gesetzt.

Zwei Stunden später war endlich alles so weit. Fünfzehn Mitarbeiter und Crewmitglieder hatten sich um den Tisch versammelt und starrten auf die messingfarbene Scheibe, die im Licht des frühen Nachmittags verheißungsvoll schimmerte. Niemand sagte ein Wort. Ein Blick auf das zerlegte Modell des Mechanismus genügte, um zu erkennen, dass die bisherige Vorstellung von der Funktion der Maschine nicht mehr standhalten konnte.

»Scheiße«, murmelte Barney. »Das sieht nach Arbeit aus.«

»Glaube ich auch«, sagte Jannis Theodorakis. »Wenn auch keine unlösbare. Wir werden sehen.« Der Mann mit dem graumelierten Bart und den buschigen Augenbrauen war langjähriges Mitglied von AMRP und galt als Koryphäe auf seinem Gebiet. Vor ihm lagen Achsen, Zahnräder, Zeiger und Scheiben, die darauf warteten, neu zusammengesetzt zu werden.

»Unsere bisherige Anordnung war eigentlich gar nicht so schlecht«, sagte er. »Der vordere Abschnitt wird nicht tangiert, seht ihr? Wir können ihn genau so zusammenstecken, wie er war.« Im Nu saßen die Zahnräder wieder ordentlich auf ihren Achsen.

»Auch das Mittelstück sieht gut aus. Diese beiden Zahnräder hier gehören natürlich vertauscht und diese Achse versetzt. Das wiederum hat Auswirkungen auf den Getriebeabschnitt hier drüben.« Seine Finger bewegten sich so flink, dass man glauben konnte, er habe sein ganzes Leben nichts anderes gemacht. »Wenn wir den nehmen und hier rüber verfrachten, sollte es eigentlich möglich sein, die neue Scheibe nahtlos einzufügen.« Er lächelte versonnen. »Gut, dass ihr die kleineren Zahnräder gefunden habt, ich hätte sonst nicht gewusst, wie wir das hier miteinander verbinden sollten ...«

Er steckte einige Teile zusammen, nahm sie wieder auseinander, versetzte hier, ergänzte dort und prüfte dann, wie sie im Zusammenspiel funktionierten. Hannah erkannte, dass das Gehäuse so gefertigt war, dass man die Achsen bequem umstecken konnte. Trotzdem war es eine diffizile Arbeit, und es dauerte zehn Minuten, bis der Forscher die gewünschte Veränderung vorgenommen hatte.

Als alles an seinem Platz war, rastete das Getriebe mit einem laut hörbaren Klicken ein. Jarinis lehnte sich zurück. Er wirkte angespannt.

*

Leslie starrte auf die Maserung der Tischplatte. Manches von dem, was Khalid gesagt hatte, entsprach der Wahrheit, auch wenn es ihr schwerfiel, das zuzugeben. Sein letzter Wutausbruch hatte sie wieder vorsichtiger werden lassen. Sie durfte nicht den Fehler machen, sich von seiner sanften, umgänglichen Art blenden zu lassen. Noch immer steckte das Messer in der Tischplatte. Sie trank einen Schluck.

»Wenn Sie nicht an Gott glauben, sind Sie eine Atheistin, nicht wahr?« Er sah sie mit einem schwer zu deutenden Lächeln auf dem Gesicht an.

»Ich würde mich eher als Agnostikerin bezeichnen«, sagte sie. »Aber nennen Sie mich ruhig eine Atheistin. Ich glaube nicht an Gott.«

»Interessant, dass Sie dennoch den Begriff *Seele* verwenden. Können Sie mir das erklären?«

Leslie sah ihn verwundert an. Wann hatte sie das gesagt? Stimmt, vorhin, bei der Aufzählung der verschiedenen Volksgruppen. Offenbar hörte er sehr viel aufmerksamer zu, als sie gedacht hatte. Sie brauchte einen Moment, um ihre Gedanken zu ordnen. »Stimmt«, sagte sie. »Ich glaube tatsächlich, dass es so etwas wie eine Seele gibt, aber ich denke, dass ich den Begriff anders verwende als Sie.«

»Inwiefern?«

Warum nur war sie über diese Frage nicht verwundert? Dieses Gespräch hatte schon längst den vorgegebenen Pfad verlassen und mäanderte irgendwo zwischen Philosophie und Politik. Und noch immer war ihr nicht klar, worauf er hinauswollte. Khalid und sie befanden sich in einer Art Niemandsland, in dem alles möglich war. Sogar eine Diskussion über Gott.

»Für mich ist die Seele kein körperloses Wesen, das uns nach dem Tod verlässt und in den Himmel wandert«, sagte sie. »Das halte ich für eine sehr naive Vorstellung. Meiner Meinung nach manifestiert sich unsere Seele in den Dingen, die wir getan haben und die wir hinterlassen. In den Arbeiten, die wir vollbracht, den Büchern, die wir geschrieben, oder den Musikstücken, die wir komponiert haben. Und natürlich in den Erinnerungen der Menschen, die uns kannten und in deren Herzen wir weiterleben.«

Ihr wurde bewusst, dass sie gerade über Alan sprach. Sie

war eine der Letzten, die ihn lebend zu Gesicht bekommen hatte, und jetzt war er tot. Verbrannt in diesem Auto. Tränen stiegen ihr in die Augen, doch sie wischte sie trotzig weg. »Selbst wenn nichts mehr von uns übrig bleibt und wir in das dunkle Nichts zurückgehen, aus dem wir kommen, so haben wir in der Welt doch Spuren hinterlassen. Das ist es, was ich als *Seele* bezeichne. Aber dafür braucht es keinen Gott.«

»Und wie stehen Sie dazu, dass in Ihrem Kulturkreis fortwährend der Glaube anderer beleidigt wird? Auch der christliche, vorzugsweise aber der muslimische.«

Leslie senkte den Kopf. Das war eine heikle Frage. Sie musste jetzt vorsichtig sein. Andererseits: Wenn er ihr aufgrund ihrer unbequemen Meinung den Kopf hätte abschlagen wollen, hätte er das bereits viel früher tun können.

»Lassen Sie es mich mal so formulieren«, sagte sie mit leiser Stimme. »Ich begegne Religion mit demselben Respekt, mit dem die Religion mir begegnet. Das ist nur fair, oder? Mit Menschen handhaben wir es genauso. Wenn mich jemand als unvollkommenes Wesen bezeichnet, mich demütigt und mich auf ein niedrigeres, untergeordnetes Niveau stellt, habe ich nicht nur das Recht, ihm Kontra zu geben, ich habe die Pflicht. Nicht anders mit Religionen.«

Er lächelte kalt. »Sie lieben es, mit Steinen nach Wespennestern zu werfen, oder?«

»Gemessen an den Greueltaten, die im Namen der Religion begangen werden, sind ein paar Worte aus dem Mund einer unbedeutenden Frau nun wirklich Lappalien«, sagte Leslie. »Ich finde, es ist ein Unterschied, ob man verletzende Worte spricht oder ob man jemandem den Kopf abschlägt.«

Khalid verschränkte die Arme und lehnte sich zurück. »Wissen Sie, was ich denke? Ich denke, dass der Glaube an die Nichtexistenz Gottes auch nur ein Glaube ist. Sie können sie nicht beweisen, folglich sind Sie kein bisschen besser als wir.«

»Das stimmt so nicht«, sagte Leslie. »Atheismus bedeutet: *ohne Religion, ohne Gott*. Es ist kein Glaube, sondern eine Weltanschauung. Und zwar eine, die sich mit dem naturwissenschaftlichen Weltbild in Einklang bringen lässt.«

»Das müssen Sie mir erklären.«

»Das Prinzip ist einfach«, sagte sie. »Wer etwas behauptet, ist in der Beweispflicht. Stimmen Sie mir da zu?«

»Das tue ich.«

»Schön. Behaupte etwas, und es ist deine Aufgabe, den Beweis zu erbringen – und zwar so, dass jeder Mensch an jedem Ort der Welt es nachprüfen kann. Erst dann wird es zu einem Naturgesetz. Was nicht bewiesen werden kann, ist nur eine Vermutung, bestenfalls eine These. Können Sie mir folgen?«

»So weit ja …«

»Wenn also Ihr Nachbar behauptet, er könne kraft seiner Gedanken ein Wohnhaus in die Luft stemmen, allerdings nur, wenn niemand ihm dabei zusieht, würden Sie ihm dann glauben?«

»Vermutlich nicht.«

»Sehen Sie, ich auch nicht. Warum? Weil die Behauptung unserem gesunden Menschenverstand widerspricht. Ebendieser Menschenverstand, der uns mehrere hunderttausend Jahre gute Dienste geleistet hat. Er hat uns überleben lassen und uns auf ein entwicklungsgeschichtliches Niveau gehoben, von dem andere Spezies nur träumen können. Und ebendiesen Menschenverstand lassen wir außer Acht, wenn es um eine der wichtigsten Fragen überhaupt geht, der nach einem übergeordneten Schöpferwesen?« Sie schüttelte den Kopf. »Warum glauben wir irgendwelche Behauptungen? Warum legen wir dort nicht denselben Maßstab an wie bei allen anderen Fragen auch? Nur weil ein paar machtbesessene Kirchenführer ihre Behauptungen gebetsmühlenartig herunterleiern und uns mit der ewigen Verdammnis drohen, wenn wir ihnen nicht gehorchen?«

»Zwei Drittel der Menschheit glauben an Gott. Sind die alle auf dem Holzweg ...?«

»Ich sage nur, was meine Überzeugung ist«, sagte Leslie. »Die Existenz eines Gottes ist eine Behauptung, die sich mit keinem unserer bewährten Prinzipien beweisen lässt. Genauso gut könnte ich behaupten, in meinen Schuhen lebten Einhörner.«

Khalid zuckte die Schultern. »Und wenn schon, was schadet es? Warum lassen Sie dem einfachen Mann von der Straße nicht seinen Glauben, wenn er darin Trost findet?«

»Das will ich Ihnen sagen. In dem Moment, in dem Religion den Anspruch auf Wahrheit und weltliches Recht für sich erhebt, wird sie zu einer Gefahr. Dann entscheiden religiöse Machthaber über mein Leben und bestrafen mich für etwas, was nicht bewiesen werden kann. All diese *Wahrheiten* in irgendwelchen dubiosen Schriften, all diese aufgezwungenen Werte und Moralvorstellungen sind ein Schlag ins Gesicht jedes frei denkenden Menschen. Als ließe sich Ethik und Moral nur aus der Heiligen Schrift ableiten. Lesen Sie mal Kant, dann sprechen wir uns wieder. Aber jetzt höre ich besser auf, sonst sage ich noch Dinge, die mir später leidtun. Aber eines will ich doch noch sagen: Ich halte Religion für eine der schlimmsten Erfindungen der Menschheit. Sie ist eine Geistesverwirrung, ein Virus, das den Verstand befällt, den Menschen die Köpfe vernebelt und sie willenlos und gefügig macht. Und jetzt kann ich nur hoffen, dass Sie mir meine Worte verzeihen und mich noch ein bisschen am Leben lassen. Ich lebe nämlich sehr gerne, müssen Sie wissen.« Sie schenkte ihm ein entschuldigendes Lächeln.

Khalid schaute sie über seine verschränkten Arme hinweg an. Es war ein Blick, der in Leslie nicht eben Hoffnung aufkeimen ließ. »Sie sind eine harte Nuss, Miss, wissen Sie das?«

»Habe ich schon mal gehört, ja.«

»Es wäre interessant, zu beobachten, wie Sie sich im Disput mit unseren Kirchengelehrten schlagen würden. Doch leider würde das niemals geschehen. Unsere religiösen Führer reden nicht mit Frauen.«

»Ihr Pech. Sie würden vielleicht das eine oder andere hinzulernen.«

Khalid beugte sich vor und musterte sie aufmerksam. »Haben Sie denn gar keine Angst vor mir?«

»Bis runter in meine Hosen, das dürfen Sie mir glauben.«

»Da bin ich aber beruhigt. Ansonsten müsste ich ernsthaft an meinen Führungsqualitäten zweifeln.« Khalids Stirn glättete sich. Um seinen Mund spielte ein Lächeln. »Eines haben Sie in Ihrer Rechnung allerdings vergessen, ein kleines, aber wichtiges Detail.«

»Und was wäre das?«

»Gott mag ein Mythos sein, die Angst vor ihm ist es nicht. Denken Sie mal darüber nach. Übrigens können Sie froh sein, dass Sie mir gegenübersitzen und nicht Jafar.«

»Macht das denn einen Unterschied?«

»Für Sie? Den Unterschied zwischen Leben und Tod. Ich habe es schon einmal gesagt, und ich wiederhole es gerne: Ich bewundere Ihren Mut. Jeden anderen hätte ich für diese Worte vermutlich einen Kopf kürzer gemacht, Ihnen kann ich das verzeihen. Woran liegt das?«

»Fragen Sie das im Ernst?«

»Ja.«

Sie zuckte die Schultern. »Keine Ahnung. Vielleicht weil ich keiner Ihrer Untergebenen bin? Oder eine Frau, wer weiß?« Sein Lächeln wurde breiter. »Nun, vielleicht liegt es daran, dass Sie jemand sind, der mich nicht als barbarischen Irren betrachtet. Jemand, der sich mit mir auf Augenhöhe unterhält. Das vermisse ich – sowohl bei Ihren als auch bei meinen eigenen Leuten. Man hasst mich, oder man vergöttert mich, dazwischen gibt es nur wenig Spielraum. Ich habe das Gespräch mit Ihnen sehr genossen, Leslie. Ihnen traue ich zu, dass Sie ein anderes Bild des IS zeichnen. Eines, wie man es in den westlichen Medien nur selten findet – ein ausgewogenes. Wobei das nicht einfach werden dürfte. Die westliche Presse ist nicht frei, das wissen Sie selbst. Alle großen Fernseh- und Presseanstalten sind politisch kontrolliert, das ist bei Ihnen nicht anders als bei uns. Aber Sie sind ein Sturkopf, und das gefällt mir. Jedenfalls bin ich zu der Entscheidung gelangt, dass Sie lebend für mich wichtiger sind als tot. Sie nützen mir in Freiheit mehr als in Gefangenschaft. Daher werde ich Sie freilassen und Major Faulkner gleich mit. Morgen Vormittag dürfen Sie zurück in Ihre Welt.«

Leslie öffnete erstaunt den Mund, schloss ihn dann aber wieder. Dann fragte sie: »Was denn, nicht mal Lösegeld?«

»Nicht mal das. Sehen Sie es als eine Geste guten Willens. Nicht alles ist mit Geld aufzuwiegen. Die Welt braucht mutige und entschlossene Menschen. Berichten Sie, was Sie erlebt haben. Sie müssen nichts beschönigen und nichts dazudichten. Bleiben Sie bei der Wahrheit. Wenn Sie mir dieses Versprechen geben, kann ich Sie ohne Bedenken ziehen lassen.«

»Das ... das tue ich«, sagte Leslie, immer noch erstaunt über die unerwartete Wendung dieses Gesprächs. »Von ganzem Herzen.«

»Dann sind wir uns einig.« Khalid nahm noch eine Olive. »Wir werden Sie an einen neutralen Ort in die Nähe eines kurdischen Stützpunkts bringen. Den Rest müssen Sie dann zu Fuß bewältigen. Sie werden verstehen, dass wir Sie nicht direkt im Lager abliefern können. Packen Sie Ihre Sachen, und schlafen Sie sich noch einmal richtig aus. Wir werden inzwischen die nötigen Vorbereitungen treffen. Morgen ist der Spuk dann für Sie vorbei. Ziehen Sie in Frieden, Leslie Rickert. Und auch wenn Ihnen das nichts bedeutet: Möge Allah mit Ihnen sein.«

20

Jafar stand verborgen im Eingang eines nahe gelegenen Stollens und lauschte. Er war gerade so weit entfernt, dass er alles mit angehört hatte. Mit zusammengepresstem Mund fragte er sich, ob das wirklich stimmte. Hatte der Kommandant tatsächlich davon gesprochen, die Frau und den Major *freizulassen?* Die beiden waren Feinde seines Volkes und Glaubens. Kriminelle, die hingerichtet gehörten.

Was mochte in seinem Kopf vorgehen? Nicht nur, dass er riskierte, die Lage ihres geheimen Stützpunktes preiszugeben, er ließ auch noch leichtfertig die Möglichkeit eines Exempels verstreichen. Eines Exempels, das – bei richtiger Ausführung – den Westen in einen Schockzustand versetzen würde. Es würde Furcht in den Herzen ihrer Feinde säen und einen Jubelsturm unter den Glaubensbrüdern entfachen. Eine solche Chance wegzuwerfen, war nicht nur dumm, es war fahrlässig.

Er runzelte die Stirn. Vielleicht lag es an der Frau. Vielleicht hatte sie Khalid verhext. Jafar hatte es ebenfalls gespürt, als er neben ihr gestanden hatte. Ihr Geruch, ihre Aura – verwirrend. Durchaus möglich, dass sie eine *Sahira* war, eine Hexe. Wenn dem so war, so musste er sie loswerden und den Mann gleich dazu. Auf keinen Fall durften die beiden in ihre Welt zurückkehren. Er würde sie töten. Und ganz nebenbei würde er der Welt ein Spektakel bieten, das lange in Erinnerung bleiben würde.

*

»Wisst ihr, ich hatte bereits in Athen das Gefühl, dass etwas fehlte«, sagte Jannis Theodorakis. »Der Mechanismus passte zwar einigermaßen, aber nur, weil wir ihn passend gemacht haben. Zu unserer Entschuldigung sei gesagt, dass dies das einzige Exemplar seiner Art ist und dass uns daher die Vergleichsmöglichkeiten fehlen. Ich glaube, ich weiß jetzt, was wir falsch gemacht haben. Wollen wir es mal versuchen?«

»Klar«, sagte Barney.

»Ich möchte eine Theorie verfolgen, die mir schon seit einiger Zeit schlaflose Nächte bereitet. Ich habe sie bisher niemandem gezeigt, und sie existiert nur in meinen privaten Aufzeichnungen.«

»Um was geht es dabei?«, fragte Hannah.

Jannis sah sie über den Rand seiner Brille hinweg an. »Das möchte ich dir lieber noch nicht erzählen. Ich bin ein bisschen abergläubisch in solchen Dingen. Du weißt ja, wie vorsichtig man mit derlei Vermutungen sein muss. Eine unbedachte Bemerkung, ein falsches Wort, und schon steht man im Ruf, ein Scharlatan und Wunderdoktor zu sein.«

»Leg los«, sagte Barney. »Aber bitte beeil dich, ich halte es kaum noch aus.«

Jannis nahm die kleineren Zahnräder und steckte sie vorsichtig an verschiedene Stellen im Gehäuse. Dann versetzte er zwei Zeiger, die sich zuvor an der Rückwand befunden hatten, und verpflanzte sie auf die rechte Schmalseite. Er prüfte, ob die Übersetzung funktionierte, dann nickte er zufrieden. Als er die große Scheibe nahm und sie auf den letzten verbliebenen Platz auf der großen Mittelachse setzte, zitterten seine Finger vor Aufregung.

Hannah trat näher, um besser sehen zu können. Sie erkannte, dass die Scheibe keinesfalls massiv war, wie zunächst angenommen, sondern aus vielen einzelnen Bauteilen bestand, die offenbar beweglich gelagert waren. Jedes von ihnen wies ein individuelles Symbol auf.

»Was ist denn das?«, wandte sie sich an Barney. »Sieht aus wie Tierkreiszeichen.«

»Da hast du recht«, erwiderte der Chefarchäologe. »Babylonische Tierkreiszeichen, um genau zu sein. Beginnend von oben sind das *LU.HUN.GA* – der Widder, *MUL* – der Stier, *MAŠ* – der Zwilling, *NANGAR* – der Krebs, *UR.A* – der Löwe, *AB.SIN* – die Jungfrau, *ZI.BA.NI.TU* – die Waage, *GIR.TAB* – der Skorpion, *PA* – der Schütze, *SUHUR* – der Steinbock, *GU* – der Wassermann und *ZIB* – die Fische. Rundherum sind die Fixsterne Aldebaran, Spica, Regulus und die Plejaden zu sehen, an denen die Tierkreiszeichen ausgerichtet sind, und ...«

Weiter kam er nicht, denn in diesem Moment stieß der griechische Archäologe einen Schrei aus. »Heureka!«

»Was ist los?«, fragte Barney.

Jannis' Blick wanderte in die Runde. »Wer von euch hat zum ersten Mal den Begriff *Mond* verwendet?«

»Das war Leni, glaube ich«, sagte Barney. »Wieso?«

»Die Kandidatin hat hundert Punkte. Diese Scheibe symbolisiert den Mond in all seinen Phasen.« Er deutete auf die neu eingesetzte Scheibe. »Der Mondgott SIN war einer der höchsten Götter im alten Babylon, er beherrschte den Ablauf der Monate. Die Mondsichel war sein Boot, mit dem er den Himmel bereiste. Wenn sich sein Antlitz verdunkelte, so war dies immer ein düsteres Vorzeichen. Schlimmer noch als eine Sonnenfinsternis oder ein Kometenschweif. Respekt, junge Dame. Das war ein Jahrhunderttreffer.«

Leni war inzwischen aufgestanden und kam zu ihnen herüber. Hannah legte ihren Arm um ihre Tochter und drückte sie an sich.

»Der Mond also«, sagte Barney. »Trotzdem glaube ich nicht, dass ich dir ganz folgen kann ...«

»Oh, Verzeihung«, sagte Jannis. »Ich neige dazu, den Dingen vorzugreifen. Also, ich glaube, es war eine Schaltzeituhr. Geeicht auf ein bestimmtes Datum und ein bestimmtes astronomisches Ereignis. Eine Art Code, der nur Auserwählten bekannt war und mit dem irgendetwas Wertvolles geschützt werden sollte. Ein Grab, ein Tresor oder vielleicht eine Schatzkammer. Jedenfalls bin ich gespannt, was passiert, wenn ich einfach mal irgendein Datum eingebe und den Mechanismus in Gang setze ...«

Er drehte die Zeiger auf eine willkürliche Position, drehte die Kurbel und zog den internen Federmechanismus auf.

Zuerst geschah nichts. Dann hörten sie ein Rattern und Summen. Zahnräder rotierten, die Zeiger drehten sich, der kleine Stift mit der winzigen Erde an seinem Ende wanderte über das Metall. Mit einem Mal, und ohne jede Vorwarnung, schossen mit einem lauten Klicken zwölf Metallstifte aus der Rückseite der Apparatur. Jannis riss seine Finger zurück, war aber offenbar nicht schnell genug. Einer der Zapfen erwischte ihn und bohrte sich in die Fingerkuppe. Dunkles Blut quoll aus dem Mittelfinger und tropfte auf den Mechanismus. Fluchend steckte der Grieche den Finger in den Mund. Barney nahm ihm das kostbare Gerät ab und stellte es auf den Tisch, bemüht, den spitzen Vorsprüngen, die wie Dornen aus der Rückseite hervorstachen, nicht zu nahe zu kommen. Ein allgemeines Aufatmen war zu hören. Nur Jannis' schneller Reaktion hatten sie es zu verdanken, dass der Mechanismus nicht weggerutscht und auf dem Boden zerschellt war. Einer der Kollegen reichte ihm ein Taschentuch, und der Archäologe band es um seine Hand.

»Danke, Leute«, sagte er. »Sorry, die Heftigkeit hat mich selbst überrascht. Ich denke aber, dass es als Demonstration genügen sollte, oder? Einen deutlicheren Beweis dürfte es kaum geben. Es ist ein Sicherheitsschloss, und zwar eines, wie es zur damaligen Zeit kein zweites gegeben haben dürfte. Wenn wir jetzt nur noch wüssten, wofür. Es muss irgendwo hineingehört haben. In eine Tür vielleicht …?«

Hannah schwieg. Jetzt wäre der richtige Moment, von Strombergs Entdeckung zu berichten, aber eine leise Stimme in ihrem Inneren mahnte zur Vorsicht. Sie entschied sich, die Informationen noch zurückzuhalten. Zumindest bis sie wirklich wussten, was dort unter der irakischen Wüste lag.

Alle starrten auf den Mechanismus. Er wirkte wie ein bösartiges Insekt, dessen stacheliger Außenhaut man besser nicht zu nahe kam.

Überrascht sah Hannah, dass Leni ihre linke Hand ausstreckte und den Apparat berührte. Sie tat es vorsichtig, aber mit Vorsatz. Fast sah es aus, als kommuniziere sie mit dem Ding.

»Was ist los, meine Kleine?«, flüsterte Hannah. »Bist du wegen irgendetwas beunruhigt?«

Leni beachtete sie gar nicht, sondern starrte weiter auf den Mechanismus. Ein Schatten war auf ihr Gesicht gefallen. Ihre Lippen bewegten sich, aber Hannah konnte nichts hören. Plötzlich schob sie die rechte Hand vor, streckte den Zeigefinger aus und malte etwas auf den Tisch.

Hannah kniff die Augen zusammen. Seitlich, gegen das Licht betrachtet, stand als dünner Film nur ein einziges Wort.

Papa.

21

Badiyat al-Jazira …

Die Dromedare trotzten dem Sturm mit einer Mischung aus Gleichmut und Überheblichkeit. Wie mit dem Lineal gezogen, folgten sie dem Leittier, wie sie es gelernt hatten und es seit Abertausenden von Jahren taten. Eine Perlenkette unbeugsamer Tiere, deren Stolz und Überlebensinstinkt nur von dem ihrer Herren übertroffen wurde. Es gab kaum ein Tier auf diesem Planeten, das mehr Strapazen und Entbehrungen ertrug als ein Dromedar. Fünfzig Kilometer pro Tag mit hundertfünfzig Kilo Gepäck auf dem Buckel? Kein Problem. Dreißig Grad Temperaturunterschied zwischen Tag und Nacht? Kein Problem. Zwei Wochen ohne Wasser? Erst recht kein Problem.

John hingegen war schon der nervige Wind zu viel.

Immer wieder gelangte Sand unter seinen Mundschutz. Auch die Sturmbrille war eine Enttäuschung. Das Glas, das laut Garantie eigentlich quarzhart zu sein hatte, war bereits matter geworden. Oder lag das an der schlechten Sicht? Das vorderste Dromedar war hinter dem heulenden, pfeifenden Vorhang schon kaum mehr zu erkennen.

Doch er wollte sich nicht beklagen. Es war ein großes Glück, dass ihr Kontaktmann für dieses extrem kurze Zeitfenster überhaupt eine Möglichkeit gefunden hatte. Die Alternative hätte nämlich darin bestanden, für Tage oder Wochen in Bagdad festzusitzen und auf eine Mitfahrgelegenheit zu warten. Nicht gerade eine verlockende Option angesichts dieser Hitze und Normans angegriffener Gesundheit.

Sabah Bandar entstammte einer Familie von Beduinen, die zwischen Jordanien, Syrien, dem Irak und Iran hin und her zogen. Sie transportierten Güter, suchten Weideland für ihre Schafe oder übernahmen Hilfsarbeiterjobs in der Nähe größerer Städte. Sein Stamm hatte sich auf die Aufzucht und den Verkauf von Dromedaren spezialisiert, von denen die besten nach wie vor aus Saudi-Arabien kamen. Da sie nur schwer mit Lastkraftwagen zu transportieren waren, überführten die Beduinen die Tiere zu Fuß in Richtung der kurdischen Bergregionen, wo man sie aufgrund der Schroffheit der Berge als Transporttiere verwendete.

Sabah hatte eine Route ausgeknobelt, die sie an den gefährlichen Regionen vorbeiführte. Vorbei an den belagerten Gebieten und in einem weiten Bogen um die Stellungen der IS-Milizen. Zu Beginn waren sie in Richtung Nordwesten gefahren. Erst mit dem Auto dem Euphrat folgend, über Falluja und Ramadi, dann von der Hauptstraße abzweigend hinüber zur Hadithah-Talsperre, wo noch eine Einheit des United States Marine Corps stationiert war. Von dort aus waren sie an Bord eines klapprigen Pick-ups der Richtung nach Al Qa'im, bis kurz vor die syrische Grenze, gefolgt. Dann noch etwa fünfzig Kilometer auf einer Staubpiste nach Norden, bis sie zu einer Weggabelung im Niemandsland kamen, wo der Wagen sie absetzte.

Sabahs Vater war gut befreundet mit Zarif Masaad, dem Anführer der Kameltreiber. Eine beeindruckende Persönlichkeit, dessen graumelierter Bart ein Gesicht umrahmte, das mit Hunderten winziger Falten überzogen war. Sein

Blick war hellwach und ähnelte dem einer Raubkatze. Er stellte John, Norman und Sabah je ein Dromedar zur Verfügung und drängte zur Eile. Ob er vertrauenswürdig war oder nicht, würden sie erst im Laufe der Zeit erfahren. Momentan waren sie vollständig auf seine Loyalität angewiesen. Ein Gedanke, der John nicht behagte.

Und noch etwas machte ihm Sorgen. Trotz intensiver Bemühungen war es ihnen nicht gelungen, Kontakt zu Ahmad Hammadi und seinem Sohn Hasan herzustellen, und das, obwohl von ihrer Seite ein technisches Versagen ausgeschlossen werden konnte. Unzählige Male hatten sie es versucht – ohne Ergebnis. Entweder wollten die Männer nicht mit ihnen reden, oder, was weitaus besorgniserregender war, sie konnten nicht. Wobei immer noch ein letzter Rest Hoffnung bestand, dass die Funkanlage defekt war. Warum sie dann aber nicht in die nächste Stadt gefahren waren und es von dort aus versucht hatten, blieb ungeklärt.

Der Wind kam jetzt aus Südosten. Eine ungewöhnliche Windrichtung, wie ihr Führer betonte. Denn das bedeutete, er kam aus der Tiefe der Wüste und führte reichlich Sand mit sich. John spuckte aus und zog das Tuch wieder stramm. Zwischen seinen Zähnen knirschte es.

Er klammerte sich am Sattel fest. Ein Dromedar war per se schon unbequem, aber auf seinem Rücken einen Sturm zu durchqueren, grenzte an Tollkühnheit. Dabei war er in ausgezeichneter körperlicher Verfassung. Gut genährt, durchtrainiert und vor allem gesund. Für Norman hingegen musste das eine Folter sein.

Der alte Mann saß vornübergebeugt auf seinem Tragegestell, das ihn vor dem Herabfallen bewahrte. Ob er wach war oder schlief, war durch den schwarzen Stoff nicht zu erkennen. John hoffte auf Letzteres. Schlafend konnte er Energie tanken. Die Aufgaben, die vor ihnen lagen, würden gewiss nicht leicht werden.

John spürte, wie sein Kopf ebenfalls nach vorn ruckte. Die Augen waren ihm zugefallen. Das Heulen des Windes in Verbindung mit dem monotonen Schaukeln der Dromedare hatte etwas Einschläferndes. Seine Gedanken wanderten zu Hannah und Leni. Was sie wohl gerade machten? Er vermisste sie so sehr, dass es schon fast weh tat. Dass er einmal so ein Familienmensch werden würde, damit hätte er selbst am allerwenigsten gerechnet. Viele Jahre war er allein und unabhängig gewesen, doch jetzt konnte er sich nichts Schöneres vorstellen, als sie an seiner Seite zu haben. Aber in der momentanen Situation war das natürlich ausgeschlossen. Trotzdem: Leni auf dem Rücken eines Wüstenschiffs – das hätte ihr sicherlich Spaß gemacht. Ihr Lachen hätte die Dünen in eine Oase verwandelt. Ihre kleinen Arme um seinen Hals und Hannahs weiche Lippen auf seinem Mund hätten ihn jede Strapaze ertragen lassen.

Er seufzte. Wenn schon nicht in der Realität, so konnte er doch wenigstens in Gedanken bei ihnen sein. Versonnen schloss er die Augen und fiel in tiefen Schlummer.

Ein plötzlicher Ruck weckte ihn.

Er riss den Kopf hoch und fand sich halb sitzend, halb liegend in einer Sanddüne wieder. Neben ihm stand sein Reittier, genüsslich wiederkäuend und mit einem Ausdruck im Gesicht, den man nur als blanke Verachtung interpretieren konnte. Die anderen Dromedare bildeten einen Halbkreis um ihn, während ihre Reiter mit großen Augen auf ihn herabblickten.

Norman hatte sein Mundtuch gelöst und sah ihn belustigt an.

»Na, mein Junge, ein kleines Nickerchen gemacht?«

Gelächter erklang.

John schüttelte den Sand aus seinen Haaren und sah sich um. Der Sturm war weitergezogen. Warmes Abendlicht überflutete die Dünen. Wie viel Zeit war inzwischen vergangen?

»Alles klar, mein Freund? Du hast dir doch nichts gebrochen, oder?« Sabah stieg ab und half ihm auf. John prüfte alles, dann schüttelte er den Kopf. »Alles noch dran. Was ist passiert?«

»Du bist eingeschlafen.« Ein breites Grinsen. »Du kannst froh sein, dass wir gerade auf sandigem Untergrund unterwegs waren. Auf steinigem Geröll wärst du vermutlich nicht so weich gefallen. Vielleicht sollten wir dich festbinden. So wie Norman.« Wieder ertönte Gelächter.

John räusperte sich und strich seine Kleidung glatt. Er hasste es, sich zum Narren zu machen. Aber besser so, als wenn er sich tatsächlich etwas gebrochen hätte. Diese Dromedare waren verflixt hoch.

»Nicht nötig, danke«, sagte er. »Es wird nicht wieder vorkommen. Klärt mich lieber mal auf, wo wir gerade sind. Wie lange war ich weggetreten?«

Zarif Masaad war der Einzige, der ernst geblieben war. John konnte sich nicht erinnern, ihn auch nur ein Mal lachen gesehen zu haben.

Der Beduinenführer griff in die Falten seines Umhangs

und zog ein GPS-Gerät hervor. Die Anzeige studierend, sagte er: »Wir werden kurz nach Sonnenuntergang am vereinbarten Punkt eintreffen. Noch eine knappe Stunde, falls wir keinen Patrouillen in die Hände laufen. Steigen Sie wieder auf, damit wir unsere Reise fortsetzen können. Und halten Sie sich diesmal besser fest.«

Es dauerte dann aber doch etwas länger. Zarif, der glaubte, in der Ferne ein Milizfahrzeug gesehen zu haben, hatte ihnen befohlen, einen Bogen zu schlagen, und der Umweg hatte sie fast eine Stunde gekostet. Als sie endlich eintrafen, war die Sonne längst hinter den westlichen Hügeln versunken.

Dunkelheit umgab sie. Eine Dunkelheit, die mit Millionen funkelnder Sterne gespickt war. Die Luft war kühl. Nur der Sand und die Felsen strahlten noch etwas Wärme ab.

Die Dromedare gaben grunzende Laute von sich. Man spürte, dass sie keine Lust hatten, die Reise fortzusetzen.

Fröstelnd wandte John sich an Zarif. »Meinen Sie, dass dies der richtige Ort ist?«

»36 Grad 4 Minuten 25 Sekunden nördlicher Breite, 41 Grad 40 Minuten und 35 Sekunden östlicher Länge«, erwiderte Zarif. Er hielt ihm den GPS-Tracker hin. John versuchte, in der Dunkelheit etwas zu erkennen. »Ich sehe weder Zelt noch Auto oder Ausgrabungsstätte.«

»Geduld«, sagte Zarif. »Der Mann, den Sie suchen, will nicht gefunden werden, ist es nicht so? Eine kleine Ausgrabung vielleicht? Ohne Genehmigung ...?«

John verkniff sich die Antwort.

Ihr Führer lächelte. »Warten Sie, bis der Mond aufgegangen ist. In ungefähr einer Stunde werden wir mehr wissen. Bis dahin werden wir ein Lager aufschlagen, ein Feuer entzünden und eine Mahlzeit zubereiten. Sie haben doch gewiss Hunger, oder?«

»Wie ein Bär«, sagte John, der sich nicht daran erinnern konnte, wann er das letzte Mal etwas außer Sand zwischen den Zähnen gehabt hatte.

»Umso besser«, sagte Zarif. »Kümmern Sie sich so lange um Ihren Freund, wir erledigen den Rest.«

Während die Beduinen ein Feuer entfachten und Tee aufsetzten, half John Stromberg beim Absteigen. Der alte Mann war am Ende seiner Kräfte. Er ließ sich von John zu einem Felsbrocken führen, nahm dort Platz und griff nach seiner Feldflasche. Kaum hatte er den ersten Schluck getrunken, als er einen Hustenanfall erlitt, der schier nicht enden wollte. John legte seinen Arm um ihn und klopfte ihm leicht auf den Rücken. Danach wurde es besser.

»Danke, mein Junge«, keuchte Stromberg. »Bitte entschuldige. Ich weiß, dass ich eine Last bin.«

»Unsinn«, sagte John. »Es war einfach zu viel für dich. Ich habe es dir prophezeit, aber du wolltest ja nicht auf mich hören.«

»Ich höre auf niemanden, wusstest du das nicht? Aber ich bin wie Unkraut: nicht totzukriegen.« Er grinste schief.

John empfand keine Heiterkeit. In Wirklichkeit war ihm nach Heulen zumute. Es tat ihm in der Seele weh, zu sehen, wie sein alter Weggefährte mehr und mehr dahinwelkte. Mittlerweile war er überzeugt, dass die Ärzte nicht übertrieben hatten: Dies würde tatsächlich Strombergs letzte Reise werden.

John stand auf, räusperte sich und wollte gerade die Dromedare abladen, als Sabah mit zwei Gläsern dampfenden Tees auf sie zukam. Im Hintergrund waren die Männer beim Gebet.

»Hallo Freunde«, sagte ihr Kontaktmann. »Ich dachte, ihr könntet vielleicht eine kleine Stärkung vertragen. Aber Vorsicht: Er ist sehr heiß. Verbrennt euch nicht.«

»Etwas Wärmendes. Großartig«, sagte Stromberg und nahm ihm eines der Gläser ab. »Ist ganz schön kühl geworden.«

»Wenn euch kalt ist, kommt mit ans Feuer«, sagte Sabah. »Das Essen wird auch bald fertig sein. Es wäre uns eine Ehre, wenn ihr euch zu uns gesellen würdet.«

Die Beduinen saßen ums Feuer, streckten die Füße aus und unterhielten sich leise in ihrer rauhen Sprache. John fühlte sich zurückversetzt in die Zeit, als er selbst noch in der Sahara tätig gewesen war und Hannah kennengelernt hatte. Aus der Distanz heraus erschien ihm das als der schönste und aufregendste Teil seines Lebens. Wie jung sie damals gewesen waren, sorgenfrei und unbelastet. Mit einem Gefühl von Wehmut ließ er seinen Blick durchs Lager schweifen.

Die Zelte waren einfache Stangenkonstruktionen, über die man grobe Decken geworfen hatte. Nichts Luxuriöses, aber ein willkommener Schutz gegen Sand und Kälte. Für die Gäste waren Kissen und Schafsfelle zu einem Lager hergerichtet worden, das zwar nicht ganz so bequem wie ein richtiges Bett, aber dennoch äußerst behaglich war.

John lehnte sich zurück und genoss die Entspannung nach der langen Reise. In einer Pfanne brutzelte dünn geschnittenes Ziegenfleisch, dazu gab es scharf gebratene Zwiebeln, Oliven, Brot und Käse. Der Duft gerösteter Gewürze lag in der Luft.

Zarif teilte das Brot, zeigte ihnen, wie man Fleisch und Zwiebeln darauf verteilte, und schenkte noch einmal Tee nach. Dann aßen alle schweigend.

Die Gruppe bestand aus fünf Männern – drei Erwachsene und zwei Knaben, kaum älter als vierzehn oder fünfzehn. John deutete auf die Dromedare und sagte mit vollem Mund: »Schöne Tiere habt ihr da. Sicherlich teuer, oder?«

»Ziemlich«, entgegnete Zarif. »Wir hoffen, sie mit gutem Gewinn zu verkaufen. Unsere Leute benutzen sie zur Zucht, deswegen kommen nur die schönsten und gesündesten in Frage. Auf unserer langen Reise haben wir Gelegenheit, sie besser kennenzulernen. Wir können die Starken von den Schwachen trennen und erfahren etwas über ihren Charakter. Jedes Tier ist anders, genau wie Menschen.«

»Aber warum Dromedare? Gehören die nicht viel eher in die Wüste?«

Zarif sah ihn aufmerksam an. »Wart ihr schon einmal in den Bergen nördlich von Dohuk?«

John schüttelte den Kopf.

»Eine wilde und unwegsame Gegend. Dort gibt es viele Nomaden und Schafzüchter. Im Winter leben sie unten in der Ebene, im Sommer ziehen sie hinauf in die Berge. Viele von ihnen können sich kein eigenes Auto leisten. Auch ist es schwer, an Benzin zu kommen. Ein Dromedar frisst alles und eignet sich gut für steile und unwegsame Bergregionen.

Für die Menschen ist das oftmals die einzige Möglichkeit, in ihre angestammten Gebiete zurückzukehren.«

»Was ist mit euren Familien?«

»Die leben auch dort. Unser ganzer Stamm tut das. Unsere Frauen dürfen keine Ausweispapiere besitzen, was ein ziemliches Problem ist. Die Kurden lassen uns in Ruhe, nicht aber die IS-Milizen und die irakische Armee. Also haben wir uns in die Bergregionen zurückgezogen, züchten Ziegen, arbeiten auf Feldern und warten auf den Frieden.«

»Ist doch bestimmt gefährlich, die Grenze nach Syrien oder Saudi-Arabien zu überqueren«, sagte Stromberg.

»Das ist es. Besonders, weil es dort überall Landminen gibt. In diesen Ländern nennt man uns Bidun dschansija – *ohne Staatsbürgerschaft* –, obwohl es unser Volk schon seit Tausenden von Jahren gibt. Im Irak und in Kuwait werden wir als Staatenlose bezeichnet. Wir dürfen keinen Wohnraum mieten, keine Autos fahren, und unsere Kinder dürfen keine öffentlichen Schulen besuchen. Der Golfkrieg hat alles noch schwieriger gemacht. Überall entstehen neue Befestigungsanlagen, die unsere Bewegungsfreiheit einschränken.«

»Und wie gelingt es euch dann?«

»Mit den entsprechenden Papieren«, sagte Zarif. »Wir haben afghanische, iranische oder libanesische Pässe. Alle druckfrisch und hundertprozentig echt – aus dem Copyshop.« Er ließ seine Goldzähne aufblitzen. »Die sehen inzwischen richtig gut aus, vorausgesetzt, man nimmt die etwas teurere Qualität. Die Al-Qaida-Terrorkommandos werben bereits um unsere Kinder. Aber wir haben mit diesen Verbrechern nichts am Hut. Wir wollen einfach in Ruhe gelassen werden und dasselbe Leben führen wie unsere Väter und Vorväter. Doch das wird immer schwieriger.«

»Heutzutage muss sich jeder für eine Seite entscheiden«, sagte John. »Neutral zu bleiben, ist nahezu unmöglich.« Er wischte sich mit einem Taschentuch die fettigen Finger ab. »Gibt es noch viele Stämme, die nomadisch leben? Ich könnte mir vorstellen, dass eure Zahl zurückgegangen ist.«

Zarif blickte hinauf zum Firmament. »Früher waren wir so viele wie die Sterne. In der Nacht konntest du überall unsere Lagerfeuer sehen. Wir waren die Beherrscher der Wüste. Zu einem Stamm zu gehören, war eine Frage des Überlebens. Je größer und stärker dein Stamm, desto besser. In den Jahren, in denen es in der Wüste kaum regnete, wurden Wasserstellen und Weidegebiete knapp. Ein starker Stamm hatte die Möglichkeit, Oasen zu besetzen. Schwache Stämme mussten stattdessen Raubzüge begehen, um das Überleben zu sichern.«

»Verstehe.«

Zarif lächelte. »Daran ist nichts Ehrenrühriges. Männer, die durch Diebstähle ihrem Stamm das Überleben sichern, gelten bei uns als Helden. Die irakische Gesellschaft ist immer noch von Stammesstrukturen geprägt. Die Mitgliedschaft in einem Stamm verpflichtet dich, anderen Mitgliedern zu helfen. Man nutzt seine Stellung, seinen Einfluss und seine Macht, um der Familie oder Freunden Vorteile zu sichern. Den westlichen Nationen mag das korrupt erscheinen, für uns entspricht es der alten Lebensweise. Das ist etwas, was eure Politiker niemals verstehen werden.« Zarif beendete sein Mahl, wischte sich die Hände ab und warf das Tuch fort. »Genug von mir geredet. Sprechen wir über euch.

Was haben zwei wohlhabende weiße Männer in diesem entlegenen Flecken der Welt zu suchen? Warum seid ihr hier, und warum vertraut ihr eher uns als der irakischen Armee?«

John wusste nicht, was er darauf antworten sollte. Zum Glück ergriff Stromberg das Wort. Der Milliardär hatte die ganze Zeit über still dagesessen und ihr Gespräch verfolgt. Jetzt rückte er näher ans Feuer. »Wärt ihr sehr beleidigt, wenn wir zum jetzigen Zeitpunkt noch keinen Kommentar abgeben würden?«

Zarif hob überrascht die Brauen, dann lächelte er. »Nicht nur Frauen haben das Recht auf Geheimnisse. Ihr müsst mir nichts erzählen, wenn ihr nicht wollt. Ich möchte euch allerdings warnen. Dies ist ein seltsames Land, voller merkwürdiger Kräfte und dunkler Mächte. Da ist es gut, wenn man Freunde hat, die in die Pläne eingeweiht sind.«

»Was denn für Kräfte?«, fragte John.

Zarif neigte den Kopf. »Auf diesem Land liegt ein Fluch«, sagte er. »Man kann es spüren, wenn man längere Zeit hier ist oder wenn man sich, wie wir, zum Gebet niederkniet. Normalerweise nehmen wir eine andere Route, doch als Sabah uns um Hilfe bat, konnten wir natürlich nicht ablehnen.«

Stromberg verzog den Mund zu einem schiefen Grinsen. »Ich könnte mir vorstellen, dass unsere finanzielle Zuwendung eure Entscheidung erleichtert hat.«

»Euer Angebot war in der Tat sehr großzügig«, sagte Zarif. »Möge Allah euch mit einem langen und erfüllten Leben segnen. Ich weiß nicht, warum ihr unbedingt hierherwollt, aber ich hege die Vermutung, dass ihr auf der Suche nach Kunstschätzen seid. Vielleicht etwas Illegales, ja?«

»Wie gesagt: kein Kommentar.«

Zarif hob beschwichtigend die Hände. »Versteht mich nicht falsch, für mich ist das absolut in Ordnung. Ich habe nichts gegen Geschäfte. Ein ehrbarer Mann denkt zuerst an seine Familie und seinen Stamm. Doch ich möchte euch ermahnen, die Sache nicht auf die leichte Schulter zu nehmen. Dieses Land hat etwas dagegen, dass man ihm seine Geheimnisse entreißt. Es wird sich zur Wehr setzen, und zwar dann, wenn man am wenigsten damit rechnet.«

»Das verstehe ich nicht«, sagte John. »Gibt es dafür konkrete Hinweise, oder sprechen wir hier von alten Erzählungen?«

Zarif sah sich um, als habe er Angst, man könne sie belauschen. Seine Stimme wurde leiser. »Wisst ihr denn gar nichts über diese Gegend?«

»Nicht über das, wovon du sprichst.«

Der Beduinenführer machte eine kleine Bewegung mit der Hand, die aussah wie ein Abwehrzauber. »Nun, dann ist es nicht an mir, darüber zu reden. Vor allem nicht zu dieser Stunde. Vielleicht, wenn die Sonne aufgegangen ist.« Er straffte seinen Oberkörper. »Ihr braucht deswegen nicht alarmiert zu sein, schließlich sind wir bei euch. Aber es gibt Dinge, über die man nicht während der Dunkelheit sprechen sollte. Übrigens: Der Mond ist gerade aufgegangen. Dort drüben in der Ferne erkenne ich etwas. Ist es das, wonach ihr gesucht habt?« Er deutete nach Süden.

John drehte den Kopf – und sprang auf. Kaum einen halben Kilometer von ihnen entfernt stand ein Auto in der

Wüste. Ein heller Pick-up, über dessen Ladefläche eine Plane gespannt war. Daneben stand ein Zelt. Beides war unbeleuchtet.

John tauschte einen kurzen Blick mit Stromberg. Der alte Mann schien kurz zu überlegen, dann nickte er. »Der Moment ist gekommen, euch etwas über unsere Mission zu erzählen«, sagte er. »Wenn ihr es genau wissen wollt, wir sind auf der Suche nach zwei Archäologen. Vater und Sohn. Sie waren es, die uns diese Koordinaten gegeben haben. Wir standen in ständigem Funkkontakt zueinander. Doch vor einigen Tagen ist der Kontakt abgerissen. Wir wissen nicht, was geschehen ist, und sind sehr in Sorge.«

»Dann sollten wir nachsehen«, sagte Zarif. »Ein kleiner Fußmarsch nach dem Essen wird uns guttun.«

Das Zelt war nur noch etwa hundert Meter entfernt, als John die Hände zu einem Trichter formte und rief: »Hallo, ist da jemand? Professor Ahmad, können Sie uns hören?«

Es war nicht nur ein Gebot der Höflichkeit, dass sie sich bemerkbar machten, sondern galt vor allem ihrer Sicherheit. Wenn der Professor bewaffnet war, bestand die Gefahr, dass er auf sie schoss. Unnötig, deswegen ein Risiko einzugehen.

John wartete einen Moment, doch nichts passierte.

»Hallo, Professor, sind Sie da? Wir sind's, Norman Stromberg und John Carter. Wir haben Ihre Nachricht erhalten.«

Keine Antwort.

Das Zelt sah aus, als hätte der Wind kräftig dagegengedrückt. Auch der Pick-up befand sich in einem bejammernswerten Zustand. Über und über mit Sand und Staub bedeckt, schien er obendrein ziemlich verrostet zu sein. Ein zerbrochener Klapptisch sowie ein umgefallener Stuhl vervollständigten das Bild. John hatte ein mulmiges Gefühl.

»Sieht nicht gut aus«, sagte Stromberg leise. »Hier stimmt etwas nicht, das spüre ich in meinen Knochen.«

Sie gingen um das Zelt herum. Der Lampenschein beschrieb einen weiten Halbkreis. Sand und Geröll, so weit das Auge reichte. Ob es vielleicht das falsche Camp war?

Plötzlich hörte John einen erstickten Schrei. Einer der Beduinen hatte das Zelt betreten und kam jetzt daraus hervorgestürzt. Abgehackte Worte ausstoßend, warf er sich vor dem Anführer in den Sand.

»Was ist passiert?«, fragte John. »Was sagt er?«

Zarif lauschte den Worten des Mannes mit angespanntem Gesicht, dann sagte er: »Kommt mit.«

Im Inneren fanden sie zwei Personen. Einen jüngeren und einen älteren Mann. Der Junge lag auf der Erde, halb begraben unter einer Decke, während sein Vater über ihm zusammengesunken war. Seine Hände waren bedeckt mit angetrocknetem Blut.

Hasan und Ahmad!

John berührte Ahmads Stirn. »Tot«, sagte er. »Der Junge auch.«

»Was in Gottes Namen ist hier geschehen?« Strombergs Augen waren vor Entsetzen weit aufgerissen.

John runzelte die Stirn. Er versuchte, die Ereignisse zu rekonstruieren, kam aber immer wieder zu demselben Ergebnis. »Sieht aus, als hätte der Professor erst den Jungen und dann sich selbst erdolcht.« Er wischte seine Hände an der Hose ab und stand auf. »Ich fürchte, hier kommt jede Hilfe zu spät.«

»War das Selbstmord oder was?«

»Schwer zu sagen«, erwiderte John. »Dafür müsste man die Leichen genauer untersuchen. Aber auf den ersten Blick würde ich sagen, ja.«

»Aber warum?«, fragte Stromberg leise. »Warum sollten sie so etwas tun? Wir hatten unser Kommen doch zugesagt.«

»Das gilt es herauszufinden«, sagte John. »Zumindest wissen wir jetzt, warum wir kein Funksignal mehr erhalten haben.«

»Vergesst nicht, was ich euch über diese Gegend erzählt habe«, sagte Zarif mit gesenkter Stimme. »Ich habe euch gewarnt, dass sie verflucht ist. Irgendetwas stimmt nicht mit diesem Ort. Wir sollten von hier verschwinden, ehe es zu spät ist.«

22

Leslie fuhr auf. Sie hatte Geräusche im Gang gehört. Schritte. Das Klingeln eines Schlüsselbundes. *Der Klang der Freiheit!*

Sie hatte bereits seit einiger Zeit wach gelegen und gewartet. Wie lange, konnte sie nicht sagen, es gab keine Uhr in ihrer Kammer. Aber es schien eine Ewigkeit gewesen zu sein. Wie immer, wenn etwas nicht schnell genug gehen konnte, war die Zeit der größte Feind. Unfassbar, wie lang eine Minute sein konnte.

Sie vernahm das Klicken eines Schlosses, das Entfernen des Riegels, dann das Quietschen der Scharniere. Die Glühbirne unter der Decke flammte auf.

Benommen zwinkerte sie in die Helligkeit.

Frederik stand in der Tür, sein junges Gesicht bleich und unrasiert.

»Es geht los. Bist du bereit?« Seine Stimme klang atemlos.

»Ich komme.« Leslie war im Nu auf den Beinen.

»Hier«, sagte er und hielt ihr einen Sack hin. »Überziehen.«

Sie starrte auf das grobe Leinengewebe. »Ist das wirklich nötig?«

»Befehl vom Chef.«

Skeptisch sah sie ihn an. Sie war sich noch immer nicht hundertprozentig sicher, ob sie Khalid trauen konnte. Der Mann verfolgte größere Ziele, und sie hielt es für durchaus möglich, dass er ihr nicht die ganze Wahrheit gesagt hatte.

Aber welche Wahl hatte sie schon? Ihr blieb nichts anderes übrig, als sich in seine Hände zu begeben und auf das Beste zu hoffen.

Ihr wurde übel bei dem Gedanken an den stinkenden Stoff und das luftundurchlässige Gewebe. Doch ihre Sorge war unbegründet. Der Sack war sauber und frisch. Keine Farbreste oder Lösungsmittel. Kaum hatte sie ihn übergestreift, als Frederik ihr die Hände nach hinten bog und sie fesselte. Sie seufzte.

»Es geht in die Freiheit, da werde ich kaum so blöd sein und einen Ausbruchversuch wagen, oder?«

»Befehl vom Chef«, lautete die roboterhafte Antwort.

Meine Güte, diesem Jungen hatten sie wirklich das Gehirn verdreht. Ob er wohl irgendwann aufwachen und merken würde, wie sehr er manipuliert worden war?

»Warum hast du dich eigentlich dem IS angeschlossen?«, fragte sie, während sie sich von Frederik die Hände hinter dem Rücken zusammenbinden ließ. »Gab es denn keine andere Möglichkeit für dich, gegen den Westen zu protestieren?«

Sie wusste aus ihren Recherchen, dass viele Jugendliche sich dem IS aus reiner Perspektivlosigkeit anschlossen. Sie waren von der geistigen Leere, dem seelenlosen Materialismus und fehlenden Gemeinschaftsbewusstsein westlicher Industrienationen genervt und sehnten sich nach einer Aufgabe, die ihrem Leben einen Sinn gab. Dass sie damit den Rattenfängern der Salafisten genau in die Hände liefen, merkten sie erst, wenn es bereits zu spät war.

»Ich darf nicht mit dir reden«, hörte sie ihn sagen. »Also mach es mir nicht unnötig schwer und setz dich in Bewegung.«

»Ich wollte nur höflich sein …«

Sie spürte die Mündung seiner Maschinenpistole im Rücken. Misstrauisch hob sie den Kopf. Warum war der Junge so nervös?

Am Ende des Ganges hörte sie die Geräusche einer anderen Zellentür. »James, bist du das?«

»Leslie?«

Ihr fiel eine Last von den Schultern. Khalid hielt offensichtlich Wort.

»Geht es dir gut?«, fragte sie.

Sie spürte einen Stoß in die Seite. »Nicht reden.«

»Aber wir werden doch wohl …«

»Nicht reden, habe ich gesagt! Und jetzt vorwärts.«

Leslie und James wurden durch den Gang getrieben, stolpernd und strauchelnd. Die Hektik und der scharfe Ton waren irritierend. Leslie konnte nur auf ihre Menschenkenntnis vertrauen und darauf, dass Khalid niemand war, der ein falsches Spiel trieb. Was hätte er davon, sie zu belügen?

Leslie hob schnüffelnd die Nase in die Höhe. Der Geruch nach Öl und Benzin verriet ihr, dass sie den Hangar erreicht hatten. Türen wurden geöffnet, dann wurde sie mit heruntergedrücktem Kopf in ein Auto verfrachtet. Von der anderen Seite kam Faulkner.

Vielleicht lag es an der unruhigen Nacht, vielleicht war sie auch einfach nur hypersensibel, aber die Stille und Schweigsamkeit, mit der die Aktion ablief, beunruhigte sie. Warum sprach niemand ein Wort? Warum diese Hektik?

Irgendetwas war nicht in Ordnung. Eine misstrauische kleine Stimme meldete sich in ihrem Inneren und flüsterte ihr Unheilvolles ins Ohr. Sie sprach von Betrug und Verrat und verstummte auch dann nicht, als sie die Bergfestung hinter sich ließen und rumpelnd und polternd in die Einsamkeit der Berge hinausfuhren.

*

Die Begräbniszeremonie war kurz und schmucklos. Vater und Sohn lagen nebeneinander vereint in einer schmalen Grube im Wüstensand – ein Bild, das an Tristesse kaum zu überbieten war. Das traurige Ende einer verheißungsvollen Karriere. Und wofür?

Ein paar Quadratmeter unerforschten Wüstensandes, die Hoffnung auf ein bisschen Ruhm und Anerkennung? John konnte einfach nicht begreifen, was hier vorgefallen war. Er hatte Ahmad Hammadi und seinen Sohn Hasan nicht gekannt, er wusste nicht, was Ahmad dazu bewogen haben mochte, seinen Sohn und sich selbst umzubringen. Aber dass er erst Hasan getötet hatte und dann sich selbst, daran bestand kein Zweifel – und das im Angesicht seines vermeintlich größten Triumphes. Welcher Sinn lag darin? Was wusste er, was sie nicht wussten?

Die Sonne ging auf und schickte gelbe Strahlen über den Wüstenboden. John zog seine Baseballkappe tiefer in die Stirn. Sinnlos, sich den Kopf zu zermartern. Sie brauchten Antworten, und die würden sie nicht finden, wenn sie hier herumstanden und Trübsal bliesen.

»Ich gehe jetzt den Eingang suchen, wer kommt mit?«

Zarif sah ihn an. In seinen Augen spiegelte sich die Wüste. »Den braucht ihr nicht zu suchen, wir haben ihn bereits gefunden.«

»Wann? Wo?«

»Dort drüben, etwa hundert Meter entfernt.« Er deutete nach Süden. »Abdallah hier hat ihn entdeckt, kurz nachdem ihr schlafen gegangen seid.« Er klopfte dem Jungen auf die Schulter. »Ich wollte euch nicht wecken. Hoffentlich denkt ihr nicht, dass wir euch bevormunden wollten, aber ihr wart so schrecklich müde, da haben wir es nicht übers Herz gebracht ...«

Stromberg winkte ab. »Ist schon in Ordnung. Gestern Abend hätten wir ohnehin nichts mehr unternehmen können. Sag Abdallah bitte, er möge uns zeigen, was er gefunden hat.«

Zarif übersetzte die Worte. Auf dem Gesicht des Jungen erschien ein Lächeln. Mit wehendem Gewand rannte er in die Wüste. Etwa fünfzig Meter entfernt blieb er stehen und wedelte mit den Armen. *»Ta'alu hinna!«*

John konnte nichts erkennen. Die Umgebung sah aus wie alles andere. Der Wind hatte den Sand zu kleinen Rippelmarken geformt, wie sie in jeder Wüste zu finden waren.

Plötzlich bemerkte er eine kleine Erhebung. Etwas Metallisches schimmerte durch den Sand. Er ging in die Hocke und streckte seine Hand aus. Seine Finger berührten kalten Stahl. *Eine Kette!*

Lächelnd sah er den Jungen an. »Du hast verdammt gute Augen, weißt du das?«

Abdallah grinste.

John stand auf und strich ihm über den Kopf. »Also gut, Männer. Wir brauchen ein Fahrzeug. Ohne das werden wir es kaum schaffen. Lasst uns nachsehen, ob der Pick-up noch funktionsfähig ist, und dann los.«

Eine Viertelstunde später war es geschafft. Die zentnerschwere Steinplatte lag neben ihnen im Sand, der Weg war frei. Vor ihren Füßen führte eine breite Steintreppe in die Tiefe.

»Das ist sie«, sagte Stromberg atemlos. »Ich erkenne sie wieder, die Treppe aus dem Film. Worauf warten wir noch? Holen wir Lampen und Spaten und dann nichts wie runter.«

Zarif trat neben die Öffnung und spähte argwöhnisch ins Dunkel. »Seid ihr sicher, dass dieser Ort ungefährlich ist? Für mich sieht er aus wie der Eingang zu einem Bunker.«

»Kein Bunker, Zarif«, sagte John. »Ein Tempel. Eine Grabkammer vielleicht. Sieh dir die Ziegel an, sie sind über zweitausend Jahre alt.«

Auf dem Gesicht des Beduinen malte sich Erstaunen. »Eine Grabkammer? Dann hatte ich recht, ihr seid Grabräuber.«

John grinste schief. »Keine Grabräuber, *Archäologen*.«

»Nennt es, wie ihr wollt. Tatsache ist, ihr wolltet die Ruhe der Toten stören. Habt ihr denn meine Warnung nicht gehört?«

John überlegte, ob er sich auf einen solchen Disput einlassen sollte, besann sich dann aber anders. Er zwinkerte Zarif zu. »Fürchtet sich der große Beduinenführer etwa davor, zwei Ungläubigen hinab in das Grab seiner Vorfahren zu folgen?«

Der hagere Mann sah ihn streng an. »Hüte deine Zunge, mein Freund, du weißt nicht, wovon du sprichst. Dieses Land verzeiht nicht, wenn man ihm seine Geheimnisse entreißt.« Er deutete hinüber zu den Gräbern.

»Hast du schon vergessen, was mit deinen Freunden geschehen ist? Was haben sie getan, wofür sie mit dem Leben bezahlen mussten? Was haben sie entdeckt? Denkt lieber nach, ehe ihr denselben Fehler begeht. Wir werden uns eurer Suche jedenfalls nicht anschließen. Wenn ihr uns braucht, wir sind drüben bei den Zelten.« Mit diesen Worten drehte er sich um und ging zurück zum Lager.

23

Etwas stimmte nicht. Leslie spürte es.

Sie konnte nicht genau festmachen, woran es lag, aber sie war sicher, dass Faulkner und sie in Gefahr waren. Mit jeder Minute, die verstrich, wurde das deutlicher. Vielleicht lag es an dem beharrlichen Schweigen, das ihre Entführer an den Tag legten, vielleicht an der Art, wie das Sonnenlicht durch die Lücken im Gewebe fiel, oder an den Geräuschen, die das Auto machte – fest stand, sie nahmen einen anderen Weg als auf der Hinfahrt. Und das war nicht gut. Gar nicht gut.

Irgendwann hielt sie es nicht mehr aus. Sie musste das Schweigen brechen – und sei es nur, um ihre eigene Stimme zu hören.

»Ist es noch weit bis zu der Basis?« Ihre Kehle war trocken wie Wüstensand. »Ich habe Durst, ich könnte dringend einen Schluck Wasser vertragen.«

Niemand antwortete. Das Auto fuhr einfach weiter.

»Bitte«, sagte sie. »Ich müsste auch mal aufs Klo. Vielleicht, wenn wir mal eine kurze Pau…«

»Halt's Maul, Ungläubige.«

Sie erstarrte. *Das war nicht Frederik.* Die Stimme war unangenehm und schnarrend. Wie von einem Roboter – kalt und seelenlos. Stocksteif saß sie da. Sie glaubte, ihr Herz müsse stehenbleiben.

»Jafar?«

»Ich sagte, du sollst dein Maul halten. Wir sind gleich da.«

Die Erkenntnis traf sie mit der Wucht eines Vorschlaghammers. Sie spürte ihr Herz rasen. *Er war es.* Der Mann, den sie am allerwenigsten in ihrer Nähe haben wollte. Er war hier, in diesem Fahrzeug!

Ihre Gedanken rasten.

Was geschah hier? Wusste Khalid, dass Jafar sie begleitete, hatte er es vielleicht sogar befohlen? Aber wieso dann das ganze Geschwafel, dass sie ihm in Freiheit mehr nützte als in Gefangenschaft? Hatte er es sich vielleicht im letzten Moment anders überlegt? Aber warum hatte er es ihr nicht selbst gesagt? War sie vielleicht zu naiv gewesen? Nein.

Viel wahrscheinlicher war, dass Jafar auf eigene Faust handelte und dass Khalid nichts davon wusste. Zuzutrauen wäre ihm das.

Sie spürte, wie das Fahrzeug langsamer wurde. Sie fuhren um eine Kurve, rumpelten eine steile Kehre empor und hielten an. Einige Sekunden lang hämmerte der Diesel noch im Leerlauf, dann erstarb er. Die Federung wippte, als die Männer den Wagen verließen. Die Türen öffneten sich. Grobe Hände packten sie, rissen sie von ihrem Sitz und schleuderten sie in den Staub. Schmerzhaft landete sie auf der Schulter. Sie hörte, wie Faulkner ebenfalls gepackt und heruntergestoßen wurde.

Flüche erklangen.

»Scheiße, was soll denn das?«, brüllte Faulkner. »Seid ihr noch ganz bei Sinnen?«

Sein Wutausbruch wurde mit Tritten und Schlägen quittiert, bis er verstummte.

Leslie hatte einen ekelhaften Geschmack im Mund. Die

Panik schnürte ihr die Kehle zu. Sie wurde in die Höhe gerissen und auf die Knie gezwungen. Sie spürte Jafars heißen Atem an ihrer Wange. »Bete, du Schlampe. Flehe deinen Schöpfer um Gnade an.«

Hände fummelten an ihrem Nacken herum und rissen ihr den groben Sack vom Kopf. Sie kniff die Augen zusammen. Das blendende Morgenlicht stach ihr in die Augen. Ein frischer Wind fegte ihr ins Gesicht, kühlte ihre Haut.

Schlagartig wurde ihr klar, dass ihre schlimmsten Befürchtungen Wirklichkeit geworden waren. Sie befanden sich weitab jeglicher Zivilisation auf einer Bergkuppe, hoch über den Ausläufern des Dschabal Sindschar. Die aufgehende Sonne ließ die Kuppen und Täler plastisch hervortreten. In einiger Entfernung lag der Badiyat al-Jazira, dessen endlose Dünen wie zerlaufene Butter in der Morgensonne schimmerten.

Sie verschluckte sich und musste husten. Es dauerte einen Moment, bis sie wieder frei atmen konnte. In der Zwischenzeit war auch James von seinem Sack befreit worden. Verwirrt zwinkerte er in die Helligkeit.

»Was ist das hier? Wo sind die kurdischen Stellungen? Was ist mit unserer versprochenen Freilassung?«

Der Imam hatte sich vor ihm aufgepflanzt und zog ihm die Reitgerte durchs Gesicht. »Dreimal darfst du raten.«

Faulkner schrie auf. Ein roter Striemen zog sich quer über sein Gesicht. Er spie in den Sand. Sein Speichel war rot.

»Fick dich, du Drecksack«, stöhnte er. »Fick dich und deine ganze Brut.«

»Willst du noch einen?«

»Ich lass mich von dir nicht einschüchtern, du fieser kleiner Drecksack. Du wirst schon sehr bald merken, woher der Wind weht. Und ich hoffe, du bist noch am Leben, wenn meine Leute dir ihr Gewehr in den Arsch rammen.«

Das Klatschen des Leders ließ ihn verstummen.

Leslie presste die Lippen zusammen. Sie bezweifelte, ob solche Sprüche etwas nützten. Aber was sollte sie tun? Sie hätte es nicht verhindern können, und abgesehen davon: Was machte es jetzt noch für einen Unterschied?

Jafar war ganz in Schwarz gekleidet. Auf seinem Umhang prangten die Schriftzeichen der Fedajin. Außer Frederik war niemand bei ihm.

Auf den Befehl des Imam hin verschwand der Däne im Pick-up und kam mit einer Sporttasche zurück.

»Weiß Khalid, was ihr hier tut?«, fragte Leslie. »Ist diese Aktion mit ihm abgesprochen?«

Jafar würdigte sie keines Blickes. Stattdessen wühlte er in der Sporttasche herum, zog ein Stativ heraus und baute es umständlich auf.

»Ich kann mir kaum vorstellen, dass er besonders glücklich darüber sein wird, wenn er davon erfährt. Er hat dir schon letztes Mal mit Konsequenzen gedroht.«

Das klapprige Dreibein fiel um. Jafar stieß einen Fluch aus und richtete es wieder auf. Es war sinnlos, er würde nicht mit ihr reden. Hilfesuchend wandte sie sich an Frederik. »Was tut ihr hier? Habt ihr etwa vor, uns umzubringen?«

Die Augen des Jungen flackerten. Sein gesenkter Blick sagte mehr als tausend Worte. *Ja, genau das hatten sie vor.*

»Ich …«

»Schweig«, fuhr Jafar ihn an. »Ich habe dir verboten, mit ihr zu reden. Ihre Worte verderben dein Herz. Sie hat bereits Khalid vergiftet, und sie wird es auch bei dir versuchen.« Er kam auf sie zu. »Halt dein Maul, Schlange, oder du wirst meine Gerte zu spüren bekommen.«

Leslie schwieg.

»Der Westen wird untergehen. Eure prächtigen Paläste werden einstürzen, eure Städte werden brennen und eure Länder zerfallen. So lange werdet ihr im Staub kriechen, bis auch der Letzte von euch Allah um Vergebung bittet.« Er richtete sich auf. Endlich war es ihm gelungen, das Stativ sauber aufzustellen. Jetzt griff er in die Tasche und holte eine Videokamera hervor.

Leslies Befürchtungen wurden bestätigt.

Sie versuchte zu schlucken, aber es war, als hätte sie Erbrochenes im Hals. »Uns zu töten, wird nichts ändern«, würgte sie hervor. »Sie werden mit noch mehr Soldaten und noch mehr Flugzeugen kommen. Sie werden so lange Bomben auf euch werfen, bis ihr aus euren Schlupfwinkeln rauskommt und euch ergebt.«

Hasserfüllte Augen funkelten auf sie herunter. »Schweig, Schlange. Dein Kopf wird einen Ehrenplatz in meiner Sammlung bekommen. Heute schlachten wir die Soldaten von Baschar al-Assad, morgen die deines Präsidenten. Und mit Allahs Segen werden wir auch diese letzte aller Schlachten gewinnen, die Schlacht von Dabiq.« Er zog seine Machete. »Los, Frederik, lass die Kamera laufen.«

*

John ging als Erster die Stufen hinab. Das Licht der Lampe reichte kaum aus, den Treppenaufgang angemessen zu beleuchten. Die Dunkelheit besaß eine geradezu physische Dichte – wie Rauch oder in Wasser gelöste Tinte.

Er fühlte sich unbehaglich. Er hatte bereits so viele Tempel erkundet, dass er sie kaum zählen konnte, aber er hatte noch nie etwas Ähnliches empfunden. Lag es am Tod von Ahmad und Hasan? Was hatte sie dermaßen verzweifeln lassen, dass sie keinen anderen Ausweg sahen, als sich umzubringen? Würde er entdecken, was es war? Würde er es überhaupt erkennen, wenn er davorstand?

Er drehte sich um. Die Beduinen waren direkt hinter ihm. Es hatte John einige Mühe gekostet, sie von ihrer Unternehmung zu überzeugen, aber am Schluss war es ihm gelungen. Vielleicht war es die Aussicht auf unermessliche Schätze gewesen, die ihren Sinneswandel begründet hatte, vielleicht aber auch einfach nur die Loyalität gegenüber dem Milliardär. Was es auch gewesen sein mochte, John war froh, sie dabeizuhaben.

Stromberg hatte Mühe, Schritt zu halten. Er wurde von Sabah gestützt, musste aber trotzdem immer wieder Pausen einlegen. Die Erregung war ihm deutlich anzusehen. John hatte seinen Chef schon lange nicht mehr so voller Tatendrang erlebt. Es schien, als würde er mit jeder Stufe mehr aufblühen. Ganz klar: Das Jagdfieber hatte ihn gepackt.

»Nur weiter, mein Junge«, rief Stromberg ihm zu. »Nicht schlappmachen. Mir passiert schon nichts. Sabah ist bei mir.«

John nickte und setzte seinen Weg fort. Das mulmige Gefühl blieb bestehen. Außer Stromberg schienen alle zu spüren, dass etwas Unheilvolles über diesem Ort lag.

Wenig später erreichten sie die untere Ebene. Professor Hammadis Videoaufzeichnungen hatten John auf den Anblick vorbereitet, trotzdem war es etwas anderes, den Ort mit eigenen Augen zu sehen. Allein die schiere Größe raubte ihm den Atem, ganz abgesehen von den unfassbar beeindruckenden Marduk-Darstellungen. Was mochte es mit diesem Gott auf sich haben, dass die Erbauer ihn so verehrt hatten?

Johns Gedanken wanderten zu Hannah. Ob sie inzwischen etwas über den Mechanismus herausgefunden hatte? Gestern, kurz vor dem Zubettgehen, hatte er noch einmal versucht, sie und Leni zu erreichen, war jedoch nicht zu ihnen durchgedrungen. *Wie sehr er die beiden vermisste!*

Das Geräusch näher kommender Schritte brachte ihn zurück in die Realität. »Sieh dir das an, mein Junge«, sagte Stromberg. »Es ist noch viel schöner als in den Aufnahmen.«

Schön und gefährlich, dachte John.

»Einfach atemberaubend«, fuhr Stromberg fort. »Irgendwo hier muss auch die Darstellung mit dem Turm sein.«

»Ich glaube, dort drüben.« John richtete den Strahl seiner Lampe auf die entgegengesetzte Seite der Kammer. »Da ist sie, siehst du?«

»Was denn für ein Turm?« Zarif hielt sein Gewehr schussbereit in den Händen.

Der helle Sandstein reflektierte das Licht zurück auf die Gesichter der Beduinen.

»Mein Gott«, hauchte Stromberg und löste sich von Sabahs Hand. Mit wackeligen Schritten eilte er auf das Relief zu und berührte es ehrfürchtig mit den Fingerspitzen. »Er ist es«, hörte John ihn hauchen. »Er ist es wirklich.«

Sein Körper schien in sich zusammenzufallen. Er sah aus, als würde er schlagartig um zehn Jahre altern. Als er sich zu ihnen umdrehte, sah John, dass seine Augen in Tränen schwammen. »Wir haben ihn gefunden, John. Du und ich. Am Ende unserer Reise sind meine Gebete doch noch erhört worden.«

»Was ist das?« Zarif trat näher. Ihm schien dieser Raum überhaupt nicht zu behagen.

»Das, mein Freund, ist das Ziel unserer Reise: der Turm zu Babel«, sagte Stromberg mit rauher Stimme. Seine Finger glitten über das Relief. »Seht euch nur diese feinen Gravuren an. Zweifellos eine der ungewöhnlichsten Darstellungen des alten Mesopotamien. Ach was, ungewöhnlich. Es ist eine *Sensation.*« Er wischte die Tränen aus seinen Augen.

»Der Turm zu Babel?«, fragte Zarif. »Aber wieso steht er auf dem Kopf?«

»Das wissen wir noch nicht«, erwiderte Stromberg lächelnd. »Es gibt dafür in der Weltgeschichte keine Entsprechung. Unglaublich, nicht wahr?«

Die Beduinen rückten näher. Anfänglich recht scheu, blickten sie nun doch neugierig auf die Darstellungen. »Und dort oben?« Sabah deutete auf den oberen Teil des Reliefs. »Sieht aus wie Häuser.«

»Du hast recht«, erwiderte Stromberg. »Wenn man sie als Bezugspunkt nimmt, kann man erkennen, wie tief das Bauwerk in der Erde steckt. Darüber wölbt sich die Erdoberfläche. Das bedeutet, die Assyrer müssen gewusst haben, dass sie auf einem kugelförmigen Himmelskörper leben.« Seine Augen funkelten. »Schaut euch die winzigen Lehmhäuser an und das gezackte Profil des Bergrückens dahinter.«

»Das ist der Dschabal Sindschar«, murmelte Zarif. »Die Silhouette ist unverwechselbar.«

»Genau wie dies hier.« Stromberg tippte auf den Sandstein. »Knapp unter der Erdoberfläche führten winzige Stufen in die Tiefe, seht ihr? Sie münden in einen Raum, der von vier winzigen Marduk-Statuen gesäumt ist. Eine Statue für jede Himmelsrichtung. Exakt wie hier.« Er drehte sich um und deutete auf die vier mächtigen Skulpturen, die sie umgaben. »Das muss die Eingangshalle sein. Betrachten wir das als gegeben, und nehmen wir ihre Größe als Maßstab, so muss unter unseren Füßen ein ziemlich großes Stockwerk folgen. Das erste von neun.«

John starrte auf die Darstellung, und ein seltsames Gefühl kroch mit Spinnenbeinen seinen Rücken hinauf. »Ausgeschlossen«, sagte er leise. »Da muss ein Fehler vorliegen.«

»Warum?« Stromberg sah ihn neugierig an.

»Setzt man die Größe dieser Vorhalle in ein Verhältnis zu dem nächsten Stockwerk, so müsste dieses eine Ausdehnung von mehreren Fußballfeldern haben. Das ist doch unmöglich.«

»Vielleicht ja, vielleicht nein. In so einem frühen Stadium können wir überhaupt keine Aussagen treffen. Für ausgeschlossen halte ich es nicht.«

»Aber diese Größe«, sagte John. »Allein der Transport des Abraums muss Jahre gedauert haben. Ganz abgesehen von der Schutthalde, die ja irgendwo zu sehen sein müsste. Ein logistisches Vorhaben dieser Art muss die Statiker von damals vor unlösbare Aufgaben gestellt haben. Ganz abgesehen von dem Sinn eines solch gigantischen Hohlraums. Wofür?«

»Das gilt es herauszufinden, nicht wahr?«, sagte Stromberg.

»Und diese Schriftzeichen hier?«, wollte Zarif wissen. »Sind das Hieroglyphen oder was?«

»Keilschrift«, erwiderte der Milliardär. »Wobei der Text in einer Sprache verfasst wurde, die weder ich noch der Professor entziffern konnten. Ein weiteres Mysterium in einer ganzen Kette von Mysterien.« Er lächelte geheimnisvoll. »Vielleicht versteht ihr jetzt, warum es so wichtig ist, dass wir diesen Fund geheim halten. Stellt euch vor, der IS käme uns auf die Spur und es würde dasselbe passieren wie in Mossul oder Nimrud. Die Terrormilizen dulden keine Abbildungen, die nicht in ihr religiöses Weltbild passen. Die *Lamassu* von Nimrud, mit ihren gewaltigen Löwen- und Stierkörpern und ihren Flügeln und Menschenköpfen. Dreitausend Jahre haben sie überdauert – jetzt sind sie nur noch wertloser Schutt. Auf keinen Fall wird das hier ein zweites Mal geschehen.« Er wandte sich der gegenüberliegenden Seite der Kammer zu.

»Ich bin überzeugt, dass die Antworten auf unsere Fragen dort liegen. Wenn wir das Portal aufbekämen, wären wir ihnen einen entscheidenden Schritt näher.«

John schaute das Monstrum von Tür argwöhnisch an. Eigenartig sah es aus. Man musste schon sehr genau hingucken, um zu erkennen, dass es sich wirklich um eine Pforte handelte. Schmale Ritzen verliefen über alle vier Kanten, während Abschürfungen an den Seiten davon zeugten, dass es irgendwie bewegt werden konnte. Das Marduk-Relief in der Mitte war bei weitem die unheimlichste Darstellung im ganzen Raum. Fast so, als wollten die Erbauer etwaige Besucher abschrecken. Statt eines Mundes hatte der Gott eine schmale Linie, die an eine Bärenfalle oder ein Haifischmaul erinnerte. Den Augen wohnte etwas Wölfisches inne, während die Nase, platt gedrückt, wie sie war, aussah wie die einer Fledermaus. Die zwei Öffnungen schienen gierig Witterung aufzunehmen. Instinktiv trat John einen Schritt zurück. *Wehe dir*, schien der Gott zu sagen. *Wage es nicht, diese Tür zu öffnen, oder du bist des Todes.* War es das, was Professor Hammadi in den Wahnsinn getrieben hatte? Ein überreiztes Hirn, vielleicht etwas Alkohol oder andere bewusstseinsverändernde Substanzen? In dieser Umgebung wurde man schnell empfänglich für derlei Spukgestalten.

»Das Ding muss mehrere Tonnen wiegen«, murmelte John, während er seine Finger über die Erhebungen und Vertiefungen der Darstellung wandern ließ. »Eine einzige, massive Sandsteinplatte – wie haben die Erbauer das nur hinbekommen?«

»Vermutlich wird es von einem Gegengewicht auf der anderen Seite gehalten«, sagte Stromberg. »Wenn wir nur wüssten, wie es sich öffnen lässt.« Er wandte seine Aufmerksamkeit der Vertiefung zu, die auf Hammadis Fotos zu sehen gewesen war. »Schau dir das an, John. Was hältst du davon?«

John trat näher. Der Schein der Lampe fiel auf die rechteckige Nische. In der Versenkung in der Mitte schimmerten winzige Metallstifte.

»Jetzt, wo ich es live vor mir sehe, würde ich behaupten,

es handelt sich um elektrische Kontakte«, sagte John. »Wobei das natürlich Unsinn ist.«

»Warum sagst du das?«, fragte Stromberg. »Die Parther haben den elektrischen Strom bereits vor Christi Geburt erfunden. Sie verwendeten diese Technologie zum Vergolden von silbernen Schmuckstücken. Ein primitiver Galvanisierungsvorgang, aber er funktionierte. Manche vermuten sogar, dass die Technologie noch älter ist.«

John veränderte den Winkel seiner Lampe. Je länger er darauf starrte, desto verwirrter war er. Wenn das wirklich ein primitiver Schaltkreis war, würden sie die Pforte niemals aufkriegen. Keine Batterie hielt zweitausend Jahre.

Er ging näher. Die Vertiefung übte eine unwiderstehliche Anziehungskraft auf ihn aus. Besonders diese Kontakte.

»Wann wollten deine Leute noch mal eintreffen?«

»In zwei Tagen, wenn alles glattgeht.«

»Zwei Tage ...« Es juckte ihn in den Fingerspitzen. Ob sich die Stifte wohl hineindrücken ließen?

»Warte mal, John, vielleicht sollten wir vorher doch besser ...«

Johns Finger berührten einen der metallischen Vorsprünge. Ein feines Prickeln durchzuckte ihn. Ein Gefühl, als würde man den Bauch einer Frau streicheln.

Es gab ein kurzes Knistern, dann verlosch das Licht.

24

Oberhalb des Objektivs glomm ein bösartiger roter Punkt. Das Auge einer Maschine, die alles aufzeichnete, nichts vergaß, die weder Gnade noch Mitgefühl kannte. Leslie wusste nicht, was schlimmer war, die Maschine oder der Mensch dahinter.

Jafar schien beim Anblick seiner Gefangenen nur Verachtung zu empfinden. Die Wut hinter seinen Augen kam ihr wie ein Großbrand vor. Ein Zorn, der die ganze Welt in Flammen aufgehen lassen wollte.

Was ließ einen Menschen zum Fanatiker werden? Wann war der Punkt erreicht, an dem das Töten die erstrebenswerteste aller menschlichen Leistungen war?

Leslie spürte, dass Jafar so weit war, dass er nur noch seinen eigenen, inneren Dämonen gehorchte. Was immer ihn antrieb, es brannte mit tödlicher Entschlossenheit und würde jetzt nicht haltmachen.

Er hatte Leslie und James auf die Knie gezwungen und ihnen Schilder mit Schmähworten umgehängt. *Hure von Babylon* und *Hund von Rom*. Ob er überhaupt wusste, was hinter diesen Begriffen stand? Vermutlich nicht. Dummheit und Arroganz gingen bei ihm eine tödliche Verbindung ein.

Wieder ließ er seine Machete über ihre Köpfe sausen.

Leslie machte sich klein und nestelte fieberhaft an ihren Fesseln. Ihre Handgelenke waren wund gescheuert, doch sie spürte, dass der Knoten lockerer wurde. Seit sie losgefahren waren, fummelte sie nun schon daran herum. Eine verdammt zähe Angelegenheit. Immerhin hatte sie den Strick jetzt so weit, dass sie ihre Fingernägel zwischen die Schlaufen bekam. Nur noch ein kleines bisschen.

Jafar redete und redete. Wie alle größenwahnsinnigen Psychopathen konnte er nicht genug davon bekommen, die Welt mit seinen perfiden Ideen und Zwangsvorstellungen zu verpesten. War der erste Teil seiner Ansprache noch in Arabisch gehalten gewesen, hatte er nun zu radebrechend klingendem Englisch gewechselt. Anscheinend glaubte er, so einen weiteren Wirkungskreis zu erzielen. Leslie vermutete, dass er die Rede während der Fahrt verfasst hatte, denn der Text saß noch nicht, und immer wieder musste er von dem Zettel in seiner Hand ablesen.

»Vor mir sitzen die Fernsehreporterin Leslie Rickert und Major James Faulkner vom dreiundzwanzigsten United States Marine Corps«, intonierte er und flanierte dabei auf und ab. »Die beiden sind Überlebende des Massakers von Jaz'ah. Da sie sich weigern, etwas in die Kamera zu sagen, werde ich an ihrer statt sprechen.« Er reckte die Brust vor. »Hör gut zu, amerikanischer Präsident. Du behauptest, du habest dich aus dem Irak zurückgezogen, doch das ist eine Lüge. Ihr alle seid Lügner, denn ihr seid nie weg gewesen. Ihr werdet euch noch wünschen, ihr hättet es getan!« Er blieb stehen und richtete seine hasserfüllten Augen in die Kamera. »Spürst du die Macht, die über diesem Land liegt? Wir haben deine Flugzeuge vom Himmel gefegt. Wir haben deine Truppen vernichtet und deine Waffen gestohlen. Wir werden fortfahren, dich auf allen Gebieten zu schlagen. So lange, bis du endlich einsiehst, dass du gegen die Allmacht Allahs nichts ausrichten kannst.« Die Klinge fegte über Leslies Kopf, doch sie war viel zu sehr damit beschäftigt, den Knoten zu lösen.

»Ich will an die Worte von Scheich Abu Musab al-Zarqawi erinnern: Der Funke ist gelegt. Ein Feuer brennt im Irak und in Syrien, und es wird die Armeen der verfluchten Kreuzritter und ihrer Verbündeten verschlingen. Hörst du, Präsident? Diesmal wirst du dich nicht so einfach davonstehlen können. Wenn du nicht zu uns kommst, kommen wir zu dir. Wir werden dein Weißes Haus überrennen und deine Berater auf dem Rasen enthaupten. Wir werden deine Frau und deine Kinder töten, ehe wir uns in die Straßen und auf die Plätze deiner Hauptstadt ergießen und jeden, der sich unserem Glauben widersetzt, in den Abgrund stoßen. Und solltest du fliehen, wie du und deine Vorgänger es ja immer machen – feige Hunde, die ihr seid –, so wird dir das nichts nutzen. Wir werden dich finden und dich töten.«

Fieberhaft nestelte Leslie an dem Knoten. Irgendetwas hatte sich verhakt, sie bekam das vermaledeite Ding einfach nicht auf.

»Vielleicht hast du ja den Anstand, unserem Ruf zu folgen und zur letzten und entscheidenden Schlacht anzutreten: der Schlacht von Dabiq. Dann wäre dein Ende wenigstens ehrenvoll. Als Zeichen unserer Entschlossenheit senden wir dir diese Botschaft. Schau gut hin, denn dieser Major und diese Ungläubige werden jetzt an deiner statt sterben. So wie ihnen wird es jedem ergehen, der es wagt, Allah zu trotzen. Denn sein Wille ist groß. *Allahu akbar. La ilaha illa llah!*«

Aus dem Augenwinkel sah Leslie, wie Jafar die Machete

erhob. Er hielt sie mit beiden Händen und reckte sie hoch über seinen Kopf.

Geh doch endlich auf, du Scheißknoten!

Schweiß rann ihr von der Stirn. Wie gebannt starrte sie auf die Kamera. Sie hielt die Luft an, jeden Moment damit rechnend, dass die Klinge niedersauste.

Plötzlich spürte sie einen Ruck. Nur den Ruck, keinen Schmerz. Fast wie ein Beben. Keuchend stieß sie den Atem aus. Ihr Kopf? War noch dran. Der Strick? Ihre Hände waren immer noch gefesselt. Verwundert blickte sie auf.

Alles wie gehabt – bis auf die Kamera. Das rote Licht an der Oberseite war erloschen.

»Was zum ...?« Jafar senkte die Machete. Er funkelte Frederik an. »Läuft die Kamera noch?«

Der Däne prüfte das Gerät. »Ich ... ich glaube nicht.«

»Was?« Jafar stakste auf Frederik zu. Sein Blick verhieß nichts Gutes. Sein Begleiter hatte die Kamera vom Stativ genommen und drückte ein paar Knöpfe. Verwirrt schüttelte er den Kopf. »Keine Ahnung, was da los ist, Erhabener. Eben noch hat sie funktioniert, und dann war sie aus, von einer Sekunde auf die andere. Ich kann mir das nicht erklären ...«

»Idiot, gib her!« Jafar riss ihm das Gerät aus der Hand und untersuchte es mit Argusaugen. Das Display war schwarz, Leslie konnte es selbst aus dieser Entfernung erkennen.

»Hast du vergessen, die Batterie aufzuladen?«, schnauzte Jafar den Dänen an. »Ich habe dir doch extra aufgetragen, darauf zu achten. Wo ist der Ersatz-Akku?«

»Ich ...«

»Willst du mir etwa sagen, du hast ihn vergessen?«

»Nein, Ehrwürdiger. Er ist im Auto. Ich hole ihn.« Mit angstgeweiteten Augen rannte Frederik zum Pick-up zurück. Jafar drückte wie wild auf den Startknopf, öffnete und schloss mehrmals das Display und drückte ein paar der anderen Knöpfe. Als ob das irgendetwas bringen würde.

»Wo bleibst du denn?«

»Komme schon.« Frederik hatte den Ersatz-Akku in der Hand und kam keuchend zurückgerannt. Sein Gesicht war voller hektischer roter Flecken.

Ohne Vorwarnung riss Jafar ihm den Akku aus der Hand, wusste dann aber nicht, wohin damit. »Hier, mach du das«, wetterte er. »Und wehe, wenn der auch nicht funktioniert, dann bist du tot, verstehst du? Tot!« Er schüttelte den Kopf. »Wegen deiner Schlamperei muss ich meine ganze Rede noch einmal halten.«

Freu dich doch!, dachte *Leslie. Jetzt darfst du deinen Dreck noch einmal absondern.* Der Zwischenfall verschaffte ihr wichtige Minuten.

Frederik öffnete den Batteriedeckel, nahm den alten Akku heraus und setzte den neuen ein. Mit sorgenvollem Blick drückte er den Startknopf.

Das Display blieb schwarz.

»Und?«

»Ich ... ich weiß nicht ...«

Jafars Gesicht wurde rot vor Zorn. »Willst du sagen, dass dieser Akku auch leer ist?«

»Ich verstehe das nicht, ich habe sie geladen. Alle beide. Ich schwöre. Die Kamera muss kaputt sein.«

»Du verlogener Hund, ich habe dir gesagt, was geschieht, wenn du mich enttäuschst.«

»Bitte, Ehrwürdiger. Ich kann nichts daf...«

Weiter kam er nicht.

Faulkner war aufgesprungen und rannte mit gefesselten Händen auf den jungen Dänen zu. In geduckter Körperhaltung rammte er ihm seine Schulter frontal vor die Brust. Ein erstauntes Keuchen war zu hören, als die Luft pfeifend aus den Lungen des Jungen entwich. Von der Wucht des Angriffs aus dem Gleichgewicht geworfen, kippten beide zur Seite und landeten mit einem harten Aufprall auf dem steinigen Untergrund. Die Kamera flog in hohem Bogen durch die Luft und zerbarst laut scheppernd an einem nahe gelegenen Felsen. Schweres Atmen war zu hören. Frederik versuchte aufzustehen, doch Faulkner hatte ihm von hinten die Beine um den Nacken gelegt. Mit einer schraubzwingenartigen Bewegung zog er ihn zu sich herunter.

Jafar benötigte eine Weile, um zu begreifen, was da vor sich ging. Dann aber reagierte er. Er griff nach seiner Kalaschnikow, riss den Spannhebel zurück und richtete den Lauf auf die am Boden liegenden Kontrahenten.

»Geh zur Seite!«

Frederik war nicht in der Lage, ihm zu antworten, geschweige denn, seinem Befehl zu folgen. Wie Eisenklammern drückten Faulkners Beine ihn nach hinten. Jafar presste die Lippen zusammen und zog den Abzug durch. Ohrenbetäubendes Rattern ertönte. Schüsse zerfetzten Frederiks Gewand. Blut spritzte durch die Luft. Der Körper des jungen Dänen bäumte sich auf. Seine Arme zuckten wild durch die Luft.

Leslie schrie auf. Mit einer Kraft, die sie niemals bei sich vermutet hätte, zerriss sie die verbliebenen Fasern ihrer Fesseln, griff nach einem faustgroßen Stein und sprang auf. Jafar reagierte einen Augenblick zu spät. Als er die Maschinenpistole herumriss, um sie zu erschießen, war Leslie schon bei ihm. Sie hieb ihm mit aller Wucht den Stein gegen den Kopf. Ein ungesundes Knacken ertönte. Aus einer Vertiefung an der Schläfe zu sehen, sprudelte unkontrolliert Blut hervor. Jafars Gesicht verlor schlagartig alle Spannung. Starr wie ein Brett kippte er um und verfeuerte dabei den Rest seiner Munition in den blauen Himmel.

Nach Atem ringend, stand Leslie über ihm, den Stein drohend zum Schlag erhoben. Sollte sie noch einmal zuschlagen? Nein, Jafars Schädel war zertrümmert. Der stand nicht wieder auf.

Ein Stöhnen ließ sie herumfahren. James versuchte, sich zu befreien, aber Frederik lag auf ihm drauf. Der junge Däne war tot. Völlig durchlöchert von einer Garbe aus Jafars Maschinenpistole.

Zitternd ging Leslie in die Hocke. Mein Gott. So viel Blut.

»Wie geht es dir, James? Bist du verletzt?«

»Mein Bein ...«

Sie packte Frederiks Leiche und versuchte, sie von Faulkner runterzuziehen. Obwohl der Däne recht schlank war, kostete es sie einiges an Mühe. Faulkners Hose war auf Höhe des Oberschenkels blutgetränkt. Ihre Hoffnung, es möge sich nur um das Blut des jungen Dänen handeln, schwand dahin. Dick und dunkel sickerte es aus der Wunde.

»Angeschossen«, keuchte Faulkner. »Dieser verdammte Hurenbock hat mich erwischt.«

»Lass mal sehen.« Leslie untersuchte das Einschussloch. Der Stoff verdeckte die Wunde, aber es sah so aus, als gäbe es auch ein Austrittsloch. Das ließ sie hoffen, dass sie nicht auch noch eine Kugel herausoperieren musste.

»Verbandszeug«, murmelte sie. »Ich werde gleich mal nachsehen, ob welches im Fahrzeug ist. Zuerst mal runter mit den Fesseln.«

Faulkner beugte sich vor, so dass Leslie die Stricke mit der Machete zerschneiden konnte. Sie warf die blutigen Stricke weg.

»Bleib, wo du bist, ich bin gleich wieder da. Du musst Druck auf die Wunde ausüben, das stoppt die Blutung. Aber wem erzähle ich das?« Sie zwang sich ein Lächeln aufs Gesicht. In Wirklichkeit war ihr sterbenselend.

»Was ist mit Jafar?«, rief Faulkner. »Ist der tot? Ich hoffe es für ihn, denn sonst würde ich persönlich rübergehen und ihm den Rest verpassen. Dieser stinkende Haufen Scheiße.«

»Sei unbesorgt«, rief Leslie ihm aus dem Auto zu. »Der steht nicht mehr auf.« Endlich fand sie, wonach sie gesucht hatte. Im Handschuhfach waren ein paar Rollen Verbandszeug, eine dreckige Schere sowie irgendeine Desinfektionspaste. Besser als gar nichts.

Als sie zurückkam, fand sie Faulkner über Frederiks Leiche gebeugt vor, dessen Taschen durchwühlend.

»Was suchst du?«, fragte sie.

»Das hier.« Er zog Frederiks blutbesudelten Schlüsselbund aus der Hosentasche und warf ihn Leslie zu. »Prüf mal, ob der Pick-up funktioniert. Wir werden ihn brauchen, wenn wir von hier verschwinden wollen.«

Voller Abscheu betrachtete Leslie das klebrige Metall.

Während der Major sich einen Verband anlegte, versuchte sie, den Wagen zu starten. Außer einem müden Klicken war nichts zu vernehmen.

»Und?«

»Nichts«, rief sie durch die heruntergekurbelte Scheibe. »Ich kenne dieses Fabrikat nicht, muss ich da irgendetwas beachten?«

»Ist ein stinknormaler Diesel«, erwiderte Faulkner. »Vorglühen nicht vergessen.«

»Hab ich gemacht.« Leslie zog den Schlüssel noch einmal heraus, wischte ihn an ihrem Hosenbein ab und steckte ihn zurück ins Schloss. Vorsichtig drehte sie ihn bis zur ersten Position.

»Nichts. Die Zündung spricht nicht an.«

»Was sagt die Anzeige?«

»Ist tot. Da leuchtet gar nichts.« Sie griff nach oben und betätigte den Lichtschalter. »Die gesamte Elektrik ist hinüber. Wie neulich bei den Humvees.«

Sie erinnerte sich an den sanften Ruck, den sie verspürt hatte, kurz bevor die Kamera ihren Geist aufgegeben hatte. Mit großen Augen sah sie zu Faulkner hinüber. Er schien den gleichen Gedanken zu haben. »Scheiße«, murmelte sie.

25

Tausenddreihundert Kilometer südwestlich …

An Bord des Flugzeugträgers *USS Harry S. Truman* herrschte Krisenstimmung. Das Combat Direction Center, kurz CDC, war in diesem Moment der wichtigste Ort im Schiff. Im Sekundentakt gingen neue Funkmeldungen ein, und was dort zu lesen stand, verhieß nichts Gutes.

Von neuerlichen Stromausfällen war die Rede, von massiven Störungen im Flugverkehr und von einer schweren Explosion im Herzen der irakischen Millionenmetropole Mossul. Bisher lagen nur bruchstückhafte Informationen vor, doch das wenige, was durchsickerte, ließ Schreckliches erahnen.

Militärberaterin Rebecca van Campen, Sonderbeauftragte des Präsidenten, zupfte an ihren Augenbrauen. Eine dumme Angewohnheit und ein Zeichen für ihre Nervosität. »Etwas Neues von den Bombern?«, fragte sie mit verhaltener Stimme.

»Bisher noch nichts.«

Vizeadmiral Streitenfeld starrte gebannt auf den Radarschirm. Alle taten das. Sie warteten auf die Rückmeldung der vier F/A-18-Jagdbomber, die auf einer Erkundungsmission im Norden des Irak unterwegs waren und seit einiger Zeit verschollen waren.

Die *Harry S. Truman* lag in der ägyptischen Hafenstadt

Hurghada vor Anker, von wo aus sie das Rote Meer und den südlich angrenzenden Sudan kontrollierte. Das Radar war mit seinen fünfhundert Kilometern Reichweite zwar bei weitem nicht ausreichend, aber die Langstreckensensoren hätten eigentlich etwas melden müssen. Aber auch hier tat sich nichts, ebenso wenig wie im Funkbereich.

Im CDC herrschte angespannte Stille. Das Licht war gedämpft. Außer einem gelegentlichen Flüstern und dem Klicken elektronischer Kontakte und Relais war nichts zu hören. Rebecca öffnete den obersten Knopf ihres Kragens. Täuschte sie sich, oder war es wirklich so stickig hier drin?

Tief unter ihren Füßen spürte sie das Summen der Generatoren.

Die Truman war wie ein gigantisches Lebewesen. Nimitz-Klasse, eines der größten Kriegsschiffe der Welt. Fünfzig Stundenkilometer schnell, angetrieben von einem Nuklearreaktor, dessen Brennstäbe für mindestens zehn weitere Jahre reichten. Dreitausendzweihundert Mann nautische Besatzung, dazu zweitausendfünfhundert für Piloten und Wartungspersonal des fünfundachtzig Flugzeuge umfassenden Air Wings. Der Flugzeugträger war eine schwimmende Stadt, und gerade in diesem Moment waren dort sämtliche Augen und Ohren gen Osten gerichtet.

Ein Drucker ratterte. Neue Zahlen und Buchstaben zuckten über die Monitore. USN Operations Specialist Second Class Gil Diaz wartete, bis die Übertragung beendet war, dann riss er das Blatt heraus und reichte es dem Vizeadmiral.

Rebecca trat näher. »Was Neues?«

Streitenfeld antwortete nicht. Stattdessen überflog er mit

versteinerter Miene das Papier. »Petty Officer Diaz, geben Sie mir ein aktuelles Satellitenbild aus der Region der letzten Funkpeilung. Ich will höchste Auflösung und das Ganze etwas plötzlich.«

»Was ist los?«, hakte Rebecca nach. Streitenfelds beharrliches Schweigen war kaum auszuhalten.

»Weiß noch nicht genau, aber es sieht so aus, als hätten wir es mit einem N-17 zu tun.« Auf der Oberlippe des Vizeadmirals brauten sich Schweißperlen zusammen. Rebecca wurde noch mulmiger. Wovon redete er da? Und was zum Geier war ein N-17?

»Das Bild ist da, Sir.«

Streitenfeld beugte sich über den Monitor.

Zwischen dem Kopf des Vizeadmirals und dem des USN Operations Specialist war eine Lücke, durch die Rebecca einen Blick auf die Anzeige erhaschen konnte. Der Ausschnitt zeigte ein Stadtgebiet. Dichte Bebauung, enge Straßen, breite Kreuzungen, vereinzelt ein paar Plätze. In Nord-Süd-Richtung schlängelte sich ein breiter Fluss hindurch.

Doch etwas stimmte nicht. Etwas stimmte hier ganz und gar nicht.

»Oh, mein Gott«, flüsterte sie. »Sehen Sie, was ich sehe?«

»Das tue ich«, sagte Streitenfeld. »Diaz, können Sie das Bild etwas klarer bekommen?«

»Schwierig, Sir. Staub und Rauch trüben die Sicht.«

»Was ist mit den optischen Filtern?«

»Kann ich versuchen, Sir.«

Während Diaz sich bemühte, das Bild klarer zu bekommen, überschlug Rebecca die Größe einiger Gebäude und nahm sie als Grundlage für ihre Berechnung. Das Ergebnis war niederschmetternd. Der Vernichtungsradius betrug etwa einen halben Kilometer. Und das mitten im Zentrum einer dichtbesiedelten Stadt.

»Waren das unsere Maschinen?«

»Vermutlich.«

»Grundgütiger«, stieß sie aus. »Mit was für Waffen waren diese Flugzeuge bestückt?«

»AGM-114 Hellfire.«

»Sie meinen, sie hatten Vakuumbomben an Bord?«

Streitenfelds Mund wurde zu einem schmalen Strich. Sein Schweigen sagte mehr als tausend Worte.

»Oh, das ist ... das ist ...«, stammelte sie.

»Ich weiß, was Sie sagen wollen, und ich stimme Ihnen zu«, sagte Streitenfeld. »Ein Riesenhaufen Scheiße ist das.« Er hob den Kopf. Die harten Schatten ließen sein Gesicht alt und faltig aussehen. »Krisensitzung in einer halben Stunde in meinem Besprechungszimmer.«

»Jawohl, Sir.« Rebecca holte tief Luft.

Vier Maschinen vom Typ F/A-18. Codename *Hornet*. Abgestürzt mitten in Mossul. Was sie hier sahen, war möglicherweise der Beginn eines neuen Krieges. Eines Krieges, der schlimmer war als alle bisherigen.

26

»Halt dich fest«, sagte Leslie. »Es dürfte ein ziemlich holperiger Ritt werden.«

Faulkner warf ihr einen skeptischen Blick zu. »Meinst du, das ist eine gute Idee?«

»Was, dass wir von hier fliehen?«

»Nein, dass wir dafür den Pick-up nehmen.«

»Siehst du hier irgendwo ein anderes Fahrzeug?« Noch einmal versuchte sie zu starten. Nichts, nicht mal das Jaulen des Anlassers. Die Karre war so tot wie ein rostiger Sargnagel. Sie seufzte. »Ich würde ihn fürs Erste einfach mal rollen lassen. Der Hang ist steil genug, dass wir damit ein paar Kilometer zurückgelegt bekommen. Danach sehen wir weiter. Und wer weiß, vielleicht springt die Zündung ja irgendwann wieder an. Bei den Humvees hat es geklappt.«

»Na schön, dann leg mal los.« Faulkner lehnte sich zurück. »Ein bisschen Rückenmassage wird mir jetzt guttun.«

»Anschnallen nicht vergessen.« Sie warf ihm ein aufmunterndes Lächeln zu.

Faulkner bot ein Bild des Jammers. Vermutlich waren die Schmerzen heftiger, als er zugeben wollte. Zum Glück hatten sie in einer der Proviantkisten Wasser und etwas zu essen gefunden. Gerade so viel, dass es für ein oder zwei Tage reichen würde, man war schließlich nicht wählerisch.

Da der Wagen mit der Nase Richtung Anhöhe stand, musste sie ihn erst mal wenden. Sie löste die Handbremse und ließ den Pick-up rückwärtsrollen. Durch Treten der

Bremse manövrierte sie ihn bis zu einer Stelle, von der aus der Feldweg steil bergab führte. Sie musste ziemlich stark treten, denn ohne Motor funktionierte auch der Bremskraftverstärker nicht. Mit dem letzten Rest Schwung schlug sie das Lenkrad hart nach rechts und ließ den Wagen ausrollen.

Jetzt kam der kniffelige Teil. Sie musste aussteigen und die Karre bis zu dem Punkt schieben, von dem aus er im Leerlauf allein weiterrollte.

»Wirst du es schaffen?«, fragte James.

»Das sehen wir dann. Wünsch mir Glück.« Sie löste die Handbremse, nahm den Gang raus und stieg aus.

»Wenn du es nicht schaffst, ruf mich einfach. Zu zweit geht es leichter.«

»Wird schon schiefgehen.« Im Stillen dachte sie, dass er sich ja selbst kaum auf den Beinen halten konnte. Wie wollte er ihr da beim Anschieben des Wagens helfen?

Beim Umrunden des Fahrzeugs sank ihr Mut.

Der Pick-up sah in der flirrenden Morgenhitze aus, als würde er Tonnen wiegen. Ob er überhaupt zu bewegen war? Ohne lange darüber nachzudenken, stemmte sie sich gegen das Heck und schob. Erstaunlicherweise bewegte sich der Wagen ein Stück. Doch dann blieb er an einer Erhebung hängen und rollte wieder zurück.

»Scheiße«, murmelte sie.

Sie versuchte es noch einmal. Diesmal ging es ein Stückchen weiter die Unebenheit hinauf, jedoch nur, um mit ebenso viel Schwung wieder zurückzurollen. Leslie stolperte und wäre um ein Haar überrollt worden, doch sie konnte sich vor dem sich nahenden Hinterrad schnell in Sicherheit bringen.

Sie versuchte es noch einmal, das Ergebnis war dasselbe. Der Wagen wollte einfach nicht über den kleinen Buckel kommen. Inzwischen war sie nassgeschwitzt. Die Luft schien mit jeder Minute heißer zu werden. Keuchend kroch Leslie unter den Wagen und räumte einige Steine zur Seite, die den Weg blockierten. Sie wollte gerade wieder aufstehen, als sie plötzlich einen Schatten neben sich aufragen sah. Eine kurze Schrecksekunde lang glaubte sie, es wäre Jafar. Zum Glück ein Irrtum.

Faulkner musterte den Wagen. »Das wirst du allein nicht schaffen«, sagte er. »Nicht, wenn du auch noch mein Gewicht stemmen musst. Komm, lass es uns gemeinsam versuchen.«

Den Staub aus dem Gesicht wischend, stand sie auf. Ihr Atem ging keuchend. »Unsinn«, sagte sie. »Wenn es funktioniert, muss es schnell gehen. Mit deinem Bein wirst du es kaum wieder bis nach vorn schaffen. Wie stellst du dir das vor?«

»Lass das meine Sorge sein. Hauptsache, du bremst ein bisschen ab, wenn wir losrollen. Schaffst du das?«

»Ohne Motorkraft ist es, als würde ich versuchen, mit blanken Sohlen auf einer glatten Eisfläche zu bremsen. Aber es wird schon gehen. Was hast du vor?«

»Sage ich dir, wenn es geklappt hat. Los jetzt.« Er stemmte sich gegen die hintere rechte Fahrzeugkante und drückte mit der Schulter dagegen. Sie tat das Gleiche auf der linken Seite. »Es geht besser, wenn wir den Wagen ein bisschen aufschaukeln«, sagte sie.

»Abgemacht.«

Gemeinsam drückten sie den Wagen ein ganzes Stück

den Buckel hoch, dann ließen sie ihn zurückrollen, stemmten sich erneut dagegen und nahmen Fahrt auf. Der Pick-up holperte – und war mit einem Mal über die Unebenheit hinweg. *Geschafft!*

»Renn, renn«, schrie Faulkner. »Beeil dich!«

Leslie sprintete nach vorn und hüpfte in die Führerkabine. Der Pick-up hielt genau auf die Abbruchkante zu. Mit aller Kraft riss sie das Lenkrad nach rechts, während sie gleichzeitig hart auf die Bremse trat. Wie erwartet fiel das Ergebnis unbefriedigend aus. Was vermutlich auch damit zusammenhing, dass die Bremsbeläge total runtergenudelt waren. Ein Poltern erklang. Leslie warf einen besorgten Blick in den Seitenspiegel. Staub trübte die Sicht. Der Gipfel des Berges lag bereits fünfzig Meter hinter ihnen. Faulkner war nirgends zu sehen.

»Himmel, Arsch und …«

Plötzlich tauchte ein Kopf im Rückfenster auf. Ein hochgereckter Daumen erschien. Faulkner hatte sich einfach hinten auf die Ladefläche fallen lassen. So ein Teufelskerl!

Mit einem Grinsen steuerte sie das Gefährt die serpentinenartigen Kurven in die Ebene hinab. Ab jetzt konnte sie nichts mehr aufhalten. Sie waren auf dem Weg in die Freiheit.

*

»Meine sehr verehrten Damen und Herren, bitte nehmen Sie Platz.« Vizeadmiral Streitenfeld strich seine Uniform glatt und wartete, bis alle Platz genommen hatten.

»Ich danke Ihnen, dass Sie meiner Einladung gefolgt

sind, auch wenn ich Ihnen damit eine Änderung Ihrer Dienstpläne zumuten musste. Ich bin sicher, dass Sie Verständnis haben werden, sobald Sie die neuen Informationen vorliegen haben.«

Rebecca setzte sich neben Kapitän Reynolds und holte etwas zu schreiben heraus. Sie war immer gerne vorbereitet. Es dauerte etwas, bis Ruhe eingekehrt war und Streitenfeld seinen Rapport beginnen konnte.

»Manche von Ihnen haben vielleicht schon von den aktuellen Ereignissen gehört. Ich halte es aber für wichtig, dass Sie alle auf dem aktuellen Kenntnisstand sind, damit hier keine haltlosen Gerüchte die Runde machen.« Er räusperte sich. »Heute früh um sieben Uhr sechsunddreißig Ortszeit kam es in der Region Mossul zu einem erneuten, massiven Stromausfall. Der Radius der Störung betraf Regionen der Türkei, Syriens, des Irak und des Iran. Wie schon beim ersten Vorfall dieser Art wurden auch diesmal für eine gute halbe Stunde Strom- und Funknetze in Mitleidenschaft gezogen. Waren die Schäden beim ersten Ausfall jedoch marginal, haben wir es diesmal mit einer ausgewachsenen Katastrophe zu tun. Einer Katastrophe, für die wir – die USS Truman – mitverantwortlich sind.«

»Was ist denn geschehen? Man hört hier die wildesten Dinge«, rief eine Frau von links. Rebecca wusste ihren Namen nicht, glaubte sich aber zu erinnern, sie in der Flugdeck-Kontrolle schon einmal gesehen zu haben. Offenbar eine von den Gestalten, die es nicht aushielten, mal für fünf Minuten die Klappe zu halten. Dass es eine Frau war, machte die Sache nicht besser.

»Dazu komme ich gleich, Lieutenant Halsted«, sagte der

Vizeadmiral und rückte seine Mütze zurecht. »Manchen von Ihnen dürfte bekannt sein, dass zu dieser Zeit eine Staffel, bestehend aus vier Hornet-Jagdbombern, auf einer Aufklärungsmission im Norden des Irak unterwegs war. Ihr Ziel lautete, bewegliche Stellungen des IS im Sindschar-Gebirge auszuspähen und gegebenenfalls anzugreifen. Ganz offensichtlich wurden sie wegen der elektromagnetischen Störung zu weit nach Osten abgetrieben. Sie befanden sich über Mossul, als die Piloten die Kontrolle verloren und abstürzten.« Er zögerte kurz und trank einen Schluck. Die Luft in dem fensterlosen Besprechungsraum war wie gewohnt sehr trocken. Als er weitersprach, klang seine Stimme belegt.

»Wie uns inzwischen aus zuverlässiger Quelle bestätigt wurde, ereigneten sich kurz hintereinander mehrere heftige Explosionen im Zentrum der Stadt. Wie Sie wissen, besteht die Bewaffnung der Hornets bei solchen Einsätzen aus Aerosolbomben, einer Waffe, die sich besonders beim Einsatz gegen tiefliegende Bunkeranlagen bewährt hat. Ganz offensichtlich kam es bei den mit Propylenoxid gefüllten Behältern beim Aufprall zu einer Selbstentzündung, die eine enorm heftige und heiße Druckwelle zur Folge hatte. Dabei wurden große Teile des historischen Stadtkerns von Mossul verwüstet.«

Er machte eine Pause.

Die Worte verfehlten nicht ihre Wirkung. Entsetzte Gesichter und offene Münder, wohin man sah. Dann, mit einem Mal, redeten alle durcheinander. »Um Gottes willen.«

»Himmel ... nein.«

»Wie konnte das passieren?«

Rebecca hoffte inständig, dass das Geschnatter bald ein Ende finden würde, damit sie hier weitermachen konnten. Natürlich war es eine Katastrophe, vor allem in humanitärer Hinsicht. Doch gleichzeitig war es auch eine Chance. Man durfte nicht vergessen, dass Mossul immer noch eine Hochburg des IS war. Gerade das Zentrum war bekannt dafür, dass dort Hunderte sunnitischer Extremisten wohnten. Mit ein bisschen Glück hatte dieser Unfall der Schlange ISIS den Kopf abgeschlagen. Allerdings durfte man solche Gedanken natürlich nicht offen aussprechen. *Political correctness*, oh, wie sie das hasste. Aber es würde sie sehr wundern, wenn nicht wenigstens einer der Anwesenden in diesem Raum ihre Meinung teilte.

Noch immer wurde durcheinandergeredet. Streitenfeld hob die Arme. »Bitte, meine Damen und Herren. Lassen Sie mich fortfahren. Ich weiß, wie sehr Sie diese Nachricht schockiert, weswegen ich Sie auch unbedingt dazu anhalten möchte, nichts davon nach außen dringen zu lassen. Im Moment unterliegt die Sache strengster Geheimhaltung.«

»Wie hoch werden die Verluste geschätzt?«, meldete sich ein Mann aus der hinteren Reihe.

»Schwer zu sagen«, entgegnete Streitenfeld. »Aktuelle Schätzungen belaufen sich auf etwa tausend Todesopfer, Sterbende und Verletzte nicht mitgerechnet.«

»Wird deswegen schon etwas unternommen?«

»Die Hilfsmaßnahmen der Roten Kreuzes und anderer Organisationen laufen bereits auf Hochtouren. Sie werden, mit massiver Unterstützung der Nato und der Vereinigten Staaten, eine Luftbrücke einrichten, um Hilfsgüter in die betroffene Region zu schicken und eine medizinische Grundversorgung zu gewährleisten. Doch bis es so weit ist, werden noch Stunden, wenn nicht gar Tage, vergehen. Unsere Aufgabe wird es sein, dem Grund für den erneuten Stromausfall nachzuspüren. Wir glauben, dass es sich um einen EMP handelt, doch die Bestätigung steht noch aus. Wie Sie alle wissen, war es uns beim ersten Mal nicht möglich, den exakten Ursprung zu lokalisieren, was eine genaue Untersuchung des Falls sehr schwierig machte. Das ist diesmal anders. Dank eines Netzwerks elektronischer Abhörstationen in den umliegenden Staaten ist es uns gelungen, den ungefähren Standort zu triangulieren. Es handelt sich um ein Gebiet südlich des Dschabal Sindschar. Es ist etliche Quadratkilometer groß und von wüstenhaftem Charakter.« Er projizierte eine Karte des Gebietes auf die dahinterliegende Wand. »Vielleicht erinnern Sie sich, dass das erste Unglück in unmittelbarer Nähe zu diesem Gebirgszug stattfand, wir aber aufgrund der massiven elektromagnetischen Interferenzen nicht in der Lage waren, den genauen Standort einzukreisen. Mit den neuen Messungen sollte das kein Problem darstellen. Ich erwarte das Ergebnis noch in dieser Stunde.«

Ein junger Offizier mit den Insignien der *Primary Flight Control* auf der Uniform hob die Hand. Streitenfeld ließ die Frage gelten, wenn auch sichtlich ungehalten über die Unterbrechung.

»Soweit ich weiß, existieren südlich des Dschabal keinerlei militärische Einrichtungen, Sir«, sagte der Offizier. »Wurde das Gebiet denn mittels Satelliten nicht bereits gründlich abgesucht?«

»Guter Einwand«, sagte Streitenfeld. »Das wurde es in der Tat. Allerdings mit negativem Ergebnis. Weder ließen sich irgendwelche militärische Einrichtungen ausfindig machen, noch konnten wir den Nachweis erbringen, dass dort tatsächlich unterirdische Atomtests stattgefunden haben. Wie Sie sicher alle wissen, hinterlassen Atomexplosionen charakteristische elektromagnetische und geophysische Signaturen. Sie sind wie ein Fingerabdruck und können uns Hinweise auf Bauart und Sprengkraft der Waffe liefern. Beides war in diesem Fall nicht möglich. Entweder weil unsere Messinstrumente versagt haben, oder – und das dürfte die wahrscheinlichere Schlussfolgerung sein – weil wir es mit einer neuen Art von Waffe zu tun haben. Einer Waffe, für die es bislang keine Entsprechung gibt.«

Rebecca sah sich um. Die Worte schienen nicht ihre Wirkung zu verfehlen.

»Eine neuartige Waffe?«, meldete sich Kapitän Reynolds zu Wort. »Von was sprechen wir hier? Und wer sollte sie entwickelt haben, die Irakis?«

»Auf beide Fragen haben wir zum jetzigen Zeitpunkt keine Antworten. Aber die werden wir bekommen, das verspreche ich Ihnen.« Streitenfeld deutete in Rebeccas Richtung. »Ich darf Ihnen an dieser Stelle die Militärberaterin des Präsidenten, Ms. van Campen, vorstellen. Sie wird im Anschluss an diese Sitzung mit einem Spezialkommando in Richtung des Dschabal Sindschar aufbrechen und die betreffende Stelle untersuchen. Mit etwas Glück finden wir etwas, was uns weiterbringt. In der Zwischenzeit sollte unsere gesamte Aufmerksamkeit der Region Mossul gelten. Am allerwichtigsten ist es, dass wir den Frieden aufrechterhalten und den Hilfsorganisationen ein reibungsloses Vorankommen gewährleisten. Unsere oberste Maxime lautet dabei *Deeskalation*. Die Region ist ohnehin schon ein Pulverfass. Ich möchte mir nicht ausmalen, was geschieht, wenn die Extremisten die Oberhand gewinnen. Die nächsten Stunden werden für uns alle sehr schwierig werden. Ich habe gesonderte Befehle an Sie alle herausgegeben und erwarte, dass sie sofort umgesetzt werden. Die Harry S. Truman befindet sich ab sofort in höchster Alarmbereitschaft. Bitte leiten Sie alles Notwendige in die Wege. Ich danke Ihnen für Ihre Aufmerksamkeit.«

27

Khalid nahm die Abzweigung nach *Çêl Mêra* und trat aufs Gas. Die Straße führte in Richtung des tausendvierhundert Meter hohen Berges, der wie ein Termitenhügel aus der kargen Landschaft ragte. Rechts und links zogen brachliegende Terrassen an ihm vorbei. Früher wurde hier Trockenfeldbau betrieben, doch die jesidischen Bauern hatten ihre Ländereien längst aufgegeben. Ab und zu traf man noch auf Hirten, doch auch die hatten sich größtenteils zurückgezogen. Ohne die Schafherden wirkte das Land wüst und leer.

Nervös trommelte er mit den Fingern auf das Lenkrad seines schwarzen Pajero. Diese Störung ließ ihm keine Ruhe. Totalausfall an etlichen Geräten, vor allem aber an Computern und Funkgeräten. Das war jetzt schon das zweite Mal binnen der letzten Tage, dass so etwas passierte. Die Sache fing an, unheimlich zu werden. Irgendjemand trieb da ein seltsames Spiel, und Khalid hasste es, nicht zu wissen, wer dahintersteckte.

Eine halbe Stunde hatte es gedauert, bis die Zündung bei den Autos wieder funktioniert hatte. Eine halbe Stunde, die ihm jetzt fehlte.

Das Hämmern hinter seinen Schläfen wurde nachdrücklicher. Er musste wirklich vorsichtiger im Umgang mit Alkohol sein. Im Lager kursierten schon die ersten Gerüchte. Nicht mehr lange, und man würde ihn für nicht mehr zurechnungsfähig halten und ihm das Vertrauen aufkündigen. Viel schlimmer aber war, dass der

Whisky sein Urteilsvermögen trübte. Wieso hatte er das nicht kommen sehen? Gewiss, Jafar hatte nicht alle Sinne beisammen – vor allem, wenn es um diese Frau ging. Aber dieser offene Verrat schockierte Khalid nun doch. Möglicherweise wäre er in nüchternem Zustand vorsichtiger gewesen. Jetzt blieb ihm nur noch, die Scherben zusammenzukehren und zu hoffen, dass kein schlimmeres Unheil angerichtet worden war.

Faulkner war ihm egal, aber Leslie Rickert war zu wichtig, um sie an einen fanatischen Irren zu verlieren. Glaubte Jafar wirklich, mit dieser Sache durchzukommen? Er würde seine Strafe erhalten, so viel war sicher. Wenn dieser Tag vorüber war, würde er sich wünschen, in seiner Koranschule in Mossul geblieben zu sein.

Das Gleiche galt auch für Frederik. Der Junge war zu einfältig und manipulierbar, um ihm noch länger von Nutzen zu sein. Auch wenn er von Jafar unter Druck gesetzt worden war, so konnte ihm Khalid das nicht durchgehen lassen. Loyalität war unteilbar. Man konnte nicht zwei Herren gleichzeitig dienen.

Khalid tastete nach seiner Pistole. Die Automatik Marke Smith & Wesson war sicher und geladen in ihrem Schulterholster.

Er lenkte den schwarzen Geländewagen über eine kleine Steinbrücke und nahm dann die Straße, die hinauf zum Gipfel führte. Die Reifenspuren des Pick-ups waren nur schwer zu übersehen. Es war nur ein Paar, weshalb davon auszugehen war, dass sich die ganze Gruppe noch oben auf dem Gipfel befand. Vermutlich mitten in der Zeremonie.

Die Unsitte mit diesen Enthauptungsvideos hatte in letzter Zeit wirklich überhandgenommen. Jeder Idiot wollte sich verewigen, indem er anderen den Kopf abschlug und sich dabei filmte. *Idioten!* Sie glaubten, ihre Gegner damit einzuschüchtern, bewirkten aber das genaue Gegenteil. Und je mehr Staub sie aufwirbelten, desto schwieriger wurde ihre Situation. Der IS war deswegen so stark geworden, weil er jahrzehntelang unter dem Radar operiert hatte. Aber das wollten diese Schaumschläger aus der zweiten Reihe einfach nicht verstehen.

Er bog um eine Kurve und bremste ab. Dann kurbelte er das Fenster runter und betrachtete die Markierungen im Sand. Kein Zweifel, dort war noch ein anderes Paar Reifenspuren. Das eine führte hinauf, das andere hinab. Das zweite Paar bog von der Hauptstrecke ab und führte ein steiles Stück den Hang hinunter, wo es auf einen Feldweg Richtung Süden mündete.

Khalid zog die Handbremse und stieg aus. Kein Zweifel, sie stammten von demselben Fahrzeug. Dass es hier abgebogen war, erklärte zumindest, warum es ihm nicht entgegengekommen war. Sah fast aus, als hätte Jafar die Flucht angetreten. Aber Khalid würde ihn aufspüren, egal in welchem Erdloch er sich verkroch. Er würde ihn finden, und dann würde er ihn zur Rechenschaft ziehen.

Er entschied, erst mal der Spur den Berg hinauf zu folgen und zu sehen, was ihn dort oben erwartete. Den Rest erledigte er später.

Er setzte sich zurück ans Steuer, trat aufs Gas und legte die letzten paar hundert Meter in halsbrecherischem Tempo zurück.

*

»Jetzt komm schon. Bitte noch ein paar Kilometer.«

Leslie trat aufs Gaspedal, aber nichts passierte. Mehr als ein Stottern brachte der Pick-up nicht mehr hervor. Sie zog den Schlüssel ab, steckte ihn wieder rein und zündete erneut.

Die Zündung funktionierte, aber das war's auch schon.

Auf Faulkners Stirn hatte sich eine steile Falte gebildet.

»Warum ist die Karre ausgegangen? Es lief doch alles so gut.«

Leslie tippte auf die Anzeige. Die Benzinanzeige befand sich im linken unteren Eck. Der Tank war so leer wie die Unterhose eines Eunuchen.

»Scheiße«, murmelte Faulkner.

Dabei hatte alles so gut begonnen. Sie waren den halben Berg runtergerollt, als der Motor auf einmal wieder angesprungen war. Genau wie bei den Humvees. Mit einem Gefühl unbeschreiblicher Freude und Erleichterung war Leslie einen halsbrecherischen Abhang hinunter auf die Südstraße gefahren, von wo aus sie sich Kilometer um Kilometer durch Täler und über Höhenrücken geschlängelt hatten. Es war abzusehen gewesen, dass die Fahrt nicht ewig dauern würde, aber dass die Kiste so viel Sprit verbrauchte, überraschte sie nun doch.

»Was ist mit dem Reservekanister?«

Leslie schüttelte den Kopf. »Alles abgesucht, ab hier geht es zu Fuß weiter.«

»Mist.« Faulkner hämmerte auf das Armaturenbrett. »Diese Wüstensöhne denken offenbar immer nur bis zur nächsten Tankstelle. Dabei hocken die hier auf den größten Ölvorkommen der Erde.«

»Bedenkt man, wie unsere Chancen standen, sind wir eigentlich schon recht weit gekommen«, sagte Leslie. »Immerhin sind wir noch am Leben. Und wo Leben ist, da ist Hoffnung. Komm, James, den Rest schaffen wir auch zu Fuß. Sind nur noch zwanzig oder dreißig Kilometer bis zur Straße.«

Mit einem Lächeln versuchte sie, ihre wahren Gedanken zu verbergen. Faulkner musste ja nicht wissen, wie sie ihre Chancen einschätzte. Mit seiner Verletzung würde er keine halbe Stunde durchhalten.

»Die gute Nachricht ist, wir haben noch ein bisschen Wasser«, sagte sie. »Keine Riesenmengen, aber für einige Kilometer sollte es reichen. Und wer weiß, vielleicht treffen wir ja auf einen netten Hirten, der uns ein Stück mitnimmt.«

»Gesprochen wie ein echter Soldat.«

Sie lächelte. »Also dann, Major. Gesattelt und abmarschbereit?«

Er salutierte. »Zu Befehl.«

*

Khalid trat auf die Bremse. Geröll knirschte unter den Reifen, und das Fahrzeug kam ruckartig zum Stillstand.

Über das Lenkrad gebeugt, starrte er hinaus. Was in Allahs Namen war das? Der Anblick entsprach so gar nicht seinen Erwartungen.

Dass er kein Fahrzeug sehen würde, damit hatte er gerechnet, nicht aber damit, dass dort zwei Männer in den

Umhängen der Fedajin lagen. Windböen peitschten die Stoffkutten und bedeckten sie mit einer Staubschicht.

Khalid schaltete den Motor aus und verließ den Wagen.

Der Wind war kühler geworden, ein Wetterwechsel stand bevor. Zirruswolken bedeckten das Blau. Gut möglich, dass es bis zum Abend noch Sturm geben würde.

Er band sein Mundtuch um und ging auf die beiden Leichen zu. Unter dem Kopftuch des einen schimmerten blonde Haare hervor. Frederik lag auf dem Rücken, so dass Khalid sein blutüberströmtes Gesicht sehen konnte.

Er kniete sich neben ihn und tastete nach dessen Halsschlagader. Kein Puls. Der Junge war regelrecht zersiebt worden. Wer hatte das getan, etwa Jafar? Der Imam hielt immer noch die Waffe mit beiden Händen umklammert.

Khalid entfernte das Kopftuch des Geistlichen und presste die Lippen zusammen. Wer immer ihn niedergeschlagen hatte, er war nicht zimperlich gewesen. Der Schädel wies eine deutliche Wölbung nach innen auf. Der Schläfenknochen war eingedrückt. Blut war ausgetreten und nicht zu knapp.

Ohne große Hoffnung tastete er nach dem Puls. Nichts zu spüren. Allerdings fühlte sich die Haut deutlich wärmer an als die von Frederik. War es möglich, dass er …? Rasch legte Khalid sein Ohr auf Jafars Brust. Tatsächlich, er lebte noch!

Khalid warf einen kurzen Blick in Richtung seines Wagens, dann schlang er seine Arme um den Oberkörper des Geistlichen und schleifte ihn hinüber zum Pajero. Der Imam wog kaum mehr als sechzig Kilo. Khalid wuchtete ihn auf die Rückbank, stabilisierte ihn mit Decken und einem Ersatzreifen und wollte gerade die Tür schließen, als das Satellitenhandy klingelte. Er überlegte, ob er den Anruf ignorieren sollte, entschied sich dann aber dagegen.

Es war Rasin, Hauptmann seiner Garde und sein Erster Offizier. Seine Stimme klang seltsam gehetzt. *»Kommandant, sind Sie das?«*

»Wer sonst?«

»Wo sind Sie gerade?«

»Auf dem Çêl Mêra. Was ist los?«

Eine kurze Pause. *»... sollten zurückkommen.«*

»Ich bin gerade beschäftigt. Was ist los?«

»... scheint ein Unglück passiert ... kommt gerade durch die Nachrichten.«

»Ein Unglück, wo?« Die Verbindung schien schlechter zu werden. Musste am Wetter liegen.

»... Mossul, Kommand...«

Khalid presste das Handy an sein Ohr. Seine Familie lebte in Mossul.

»Was ist passiert?«

»... zu sagen, Kommandant ... Lage ist ... chaotisch. Am besten, Sie kommen bald zu...« Die Verbindung brach ab. Nur noch ein Rauschen drang aus dem Hörer. Khalid versuchte, eine neue Verbindung aufzubauen, doch es gelang ihm nicht. Was war los in Mossul? Die Lage war chaotisch? Das klang nicht gut. Es gab Kraftwerke und petrochemische Anlagen dort, die durch die Störung in Mitleidenschaft gezogen werden konnten.

Er steckte das Telefon ein. Ms. Rickert und Faulkner mussten warten. Er musste zurück ins Hauptquartier. Wehe, wenn sich das als Fehlmeldung herausstellte.

Er schwang sich hinter das Lenkrad, startete den Motor und donnerte die Bergstraße hinab.

28

Der Wind trieb den Sand über die Ebene.

Donnernd und brausend zerrte er an ihrer Kleidung und ließ die nadelspitzen Kristalle auf ihrer Haut tanzen. Böe um Böe peitschte ihnen entgegen, machte das Vorwärtskommen beinahe unmöglich. Hatten sie die Berge schon hinter sich gelassen, oder waren sie nur in einem breiten Wadi gelandet? Orientierungslos stolperten sie weiter.

Leslie hatte jedes Zeitgefühl verloren. War es bereits Abend, oder gehörte das düstere Licht zum Sturm? Ihren Kragen hochgeschlagen und flach durch den Stoff atmend, versuchte sie, der sandigen Luft etwas Sauerstoff abzutrotzen. Die Sicht war gleich null.

Ein Stöhnen ließ sie innehalten. Faulkner war zusammengesackt. Sein Gesichtsausdruck verhieß nichts Gutes. Grau und eingefallen sah er aus, mit dunklen Ringen unter den Augen. Sein Blick wirkte unstet und überreizt.

Ein Wunder, dass er überhaupt noch auf den Beinen war. Zwanzig Kilometer mit einer solchen Schussverletzung, das hätte sie niemandem zugetraut. Doch der Major wirkte völlig stoisch.

»Hier, komm, trink noch einen Schluck.« Sie führte den Kanister an seinen Mund. Ein kleiner Rest war noch darin, warm und schal. Wenn sie nicht bald frisches Wasser fanden, war es aus mit ihnen. Dann würde ihre Flucht ein ebenso unrühmliches wie tragisches Ende finden.

Gierig saugte Faulkner die letzten Tropfen aus dem Gefäß. An seinem Hals rieselte Sand herab. Leslie wartete, bis er fertig war, schüttelte den Kanister und warf ihn dann weg. Unnötig, sich länger damit abzuschleppen. Bäche, Brunnen oder Quellen würden sie hier ohnehin nicht finden.

»Komm weiter«, sagte sie und half ihm auf. »Ich glaube, wir haben die Ebene erreicht. Die Straße kann nicht mehr weit sein.«

Er nickte und taumelte vorwärts.

Kaum fünf Minuten später fing er an zu reden. Leslie verstand zuerst nicht, was er sagte, denn es klang wie das Lallen eines Betrunkenen. Doch als sie genauer hinhörte, vernahm sie einzelne Worte.

»Arschloch. Was glotzt du so?«

Verwundert sah sie ihn an. »Was hast du gesagt?«

»Gib zu, das ist es doch, was du immer wolltest: mich scheitern sehen. Schau gut hin, es ist vielleicht bald so weit.«

Sie runzelte die Stirn. »Hör mal, James ...«

»Was willst du noch von mir, Dad? Warum kannst du mich nicht in Ruhe lassen?«

Leslie blieb stehen und ergriff seine Hand. Sie glühte wie Feuer. Seine Augen irrlichterten wie bei einem Wahnsinnigen. Kein Zweifel, sein Zustand war kritisch.

»Sieh mich an, James, ich bin bei dir.«

»Du warst immer dagegen, aber es war meine Entscheidung. Ich wollte zur Armee gehen, verstehst du? Es war mein Wunsch.« Er riss sich los und taumelte hinaus in den Sturm. Leslie eilte hinter ihm her.

»Warte. Das ist die falsche Richtung. Wir müssen dort entlang.«

»Amanda? Was hat Amanda damit zu tun?« Er hustete. »Es war ein Fehler, das habe ich doch gesagt. Ich habe mich entschuldigt, immer und immer wieder. Wie oft willst du mir das noch vorhalten? Wie oft muss sich ein Mann entschuldigen, ehe ihm vergeben wird? Aber du, du hast mir natürlich nicht geglaubt. Amanda konnte mir verzeihen, auch wenn sie auf der Scheidung bestanden hat. Aber du? Was gibt dir das Recht, über mich zu urteilen?«

Mein Gott, dachte Leslie, er deliriert. Vermutlich als Folge der Dehydrierung. Sie hakte sich bei ihm unter, aber er schien sie gar nicht zu bemerken. Es war jetzt beinahe dunkel. Sie benötigten dringend einen Unterschlupf. Aber hier gab es nichts.

»Ein Seitensprung«, murmelte er. »Ein einziger. Zwei Flaschen Wein und ein Gefühl von Einsamkeit, das kann doch jedem mal passieren. Das gibt dir noch lange nicht das Recht, auf mich runterzuschauen. Ich bin zweimal so viel Mann wie du, du beschissener Säufer. Zumindest habe ich meine Familie nicht im Stich gelassen, als sie mich brauchte.« Ein dünner Speichelfaden lief aus seinem Mundwinkel und blieb seitlich an seiner Wange hängen.

Leslie wollte etwas sagen, ließ es dann aber. Rechts von ihnen zuckte einen kurzen Moment lang etwas Helles durch die Dämmerung. War das Einbildung, oder hatte sie tatsächlich ein Licht gesehen? Nein, da war es wieder. Zwei Lichter. Wie die Augen eines Drachen. Und sie kamen näher. Einer plötzlichen Eingebung folgend, blickte sie nach unten. Der Wind trieb den Sand über dunklen Asphalt.

Asphalt?

Da waren Fahrbahnmarkierungen – und Leitpfosten.

»Mein Gott«, flüsterte sie. »Die Straße!«

Weitere Lichter erschienen. Die Dunkelheit verwandelte sich in ein Meer aus Licht. Über das Fauchen des Sturms hinweg vernahm sie das Donnern von Motoren.

Eine Fahrzeugkolonne. Wo kam die denn auf einmal her?

Sie versetzte Faulkner einen Stoß und folgte ihm. Stolpernd und strauchelnd landeten sie in einem Graben. Keinen Augenblick zu früh. Ein Fahrzeug donnerte an ihnen vorbei. Ein weißer Truck mit den Buchstaben UN – *United Nations.*

Dahinter ein zweiter. Und ein dritter. Die Fahrzeuge kamen aus Richtung der syrischen Grenze, aber wo wollten sie hin? Inzwischen mochten acht oder neun Fahrzeuge vorbeigefahren sein. Truck hinter Truck, und jeder dicht besetzt mit Blauhelmen. Dazwischen waren immer wieder Fahrzeuge des Internationalen Roten Kreuzes, des Roten Halbmondes und der WHO zu sehen. Doch auch die längste Kolonne war irgendwann zu Ende.

Leslie spürte, dass sie etwas unternehmen musste. Sie trat an den Straßenrand und wedelte mit beiden Armen. »He, hallo, wir brauchen Hilfe.«

Das nächste Fahrzeug donnerte einfach an ihnen vorbei. Entweder hatten sie sie nicht gesehen, oder sie hatten Anweisungen, nicht zu stoppen.

Der nächste Truck, der auf sie zukam, hupte und fuhr in weitem Bogen um sie herum.

»He, du Arschloch, wir brauchen Hilfe«, brüllte sie hinter ihm her.

Wieder kam ein Fahrzeug. Wie es aussah, das letzte in der Reihe. Es war kleiner und schwarz lackiert. Verzweifelt stellte Leslie sich ihm direkt in den Weg. Die Augen gegen die aufgeblendete Helligkeit halb geschlossen haltend, hob sie die Hände. Entweder sah sie der Fahrer zu spät, oder er hielt sie für eine Fata Morgana, jedenfalls musste er hart in die Eisen steigen. Einen Moment lang dachte Leslie, er würde es nicht mehr schaffen, doch wie durch ein Wunder kam das Fahrzeug quietschend und eine Körperlänge von ihr entfernt zum Stehen.

Ihr Herz schlug bis zum Hals.

Zwei Männer starrten ihr durch die Windschutzscheibe entgegen. Sie sahen sie an, als wäre sie ein Geist. Sie wechselten ein paar Worte, dann wurde die Warnblinkanlage eingeschaltet. Die Scheibe der Beifahrertür senkte sich.

»Sagen Sie mal, sind Sie noch ganz bei Trost?«, brüllte der Mann auf Englisch. Er war blond und hatte einen nordischen Akzent. »Um ein Haar hätten wir Sie überfahren.«

»Mein Begleiter ist verletzt.« Leslie eilte zu dem geöffneten Fenster. »Er braucht dringend Hilfe. Können Sie uns mitnehmen?«

Stirnrunzeln. »Sind Sie Amerikanerin?«

»Engländerin. Wir sind zu zweit. Mein Begleiter ist amerikanischer Soldat. Er ist verletzt.«

Der Mann wechselte ein paar Worte mit den Leuten im hinteren Teil des Wagens. Dann stieg er aus. Er trug weder die Kleidung eines Sanitäters, noch sah er wie ein Blauhelm aus. »Wo ist Ihr Begleiter?«

»Hier drüben.« Leslie deutete hinüber zum Graben.

Faulkner lag mit dem Gesicht im Sand und rührte sich nicht.

»James, wach auf«, sagte sie und schüttelte ihn. »Ich habe Hilfe gefunden. Wir sind gerettet.«

Sein Stöhnen war Antwort genug.

»Ich greife rechts unter seine Schulter, Sie links«, sagte der Mann. »Zusammen heben wir ihn auf die Füße. Bereit? Eins ... zwei ...«

Der Major schien mitzubekommen, was geschah, und ließ sich bereitwillig hochheben. Seitlich am Wagen wurde die Schiebetür geöffnet. Im Inneren glomm eine funzelige Lampe.

Leslie erkannte allerlei technisches Equipment sowie weitere Mitfahrer. Vier, rechnete man den Fahrer nicht mit. Darunter war eine Frau von vielleicht vierzig oder fünfundvierzig Jahren. Sie hatte ihren Arm um ein kleines Mädchen gelegt.

»Macht mal Platz, Leute«, rief der Blonde. »Wir haben hier einen Verletzten. Räumt die Sachen aus dem Weg, wir müssen ihn hinlegen.«

»Was ist mit ihm?«, fragte einer der Männer. »Ich bin Arzt, vielleicht kann ich ihm helfen.«

»Eine Schussverletzung«, sagte Leslie. »Durchschuss, wenn ich mich nicht irre. Wir haben einen ziemlich weiten Weg hinter uns, und er hat eine Menge Blut verloren.«

»Er ist bei Bewusstsein, das ist gut«, sagte der Arzt. »Ich werde mich sofort um ihn kümmern. Richtig behandeln kann ich ihn allerdings erst, wenn wir angekommen sind.«

»Dürfte nicht mehr allzu lange dauern«, sagte der Blonde. »Höchstens eine halbe Stunde. Kommen Sie, steigen Sie ein, und schließen Sie die Tür. Der Sand ist tödlich für unser Equipment.«

Leslie zog am Griff und ließ die Seitentür zuschnappen.

Als der Wagen losfuhr, zog sie das Mundtuch runter und schüttelte den Sand aus ihrem Haar. Sie sah sich um. »Mein Name ist Leslie Rickert. Mein Partner ist Major Faulkner. Wir waren auf der Flucht vor dem IS. Wir wurden gefangen genommen, konnten aber fliehen. Es kommt mir fast wie ein Wunder vor …«

»Leslie Rickert, die Reporterin?«

Sie nickte. »BBC World Service.«

»Jetzt erkenne ich Sie wieder, das ist ja ein Ding.« Der Blonde grinste. »Mein Name ist Sven Gundersson. Das ist Richard Atkins, unser Arzt, vorn Patrick Hayden, unser Technikexperte, und last, but not least die Archäologin Hannah Peters und ihre Tochter Leni.«

Leslie schüttelte ein paar Hände. »Sehr erfreut, euch kennenzulernen.«

Patrick drehte den Kopf nach hinten. »Ihr seid wirklich in den Händen des IS gewesen?«

»Wir wurden bei einem Überfall auf einen kurdischen Militärtransport vor ein paar Tagen gefangen genommen«, sagte Leslie. »Schlimme Sache, eine Menge Menschen sind dabei ums Leben gekommen.«

»Wir haben davon gehört«, sagte Sven. »Wobei wir nicht wirklich *up to date* sind, wir haben eine ziemlich lange Reise hinter uns. Du musst uns später unbedingt mehr darüber erzählen.«

»Wo geht's denn hin?«, erkundigte sich Leslie. »Was sind das für Fahrzeuge? Ist was passiert?«

»Kann man wohl sagen«, erwiderte Sven. »Sie sind auf dem Weg nach Mossul. Ihr habt doch bestimmt davon gehört, oder?«

Leslie schüttelte den Kopf. »Wir haben in den letzten Tagen keine Nachrichten mitbekommen.«

»Ein halber Weltuntergang, das ist los. Irgendeine furchtbare Explosion mitten in der Innenstadt. Man weiß noch nichts Genaues, aber es scheint, dass an die tausend Menschen dabei ums Leben gekommen sind.«

Leslie stutzte. »Eine Explosion ...?« Sie musste wieder an die seltsame Störung denken, an das Beben und den Ausfall der Technik.

»Angeblich sollen amerikanische Kampfbomber daran beteiligt gewesen sein. Wie gesagt, man weiß nichts Genaues ...«

»Die wissen es schon, die sagen es uns bloß nicht«, warf Richard ein und wischte seine blutverschmierten Hände an einem Lappen ab. »Die halten den Ball flach, um internationale Spannungen zu vermeiden. Mein Bauch sagt mir, dass das kein Zufall war. Es ist ja bekannt, dass im Herzen der Stadt viele hochrangige IS-Offiziere wohnen ...«

»Ein gezielter Anschlag auf Kosten der Zivilbevölkerung?« Sven zog die Brauen hoch. »Ganz schön zynisch. Könnte es nicht auch ein Unfall gewesen sein?«

Richard zuckte die Schultern. »Wen juckt's? Unterm Strich läuft es doch immer auf dasselbe hinaus. Irgendjemand hat einen nervösen Finger, und die Hilfsorganisationen dürfen dann den Dreck wegräumen. Ein ziemliches Scheißspiel, wenn du mich fragst. Ich bin froh, bald wieder von hier verschwinden zu dürfen. Übrigens hattest du recht, Leslie. Es war ein Durchschuss ohne Verletzung der Knochen. Nichts Kompliziertes. Ich habe deinen Freund mittlerweile stabilisiert und ihm etwas gegen die Schmerzen gegeben. Er muss sich jetzt einfach nur ausruhen.«

»Er ist nicht mein Freund, trotzdem danke.« Leslie lächelte erleichtert. »Habe ich das richtig verstanden? Ihr gehört gar nicht zu dem Konvoi?«

Sven schüttelte den Kopf. »Wir waren zufällig in der Nähe, als es losging, und durften uns dranhängen. Was ein großes Glück war, auf diese Weise konnten wir problemlos die Grenze passieren.«

»Und was ist euer Ziel? Natürlich nur, wenn die Frage erlaubt ist …«, sie sah die dunkelhaarige Frau an. Die Archäologin hatte noch kein einziges Wort gesagt. Sie saß nur still da und beobachtete sie. Irgendwie wurde Leslie das Gefühl nicht los, dass sie hier das Sagen hatte.

»Lassen Sie sich überraschen«, erwiderte die Archäologin. »Wie gesagt, es ist nicht mehr weit.«

Nickend betrachtete Leslie das Mädchen. Die Kleine hielt einen Rubikwürfel in ihren Händen, den sie unablässig drehte. Das Verblüffende war, dass sie das Puzzle löste, ohne auch nur ein einziges Mal hinzusehen. Stattdessen ruhten ihre neugierigen Augen auf Leslie und James. Sie drehte und schraubte – und das, ohne ein einziges Mal zu blinzeln.

Leslie konnte sich nicht erinnern, jemals so angesehen worden zu sein. Als könne die Kleine direkt in ihr Inneres blicken.

Sie lächelte, doch das Mädchen blieb ernst. Ohne eine Miene zu verziehen, brachte sie das letzte Farbfeld in Position. Dann fing sie wieder von vorn an. In ihren Augen spiegelte sich das Licht der Lampe.

29

Wadi Adschidsch …

Khalid saß in seinem abgedunkelten Arbeitszimmer, tief im Inneren seiner Bergfestung, und starrte auf den nikotinstichigen Fernseher. Unermüdlich verbreiteten Nachrichtensprecher die neuesten Meldungen über die Katastrophe in Mossul, doch für Khalid war das nur Hintergrundrauschen.

White Noise.

Die Zigarette in seiner Hand bebte. Rauch stieg auf und verteilte sich in der Luft. Ein langer Aschefaden hatte sich gebildet und fiel dann ab. Der Wecker im Regal tickte. Die Zeiger standen auf zwanzig Uhr.

Die Worte des Moderators wurden von einer Mauer aus Ohnmacht und Wut zurückgehalten. Der Schock saß tief und lähmte ihn. Seine Frau, seine Kinder, die ganze Familie – tot. Eingeäschert binnen Sekunden.

Als die Meldungen eingetroffen waren, hatte er es zunächst nicht glauben wollen, hatte alles abgestritten. Doch dann hatte er Freunde, Bekannte und Angehörige angerufen, und sie alle hatten dasselbe gesagt. Das Viertel, in dem er gewohnt hatte, direkt neben der altehrwürdigen al-Nuri-Moschee, gab es nicht mehr. Eingeebnet, ausgelöscht, vernichtet. Tausend Menschen getötet. Die Stadt, das gesamte Umland, ein einziges Chaos. Amerikanische Kampfbomber waren darüber niedergegangen, hatten ihre tödliche Fracht direkt im Herzen der Stadt gezündet.

Mehrere tausend Grad heißes Aerosol hatte einen Flammenball entstehen lassen, der schlagartig jeden Sauerstoff verschlungen und alles verbrannt hatte, was mit ihm in Berührung kam. Die resultierende Vakuumblase hatte all jene getötet, die zuvor noch nicht in der Flammenhölle umgekommen waren, was diese Art von Bombe zu einer der entsetzlichsten Waffen machte, die jemals gebaut worden waren.

Das Elend der Zivilbevölkerung war kaum zu beschreiben. Tausende von Toten, unzählige Verletzte – die Zahlen stiegen und stiegen. Doch das war nur Statistik. Er konnte in diesem Moment an nichts anderes denken als an seine Familie. An seine wunderschöne Frau Kamila und seine beiden Söhne Melih und Memnun.

Möge Allah ihren Seelen Frieden schenken.

Er ließ die Zigarette fallen und wischte über seine Wangen. Er hatte kurz überlegt, nach Mossul zu fahren, aber was würde das bringen? Zum einen war es viel zu riskant, zum anderen konnte er ohnehin nichts mehr ändern. Er hatte die Bilder im Kopf, hatte gesehen, welche Zerstörungskraft die Bomben entfaltet hatten. In seinem Viertel standen nur noch rauchende Ruinen. Er wurde steckbrieflich gesucht, und dort schwirrten jetzt überall Blauhelme herum. Außerdem konnte er seinen Posten nicht verlassen, er wurde gebraucht. Zu diesem Zeitpunkt mehr denn je.

Ein paar Räume weiter kämpfte Jafar um sein Leben. Die Operation dauerte noch an. Auch wenn der Arzt zuversichtlich war, dass der Imam überlebte, so blieb doch abzuwarten, wie es für ihn ausging. Im Moment lag alles in Gottes Hand.

Ein Toter, ein Schwerverletzter, eine eingeäscherte Stadt, und sein gesamtes Leben war zerstört – die Bilanz dieses beschissenen Mittwochs. Und der Tag war noch nicht vorüber.

Khalid griff zur Whiskyflasche und schenkte sich ein weiteres Glas ein. Als gläubigem Moslem war es ihm zwar untersagt, Alkohol zu trinken, aber selbst Allah würde in diesem Moment ein Einsehen haben. Und wenn nicht, dann sollte er ihm den Buckel runterrutschen.

Er stürzte das Glas runter und wollte sich gerade ein neues einschenken, als es an die Tür klopfte.

Khalid klimperte kurz mit den Augen, dann rief er: »Herein!«

Rasin erschien und salutierte.

»Meldung aus dem Funkraum, Kommandant. Man lässt anfragen, ob Sie eine Minute Zeit hätten.« Er bemerkte das Glas in Khalids Hand, sagte aber nichts.

Khalid hob seinen Kopf wie in Zeitlupe. »Um was geht es? Ich bin gerade sehr beschäftigt.«

»Ich weiß nicht genau, Kommandant. Hat irgendetwas mit dieser Störung zu tun. Sie sagen, es sei dringend.«

»Störung, welche Störung? Ach so, ja, das Beben.« Grundgütiger, er lallte ja bereits. Andererseits, wen scherte es? Er überlegte kurz, ob er Rasin abwimmeln sollte, entschied sich dann aber dagegen und feuerte das Glas in die Ecke. »Scheiß drauf, ich komme.«

Er stand auf und tat einen schwankenden Schritt. Er hatte eindeutig zu viel getrunken. Trotzdem nahm er die Flasche mit.

»Na, dann los. Geh voran, Rasin, ich bin direkt hinter dir. Immer direkt hinter dir.«

Mit einem Knall fiel die Tür hinter ihm ins Schloss. Alle Augen ruhten auf ihm. Khalid warf einen Blick in die Runde, setzte die Flasche an die Lippen und trank noch einen Schluck. Der Whisky brannte wie Feuer. »Was ist es denn nun?«, fragte er. »Ich hörte, ihr wolltet mir irgendwas zeigen?«

»Ein Funkspruch, Kommandant«, sagte sein oberster Funker. »Ein kurzer Austausch zwischen der US-Botschaft in Bagdad und dem amerikanischen Flugzeugträger USS Harry S. Truman. Er liegt im Moment vor der ägyptischen Hafenstadt Hurghada vor Anker. Wir konnten ihn abfangen und dechiffrieren.«

»Und?«

»Wenn Sie das bitte lesen wollen, Kommandant.« Der Funker hielt ihm ein Stück Papier entgegen.

Khalid nahm es und versuchte, es zu entziffern, aber die Buchstaben verschwammen vor seinen Augen.

»Hier, lies du mir das vor.«

»Zu Befehl, Kommandant.« Der Funker räusperte sich.

»Von Vizeadmiral Jonathan Streitenfeld, stellvertretender Kommandant der USS Harry Truman. An den Oberbefehlshaber Chief Joint Forces der irakischen Streitkräfte, General Shawkat B. Zebari, Bagdad. Erbitte sofortige Unterstützung für Sonderkommando im Sektor 322. Es existiert begründeter Verdacht, die Quelle der Störung lokalisiert zu haben. Möglicherweise Bau einer neuen Geheimwaffe. Koordinaten, 36 Grad 4 Minuten nördlicher Breite, 41 Grad 40 Minuten östlicher Länge. Areal beherbergt höchstwahrscheinlich unterirdischen Bunkerkomplex. Erbitte Freigabe für Spezialteam unter Leitung von Rebecca van Campen, Militärberaterin des Präsidenten. Erwarte dringend Rückmeldung. Ende der Mitteilung.«

Der Funker blickte auf. »Das Ganze wurde vor etwa einer halben Stunde auf einer Sonderfrequenz mit höchster Sicherheitsstufe gesendet. Purer Zufall, dass wir darauf gestoßen sind. Wir gehen davon aus, dass der Funkspruch authentisch ist.«

Khalid versuchte, die Worte zu verstehen. Worum ging es dabei? Ein Sondereinsatzkommando? Eine unterirdische Bunkeranlage? Schien wichtig zu sein.

Er musste unbedingt wieder klar im Kopf werden. Ohne ein Wort der Erklärung wankte er aus dem Raum, eilte den Gang hinunter nach rechts, hin zu den Waschräumen. Das Wasser wurde über ein Außenreservoir in die verschiedenen Bereiche geleitet und war unbeheizt. Klares, kaltes Bergwasser. Genau, was er jetzt brauchte. Er streckte seinen Kopf unter den Wasserhahn und drehte auf. Die Kälte traf ihn wie ein Schock. Als hätte man ihn gezwungen, in ein Becken voller Eiswürfel zu tauchen. Das Gefühl vertrieb die Benommenheit und sorgte dafür, dass er wieder klar denken konnte. Hustend und prustend ließ er das Wasser noch einige Minuten weiterlaufen, dann drehte er den Hahn zu und richtete sich auf.

Schon besser.

Ein US-Sonderkommando in der irakischen Wüste? Eine Geheimwaffe, von der er nichts wusste? Offenbar geschahen hier einige höchst erstaunliche Dinge, und zwar genau vor seiner Haustür. Trauer hin oder her, aber das ging zu weit. Es wurde Zeit, die Zügel wieder in die Hand zu nehmen. Er war Khalid al-Aziz, ehemaliger Geheimdienstmitarbeiter des irakischen Präsidenten und kommandierender Offizier der Legionen des Nordens. Und niemand – schon gar nicht diese kaugummikauenden Cowboys – führte hier hinter seinem Rücken irgendwelche Sondereinsätze durch. Nicht in seinem Land, nicht auf seinem ureigenen Grund und Boden. Wer das versuchte, der bezahlte dafür mit seinem Leben. *Inshāllāh!*

30

John drehte die Lautstärke des Radios hoch. Konzentriert lauschte er den Meldungen, die verzerrt aus dem Äther kamen. Die Kommentare waren aufgrund der schlechten Witterung unvollständig, aber wenn er die Informationsfetzen richtig zusammensetzte, dann war knapp hundert Kilometer östlich von ihnen das Tor zur Hölle aufgestoßen worden.

Mossul schien ein Raub der Flammen geworden zu sein. Tausende waren auf der Flucht. Es gab internationale Spannungen. Schon hörte man erste Gerüchte über ein Zusammenziehen russischer Streitkräfte im georgisch-aserbaidschanischen Grenzgebiet.

Wenn das stimmte, dann war hier niemand mehr sicher, auch sie nicht. Gut möglich, dass sich die Region in den nächsten Tagen und Wochen in ein hart umkämpftes Krisengebiet verwandelte.

Der Empfang wurde unscharf und endete in einem Rauschen. Er drehte am Sendersuchlauf, doch das Signal blieb verschollen. Draußen drückte der Sturm gegen das Zelt. Er rüttelte am Gestänge und ließ die Gaslampe schaukeln. John schaltete ab, griff nach der Feldflasche und trank einen Schluck. Seine Kehle war wie ausgedörrt.

Stromberg und die anderen waren bereits vor einiger Zeit zu Bett gegangen, doch er selbst konnte nicht an Schlaf denken. Aus irgendeinem unerfindlichen Grund wurde er das Gefühl nicht los, dass die Katastrophe etwas mit ihm zu tun hatte. Natürlich war das bloße Einbildung, aber er bekam diesen Gedanken nicht aus dem Kopf.

Der menschliche Geist war darauf trainiert, Muster zu finden, Strukturen im Chaos zu entdecken. Wenn zweimal an derselben Stelle der Blitz einschlug, stellte das Gehirn eine Verbindung her. Und Tatsache war nun mal, dass diese Katastrophe exakt zu dem Zeitpunkt stattgefunden hatte, als er die Pforte berührt hatte und das Licht verloschen war. Wie war das doch gleich mit dem Absturz dieser Kampfdrohnen vor einigen Tagen gewesen? Hatte Professor Hammadi nicht etwas Entsprechendes in seinen Unterlagen erwähnt? Wenn bloß sein Laptop nicht ausgefallen wäre. Aber das Gerät war durch den Sand völlig hinüber. Empfindliche Technik!

John setzte die Wasserflasche ab und lauschte. Er glaubte, ein Motorengeräusch zu hören. Er stand auf, öffnete den Zelteingang und spähte hinaus. Der Wind hatte nachgelassen, doch die Sicht war immer noch getrübt. In den anderen Zelten war es dunkel, dennoch kam von irgendwoher Licht. Der Mond war noch nicht aufgegangen, weswegen es etwas anderes sein musste. John verließ das Zelt und sah sich um. Von Norden näherten sich zwei leuchtende Punkte.

Er stand einen Moment lang wie angewurzelt da, dann eilte er zu den Zelten der anderen. »Aufwachen, Leute«, rief er. »Wir bekommen Besuch.«

Nur wenige Sekunden später tauchte Abdallahs Kopf auf. Er sah die Scheinwerfer, rief etwas ins Innere des Beduinenzeltes und kam heraus. Es dauerte nicht lange, bis auch die anderen da waren, die Gewehre griffbereit. Nebenan wurde eine Zeltplane zur Seite geschlagen. Ein sichtlich müder

Stromberg erschien. »Wer ist denn das? Könnt ihr schon etwas erkennen?«

Die Lichter waren inzwischen deutlich näher gekommen.

»Negativ«, sagte John. »Aber sie kennen unsere Position. Sie haben während der letzten Minute nicht einmal ihre Richtung geändert.«

Das Auto war auf etwa fünfzig Meter herangekommen, als der Fahrer die Geschwindigkeit drosselte und das Fernlicht ausschaltete. Er ließ den Wagen noch einige Meter rollen, dann hielt er an. Türen wurden geöffnet, und Taschenlampen blitzten auf.

Eine Stimme erklang. »Norman, John, seid ihr das?«

Auf Strombergs Gesicht erschien ein Lächeln. »Das ist Sven«, rief er. »Seinen Dialekt würde ich unter hunderten heraushören. Richard und Patrick sehe ich auch. Aber wieso sind die denn schon hier? Sie waren doch erst für morgen angekündigt.«

»Ist doch egal«, sagte John erleichtert. »Hauptsache, sie sind ...« Er verstummte. Er fühlte, wie seine Knie weich wurden. Das konnte doch nur eine Einbildung sein.

»Leni?«

Er machte einen Schritt vorwärts. Dann noch einen und noch einen. Er trat vor seine Tochter und hob sie in die Luft. Das Gefühl, sie im Arm zu halten, war einfach unbeschreiblich. Er drückte sie an sich, küsste sie und lachte über die Art, wie sie ihr Gesicht verzog.

Völlig geplättet stellte er sie zurück auf den Boden und drehte sich um.

Hannah stand vor ihm, ein geheimnisvolles Lächeln im Gesicht. »Hallo, Schatz«, sagte sie. »Hast du uns vermisst?«

»Wie ... ich meine, wann ...?« Die Worte blieben ihm im Hals stecken.

Hannah umarmte ihn und küsste ihn zärtlich. Jetzt erst war er wirklich sicher, dass er sich das nicht einbildete. Und trotzdem ...

»Wie kann das sein?«, murmelte er. »Ich dachte, ihr seid auf Antikythera. Wie seid ihr hergekommen? Was macht ihr hier?«

»Alles zu seiner Zeit«, sagte Hannah. »Wir haben unterwegs ein paar Verletzte aufgelesen, um die müssen wir uns zuerst kümmern. Danach werde ich dir alles erzählen.«

»Was für Verletzte?«

»Ein Soldat und eine Reporterin. Beide haben viel durchgemacht. Und wir sind auch ziemlich fertig. Sechsunddreißig Stunden auf unbequemen Buckelpisten – ich spüre meinen Hintern kaum noch.«

»Ihr könnt in meinem Zelt schlafen«, sagte John. »Ich habe Platz genug. Und die anderen bekommen wir auch irgendwo unter. Wo ist Leni?«

»Ich glaube, sie hat bereits Anschluss gefunden.« Hannah deutete hinüber zu Zarif und den anderen. Leni stand bei den Beduinen und sah sie mit großen Augen an. Ganz offenbar gefielen ihr diese fremdartig aussehenden Menschen mit den eleganten Kopfbedeckungen und den weiten Gewändern.

»Was ist mit euren Mitfahrern?« John wandte sich dem Fahrzeug zu, aus dem gerade ein verwundeter Mann herausgetragen wurde. Eine Frau stand neben ihm. Sie kam John irgendwie bekannt vor.

Hannah hob amüsiert eine Braue. »Ich kenne diesen

Blick. Du hast das Gefühl, sie schon einmal gesehen zu haben, nicht wahr?«

»Stimmt …«

»Ging mir genauso. Bis sie mir ihren Namen genannt hat. Dreimal darfst du raten.«

John starrte zu der Frau hinüber und kratzte sich am Kopf. Dann, wie aus heiterem Himmel, fiel es ihm ein. »Das gibt's doch nicht«, sagte er. »Das ist diese Fernsehreporterin. Wie heißt sie doch gleich?«

»Leslie Rickert. Und sie hat eine verdammt aufregende Geschichte zu erzählen.«

31

Es war noch früh am nächsten Morgen, als John die Augen aufschlug. Die Sonne war bereits aufgegangen, und sanftes Licht strömte ins Zelt. Er hatte geträumt, konnte sich aber nicht mehr daran erinnern. Nur, dass es ein angenehmer Traum gewesen war, frei von Ängsten und Sorgen.

Er drehte sich zur Seite. Hannah lag neben ihm. Sie hatte die Augen geschlossen und schlief tief und fest. An der Bewegung hinter ihren Lidern erkannte er, dass sie ebenfalls träumte. Hoffentlich etwas Schönes, so wie er.

Er richtete sich auf. Leni war fort. Ihr Schlafsack war leer, ihr Schmusebär lag direkt daneben.

Rasch zog er seine Hose an, streifte sein Hemd über und stand auf. Draußen vor dem Zelt musste er erst mal seine Augen vor der hereinbrandenden Helligkeit schützen. Der Sturm war fortgezogen und hatte einem herrlichen Morgen Platz gemacht. Lachsfarbene Wolken zogen über den Himmel, und goldenes Licht lag auf der Ebene.

Er brauchte nicht lange, um Leni zu finden. Sie saß drüben bei den Beduinen und unterhielt sich mit ihnen. Die Männer hockten um ein Spielbrett und schlürften Tee. Steine wurden hin und her geschoben, manche geschlagen und vom Brett entfernt. Leni lieferte sich ein Duell mit Zarif, dessen Augen sorgenvoll unter dem kunstvoll geflochtenen Kopftuch dreinblickten. Nachdenklich strich er durch seinen Bart.

John grüßte freundlich und trat näher. »Hallo zusammen. Darf ich euch Gesellschaft leisten?«

»Nimm Platz.« Sabah rückte ein Stück zur Seite, so dass John sitzen konnte.

»Was spielt ihr da?«

»*Taula*«, erwiderte Sabah. »Es hat Ähnlichkeit mit eurem Backgammon, ist allerdings viel älter. Deine Tochter ist eine wahre Meisterin darin.«

»Ach ja?«, sagte John. »Wusste ich gar nicht.«

»Zuerst hat sie mich geschlagen, dann Abdallah, jetzt zieht sie Zarif das Fell über die Ohren. Zwei Spiele hat er bereits verloren, und er ist ein Meister in diesem Spiel. Vorsicht, Zarif, ich glaube, sie will dich in eine Falle locken.«

»Längst gesehen«, sagte der Beduinenführer und ließ einen Spielstein über alle anderen hüpfen. »So einfach bin ich nicht zu täuschen.« Er beendete seinen Zug und lächelte Leni siegessicher an. »So, meine Kleine. Mal sehen, wie du dich aus dieser Zwickmühle befreist ...«

Leni beachtete ihn gar nicht, sondern setzte völlig emotionslos ihren Stein an das untere Ende des Brettes. Ein scheinbar sinnloser Zug, doch er ließ Zarif erstarren. Ungläubig schauten die Beduinen auf das Brett, dann fingen sie lautstark an zu palavern. John konnte sich keinen Reim darauf machen. »Was ist denn los?«

»Sie hat ihm den Rückzug versperrt«, sagte Sabah. »Ziel ist es, seine Steine nach unten zu bringen und aus dem Spielfeld zu entfernen. Doch jetzt geht das nicht mehr. Sie hat tatsächlich den einzig wunden Punkt in Zarifs Strategie entdeckt. Er war so versessen darauf, sie zu schlagen, dass er seine Deckung vernachlässigt hat. Leni wird auch dieses Spiel gewinnen.« Lachend trank er seinen Tee und schenkte sich noch mal ein. »Möchtest du auch ein Glas?«

»Gerne«, sagte John, immer noch irritiert darüber, wie viel Aufhebens um ein einfaches Spiel gemacht wurde. Zarif blickte mürrisch auf dem Brett umher, dann fegte er die Steine herunter. »Teufel noch mal«, fluchte er. »Dreimal hintereinander verloren, und das ohne erkennbaren Fehler.«

»Vielleicht hatte Leni einfach Glück«, sagte John begütigend und nippte an seinem Tee. Er wollte nicht, dass der Beduinenführer sein Gesicht verlor.

»Glück, pfff …«, schnaubte Zarif. »Taula ist pure Strategie. Ein jahrtausendealtes Spiel, das bereits im alten Mesopotamien, in Babylon und Ur gespielt wurde. Wenn es nur Glück wäre, hätte ich ja statistisch gesehen wenigstens einmal gewinnen müssen. Wie lange spielst du das Spiel schon, Kleine?«

Leni hatte das Interesse an dem Spiel verloren und stattdessen begonnen, aus den herumliegenden Steinen einen Turm zu bauen. »Seit heute«, sagte sie, ohne ihren Blick abzuwenden.

Zarifs buschige Brauen sprangen in die Höhe. »Du meinst, du hast noch nie zuvor Taula gespielt? Aber Backgammon kennst du, oder?«

»Was ist Backgammon?«

Hilfesuchend blickte der Beduinenführer zu John, der die Schultern zuckte. »Ich fürchte, ich kann da nicht viel weiterhelfen«, sagte John. »Von mir hat sie das jedenfalls nicht. Ich selbst habe das Spiel vor Urzeiten mal gespielt, war aber nie wirklich gut darin. Hannah, soweit ich weiß, auch nicht. Aber Leni hat ein echtes Händchen dafür. Sie liebt Mathematik und alles, was damit zusammenhängt. Eine Begabung.«

»Eine Begabung?« Zarif blickte Leni stirnrunzelnd an. »Ich würde sagen, es ist mehr als das.«

Er überlegte kurz, dann ließ er seine Hand über das Spielbrett fahren, machte ein paar kunstvolle Gesten und hielt Leni die geschlossene Faust entgegen.

»Wie viele Steine habe ich in meiner Hand?«

Ohne den Blick von ihrem Turm abzuwenden, sagte sie: »Vier. Drei weiße und einen schwarzen.«

Zarif öffnete die Hand.

John war nicht überrascht, er hatte dergleichen schon oft erlebt. Aber die Wirkung auf die Beduinen war enorm. Zarif gab Leni die Steine und beobachtete, wie sie sie in ihrem Turm verbaute. »Wie alt bist du, Kleine?«

»Vier.«

Er stutzte, dann lächelte er. »Nein, nein, ich meine nicht die Steine, ich meine dein Alter.«

»Das ist mein Alter.«

»Es ist wahr, sie ist vier Jahre alt«, sagte John. »In einem Monat wird sie fünf.«

»Aber das ist unmöglich ...«

»Sie ist sehr weit in ihrer Entwicklung. Hannah und ich wissen das«, sagte John, der vergessen hatte, wie befremdlich Lenis Reife auf andere wirken musste. »Ich versichere euch, dass alles mit rechten Dingen zugeht. Leni ist gesund und munter. Die Ärzte haben ihr ein langes und erfülltes Leben prophezeit.«

Noch einmal nippte er an seinem Tee und hoffte, dass die Sache damit beendet war. Weder ihm noch Hannah stand der Sinn danach, die alte Geschichte aufzurollen. Aber an der Reaktion der Beduinen sah er, dass für sie dieses Thema noch lange nicht erledigt war. Sie waren nur zu höflich, um weiter zu fragen.

Eine peinliche Stille trat ein, die zum Glück durch das Aufziehen eines Reißverschlusses unterbrochen wurde. Ein verstrubbelter Kopf erschien aus dem neu hinzugekommenen Armeezelt. »Guten Morgen«, krächzte eine Stimme.

»Guten Morgen, Ms. Rickert«, sagte John.

»Leslie«, sagte die Reporterin. »Ich denke sonst immer, ihr würdet über meine Mutter sprechen. Auch wenn ich mich gerade genauso alt fühle.«

»Vielleicht möchten Sie einen Tee mit uns einnehmen, Ms. Rickert«, sagte Sabah. »Er ist stark und weckt die Lebensgeister.«

»Leslie, *bitte*. Und ja, einen Tee hätte ich sehr gerne.«

John streckte ihr die Hand entgegen. »Wir hatten gestern Abend gar nicht die Gelegenheit, uns miteinander bekannt zu machen. Mein Name ist John, ich bin der Ehemann von Hannah. Und das ist unsere Tochter Leni.«

Leslie hockte sich hin und reichte auch Leni die Hand. »Hi.«

»Hi.«

»Schöner Turm. Darf ich mitbauen?«

»Klar.«

John lächelte. Die Reporterin schien einen guten Draht zu Kindern zu haben. »Wie geht es deinem Begleiter?«

»Ganz gut, glaube ich. Er war sehr unruhig, aber jetzt schläft er tief und fest. Danke, dass ihr uns Unterschlupf gewährt habt.«

John winkte ab. »Ist doch selbstverständlich. Sagt einfach

Bescheid, wenn ihr wieder in die Zivilisation wollt. Wir finden dann schon eine Lösung.«

Leslie reichte Leni den letzten Stein, und diese fügte ihn an die oberste Stelle im Turm. Die Anzahl ging genau auf, es war nicht ein Stein zu viel. Sabah reichte der Reporterin ihren Tee und bot John auch noch einen an. Er lehnte dankend ab.

»Was tut ihr hier eigentlich?«, fragte Leslie schlürfend. »Ist das ein Forschungsprojekt oder so was?«

John hob überrascht eine Braue. »Hat dir denn niemand etwas darüber erzählt?«

Sie schüttelte den Kopf.

»Oh.« John strich über sein Kinn. »Nun, ich weiß nicht, ob ich befugt bin …«

»Lass nur«, sagte Leslie schmunzelnd. »Es eilt nicht. James und ich werden zumindest heute noch hierbleiben. Besprich dich erst mal mit den anderen, dann sehen wir weiter. Ich glaube übrigens, dass deine Frau wach ist, da drüben im Zelt tut sich etwas. Ich werde so lange hier sitzen und schauen, ob das Spiel etwas für mich ist. Ob ich wohl auch mal eine Runde auf dem Brett drehen dürfte …?«

Zarif machte eine einladende Geste. »Mit dem größten Vergnügen. Vielleicht hat unsere kleine Meisterin ja Lust, noch eine Partie zu spielen.«

»Klar«, sagte Leni gelangweilt und stieß ihren Turm um. »Willst du schwarz oder weiß?«

Die Sonne stand schon fast im Zenit, als sie ihr Frühstück beendeten und sich um Hannah versammelten. Es war ein spannender Morgen gewesen. Sie hatten Informationen ausgetauscht, Leslies und Faulkners Entführungsgeschichte gelauscht und über Mossul diskutiert. John und Stromberg brachten die anderen auf den neuesten Stand, was den gewaltsamen Tod des Professors und seines Sohnes Hasan betraf, und sie alle sprachen über die schwerwiegenden Konsequenzen, die diese Entwicklung für sie haben könnte.

Auch die Beduinen waren bei dem Gespräch dabei, wenngleich nur als Zuhörer. Entgegen ihrer Ankündigung hatten sie beschlossen, doch noch ein paar Tage zu bleiben. Warum, das war John nicht ganz klar, aber er vermutete, dass es etwas mit Leni zu tun hatte. Das Interesse der Beduinen an dem Mädchen war offenkundig, auch wenn er nicht wusste, was er davon halten sollte.

Hannah war die meiste Zeit über recht schweigsam gewesen, doch jetzt war ihr großer Moment gekommen. Vor ihr, auf dem Klapptisch, stand ein grauer Kasten. Weder John noch irgendeinem anderen hatte sie etwas über den Inhalt verraten. Es schien ihr wichtig zu sein, dass alle es im selben Moment sahen. John respektierte diesen Wunsch, doch so langsam fing er an, nervös zu werden.

Das Ding erinnerte in Form und Größe an eine Werkzeugkiste, doch er war ziemlich sicher, dass sich etwas völlig anderes darin befand.

Hannah blickte in die Runde. »Alle da? Na schön, dann können wir beginnen.« Sie löste die Halteklammern und entfernte die Abdeckung. Ein Raunen ging durch die Gruppe.

John, der einen Moment lang den Atem angehalten hatte, lächelte. In dem Augenblick, als er das Ding zum ersten Mal sah, wusste er, warum seine Frau so ein Geheimnis darum gemacht hatte. Hannah war wirklich immer für eine Überraschung gut.

Goldene Zahnräder, Scheiben, Skalen, Achsen und Verstrebungen funkelten im Licht der Sonne. Das Ding sah aus, als stamme es aus »Tausendundeiner Nacht«. Einerseits modern, andererseits wie etwas, das aus der Zeit gefallen war. Ein Anachronismus. Auf den Zeigern und Symbolen waren Unmengen von Informationen untergebracht, die viel zu komplex waren, um sie auf einen Blick zu entschlüsseln. John kannte die Fotos von der Website, doch es war etwas völlig anderes, den Mechanismus live und in voller Größe zu sehen.

Bewundernd schaute er seine Frau an. Hannah erwiderte seinen Blick und lächelte. Wie war ihr das nur gelungen?

Leslie war die Erste, die etwas sagte. »Sieht aus wie eine Uhr. Eine sehr komplizierte Uhr, wenn ich mir die Bemerkung erlauben darf.«

Stromberg erhob sich mühsam von seinem Stuhl und deutete eine Verbeugung an. »Ich habe es schon einmal gesagt, und ich wiederhole es gerne jederzeit wieder: Hannah, du bist ein Genie.«

»Freu dich nicht zu früh«, sagte Hannah. »Alles hat seinen Preis.«

»Was ist es denn nun?«, fragte Leslie.

»Deine Vermutung ist gar nicht schlecht«, erwiderte Hannah. »Was ihr hier seht, ist die Rekonstruktion eines Apparates, der unter dem Namen *Antikythera-Mechanismus* bekannt geworden ist. Allerdings waren alle bisherigen Rekonstruktionen unvollständig. Dieses hier ist das einzig funktionsfähige Exemplar der Maschine, die vor zweitausend Jahren in der Ägäis versank.«

Sie betätigte das Aufziehwerk und ließ die Maschine schnurren. Zahnräder rotierten, Zeiger bewegten sich, und

Gestirne veränderten ihre Position. Es war, als hätte Leonardo da Vinci seine geheime Schatzkammer für sie geöffnet.

»Diese Rekonstruktion verfügt über alle Funktionen, die auch das Original besessen hat«, fuhr Hannah fort. »Sie ist sowohl Uhr als auch Kalender und Zeitschloss. Die Spezialisten auf der *Atlantis II* haben dieses Duplikat als Dank für unsere Mithilfe angefertigt, und ich habe die vergangenen Tage damit verbracht, die Symbole zu dechiffrieren und sie in Übereinstimmung mit historischen Daten zu bringen. Dabei bin ich auf etwas Erstaunliches gestoßen. Zunächst aber muss ich einen Abgleich mit den Inschriften im Tempel vornehmen, um wirklich sicherzugehen.«

»Worauf warten wir dann noch?«, fragte Stromberg. »Unterziehen wir das Ding einem Test.«

»Langsam«, sagte Hannah. »Nicht ganz so voreilig. Ich hege nämlich den Verdacht, dass das Ding nicht ganz ungefährlich ist. Nicht der Apparat selbst, aber das, was er auslöst, wenn man ihn falsch bedient.«

»Du sprichst in Rätseln«, sagte der Milliardär.

»Ich glaube, dass wir es mit einer Art Sicherheitsüberprüfung zu tun haben«, sagte Hannah. »Einem *Security Key*, wie er heute in jedem geschützten Gebäude Usus ist. Ein falscher Versuch, und irgendwo geht ein Alarm los. Vermutlich werden wir nur einen einzigen Versuch haben, und deshalb sollten wir keinen Fehler begehen, versteht ihr?«

»Zeitschloss? Security Key?« Leslie zog die Stirn kraus. »An was zum Geier forscht ihr hier eigentlich?«

»Wollen Sie es sehen, Leslie?« Strombergs Augen funkelten. »Geben Sie mir Ihre Hand, und folgen Sie mir. Ich denke, Sie haben ein Recht darauf, es zu erfahren.«

32

Langsam. Vorsichtig.

Schritt für Schritt trug John die Maschine die Treppe hinunter.

Eine Stufe nach der anderen. Jetzt bloß kein Fehltritt.

Nicht auszudenken, wenn das kostbare Stück runterfiel. Alle Mühe umsonst. Der Schaden – nicht wiedergutzumachen. Ganz zu schweigen davon, dass Stromberg ihm die Eier abreißen würde, wenn die Maschine Schaden nahm.

Ein Lächeln zuckte um seine Mundwinkel, verschwand aber gleich wieder. Das Ding war schwerer, als es aussah. Schätzungsweise zwölf Kilo und äußerst scharfkantig. Ein antikes Stückchen Hightech, dessen Räderwerk vor freudiger Erwartung geradezu summte.

John wurde sich des strengen Blickes des Gottes Marduk bewusst, der drohend über ihm aufragte. Sein Gewand war über und über mit Zahnrädern und ornamentalen Getriebeteilen besetzt. Die Parallele zum Antikythera-Mechanismus drängte sich förmlich auf.

Er blendete den Gedanken daran aus und setzte seinen Weg fort. Zwischen den Beinen des Gottes hindurch und immer weiter in die Tiefe.

Seine Gedanken kreisten um Hannahs letzte Bemerkung. *Ein falscher Versuch, und irgendwo geht ein Alarm los.* War es das, was geschehen war, als er die kupfernen Kontakte berührt hatte? Hatte er ein unterirdisches Verteidigungssystem aktiviert? Aber welches System überdauerte zweitausend Jahre?

Von unten drangen Stimmen zu ihm herauf. Die anderen Gruppenmitglieder waren bereits vorgegangen und ließen sich von Stromberg den Fund erklären. Der alte Mann schien seinen Auftritt zu genießen. Vielleicht war John etwas voreilig gewesen, als er sich freiwillig für den Transport der Maschine gemeldet hatte.

Ein Schweißtropfen lief seitlich seine Schläfe entlang und drang in sein Auge. Er ignorierte das Brennen und konzentrierte sich auf seine Aufgabe. Jetzt nicht versagen, es waren nur noch ein paar Meter.

Sven Gundersson und Patrick Hayden waren seit den frühen Morgenstunden in der Grabkammer zugange. Sven war Linguist und Experte für ausgestorbene Sprachen, Patrick Computerfachmann und Kryptoanalytiker. Stromberg hatte ihnen gestern Abend noch den Auftrag erteilt, die Inschriften zu entziffern und etwas über die Bedeutung der Kammer herauszufinden. Ob ihre Suche von Erfolg gekrönt war, wusste John nicht. Nur, dass sie seit Stunden hier unten beschäftigt waren und nicht mal Zeit fürs Frühstück gehabt hatten. Zwei Stufen noch, dann war er unten angelangt.

Der Saal war hell erleuchtet. Ein kleiner Generator betrieb zwei Halogenscheinwerfer, die für ausreichende Beleuchtung sorgten. Welch Unterschied zu der bedrückenden Dunkelheit, in die sie gestern noch hinabgestiegen waren.

Mit kleinen Schritten ging er zur gegenüberliegenden Wand, stellte das Gerät neben der Nische ab und gesellte sich zu den anderen. Seine Arme fühlten sich an, als wären sie aus Gummi.

Norman stand etwas rechts und unterhielt sich leise mit Leslie Rickert und Major Faulkner. John fragte sich, ob da etwas zwischen ihnen lief. Er war kein Experte in solchen Dingen, aber die Körpersprache verriet einiges. Man tauschte nicht unbedingt Berührungen und tiefe Blicke aus, wenn man einander unsympathisch war.

»Da bist du ja, John«, sagte Stromberg, als er eintraf. »Alles in Ordnung mit dem Mechanismus?«

»Natürlich. Er steht dort drüben.«

»Sehr schön. Dann sind wir ja alle vollzählig. Kommt, lasst uns hören, was unsere beiden Analytiker herausgefunden haben. Sven, Patrick, kommt ihr bitte mal zu uns? Wir brennen vor Neugier.«

Sven klopfte seinem Kollegen auf die Schulter, und gemeinsam gingen sie zu ihnen herüber. Sie stellten sich neben eine Sandsteinplatte in der Wand, die, nach allgemeinem Konsens, die jüngste im gesamten Saal zu sein schien.

»Eine ganz schön harte Nuss, die ihr uns da zu knacken gegeben habt, wisst ihr das?« Sven legte den Kopf von einer Seite auf die andere und massierte seine Halsmuskeln. Er wirkte ziemlich verspannt.

»Deswegen habe ich ja euch ausgewählt und nicht irgendeinen Wald-und-Wiesen-Entschlüsselungsexperten«, sagte Stromberg. »Ich hoffe, dass ihr meine Erwartungen erfüllt.«

»Das hoffe ich auch«, sagte Sven grinsend. »Ich muss vorausschicken, dass Patrick und ich noch ziemlich am Anfang stehen. Die Texte sind teilweise in einer Geheimschrift verfasst und stark verschlüsselt.«

»Ich habe allerdings einen Dechiffrier-Algorithmus entwickelt, der das Problem lösen könnte«, ergänzte Patrick. »Wir haben bereits Dutzende von Aufnahmen gemacht, die gerade ausgelesen werden …«

»… und deswegen noch nicht verfügbar sind«, sagte Sven. »Trotzdem gibt es ein paar Stellen, die wir bereits entziffert haben und die uns interessante Details und Informationen liefern. Eine davon seht ihr hier.« Er trat etwas zur Seite, damit die anderen besser sehen konnten. »Die Platte, vor der wir gerade stehen, wurde auf Assyrisch verfasst und ist daher relativ gut zu entziffern. Auf ihr wird eine recht merkwürdige Geschichte erzählt. Eine Geschichte, in der immer wieder zwei Namen auftauchen: Sanherib und Assurbanipal.«

»Könige des alten Assyrien«, sagte Hannah. »Der eine herrschte von 705 bis 680 vor Christus, der andere 669 bis 627.«

Sven nickte. »Sanherib fing im Jahre 686 mit der Errichtung dieses Tempels an, Assurbanipal beendete ihn im Jahre 651. Nach Adam Riese macht das fünfunddreißig Jahre, in denen daran gearbeitet wurde.«

Leslie stieß einen Pfiff aus. »Ganz schön lang, oder?«

»Allerdings«, sagte Patrick. »Selbst nach antiken Maßstäben. Nur mal zum Vergleich: An der Cheopspyramide wurde *nur* dreiundzwanzig Jahre gebaut. Bauherr war ein gewisser *Gaumata*, der nicht nur Architekt, sondern anscheinend auch noch Priester und Hexenmeister war. Oberhaupt einer Zarathustra-Priesterschaft, einer kleinen, aber sehr elitären Gruppe innerhalb der Priesterkaste. Ziemlich mysteriös, wenn ihr mich fragt.«

»So ungewöhnlich finde ich das nicht«, warf Hannah ein. »Alle höhergestellten Persönlichkeiten im alten Mesopotamien waren irgendwie mit der Magie im Bunde. Viele besaßen eine hohe Bildung und verstanden sich auf Techniken, die weit über das hinausgingen, was das gemeine Volk beherrschte. Um euch mal ein Beispiel zu geben: Die Herstellung der Bronze war ein Geheimnis, das nur von Vater zu Sohn oder von Meister zu Lehrling weitergegeben wurde. Wer davon keine Ahnung hatte, dem musste die Herstellung des Metalls wie Zauberei vorkommen.«

Stromberg nickte. »Die Menschen waren damals kaum weniger gläubig als heute, und die Priesterkaste war eine der höchsten im Staat. Jeder, der etwas auf sich hielt, trug neben seinem weltlichen Titel zusätzlich den eines Priesters.«

»Das ist uns bekannt«, sagte Sven. »Aber selbst unter diesen Gesichtspunkten muss Gaumata als spezieller Fall gewertet werden. Zuerst mal ist da die Tatsache, dass er neun Baumeister unter sich hatte. Diese Baumeister stammten alle aus unterschiedlichen Ländern und redeten in unterschiedlichen Sprachen. Einer von ihnen stammte offenbar sogar aus dem pakistanisch-indischen Raum.«

»Nicht nur, dass wir es mit unterschiedlichen Sprachen und Stilen zu tun haben, nein, es kommen auch noch unterschiedliche Schriftzeichen zum Einsatz«, sagte Patrick. »Neun, um genau zu sein. Eine geradezu babylonische Sprachverwirrung. Ohne mein Programm wären wir kaum in der Lage gewesen, auch nur die Hälfte von dem zu entziffern, was wir bisher haben.«

»Aber hat das die Zusammenarbeit denn nicht erheblich erschwert?«, fragte Leslie. »Ich meine – neun Baumeister, neun Sprachen –, ich stelle mir das sehr kompliziert vor, wenn einer den anderen nicht verstanden hat.«

»Das ist es, aber es gibt eine Erklärung dafür«, sagte Sven. »Damit kommen wir zu der zweiten Merkwürdigkeit. Offenbar haben die neun nicht zusammen, sondern nacheinander gearbeitet.«

»Wie – nacheinander?«, fragte Stromberg. »Wie soll das funktionieren?«

»Nun, jeder hat erst dann weitergebaut, wenn sein Vorgänger das Stockwerk abgeschlossen hatte. Jeder von ihnen war mit der Errichtung genau eines einzelnen Stockwerks betraut.«

»Warum das?«, fragte Stromberg. »Ist das nicht völlig unsinnig?«

Patrick zuckte die Schultern. »Aus Geheimhaltungsgründen, wer weiß? Niemand, außer dem jeweiligen Architekten und den beschäftigten Arbeitern, wusste, wie es im Inneren aussah.«

»Und Gautama?«

Sven nickte. »Als Großbaumeister war er vermutlich der Einzige, der in den gesamten Plan eingeweiht war. Der Bau gipfelte darin, dass die jeweiligen Sklaven im Anschluss an die Fertigstellung hingerichtet wurden. Der Turm wurde buchstäblich auf Blut und Knochen errichtet. Seht selbst.« Er deutete auf ein Tableau etwas weiter rechts. John trat näher und nahm die Platte in Augenschein. Die Darstellung war ihm bislang nicht aufgefallen, da die figürlichen Darstellungen im Verhältnis zu anderen Bildern in dieser Halle relativ klein waren. Doch das hieß nicht, dass ihr Schicksal deswegen weniger bemitleidenswert war. Den knienden

Arbeitern wurden von hundsköpfigen Wachen die Köpfe abgeschlagen und danach auf einen Haufen geworfen. Köpfe auf den einen, Leiber auf den anderen Haufen. Hübsch ordentlich, bis auch diese zu kleinen Pyramiden anwuchsen.

Johns Blick wanderte hinüber zu der großen Turmdarstellung. Im Geiste zählte er die Ebenen durch. Sechs ... sieben ... acht ... neun. Neun Stockwerke, neun Sprachen, neun Baumeister. Die Übereinstimmung zum Turmbau von Babel war mehr als augenfällig.

»Nur, um das richtig zu verstehen«, hakte Leslie noch einmal nach. »Heißt das, kein Baumeister wusste von dem anderen, was dieser dort baute?«

»Exakt.«

Die Reporterin schüttelte den Kopf. »Verrückt.«

»Du sagst es«, erwiderte Patrick. »Und es wird noch verrückter. Wir haben spaßeshalber ein paar Recherchen über diesen Gaumata angestellt. Er verschwand nach der Bautätigkeit spurlos und taucht in der Geschichtsschreibung nicht mehr auf. Jedenfalls nicht für die nächsten Jahrzehnte. So lange, bis Perserkönig Dareios ihn am 29. September 522 aufstöberte und tötete. Dokumentiert und niedergelegt ist das in der Behistun-Inschrift in Kermanschah. Die Iraner feiern das Fest noch heute als das *Fest des Magiertotschlags*. Seine neun Baumeister, denen man den Titel *Lügenkönige* verpasst hat, wurden ebenfalls hingerichtet. Irre, oder?«

»Da hat sich wohl ein kleiner Rechenfehler eingeschlichen.« Leslie lächelte. »Du sagtest, der Bau wäre 651 vor Christus beendet worden. Gefangen und getötet wurde Gaumata 522. Dazwischen liegen hundertneunundzwanzig

Jahre. Plus die fünfunddreißig, in denen der Tempel errichtet wurde. Wenn man davon ausgeht, dass Gaumata mindestens dreißig war, als er Großbaumeister wurde, komme ich auf locker hundertneunzig Jahre. Ziemlich alt für einen Menschen, selbst nach heutigen Maßstäben.«

»Abraham wurde hundertfünfundsiebzig«, gab Stromberg zu bedenken.

»Vielleicht ein anderer Gaumata«, warf Faulkner ein. »Eine Namensgleichheit?«

»Vielleicht ist aber auch die ganze Geschichte *bullshit*«, ergänzte Patrick grinsend. »Aber um das herauszufinden, sind wir ja hier, nicht wahr? Wir haben also noch viel Arbeit vor uns.«

John bemerkte, dass Hannah etwas abseitsstand und mit dem Finger über die Gravuren fuhr. Ihr Gesicht lag im Schatten, doch sie schien tief in Gedanken versunken zu sein.

»Warum der Begriff *Lügenkönige?*«, fragte sie. »Was haben sie sich zuschulden kommen lassen? Warum diese vielen Hinrichtungen? Mal abgesehen davon, dass kein Mensch so ein grausames Schicksal verdient, so spielen bei einer solchen Entscheidung vor allem wirtschaftliche Aspekte eine Rolle.«

»Wie meinst du das?«, fragte John.

»Ganz einfach: Sklaven waren teuer. Sie zu besitzen, bedeutete Wohlstand. Niemand, der halbwegs bei Verstand war, ließ ein ganzes Volk von Arbeitern hinrichten, nur um irgendetwas zu verschleiern. Was zum Geier haben die hier gebaut?«

»Darüber haben wir leider noch nichts herausgefunden«,

sagte Sven. »Aber, wie gesagt, wir befinden uns erst am Anfang. Gut möglich, dass wir später ...«

»Gibt es denn keine Informationen über das Bauwerk selbst?«, wurde er von Hannah unterbrochen. »Wenn ich das richtig sehe, ist das eine Pyramide, die kopfüber im Sand steckt. Warum dieser Aufwand? Warum ein Loch buddeln, wenn man das Bauwerk doch auch aufrecht hinstellen kann?«

»Da sprichst du einen interessanten Punkt an«, sagte Sven. »Wir sind da nämlich auf etwas gestoßen, das wir anfangs für einen Übersetzungsfehler hielten. Die Tatsache, dass anscheinend das unterste Stockwerk das älteste ist.«

»Wie bitte?« Stromberg riss die Augen auf. »Wie soll das gehen?«

»Nun, man hat unten begonnen zu bauen und dann ein Stockwerk über das andere errichtet. So lange, bis man in dieser Kammer hier herauskam.«

»Unmöglich«, sagte der Milliardär.

»Nicht unmöglich, wenn man davon ausgeht, dass das Loch in der Erde bereits vorhanden war und man es nur aufzufüllen brauchte.« Patrick zwinkerte ihnen zu. »Kommt mal mit.« Er führte sie auf die andere Seite des Raumes. Hier waren weitere Schrifttafeln eingelassen. John erkannte mit bloßem Auge, dass die Zeichen sich deutlich von denen zuvor unterschieden. Sie waren größer, gröber und stärker ineinander verschachtelt.

»Ist das Sumerisch?«, fragte er.

Sven nickte. »Die älteste Schrift der Menschheitsgeschichte. Älter als die Jiahu-Schrift, die Vinca-Zeichen oder die Hieroglyphen. Was ihr hier seht, ist über sechstausend

Jahre alt und damit vor der Errichtung des Tempels niedergelegt worden. Die Platte stammt aus einer Zeit, in der hier noch nichts war. Leider ist sie sehr stark verwittert, so dass es fast aussichtslos ist, sie zu entziffern. Dennoch haben wir etwas gefunden. Den Hinweis auf ein astronomisches Ereignis. Es könnte sein, dass hier vor Urzeiten ein Meteorit runtergekommen ist.«

John hob den Kopf. Endlich dämmerte ihm, worauf die beiden hinauswollten. »Ein Krater«, sagte er.

»So sieht's aus. Ein ziemlich großer. Vermutlich besaß er die Abmessungen des Barringer-Kraters in Arizona. Zu Beginn war er wohl eine einfache Pilgerstätte, wurde jedoch Jahrtausende später zu einem Tempel umfunktioniert. Man errichtete die Stockwerke in dem Krater, ebnete das umliegende Land ein und verbarg, was dort unten lag.«

»Warum?«, fragte Leslie.

»Darüber können wir nur spekulieren«, sagte Sven. »In den Tafeln tauchen immer wieder bestimmte Wörter auf. Wörter, die sich vielleicht am ehesten mit *Hassbringer* und *Säer von Zwietracht* übersetzen lassen. Keine Ahnung, was das bedeutet, aber es könnte uns einen Hinweis darauf liefern, warum es ab diesem Zeitpunkt mit dem Frieden in dieser Region vorbei war.«

»Vielleicht hat der Meteorit eine Goldader freigelegt«, spekulierte Leslie. »Oder er bestand selbst daraus. Ein schöner dicker Klumpen reinsten Goldes, um den sich die ganze Welt stritt, wie klingt das?«

»Unwahrscheinlich«, sagte Patrick. »Gold gab es damals schon, warum hätte man deswegen so ein Theater machen sollen?«

»Es muss etwas gewesen sein, weswegen die Menschen angefangen haben, sich systematisch umzubringen«, sagte Sven. »Wenn man nämlich an dieser Wand entlanggeht und liest, was danach geschehen ist, stößt man auf eine nicht enden wollende Abfolge von Kriegen, Morden und Plünderungen. Eine Entwicklung, die bis heute anhält, wohlgemerkt. Ob das nun tatsächlich etwas damit zu tun hat, was da vom Himmel gefallen ist, oder ob die Menschen einfach so einen Hass aufeinander entwickelt haben, dürfte kaum zu klären sein. Fest steht, dass die Sumerer – und später die Assyrer – einen Heidenrespekt vor dem Ding hatten und es unbedingt vor den Augen der Welt verstecken wollten. Und da ruht es nun, zugedeckt und unerforscht seit über zweitausendfünfhundert Jahren.«

»Bis wir kamen«, sagte Hannah leise.

»So ist es«, erwiderte Sven. »Ich teile inzwischen Normans Meinung: Dieser Tempel ist ein Fund von historischen Dimensionen. Durchaus möglich, dass es sich dabei tatsächlich um den sagenumwobenen Turm zu Babel handelt, vielleicht ist es aber auch etwas völlig anderes.«

»Was immer es ist, wir werden es nur herausfinden, wenn wir diese Tür dort öffnen«, sagte Stromberg und deutete auf das Portal. »Wie man es auch dreht und wendet, die Antwort liegt dahinter. Also, worauf warten wir noch? Lasst uns endlich zur Tat schreiten.«

John sah sich um. Die Reaktionen waren gemischt. Während Strombergs Team sowie Leslie und Faulkner von der Idee sehr angetan zu sein schienen, wirkten Hannah und die Beduinen skeptisch. John wusste nicht, wo er selbst stand. Einerseits war er neugierig zu erfahren, ob die Maschine tatsächlich funktionierte und was hinter der Tür lag, andererseits wusste er aus Erfahrung, dass Hannah in solchen Dingen einen guten Riecher hatte.

»Wir sollten das nicht übereilen, Norman«, sagte sie. »Es wäre nicht das erste Mal, dass eine Tür geöffnet wurde, die besser verschlossen geblieben wäre.«

»Wie meinst du das?«, fragte der Milliardär.

»Hassbringer«, sagte sie kopfschüttelnd. *»Säer von Zwietracht.* Geben euch diese Namen nicht zu denken?«

»Es sind doch nur Namen«, erwiderte Stromberg achselzuckend. »Vielleicht sogar nicht mal richtig übersetzt. Willst du deswegen darauf verzichten, herauszufinden, was dahinter verborgen liegt?«

»Ja, das will ich«, erwiderte Hannah und nickte nachdrücklich. »Ich habe kein gutes Gefühl bei der Sache. Hatte ich von Anfang an nicht. Und jetzt, da ich vor dem Portal stehe, ist es schlimmer denn je. Ich sagte dir, dass es einen Preis dafür gibt, dass ich dir die Maschine bringe. Willst du ihn hören?«

Stromberg sah sie einen Moment lang ratlos an, dann verfinsterte sich seine Miene. »Schieß los«, sagte er.

Hannah legte ihre Hand auf Lenis Schulter und hob den Kopf. Noch ehe sie den Mund aufgemacht hatte, wusste John, worauf sie hinauswollte.

Seine Schultern sackten nach unten.

33

»Kommandant?«

Khalid schenkte dem Mann keine Beachtung. Er war viel zu sehr damit beschäftigt, die Verladung der Ausrüstung für die Kampffahrzeuge zu überwachen. Waffen mussten montiert, Reifen gewechselt, Munition verstaut und Tanks befüllt werden. Und die Uhr tickte. Jede Störung war im Moment unwillkommen.

Seit er vor zwei Stunden in der Kommandozentrale von dem abgefangenen Funkspruch erfahren hatte, war er pausenlos im Einsatz. Sechs der Pick-ups waren bereits fertig, aber es fehlten noch drei, einschließlich seines gepanzerten Pajero.

Irgendetwas stimmte mit der Kühlung nicht. Die halsbrecherische Fahrt hinunter vom Çêl Mêra schien ihm nicht gut bekommen zu sein.

»Beeilt euch mal ein bisschen«, brüllte er die Männer neben der Hebebühne an, die, ölverschmiert und mit Schraubzwingen in der Hand, den Fehler zu finden versuchten. »Es kann doch nicht so schwer sein, das Problem zu beheben. Vermutlich ist nur eine der Leitungen beschädigt. Habt ihr da schon nachgesehen?«

Ein Räuspern erklang neben ihm. »Kommandant ...?«

Khalid fuhr herum. Er hatte einen Brummschädel, war verschwitzt und stank wie ein Iltis. Wehe, der Mann hatte keinen wirklich guten Grund für die Störung. »Was ist los?«

Der junge Wachposten salutierte. »Verzeihen Sie die Störung, aber hier sind zwei Männer, die zu Ihnen möchten. Ich habe gesagt, Sie seien beschäftigt, aber sie ließen sich nicht abwimmeln.« Er trat zur Seite. Khalid sah einen der Sanitäter aus dem Lazarett. Neben ihm stand … *Jafar!*

Den mageren Leib in einen Bademantel gehüllt, den Kopf wie ein türkischer Sultan einbandagiert, stand der Imam da und starrte ihn aus blutunterlaufenen Augen an. Khalid hätte ihn fast nicht wiedererkannt, so sehr hatte er sich verändert. Vor allem das Gesicht, das total zugeschwollen war. Khalid versuchte, sich seine Betroffenheit nicht anmerken zu lassen.

»Was soll das hier? Warum bist du nicht im Lazarett?«

Der Geistliche bewegte den Mund, doch mehr als ein Gestammel kam nicht heraus. Khalid konnte sehen, dass er versuchte, Worte zu formen, aber es wollte ihm nicht gelingen. Ein Speichelfaden lief seinen Mundwinkel hinunter.

»Ich bitte um eine Erklärung«, wandte Khalid sich an den anderen Mann. Es war ein Arzt aus seinem Sanitäterteam.

»War das Ihre Idee, ihn hierherzubringen?«

»Bitte verzeihen Sie, Kommandant«, sagte der Mann. »Ich habe ihm dringend geraten, im Bett zu bleiben, aber er wollte partout nicht auf mich hören.«

»Warum kann er nicht sprechen?«

»Infolge des Schlages hat sich ein Knochensplitter gelöst, der in das Sprachzentrum eingedrungen ist. Wir haben versucht, ihn operativ zu entfernen, aber der Eingriff war zu schwierig. In einem Krankenhaus in Bagdad vielleicht, aber hier und mit unseren Mitteln …« Er ließ den Satz unvollendet.

Khalid nickte. Eine hässliche Geschichte. »Das erklärt immer noch nicht, wieso er jetzt hier steht«, sagte er. »Sehen Sie zu, dass Sie ihn wieder ins Bett befördern. Das ist kein verdammter Kindergarten hier.«

»Wie gesagt, ich habe es versucht. Er hat behauptet, er müsse Ihnen unbedingt etwas mitteilen.«

»Wie denn, wenn er nicht sprechen kann?«

Jafar griff in die Tasche seines Bademantels und holte ein Smartphone heraus. Er löste einen kleinen Stift aus einer seitlichen Halterung und kritzelte etwas auf die Oberfläche. Khalid trat näher, um besser lesen zu können.

Ich will mitkommen!

Khalid runzelte die Stirn. »Das ist nicht dein Ernst, oder?«

Energisches Kopfnicken.

»Kommt nicht in Frage. Du kannst ja kaum auf zwei Beinen stehen. Außerdem gibt es da noch einiges, über das wir reden müssen.« Er hatte die Aktion auf dem Berg nicht vergessen.

Jafar ließ den Stift über das Display kratzen.

Ich entschuldige mich für das, was ich getan habe. Es war falsch. Ich möchte es wiedergutmachen.

»Das dürfte dir kaum gelingen«, sagte Khalid. »Ich hatte dich gewarnt. Ich habe dir gesagt, was passiert, wenn du mir noch einmal in den Rücken fällst.« Er kniff die Augen zusammen. »Weißt du, was ich ursprünglich vorgehabt habe? Eine Kugel wollte ich dir verpassen. Ich kann keine Männer gebrauchen, die sich nicht an meine Befehle halten. Aber Allah hat entschieden, dass du leben sollst, also lebst du. Jetzt sieh zu, dass du dich wieder erholst, und geh mir aus den Augen.« Er dachte eigentlich, das Thema wäre damit erledigt, doch Jafar schrieb fieberhaft weiter. Neugierig reckte Khalid den Hals vor.

Ich werde nie wieder sprechen können, stand da. *Vermutlich werde ich sogar sterben. Wenn ich noch einen letzten Wunsch hätte, dann den, dass Ihr Eure Meinung von mir ändert. Ich verspreche, ich werde Euch nicht enttäuschen.*

Khalid warf dem Arzt einen überraschten Blick zu. »Stimmt das?«

»Wir haben die betroffene Region mit einer Schädelplatte fixiert«, sagte der Mediziner. »Allerdings kann es sein, dass der Splitter anfängt zu wandern. Wenn er tiefer ins Gehirn eindringt, kann es zu einem Schlaganfall kommen, der im schlimmsten Fall zum Tod führt.«

Khalid musterte Jafar. »Hast du Schmerzen?«

Ein Nicken.

»Wobei das nur äußerlich ist«, ergänzte der Sanitäter. »Das Gewebe und die Knochenhaut sind schmerzempfindlich, das Gehirn selbst ist es nicht. Wir haben ihm Morphium verabreicht.«

»Ist er denn überhaupt transportfähig?«

»Die Platte ist stabil verschraubt«, sagte der Sanitäter. »Allerdings wird er höllische Schmerzen haben.«

»Und trotzdem willst du mitkommen?«

»Mmmh ...«

»Warum?«

Der Stift kratzte wieder. *Um die zu finden, die mir das angetan haben.*

Khalid musste zweimal lesen, um es zu verstehen. Dann schüttelte er den Kopf. »Ms. Rickert und Major Faulkner sind längst über alle Berge. Unser Ziel ist ein anderes.«

Bitte!

Jafar senkte den Kopf und schrieb weiter. *Es ist wahr. Ich habe Euch hintergangen, und Gott hat mich dafür gestraft. Ich schäme mich dafür. Es wird nicht wieder vorkommen, das schwöre ich beim Namen des Propheten.*

Khalid wandte sich noch einmal an den Arzt. »Welches Risiko besteht für ihn? Können Stress und körperliche Anstrengung das Wandern des Splitters beschleunigen?«

Der Mann zuckte die Schultern. »Das kann ich nicht beurteilen. Ich würde zur Ruhe mahnen, aber entscheiden muss er selbst.«

Khalid dachte über die Situation nach. Er konnte nicht leugnen, dass er Mitleid mit der geschundenen Kreatur empfand. Humpelnd, sabbernd und unfähig, auch nur ein einziges verständliches Wort herauszubringen, war aus Jafar ein alter Mann geworden. So jung und schon ein Wrack. Dabei hätte er sein Sohn sein können. Sein Leben war zu Ende, ehe es richtig begonnen hatte.

Vor Khalids geistigem Auge erschienen seine beiden Söhne. Zerfetzt, verbrannt, bis zur Unkenntlichkeit verkohlt.

Ihn rührte das Schicksal des Geistlichen.

Er seufzte. »Allah, vergib mir meine Schwäche. Von mir aus komm mit. Du musst selbst wissen, was du tust. Wir brechen in einer Stunde auf.«

*

Rebecca hielt ihr Handy ans Ohr gepresst. Sie versuchte zu verstehen, was der Mann am anderen Ende der Leitung brüllte, doch mehr als Sprachfetzen bekam sie nicht zu hören. Die Turbinen der drei startbereiten Blackhawk-Helikopter schluckten jedes Geräusch.

»Einen Moment, Sir«, rief sie. »Ich versuche, einen ruhigeren Ort zu finden, bleiben Sie in der Leitung.«

Mit schnellen Schritten eilte sie quer über den Runway hinüber zum Tower des Bagdad International Airport und verschanzte sich hinter einem Tankfahrzeug. Hier war es besser.

»Hallo, Sir, was haben Sie als Letztes gesagt?«

»... will wissen, wie weit Sie mit den Startvorbereitungen sind.« Die Stimme des CDC-Kommandierenden klang hörbar gereizt. Kein Wunder: Sie hatten es der Unfähigkeit des irakischen Bodenpersonals zu verdanken, dass die Zusatztanks nicht befüllt worden waren und sie jetzt mehr als eine Stunde im Verzug waren. Und das bei einer Operation, bei der alles vom Timing abhing. Diese elenden Teppichhändler!

»Es geht gleich los«, rief Rebecca ins Handy. »Wie Sie sicher hören können, laufen die Turbinen schon warm. Höchstens noch fünf Minuten. Ich muss mich für die Panne entschuldigen, aber es war nicht unsere Schuld. Das ist ein Staat voller Idioten, da weiß eine Hand nicht, was die andere tut.«

»Ist schon in Ordnung«, schnarrte die Stimme des CDC. »Wir wurden bereits über die Verzögerung informiert. Wir haben Ihnen neue Koordinaten zugeschickt. Eine zweite Messung hat den Radius weiter eingeschränkt, was uns einen Zeitvorteil verschafft. Das neue Zielgebiet ist deutlich kleiner, also regen Sie sich nicht auf.«

Nicht aufregen, schön wär's, dachte Rebecca. Tatsache war, dass sie alles an diesem Land verabscheute. Den Sand, die

Temperaturen, vor allem aber die Menschen. Hammelbeinige Kameltreiber mit ungeputzten Zähnen, denen die Sonne das letzte bisschen Verstand aus dem Kopf gegrillt hatte. Dass es hier in einem fort krachte, war kein Zufall. Die Leute im Nahen und Mittleren Osten waren einfach nicht in der Lage, weiter als bis zu ihren mottenzerfressenen Koranbüchlein zu denken. Dass der liebe Gott ausgerechnet hier, in einem Land, in dem nichts gedieh außer Hass, Verschlagenheit und dumpfer Borniertheit, die größten Ölvorkommen der Welt vergraben hatte, zeugte schon von einem gewissen Zynismus. Er hätte doch wissen müssen, dass die Menschen sich deswegen die Köpfe einschlagen würden. Aber – vielleicht war ja genau das sein Plan. Vielleicht war es eine Prüfung, um die Spreu vom Weizen zu trennen.

»Rebecca?«

»Ja? Entschuldigen Sie. Ich sehe gerade, dass wir startbereit sind.«

»Ich sagte, Sie sollen vorsichtig sein und mir regelmäßig Bericht erstatten. Die Lage auf internationaler Ebene hat sich weiter zugespitzt. Der UN-Sicherheitsrat tagt zurzeit und diskutiert, wie er auf das Zusammenziehen der russischen Streitkräfte entlang der usbekischen Grenze reagieren soll. Ein diplomatischer Alptraum, aber das sollte nicht Ihre Sorge sein. Bringen Sie uns einfach gute Nachrichten, okay?«

»Ich gebe mein Bestes, Sir. Wir werden die Sache aufklären, und wenn wir dafür jeden Stein in dieser öden Gegend umdrehen müssten. Rebecca van Campen over and out.«

Sie steckte ihr Handy ein und eilte zu den Helikoptern hinüber, die wie schwarze Hornissen auf ihren Einsatz warteten.

34

Es war früher Nachmittag. Die Sonne brannte von einem wolkenlosen Himmel herab. Unter einem hellen Segel sitzend, warteten sie auf eine Entscheidung. John wischte sich den Schweiß von der Stirn. Die Stimmung im Lager war angespannt. Zwischen Hannah und Stromberg waren die Fronten verhärtet, und eine Einigung schien ferner denn je. Anfangs hatte ihn der Disput ja noch amüsiert, doch inzwischen war das dauernde Hin und Her nur noch ermüdend. Die beiden waren die stursten Menschen, denen er je begegnet war.

»Nun kommt mal endlich zu einer Einigung«, sagte er gereizt. »Ich finde, es hat jetzt lange genug gedauert. Lasst uns endlich abstimmen.«

Sein Einwand wurde von Hannah mit einem giftigen Blick quittiert. »Halt du dich da raus«, sagte sie. »Das ist eine Sache zwischen Norman und mir.«

Wieso das? Geht es dabei nicht auch um mich?, wollte er fragen, hob aber entschuldigend die Hände. Er kannte seine Frau gut genug, um zu wissen, dass er besser vorsichtig sein sollte, wenn sie sich in dieser Stimmung befand.

Gewiss deutete vieles in der Kammer darauf hin, dass dieser Tempel unter seltsamen Bedingungen entstanden war, doch mehr als ein paar rätselhafte Andeutungen hatten sie nicht gefunden. Schwerlich genug, um daraus auf eine allgemeine Gefahr für ihr Leben zu schließen. Ohne Beweise waren das nichts weiter als Mutmaßungen und Spekulationen.

Dass Hannahs Meinung derart verhärtet war, ließ sich vor allem vor dem Hintergrund ihres Erlebnisses auf Spitzbergen erklären. Auch in der Sahara und auf dem Brocken hatte sie mehr als einmal Kopf und Kragen riskiert, doch jetzt, da sie Familie hatte, war sie offenbar nicht mehr bereit, solche Risiken einzugehen.

Stromberg war das andere Extrem. Von Ehrgeiz, Ungeduld und Gier getrieben, schien er bereit zu sein, alle Vorbehalte über Bord zu werfen und sich blindlings ins Abenteuer zu stürzen. Er war ein Mann, für den keinerlei Regeln zu gelten schienen. Seine Krankheit hatte diese Haltung sogar noch verstärkt.

Wer von den beiden nun recht hatte, würden sie vermutlich erst herausfinden, wenn sie die Tempeltür öffneten, doch davon waren sie momentan weiter entfernt denn je.

Stromberg war sichtlich genervt. Noch hatte er seine Autoritätskarte nicht gespielt, aber John spürte, dass das nur noch eine Frage der Zeit war.

Es war offensichtlich, dass er heftige Schmerzen litt. Richard saß neben ihm und flüsterte etwas in sein Ohr. Stromberg sah ihn entrüstet an. »Ich will kein Schmerzmittel«, fauchte er. »Ich brauche meine volle Konzentration, wenn ich dieser Frau Verstand einbleuen will. Also, Hannah, raus mit der Sprache! Du hast vorhin gesagt, alles habe seinen Preis. Was genau hast du damit gemeint?«

»Ich bin hier, um meinen Mann abzuholen. Den Mechanismus im Gegenzug für John. Das ist der Deal.«

»Aber ...«

»Bitte, John«, unterbrach sie ihn. »Es war hart genug, Leni diesem Risiko auszusetzen und hierherzukommen. Aber ich hielt es für notwendig.«

Stromberg sah Hannah verblüfft an. »Wie kommst du darauf, John mitnehmen zu wollen? Meinst du nicht, er kann selbst darüber entscheiden?«

»Weil er mein Mann ist. Und weil wir spüren, dass das Risiko einfach zu groß ist. Ich möchte nicht, dass Leni ohne ihren Vater aufwächst. Du wirst dich erinnern, dass ich strikt gegen diese Reise war, aber aufgrund moralischer Vorbehalte waren mir die Hände gebunden. Du hast mich auf diese Insel geschickt, und auch das habe ich akzeptiert. Was blieb mir auch anderes übrig? Jetzt aber bringe ich etwas, was du unbedingt haben möchtest: den Mechanismus von Antikythera. Im Gegenzug dafür möchte ich, dass John mit mir zurück nach Griechenland kommt.«

Strombergs Gesicht war eine Maske des Erstaunens. »Willst du denn gar nicht dabei sein, wenn wir den Tempel öffnen?«

»Nein.«

Er faltete die Hände.

»Ich verstehe dich nicht, Hannah. Gewiss, dein Erlebnis auf Spitzbergen gibt dir jedes Recht, skeptisch zu sein. Das wäre ich vermutlich auch, wenn ich an deiner statt gewesen wäre. Aber wir sind Forscher. Unser Job ist es, Dingen auf den Grund zu gehen. Deswegen sind wir hier, oder nicht?«

»Wir sind Forscher, ja – aber mit einem Gewissen. Dass wir hier sind, heißt nicht automatisch, dass wir unvorsichtig werden. Wer A sagt, muss nicht unbedingt B sagen. Ich war noch nie ein Verfechter dieser Regel. Wenn die Indizien zur Vorsicht raten, sollte man sich gut überlegen, ob man tatsächlich weitermachen will. Und dieser Punkt ist bei mir erreicht.«

»Aber du bist Archäologin. Niemand weiß besser als du, dass die Archäologie keine gesicherte Wissenschaft ist. Hier wird nicht mit Taschenrechnern gearbeitet. Manchmal muss man einfach etwas riskieren, um Ergebnisse zu erzielen.«

»Auf Spitzbergen habe ich erlebt, wohin Risiken führen können. Du hast es selbst erwähnt: Ich habe jedes Recht, skeptisch zu sein. Und alles, was ich tue, ist, zur Vorsicht zu mahnen. Ich kann nicht für dich bestimmen, aber was mich und unser Leben betrifft, habe ich alles Recht der Welt.«

John war immer noch nicht dazu in der Lage, seine Gefühle in Worte zu fassen. Dass Hannah so einfach über seinen Kopf hinweg entschied, war eine Sache. Dass sie aber alles über Bord warf, wofür sie zeit ihres Lebens gestanden hatte, war etwas anderes. »Aber ... willst du denn gar nicht wissen, was sich hinter dieser Tür befindet?«, fragte er. »Vermutlich übersteigt der Fund unsere wildesten Träume ...«

Sie massierte ihre Knöchel. »Träume haben den Vorteil, dass sie nicht lebensbedrohlich sind, John. Ich stand schon mal vor einer ähnlichen Tür. Fünf Jahre ist das jetzt her, dass Norman mich unter das Eis geschickt hat. Dieser Tag hat sich wie kein zweiter in mein Gedächtnis gebrannt. Viele Menschen sind damals gestorben. Es gibt Nächte, in denen ich dorthin zurückkehre und ihre Gesichter sehe. Damals habe ich mir geschworen, nie wieder so unvorsichtig zu sein.«

John sah seine Frau verwundert an. Es lag eine Schärfe in ihrer Stimme, die er von ihr gar nicht kannte. Vielleicht weil sie inzwischen andere Prioritäten setzte, vielleicht aber auch, weil jetzt ihre Familie anwesend war. Jedenfalls kamen sie so nicht weiter. Sie drehten sich im Kreis. Offenbar sah Stromberg das genauso. Schwer atmend richtete er sich auf.

»Ich verstehe dich, Hannah. Wirklich, das tue ich. Aber du musst begreifen, dass ich nicht anders kann. Ich werde dieses Land vermutlich nicht mehr lebend verlassen, und ich will dieses Geheimnis lüften. Es soll mein Abschiedsgeschenk an die Welt sein.«

»Abschiedsgeschenk.« Hannah spie das Wort förmlich aus. »Ich kenne dich gut genug, um zu wissen, dass du nichts ohne Eigennutz tust. Du willst die Welt mit einem Paukenschlag verlassen, und bis zu einem bestimmten Grad habe ich dafür sogar Verständnis. Allerdings sind bereits zwei Unschuldige gestorben, und noch immer wissen wir nicht, ob die Stromausfälle hiermit in Zusammenhang stehen. Also tu, was du nicht lassen kannst, aber nicht mit uns. Morgen, spätestens übermorgen werde ich abreisen. Und John und Leni nehme ich mit.«

»Die Stromausfälle? Nun werde mal nicht albern ...«

»Ich bin nicht albern, Norman, es ist mir todernst. Und was dich betrifft, so möchte ich dir dringend raten, erst abzuwarten, was die restlichen Reliefs zutage fördern, ehe du den Mechanismus in die Tür setzt und das Ding öffnest.«

»Aber das kann Tage, wenn nicht Wochen dauern. Ich bin des Wartens überdrüssig ...«

In Hannahs Augen war ein wütendes Flackern zu sehen. »Mit diesem Bauwerk stimmt etwas nicht, wieso erkennt ihr das nicht? Alles, was wir gehört oder gesehen haben, ruft uns zu: *Geht weg. Öffnet nicht diese Tür!*« Sie deutete hinüber zu den Arabern, die von ihrem Zelt aus gespannt der

Unterhaltung lauschten. »Nimm dir ein Beispiel an den Beduinen. Sie haben ihre natürlichen Instinkte noch nicht verloren. Wenn sie zur Vorsicht raten, solltest du das ernst nehmen.«

Die Diskussion zerrte sichtlich an Normans Nerven.

»Der Mechanismus ist nur hier, weil ich es so wollte«, polterte er. »Ich zahle für den ganzen Zirkus hier, und ich allein entscheide, wann und wie hier gearbeitet wird. Wenn einer ein Problem damit hat, so steht es ihm frei, zu gehen. John, wenn dir danach ist, verschwinde. Ich werde dich nicht aufhalten. Aber ich würde mir von meiner Frau nicht vorschreiben lassen, was ich zu tun oder zu lassen habe.«

John hatte einen Kloß im Hals. Dies war der Moment der Entscheidung. Wie würde Hannah darauf reagieren, wenn er ihr sagte, dass er nicht gehen wollte? Wie immer, wenn er sich über etwas aufregte, wurde er umso ruhiger, je wütender er wurde. Und gerade in diesem Augenblick war er sehr ruhig.

Ehe John etwas sagen konnte, schlug Stromberg einen versöhnlichen Tonfall an. »Hör mal, Hannah, ich will nicht, dass wir uns streiten. Erkennst du denn nicht, warum das für mich so wichtig ist? Der Turm bietet die Möglichkeit, Gott nahezukommen – vielleicht sogar mit ihm zu reden. Stell dir vor, du könntest IHM eine Frage stellen. Was wäre das für ein Geschenk.«

»Gott?« Hannah neigte den Kopf. »Soweit ich weiß, wohnt Gott im Himmel, nicht in der Hölle. Dieser Turm ist nicht der Turm aus der christlichen Schöpfungsgeschichte. Er entstammt den dunklen Mächten Assyriens und ist einem anderen Gott gewidmet.«

»Es gibt nur einen Gott.«

»Was, wenn du dich irrst? Marduk war kein gnadenvoller Gott, seine Sprache war nicht die der Vergebung. Hast du dich nie gefragt, warum er nach unten gebaut wurde? Diese Vorgehensweise dient nur einem einzigen Zweck: um ihn verborgen zu halten. Er war nie dazu bestimmt, enthüllt zu werden.«

»Nicht von irgendwem, da gebe ich dir recht.«

»Er beherbergt das Böse, Norman. Den *Zwietrachtsäer*. Die Saat des Unfriedens und des Hasses. Jedem, der diese Namen hört, sollten sie zu denken geben. Wobei es nicht Gott ist, den ich fürchte, sondern das, was die Erbauer sich haben einfallen lassen, um ihr Geheimnis zu schützen. Ich kenne Fallen, da würde dir das Blut in den Adern gefrieren. Aber so weit wird es nicht kommen. Jedenfalls nicht für uns, nicht wahr, John?«

»Ich weiß nicht …«

»Was heißt das, *du weißt nicht?*«

John überlegte gerade, wie er am besten darauf antworten sollte, als er ein Brummen vernahm. Es klang ziemlich tief und weit entfernt, wurde allerdings rasch lauter. Auch die anderen hatten es gehört. Die Beduinen standen auf und hielten Ausschau. In ihren Gesichtern spiegelte sich Sorge.

Etwas kam da aus südlicher Richtung auf sie zu, und es klang ziemlich bedrohlich.

35

Rebecca van Campen stand an der geöffneten Tür des Blackhawks und blickte hinunter in die Ebene. Der Abwind der Rotoren verwirbelte ihre roten Haare zu einem feurigen Sturm. Mit einem Arm den Haltebügel umschlingend, presste sie ihr Fernglas vor die Augen.

Da unten standen Menschen, mindestens zehn. Ein paar Zelte, zwei Autos und etliche Kamele. Araber! Aber es waren auch Weiße und sogar ein Kind dabei. Das Mädchen schaute mit großen Augen zu ihr empor. Einer der Männer war vorgetreten und winkte ihnen mit beiden Armen zu. Irrte sie sich, oder trug er eine Uniform?

Sie nahm das Glas von ihren Augen. Was war das denn für eine Truppe? Sehr militärisch wirkten die nicht, sah man mal von diesem Uniformierten ab, der aber ziemlich verwahrlost schien. Konnte genauso gut ein Söldner sein.

Ein Knacken ertönte in ihrem Lautsprecher. »Ms. van Campen, wir setzen jetzt zur Landung an, bitte schnallen Sie sich an.«

»In Ordnung.« Sie zog sich hinüber zu ihrem Sitz, nahm Platz und fummelte an ihrem Gurt herum. Das Kabel ihrer Funkeinheit hatte sich verheddert. Befehlshaber Lieutenant Cooper half ihr, sich zu entwirren. Als das geschehen war, ließ er den Verschluss einrasten.

»Danke.« Ihr Lächeln wurde von einem ernsten Nicken quittiert. In den Gesichtern der Männer war keine Gemütsregung zu erkennen. Die Typen waren Profis, durch und durch. GIs. Dritte schwere Brigade der vierten US-Infanteriedivision. Zurzeit in Kuwait stationiert. Jeder von ihnen hatte mindestens zehn Dienstjahre auf dem Buckel, die meisten davon im Irak. Männer, die ununterbrochen in Kampfeinsätzen gewesen waren und es irgendwie geschafft hatten, den Krieg zu einem Teil ihres Lebens werden zu lassen. Die Blackhawks verfügten über zwei M144-Kugellafette mit je einem 7,62-mm-Maschinengewehr an jeder Seite. Sollte es da unten Ärger geben, würden die Bordschützen die Angreifer binnen Sekunden zersieben.

Rebecca hatte keine Ahnung, was sie erwartete, nur, dass sie für einen solchen Einsatz vermutlich nirgendwo eine bessere Truppe finden würde. Streitenfeld war in dieser Beziehung kein Risiko eingegangen.

Der Helikopter fiel wie ein Stein vom Himmel. Als sie schon dachte, sie würden zerschellen, fing der Pilot die Maschine buchstäblich im letzten Moment ab und setzte mit einem Ruck auf. Was danach geschah, sah aus wie eine einstudierte Choreografie. Gurte wurden gelöst, Waffen entsichert, dann stürmten die Soldaten hinaus. Sie nutzten den aufgewirbelten Staub, um sich zu verteilen und Position zu beziehen. Der Pilot gab Rebecca mit Handzeichen zu verstehen, dass die Reihe jetzt an ihr war. Helm auf, Gurt gelöst und raus aus dem gepanzerten Fluggefährt. Cooper winkte sie zu sich herüber. Sie sollte das Schussfeld verlassen und sich in Deckung begeben.

Die Turbinen erstarben, der Staub sank zu Boden.

Die Leute drüben bei den Zelten wirkten eingeschüchtert, was durchaus nachvollziehbar war. Drei Blackhawks, die so positioniert waren, dass jeweils ein Maschinengewehr auf das Ziel gerichtet war, dazu vierundzwanzig schwerbewaffnete Infanteristen mit den Gewehren im Anschlag, da konnte einem schon die Muffe gehen.

Rebecca tippte dem Lieutenant auf die Schulter.

»Die Leute machen keinen gefährlichen Eindruck. Lassen Sie mich mit ihnen reden.«

»Sind Sie sicher, dass Sie das übernehmen wollen? Wir haben Erfahrung mit so etwas.«

»Ich denke, ich bekomme das hin.«

»In Ordnung. Aber schön langsam. Wir geben Ihnen Feuerschutz. Bei der ersten verdächtigen Bewegung lassen Sie sich fallen, okay?«

»Einverstanden.«

Cooper warf ihr einen skeptischen Blick zu. »Haben Sie so etwas schon einmal gemacht?«

Sie schüttelte den Kopf. »Ist eine Premiere.«

»Umso besser. Dann sind Ihre Instinkte noch nicht abgestumpft.«

Sie biss die Zähne aufeinander und ging los.

Die fünfzig Meter zwischen ihr und dem seltsamen Lager schienen endlos. Von den Fremden war nur einer stehen geblieben, die anderen hatten sich in Richtung der Zelte zurückgezogen. Ihr erster Eindruck hatte sie nicht getäuscht: Der Mann trug tatsächlich eine amerikanische Infanterieuniform – wenn man das noch als Uniform bezeichnen konnte. Sie war verdreckt, an manchen Stellen eingerissen und blutverschmiert. Auch trug er statt eines Baretts eine einfache Baseballmütze. Als sie nahe genug herangekommen war, salutierte er.

»Major James Faulkner, erste US-Panzerdivision. Special Operations Training Center, Amman.«

Rebecca hob verwundert eine Braue. »Die *Old Ironsides?*«

»So ist es, Ma'am.«

»Sie sind weit weg von Ihrer Basis, Soldat.«

»Dafür gibt es eine Erklärung. Wenn Sie Ihren Männern sagen, dass sie die Waffen runternehmen sollen, erzähle ich es Ihnen.«

»Wie wär's mit einer kleinen Kostprobe?«

»Na schön. Wir waren in den Händen der IS-Miliz, die vor einigen Tagen den Angriff auf den Nachschubtransport in *Al'Arajah* durchgeführt hat. Wir konnten mit Glück entkommen und wurden von dieser Gruppe von Archäologen aufgenommen.«

»Wir?«

»Das dort drüben ist Leslie Rickert, die Reporterin vom BBC. Sie wurde zusammen mit mir gefangen genommen. Wir sind sehr froh, Sie hier zu sehen, Ms. ...«

»Van Campen. Rebecca van Campen. Sonderbeauftragte des Weißen Hauses. Ich bin Beraterin des Präsidenten in militärischen Fragen und sehr froh, Sie am Leben zu sehen, Major.« Sie drehte sich um und gab Cooper mit Handzeichen zu verstehen, er solle seine Waffe senken. Cooper gab den Befehl weiter, und die Gewehre wurden runtergenommen. Faulkner nickte zufrieden.

»Darf ich meinen Leuten sagen, dass alles in Ordnung ist?«

»Tun Sie das, Major. Und dann lassen Sie uns reden. Mir scheint, dass hier reichlich Erklärungsbedarf besteht.«

Wenige Minuten später waren sie alle bei den Zelten versammelt. Rebeccas Anfrage, ob die GIs das Lager durchsuchen dürften, wurde positiv aufgenommen. Anscheinend hatte man nichts zu verbergen. Entspannt nahm sie unter dem Sonnensegel Platz. Die Leute schienen friedlich zu sein, und es wurde Tee gereicht. Zwar wurden sie von den Arabern unfreundlich beäugt, aber das war nicht anders zu erwarten gewesen. Ihr war es ohnehin ein Rätsel, warum diese verlausten Beduinen hier herumlungerten.

Die Soldaten beendeten ihre Durchsuchung und gaben Entwarnung. Rebecca wechselte ein paar Worte mit Cooper, und die GIs zogen sich zurück. Sie wollte allein mit den Leuten reden. Die Anwesenheit schwerbewaffneter Infanterie wirkte nicht sehr vertrauensfördernd.

»In Ordnung«, sagte sie, nachdem sie gewissenhaft alle Pässe und Papiere geprüft hatte. »Ich weiß Ihre Kooperationsbereitschaft zu schätzen. Das ist nicht selbstverständlich. Ich muss Ihnen ja wohl nicht sagen, in was für einer gefährlichen Gegend Sie sich hier aufhalten.«

»Wir sind uns des Risikos durchaus bewusst«, sagte Stromberg, nahm die Pässe und verteilte sie an die anderen. »Trotzdem benötigen wir keinen Schutz, danke. Wir wären Ihnen sehr verbunden, wenn Sie schnellstmöglich von hier verschwinden und uns wieder unsere Arbeit machen lassen würden.«

Rebecca sah den Milliardär aufmerksam an. Jedem, der über eine halbwegs brauchbare Allgemeinbildung verfügte, war der Name ein Begriff. Genauso gut hätte sie hier auf Bill Gates oder Mark Zuckerberg stoßen können. Nicht eben wahrscheinlich, aber auch nicht gänzlich ausgeschlossen.

»Tut mir leid, wenn wir Sie erschreckt haben«, sagte sie freundlich. »Wir haben nicht damit gerechnet, ein Forschungsteam in dieser Gegend anzutreffen. Sie dürfen mir glauben, wir sind ebenso überrascht wie Sie.« Es war lange her, dass sie Stromberg auf einem Foto gesehen hatte. Er war sehr zurückhaltend und mied die Presse. Allerdings fand sie, dass er mager und alt aussah. Als litte er unter irgendeiner Krankheit.

Sie lehnte sich zurück. »Was genau tun Sie hier?«

Stromberg sah sie reserviert an. »Genau dasselbe könnte ich Sie fragen.«

»Ich habe aber zuerst gefragt.« Sie lächelte kühl.

»Wir führen eine privat finanzierte archäologische Ausgrabung durch. Nichts, was Sie in Aufregung versetzen müsste.«

»Und um was geht es dabei?«

»Mit Verlaub, das ist geheim. Genau wie Ihr Auftrag. Nur so viel: Wir glauben, einen welthistorisch bedeutenden Fund gemacht zu haben, und stehen kurz vor der entscheidenden Phase.«

»Privat finanziert?« Sie ignorierte den unfreundlichen Ton, schließlich ging es darum, Informationen zu bekommen. Stromberg schien immer noch nicht zu begreifen, wer hier das Sagen hatte. Aber das taten Leute von seinem Schlag nie. Sie kräuselte die Lippen. »Darf ich also davon ausgehen, dass diese Grabung mit den zuständigen Behörden und der irakischen Regierung abgesprochen ist?«

Das leichte Flackern in seinen Augen verriet ihr, was sie wissen wollte. *Aha*, dachte sie. *Illegal.* Das wurde ja immer interessanter.

»Und?«

»Ist es nicht«, lautete die knappe Antwort. »Wir werden uns darum kümmern, sobald wir erste Ergebnisse vorlegen können. In Ländern wie dem Irak ist das manchmal die bessere Vorgehensweise. Es beschleunigt die Vorgänge, wenn Sie verstehen, was ich meine.«

»Verstehe ich nicht. Und korrekt ist es auch nicht«, erwiderte sie. »Aber ehrlich gesagt, Mr. Stromberg, es geht mir am Arsch vorbei, ob die irakischen Behörden über Ihre kleine Aktion hier informiert sind oder nicht. Wenn es nach mir ginge, würde ich sämtliche Kulturgüter in diesem Land unter die Verwaltung der UNESCO stellen. Kulturschätze wie die Pyramiden sollten der gesamten Menschheit gehören, nicht nur ein paar Nationen. Diese Kameltreiber sind ja nicht mal in der Lage, für deren Unversehrtheit zu sorgen. Im Zweifelsfall kommen religiöse Fanatiker und sprengen alles in die Luft, so wie in Mossul und Nimrud. Nein, nein, einem archäologischen Fund kann eigentlich nichts Besseres passieren, als dass ein US-Bürger sich seiner annimmt, denken Sie nicht?«

Stromberg starrte sie mit offenem Mund an. Eine solche Reaktion hatte er offensichtlich nicht erwartet.

Er räusperte sich. »Äh ... ja. Genau so sehe ich das auch.«

»Dann sind wir uns ja einig.« Ihr Lächeln wurde breiter. »Trotzdem muss ich Sie auffordern, Ihre Forschung zu unterbrechen und diesen Ort bis auf weiteres zu räumen. Zumindest so lange, bis unsere Untersuchungen abgeschlossen sind. Was eine Weile dauern kann. Ich hoffe, das kommt Ihnen nicht ungelegen.«

»Nicht ungelegen?«, keuchte Stromberg. »Das ist unerhört. Mit welcher Berechtigung wollen Sie uns hier vertreiben?«

»Mit Autorisierung der Vereinigten Staaten von Amerika und der Republik Irak. Ich habe das Dokument bei mir, unterschrieben vom Präsidenten persönlich. Möchten Sie es sehen?«

»Der Präsident? Ich fürchte, ich verstehe nicht ...«

»Das ist auch nicht notwendig. Der Einsatz unterliegt strengster Geheimhaltung. Ich bewege mich jetzt schon auf dünnem Eis, wenn ich mit Ihnen darüber rede. Es muss Ihnen reichen, zu wissen, dass es etwas mit dem IS zu tun hat. Von der Katastrophe drüben in Mossul haben Sie doch bestimmt gehört, oder?«

»Allerdings«, erwiderte Stromberg. »Aber was hat der IS damit zu tun?«

»Der Konflikt droht sich auszuweiten, und Sie sind hier nicht länger sicher.«

Die BBC-Reporterin räusperte sich. »Wenn es um den IS geht, können wir Ihnen vielleicht weiterhelfen. Major Faulkner und ich waren ja einige Zeit in der Gewalt dieser Verbrecher. Eine gut versteckte Bergfestung, irgendwo drüben im Dschabal. Ich weiß nicht, ob wir sie wiederfinden würden, aber wir könnten helfen, sie zu suchen. Ich denke ...«

»Das ist sehr freundlich, aber unser Zielgebiet liegt exakt hier«, sagte Rebecca. »Hier, an diesem Ort. Das sind die Koordinaten, die uns vom Geheimdienst zugewiesen wurden, und hier werden wir bleiben. Eigentlich hatten wir erwartet, unbewohntes Wüstengebiet vorzufinden, vielleicht ein paar feindliche Einheiten. Sie können sich unsere Verwunderung vorstellen, als wir auf Sie stießen.« Sie ließ ihren Blick über die Köpfe der Forscher schweifen. *Nein,* dachte sie. *So harmlos, wie sie tun, sind sie nicht. Sie wissen irgendetwas.*

Sie neigte den Kopf. »Ich wüsste gerne mehr über das, woran Sie hier arbeiten. Was haben Sie entdeckt? Zeigen Sie es mir.«

»Auf keinen Fall«, polterte Stromberg. »Sie haben Ihre Geheimnisse, wir unsere. Und auf keinen Fall werde ich dulden, dass Sie uns von hier vertreiben. Mir stehen Mittel und Wege zur Verfügung, Sie ...«

»Es gibt keinen Grund, etwas zu verheimlichen, Norman«, wurde er von der Frau mit den dunkelbraunen Locken unterbrochen. Wie war noch mal ihr Name? Ach ja, Peters. Hannah Peters. Das seltsame kleine Mädchen war ihre Tochter.

»Wir wollen keine Scherereien. Wenn Sie es wünschen, werden wir Ihnen gerne zeigen, was wir gefunden haben, und es Ihnen erklären.«

Rebecca lächelte. »Na, das ist doch mal ein Wort.«

»Hannah!« Der Milliardär funkelte sie zornig an, aber aus irgendeinem Grund, den Rebecca noch nicht verstand, schien sie das kaltzulassen.

»Kommen Sie, Ms. van Campen«, sagte die Archäologin. »Ich zeige Ihnen den Weg. Wenn Sie möchten, dürfen Ihre Leute uns gerne begleiten. Es ist wirklich ein spektakulärer Fund.«

36

Khalid lag im Staub und hatte das Fernglas an die Augen gepresst. Er hielt den Atem an. Das nervöse Zittern in seinen Händen machte es beinahe unmöglich, das Ziel scharf zu stellen. Er musste dringend seinen Puls beruhigen.

Als sie vom Hauptquartier aus aufgebrochen waren, war das ohne große Erwartung geschehen. Er brauchte eine Aufgabe, etwas, was ihn davon abhielt, in Agonie zu verfallen. Also hatte er aufs Geratewohl befohlen, nach Süden zu fahren und zu überprüfen, was es mit diesen Koordinaten auf sich hatte. Dass sie tatsächlich etwas finden würden, hätte er in seinen kühnsten Träumen nicht zu hoffen gewagt. Viel wahrscheinlicher war es, dass die Meldung gefälscht, falsch dechiffriert oder irgendwie missverständlich war. So sicher, wie morgens die Sonne im Osten aufging, so sicher war es, dass sie hier in der Wüste keine Menschenseele treffen würden.

Tja, so konnte man sich irren.

Er vergewisserte sich, dass keine reflektierenden Sonnenstrahlen ihn verrieten, stemmte die Unterarme fest auf den Boden und blickte erneut durchs Fernglas. Gut, dass er so vorsichtig gewesen war, die Fahrzeuge hinter der Hügelkuppe abzustellen und erst mal die Lage zu prüfen. Uralte Angewohnheiten, die aber, wie in diesem Fall, über Leben und Tod entscheiden konnten.

Die drei Helikopter waren bis an die Zähne bewaffnet. Schwarze Blackhawks, die wie bösartige Insekten in der

Wüste hockten. Einmal in der Luft, würden sie sie in Stücke reißen. Sie hatten zwar die erbeuteten Boden-Luft-Raketen auf ihren Pick-ups, aber ob sie gegen diese Helikopter bestehen würden, war doch mehr als zweifelhaft. Diese Hubschrauber waren mit Blendgranaten, Täuschern und lasergesteuerten Fernauslösern bestückt. Was sie sonst noch an Bord hatten, war eines der bestgehüteten Geheimnisse der Branche. Und so gut war Khalid mit den Raketensystemen noch nicht vertraut, dass er sich mit ihnen auf eine offene Schlacht einlassen würde.

Die Hubschrauber waren der Traum eines jeden IS-Kommandeurs. Wenn es ihm gelänge, einen oder mehrere von ihnen zu erbeuten, wäre das bedeutsamer als hundert Konvois. Die Blackhawks waren schnell, wendig und konnten vom Radar nur schwer erfasst werden. Drei von ihnen wären in der Lage, die gesamte Grenzregion zu beherrschen.

Das Problem waren die Soldaten. Von denen gab es eine Menge da unten. Und je nachdem, wie gut sie ausgebildet waren, konnten sie ihm gehörige Schwierigkeiten machen.

Er presste die Lippen zusammen.

Eine sanfte Berührung riss ihn aus seinen Gedanken. Jafar sah ihn erwartungsvoll an. Khalid verstand ihn auch ohne Worte.

»Was ich davon halte? Schwierig. Sehr schwierig. Es sind verdammt viele von denen da unten.«

Jafar legte den Kopf schief und zählte seine Finger ab.

»Ich bin auf mindestens zwanzig gekommen. Gut bewaffnete GIs. Die Art, wie sie sich bewegen, lässt auf Kampferfahrung schließen. Mit denen möchte ich mich lieber nicht anlegen. Bei dem Rest scheint es sich um Zivilisten zu handeln. Ein paar Beduinen mit ihren Kamelen und eine Gruppe von Leuten, die ich nicht recht einordnen kann.«

Jafar machte eine Geste, die Khalid zunächst nicht verstand. Doch dann dämmerte ihm, was der Imam meinte. »Ob Frauen dabei sind, willst du wissen?«

Ein Nicken.

»Ja, ich glaube schon. Aber wenn du jetzt wissen willst, ob ich Major Faulkner und die britische Reporterin gesehen habe, so lautet die Antwort nein. Dafür ist die Luft zu turbulent und die Entfernung zu groß. Hier, schau am besten selbst mal durch. Ich gebe inzwischen unseren Leuten Bescheid.«

Er war ein Stück den Hügel hinabgekrochen, als Jafar sich umdrehte und ihm hektisch zuwinkte.

Khalid stieß einen leisen Fluch aus und kroch wieder vorwärts.

»Himmel, Arsch und Wolkenbruch, was ist denn jetzt schon wieder?«

Jafar deutete aufgeregt in die Ebene und reichte ihm das Fernglas. Widerwillig griff Khalid danach, setzte die Gummiringe an die Augen und stellte scharf. Zuerst begriff er nicht ganz, was der Imam ihm zeigen wollte, dann aber runzelte er die Stirn. Die Zivilisten und Soldaten verließen das Lager und gingen ein Stück in die Wüste. Dann, wie durch Zauberei, verschwanden sie einfach. Einer nach dem anderen löste sich buchstäblich in Luft auf.

Wie war das möglich?

Khalid justierte die Schärfe nach. Verdammte Hitze! Die Luft war so verwirbelt, dass die Umrisse wie Wasser zerflossen. Er sah, wie einer von ihnen kleiner wurde. Erst verschwanden die Beine, dann der Bauch, der Oberkörper und schließlich der Kopf. Dann kam der Nächste. Exakt an derselben Stelle. Moment mal, da war ein Loch im Boden!

Die Leute verschwanden in einem Erdloch, das halb verdeckt hinter den Zelten lag. Eine Bunkeranlage? Wenn ja, dann keine von ihnen.

Mit einem Mal bekam der abgefangene Funkspruch eine ganz andere Bedeutung. Was, wenn der Feind hier eine geheime Basis angelegt hatte? Möglicherweise befanden sich auch Waffen dort unten.

Einer nach dem anderen tauchten die Leute dort ab. So lange, bis am Schluss nur noch zwei Wachen und die Araber übrig waren. Unschlüssig standen sie herum und kehrten in ihr Zelt zurück. Von einer auf die andere Sekunde wirkte der Platz wie leergefegt.

Khalid hielt den Atem an. Er fühlte das Adrenalin durch seine Venen pulsieren. Das war ihre Chance. Ein gut getimter Angriff, den Wind von vorn, und sie konnten das Lager erobern, ehe die anderen da unten in dem Loch merkten, was los war. Eine Granate in den Eingangsbereich, und die saßen dort wie die Ratten in der Falle. Eine solche Gelegenheit bot sich vielleicht nie wieder. Sie mussten schnell handeln – *augenblicklich.*

Er klopfte Jafar auf die Schulter. »Gut gemacht, mein Freund. Es war die richtige Entscheidung, dich mitzunehmen. Diesmal ist das Glück auf unserer Seite, ich spüre es. Allah hält seine schützende Hand über uns.«

*

Rebecca durchschritt die Grabkammer mit einer Mischung aus Erleichterung und Enttäuschung. Sie war keine Archäologin, konnte demnach also nicht beurteilen, ob dieser Fund tatsächlich von welthistorischer Bedeutung war. Was sie aber spürte, war, dass diese Leute die Wahrheit sagten.

Schade.

Sie liebte Lügen. Es erregte sie, Verräter zu entlarven. Das hatte ihr bereits während ihrer Agententätigkeit beim CIA viel Freude bereitet, und auch heute war es ein Eckpfeiler ihrer Tätigkeit. Menschen, die logen, die etwas unterschlugen oder einfach nur kriminell waren, standen bei ihr morgens vor dem Erschießungskommando. Natürlich nur im übertragenen Sinne. Leider, denn das amerikanische Rechtssystem ließ in dieser Hinsicht kaum Handlungsspielraum. Doch auch mit konventionellen Mitteln konnte man einiges erreichen. In ihrem Umfeld waren bereits etliche Köpfe gerollt. Aber hatte sie deswegen auch nur eine Nacht schlecht geschlafen? *Nope.*

Kündigungen, zerrüttete Ehen, Scheidungen – die Leute hatten es sich selbst zuzuschreiben. Wer mit dem Feuer spielte, musste nicht jammern, wenn er sich die Finger verbrannte.

Was diesen Fall hier betraf, so war sie noch nicht ganz schlüssig, was sie davon halten sollte. Aber diese Menschen waren das, was sie zu sein vorgaben, daran bestand kein Zweifel. Trotzdem nagte der Verdacht an ihr, dass sie ihr nicht alles gesagt hatten.

Der Tempel verströmte eine unerklärliche Aura von Rätsel und Geheimnis. In seiner Erhabenheit besaß er aber etwas Düsteres, etwas, das einen schwarzen Abdruck auf der Seele hinterließ und sie dazu zwang, sich ständig umzusehen. Doch da war nichts.

Sie spürte den Blick der Archäologin auf sich ruhen.

»Sie sehen nicht sehr glücklich aus«, sagte sie.

»Bin ich auch nicht«, erwiderte Rebecca. »Mir war nicht bewusst, dass das so offensichtlich ist. Ich muss wohl ein bisschen härter an mir arbeiten.«

»Von mir aus müssen Sie das nicht«, sagte Hannah Peters. »Ich glaube auch nicht, dass den anderen etwas aufgefallen ist. Man sagt mir nach, dass ich in dieser Hinsicht ein besonderes Gespür habe.«

»Haben wir Frauen das nicht alle?«

Hannah lächelte. »Sie haben uns immer noch nicht gesagt, was Sie hier eigentlich zu finden hoffen. Weder machen Sie den Eindruck, dass Sie rein zufällig hier sind, noch, dass Sie sich sonderlich für alte Reliquien interessieren. Vielleicht würde es helfen, wenn Sie uns einfach sagen, wonach Sie suchen.«

Rebecca überlegte angestrengt. Der Auftrag unterlag der Geheimhaltung, allerdings nur innerhalb eines Rahmens, den sie selbst festlegen konnte. Ihre Befugnisse reichten so weit, dass sie sich nur gegenüber dem Präsidenten verantworten musste. Vielleicht half es ja tatsächlich, wenn sie ein paar Informationen preisgab. Sie durfte nicht vergessen, dass diese Leute bereits seit einiger Zeit hier waren. Vielleicht hatten sie etwas gehört oder beobachtet. Und momentan saß sie informationstechnisch ziemlich auf dem Trockenen.

»Sie haben recht«, sagte sie. »Sie sind im Moment meine einzige Informationsquelle, weswegen es nur recht und billig ist, wenn ich Ihnen ein bisschen über meine Mission erzähle.« Sie hob den Kopf. »Meine Damen und Herren, dürfte ich um Ihre Aufmerksamkeit bitten?«

Alle Gesichter wandten sich ihr zu. Die Gespräche erstarben. Die GIs kehrten auf ihre Posten zurück.

»Ich möchte ein paar klärende Worte an Sie richten. Zuerst möchte ich mich für die Art und Weise entschuldigen, in der wir hier eingedrungen sind. Mir ist bewusst, dass es für Sie wie ein Schock gewirkt haben muss, aber vielleicht tröstet es Sie zu erfahren, dass mir keine andere Möglichkeit blieb. Die Lage ist dramatisch, und sie wird mit jeder Minute schwieriger. Lassen Sie mich Ihnen kurz etwas über meine Mission erzählen.« Sie verschränkte die Hände hinter dem Rücken und begann auf und ab zu gehen. »Vor zwei Tagen wurde ich an Bord des Flugzeugträgers USS Harry Truman Zeugin eines höchst ungewöhnlichen Vorfalls. Ein Energiestoß unbekannter Herkunft führte bei einer unserer Bomberstaffeln zu einem Versagen sämtlicher Steuer- und Navigationseinheiten. Die Maschinen stürzten unkontrolliert über dicht bewohntem Gebiet ab – konkret gesprochen über der Innenstadt der nordirakischen Metropole Mossul.«

»Was?« Faulkner riss die Augen auf. »Das waren unsere Flugzeuge?«

»Die der US-Luftwaffe, exakt«, sagte Rebecca. »Sie waren mit speziellen Brandbomben ausgerüstet, die beim Aufprall detoniert sind. Es war ein Unfall, wenn auch einer, der vielleicht hätte vermieden werden können.«

»Aber das ist ja entsetzlich«, stieß der Major aus. »Natürlich haben wir alle von der Katastrophe erfahren, nicht aber, dass das US-Militär daran die Schuld trägt.«

»Das wurde auch noch nicht offiziell an die Medien rausgegeben«, sagte Rebecca. »Sie verstehen jetzt vielleicht, warum uns so sehr an einer, schnellen Aufklärung gelegen ist. Diejenigen unter Ihnen, die mit dem Konvoi aus Syrien gekommen sind, haben vermutlich einen Eindruck davon bekommen, wie dramatisch die Situation ist. Sämtliche Anrainerstaaten haben sofortige Notfallhilfen zugesagt, doch die werden vermutlich kaum ausreichen. Die Aerosolbomben haben eine verheerende Wirkung in so einem dichtbesiedelten Gebiet. Aktuellen Schätzungen nach sind bei dem Unglück zweitausend Menschen ums Leben gekommen, die Zahl der Verletzten nicht mitgerechnet. Vorwiegend Frauen, Kinder und Alte. Der Irak und seine Nachbarstaaten wurden in höchste Alarmbereitschaft versetzt. Die *Harry S. Truman* hat das Rote Meer verlassen und befindet sich auf dem Weg in den Persischen Golf, wo sie mit der *USS Ronald Reagan* und der *USS George Washington* zusammentreffen wird.«

»Drei Flugzeugträger in einem Gewässer?« Faulkner zog die Brauen zusammen. »Wann hat es das das letzte Mal gegeben?«

»Noch nie«, sagte Rebecca. »Und das mag Ihnen einen Eindruck davon vermitteln, wie bedrohlich die Lage ist. Um es mal mit den Worten unseres Ex-Präsidenten George W. Bush zu sagen: *Im Mittleren Osten ist die Kacke am Dampfen.*« Sie hob ihr Kinn. »Noch liegt die Region in einer Art Schockstarre, aber wir bekommen erste Hinweise, dass sich Mächte formieren, die diese Situation auszunutzen gedenken. Mächte, die nur darauf warten, dass hier alles in Flammen aufgeht. Ms. Rickert und Major Faulkner können vermutlich besser als jeder andere in diesem Saal beurteilen, was das bedeutet. Wir dürfen diesen subversiven Kräften keinen Handlungsspielraum geben. Unsere einzige Chance, den Flächenbrand aufzuhalten, ist, den Grund für die Störung ausfindig zu machen, ihn zu lokalisieren und auszuschalten.« Sie presste die Lippen aufeinander. »Ich muss Ihnen leider mitteilen, dass wir momentan noch völlig im Dunkeln tappen. Wir vermuten, dass es sich um eine unterirdische Waffe handelt. Eine Waffe, die in der Lage ist, einen ungeheuren elektromagnetischen Puls auszusenden. Was die Sache knifflig macht, ist, dass sie keine der typischen Begleiterscheinungen einer Kernwaffenexplosion aufweist. Weder seismografische Wellen noch erhöhte Radioaktivität oder Fallout. Ich weiß, es klingt wenig hoffnungsvoll, aber wir stehen vor einem absoluten Rätsel. Das Einzige, was wir haben – und das wiederum betrifft Sie –, ist dieser Standort hier. Nach dem Verlust der zwei Reaper-Drohnen vorige Woche haben unsere Spezialisten fieberhaft daran gearbeitet, den Ursprungsort zurückzuverfolgen. Mit modernsten Mitteln gelang es ihnen, die Quelle bis auf wenige Quadratkilometer einzugrenzen.« Sie zuckte die Schultern. »Tja, und hier stehen wir nun.«

»Was denn, hier?« Strombergs Augen wurden groß wie Murmeln. »Aber das ist doch unmöglich ...«

»Selbstverständlich sind wir in unseren Szenarien von einem unterirdischen Bunkerkomplex ausgegangen und waren dementsprechend gerüstet. Sie können sich unsere Verblüffung vorstellen, als wir statt einer Einheit von IS-Milizen Sie hier gefunden haben. Doch nachdem wir nun alles gesehen und geprüft haben, sind wir ziemlich sicher, dass Sie nichts mit der Sache zu tun haben. Wie gesagt: Es tut mir leid. Allerdings werde ich das Gefühl nicht los, dass Sie mir nicht alles erzählt haben. Gab es Vorfälle besonderer Art? Haben Sie etwas gesehen oder gehört? Wenn ja, dann wäre es jetzt an der Zeit, damit rauszurücken.«

Niemand sagte etwas. Die Verblüffung war mit Händen zu greifen. Schultern wurden gezuckt und Köpfe geschüttelt.

Rebecca bemerkte einen kurzen Blickwechsel zwischen Hannah Peters und dem Milliardär. Zu kurz, um wirklich von Bedeutung zu sein, zu lang, um einfach darüber hinwegzugehen. Was zum Geier verschwiegen diese Leute? Vielleicht wurde es Zeit, den Druck ein wenig zu erhöhen.

Sie reckte die Brust vor. »Wenn es Ihrem Erinnerungsvermögen auf die Sprünge hilft – mir ist nicht entgangen, dass sich unweit von hier zwei Gräber im Wüstensand befinden. Frische Gräber. Von Menschen, die erst vor wenigen Tagen dort bestattet wurden. Ich möchte mich nicht gezwungen sehen, diese Gräber zu öffnen und Nachforschungen anzustellen. Sie waren bisher alle recht kooperativ, und das werde ich auch sein, wenn Sie ehrlich zu mir sind. Ich werde Ihnen jetzt ein letztes Mal Gelegenheit geben, mir zu erzählen, was hier los ist. Wer liegt dort und warum? Was ist das für ein geheimnisvoller Kasten, den Sie vor mir zu verbergen versuchen? Und warum finden diese Ausgrabungen hinter dem Rücken der Behörden statt? Los jetzt, Leute, meine Zeit ist knapp.«

Die Mauer des Schweigens begann zu bröckeln, Rebecca spürte es. Einen kurzen Moment lang hielt der Wall, dann erklang plötzlich ein Räuspern.

»Ich …«

»Hannah!« Stromberg sah die Archäologin scharf an.

»Nein, Norman, es ist Zeit zu sprechen. Wir haben nichts Unrechtes getan. Warum also so tun, als hätten wir etwas zu verbergen?«

»Das zu entscheiden, ist meine Sache.«

»Da täuschst du dich. Wir hängen alle mit drin.«

Rebecca hob den Kopf. »Worüber möchten Sie mit mir sprechen?« Ihr Blick war starr auf die Archäologin gerichtet. Sie hatte diesen Blick lange geübt und wusste, wie furchteinflößend er wirkte.

»Über dieses Bauwerk«, sagte Hannah. »Über das, was es darstellt, und darüber, was wir über diese Störung wissen. Es ist nämlich keinesfalls so, dass es sich nur um einen einfachen Tempel handelt.«

»Aha?«

»Ja. Und auch wenn wir nicht erklären können, was hier geschieht, so gibt es doch einige unter uns, die das starke Gefühl haben, der Grund für die unerklärlichen Vorfälle liege hier. Direkt unter unseren Füßen …«

In Rebeccas Kopf fiel das letzte Puzzleteil an seinen Platz. *Also doch!* Auf ihre Intuition war Verlass. Allerdings kam sie nicht mehr dazu, nach den Gründen zu fragen, da von draußen plötzlich beträchtlicher Lärm erklang.

Zuerst dachte sie, da würde jemand wie ein Verrückter mit Stöcken auf Töpfe einhämmern, bis ihr mit einem Mal dämmerte, was das war.

»Schüsse«, stieß sie aus. »Wer zum Teufel feuert denn da?«

Die Reaktion der GIs ließ nicht lange auf sich warten. Es war, als habe man einen Böller in einen Hühnerstall geschleudert. Mit entsicherten Waffen stürzten sie aus dem Saal und die Treppe hinauf. Jetzt war auch eine Explosion zu hören. Ein dumpfer Schlag ließ die Wände erzittern. Staub rieselte von oben auf sie herab.

Mein Gott, sie wurden angegriffen!

»Sie bleiben hier«, schrie Rebecca den entgeistert dreinblickenden Forschern entgegen und zog ihre Pistole. »Rühren Sie sich nicht vom Fleck.«

Dann rannte sie hinter den Soldaten die Treppe hinauf.

37

Es geschah alles so plötzlich, dass John keine Zeit blieb, einen klaren Gedanken zu fassen. Ein Angriff? Was zum Teufel war hier los?

Einem inneren Instinkt folgend, blickte er zu Hannah und Leni. Die beiden standen drüben beim Portal. Die Angst stand ihnen ins Gesicht geschrieben. Er wollte gerade zu ihnen herüberlaufen, als er von Stromberg aufgehalten wurde.

»Wo willst du hin?«

»Zu meiner Familie natürlich. Warum fragst du?«

»Der Mechanismus. Er ist noch oben.« Der alte Mann war bleich bis auf die Knochen. »Du musst ihn holen.«

»Bist du verrückt geworden?«

»Die Apparatur darf auf keinen Fall in die Hände des Feindes fallen. Du musst sie in Sicherheit bringen.«

»Das ist Wahnsinn. Hörst du nicht, was da oben los ist? Ich würde zersiebt werden, ehe ich auch nur das erste Zelt erreicht hätte.«

»Bitte, John.« Stromberg griff sich an die Brust. Sein Atem ging in rasselnden Schüben. »Um unserer Freundschaft willen. Bei allem, was dir heilig ist. Rette den Mechanismus!«

John schüttelte den Kopf. »Ich bin beileibe kein Waschlappen, aber mich kriegen keine zehn Pferde da raus. Ich werde hierbleiben und meine Familie beschützen.«

»Deine Familie beschützen?« Stromberg schüttelte den

Kopf. »Wie gedenkst du das zu tun? Sieh dich doch mal um, wir sitzen hier in der Falle. Das ist eine Sackgasse. Niemand kann von hier entfliehen. Raus können wir nicht, und der Rückzug ist uns auch versperrt. Wenn das wirklich ein Terrorangriff ist und die den Laden hier in die Luft sprengen wollen, dann werden wir alle lebendig begraben. Du, Hannah, Leni, jeder Einzelne von uns. Und falls das nicht der Fall ist und sie uns gefangen nehmen, dann kannst du dir ja vorstellen, was geschieht. Uns Männer werden sie vermutlich hinrichten, aber was sie mit den Frauen machen, darüber will ich lieber nicht sprechen …«

»Ich glaube nicht, dass es so weit kommt«, sagte John. »Die Soldaten sind knallharte Kämpfer, die werden mit der Situation schon fertig.«

»Und was, wenn nicht? Kannst du dieses Risiko eingehen? Hör doch mal, was da oben los ist. Ich finde, das klingt nicht sehr vertrauenerweckend.«

Wieder war eine schwere Detonation zu hören, gefolgt von Maschinengewehrfeuer. Schreie ertönten.

John schnürte es die Kehle zu. Die Vorstellung, was mit Hannah und Leni geschehen würde, wenn sie irgendwelchen durchgeknallten Islamisten in die Hände fielen, brachte ihn schier um den Verstand. Stromberg wusste genau, wo er den Hebel ansetzen musste.

»Also schön«, stieß er aus. »Ich werde mich oben mal ein bisschen umsehen. Aber versprechen kann ich dir nichts.«

»Das ist mehr als genug, danke«, sagte Norman. »Sei nur vorsichtig, hörst du?«

John schluckte den Kloß in seinem Hals runter. *Verdammter alter Mann!* Er sah hinüber zu Hannah, die ihn mit großen Augen anstarrte. *Geh nicht*, schien sie sagen zu wollen, aber es kam kein Laut über ihre Lippen. Vielleicht besser so. John hätte nicht gewusst, ob er es sonst über sich gebracht hätte, zu gehen.

Er war schon halb auf dem Sprung nach draußen, als eine Stimme hinter ihm erklang. »Warten Sie, ich begleite Sie.« Es war Faulkner. Der Offizier humpelte mit gezogener Waffe hinter ihm her. »Ich gebe Ihnen Deckung.«

John blickte skeptisch auf die Waffe. Er bezweifelte, dass der Major viel ausrichten konnte, gehandicapt, wie er war. Aber um ehrlich zu sein, war er froh über ein bisschen Rückendeckung.

»Schön«, sagte er. »Dann also zusammen. Auf geht's.«

Oben war die Luft voller Asche und Staub. Beißender, scharfer Pulverdampf schlug ihnen entgegen. Vorsichtig streckte John den Kopf aus der Öffnung. Der Lärm war ohrenbetäubend. Metallisches Knattern von Maschinengewehren, durchsetzt mit dem dumpfen Krachen von Granatfeuer, legte sich lähmend auf sein Gehör. Blitze zuckten auf. Im Dunst waren schemenhafte Gestalten zu sehen, die geduckt über das Schlachtfeld rannten. Irgendwo im Nebel vor ihnen glomm ein orangefarbenes Licht. Die Luft schmeckte nach Benzin.

»Ich glaube, sie haben einen der Helikopter getroffen«, stieß Faulkner aus. »Das ist nicht gut. Gar nicht gut. Wenn sie nur eines von diesen Monstern in ihre Finger bekommen, dann *adiós muchachos*.«

»Ich kann nichts erkennen«, sagte John hustend. »Wer greift uns an? Was sind das für Leute? Wo steckt diese Militärtante?«

»Keine Ahnung, interessiert mich auch nicht«, sagte Faulkner. »Und was die Angreifer betrifft, bin ich mir ziemlich sicher, dass wir es mit dem IS zu tun haben. Ich erkenne das Geräusch ihrer Waffen. Besser, wir gehen wieder nach unten und verschanzen uns dort.«

»Ich kann nicht. Ich habe Stromberg versprochen, den Mechanismus zu holen. Vielleicht, wenn wir noch ein oder zwei Gewehre hätten ...«

»Haben Sie etwa vor, in diesem Chaos nach Waffen zu suchen? Ohne mich. Das ist Selbstmord.«

»Der Staub gibt uns Deckung. Wollen Sie hierbleiben, oder kommen Sie mit?«

»Wohin wollen Sie denn?«

»Rüber zu unserem Zelt. Der Apparat ist dort. Wenn ich unterwegs eine Waffe finde, bringe ich sie mit, okay?«

Faulkner schien einen Augenblick mit sich zu ringen, dann presste er die Lippen zusammen. »Scheiß drauf, ich folge Ihnen. Aber ducken Sie sich beim Laufen. Und wenn Sie Einschläge hören, werfen Sie sich flach zu Boden. Denken Sie immer daran: Auch die Kugeln der Verbündeten können einen töten.«

John beherzigte den Ratschlag und zog den Kopf ein. Er war kaum aus dem Loch raus, als er auf eine Blutlache stieß. Neben einem Krater lag ein abgerissener Arm. Wie eine Kugel Vanilleeis inmitten von Erdbeerconfit ragte das Schultergelenk aus dem Fleisch. Fetzen einer Uniform hingen noch daran. Fetzen einer US-Uniform. Ein Karabiner lag nur wenige Meter daneben.

Einen Anflug von Übelkeit unterdrückend, griff John nach dem Gewehr und prüfte dessen Funktionsfähigkeit.

Alles in Ordnung, wie ihm schien, auch, wenn er sich mit dem Fabrikat nicht wirklich auskannte. Geduckt rannte er weiter in nördlicher Richtung, dorthin, wo er ihr Zelt vermutete. Unglaublich, wie sehr sich die Umgebung veränderte, wenn die Sicht getrübt war. Links von ihm zuckte ein Blitz auf. Eine ohrenbetäubende Detonation zerriss die Luft.

Faulkners Rat folgend, ließ er sich auf die bebende Erde fallen. Heißer Wind, gefolgt von einer Woge aus Sand und Steinchen, brandete über ihn hinweg. Es war, als würde ein Drache ihm in den Nacken hauchen. Ein Blechteil kam angesegelt und landete scheppernd ein paar Meter entfernt im Staub. John versuchte, nicht in Panik zu verfallen.

»Gut gemacht, Soldat«, hörte er den Major hinter sich keuchen. »Jetzt wieder hoch. Immer in Bewegung bleiben, nie zu lange an einem Ort festhocken. Sie haben sich eine Waffe organisiert? Hätten Sie was dagegen, wenn wir tauschen?«

»Im Gegenteil. Ich bin sicher, dass Sie damit besser umgehen können als ich.« John reichte ihm den Karabiner und erhielt dafür die Pistole. John war heilfroh, den Mann an seiner Seite zu haben. Faulkner strahlte Ruhe und Sicherheit aus, und das konnte John im Moment gut brauchen.

Er sprang auf und rannte weiter. Das Herz schlug ihm bis zum Hals. Vor sich im Zwielicht meinte er schattenhaft eine Silhouette aufragen zu sehen.

Das Zelt der Beduinen! Die Richtung stimmte also.

Die Behausung war verlassen. Von den Bewohnern fehlte jede Spur. Decken, Kissen und Gepäckstücke waren wahllos über die Erde verstreut. Die Angreifer waren also bereits da gewesen! Das war nicht gut, gar nicht gut. Denn es bedeutete, dass sie höchstwahrscheinlich auch die anderen Zelte durchwühlt hatten. Hastig umherschauend verließ er das Zelt und rannte zu ihrem eigenen hinüber.

Schon nach wenigen Schritten erkannte er, wie sinnlos sein Unterfangen war. Das Zelt stand nicht mehr. Was davon übrig war, lag als trauriger Haufen von Alustangen und Nylongewebe auf dem Boden. Er ging in die Hocke, tauchte unter den zerschlissenen Kunstfasern hindurch und durchwühlte die paar Reste, die die Terroristen übrig gelassen hatten. Viel war es nicht. Das Radio, eine Taschenlampe, ein paar Ersatzbatterien. Verschwunden hingegen waren die Funkgeräte, der GPS-Empfänger, das Notebook und die Kamera. Ebenso wie der Kasten, der den Mechanismus enthalten hatte.

Stromberg würde es das Herz brechen. Aber was hatte er auch erwartet? Womöglich hatten die Terroristen den seltsamen Apparat für eine Chiffriermaschine gehalten.

Was er fand, stopfte er in seine Umhängetasche, dann kroch er wieder hinaus. Jetzt hieß es nur noch, unversehrt zu den anderen zurückzukehren und zu beten, dass sie hier heil wieder herauskamen.

Er schob eine letzte Stoffbahn aus dem Weg und richtete sich auf. Die Schusswechsel hatten nachgelassen. Granatfeuer war bereits seit geraumer Zeit keines mehr erklungen. Das wenige, was noch zu hören war, konzentrierte sich auf den Bereich rechts von ihnen – dort, wo die Helikopter standen. Vermutlich ging es den Angreifern ohnehin nur darum. Aber sie durften jetzt kein Risiko eingehen. Der Staub begann sich bereits zu lichten. Es war nur noch eine

Frage der Zeit, bis Faulkner und er für jedermann sichtbar waren.

Der Major drängte zur Eile. »Wo haben Sie denn so lange gesteckt? Wir müssen weg hier, und zwar schnell.«

»Der Mechanismus ist nicht mehr da, aber ich habe ein paar Sachen gefunden, die uns nützlich sein können«, rief John. »Gehen Sie voran. Ich bin direkt hinter Ihnen.«

Faulkner entsicherte das M4, presste den Schaft gegen die Schulter und eilte los. Dafür, dass er erst kürzlich angeschossen worden war, war er verdammt fix auf den Beinen. Zeitweise verschwand er im Nebel, dann tauchte er wieder auf. John hatte Mühe, ihn im Auge zu behalten.

Die Richtung stimmte jedenfalls. John hatte das Gefühl, dass sie es bald geschafft haben würden. So konnte man sich täuschen.

Wie aus dem Nichts tauchten links von ihnen zwei Gestalten auf. Große, stämmige Kerle mit Schnellfeuerwaffen in den Händen. Den Bruchteil einer Sekunde lang glaubte John, es wären GIs – bis er die Kopftücher sah. Faulkner, der etwa zehn Meter vor ihm war, wirbelte herum und riss seine Waffe empor.

Dann ratterten die Maschinenpistolen.

38

Hannah spannte ihre Muskeln an. »Sie kommen zurück. Haltet euch bereit!« Halb hinter einer Steinsäule verborgen, Leni zwischen ihren Knien, erwartete sie das Eintreffen von John und Major Faulkner. Es kam ihr vor, als wären bereits Stunden vergangen. Das Geräusch ihrer Schritte war wie eine Erlösung. Ein Schatten kam von oben die Treppe herab.

Ihr schlug das Herz bis zum Hals.

»Warte hier«, flüsterte sie ihrer Tochter zu. »Ich bin gleich wieder da.«

Sie war schon halb auf dem Weg nach oben, als sie einen unterdrückten Fluch hörte.

Hannah blieb wie angewurzelt stehen. Zwei Männer in Umhängen und mit arabisch aussehenden Kopfbedeckungen kamen die Stufen herab. Einen schrecklichen Moment lang glaubte Hannah, es handele sich um Terroristen, bis sie sah, dass es Sabah und Zarif waren. Die beiden trugen die Militärberaterin, deren Kampfanzug voller Öl und Blut war. Rebeccas Gesicht war bleich vor Schmerz, die Lippen kaum mehr als ein Strich.

»Wir haben sie drüben bei den Blackhawks gefunden«, stieß Sabah aus. »Sie lag halb zugeschüttet in einem Krater. Ein Stück von einem explodierten Helikopter hat sie erwischt. Ich glaube nicht, dass die Verletzung schlimm ist.«

»Aber sie tut scheißweh«, stieß die Amerikanerin aus.

Fluchen konnte sie immerhin noch, ein gutes Zeichen.

Hannah packte mit an, und auch Leni half, die Frau in Sicherheit zu bringen. Richard war sofort zur Stelle. »Was ist passiert? Lassen Sie mal sehen ...«

Zarif trug eine schwere Sporttasche über der Schulter. »Ich habe ein paar Medikamente eingesteckt. Viel ist es nicht, aber vielleicht ist etwas Brauchbares dabei.«

»Guter Mann«, sagte Richard und machte sich an die Arbeit. »Na, dann wollen wir mal ...«

Sie legten Rebecca auf den Boden und zogen ihr die Hose aus. Sie hatte tatsächlich eine Verletzung davongetragen, aber es schien sich nur um eine Fleischwunde zu handeln. Während Richard sie abtastete, bestürmten die anderen Rebecca mit Fragen. Es waren so viele auf einmal, dass Stromberg die Arme hob, um für Ruhe zu sorgen.

»Beruhigt euch, Leute. Das hat doch so keinen Sinn. Lasst sie erst mal zu Atem kommen. Danach wird sie sicher alle Fragen beantworten.«

»Was ist da oben los?«, fragte Sven. »Wer greift uns an?«

»IS-Milizen«, stieß Rebecca hinter zusammengepressten Zähnen hervor. »Es war ein gut getimter Überraschungsangriff. Keine Ahnung, woher die über unseren Einsatz Bescheid wussten, jedenfalls sind sie mit fünf Pick-ups und etlichen schweren Waffen über uns hergefallen und haben uns ordentlich aufgemischt. Ich glaube, die haben es auf die Helikopter abgesehen.«

»Habt ihr John und Faulkner gesehen?«, fragte Hannah, die vor Sorge fast den Verstand verlor. »Sie sind nach euch nach oben gegangen.«

»Sorry«, erwiderte Rebecca. »Ich war zu sehr mit Überleben beschäftigt.«

Auch die beiden Beduinen schüttelten bedauernd den Kopf.

»Vielleicht interessieren sie sich gar nicht für ein paar Archäologen«, sagte Hannah hoffnungsvoll. »Vielleicht nehmen sie nur die Helikopter und verschwinden.«

Rebecca schüttelte den Kopf. »Sie wissen, dass wir uns irgendwo versteckt halten, und sie werden nach uns suchen. Vermutlich werden sie uns zwingen, unseren Bau zu verlassen. Es wäre wohl das Beste, wenn wir uns ergeben.«

»Ergeben?« Stromberg gab ein trockenes Lachen von sich. »Kommt nicht in Frage. Was ist mit Ihren Leuten, wo sind die Soldaten?«

Rebecca unterdrückte mühsam einen Schrei, als Richard ihr den Verband anlegte. »Ich weiß es nicht. Diese Schweine sind mit schweren Waffen auf uns losgegangen. Granatwerfer und Boden-Luft-Raketen. Weiß der Himmel, wo sie die herhaben. Eine davon traf den Blackhawk, hinter dem sich der Großteil unserer Leute verschanzt hatte. Zum Glück war ich ein gutes Stück entfernt, sonst hätte es mich auch zerfetzt. Die Druckwelle war so gewaltig, dass ich einige Meter nach hinten geschleudert wurde und mit dem Kopf gegen irgendetwas knallte. Danach gingen bei mir alle Lichter aus.«

»Wir haben Sie neben dem Auto gefunden«, sagte Sabah. »Zuerst dachten wir, Sie seien tot. So wie die anderen ...«

Rebecca musterte Sabah skeptisch. »Wie kommt's eigentlich, dass ihr noch am Leben seid? Als wir nach oben kamen, war von euch keine Spur mehr zu entdecken. Steckt ihr etwa mit den Angreifern unter einer Decke?«

»Dann wären wir wohl kaum zurückgekommen«, sagte

Sabah. »Die Dromedare haben uns rechtzeitig gewarnt. Sie haben sehr feine Antennen und wittern die Gefahr bereits aus vielen Kilometern Entfernung. Zarif hat uns befohlen, sofort aufzusitzen und zu verschwinden.«

»Und wieso seid ihr zurückgekommen?«

Die beiden Männer warfen sich einen kurzen Blick zu, dann deutete Zarif auf Leni. »Wegen ihr.«

Hannah runzelte die Stirn. »Wegen meiner Tochter? Was ist mit ihr?«

»Wir glauben, dass sie eine *Naqia* ist.«

»Was bedeutet das?«

Zarif suchte nach dem richtigen Wort und sah dabei hilfesuchend zu Sabah.

»In eurer Sprache würdet ihr sie vielleicht als Weise oder *Reine* bezeichnen«, sagte dieser. »Sie besitzt das zweite Gesicht.«

Hannah hob ihre Brauen. »Leni?«

Sabah nickte ernsthaft. »Sie ist etwas Besonderes. Wir haben uns lange mit ihr unterhalten und sie beobachtet. Ich glaube nicht, dass wir uns irren. Wir müssen sie schützen, selbst wenn es uns das Leben kostet.«

»Ich gebe euch recht, Leni ist etwas Besonderes, sie hat diese speziellen Fähigkeiten. Aber dass ihr deswegen ...«

»Wir möchten, dass sie in Sicherheit ist. Zum Zeichen unserer Treue haben wir etwas mitgebracht. Etwas, das euch sehr wichtig zu sein scheint. Vielleicht hilft es ja, sie zu beschützen.« Zarif öffnete die Tasche.

»Der Mechanismus!«, stieß Stromberg aus. »Woher ... ich meine, wie ...« Seine Stimme überschlug sich beinahe.

»Wir wussten, wie viel euch dieser Apparat bedeutet«,

sagte Sabah. »Als wir sahen, dass das Lager angegriffen wurde, nahmen wir ihn an uns und brachten ihn in Sicherheit. Ich hoffe, wir haben richtig gehandelt.«

»Ihr seid ein Geschenk des Himmels«, rief Stromberg.

Zarif faltete die Hände und verbeugte sich.

Stromberg riss das Gerät an sich und hielt es in die Höhe.

»Dann haben wir doch noch eine Chance, von hier zu entkommen.«

Zarif nickte. »Und wir müssen John finden. Die Naqia braucht ihren Vater.«

*

John blickte direkt in die Mündung der Maschinenpistole. Im Staub kniend, ragten die beiden Männer bedrohlich über ihm auf. Die Sonne stand hinter ihnen, so dass er ihre Gesichter nicht richtig sehen konnte. Der eine deutete auf ihn und schrie etwas in abgehackt klingendem Arabisch. John schüttelte den Kopf. »Ich verstehe euch nicht. Ich bin unbewaffnet, seht ihr?« Er hob die Hände und legte sie hinter den Nacken. Die Pistole hatte er weggeworfen. Sein Hals war trocken, die Zunge klebte ihm am Gaumen. Ein paar Schritte entfernt lag Major Faulkner mit dem Gesicht im Sand. Seine Uniform war zerfetzt, und überall war Blut.

»Was du da drin?« Der eine der beiden deutete auf seine prall gefüllte Umhängetasche.

»Das? Eine Taschenlampe, Batterien und ein Radio.« Er überlegte, ob er ihnen den Inhalt zeigen sollte, wollte aber nicht, dass sie dachten, er zöge eine Waffe. Sie schienen einen ziemlich nervösen Zeigefinger zu haben.

»Wer bist du? Wo willst du hin? Du nicht Soldat.«

»Was du hier tun?«, fragte der andere.

Johns Gedanken rasten. Was sollte er den Typen erzählen? Auf keinen Fall wollte er ihnen verraten, dass sich nicht mal hundert Meter von ihm entfernt seine Familie im Boden versteckt hielt. Eher wollte er sterben, als sie einer Gefahr auszusetzen.

»Ich bin kein Soldat«, sagte er. »Ich bin Reporter. Ich schreibe Berichte über die Hilfsaktion in Mossul. Ich war auf dem Weg dorthin, als die Helikopter mich sahen und zum Anhalten zwangen. Routineinspektion, versteht ihr?«

Er hoffte, dass er mit dieser Notlüge ein paar Minuten herausschinden konnte. Doch leider waren die Männer nicht so leicht hinters Licht zu führen.

»Du Lüge«, schrie der eine und hielt ihm die Gewehrmündung an den Kopf. »Wir beobachtet. Du nicht allein. Wo sind andere?«

»Welche anderen? Redet ihr von den Beduinen?« John spürte, wie seine Beine zu zittern anfingen. »Ich bin ihnen kurz vorher begegnet. Sie transportieren Kamele in die nördlichen Berge.«

»Ich nicht rede Beduinen, ich rede Männer und Frauen, die standen hier bei dir. Wohin?« Das Klicken der entsicherten Waffe war zu hören. Der Finger krümmte sich um den Abzug.

Ertappt, dachte er. Mit dieser Lüge hatte er soeben sein eigenes Todesurteil unterzeichnet. John spürte, wie sich eine unsichtbare Schlinge um seinen Hals legte und zusehends enger wurde.

Er hob die Hände. »In Ordnung, Freunde, ich gebe zu,

dass ich nicht ganz die Wahrheit gesagt habe. Es stimmt, es waren noch andere bei mir, doch sie sind zusammen mit den Beduinen geflohen. Sie dürften mittlerweile ...«

Weiter kam er nicht. Einer der Terroristen drehte sein Gewehr um und hämmerte es ihm gegen den Schädel. Es ging so schnell, dass John keine Chance hatte zu reagieren.

Ein Knacken ertönte, Sterne zuckten auf, und ein gleißendes Feuerwerk aus Licht und Schmerz brandete über ihn hinweg. Zuerst glaubte er, ohnmächtig werden zu müssen, stellte dann aber fest, dass bis dahin noch ein kleines Stück fehlte. Das schrille Pfeifen eines herannahenden Zuges betäubte sein Gehör. Er schmeckte Blut und fühlte, wie ihm die Sinne schwanden.

Nicht das Bewusstsein verlieren. Bleib wach! Du darfst Leni und Hannah jetzt nicht im Stich lassen. Atme, verdammt noch mal, atme!

Seinen Blick auf das fliesengroße Quadrat Wüstenboden vor seinen Knien richtend, sog er den lebenspendenden Sauerstoff in sich hinein. Er füllte seine Lunge, bis sie kurz vorm Platzen stand, dann stieß er die Luft wieder aus.

Ein und aus. Ein und aus. Ein und aus.

Schweiß rann seine Stirn hinab – oder war es Blut? Er war noch immer bei Bewusstsein, das war alles, was zählte. John starrte auf den kleinen Flecken Sand vor seinen Augen.

Die Luft strömte jetzt leichter in ihn hinein. *Halt durch, halt durch. Einen kurzen Moment noch.*

Und plötzlich war die Hürde überwunden.

Keuchend sackte er zusammen. Er kam sich vor, als wäre er gerade hundert Meter in Bestzeit gelaufen.

Vorsichtig hob er den Kopf – und hielt die Luft an. Die beiden Terroristen lagen mit durchschnittenen Kehlen im Sand. Hinter ihnen standen zwei Beduinen, feucht glänzende Dolche in ihren Händen. Der ältere der beiden bot ihm eine Hand an. »Komm, mein Freund. Ich helfe dir auf die Füße.« Über dem graumelierten Bart schimmerte ein Zwinkern in den Augen.

»Zarif?«

»Allah hält seine schützende Hand über dich, mein Freund. Und jetzt komm, deine Familie wartet.«

John fühlte sich emporgehoben. Mit wackeligen Beinen tat er einen ersten Schritt. »Was ... was ist mit Faulkner?«

Sabah schüttelte den Kopf. Sein Ausdruck war ernst. »Ich fürchte, es ist zu spät.«

»Tot?«

Ein Nicken.

»Oh nein ...!«

»Wir müssen gehen. Jetzt!«

John nickte. Er hatte furchtbaren Durst.

39

In den Tiefen der Welt regte sich Hass.

Gärender, schwelender Hass. Gezeugt und genährt von einem verborgenen Ich, einem längst vergessenen Bewusstsein, dessen Erinnerung in den trüben Wassern der Zeit verlorengegangen war.

Er war alt. Sehr alt. Er hatte beobachtet, wie die ersten Menschen ihren Fuß auf dieses Land setzten, wie sie Felder anlegten und Häuser bauten. Er hatte beobachtet, wie sich das Land veränderte, wie Wälder gerodet, Straßen angelegt und Städte gegründet wurden.

Äonen waren seither vergangen. Äonen, die er in Scheinwelten verbrachte, während oben das Stehlen, Töten und Morden begann. Herrscher kamen und gingen, Königreiche erschienen und zerfielen, während diese langweilige blaue Kugel weiter ihre Bahnen zog.

Was von seiner Erinnerung übrig geblieben war, erzählte ihm vom Versiegen der Quellen, dem Austrocknen von Bächen und Flüssen und dem Verdorren der Vegetation, während das schutzlose Land von Sonne und Wind zernarbt wurde. Dort, wo früher Wiesen, Weiden und Wälder existierten, herrschte jetzt nur noch lebensfeindliche Wüste. Eine Ödnis, die sich in alle Richtungen erstreckte.

Eine Krankheit hatte das Land heimgesucht. Sie hatte es mit einem Geschwür befallen – einem Geschwür mit dem Namen *Furcht*.

Mineralische Gedanken kreisten durch sein Bewusstsein.

Wenn er sich nur erinnern könnte, was damals geschehen war. Was gäbe er dafür, wieder mit seinem alten ICH verbunden zu sein. Vielleicht würde er dann erkennen, was passiert war, warum ihm der Weg in die Heimat verwehrt war. Doch sein ICH war fort. Die Hoffnung, es zu finden, hatte er lange aufgegeben. Wo, in all den Epochen, die seither vergangen waren, sollte er suchen?

Aufgewühlt stieß er seinen Fuß in die Erde. Einmal, zweimal. Die Erschütterungen durchzuckten den Erdmantel. Schwarzer Sand rieselte von seiner Haut. Das Alter hatte seine Augen im Laufe der Jahrtausende mit Quarz bedeckt.

OH, IHR MENSCHEN. WENN IHR WÜSSTET ...

Sie hatten seine Schwäche ausgenutzt, als er am verwundbarsten war, hatten ihn eingemauert und verbannt in die tiefsten Tiefen dieses Kerkers. Ein Grabmal hatten sie ihm errichtet, halb aus Furcht, halb aus Hoffnung. Sie hatten ihm Namen gegeben. Namen von Göttern und Helden. Sie hatten ihm gehuldigt und verlangten, er möge ihren Wünschen entsprechen. Aber wer war er, dass er sich zum Sklaven solch niederer Lebensformen machte?

Die Zeitalter vergingen und mit ihnen das Wissen um seine Existenz. Und dann, binnen einer Zeitspanne von nur einem halben Jahrtausend, hatten sie ihn vergessen.

Vergessen? *Ihn?*

Vermutlich wussten sie nicht einmal, was sie angerichtet hatten. Er fühlte sich wie lebendig begraben, ohne Stimme, ohne Augen oder Ohren. Kaum mehr als ein verstümmelter und gelähmter Torso, nicht einmal fähig, seine Qualen in die Welt hinauszuschreien. Wer hätte ihn in diesen Tiefen auch hören sollen?

Aber sie irrten, wenn sie glaubten, er wäre machtlos. Selbst in der Tiefe standen ihm Mittel der Bestrafung zur Verfügung. Sein purer Wille genügte, um sie seinen Zorn fühlen zu lassen. Es war wie ein schleichendes Gift, das ihre Herzen verdarb und ihre Seelen schwärzte. Aus seinem Gefängnis heraus manipulierte er sie, auf dass sie, wie fehlgesteuertes Spielzeug, immer und immer wieder gegeneinander anrannten. Konnten sie sein Lachen hören? Spürten sie sein Vergnügen, sein Verlangen nach Unterhaltung?

Vermutlich nicht, unsensibel, wie sie waren. Ihre Spezies war so fixiert auf sich selbst, dass ihnen das große Bild, das tiefe Verständnis, verborgen blieb. Ihnen war es bestimmt, zuzusehen, wie ihre armselige kleine Welt Stück für Stück in Trümmer ging.

Und er? Für ihn hieß es, sich in Geduld zu üben. Warten und schlafen – viel mehr gab es nicht zu tun. Nur in seinen Träumen fand er Trost. Er war gut darin, Welten zu erschaffen. Er brauchte nur in seiner unmittelbaren Vergangenheit zu forschen, um Szene für Szene vor seinem geistigen Auge wieder aufleben zu lassen. Und so folgte ein Traum auf den nächsten. Jahrzehnte, Jahrhunderte des Schlafes, angefüllt mit mineralischen Tränen und der Frage nach dem Ende seines Martyriums.

... und mit einem Mal war er da. Der Moment, auf den er gewartet hatte.

Ein Geräusch. Direkt vor seiner Pforte. Ein feines Wispern, ein zartes Kratzen. Kaum mehr als eine Maus, die an einem Burgtor scharrte. Zwei Mal hatte er dieses Kratzen gehört, zwei Mal hatte er sich im Schlaf umgedreht. Jetzt hörte er es erneut. Drängend. *Fordernd.*

Er schlug die Augen auf.

40

Khalid richtete seinen Blick auf den Soldaten im Sand.

Der Mann lebte noch. Blut hustend, zerfetzt und geschunden, kroch er auf allen vieren durch den Staub, fort von dem Gemetzel bei den Hubschraubern. Seinen Helm hatte er verloren, die Uniform war zerrissen, und aus einer übel aussehenden Bauchverletzung sickerte schwarzes Blut.

Wie schnell sich die Dinge doch ändern konnten. Vor nicht mal einer Stunde war dies noch ein kräftiger Kämpfer gewesen. Ein arroganter Vertreter der westlichen Welt, für den dieses Land nur ein weiterer Ort war, dem man seinen Stiefel ins Genick stemmen konnte. Und jetzt? Jedes rotznäsige und heulende Kind besaß mehr Würde. Khalid überlegte, ob er ihn mit der Pistole erledigen sollte, entschied sich aber dagegen. Immerhin war es ein Soldat, und als solchen sollte man ihn behandeln – mit Respekt und Würde.

Er zog sein Messer. Im Kampf Löwe gegen Löwe gab es keine ehrenvollere Waffe. Wem nie das warme Blut des Gegners über die Hände gelaufen war, der hatte noch nie einen wahrhaftigen Sieg errungen. Ehre, wem Ehre gebührte.

Er trat hinter den Mann, hob sein Kinn und ließ die Klinge über seine Kehle fahren. Blut spritzte über den Wüstenboden, wurde aufgesogen und versickerte. Der Mann stieß ein letztes Röcheln aus, dann starb er. Ein geräuschloser Tod, unspektakulär und schmerzlos. Kein Vergleich zu den Qualen, die ihm seine Bauchverletzung bereitet hätte.

Khalid ließ seinen Blick im Kreis schweifen. Inzwischen war die Sicht wieder besser geworden. Der aufgewirbelte Sand war herabgesunken, und der blaue Himmel kam durch.

Dies war der Letzte gewesen. Alle anderen Soldaten waren tot.

Alle, bis auf die Frau.

Er hatte sie nur einmal kurz zu Gesicht bekommen, ehe die Rakete den Blackhawk zu Metallkonfetti verarbeitet hatte. An der Art, wie sie mit dem Kommandanten gesprochen hatte, war zu erkennen gewesen, dass sie eine hochrangige Persönlichkeit sein musste. Jemand, der es gewohnt war, Befehle zu erteilen. Vielleicht eine Beraterin oder aus dem strategischen Oberkommando. Jemand, mit dem er sich gerne unterhalten hätte.

Doch sie war fort. Genau wie diese Zivilpersonen, die er vom Hügel aus beobachtet hatte.

Wo mochten die stecken? Die konnten sich doch nicht in Luft aufgelöst haben. Eigentlich erübrigte sich die Frage angesichts des gewaltigen Fangs, den er gemacht hatte. Zwei Blackhawks, das sollte eigentlich alle weiteren Fragen im Keim ersticken. Eigentlich. Doch er konnte nicht aufhören, über diese vermeintliche Bunkeranlage nachzudenken.

Ein Ruf ertönte. Seine Spezialisten hatten ihre Arbeit an den Helikoptern beendet und ließen die Turbinen warm laufen. Offenbar war es ihnen gelungen, die Bordsysteme der Helikopter zu hacken und die Transponder zu deaktivieren, so dass sie nicht mehr auf den Schirmen der US-Luftwaffe erschienen. Er nickte zufrieden. Gute Leute. Lauter altgediente Kämpfer, die er bereits aus Zeiten des Golfkrieges kannte. Dinge verschwinden zu lassen, war ihre Spezialität. Sie hatten unter Saddam Hussein eine exzellente Ausbildung genossen – durch die Amerikaner selbst, was der Sache einen ironischen Beigeschmack verlieh. Sobald sie die Blackhawks in die Berge geflogen und unter Tarnnetzen verborgen hatten, würden sie dafür sorgen, dass niemand sie mehr aufspüren konnte. Ihr Führer würde zufrieden sein. Und eigentlich hätte Khalid das auch sein sollen. Doch immer wenn er eine ruhige Minute hatte, musste er an seine Familie denken. Daran, dass sie auch seinetwegen gestorben waren und dass ihr Blut auch an seinen Händen klebte. Dann sah er seine beiden Söhne und seine zauberhafte Frau im Innenhof seines Hauses, wie sie spielten und sich unterhielten. Kamila war eine Meisterin auf der Oud. Sie besaß eine wunderschöne Stimme und schaffte es immer wieder, ihn mit ihren Liedern zu verzaubern. *Hatte es geschafft*, sollte er wohl besser sagen, denn nun war sie tot. Ihre Stimme war nicht mehr als ein qualvolles Stöhnen, wenn der Wind durch die Bäume fuhr.

Er wandte sich ab. Er wollte nicht, dass seine Männer ihn so sahen. Jafar war der Einzige, dem er gestattete, Zeuge seines Schmerzes zu sein. Der Imam schien seit seiner Kopfverletzung ein anderer Mensch geworden zu sein. Als hätte er auf dem Berg eine Läuterung erfahren. Beide hatten sie etwas verloren, der eine seine Stimme, der andere seine Familie. Und beide hatte diese Erfahrung verändert. Vielleicht war dies das Band, das sie zusammenhielt.

Der Khalid von damals hätte einfach die Hubschrauber genommen und wäre abgehauen. Er hätte seinen Sieg genossen und Pläne geschmiedet. Der neue Khalid hingegen wollte wissen, was hier geschehen war, er wollte *verstehen*.

»Ich begreife das nicht«, sagte er. »Wo sind die Leute hin? Ich habe das Gefühl, dass wir hier etwas Wichtiges übersehen. Dies war bestimmt keine zufällige Begegnung. Die Soldaten haben etwas gesucht und sind dabei auf die Zivilisten gestoßen. Dieses Zusammentreffen war weder geplant noch vollkommen willkürlich. Beide sind aus demselben Grund hier gewesen. Es muss hier etwas geben. Hier, genau unter unseren Füßen. Etwas, in dem ein Haufen Leute Zuflucht finden und das verschlossen werden kann …«

Sein Blick wanderte über die Ebene. Nichts. Ein Quadratmeter sah aus wie der andere. Was zum Geier sollte er tun? Die Zeit drängte. Er musste eine Entscheidung treffen. Der Soldat in ihm riet zu sofortigem Aufbruch. Die Helikopter von hier fortschaffen, ehe Verstärkung eintraf, sie tarnen und Gras über die Sache wachsen lassen. Der andere – der nachdenkliche Khalid – wollte Antworten. Er würde keine Ruhe finden, bis das Geheimnis gelüftet war.

Ein Räuspern erklang. Einer seiner Spezialisten stand neben ihm. »Kommandant?«

Khalid sah ihn an. »Ja?«

»Die Blackhawks sind startbereit. Möchten Sie zu uns an Bord kommen?«

Khalid hatte seine Entscheidung getroffen. »Fliegt ohne mich los. Ich werde später mit dem Auto nachkommen.«

Ungläubiges Staunen schlug ihm entgegen. »Kommandant?«

»Es gibt hier noch etwas zu erledigen. Seht zu, dass ihr

die Maschinen außer Sichtweite bekommt. Wir treffen uns dann am vereinbarten Sammelpunkt. Jafar, du fliegst mit ihnen.«

Energisches Kopfschütteln war die Antwort. »Mmmh …«

Der Imam machte den Eindruck, als wäre er regelrecht beleidigt über den Vorschlag. Er deutete auf den Boden und verschränkte die Arme.

»Du willst hierbleiben?«

Heftiges Nicken.

Khalid sah den jungen Mann skeptisch an. Die Hartnäckigkeit des Geistlichen imponierte ihm. »Bist du sicher? Das wird kein Spaziergang. Wir werden jeden Quadratmeter absuchen müssen.«

»Mmh …«

Er zuckte die Schultern. »Na schön, dann also gemeinsam. Trommel ein paar Leute zusammen, organisiere uns ein Fahrzeug und dann lass uns aufbrechen. Wir werden diese Ratten finden und ausräuchern. Und wenn es das Letzte ist, was wir in diesem Leben tun.«

*

Die Steinplatte lag sicher und schwer über ihren Köpfen. Acht Personen waren nötig gewesen, um sie wieder an ihren Ursprungsort zu bugsieren, aber wenigstens gab sie ihnen einen gewissen Schutz. Sie wussten, wie sehr der Sandstein mit der Umgebung verschmolz, sie hatten es selbst erlebt. Mit ein bisschen Glück würde er ihren Standort vor neugierigen Blicken verbergen. Zumindest, bis oben alles wieder ruhig war.

Die meisten Nahrungs- und Wasservorräte hatten sie, der kühleren Temperaturen wegen, ohnehin hier unten deponiert, doch wie lange sie damit auskommen würden, wusste keiner. Und dann war da natürlich noch die Frage der Hygiene. Waschen war ohnehin ausgeschlossen, aber was, wenn jemand aufs Klo musste?

Auch der Generator bereitete ihnen Sorge. Sie brauchten ihn, um ihre Akkus zu laden und Licht zu erhalten, aber ihn anzuschalten barg ein gewisses Risiko. Zum einen natürlich der Geräusche wegen, die sie verrieten, zum anderen wegen des Verbrennungsmotors, der die ohnehin begrenzte Luftmenge mit Abgasen verunreinigte. Obwohl das Gerät äußerst sparsam war und über einen Hochleistungsfilter verfügte, war es nur eine Frage der Zeit, bis der Kohlenmonoxidanteil hier unten so hoch wurde, dass sie alle jämmerlich erstickten. Sie einigten sich darauf, ihn nur gelegentlich für kurze Zeit einzuschalten, und hofften, dass die Stromversorgung genügte.

Hannah strich mit der Hand über das komplizierte Räderwerk des Antikythera-Mechanismus. Alle Augen waren auf sie gerichtet. Man erwartete eine Entscheidung von ihr.

»Was ist jetzt?«, fragte Stromberg. »Willst du es nicht wenigstens versuchen?«

Hannah presste die Lippen zusammen. »Und wenn es wieder zu einem Stromausfall kommt? Wir haben nur diese beiden Lampen. In der Dunkelheit wären wir wie lebendig begraben.«

»Wir haben doch gar keine Wahl. Nichts ist schrecklicher, als tatenlos rumzusitzen und darauf zu warten, entdeckt zu werden. Und sollte der Generator tatsächlich ausfallen, gedulden wir uns eben, bis er wieder anspringt.«

Hannah war so schrecklich hin- und hergerissen, dass sie Magenkrämpfe davon bekam. Sie wusste, dass er recht hatte, auch wenn ihr Bauchgefühl etwas anderes sagte.

»Von mir aus«, sagte sie. »Wenn die Mehrheit der Meinung ist, dass wir es tun sollten, werde ich mich nicht querstellen. Jeder hat eine Stimme, und jede Stimme wiegt gleich viel. Demokratisch, hörst du, Norman?«

»Was denn, Leni etwa auch?« Die Ironie in seiner Stimme war nicht zu überhören.

»Ich sagte, jeder. Also, ich bitte um Handzeichen. Wer ist dafür, dass wir versuchen, das Portal zu öffnen?«

Sechs Hände wanderten in die Höhe – auch die von John. Damit waren Hannah und die anderen Skeptiker überstimmt. Sie sackte zusammen. »Nur zur Sicherheit noch die Gegenprobe«, sagte Hannah. »Wer ist dagegen?«

Sie selbst hob die Hand, ebenso Leni, Zarif und Sabah. Rebecca enthielt sich der Stimme.

»Vier gegen sechs«, sagte Stromberg. »Lasst uns das Tor öffnen.«

Er humpelte in Johns Begleitung Richtung Portal. Wie ein alter Dachs, der, unbeeindruckt aller Warnungen, blindlings in die Falle tappte. Aber was sollte sie tun? Ihr waren die Hände gebunden. Die Mehrheit hatte entschieden, und sie musste sich daran halten.

Sie ergriff Lenis Hand, ihre Tochter sagte nichts. Offenbar schien sie die Situation zu überfordern.

»Ich habe dich lieb«, flüsterte Hannah und sah hinab. »Sehr sogar. Ich werde auf dich aufpassen, solange ich lebe, versprochen.«

Leni verzog keine Miene.

Hannah seufzte. Was hätte sie darum gegeben, wenn ihre Tochter nur einmal die ersehnten Worte sprechen würde. Vielleicht jetzt? Nur dieses einzige Mal. Dann würde es ihr viel leichter fallen, diesen Schritt zu gehen. Aber Leni schwieg, und langsam glaubte Hannah nicht mehr daran, dass da jemals etwas kommen würde.

Ihr Blick streifte die Reporterin. Leslie wirkte still und in sich gekehrt. Die Nachricht vom Tod des Majors hatte sie schwer mitgenommen. Anscheinend war es genau, wie John vermutet hatte. Hannah verspürte Mitgefühl. Sie überlegte, ob sie sie ansprechen sollte, besann sich dann aber eines anderen.

John war damit beschäftigt, den Kasten unter Strombergs Anleitung in die Nische einzupassen. Er hatte sichtlich Mühe, doch mit gezieltem Druck rutschte der Kasten in die Vertiefung. Er passte wie angegossen. Womit auch der letzte Zweifel ausgeräumt war.

Damit rechnend, dass das Licht jeden Moment ausgehen würde, hielt Hannah den Atem an. Aber alles blieb ruhig.

»Mama.«

Hannah schaute zu Leni hinunter. »Ja?«

»Du tust mir weh.«

Sie runzelte die Stirn, bis ihr auffiel, dass sie ja immer noch die Hand ihrer Tochter umklammert hielt. Sie lockerte ihren Griff und lächelte entschuldigend. »Bitte verzeih, mein Schatz, das habe ich nicht gemerkt.«

»Ist schon okay.« Leni lächelte. »Deine Hände sind ganz nass.«

Hannah wischte sie an der Hose ab. Die Kleine war wie ein Fels in der Brandung, unerschütterlich, ruhig und deutlich entspannter als sie selbst. Kein Wunder, dass die Beduinen einen Narren an ihr gefressen hatten.

Strombergs erwartungsvolle Augen waren auf sie gerichtet. Sie wusste, was er von ihr wollte. *Den Code.*

»Na schön.« Sie zuckte die Schultern. »Ich gebe gleich zu bedenken, dass die Chancen fifty-fifty stehen. Vielleicht sogar schlechter. Ich wollte nur, dass ihr das wisst.«

»Wissen wir«, sagte Stromberg. »Gib einfach das Datum ein.«

Gib einfach das Datum ein, du machst mir Spaß, dachte Hannah. *Ist ja nicht so, als würde man einen Geschirrspüler bedienen.*

»Selbst wenn der Mechanismus eine Rekonstruktion ist, so haben wir es hier mit einer jahrtausendealten Apparatur zu tun«, sagte sie. »Einer Apparatur, von der wir nicht mal genau wissen, wozu sie eigentlich dient. Warum wurde sie entfernt? Warum hat man sie auf ein Schiff verladen und außer Landes gebracht? Warum wollten die Erbauer verhindern, dass irgendjemand seinen Fuß in diesen Tempel setzt? Dir mag das egal sein, Norman, aber mich interessieren diese Fragen, und ich bin sicher, alle anderen auch.«

»Geschenkt«, sagte Stromberg. »Mach einfach deinen Job.«

Hannah schüttelte den Kopf. »Es geht hier nicht um mich oder dich, es geht um uns alle. Ich möchte sicherstellen, dass alle auf dem gleichen Wissensstand sind. Und diese Zeit nehme ich mir, ob es dir passt oder nicht.«

Er seufzte. »Tu, was du nicht lassen kannst, aber bitte beeil dich.« Der Zynismus in seiner Stimme war nicht zu überhören. »Ich möchte gerne in Sicherheit sein, ehe die IS-Milizen hier reinstürmen.«

Hannah atmete tief durch. »Die Kollegen von der *Woods Hole Oceanographic Institution* vermuteten, dass es sich um ein Zeitschloss handelt. Eine Automatik, die auf ein bestimmtes Jahr, einen bestimmten Monat, vermutlich sogar auf ein bestimmtes Ereignis geeicht wurde. Ich stimme ihnen zu. Ich glaube, dass es etwas mit dem Beginn des Baus zu tun hat. Der Code sollte sicherstellen, dass kein Unbefugter diesen Tempel betreten konnte, und wurde nur von Königen an ihre Söhne und von Priestern an ihre Adlaten weitergereicht. Was verborgen war, sollte weiterhin verborgen bleiben. Ich habe mich lange gegen die Behauptung gewehrt, dass dieses Bauwerk etwas mit dem biblischen Turmbau zu tun hat, doch mittlerweile bin ich mir nicht mehr so sicher.«

Stromberg zog eine Braue in die Höhe.

»Gekommen bin ich darauf, als ich die Begriffe *Säer von Zwietracht* und *Hassbringer* zum ersten Mal hörte. Denn wie entsteht Hass und Zwietracht anders als aus einem Mangel von Kommunikation und Verständnis? Die babylonische Sprachverwirrung sowie das Verstreuen der Völker in alle Himmelsrichtungen könnten einen durchaus realen Hintergrund gehabt haben. Keinen göttlichen Willen, wie mancher vielleicht glaubt, sondern einen rational erklärbaren, *physikalisch messbaren* Grund. In der Bibel steht: *Es will dort eine Stadt und einen Turm mit einer Spitze bis zum Himmel bauen.* Nun ist Marduk aber ein Gott der Unterwelt. Sein Himmel wäre demnach das Reich der Tiefe. Eine Pyramide, die in die Tiefe reicht? Dieser Gedanke brachte mich auf eine Idee.« Sie legte eine kurze Pause ein. »Soll ich fortfahren?«

»Unbedingt«, sagte Stromberg, der nun doch interessiert zuhörte. Hannah musste lächeln. Ihm war anzusehen, wie sehr er es genoss, endlich einen Sieg gegen dieses renitente Weibsbild errungen zu haben.

»Die Idee mit dem zeitlichen und astronomischen Kontext hatte ich bereits im Flugzeug«, fuhr Hannah fort. »Also habe ich mich hier unten, inmitten dieser Flut von Reliefs, auf die Suche gemacht und bin tatsächlich fündig geworden.«

Der Milliardär runzelte die Stirn. »Was? Wo?«

»Hier.« Hannah deutete auf ein kleines Element in der Mitte des Portals. Einige Darstellungen von Tieren und Fabelwesen waren dort zu sehen. Sie waren mehr oder minder kreisförmig angeordnet, und da sie so klein waren, konnte man sie leicht übersehen. Leni hatte sie darauf aufmerksam gemacht, als sie angefangen hatte, die Bilder mit Stift und Papier zu kopieren.

»Ich mag mich täuschen«, sagte Hannah, »aber ich glaube, dass wir es hier mit dem weltweit ältesten Zodiak der Astrologie zu tun haben. Vielleicht erkennen einige von euch, dass die Symbole nicht in der heutigen Reihenfolge dargestellt sind – ein Hinweis darauf, dass hier eine verborgene Botschaft enthalten sein könnte. Ein anderer Hinweis ist, dass der Steinbock als Ziegenfisch dargestellt ist. Die Waage ist übrigens keine Waage, sondern der Fahrer eines Kampfwagens. Neben ihm steht ein Richter, der die Gerechtigkeit symbolisiert, sowie ein Eremit oder Mönch für die Weisheit.« Sie deutete auf die anderen Darstellungen. »Als Symbol der Jagd und der Weisheit sehen wir hier den Schützenzentaur, darüber die Löwensphinx für die Staatsmacht. Im alten Mesopotamien war die weltliche Macht eng mit der geistlichen verknüpft, weshalb Könige gleichzeitig auch Magier oder Priester waren. Zu ihrem Schutz standen damals geflügelte Sphinxe vor allen Tempeln und Königshäusern.« Sie musste kurz Luft holen, dann sprach sie weiter.

»Links unter dem Schützen sehen wir den Skorpion, das Symbol des Beherrschens und Besitzens, darunter den Wolf oder Fuchs, als Symbol der Schlauheit. Ganz spannend ist die Darstellung des Zwillings mit der Ähre. Getreidepflanzen sind Bedecktsamer und damit Zwitter. Das heißt, sie enthalten sowohl männliche als auch weibliche Organe. Womit sich die Frage stellt, ob das Sternzeichen des Zwillings nicht ursprünglich Zwitter bedeutete.« Ein knappes Lächeln huschte über ihre Lippen. »Lange Rede, kurzer Sinn: Ich habe die Anordnung dieser babylonischen Sternzeichen extrapoliert und ein ungefähres Datum erhalten. Ganz offensichtlich fand die Einweihung des Tempels irgendwann im Frühling des Jahres 686 vor Christus statt. Nach kurzer Recherche stellte ich fest, dass es tatsächlich ein wichtiges astronomisches Ereignis in diesem Zeitraum gab. Eine Mondfinsternis. Überliefert ist sie in der Keilschrifttafel BM 35789, die heute im British Museum in London lagert. Die Grundsteinlegung fand also exakt in der Nacht vom 21. auf den 22. April 686 statt.«

Stromberg nickte anerkennend. »Das könnte sein. Das könnte die Lösung des Rätsels bedeuten.«

»Dann seid ihr also einverstanden, wenn ich das Datum einstelle?«

Stromberg sah sie ernsthaft an. »Tue es.«

41

Hannah drehte die Scheiben an der Vorderseite mit dem Finger und bewegte sie an die betreffende Stelle. Planeten gerieten in Bewegung, Tierkreiszeichen wechselten ihre Position, und das ausgewählte Datum rückte näher. Dann nahm sie ihre Hände von der Scheibe.

John sah sie erwartungsvoll an und strich dabei Leni über den Kopf. »Das ist es?«

»Wenn mir kein Fehler unterlaufen ist. Bleibt nur noch, das Uhrwerk aufzuziehen.«

»Das mache ich«, sagte Stromberg. »Ich weiß, dass du bereits viel weiter gegangen bist, als du wolltest, und dafür danke ich dir. Ich will dir nicht noch mehr Verantwortung aufbürden. Wenn irgendetwas schiefgeht, dann nehme ich das auf meine Kappe. Es sei denn, du möchtest unbedingt …«

»Nein, mach nur.«

John streckte seine Hände nach ihr aus und ging mit Leni und ihr auf Sicherheitsabstand. Auch die anderen traten einen Schritt zurück.

Stromberg ergriff die kleine Kurbel, steckte sie in die vorgesehene Öffnung und zog den Mechanismus auf. John hörte, wie es hinter der Abdeckung surrte und rasselte. Das kleine Modell der Erde wanderte um die Sonne herum, bis es genau oberhalb des Skorpions zum Stehen kam. Dann erklang ein schnappendes Geräusch.

Alle hielten den Atem an, doch nichts passierte. Kein Verlöschen der Lichter, kein Stromausfall – nichts.

Sie warteten. Sekunden verstrichen.

Man hätte eine Stecknadel fallen hören, so still war es. John vernahm das Ticken seiner Armbanduhr. Langsam zählte er die Sekunden. Als Stromberg Anstalten traf, den Mechanismus noch einmal aufzuziehen, hielt er inne.

»Hört ihr das?« Er hob den Zeigefinger.

John spitzte die Ohren. Ein feines Wispern ertönte. Als würde jemand flüstern. Ein Windhauch strich über seine Haut. Es fühlte sich an, als würde jemand ihm in den Nacken blasen. Er drehte sich um, doch da war niemand. Trotzdem spürte er von irgendwoher einen Luftzug. Ihm wurde kühl.

Das Wispern wurde lauter. Leni trat einen Schritt zurück.

John legte seinen Arm um sie. »Keine Angst, Kleines. Mama und Papa sind bei dir.«

Er wollte noch etwas Tröstliches sagen, doch er kam nicht mehr dazu. Zuerst dachte er, seine Augen würden ihm einen Streich spielen, bis ihm klarwurde, dass auch die anderen es sahen.

Über das fein gemeißelte Relief der Portaltür huschten winzige Lichter. Klein wie Ameisen, aber um ein Hundertfaches schneller. Die Pünktchen zischten entlang der feinen Rillen, die die Baumeister vor Urzeiten in den Stein gehämmert hatten. Das Muster wirkte zunächst chaotisch, doch bereits nach wenigen Sekunden waren erste Strukturen zu erkennen. Die leuchtenden Ameisen formierten sich, umkreisten einander und bildeten kleine Wirbel, die zu immer größeren Haufen anschwollen. Es waren neun, kreisförmig über das Portal verteilt. Ein letztes Aufzucken, dann verblassten sie. Der Mechanismus gab ein wimmerndes Rattern von sich. Getriebeteile jaulten, dann erklang ein Geräusch wie von Glockenschlägen. So leise, dass man es mehr spüren als hören konnte. Neun Schläge, die tief aus dem Inneren der Erde zu kommen schienen.

Mit dem Verklingen des letzten Schlages erschien ein dunkler Spalt in der Tür. Messerscharf verlief er über das gewaltige Sandsteinrelief und wurde rasch breiter. John wagte nicht zu atmen. Gemeinsam mit den anderen erwartete er das Unvorstellbare.

*

Khalid blieb stehen. Um ihn herum war ein Zischen und Wispern wie von tausend Schlangen. Der Sand bewegte sich. Feine Wellen huschten über den Boden und erzeugten Rippelmarken in der Ebene. Sandkörner kreisten umeinander, während größere Steine auf den Wellenkämmen tanzten. Tief aus der Erde drang ein sanftes Dröhnen.

»Allah steh uns bei …«

Seine Kalaschnikow umklammernd, starrte er entgeistert auf die brodelnde See. Jeden Moment rechnete er damit, vom Sand verschlungen zu werden.

Was war das, ein Erdbeben?

Eigentlich waren die Vibrationen dafür zu fein und zu gleichmäßig. Er hatte in jungen Jahren mal ein Erdbeben miterlebt und wusste, wie sich das anfühlte. Das hier war anders. So, als stünde er auf etwas Lebendigem. Seine Füße sanken ein wenig ein, sonst passierte nichts.

Das Zischen und Rieseln hielt an. Die Rippel bildeten

ein Kreismuster, das aussah, als hätte man einen Stein in einen Teich geworfen. Was in Gottes Namen ging hier vor?

Einige Meter hinter ihm stand der Pick-up mit Jafar und den drei Begleitern an Bord. Die Panik war ihnen ins Gesicht geschrieben. Dass sie ihre Angst überwanden und pflichtbewusst seine Befehle ausführten, zeigte, wie ergeben sie ihm waren.

Seine Panik unterdrückend, packte Khalid den Überrollbügel, schwang sich auf den Pick-up und deutete geradeaus. »Da vorn, seht ihr? Das kreisförmige Muster. Ich glaube, es führt uns zum Ursprung.« Er fühlte, dass sie da einer ganz großen Sache auf der Spur waren. Was immer diese Fremden vorhatten, es stellte eine Bedrohung für ihn und sein Volk dar.

»Waffen bereithalten, Männer. Ich glaube, die Lösung des Rätsels liegt direkt vor unseren Füßen. Komm schon, tritt aufs Gas.« Er klopfte dem Fahrer auf die Schulter. Im Schritttempo fuhr der Wagen los.

*

Rumpelnd und donnernd glitten die gewaltigen Türflügel auseinander. Mehrere Tonnen schwerer, antiker Stein gerieten in Bewegung. Das Siegel eines Bauwerks, das niemals dafür bestimmt gewesen war, geöffnet zu werden.

Jahrtausendealter Staub rieselte von der Decke. Die Erschütterungen drangen durch den Boden bis in ihre Beine. Mit einem letzten Seufzer rutschten die Platten in eine Arretierung und rasteten ein.

Hannahs Sinne waren aufs äußerste gespannt. Kühle, feuchte Luft schlug ihr entgegen. Kellerluft, wenn auch ohne den typischen Modergeruch.

Sie lauschte. Mehr als das Pochen des Blutes in ihren Ohren vermochte sie nicht zu hören.

»Was in drei Teufels Namen war denn das?« Rebecca van Campen stand mit weit aufgerissenen Augen vor dem Eingang und starrte in die Dunkelheit. »Diese Glühwürmchen, habt ihr die auch gesehen?«

»Haben wir«, erwiderte Stromberg. »Und ehe Sie danach fragen, nein, ich habe keine Erklärung dafür.«

»Vielleicht eine elektrostatische Entladung«, warf Sven ein. »Das Zusammentreffen von warmer, trockener Luft mit der feuchten Kälte aus dem Inneren?«

Niemanden schien diese These zu überzeugen. Hannah bezweifelte, dass sie auch nur annähernd den Kern der Sache traf. Was sie gesehen hatte, war definitiv keine elektrostatische Entladung gewesen.

»Und die Glockenschläge?«

»Was weiß ich? Irgendein verborgener Mechanismus.« Stromberg schüttelte den Kopf. »Ist doch sinnlos, sich darüber den Kopf zu zerbrechen. Vielleicht könnten wir mal etwas Licht bekommen. Hat jemand eine Taschenlampe griffbereit?«

Patrick eilte nach hinten und kam mit ein paar tragbaren Akkulampen wieder. Der Milliardär nahm eine davon und schaltete sie ein. Ein bleicher Lichtfinger tastete in die Finsternis. Vor ihren staunenden Augen erschien eine schnurgerade Säulenarkade, die in schrägem Winkel ins Erdinnere führte.

Hannah fiel auf, dass die Bauweise von den gängigen abwich. Im Gegensatz zu griechischen oder römischen Säulen waren diese hier im Querschnitt nicht rund, sondern quadratisch und wiesen eine reiche assyrische und babylonische Ornamentik auf. Wellen, Bögen, Rauten, dazwischen immer wieder runde Symbole, die an Wagenräder erinnerten. Nach jeweils neun Säulen hatten die Erbauer Nischen in den Fels eingelassen, in denen aufwendig gestaltete Steinstatuen standen. Genau wie die Säulen erstrahlten auch sie in prächtigen Farben. Als hätte der luftdichte Abschluss dafür gesorgt, dass die Pigmente über die Jahrtausende erhalten geblieben waren.

Hannah spürte die Magie des Unbekannten. Wie eine Motte vom Licht angezogen, betrat sie den Gang.

»Mein Gott, seht euch das an«, hauchte sie, als sie an der Skulptur anlangten. »Das ist Tiamat. Ein Mischwesen mit Löwenpranken, Pferdekörper, Hinterläufen in Adlerform und Raubvogelflügeln.« Andächtig fuhr sie mit ihren Fingern über den Stein. »Die Skulptur zeigt Marduks Kampf gegen sie. Seht ihr, wie er auf einem Streitwagen und inmitten eines Sturmes auf sie zufliegt? Bewaffnet mit Pfeil und Bogen, seinem Schwert und einem Netz, lenkt er die vier Winde in ihr weit aufgerissenes Maul. In der Legende schießt er einen Pfeil in sie hinein und verletzt ihr Herz. Ihre Haut kann von keiner Waffe durchstoßen werden, was sie praktisch unverwundbar macht. Danach nimmt er sein Schwert und spaltet sie in zwei Hälften. Aus der einen formt er die Erde, aus der anderen den Himmel. Aus ihren Augen entspringen die Flüsse Euphrat und Tigris.«

»Die Geschichte geht noch weiter«, flüsterte Stromberg.

»Marduk fängt den Anführer ihrer Armee, tötet ihn und erschafft aus Blut und Lehm den Menschen. Dort, wo Tiamat ihr Leben aushaucht, errichtet er sich selbst zu Ehren einen Tempel. *Diesen Tempel.*« Er drehte sich um. Auf seinem Gesicht lag ein Ausdruck von Ehrfurcht. »Meine lieben Freunde, ich bin überzeugt, dass dies das Heiligtum ist, von dem ich mein ganzes Leben lang gelesen habe, dessen Existenz aber nie bewiesen wurde. Es ist der wohl bedeutendste Tempel assyrischer Zeit.«

Rebecca van Campen räusperte sich. »Ich unterbreche Ihren Freudentaumel ja nur ungern, aber sollten wir nicht zusehen, dass wir weiterkommen? Ich habe mir erlaubt, das Portal zu inspizieren, und keine Möglichkeit gefunden, die Tür zu verschließen. Gesetzt den Fall, die Terroristen finden einen Weg hier runter, so gibt es nichts, was sie aufhalten würde. Deswegen würde ich vorschlagen, wir beschäftigen uns weniger mit historischen Diskursen als vielmehr mit der Frage unseres Überlebens.«

»Recht haben Sie, Ms. van Campen«, sagte Stromberg. »Bitte entschuldigen Sie. Ich neige dazu, mich von meiner Begeisterung mitreißen zu lassen. Gehen wir weiter. Und halten wir dabei die Augen auf.«

42

Ein dumpfer Knall erschütterte den Tempel. Eine Woge heißer, trockener Luft fegte durch den Korridor. Felsen knirschten, Gestein barst. Es klang, als würde ein Berg über ihnen einstürzen.

Leslie duckte sich instinktiv und hielt die Hände über den Kopf. Nicht, dass sie jemals ein Erdbeben miterlebt hätte, aber so musste es sich wohl anfühlen, wenn die Natur dem Menschen zeigte, wie klein und unbedeutend er war.

»Das war eine Sprengung«, brüllte Rebecca über den Lärm hinweg. »Jemand hat den Eingang weggesprengt. Die Terroristen sind im Anmarsch.«

»Das kann nicht sein«, schrie Sven. »Wir haben die Platte doch wieder an ihren Platz gelegt. Wie haben die uns gefunden?«

»Ist das nicht egal?«, stieß John aus. »Fakt ist, sie haben uns entdeckt und werden bald hinter uns her sein. Wir dürfen keine Zeit verlieren. Kommt, Leute, nehmt eure Beine in die Hand und rennt!« Er packte seine Tochter und hob sie hoch. Leslie sah, dass sie Angst hatte.

»Wartet mal.« Rebecca riss den Rucksack von ihrer Schulter und schüttete den Inhalt auf den Boden. Leslie sah Pistolen, Maschinenpistolen und Schnellfeuerwaffen. Dazu ein paar Magazine Munition.

»Ganz wehrlos sind wir nicht«, sagte die Militärberaterin. »Ich stimme John zu: Die meisten von euch sollten sich in Sicherheit bringen. Ein kleiner Teil aber sollte zurückbleiben und den Verfolgern einen gebührenden Empfang bereiten. Wer von euch kennt sich mit Schusswaffen aus? Ich könnte etwas Unterstützung brauchen.«

Zarif nickte Sabah zu. »Wir werden Ihnen helfen. Ihre Schusswaffen brauchen wir nicht, wir haben unsere eigenen Gewehre.«

Rebecca war anzusehen, dass sie mit der Entscheidung nicht glücklich war. Vermutlich hatte sie Zweifel, ob sie diesen beiden Arabern ihr Leben anvertrauen konnte. »Na gut«, sagte sie. »Sonst noch jemand?«

Der Rest des Teams blickte starr vor sich hin.

»Was denn, niemand?« Rebeccas Augen wurden schmal. »Keiner, der diesen Terroristen in den Arsch treten will? Erinnert sich denn niemand mehr an Khaled al-Asaad, den bedeutenden syrischen Archäologen, dem man den Kopf abschlug und seinen Leichnam aufknüpfte, weil er das Weltkulturerbe Palmyra vor dem IS schützen wollte? Oder soll ich euch daran erinnern, was diese Barbaren in Nimrud und Hatra angerichtet haben? Wollt ihr, dass eurem Tempel das gleiche Schicksal widerfährt?«

»Niemals.« Stromberg trat vor. »Her mit der Pistole, Ms. van Campen. Ich werde Ihnen zur Seite stehen.«

»Lass den Unsinn, Norman.« John legte dem alten Mann die Hand auf die Schulter. »Du kannst dich ja kaum auf den Beinen halten, und da willst du dich mit durchtrainierten IS-Söldnern anlegen? Geben Sie mir eine Pistole, Rebecca. Ich werde Sie begleiten.«

»Nein, wirst du nicht.« Hannah war dazwischengegangen. Aus ihren Augen sprühte Zorn. »Diesmal nicht. Hast du vergessen, was beim letzten Mal geschehen ist? Es soll mal jemand anders den Kopf hinhalten. Ich möchte, dass du bei mir bleibst. Und bei Leni.«

»Aber Hannah ...«

»Kein *aber Hannah!* Du hast bereits einmal deinen Hals riskiert. Faulkner ist dabei ums Leben gekommen, und du bist nur mit Mühe entkommen. Wie oft denn noch? Glaubst du, du hättest neun Leben wie eine Katze?«

»Aber ...«

»Nein, John. Alles hat seine Grenzen. Dein Glück ebenso wie meine Geduld. Wenn du jetzt nicht bei uns bleibst, werde ich dir das nicht verzeihen. Ich werde mich von dir trennen, das verspreche ich dir.« Ihre Stimme bebte vor Wut.

Die Worte verfehlten nicht ihre Wirkung.

Leslie sah, wie Johns Unterkiefer runterklappte. Mit Leni auf dem Arm stand er da und sah seine Frau ungläubig an. Offenbar hatte er noch nie so eine Standpauke zu hören bekommen. Zum Glück nahm Sven ihm die Entscheidung ab. »Lass gut sein, John. Hannah hat recht. Du hast bereits einmal deinen Hals riskiert, jetzt sind wir dran. Patrick, Richard, kommt her. Schnappt euch je eine Waffe, und dann werden wir denen da drüben mal richtig einheizen.« Er wandte sich der Amerikanerin zu. »Wie ist Ihr Plan, Rebecca?«

Die Frau warf den drei Männern einen prüfenden Blick zu, dann sagte sie rasch: »Erzähle ich euch unterwegs, folgt mir.«

*

Khalids Männer stürmten im Laufschritt die Stufen hinab. Die Krieger voran, dahinter Jafar, dann er selbst. Der Imam war kaum zu bremsen. Von religiösem Eifer getrieben, hätte er sich vermutlich am liebsten in vorderster Reihe in den Kampf gestürzt, doch dafür war er nicht ausgebildet. Khalid pfiff ihn zurück. Kämpfe in geschlossenen Räumen folgten ihren eigenen Gesetzen. Wer nicht genau wusste, wo sein Platz war, brachte sich und die anderen in Gefahr. Seine Männer waren für solche Einsätze trainiert, für sie war das Alltag. Ihnen bereiteten auch der Staub und die Dämpfe, die aus der Öffnung quollen, keine Probleme. Im Nu hatten sie Gasmasken, Staubfilter und Nachtsichtgeräte angelegt und rückten in Position vor.

Khalid schlug ein Tuch über den Mund und setzte seine Vollsichtbrille auf. Er war kein Freund technischer Geräte, vor allem nicht im Gesicht. Sie schwächten seine Instinkte, machten ihn unaufmerksam und leichtsinnig. Ein Funkgerät im Ohr war das Äußerste.

Die Stufen waren steil und mit Staub und Schutt übersät. Langsam und vorsichtig folgte er seinem Sturmkommando. Die Treppe machte einen Knick nach rechts. Khalid hob seine Waffe, lugte um die Ecke – und hielt inne. Über ihnen ragte ein gewaltiges Relief auf.

Khalid hatte dergleichen noch nie gesehen. Das war Marduk, ein Gott aus alten Zeiten. Stolz, erhaben und unnahbar sah er aus. In den steinernen Augen lag die Weisheit von Jahrtausenden. Sterne funkelten auf seinem Gewand. Eine überirdische Erscheinung, die jeden, der sich nur halbwegs für Kultur und Geschichte interessierte, mit Ehrfurcht erfüllen musste.

Khalid war so gefesselt von dem Anblick, dass er nur am Rande mitbekam, wie Jafar seine Waffe entsicherte und auf das steinerne Abbild richtete. Buchstäblich im letzten Moment drückte Khalid den Lauf runter. Ein einzelner Schuss löste sich und fegte als surrender Querschläger durch den Gang.

»Was tust du denn da?«, brüllte Khalid. »Bist du verrückt geworden? Du hättest einen unserer eigenen Männer erwischen können.«

»Mmh ...« Der Geistliche deutete aufgeregt auf das steinerne Bildnis.

»Ja, ich weiß«, sagte Khalid. »Natürlich ist das eine frevelhafte Darstellung. Wir werden sie zerstören, sobald wir hier unten fertig sind. Aber jetzt haben wir erst mal anderes zu tun. Weiter geht's.« Er warf einen letzten Blick auf das Standbild. Wenn er ehrlich war, tat es ihm fast ein bisschen leid darum. Er war gebildet genug, um zu wissen, welchen historischen Wert diese Darstellung verkörperte. Trotzdem war sie ein Dorn im Auge jedes gläubigen Moslems.

Das scharfe Rattern automatischer Waffen riss ihn aus seinen Gedanken.

Schreie ertönten.

Kein Zweifel, da wurde gekämpft. Und er stand da und machte sich Gedanken um ein Relief.

*

Rebecca wechselte ihr Magazin. Aus der Deckung heraus beobachtete sie die beiden Beduinen. Einfältige Bauern gewiss, aber tapfere Krieger, die zu kämpfen wussten. Der ältere der beiden hatte einen Terroristen mit einem sauberen Kopfschuss erledigt, doch leider war in dem darauffolgenden, heftigen Schusswechsel sein Kollege getroffen worden.

Zum Glück nur leicht, denn noch konnte er seine Waffe halten.

Die Forscher hingegen waren ein Problem. Möglich, dass sie irgendwann mal eine Waffe abgefeuert hatten, doch ganz sicher noch nie unter Kampfbedingungen. Patrick, der Computerspezialist, war bereits tot. Mit dem Gesicht nach unten lag er auf dem Sandstein, einen großen dunklen Fleck unter sich. Richard und Sven kauerten auf der anderen Seite hinter einer der Säulen und starrten verschreckt wie die Kaninchen. Sie hatten in kürzester Zeit ihren gesamten Munitionsvorrat aufgebraucht und saßen nun auf dem Trockenen. *Vollidioten!*

Gegen die Männer drüben beim Eingang hatten sie keine Chance. Das waren knallharte Söldner, die mit den kleinen Kaninchen kurzen Prozess machen würden.

Rebecca entsicherte ihre Waffe und prüfte ihren Vorrat an Patronen. Erschrocken stellte sie fest, dass sie, abgesehen von einer Reihe Schreckschussmunition, nur noch ein einziges volles Magazin besaß. Auf dem Boden ihrer Tasche kullerten noch ein paar Kartuschen Pyromunition herum. Doch wem sollte sie hier unten Leuchtsignale geben?

Dann kam ihr ein Gedanke. Vielleicht konnte man die Signalfeuer ja doch zu ihrem Vorteil einsetzen. Sie erinnerte sich, dass die Angreifer Nachtsichtgeräte aufhatten. Eine Leuchtrakete wirkte unter Umständen Wunder. Einen Versuch war es wert.

Sie legte ihre M9 neben sich und holte Schreckschussmunition und Leuchtkartuschen heraus. Im Schein ihrer Taschenlampe durchwühlte sie den Rucksack nach dem Abschussbecher. Sie nahm ihn raus, setzte ihn auf die Mündung der Beretta und schraubte ihn fest. Jetzt noch die Waffe entladen, die scharfe Munition durch Schreckschuss ersetzen, und fertig war die Signalpistole.

Zarif, der sie von der anderen Seite des Stollens beobachtet hatte, schien zu ahnen, was sie vorhatte. Er reckte den Daumen empor.

Im Geiste zählte sie bis drei, dann beugte sie sich vor und zog den Abzug. Wie auf Abruf zuckte stakkatoartiges Mündungsfeuer aus der Dunkelheit. Kugeln schlugen links und rechts in die Säulen. Wände und Statuen brachen auseinander, jahrtausendealter Sandstein zerplatzte. Gesteinsbrocken brachen mit ohrenbetäubendem Lärm aus den Säulen und regneten auf sie herab. Sie zog den Kopf ein. Dann flammte ein roter Blitz auf. Von der einen auf die andere Sekunde war der Eingangsbereich in grelles Licht getaucht.

Schreie ertönten. So also klangen Männer, deren Augäpfel gerade geröstet wurden. Ausgezeichnet! Rebecca wechselte das Magazin, tauchte aus der Deckung auf und schoss.

Sie sah, wie einer der Männer verzweifelt versuchte, sich das Nachtsichtgerät vom Gesicht zu reißen. Sie erledigte ihn mit einem gezielten Kopfschuss. Die beiden anderen hatten sich dummerweise rechts und links hinter dem Portal und außerhalb ihres Schusswinkels in Sicherheit gebracht. Sie überlegte, ob sie es riskieren konnte, ihre Position aufzugeben, als zwei Schatten an ihr vorüberhuschten. Sabah und Zarif rannten mit wehenden Gewändern an ihr vorbei und stürzten sich in den Kampf. Schüsse ertönten, dann wurde es still.

Rebecca atmete ein paarmal tief durch, stand auf und folgte den Beduinen. Den beiden verängstigten Kaninchen signalisierte sie, im Bau zu bleiben.

Als sie eintraf, war bereits alles erledigt. Im Schein ihrer Taschenlampen zählte sie drei IS-Milizen, die zusammengekrümmt in den Ecken lagen. Rebecca beugte sich vor und sammelte die Munition ein. Es musste schnell gehen, denn jeden Moment konnten weitere Soldaten folgen.

Als sie sich aufrichtete, bemerkte sie, dass der jüngere der beiden ihr respektvoll zunickte. »Saubere Arbeit, Ms. van Campen. Die Leuchtgranaten waren eine gute Idee.«

»Glück«, erwiderte sie knapp. Dann fasste sie sich ein Herz und streckte ihm ihre Hand entgegen. »Es tut mir leid, wenn ich euch gegenüber unfreundlich war. Ich kenne nur wenige Araber, aber offenbar seid ihr Männer mit Ehre.«

»Wenn es keine Ehre gäbe, was bliebe dann noch?«

»Mir fiele eine Menge ein: Ruhm, Geld, das eigene Leben.«

Sabah lachte.

»Ich hatte befürchtet, ihr wärt nicht loyal. Immerhin sind das eure Landsleute, gegen die ihr da kämpft. Euer Volk.«

»Unser Volk?« Er stieß ein zynisches Schnauben aus. »Diese Männer sind Halsabschneider der schlimmsten Sorte. Sie reden vom Glauben und von der Freiheit, gleichzeitig rauben sie uns aus und vergewaltigen unsere Frauen. Sie wollen Macht und Geld, das ist alles, worum es ihnen geht. Außerdem ...«

Ein Knall ertönte.

Rebecca erstarrte. Eben war da noch Sabahs freundliches Gesicht gewesen, doch auf einmal war da nur noch ein Loch. Eine hässliche Fratze, die sie mit einem abscheulichen Grinsen anstarrte und dann seitlich wegkippte. Rebecca schaute an sich hinab. Blut, Knochensplitter und Gehirnmasse bedeckten ihren Kampfanzug. Irgendetwas Klebriges hing in ihrem Gesicht. Sie wischte es ab und betrachtete es verwundert. Eine Pupille, umgeben von einer braunen Iris. Wie das Auge einer Puppe. Sie schrie.

Im Treppenaufgang hinter Sabahs Leiche waren zwei Männer aufgetaucht. Der eine hielt eine rauchende Waffe in der Hand, die genau auf ihr Herz gerichtet war.

Rebecca war gerade noch fähig, ihre Pistole hochzureißen, als die Welt um sie herum in Feuer und Lärm zerbarst.

43

Der Schrei der Frau war so ohrenbetäubend, dass Khalid glatt vergaß, seine Waffe nachzuladen. Einen Moment lang wirkte alles wie eingefroren. Der Mann, die Frau – der gesamte Kosmos schien auf einen Punkt zusammenzuschrumpfen. Ein Augenblick von Atemlosigkeit, in dem das Klicken seiner leeren Waffe seltsam unpassend wirkte.

Dann geschahen mehrere Dinge gleichzeitig. Der alte Beduine stieß die Frau zur Seite, riss sein Gewehr hoch und feuerte. Im Gegensatz zu ihm schien er noch ausreichend Munition im Magazin zu haben.

Mit einem ekelerregenden Zischen fetzte das Geschoss an Khalids Ohr vorbei und bohrte sich splitternd und krachend in die Wand hinter ihm. Glück für ihn, dass der Mann in der Eile keine Zeit gehabt hatte, sauber zu zielen. Jafar, der hinter ihm stand und dessen Sicht für einen Moment verdeckt war, bekam eine volle Ladung Staub und Splitter ins Gesicht. Ein würgendes Kreischen entrang sich seiner Kehle, als er seitlich in Deckung taumelte. Khalid hatte keine Zeit, sich um seinen Partner zu kümmern. Panisch versuchte er, das Magazin zu wechseln, und ließ seinen Gegner dabei für einen Moment aus den Augen. Als er seinen Kopf wieder hob, hatte dieser die Frau geschnappt und war getürmt.

Frustriert feuerte Khalid noch eine Salve in den Gang, doch das war natürlich sinnlos. Die beiden waren längst auf und davon.

So ein verfluchter Scheißdreck!

Mit unsicherem Schritt wankte er hinüber zum Generator und schaltete ihn wieder ein. Seine Männer hatten das Gerät ausgeschaltet, weil sie im Dunkeln besser kämpfen konnten. Wer hätte auch ahnen können, dass es hier unten Leuchtraketen gab?

Der Motor sprang an, und Helligkeit durchflutete den Raum. Ein kurzer Blick in die Runde bestätigte Khalids schlimmste Vermutungen. Seine Männer waren tot, alle drei. Abgeknallt von ein paar Zivilisten. Er biss sich auf die Lippen.

»Lass dich mal anschauen, Jafar.«

Sein Begleiter war ungeschoren davongekommen. Etliche Schrammen, rotgeränderte Augen, der Schaden war schnell geschätzt. Die Frage war nur, was sie jetzt tun sollten. Weiter vorrücken oder lieber den Rückzug antreten und Verstärkung anfordern? Der Stratege in ihm riet zu Letzterem. Er grübelte noch darüber nach, als er ein verhaltenes Husten hörte. Es kam drüben aus dem Gang. Unterdrücktes Gemurmel drang an seine Ohren.

Da war jemand!

Er legte den Finger an die Lippen und signalisierte Jafar, die Waffe bereitzuhalten. Dann zog er sein Messer.

Er brauchte nicht lange, um sie zu finden. Hinter einer der Säulen hockten zwei Männer. Der eine ein kurzgeschorener Blonder mit blauen Augen, der andere war etwas älter, braunhaarig und Brillenträger. Ein Dritter lag mit dem Gesicht nach unten auf dem Steinboden – offenbar tot. Das waren keine Soldaten, Khalid sah das auf einen Blick, auch wenn der Blonde noch eine Pistole in der Hand hielt. Als sie Khalid und Jafar sahen, hoben sie die Hände.

»Wir ergeben uns. Wir haben keine Waffe.« Als ihm die Dummheit seiner Worte bewusst wurde, warf der Blonde die Pistole Khalid vor die Füße. »Sie war ohnehin leer.«

Aussehen und Dialekt ließen auf ein nordisches Land schließen. Ein Landsmann von Frederik vielleicht? Khalid richtete sein Messer auf ihn.

»Wer seid ihr? Was tut ihr hier?«

»Wir sind Wissenschaftler. Archäologen. Wir untersuchen diesen Tempel.« Er hob den Kopf, dann sprudelte es trotzig aus ihm heraus: »Wissen Sie eigentlich, was für ein bedeutendes Bauwerk Sie hier zerstören? Was Sie hier tun, ist unverantwortlich ...«

»Schnauze«, unterbrach ihn Khalid. »Was für Untersuchungen?«

»Ausgrabungen.«

»Wo ist der Rest von euch?«

»S... Sir?«

Khalids Klinge zuckte in Richtung der blauen Augen. »Verarsch mich nicht, Junge. Ich bin nicht zu Scherzen aufgelegt. Der Rest von euch, einschließlich dieses Beduinen und der Amerikanerin in Uniform, wo sind sie?«

»Nach hinten durchgelaufen. Die hatten es so verdammt eilig, dass sie vergessen haben, uns Bescheid zu sagen.«

Khalid überlegte einen Moment, dann deutete er den Gang hinunter. »Was ist dahinten?«

»Keine Ahnung, Sir. Wirklich nicht. Wir haben das Portal eben erst geöffnet. Der Tempel scheint ziemlich groß zu sein.«

»Ein Tempel, hm? Und diese Störungen? Die Beben, die Stromausfälle?«

»K… keine Ahnung.«

»Wieso waren hier so viele Soldaten? Was ist das hier? Hör auf, mir weiter Scheiß zu erzählen, und fang endlich an zu reden.«

»Wir haben keine Ahnung. E… ehrlich«, wimmerte der Brillenträger. Er sah aus, als wolle er sich gleich in die Hose machen. »Wenn es einer weiß, dann Mister Stromberg. Er beantwortet Ihnen sicher gerne alle Fragen. Wenn Sie uns nur am Leben lassen …«

Khalid stieß ihm das Messer in die Kehle. Der kleine Pisser glaubte wohl, er könne mit seinem Gequassel Zeit schinden. Dass er um sein Leben bettelte, machte ihn doppelt unsympathisch.

Röchelnd und Blut spuckend, klappte er zusammen. Der Blonde verkroch sich wie ein verängstigtes Tier in die hinterste Ecke. Khalid seufzte.

»Ich fürchte, hier kommen wir nicht weiter, Jafar. Wir müssen uns die Informationen auf die harte Tour holen. Ich werde schon mal vorausgehen. Kümmere du dich um den da, und komm nach, wenn du fertig bist.«

*

Hannah schleifte Leni hinter sich her. Ihr Atem ging stoßweise, ihre Hände und Arme waren bedeckt mit kaltem Schweiß.

Die Luft war kühler geworden.

Sie wusste nicht, was schlimmer war: die grauenhaften Geräusche im Tunnel hinter ihr oder das unbekannte Dunkel voraus. Es war, als müsste sie wählen zwischen Feuer und Wasser, zwischen dem Tod durch Verbrennen oder dem durch Ertrinken. Weder das eine noch das andere war eine Option. Sie hatte keine Ahnung, wer ihnen nach dem Leben trachtete, aber das machte es nur noch schlimmer. Ein Feind ohne Gesicht war das Furchtbarste, was man sich vorstellen konnte. Noch schlimmer als die lähmende Ungewissheit, was vor ihnen lag. Sie wollte leben, und zwar an der Seite ihrer Familie. Für sie würde sie bis zum bitteren Ende gehen und sogar darüber hinaus.

Sie drehte sich um und sah, dass der Rest der Gruppe zurückgefallen war. Sie erkannte es am zuckenden Licht ihrer Lampen. Kein Wunder, dass sie so außer Atem war, offenbar war sie gerannt wie eine Irre. Ihre Tochter schaute sie aus großen, ängstlichen Augen an. Ein Anblick, der Hannah einen Stich ins Herz versetzte. Sie umschlang sie, hob sie hoch und drückte sie an sich. Das kleine Herz schlug wie eine Dampframme.

Über das Keuchen ihres Atems hinweg glaubte sie ein Brausen zu hören. Ein Geräusch wie von rasch dahinströmendem Wasser. Oder war es das Blut, das durch ihre Ohren rauschte? Egal, sie würde es schon früh genug erfahren. Jetzt musste sie erst mal warten, bis die anderen aufgeschlossen hatten.

»Es wird alles wieder gut«, flüsterte sie Leni ins Ohr. »Der Alptraum hat bald ein Ende, und dann fahren wir wieder heim. Ich verspreche es dir. Sobald wir zurück in Griechenland sind, wird erst mal richtig Urlaub gemacht. Wir fahren ans Meer, gehen schnorcheln, fahren Boot, legen uns an den Strand und lassen uns die Feigen in den Mund wachsen. Würde dir das gefallen?«

Ein Nicken.

Hannah küsste Leni aufs Haar und stellte sie wieder auf die Füße. »Es dauert nicht mehr lange. Wir müssen nur noch warten, bis die bösen Männer weg sind, dann geht's zurück.«

Leni sah sie verwundert an. »Wir können nicht zurück.«

»Wie meinst du das?«

»Ich meine, wir können nicht zurück.«

»Und warum nicht?«

»Der Weg ist versperrt. Das Portal ist verschlossen.« Leni löste sich aus Hannahs Griff und sah ihre Mutter ernst an. »Uns bleibt nur der Weg nach unten. Dorthin, wo alles endet. Und dort ...«, ein trauriges Lächeln huschte über ihre Lippen, »... werde ich sterben.«

*

Der Schuss aus Jafars Waffe war kaum verhallt, als Khalid ein dumpfes Poltern vernahm. Instinktiv legte er seine Hand auf eine der Säulen. *Nein*, dachte er, *keines von diesen Erdbeben*. Aber was dann? Klang, als wäre irgendwo etwas ins Rollen geraten.

Plötzlich hörte es auf.

Er stand da und spitzte die Ohren. Es blieb ruhig. Merkwürdig.

Die Sache ließ ihm keine Ruhe. Sorgenvoll eilte er zurück zu Jafar, der mit dem Rücken zu ihm vor dem Portal stand. Was war das? Die Tür war ja verschlossen!

»Was ist los?«, rief Khalid. »Was in Allahs Namen hast du wieder angestellt? Was ist mit dem Tor?«

Jafar drehte sich um und zuckte die Schultern.

»Bist du irgendwo gegengestoßen? Hast du es verschlossen?«

Heftiges Kopfschütteln.

Der Idiot musste irgendetwas angestellt haben, sonst wäre die Tür sicher nicht zugegangen. Bei dem Gedanken an die massive Sandsteinplatte wurde ihm mulmig zumute. Selbst mit einem Panzer war da kein Durchkommen.

»Aber du musst doch irgendetwas gemacht haben. Komm schon, sag es mir, dann bekommen wir es vielleicht wieder auf.«

»Mmmh ...«

Khalid presste die Lippen zusammen. Er und sein weiches Herz. Das war jetzt die Quittung dafür.

»Heißt das, du hast nichts angerührt? Keinen Schalter, keinen Knopf, keinen Hebel?«

»Mmmh ...«

Khalid stemmte sich gegen das Portal. Wie erwartet, bewegte es sich keinen Millimeter. »So eine Tür geht doch nicht von allein zu«, keuchte er. Er leuchtete die Steinplatte ab. Im Gegensatz zur anderen Seite gab es hier keine Bildnisse oder Inschriften. Auch wurde der Sandstein weder von Narben noch von Schrammen verunstaltet. Keine Vorsprünge, keine Vertiefungen oder Nischen, die irgendeinen Hinweis darauf lieferten, wie man dieses Scheißding aufbekam.

Ratlos tippte er mit der Fußspitze auf einige der vorgelagerten Steinplatten. Er erinnerte sich an die Indiana-Jones-Filme, die er als junger Mann mal in einem Bagdader Kino gesehen hatte. Dort hatte es immer irgendwo einen verborgenen Trittschalter gegeben. Aber das waren nur Filme gewesen. Die Realität sah anders aus. Nach einer Weile gab er auf.

»Und wie sollen wir hier wieder rauskommen?«

Jafar zuckte die Schultern. Dann deutete er den Gang hinab.

»Du meinst, ob die anderen vielleicht die Antwort kennen?«

Kopfnicken.

Khalid überlegte. »Vielleicht hast du recht, immerhin sind sie Archäologen.«

Er seufzte. »Also gut, lass uns einen kurzen Check machen und durchzählen, was wir noch an Waffen und Munition übrig haben, dann nehmen wir die Verfolgung auf.«

Diese Mission entwickelte sich anders, als er geplant hatte. Die Sache wuchs sich mehr und mehr zu einem Alptraum aus. Irgendjemand spielte hier ein böses Spiel mit ihnen, und er konnte nicht behaupten, dass ihm das gefiel.

»Zumindest ein Gutes hat das Ganze«, sagte er, als sie fertig und abmarschbereit waren. »Es gibt nur diesen einen Gang. Wer hier rauswill, muss an uns vorbei.«

44

Leslie verlangsamte ihren Schritt. Sie hatten den langen, steil abfallenden Gang verlassen und waren in eine Höhle gelangt. Ihre Abmessungen waren so immens, dass ihre Lampe nicht ausreichte, um das ganze Bild zu erfassen. Wasser tropfte wie Sternschnuppen von oben herab. Ein kühler Wind strich über Leslies Haut. Er führte den Geruch von Pflanzen mit sich. Auch das Rauschen war lauter geworden. Es kam von irgendwo aus der Dunkelheit vor ihr. Was um alles in der Welt war das?

Sie sah Hannah, Leni, Zarif und Rebecca, die ein gutes Stück voraus in der Dunkelheit standen und in der Gegend herumleuchteten. Lichtkanten ließen ihre Umrisse wie Scherenschnitte erscheinen. Sie hörte schweres Atmen hinter sich. John und Stromberg kamen aus der Dunkelheit des Tunnels. Der Milliardär war sichtlich geschwächt und musste gestützt werden. Er war nur noch ein Schatten seiner selbst.

Leslie ging ihnen entgegen, musste aber aufpassen, dass sie nicht ausrutschte. Der Untergrund war uneben und an vielen Stellen glatt von Feuchtigkeit. Hier und da war er mit Moospolstern und weißlichen Flechten besetzt.

»Kann ich euch helfen?«, fragte sie. »Ich könnte dich ablösen, John.«

»Danke, geht schon«, erwiderte er lächelnd. »Die letzten Meter schaffen wir auch noch. Du hast nicht zufällig noch etwas Wasser in deiner Feldflasche? Unser Vorrat ist aufgebraucht.«

»Sorry, bei mir ist auch Ebbe, aber ich kann ja vorausgehen und die anderen fragen.«

»Das wäre nett. Uns klebt die Zunge am Gaumen.« Er schenkte ihr ein warmherziges Lächeln. Leslie verstand, was Hannah an ihm fand. Er war zwar nicht unbedingt ihr Typ, aber das war James auch nicht gewesen. Trotzdem hatte sie sich zu ihm hingezogen gefühlt. Sein tragisches Ende hatte sie mehr mitgenommen, als sie sich eingestehen wollte.

Der Gedanke an ihren Gefährten versetzte ihr einen Stich ins Herz. Sie konnte noch immer nicht fassen, dass er wirklich tot war. Nach allem, was sie zusammen durchlebt und durchlitten hatten. Welcher Sinn lag darin? Ob er vielleicht nur verletzt war und auf Hilfe wartete? Aber Zarif und John waren doch bei ihm gewesen. Sie hatten ihn gesehen und seinen Tod zweifelsfrei festgestellt. Und welchen Grund sollte sie haben, an ihren Worten zu zweifeln?

Sie spürte, dass ihr Tränen in die Augen stiegen. Es kam ihr vor, als würde ein Fluch auf ihr liegen. Ein Fluch, der jeden, dem sie ihre Zuneigung oder Freundschaft schenkte, das Leben kostete.

»Wartet hier«, sagte sie. »Ich laufe zu den anderen und frage sie. Bin gleich wieder da.«

»Keine Eile«, rief John ihr nach. »Wir folgen dir langsam und unauffällig.«

Er lächelte, sie sah seine Zähne in der Dunkelheit kurz aufblitzen.

Leni, Hannah, Zarif und Rebecca standen etwa fünfzig Meter vor ihr. Noch immer hatten sich die vier nicht von der Stelle gerührt. Leslie hörte, wie sie leise miteinander sprachen. Es sah aus, als hätten sie irgendetwas Interessantes entdeckt.

»John und Norman kommen auch gleich«, sagte sie, als sie eintraf. »Sie haben mich gefra...«

»Halt, keinen Schritt weiter.« Hannah packte sie am Arm und zog sie zurück.

»He, was ist los?«

Statt einer Erklärung richtete die Archäologin den Lichtkegel ihrer Lampe nach vorn. Leslie sog die Luft ein. Nur wenige Schritte entfernt tat sich ein gewaltiger Abgrund auf. Im Dunkeln war er nicht zu sehen. Das Rauschen war hier besonders laut. Feine Gischt stieg aus der Dunkelheit empor, besprühte ihre Haut und benetzte die umliegenden Steine und Moospolster. Der Untergrund war höllisch glatt.

»Himmel, Arsch und Wolkenbruch, um ein Haar wäre ich da hineingefallen. Danke, Hannah.«

»Keine Ursache.«

»Was ist das hier?« Mit zitternden Beinen trat sie ein paar Schritte zurück. Der Graben erstreckte sich von der einen Seite der Höhle zur anderen und war vielleicht fünfzehn Meter breit. Die kohlrabenschwarzen Wände verschwanden senkrecht in der Tiefe. Jetzt wusste sie auch, woher der Wind kam, den sie die ganze Zeit über auf der Haut gespürt hatte. Ihr wurde schwindelig. »Hört sich an, als wäre da unten ein Fluss.«

»Das denken wir auch«, erwiderte Hannah. »Leider zu tief, um unsere Wasserflaschen aufzufüllen. Aber ein bisschen haben wir noch. Das war es doch, was du wolltest, oder?« Sie hielt Leslie ihre Flasche hin.

»Aber wie ... ich meine, warum ...?« Leslie war viel zu perplex, um darauf einzugehen.

»Warum dort ein Fluss ist? Ja, darüber zerbrechen wir uns auch gerade den Kopf. Woher stammt das Wasser? Wohin fließt es? Eigentlich unmöglich, hier in der Wüste. Aber irgendeine Erklärung muss es geben. Ich denke, wenn überhaupt, so finden wir sie drüben auf der anderen Seite.« Sie schwenkte ihre Lampe nach rechts.

Leslie hob überrascht die Brauen. Da war eine schmale Brücke, die den Abgrund überspannte. Wenn man es überhaupt eine Brücke nennen konnte. Die Konstruktion verfügte weder über eine Brüstung noch über ein Geländer und sah ziemlich behelfsmäßig aus.

Hinter ihr trafen John und Stromberg ein. Leslie reichte ihnen die Flasche und erklärte in wenigen Worten, was sie gefunden hatten.

»Wo stecken denn eigentlich Patrick, Benjamin und Sven?«, fragte sie. »Sie müssten doch längst eingetroffen sein.«

»Gesehen habe ich sie nicht«, sagte John. »Habt ihr ihnen denn nicht Bescheid gesagt, als ihr den Gang zurückgelaufen seid?«

»Dafür blieb keine Zeit«, sagte Rebecca kopfschüttelnd. »Es ging alles so verdammt schnell. Als wir bemerkten, dass sie fehlten, war es zur Umkehr längst zu spät. Ich schätze, sie haben sich irgendwo versteckt und kommen nach, sobald die Luft rein ist.«

Leslie fand, dass das wenig überzeugend klang. »Hoffentlich«, sagte sie und musste dabei an die Schüsse und Explosionen denken. Die Erinnerung jagte ihr einen Schauer über den Rücken. »Konntet ihr sie sehen?«

»Wen?«

»Die Soldaten.«

»Der Anführer trug eine Uniform«, sagte Rebecca. »Er war ziemlich groß und bullig. Der andere war kleiner und trug einen Bart wie ein Priester. Vielleicht ein Geistlicher, wobei das verwunderlich wäre. Ich dachte immer, ein Imam würde sich niemals aktiv in den Kampf einmischen.«

»Nicht unbedingt«, sagte Zarif. »Der IS hat diese strenge Trennung aufgehoben. Dort können auch Priester kämpfen.«

»Jedenfalls trug er einen Kopfverband. Sah aus, als hätte er dort eine ziemlich böse Verletzung. Moment mal ...« Sie sah Leslie erschrocken an. »Glaubst du etwa, das waren die beiden, die euch entführt haben?«

Leslie nickte. In ihrem Mund war plötzlich der Geschmack nach Erbrochenem. »Khalid al-Aziz und Jafar Saleh Mutlak ...«

»Oh, das ist ... das ist allerhand«, stieß die Militärberaterin aus.

»Aber wie kann das sein?«, fragte John. »Du sagtest doch, ihr wärt ihnen im Gebirge entkommen.«

»Vermutlich waren wir da etwas zu voreilig«, gab Leslie kleinlaut zu. »Vielleicht haben sie uns nur gehen lassen, um uns zu folgen. Vielleicht wollten sie, dass wir sie zu euch führen ...«

Rebecca bedachte sie mit einem finsteren Gesichtsausdruck. »Dann war dieser Angriff womöglich gar kein Zufall?«

»Ich ...« Leslie verschlug es die Sprache. Ihr war sterbenselend zumute. Wenn das stimmte, dann traf sie die Mitschuld an Dutzenden von Toten. James eingeschlossen. Das Ganze war ein gottverdammter Alptraum.

»Ich hatte gehofft, Jafar würde nie wieder aufstehen«, murmelte sie. »Nicht nach dem Hieb, den ich ihm verpasst habe. Hätte ich doch nur fester zugeschlagen ...«

»Ich glaube das nicht«, kam John ihr zu Hilfe. »Wie hätten sie euch bei dem Sandsturm folgen sollen? Woher hätten sie wissen sollen, dass ausgerechnet in diesem Augenblick der Hilfskonvoi vorbeikam und euch aufgelesen hat? Nein, Leslie. Ich bin überzeugt, dass es nur eine Verkettung unglücklicher Umstände war. Dich trifft keine Schuld.«

Sie schenkte ihm ein dankbares Lächeln.

»Nun, zumindest haben wir jetzt zwei Namen zu den Gesichtern«, sagte Rebecca. »Ich bin sicher, der Geheimdienst wird sich sehr dafür interessieren, wenn ich denen meinen Bericht abliefere.«

»Vorausgesetzt, wir kommen hier mit heiler Haut raus«, sagte John. »Ich schlage vor, wir überqueren jetzt erst mal diese Brücke und schauen uns auf der anderen Seite um. Über weitere Schritte können wir uns dann immer noch Gedanken machen.«

»Wohl gesprochen«, sagte Zarif. »Wir müssen die Naqia in Sicherheit bringen. Wartet hier, ich sehe mir das mal an.«

Bevor jemand etwas erwidern konnte, schulterte er sein Gewehr, ging hinüber zur Brücke und setzte seinen Fuß darauf. Ein lautes Knirschen ertönte. Geröll rieselte aus den Fugen und stürzte in die Tiefe. Leslie krampfte ihre Hände ineinander. Die Brücke hielt. Zarif nahm Maß, prüfte die

Entfernung, dann lief er leichtfüßig hinüber. Drüben angekommen, gab er Zeichen, dass alles in Ordnung war. »Kommt«, rief er. »Und nicht nach unten schauen.«

Leslie raffte sich auf. Sie kannte sich gut genug. Wenn sie nur eine Minute länger wartete, würde sie nicht mehr den Mut zu so einer Aktion aufbringen. Rasch ging sie auf die Brücke zu.

Ihre Lampe beleuchtete den gewölbten Steg. Schrecklich schmal sah er aus. Ein Meter, vielleicht weniger. Das Bauwerk bestand aus grob behauenen Steinquadern, die nach alter Tradition ohne Mörtel ineinandergefügt waren. Die Stabilität erzielten sie durch ihren keilförmigen Schnitt und die Schwerkraft, die sie an Ort und Stelle hielt. Das Ganze sah ziemlich notdürftig aus, so, als hätte man sie in großer Eile und nur als Notbehelf errichtet.

Leslies Hals war trocken wie Sandpapier. Sie versuchte zu schlucken, doch der Speichel blieb ihr im Hals stecken. Sie atmete tief ein, dann gab sie sich einen Ruck und marschierte los. Einmal ihren Fuß auf die Brücke gesetzt, ging es erstaunlich schnell. Der Schrecken war zu Ende, kaum, dass er begonnen hatte. Keuchend entließ sie die angestaute Luft aus ihren Lungen.

»Gut gemacht.« Zarif klopfte ihr auf die Schulter. »Ich kenne gestandene Männer, die sich das nicht getraut hätten.«

Für einen Beduinen war das vermutlich das größte Kompliment, das man einer Frau machen konnte. Leslie war einfach nur froh, auf der anderen Seite zu sein.

Als Nächstes kam Leni. Zarif wollte ihr behilflich sein, doch die Kleine spazierte mit einer Selbstverständlichkeit hinüber, als hätte sie es schon viele Male getan. Dann folgten Hannah, Rebecca, John und Stromberg, der die Überquerung allein bewerkstelligen musste. Für eine Schrecksekunde glaubte Leslie, der alte Mann würde den Halt verlieren, doch er fing sich wieder und legte den Rest der Strecke ohne Probleme zurück. Dann waren alle wohlbehalten auf der anderen Seite.

Eine kurze Atempause, dann ging es weiter.

Sie waren kaum zehn Schritte gelaufen, als Leslie ein schwaches Zucken hinter ihnen aus dem Gang bemerkte.

Eine Taschenlampe!

»Seht mal«, rief sie. »Da sind Patrick und Sven. *Endlich!* Kommt, lasst uns ihnen ein Zeichen geben.«

»Abwarten«, sagte Rebecca. »Erst will ich ihre Gesichter sehen.«

Zarif spähte ebenfalls hinüber. Er hatte von allen die besten Augen.

Eine Weile beobachtete er das Licht, dann schüttelte er den Kopf. Seine Miene verhieß nichts Gutes. »Lasst uns weitergehen«, sagte er leise.

»Aber warum?« Leslie verstand nicht, wie er so sicher sein konnte. Sie selbst vermochte kaum mehr als ein zuckendes Licht zu erkennen.

»Ich kann sie deutlich sehen«, sagte Zarif. »Zwei Männer, ein großer und ein kleiner. Der kleinere hat einen Bart und trägt einen Verband um den Kopf.«

45

Und wieder rannten sie. Noch gehetzter, noch panischer als zuvor. Hannah trug Leni auf dem Arm, John musste sich um Stromberg kümmern.

Er hasste es davonzurennen. Es war genau, wie sein Ausbilder es ihm vor vielen Jahren gesagt hatte: Wer einmal auf der Flucht war, der hörte nie wieder damit auf. Vielleicht wäre es klüger gewesen, die Verfolger auf der Brücke abzupassen und sie mit gezielten Schüssen ins Visier zu nehmen. Doch erstens war das eine Option, auf die der IS-Kommandant mit Sicherheit selbst gekommen war, und zweitens hatte es in der Höhle keine Deckung gegeben. Ihre Verfolger verfügten über bessere Waffen und Nachtsichtgeräte. Dem hatten sie nichts entgegenzusetzen. Jetzt hieß es also weiterrennen und hoffen, dass sich später eine bessere Gelegenheit bot.

John spürte, dass er an seine Grenzen gelangt war. Das Gewicht des Milliardärs lag wie Blei auf seiner Schulter. Durch die fortwährenden Ausgleichbewegungen hatte er sich einen Krampf im Bein zugezogen. Höchste Zeit, dass jemand anders übernahm. Das Problem war nur, dass die anderen schon vorgelaufen waren. Er und Norman bildeten das Schlusslicht. In diesem Moment spürte er, wie der alte Mann seinen Griff löste. John verlangsamte seinen Schritt. »Was soll das jetzt, Norman? Komm schon, leg deinen Arm wieder um meine Schulter und dann weiter.«

»Lass los, ich komme allein zurecht.«

»Wir müssen zusehen, dass wir die anderen einholen.«

Stromberg schüttelte energisch den Kopf. »Lass gut sein, John. Du hast mich weiter geschleppt als irgendjemand sonst in meinem Leben. Dafür danke ich dir von ganzem Herzen. Aber jetzt lauf zu deiner Familie, sie braucht dich dringender als ich.«

»Ich ...«

»Ich meine es so, wie ich es sage, John. Dein Platz ist bei Hannah und Leni. Lass mich meinen Weg allein fortsetzen. Ich komme schon klar.«

»Soll das ein Witz sein?«, sagte John. »Willst du, dass dich die Islamisten schnappen? Ein Mann mit deinem Vermögen, das ist wie ein Sechser im Lotto für die.«

»So weit wird es nicht kommen.« Norman griff in seine Tasche und zog einen kleinen, blinkenden Gegenstand heraus. John musste zweimal hinsehen, um zu begreifen, dass es eine Deringer war. Eine winzige zweiläufige Waffe aus dem Bürgerkrieg.

»Ein Erbstück«, sagte Norman lächelnd. »Hat meinem Großvater gehört. Ich trage sie immer bei mir, hätte aber nie gedacht, dass ich jemals auf den Gedanken kommen könnte, sie gegen mich selbst zu richten.«

»Norman ...!«

»Ich bin lieber gut vorbereitet. Eher jage ich mir eine Kugel in den Kopf, als mich von denen schnappen zu lassen. Und jetzt geh schon. Ich werde mir ein bisschen Zeit lassen, um diese Pracht angemessen zu würdigen.« Lächelnd deutete er auf die Säulenarkade mit der wunderbar ziselierten Blattornamentik. »Sieh dir das an. Kannst du dir vorstellen, wie sehr mich die großen Erforscher Mesopotamiens um diesen Moment beneiden würden? Layard, Oppenheim, Woolley, Koldewey. Um das hier sehen zu können, hätten sie ihren rechten Arm geopfert. Ich will mir alles genau einprägen, damit ich ihnen später im Olymp davon berichten kann.«

John wollte noch etwas sagen, doch er merkte, dass er Stromberg nicht mehr würde umstimmen können.

»Wenn du darauf bestehst …«

»Das tue ich.«

»Na, dann …« Er legte seinem Freund die Hand auf die Schulter, verabschiedete sich und rannte die Säulenarkade hinunter. Das Schuldgefühl lastete beinahe so schwer auf seinen Schultern wie zuvor Normans Gewicht.

Während er den Gang entlanglief, fiel ihm auf, dass sich der Baustil erneut verändert hatte. War er im oberen Abschnitt noch ganz klar assyrisch gewesen, so folgte er nun überhaupt keinen Regeln mehr. Die Elemente wirkten kaum noch wie Säulen, eher wie Baumstämme, die sich nach oben immer weiter verzweigten und im zuckenden Licht seiner Lampe Blätter auszutreiben schienen. Das Baumaterial war dunkel – vielleicht Basalt oder Obsidian – und mit so unfassbar feinen Strukturen überzogen, dass es wie feuchte Borke wirkte. Die Illusion war so perfekt, dass John sogar einen feuchten, frischen Waldgeruch in der Nase zu spüren glaubte.

Aus den dunklen Stellen, die wie Pfützen von Teer zwischen den Stämmen hervorsickerten, lugten die Köpfe fantastischer Geschöpfe hervor. Götter und Halbgötter, Faune, Kobolde, Feen, dazwischen allerlei Zwitterwesen mit Flügeln, Hufen und Löwenkörpern, die ihn mit ihren Blicken verfolgten. Seine überreizten Nerven gaukelten ihm sogar Gekicher vor.

Und da war noch etwas anderes.

John hielt es anfangs für eine Sinnestäuschung, doch je weiter er kam, desto heller wurde es. Er hätte schwören können, dass tatsächlich schwaches Tageslicht durch das Astgewirr fiel.

Der Gang endete und mündete in einen runden Raum, in dem John auf die anderen traf. Hannah eilte auf ihn zu und umarmte ihn stürmisch. »Da bist du ja endlich«, flüsterte sie und küsste ihn. »Wir waren schon in Sorge. Wo habt ihr nur so lange gesteckt? Wo ist Norman?«

»Kommt später nach«, sagte John. »Er bestand darauf, dass ich bei euch bleibe. Ich glaube, er hat ein schlechtes Gewissen, weil er euch in die Sache mit hineingezogen hat.«

Sie nahm die Aussage schweigend zur Kenntnis. Dann küsste sie ihn noch einmal und ergriff wieder Lenis Hand. Sie schien es nicht zu ertragen, auch nur einen Moment von ihr getrennt zu sein.

Er ließ seinen Blick schweifen.

Der Raum maß etwa zehn Meter im Durchmesser und hatte einen runden Grundriss. Flankiert wurde er von neun Säulen, deren Kapitelle in gewundene und verschnörkelte Äste ausliefen. Diese Äste – und das war das Erstaunliche – strebten einem kuppelförmigen Dach entgegen, das etwa zehn Meter über ihren Köpfen zusammenlief. Die Höhe war schwer abzuschätzen, da Nebel den Blick verschleierte. Die Luft fühlte sich glitschig an, wie grünes Moos, das auf feuchten Steinen wuchs. Noch viel stärker als im Gang hatte er das Gefühl, in einem Wald zu stehen.

Durch die Zweige und den Dunst fielen Lichtstrahlen. Sie schienen sich zu bewegen, tanzten hierhin und dorthin und flirrten um die wogenden Zweige. Eine nahezu perfekte Täuschung, schließlich bestand alles in diesem Saal aus Stein. Kunstvoll gehauen, anmutig herausgearbeitet – aber eben aus Stein.

Halb verdeckt zwischen zwei Stämmen stand Marduk und blickte geringschätzig auf sie herab. Die Statue maß etwa vier Meter und trug einen geflochtenen Bart und Zöpfe sowie ein Gewand, das übersät war mit Sternen und Zahnrädern. Wie ein Hexenmeister sah er aus. Ein Relikt aus einer Zeit, als sich die Menschen noch auf die dunklen Künste verstanden, mit Tieren sprachen und Bäume mit einem Lied besänftigen konnten. In den goldbeschlagenen Augen des Gottes glomm ein Feuer, das aussah, als würde der Glutofen des Erdkerns in ihm schwelen.

Während er die Statue betrachtete, fiel ihm etwas auf. Es musste nicht unbedingt von Bedeutung sein, aber die Parallelen waren schon auffällig. Merkwürdig, dass niemand sonst es zur Sprache gebracht hatte.

»Was ist mit dir?«, fragte Hannah. »Dich beschäftigt doch etwas, das sehe ich.«

»Die Zahl Neun«, sagte er. »Sie springt einen förmlich an, findest du nicht? Seht euch doch mal um. Neun Säulen. Vorhin beim Öffnen des Tores waren neun Glockenschläge zu hören, und der Tempel wurde laut Überlieferung von neun Baumeistern errichtet.«

»Nicht zu vergessen die neun Stockwerke«, warf Leslie ein.

»Eben«, sagte John.

»Aus spiritueller Sicht steht die Zahl Neun für die höchste Vollendung«, sagte Hannah. »Sie enthält dreimal die Zahl Drei, die in vielen Kulturen als göttliche Zahl verehrt wird. Die Neun verkörpert die Energien des Löwen. In der chinesischen Zahlensymbolik steht sie für den Drachen.«

»Schon«, gab Leslie zu bedenken, »aber sie ist nicht nur positiv belegt. Ich habe mal an einer Dokumentation über einen britischen Satanistenkult mitgewirkt. Er hieß *The Order of Nine Angles* und wurde inzwischen zum Glück verboten. Dieser durchgeknallte Haufen behauptete doch glatt, seinen Ursprung im Sonnenkult von Albion zu haben. Dort wurde die Zahl Neun als Zahl Satans und des Egos bezeichnet. Eine andere Gruppierung, der *Temple of The Black Light*, beschreibt ein Ritual, in dem man neun Tropfen Blut aus dem linken Daumen opfert, um die Kontur der Form Liliths als Enneagramm nachzuzeichnen.«

John fühlte ein Kribbeln auf seiner Haut, als würden tausend Ameisen über seinen Körper krabbeln. Genau wie Hannah hatte auch er ein ziemlich komisches Gefühl, was dieses Bauwerk betraf. »Wie tief unter der Erde sind wir hier?«, fragte er.

»Ich schätze, so an die hundert Meter«, erwiderte Hannah. »Warum?«

»Wenn wir so tief unter der Erde sind, wo kommt dann das Licht her?«

»Vielleicht existiert ein Spalt, der bis zur Erdoberfläche reicht«, warf Rebecca ein. »Oder aber es sind lumineszierende Flechten oder Algen. Feucht genug dafür ist es ja.«

»Das würde zumindest den frischen Waldgeruch erklären«, sagte John. »Allerdings habe ich gerade ein ganz anderes Problem. Es gibt hier weder eine Tür noch einen Stollen oder Gang. Nichts als festes Mauerwerk. Sieht aus wie eine Sackgasse.«

»Ist uns auch schon aufgefallen«, sagte Hannah. »Was meinst du, warum wir nicht weitergelaufen sind? Wir haben bereits alles abgesucht, bislang ohne Ergebnis. Aber wenn du möchtest, kannst du dich gerne selbst einmal umschauen.«

John ließ sich das nicht zweimal sagen. Er war ein Experte im Finden von Geheimtüren. Kratzspuren, Druckstellen, farbliche Veränderungen – die Liste an Hinweisen war lang. Wenn es einen Weg gab, so würde er ihn finden.

Langsam schritt er den Raum ab und unterzog jeden Quadratmeter einer gewissenhaften Inspektion. Doch sosehr er sich auch bemühte, am Ende musste er zähneknirschend eingestehen, dass Hannah recht hatte. Es war eine gottverdammte Sackgasse.

»Ich verstehe das nicht«, sagte er. »Wenn es hier nicht weitergeht, welchen Sinn hat dann dieser Raum?«

»Vielleicht eine Art Seitenkapelle«, sagte Leslie mit besorgtem Blick. »Womöglich haben wir irgendwo eine Abzweigung verpasst.«

»Da gab es keine«, sagte John. »Ich war langsam genug, um mir alles genau ansehen zu können. Dieser Gang ist der einzige.«

Er schüttelte den Kopf. »Ich begreife das Prinzip dieses Tempels nicht. Laut der schematischen Zeichnung ist dies doch die oberste von neun Ebenen. Oder irre ich mich?«

»So habe ich das auch verstanden«, sagte Hannah.

»Wo sind die anderen?« Er deutete im Kreis. »Wie gelangt man zum nächsttieferen Stockwerk? Da oben schlagen sie sich die Köpfe ein, während wir vor immer größeren Problemen stehen.«

»Ich unterbreche Ihren Disput nur ungern, aber könnten wir uns mal eben den Tatsachen zuwenden?« Rebecca zog ihre Waffe und überprüfte das Magazin. »Wenn ich Sie daran erinnern darf: Dies ist eine Sackgasse. Hier rauszukommen, heißt, wir müssen denselben Weg zurück, den wir gekommen sind. Nicht eben eine reizvolle Option. Ich habe noch drei Schuss, Zarif. Wie sieht es bei Ihnen aus?«

»Leergeschossen.«

»Im Ernst?«

Er zeigte ihr sein Magazin.

Ein grimmiges Lächeln erschien auf ihrem Gesicht. »Nicht gerade rosig. Aber drei Kugeln sind besser als keine. Eine für jeden unserer Verfolger und eine in Reserve. Es könnte schlimmer sein. Diese verdammten Hurensöhne werden schnell merken, wie teuer wir unsere Haut verkaufen werden.«

»Hört mal auf zu reden, Leute.« Leslie stand drüben am Eingang und spitzte die Ohren. »Ich glaube, da kommt jemand.«

John trat näher. Die Reporterin hatte recht. Irgendjemand kam den Gang entlanggeschlurft. Jetzt konnte er einen Umriss erkennen.

»Norman!«

Abrupt hielt er inne. Irgendetwas an der Art, wie der alte Mann sich bewegte, stimmte nicht. John kniff die Augen zusammen.

Um Strombergs Hals lag ein kräftiger Arm. Von der anderen Seite hielt ihm jemand eine Waffe an den Kopf.

»Waffen fallen lassen, aber sofort.«

Die Stimme war dunkel und sprach mit schwerem Akzent. »Tun Sie, was ich sage, oder Ihr Freund wird sterben.« Etwas flog ihnen vor die Füße. Etwas Kleines, Silbernes. *Strombergs Deringer!*

Rebecca riss ihre Pistole hoch und brachte sie in Anschlag. Über Kimme und Korn visierte sie den Angreifer.

»Selber fallen lassen«, rief sie. »Oder wollen Sie, dass ich Ihnen den Schädel wegpuste?«

Ein trockenes Lachen erklang. »Sie machen mir keine Angst, Ms. van Campen. Ich habe Ihre Elitetruppe ins Jenseits geschickt, und das werde ich mit Ihnen auch machen, wenn Sie nicht kooperieren.«

»Wenn Sie meinen Namen kennen, wissen Sie vielleicht auch, dass ich eine Scharfschützenausbildung habe. Zarif, nehmen Sie den anderen ins Visier. Erledigen Sie ihn, wenn er sich bewegt.« Sie legte ihren Finger auf den Abzug. »Ich warne Sie, Khalid. Ich werde nicht zögern zu schießen.«

»Wie schön, dass Sie wissen, wie ich heiße, Ms. van Campen, dann brauche ich mich ja nicht vorzustellen. Übrigens: Sollten Sie das Feuer eröffnen, werden Sie als Erste sterben. Warum sind Sie nicht bei Ihrer Einheit geblieben, anstatt sich wie eine feige Ratte ins Loch zu verkriechen? Ich sage es zum letzten Mal: Senken Sie die Waffen, oder dieser Mann stirbt.«

John bemerkte, dass Leni an Hannahs Hand unruhig wurde. »Mama.«

»Pst, meine Kleine«, zischte sie. »Das ist jetzt nicht der richtige Moment.«

»Sie bluffen«, sagte Rebecca. »Sie werden wohl kaum so dumm sein, Ihre wertvollste Geisel zu töten. Wenn Sie so gut informiert sind, wie Sie behaupten, dann wissen Sie bestimmt, dass es Mr. Norman Stromberg ist, den Sie da in Ihrer Gewalt haben. Das Lösegeld für ihn würde Ihren Scheißverein vermutlich für die nächsten zehn Jahre über Wasser halten. Also runter mit der Kanone. Oder wollen Sie, dass ich Mr. Stromberg für Sie erschieße?«

John riss erschrocken die Augen auf. »Rebecca ...!«

»Halten Sie sich da raus, John«, sagte sie mit kalter Stimme. »Das ist eine Sache zwischen Khalid und mir. Also, du kleiner Sandfloh, was ist los? Warum drückst du nicht ab?«

John hielt den Atem an. Zumindest eines hatte die Drohung bewirkt: Der Anführer der Terrorbrigaden war aus dem Konzept gebracht. Vermutlich überlegte er gerade, wie er aus diesem Patt herauskommen sollte. In diesem Moment geschah etwas Ungewöhnliches. Leni hatte sich von Hannah gelöst und ging auf die Entführer zu. Als John begriff, was geschah, war es bereits zu spät.

»Leni!« Ihre Tochter stand genau im Schussfeld.

John hörte, wie Hannah einen unterdrückten Schrei ausstieß. Sie wollte ihr nachsetzen, doch er konnte sie gerade noch rechtzeitig zurückhalten.

»Nein, Hannah, es ist zu spät.«

»Aber ich muss etwas tun. Ich ...« Tränen schossen ihr in die Augen. Verzweifelt versuchte er, sie zurückzuhalten. Es gelang ihm nur mit knapper Not. Leni drehte sich zu ihnen um und hob die Hände. »Nehmt eure Waffen runter.« Ihre Stimme war klar und hell.

»Aus dem Weg, Kleine«, zischte die Amerikanerin, ihre Waffe noch immer auf Stromberg und Khalid richtend. »Misch dich nicht in Sachen ein, die du nicht verstehst.«

»Diese Männer werden nicht zögern, uns zu töten«, sagte Leni. »Papa, bitte sag ihnen, dass ich recht habe. Der Kampf ist vorbei.«

John stand wie angewurzelt da. Dann drückte er Rebeccas Pistole nach unten und nahm sie ihr aus der Hand. »Sie hat recht, Rebecca. Es ist aus.«

Die Amerikanerin wirkte völlig entgeistert. Sprachlos sah sie zu, wie er die Automatik auf den Boden legte und mit einem Fußtritt außer Reichweite schob.

John hob die Hände. »Wir ergeben uns.«

46

Leslie verfolgte aus einer geschützten Position heraus, wie die Terroristen Stromberg aus ihrer Gewalt entließen und rechts und links des Eingangs Position bezogen. Mit ihren Maschinenpistolen im Anschlag machten sie deutlich, dass niemand ihnen entkommen würde. Leni war inzwischen wieder bei ihrer Mutter, die sie tränenüberströmt im Arm hielt. Was die Kleine da getan hatte, war entweder unglaublich dumm gewesen oder unglaublich mutig. Jedenfalls hatte sie damit eine Eskalation verhindert.

Sie richtete ihren Blick auf die Geiselnehmer. Jafar sah schrecklich aus. Seine Haut hatte die Farbe von schmutzigem Schnee. Sein rechtes Auge war blutunterlaufen, und irgendwie schien sein Kopf verschoben zu sein, was aber auch an seinem Verband liegen konnte. Da sie schräg hinter Zarif stand, hatte der Imam sie noch nicht entdeckt. Aber das war nur eine Frage der Zeit.

Den Kopf gesenkt haltend, hoffte sie, das Unvermeidliche noch etwas länger hinauszögern zu können.

Khalid wirkte verändert. Zwar war sein Auftreten immer noch ruhig und entschlossen, aber es lag ein fiebriger Glanz in seinen Augen, der früher nicht da gewesen war. Sie spürte, dass etwas vorgefallen sein musste, etwas, das ihn zutiefst erschüttert hatte und das aus dem besonnenen, nachdenklichen Milizenführer letztlich doch den kriminellen Irren gemacht hatte, den die Welt gerne in ihm sehen wollte.

»Herrschaften, ich bitte um Ihre Aufmerksamkeit.« Er hob den Kopf und blickte in die Runde. »Wenn sich alle wieder beruhigt haben, würde ich gerne ein paar Worte an Sie richten. Mein Name ist Khalid al-Aziz, und ich bin ehemaliger Offizier der irakischen Armee. Ab sofort befinden Sie sich in der Gewalt des Islamischen Staates. Ich möchte Sie dringend ersuchen, nichts Unüberlegtes zu tun. Akte von Gewalt, Fluchtversuche oder Beleidigungen werde ich nicht dulden. Sie werden tun, *was* ich Ihnen sage, und sprechen, *wenn* ich es Ihnen sage. Es hat keinen Sinn, dass wir uns gegenseitig das Leben schwermachen. Dank des beherzten Eingreifens dieser jungen Dame hier ist die Situation unter Kontrolle. Dafür sollten Sie ihr alle dankbar sein.« Er nickte Leni zu. »Ich werde nun einzeln Ihre Namen aufrufen und Sie bitten, vorzutreten. Sie werden meinem Begleiter sämtliche Waffen aushändigen, sich von ihm untersuchen lassen und sich danach dort drüben an die Wand stellen.«

Stromberg hob trotzig das Kinn. »Warum? Damit Sie uns besser erschießen können?«

»Das ist genau die Art von Gespräch, die ich nicht zu führen wünsche, Mr. Stromberg«, erwiderte Khalid kalt. »Nur weil Sie alt, krank und reich sind, werden Sie von mir keine Sonderbehandlung erfahren. Halten Sie sich an die Regeln.«

»Oder was? Ich habe keine Angst vor ...«

Khalid schlug ihm ins Gesicht. Der Milliardär taumelte, wurde aber von John vor dem Sturz bewahrt. Seine rechte Gesichtshälfte lief feuerrot an. Es ging so schnell, dass niemand Zeit hatte, dazwischenzugehen.

»Sie haben keine Angst vor mir?«, fragte Khalid. »Nun, das werden Sie haben, wenn Sie mich besser kennenlernen. Und um gleich irgendwelchen Missverständnissen vorzubeugen: Es mag sein, dass Sie nicht an Ihrem Leben hängen, aber das Leben Ihrer Mitgefangenen dürfte Ihnen wohl kaum egal sein. Möchten Sie, dass ich an ihnen ein Exempel statuiere? Zum Beispiel an dem kleinen Mädchen hier?« Khalid richtete den Lauf seiner Waffe auf Hannah und Leni.

Der Milliardär riss die Augen auf. Mit einer solch ungeheuerlichen Drohung schien er nicht gerechnet zu haben. Er senkte den Kopf. »Nein«, sagte er. »Ich verspreche Ihnen, dass ich Ihren Anweisungen Folge leisten werde.« Er sah aus wie ein geprügelter Hund.

»Schon besser.« Khalid nahm die Waffe wieder herunter und zog einen Zettel aus der Westentasche. »Und nun möchte ich Frau Hannah Peters bitten, vorzutreten.«

Die Archäologin nahm Leni in den Arm und ging nach vorn. »Ich bin Hannah Peters. Das ist meine Tochter.«

»Ein tapferes Mädchen haben Sie da, Frau Peters. Bitte gehen Sie zu meinem Kollegen, und lassen Sie sich überprüfen. Als Nächstes kommen Sie dran, Mr. Stromberg. Arme hoch, und lassen Sie sich von Jafar überprüfen. Ja, genau so. Jetzt dürfen Sie zu den anderen gehen. Ms. van Campen, treten Sie näher. Nur nicht so schüchtern.«

Rebeccas Augen waren wie zwei flammende Dolche. Wortlos ließ sie sich von Jafar abtasten, dann wurde auch sie an die Wand gestellt.

»Nun zu dir, mein Bruder«, sagte Khalid. »Wie ist dein Name?«

Der Beduinenführer hob den Kopf. »Zarif Masaad.«

»Von welchem Stamm?«

»Von den *Ghassan.*«

»Sieh an, von den Ghassan.« Auf Khalids Gesicht erschien ein Lächeln. »Meine Mutter stammte ebenfalls daher. Ein stolzer und ehrenwerter Stamm.« Er senkte die Waffe. »Du bist weit weg von zu Hause, Zarif Masaad von den Ghassan. Was tust du hier?«

»Ich handle mit Dromedaren. Warum legst du dir nicht auch einen ehrbaren Beruf zu, anstatt Geiseln zu nehmen? Wer gibt dir das Recht, so mit meinen Freunden umzugehen?«

Er war älter als Khalid und schon allein deswegen eine Respektsperson. Doch Khalid ließ sich davon nicht einschüchtern. »Ich reinige das Land von schädlichen Einflüssen«, sagte er knapp. »Du nennst diese Menschen deine Freunde? Das verblüfft mich. Warum hast du dich ihnen angeschlossen?«

»Weil sie mich darum gebeten haben und weil es gute Menschen sind. Im Gegenteil zu dir.« Seine Augen funkelten zornig. »Du hast meinen Freund Sabah getötet. Du hast ihn vor meinen Augen hingerichtet. Das kann ich nicht ungestraft durchgehen lassen.«

Khalid notierte den Namen auf seinem Zettel, dann steckte er ihn ein. »Umbringen willst du mich also? Das tut mir leid, denn in diesem Fall muss ich dich vorher töten.« Er richtete die Maschinenpistole auf Zarifs Brust.

Leslie hielt es nicht länger aus und trat vor. Sie wusste nicht, was in sie gefahren war, nur, dass sie auf keinen Fall zusehen konnte, wie Zarif vor ihren Augen erschossen wurde. Sie stellte sich vor ihn und verschränkte die Arme vor der Brust. »Hören Sie auf mit Ihren Spielchen, Khalid. Finden Sie nicht, dass bereits genug Blut geflossen ist?«

Über das Gesicht des IS-Kommandanten huschte ein Lächeln.

»Ich grüße Sie, Ms. Rickert. Ich hatte mich schon gefragt, wann Sie sich endlich zu erkennen geben würden. Ich freue mich, Sie bei guter Gesundheit zu sehen. Und das meine ich ehrlich.«

»Nehmen Sie es mir nicht übel, wenn ich Ihre Gefühle nicht teile«, sagte Leslie. »Auf dieses Wiedersehen hätte ich gut verzichten können.«

Sein Lächeln wurde breiter. »Immer noch etwas kratzbürstig, wie? Sind Sie sicher, dass Sie dort stehen bleiben wollen, Miss? Der Lauf meiner Waffe ist direkt auf Ihr Herz gerichtet. Vielleicht wäre es ratsamer, wenn Sie etwas zur Seite gingen.«

Sie schluckte den Kloß in ihrem Hals runter. »Das werde ich nicht tun. Sie werden keine weiteren Leute erschießen ...«

»Sie haben es so gewollt. Na dann ... *Peng.*« Er tat so, als würde er schießen, schob stattdessen aber den Sicherungshebel nach vorn und ließ die Maschinenpistole zurück ins Holster gleiten. »Bitte entschuldigen Sie, wenn ich mich wiederhole, aber ich halte Sie immer noch für eine tapfere Frau. Allerdings sollten Sie in Zukunft vorsichtiger sein. Dieses Land steht vor großen Veränderungen, und nicht jeder wird seinen Platz darin finden.«

»Sie meinen, weil Sie alle, die Ihnen nicht nach dem

Mund reden, hinrichten lassen? Glauben Sie mir, in einem solchen Land will ich gar nicht leben. Sie hatten geschworen, uns ziehen zu lassen, aber stattdessen haben Sie uns Ihren psychopathischen Stiefelhalter auf den Hals gehetzt«, sie deutete auf Jafar. »Ihr Wort ist keinen Pfifferling wert.«

»Hüten Sie Ihre Zunge, Ms. Rickert, meine Sympathie hat Grenzen. Ich verspreche Ihnen, ich werde Ihnen eine Kugel verpassen, wenn ich merke, dass Sie mir Schwierigkeiten machen.« Ein kurzes Aufflackern von Hass war in seinen Augen zu sehen, verschwand dann aber wieder, als er sich entspannte. »Um Major Faulkner tut es mir leid, ich mochte ihn. Er war nur zur falschen Zeit am falschen Ort und hat dafür mit seinem Leben bezahlt. Was hatten Sie auch dort im Zielgebiet zu suchen? Dumm genug, wenn man sich von einer Gefahr in die nächste stürzt. Irgendwann ist auch das größte Glück aufgebraucht. Aber jetzt müssen wir zusammenarbeiten, Miss.« Er sprach leise und beherrscht, aber es brodelte unter der ruhigen Schale, Leslie konnte das spüren. Mehr denn je war sie überzeugt, dass ihn irgendein schwerer Schicksalsschlag getroffen haben musste. Ob es wohl mit der Katastrophe in Mossul zu tun hatte?

»Was soll das heißen?«, fragte John.

»Das heißt, dass wir ein Problem haben. Das Portal oben ist verschlossen. Wir sind eingesperrt. Ich zähle darauf, dass Sie einen Weg finden, die Tür wieder zu öffnen, schließlich sind Sie die Spezialisten.«

Stromberg runzelte die Stirn. »Was soll das heißen, versperrt? Ist Ihnen bei der Sprengung eine Steinplatte auf den Kopf gefallen?«

»Ich rede von der Schiebetür«, erwiderte der Kommandant. »Sie hat sich von allein geschlossen, und zwar ohne dass einer von uns sie berührt hat. Es ist mir ein Rätsel, wie das geschehen konnte.« Er blickte sich um. »Sie können mir doch bestimmt etwas über diese Anlage erzählen. Gibt es noch andere Wege als den, durch den wir hereingekommen sind? Und wenn wir schon dabei sind: Kann mir mal einer erklären, woher dieses verdammte Licht stammt?«

»Um das gleich vorwegzunehmen: Wir wissen es nicht.« John räusperte sich. »Wenn die anderen damit einverstanden sind, werde ich Ihnen erzählen, was wir herausgefunden haben. Ich fürchte, viel ist es nicht.«

In wenigen Worten berichtete John von ihren Entdeckungen und Schlussfolgerungen. Leslie fand, dass er seine Sache gut machte. Er war mutig genug, nicht vor den Dschihadisten einzuknicken, gleichzeitig aber so besonnen, dass er sich nicht zu Unhöflichkeiten hinreißen ließ. Zarif stand ihm zur Seite und übersetzte bei Sprachproblemen.

Es dauerte eine Weile, bis er zum Ende kam.

»Sie sehen also, dass uns die gesamte Anlage große Rätsel aufgibt«, schloss er seinen Vortrag. »Wir sind weit davon entfernt, Antworten zu haben.«

»Aber Sie sind Archäologen.«

John schüttelte den Kopf. »Das ändert nichts an den Tatsachen. Der Tempel, aber auch das Portal oben sind anders als alles, was wir jemals gesehen haben.«

»Dann ist es wohl das Beste, zurückzukehren und den Öffnungsmechanismus in Augenschein zu nehmen, oder?«

»Klingt vernünftig«, sagte John. »Allerdings möchte ich darauf hinweisen, dass wir alle übermüdet, nervös und reizbar sind. Dass Sie uns mit Ihren Waffen vor der Nase herumwedeln, macht die Angelegenheit nicht eben leichter. Die Lage könnte schnell eskalieren.«

Khalid hob amüsiert eine Braue. »Soll das eine versteckte Drohung sein?«

»Ich will Sie nur auf die potenziellen Gefahren aufmerksam machen. Meine Familie ist hier, und ich würde alles tun, um sie zu schützen. Sollte ich zu der Überzeugung gelangen, dass nur mein Tod sie zu retten vermag, dann werde ich handeln, und zwar ohne mit der Wimper zu zucken. Ich wollte nur sichergehen, dass Sie das verstehen.«

»Ob ich das verstehe? Besser, als Sie glauben.« Khalids Gesicht sah aus wie in Stein gemeißelt. »Ich hätte genauso gehandelt, wenn ich vor der Wahl gestanden hätte. Doch diese Gnade ist mir nicht zuteilgeworden. Meine Familie ist in Mossul zu Asche verbrannt. Verbrannt durch Bomben, die Sie in unser Land gebracht haben. Nichts ist von ihnen übrig geblieben. Also halten Sie mir keine Vorträge.«

»Tut mir leid, das zu hören ...«

»Mish mushkele!«, stieß Khalid aus. »Ich brauche Ihr Mitgefühl nicht. Und ich werde so verfahren, wie ich es für richtig halte.« Er hob sein Kinn. »Jafar?«

Der Imam trat vor. Die Maske der Kontrolle begann zu bröckeln. Leslie spürte es. Sie presste ihre Lippen zusammen.

»Kümmere dich um Ms. Rickert. Komm nach, wenn du mit ihr fertig bist.«

»Was?« Leslie stand da wie zur Salzsäule erstarrt. »Aber das können Sie nicht tun ...«

Khalid bedachte sie mit einem Blick, der ihr Blut zu Eiswasser erstarren ließ. »Ich kann und ich werde, Ms. Rickert. Ich habe es meinem Imam versprochen, und ich halte mein Wort. Pech für Sie, dass Sie nicht schnell weit genug weggelaufen sind, Miss.«

»Pech?« Seine Worte trafen sie wie ein Fausthieb.

»Sie haben meine Großherzigkeit wirklich lange genug auf die Probe gestellt. Jafar, du weißt Bescheid. Und der Rest von euch: Vorwärts!« Er richtete seine Waffe unter die Decke und gab einen gezielten Feuerstoß ab.

John stellte sich schützend vor seine Familie und drängte sie in den Gang. Die anderen folgten ihm.

Leslie schnürte es die Kehle zu. Ihr Entsetzen war kaum in Worte zu fassen. Sie fühlte sich, als würde ihr jemand den Boden unter den Füßen wegziehen.

»Lasst mich nicht mit diesem Irren allein!«, schrie sie. Doch sie erhielt keine Antwort. Jafars deformiertes Gesicht wurde von einem lippenlosen Mund zerschnitten. Seine schwarzen Knopfaugen schienen nach hinten zu sinken, während sein Antlitz immer mehr zu einer Totenfratze verkam. Purer Hass grinste ihr entgegen.

Leslie wurde klar, dass er sie kein zweites Mal entkommen lassen würde. Diesmal würde er sich nicht mit irgendwelchen Spielchen aufhalten. Sobald die anderen außer Sichtweite wären, würde sie sterben.

Wieder krachten Schüsse. Khalid trieb die verängstigten Forscher wie Vieh vor sich her. Leslie hörte Befehle, dann wurde seine Stimme von der nächsten Wegbiegung verschluckt. Von einer auf die andere Sekunde waren Leslie und Jafar allein.

47

Langsam wich sie zurück. Immer weiter, bis sie zu Füßen der riesigen Steinstatue stand. Sie warf einen kurzen Blick hinauf und erschauerte. Turmhoch überragte Marduk den Raum. Sie spürte sein mächtiges Knie in ihrem Rücken. Sie wollte sprechen, aber ihre Kehle war wie zugeschnürt. Was hätte sie auch sagen sollen? Winseln wie ein Hund? Um Gnade betteln? Das würde Jafars Vergnügen nur steigern. Er richtete seine Waffe auf sie.

»Nein, das kannst du vergessen«, würgte sie heraus. »Ich werde nicht um mein Leben betteln. Ich werde nicht vor dir kriechen.«

Ihre Stimme klang rauh, aber immerhin hatte sie sie wiedergefunden. Der Klang verlieh ihr Kraft. Wenn schon sterben, dann wenigstens mit erhobenem Kopf.

»Du wirst hier auch nicht lebend rauskommen«, stieß sie aus. »Drück doch ab, jag mir eine Kugel in den Kopf. Schade, dass ich nicht noch fester zugeschlagen habe.«

Sie wusste, dass er unter Zeitdruck stand. Er würde nicht die Geduld haben, sie zu foltern oder ihr etwas ähnlich Schlimmes anzutun. Mit ihren Worten hoffte sie ihn zu reizen. Wenn schon sterben, dann wenigstens schnell.

Sie atmete so schnell, dass sie ihr Herz in der Brust hämmern hörte. Ihre Panik verwandelte sich in Wut. Und wenn sie wütend war, wurde sie unberechenbar. Jafar schien das ebenfalls zu spüren. Seine Überheblichkeit verwandelte sich in Argwohn. Vermutlich hatte er damit gerechnet, ein winselndes Bündel vorzufinden, doch das war nicht Leslies Art. Sollte er doch mit ihr machen, was er wollte, wenn es nur schnell ging. Er hob den Lauf, bis sie direkt in die Mündung starrte.

In diesem Moment fuhr ein Rumpeln durch den Raum. Der Boden erzitterte. Die mächtige Statue in ihrem Rücken dröhnte und bebte. Dann erklang eine Stimme in Leslies Kopf.

WILLKOMMEN IN MEINEM HAIN.

Vergessen war Jafar. Vergessen auch die Angst, die Leslie mit eiserner Faust umschlungen hielt. Diese Stimme. *Die Mutter aller Stimmen!* Sie klang, als käme sie direkt aus ihrem Inneren.

Panisch zuckte ihr Blick umher. Sie sah Jafar, die Statue, den seltsamen Raum und den angrenzenden Tunnel. Nichts, was darauf hindeutete, wer da gesprochen hatte.

Der Imam wirkte ebenfalls schockiert. Sein Mund öffnete und schloss sich, ohne dass der geringste Laut hervorkam.

In diesem Moment tauchten Gesichter im Gang auf. Bleiche, erschrockene Gesichter. Leslies Herz machte einen Sprung. *Sie waren zurückgekehrt.*

Khalid trat aus dem Gang, die Maschinenpistole erhoben. Er ging auf sie zu, beachtete sie jedoch gar nicht. Stattdessen richtete er die Waffe auf die Statue.

Leslie drehte sich um und erstarrte. Irgendetwas an der Figur war anders. Hatte sie sich bewegt, oder war das Licht anders geworden? Jedenfalls sah es so aus, als stünde der steinerne Gott nicht länger im Schatten der Bäume.

KOMM INS LICHT.

Niemand rührte sich. Die Luft war von Energie aufgeladen. Ein Geruch wie vor einem Gewitter durchströmte die Halle. Leslie fühlte, wie sie von einer Kraft gepackt und gezwungen wurde, nach vorn zu gehen. Irgendetwas gab ihren Muskeln unsichtbare Befehle. Sie wollte fliehen, doch die Kraft hielt sie unbarmherzig gepackt. Ihre Muskeln verkrampften sich. Sie hatte das Gefühl, ihre Füße würden in Treibsand stecken. Ihre Bewegungen glichen denen einer Marionette.

Die Kraft lenkte sie in die Mitte der Halle, bis sie der großen Statue genau gegenüberstand.

NEUN

Der Druck ließ nach. Schwitzend und außer Atem blieb Leslie stehen. Auch die anderen hatten jetzt ihre Positionen erreicht. In einem exakt abgezirkelten Halbkreis standen sie um die Statue. Leslie zur Rechten, dann Jafar, Khalid, Zarif, Norman, Rebecca, John, Hannah und Leni.

Der Ausdruck in ihren Gesichtern war eine Mischung aus Ehrfurcht und Angst.

NEUN WANDERER. NEUN GLÄUBIGE.
WIE ES VORHERBESTIMMT WAR.

Neun Gläubige?

Wer sprach da zu ihnen?

Was war das für eine Stimme?

Die schimmernden Augen der Statue bohrten sich in Leslies Verstand, saugten sich fest, tasteten und forschten. Als sie es nicht länger ertrug, wandte sie sich ab.

Sie hatte das Gefühl, als sei dies eine Prüfung. Wenn allerdings Glaube das Kriterium war, dann war Leslies Reise hier zu Ende.

Früher war sie durchaus empfänglich gewesen für die Verheißungen der Kirche. Sie war regelmäßig zum Gottesdienst gegangen, hatte gebetet und den Geschichten von der unsterblichen Seele gelauscht. Doch in den letzten Jahren war ihr Interesse an Religion geschwunden und mit dem gewaltsamen Tod ihres Verlobten gänzlich erloschen. Inzwischen besaß vermutlich jeder Einzelne in diesem Raum mehr Glaube im kleinen Finger als sie im ganzen Körper. Seit Jahren schon hatte sie keinen Gedanken mehr an Kirche und Gottesdienst verschwendet, im Gegenteil. Ihrer Meinung nach waren Religionen nur noch Anlass zu weltweiten Streitigkeiten und Machtrangeleien. Wer heute noch aktives Mitglied einer Kirche war, der hatte nicht kapiert, wie sehr er manipuliert und benutzt wurde. Mit Heilslehre und Erlösung hatte das schon lange nichts mehr zu tun.

Und jetzt sprach diese Stimme vom *Glauben?* Das konnte doch nur ein schlechter Scherz sein.

Plötzlich bemerkte sie eine Bewegung.

Jafar trat hocherhobenen Hauptes nach vorn. In seinem Gesicht strahlte ein beseeltes Lächeln. Durchdrungen von Religiosität und duftend wie eine Weihrauchkerze stand er da, die Arme weit geöffnet, als wolle er einen Segen empfangen.

Leslie war starr vor Angst. Solange nicht klar war, was hier vorging, würde sie keinen Mucks von sich geben. Das Leuchten in den Augen der Statue wurde intensiver.

Ein neues Land erwartet euch. Wisset, dies ist ein
Land des Todes, aber auch grosser Schönheit.
Nur, wer wahren Glauben besitzt, darf passieren.

Aus Blau wurde Weiß.

Jafar stand noch einen Moment in ausgebreiteter Haltung, dann stieß er einen Schrei aus und sackte zusammen. Er sah aus wie eine Marionette, bei der man mit einem Schnitt sämtliche Schnüre gekappt hatte.

Keuchend sank er zu Boden, fiel vornüber und klatschte mit weit ausgebreiteten Armen auf die Erde.

Leslie hatte schon viele Ausprägungen religiösen Wahns gesehen, aber noch niemals etwas wie das. Das Geräusch, mit dem Jafars Kopf auf den felsigen Untergrund aufschlug, klang alles andere als gesund.

Khalid kniete neben ihm nieder, fühlte den Puls und prüfte die Atmung. Am Schluss drehte er ihn auf den Rücken und lauschte seinem Herzschlag. Jafars Verband war verrutscht, in seinen glasigen, steil nach oben gerichteten Augen lag ein Ausdruck panischen Entsetzens. Einen Moment lang forschte Khalid noch nach Lebenszeichen, dann richtete er sich auf.

»Er ist tot«, sagte er verblüfft.

Leslie konnte nicht behaupten, dass sie darüber unglücklich war. Ein passendes Ende für diesen Fanatiker. Die Umstände seines Ablebens aber jagten ihr eine Heidenangst ein. Etwas Unerklärliches, Schreckenerregendes ging hier vor sich.

Ihr Blick wanderte zur Seite. Hannah hatte ihre Tochter auf den Arm genommen. Das Mädchen schien als Einzige nicht vor Ehrfurcht erstarrt zu sein. Hocherhobenen Hauptes blickte es zu der Statue hinauf.

HEUCHLERN, FREVLERN UND FALSCHEN PROPHETEN
IST DER ZUGANG VERWEHRT.

Leslie verschlug es den Atem. Die Lippen des Mädchens bewegten sich absolut synchron zu den Worten. Wie war das möglich? Als sie bemerkte, dass Leslie sie anstarrte, wandte sie ihr den Kopf zu.

VOM STAUB AUFERSTANDEN,
WANDERST DU IN MEINEM GARTEN.

Leslie spürte, wie ihr die Sinne schwanden. Ihre Beine knickten weg, und sie fiel der Länge nach hin. Auch alle anderen waren zusammengesunken. Wie zerbrochene, achtlos weggeworfene Puppen lagen sie kreuz und quer umeinander. Hannah hielt noch immer Leni im Arm. John lag quer über Zarif, Khalid über seinem Imam. Über ihnen stand Marduk, dessen Augen nun sanft und voller Milde waren.

Leslie sog ein letztes Mal Luft in ihre Lunge, dann versank sie im immerwährenden Dunkel.

48

Khalid öffnete die Augen zu einem schmalen Spalt.

Zaghafte Lichtstrahlen wanderten durch das Geäst und strichen über seine Haut. Vogelgezwitscher drang an seine Ohren. Sanfter Wind wehte ihm durch die Haare. Die Luft war erfüllt vom Geruch nach Weihrauch und Myrrhe. Irgendwo in der Ferne erklang der Gesang einer Frau. *Eine Frau?*

Langsam richtete er sich auf.

Er erinnerte sich an grelles Licht, an Jafars ausgestreckten Körper, seinen starren Blick, die leblosen Augen. Wo war er? Und wo war die seltsame Höhle?

Er schaute an sich herunter und erblickte Hemd, Hose, Schuhe, Kleidung – alles wie immer. Nur seine Waffe fehlte.

Dunkle Bäume umringten ihn. Durch das Blattwerk fiel Licht. War das immer noch der Raum mit den baumartigen Säulen? Stämme und Äste ähnelten denen in seiner Erinnerung, aber etwas war anders: Sie bewegten sich im Wind!

Wenn man aufmerksam lauschte, konnte man sogar das Knarren der Stämme vernehmen. Dort, wo die Marduk-Statue gestanden hatte, war jetzt eine Öffnung zwischen den Stämmen, hinter der sich eine Allee auftat. Ein dunkler Tunnel aus Baumstämmen, der bei einem hellen Licht endete. Von den anderen war keine Spur zu entdecken.

Noch immer hallte diese Stimme in seinem Kopf wider. Wovon hatte sie noch mal gesprochen? Richtig, vom wahren Glauben.

Was bedeutete das?

Verwirrt strich er über seine Stirn. Ihm war heiß. Er schien Fieber zu haben. Vielleicht ein Traum. War er krank? Er zwinkerte ein paarmal, das Bild veränderte sich aber nicht. Er stand auf und sah sich um, diesmal gewissenhafter.

Er war auf einer Lichtung. Sanfter Wind, Vogelgezwitscher, das Rauschen von Blättern in seinen Ohren. Er ging in die Hocke, nahm etwas Erde und hielt die Nase darüber. Farbe, Geruch, Konsistenz – alles, wie es sein sollte. Wenn dies ein Traum war, dann ein verdammt realistischer.

In Ermangelung einer besseren Idee machte er sich auf den Weg.

Der Marsch durch die Baumreihen dauerte länger als vermutet. Die Stämme bildeten ein Spalier, durch das er nur wenig erkennen konnte. Dunkelheit quoll wie Rauch zwischen den Stämmen hervor. Das wenige, das er erkannte, ließ nicht auf einen natürlich gewachsenen Wald schließen. Zu dicht, zu aufgeräumt, zu idealisiert. Fast schon ein bisschen kitschig. Es wirkte, als wäre die Natur irgendwie *gestaltet* worden.

Er hob seinen Fuß über einige knotige, verschlungene Wurzeln und strebte dem Ende des Tunnels entgegen. Dort schienen die Baumreihen lichter zu werden. Die Helligkeit nahm deutlich zu. Fünfzig Meter noch, dann trat er hinaus ins Licht.

Verwundert blieb er stehen.

Vor ihm lag eine steppenartige Landschaft, deren sanfte Hügelkämme in alle Richtungen wogten. Kurze Grasbüschel und hellgelbe Sandflächen wechselten einander ab und bildeten ein fleckiges Muster, über das sanft der Wind strich. Vereinzelt ragten Bäume in die Höhe. Dattelpalmen, schlanke Zypressen, dunkelgrüne Orangenbäume, die schwer mit goldenen Früchten behangen waren.

War dies das Paradies?

Hinter ihm ragte archaisch und dunkel der Wald auf. Im Gegensatz zum Grasland wirkten die Bäume wenig einladend. Wie eine Palisade, die die dunkle Welt von der hellen trennte. Wenn schon, dann wollte er lieber auf der hellen Seite stehen. Die sanften Formen und das warme Licht wirkten einladend, auch wenn er keine Ahnung hatte, wo er hier war.

Er folgte dem schmalen Pfad Richtung Westen. Die Sonne hatte ihren Zenit überschritten und leitete ihn gen Westen. Zuerst ein Stück des Weges hinunter, dann ein kleines Tal durchquerend und auf der anderen Seite wieder hinauf. Bienen und Schmetterlinge surrten durchs Gras, während Zikaden ihre Melodien zirpten. Mauersegler schwirrten umher und erfüllten den Himmel mit freudigem Tschilpen. Die Luft war gesättigt mit dem Duft nach Honig und Gras.

Khalid konnte sich gar nicht sattsehen. Der Anblick war so faszinierend, dass er seine Füße kaum mehr spürte. Er merkte erst, wie weit sie ihn getragen hatten, als er auf der nächsten Hügelkuppe ankam.

Im Schatten einer ausladenden Zeder stand halb vergraben im Sand eine alte Skulptur. Der Stein war von Wind und Wetter zernarbt, so dass das Antlitz kaum noch zu erkennen war. Ein Krieger, vielleicht ein Gott. Jemand hatte

Opfergaben bereitgestellt: Früchte, Beeren, eine Schale mit dunkelroter Flüssigkeit. Er ging in die Knie, schnupperte und stellte sie wieder hin. Es war Wein. Kaum älter als ein paar Stunden und von guter Qualität. Trotzdem wagte er nicht, daran zu nippen. Es war eine Opfergabe und nicht für ihn bestimmt.

Das Land war weit.

Endlos folgte Hügel auf Hügel, jeder von ihnen exakt proportioniert und bemessen. Nicht zu groß, nicht zu klein, sondern von harmonischem Ebenmaß und Perfektion. In ein paar Kilometern Entfernung sah er das goldene Band eines Flusses durch die Landschaft mäandern. Ein breiter Strom, dessen Ufer reich mit Bäumen bestanden waren.

Überall waren weitere Skulpturen zu sehen. Manche freistehend, die meisten jedoch im Schatten einzelner Bäume. Das Licht der Nachmittagssonne ließ ihre Schatten weich über den Sand fließen.

Es war fast zu schön, um wahr zu sein. So hatte er sich den Garten des Propheten vorgestellt, genau so. Doch wie es schien, war der Zutritt auch Ungläubigen gestattet. Etwa einen halben Kilometer entfernt sah er die Gruppe, die sich in zügigem Tempo Richtung Westen bewegte.

Khalid bemerkte eine Ansammlung von Lehmbauten auf dem dahinterliegenden Hügelkamm. Wie Bauklötze übereinandergestapelt und von einem Palisadenzaun umgeben, standen sie dort, das warme Licht des Nachmittags auf ihren Flanken. Palmen säumten den Weg dorthin, und das umgebende Land wirkte grün und bewirtschaftet. Von den Kochstellen stieg Rauch auf.

Wo gekocht wurde, da waren Menschen.

Khalid verlor keine Zeit. Er stieg den Hügel hinab und folgte dem Pfad. Mehr noch als nach Nahrung verlangte es ihn nach Antworten – und die würde er nur dort finden.

*

Hannah war sich bewusst, dass etwas Ungeheuerliches vorging. Sie fühlte, dass dies kein Traum war. Ebenso wenig war sie tot. Tote Menschen dachten gemeinhin nicht über ihren Zustand nach. Sie reflektierten nicht, philosophierten nicht und sollten eigentlich nichts empfinden.

Aber real war das alles auch nicht. Wenn sie also weder tot waren noch träumten, was war das hier?

Sie befanden sich an der Erdoberfläche, obwohl sie doch die ganze Zeit über bergab gelaufen waren. Allein das war faszinierend. Und dann diese Umgebung! Sie konnte sich nicht sattsehen an dem Licht und den Farben. Dieses Land war alt, viel älter als alles, was sie bislang gesehen hatte. Allein die Art, wie diese Gebäude errichtet waren, entsprach keinen modernen Bauprinzipien, von den Bewässerungssystemen und den landwirtschaftlichen Gerätschaften ganz zu schweigen. Unterwegs waren sie auf einen kleinen Schuppen gestoßen, in dem sie Grabstöcke und einen hölzernen Pflug gefunden hatten. Solche Dinge wurden seit Hunderten von Jahren nicht mehr verwendet. Weder im Irak noch sonst auf der Welt. Klar gab es überall Gegenden, die rückständig oder traditionell waren, aber auch dort traf man immer mal wieder auf Spuren moderner Zivilisation. Metalldosen, Colaflaschen, Papier oder Plastiktüten, die fallen gelassen oder über Hunderte von Kilometern herangeweht worden waren, ganz zu schweigen von den unvermeidlichen Werbeplakaten, den Sendemasten moderner Mobilfunkanbieter oder den Kondensstreifen der Linienjets am Himmel. Wo man sich auch befand, man hörte eigentlich immer irgendwo einen Motor in der Ferne.

Nicht so hier. Warum es das hier nicht gab, war nur ein weiteres Rätsel in einer Kette von Merkwürdigkeiten.

Sie griff behutsam Lenis Hand und folgte den anderen schweigsam den Pfad hinauf in die Ortschaft. Vielleicht fanden sie dort eine Erklärung.

Sie hatten die äußere Umgrenzung der Felder erreicht, als Rebecca einen Ruf ausstieß. Sie war ein kleines Stück zurückgefallen und deutete aufgeregt in die Richtung, aus der sie gekommen waren. Hinter dem letzten Hügelkamm sahen sie die Silhouette einer einzelnen Person, die ihnen folgte. Groß und stämmig und mit energischem Schritt. Es konnte kein Zweifel bestehen, wer das war. Wie aus einem Reflex heraus nahm Hannah Leni auf den Arm. Sie hatte die dunklen Worte ihrer Tochter nicht vergessen.

»Schnell, Leute«, drängte John. »Sehen wir zu, dass wir Schutz finden. Drückt uns die Daumen, dass wir uns irgendwie mit diesen Menschen verständigen können. Sie müssen erfahren, welche Gefahr von diesem Mann ausgeht.«

Hannah sah eine Gruppe von Dorfbewohnern aus dem Schatten ihrer Häuser treten. Es waren sieben im Alter zwischen zwanzig und vierzig Jahren. Sie waren allesamt unbekleidet und trugen keine Waffen.

Stromberg runzelte die Stirn. »Seht ihr, was ich sehe?«

»Allerdings«, sagte John.

»Wieso haben die denn nichts an?«

»Keine Ahnung«, sagte Hannah. »Vielleicht ist das hier so üblich. Verhaltet euch freundlich und respektvoll. Wir sind auf die Hilfe dieser Menschen angewiesen. Wenn ihr mögt, werde ich den ersten Kontakt herstellen.«

Die anderen waren einverstanden.

Sie wusste nicht, was merkwürdiger war: die Tatsache, dass diese Leute keinen Fetzen Stoff am Leib trugen oder dass sie so verdammt attraktiv waren. Sowohl die Männer wie auch die Frauen waren wohlproportioniert, ebenmäßig gebräunt und von hohem, schlankem Wuchs. Sie besaßen schöne Gesichter, und ihre Haare waren kunstvoll geflochten. Die Sonne glänzte auf ihrer Haut, so dass es aussah, als hätten sie gerade in Blattgold gebadet. Alle trugen farbige Schmuckstücke um den Hals und waren mit aufwendigen Hennabemalungen oder Tätowierungen verziert. In ihrer Ursprünglichkeit und Natürlichkeit wirkten sie, als stammten sie von einem fremden Planeten.

Die Vorderste von ihnen, eine sehr weiblich proportionierte Frau mittleren Alters, trat vor und hob die Hand.

»Hallo Wanderer, wir grüßen euch. Wer seid ihr, woher kommt ihr? Wir haben euch hier noch nie gesehen.«

Hannah hob verblüfft die Brauen. Ganz abgesehen davon, dass sie noch nie eine sinnlichere Stimme gehört hatte, war es seltsam, dass diese Frau ihre Sprache beherrschte. Zwar mit einer gewissen exotischen Einfärbung, aber mehr als passabel und noch dazu absolut hinreißend.

Hannah war so verwirrt, dass sie ihren Begrüßungstext vergaß. Eine peinliche Pause entstand. Zum Glück kam

John ihr zu Hilfe. Die Hände vor der Brust gefaltet, verbeugte er sich und sagte: »Wir danken dir für deine Worte, Herrin. Es ist wahr, wir kommen von weit her und suchen eine Unterkunft für die Nacht. Wir brauchen etwas zu essen und zu trinken, vor allem aber benötigen wir Schutz.«

Hannah nickte ihm dankbar zu. Erstaunlich, wie gewandt er sich auszudrücken vermochte, wenn es die Situation erforderte. Aber John war schon immer ein Charmeur gewesen. Ihr war nicht entgangen, dass er dieses gewisse Glitzern in den Augen hatte.

»Seid herzlich willkommen in unserem Dorf«, sagte die Frau. »Wir bekommen nicht oft Besuch von Fremden. Mein Name ist Inanna. Dies ist mein Mann Bassam. Wir sind die gewählten Führer dieses Dorfes und sprechen im Namen der anderen. Du sagtest, ihr sucht Schutz?«

»Ja.« John deutete auf Khalid, der inzwischen auf weniger als dreihundert Meter herangekommen war. »Vor ihm.«

Inanna zog eine ihrer geschwungenen Brauen in die Höhe. »Das ist nur ein einzelner Mann, noch dazu unbewaffnet. Wieso fürchtet ihr euch vor ihm?«

»Er ist gefährlich.«

»Sind wir das nicht alle?« Ihre Lippen kräuselten sich bei dieser rätselhaften Bemerkung. »Seid unbesorgt, ich werde das klären. Tretet ein. Macht es euch im Schatten der Bäume bequem. Ich werde mich darum kümmern, dass ihr etwas zu essen bekommt und euch entspannen könnt. Ihr scheint eine weite Reise hinter euch zu haben.« Sie klatschte in die Hände.

Aus einem der Hauseingänge kam eine junge Frau von vielleicht siebzehn oder achtzehn Jahren.

Hannah wusste nicht, ob sie vor Begeisterung lachen oder vor Ehrfurcht erstarren sollte. Sie konnte ohne Übertreibung sagen, dass dies das schönste Geschöpf war, das sie je zu Gesicht bekommen hatte. Was weniger an dem makellosen Körper und der Schönheit dieser jungen Frau lag, sondern vielmehr an ihren Bewegungen. Sie schritt mit der Anmut und Grazie einer Gazelle auf sie zu: kraftvoll und geschmeidig, gleichzeitig aber auch scheu und zurückhaltend. Ihr Lächeln hätte einen Eisberg zum Schmelzen bringen können. Nach einem leichten Zögern steuerte sie auf Hannah und Leni zu und ergriff ihre Hand. »Komm.« Ein Flüstern wie Wind, der durch Zweige strich. »Wollt ihr meine Freundinnen sein?«

Hannah musste lächeln. Das war viel zu kitschig, um wahr zu sein.

»Aber ja«, sagte sie.

49

Bahrain …

Vizeadmiral Streitenfeld verfolgte das Anlegen der *Truman* mit höchster Konzentration. Seine Crew hatte das Manöver schon Hunderte Male mit makelloser Präzision absolviert, doch die Erfahrung hatte ihn gelehrt, jederzeit mit dem Schlimmsten zu rechnen. Besonders jetzt, da sich die fünfte und die siebte Flotte im Persischen Golf begegneten.

Die Brücke bot einen fabelhaften Blick über al-Manāma und die dahinterliegende Küste. Die Sonne brannte von einem wolkenlosen Himmel herab, und das Meer leuchtete in einem tiefen Azur. Hunderte von Seefahrzeugen durchkreuzten die Bucht. Sie hinterließen weiße Schaumkronen, während sie für Nachschub sorgten und Seeübungen durchführten. Drüben, vor den Förderanlagen und Türmen des petrochemischen Industriekomplexes von Dhahran, lagen die beiden anderen Flugzeugträger, die *USS Ronald Reagan* und die *USS George Washington*, auf denen im Minutentakt Kampfjets starteten und landeten.

Einen unvoreingenommenen Beobachter hätte dieser Anblick vermutlich verwirrt, doch Streitenfeld war so lange im Geschäft, dass er darin exakt koordinierte See- und Luftbewegungen zu erkennen vermochte. Die gesamte Region war in Aufruhr, da musste jeder wissen, wo sein Platz war. So chaotisch der Anblick auch anmuten mochte, so steckte doch eine atemberaubende Präzision dahinter. Es war wie ein Ballett, bei dem sich jeder bedingungslos auf seinen Partner verlassen konnte.

Der Vizeadmiral spürte einen sanften Ruck in seinen Füßen, das Zeichen, dass die Truman angelegt hatte. Tonnenschwere Ketten ratterten durch die Rumpfhülle, klatschten dreiundzwanzig Stockwerke unter ihm ins Wasser und begleiteten die Anker in die Tiefe. Ab diesem Moment ging die Truman vom See- in den Landbetrieb über. Vorräte wurden ergänzt, Schichten gewechselt und Personal ausgetauscht. Einfache Routine – wäre da nicht diese Aura von Bedrohung, die über allem lastete. Streitenfeld hasste das Gefühl, einem Feind gegenüberzustehen, den man nicht sah, nicht hörte und von dem man nicht mal genau wusste, ob er überhaupt existierte. Noch immer hatten sie kaum Informationen, und die hohen Herren in Washington fingen langsam an, ungeduldig zu werden.

Seit das Team vor vierundzwanzig Stunden von Bagdad aus aufgebrochen war, hatte er weder etwas von Rebecca van Campen noch von dem Einsatzleiter gehört. Es gab keine Funksignale, keine Positionsmeldungen oder verschlüsselte Nachrichten. Massive Störungen beeinträchtigten den Satellitenempfang, aber er war sich nicht sicher, ob das wirklich der Grund für die Funkstille war. Streitenfeld hatte ein mulmiges Gefühl im Magen, vor allem, weil bereits erste Gerüchte kursierten. Gerüchte über einen Überfall der IS-Milizen, über ein Massaker auf der Ebene von Badiyat al-Jazira und über den Verlust der drei Blackhawk-Helikopter.

Mit Gerüchten war das so eine Sache. Sie konnten hartnäckig wie Filzläuse sein. Und selbst wenn sie sich am

Schluss als harmloses Ungeziefer herausstellten, so hatte man bis zu diesem Zeitpunkt eine Menge Scherereien mit ihnen.

Und als ob das nicht schon schlimm genug wäre, hatten sie es jetzt auch noch mit internationalen Spannungen zu tun. Die Katastrophe von Mossul hielt sie alle mächtig auf Trab. Was war bloß los in diesem verkackten Land?

Sein Blick fiel auf Kapitän Reynolds, der einen letzten prüfenden Blick aus dem Fenster warf und dann zu ihm herüberkam. Er tippte mit den Fingerspitzen an die Krempe seiner Mütze. »Manöver abgeschlossen, Vizeadmiral. Die Truman liegt sicher vor Anker.«

»Danke, Kapitän. Ich denke, wir haben uns jetzt alle eine kleine Pause verdient. Ich muss dringend mal für einen Moment den Kopf freikriegen. Falls irgendetwas ist, Sie finden mich in meinem Quartier.«

»Zu Befehl, Vizeadmiral.«

Die *Flag Bridge* lag ein Stockwerk tiefer und war sein persönlicher Wirkungsbereich. Auch seine Kajüte und ein eigener Fitnessraum befanden sich dort. Streitenfeld betrat das Treppenhaus und wurde dabei beinahe von Gil Diaz über den Haufen gerannt, der mit hochrotem Kopf die Stufen emporgerannt kam. Der USN Operations Specialist Second Class war hörbar außer Atem. Beim Anblick des Vizeadmirals schrak er zusammen. Dann salutierte er.

»Rühren, Petty Officer Diaz«, sagte Streitenfeld lächelnd. »Warum so eilig? Suchen Sie jemanden?«

»Jawohl, Sir. Sie.«

»Mich? Was ist los?«

»Dringende Meldung vom CDC, Sir. Sie sollen sich bitte umgehend dort einfinden. Kapitän Reynolds auch, Sir. Er ist doch hier, oder?«

»Beaufsichtigt gerade das Anlegemanöver.«

»Gut, Sir. Es ist eilig.«

Streitenfeld kannte Diaz lange genug, um zu wissen, dass er nicht so einen Wind machen würde, wenn es nicht wirklich wichtig wäre.

»Und um was geht es?«

»Das sollten Sie sich besser persönlich ansehen, Sir.«

Das klang nicht gut. Streitenfeld nickte. »Na schön. Geben Sie Kapitän Reynolds Bescheid, ich gehe schon mal nach unten.«

»Jawohl, Sir.«

Der Vizeadmiral tippte an seine Mütze und machte sich auf den Weg. Mochte der Himmel wissen, was jetzt wieder los war.

*

Hannah saß unter den Ästen eines ausladenden Feigenbaums und blickte zum Ortseingang hinüber. Sie hatte Leni auf ihrem Schoß, während sie angespannt die Dorfbewohner beobachtete. Inanna und Bassam standen drüben am Tor und unterhielten sich mit Khalid. Sie lachten und scherzten, am Schluss berührte Inanna den Terroristen sogar am Arm.

Khalid wirkte angesichts der Schönheit dieser Frau geradezu unbeholfen. Er lächelte verlegen, dann senkte er den Kopf wie ein Schuljunge.

»Was hältst du davon?«, flüsterte John ihr zu. Er legte seine Hand sanft auf ihren Oberschenkel. Sie dachte daran, dass sie seit einer Ewigkeit nicht mehr miteinander geschlafen hatten.

»Schwer zu sagen«, erwiderte Hannah. »Sieht aus, als wären sie die besten Freunde. Bist du sicher, dass sie deine Warnung verstanden hat?«

»Du warst doch dabei.«

»Sieh mal, jetzt bittet sie ihn sogar herein.«

Hannah verstand die Welt nicht mehr. »Offenbar hat sie keine Ahnung, mit wem sie es zu tun hat«, sagte sie. »Wieso haben die unsere Warnung nicht ernst genommen? Diese Menschen scheinen überhaupt nicht zu wissen, was draußen in der Welt vorgeht. Dieser Ort wirkt, als wäre er völlig aus der Zeit gefallen.«

»Aus der Zeit gefallen, das ist der richtige Ausdruck«, erwiderte John. »Diesen Ort dürfte es eigentlich gar nicht geben. Es wirkt alles so übertrieben, so *falsch*.«

Sie war erleichtert, dass er das auch so sah. »Glaubst du, dass es ein Traum ist?«

»Nein.« John wirkte nachdenklich. »Weder ein Traum noch das Jenseits. Es ist echt, wenn auch auf eine höchst bizarre Art. Als befänden wir uns in einer alternativen Realität. Besser kann ich es nicht ausdrücken.«

»Das ist besser als das, was mir dazu eingefallen ist.« Hannah gab ihm einen Kuss. Es tat gut, mit ihm zu reden, auch wenn sie der Lösung dieses Rätsels damit noch keinen Schritt näher gekommen waren.

Er räusperte sich. »Was ich dich schon lange fragen wollte ...«

»Ja?«

Er strich sanft über Lenis Haar und warf Hannah dabei einen schwer zu deutenden Blick zu. »Gibt es etwas, was ich wissen müsste?«

»Wie meinst du das?«

»Nun, irgendetwas, was dich beunruhigt? Worüber du vielleicht mit mir reden möchtest? Wir hatten in letzter Zeit ja kaum Gelegenheit dazu.«

Hannah wusste, wovon er sprach. Sie hätte sich denken können, dass er feinfühlig genug war, um ihre Sorge um Leni zu bemerken. Aber was sollte sie ihm sagen? Dass ihre Tochter ihren eigenen Tod vorhergesagt hatte? Was würde es bringen, ihn mit dieser Information zu belasten? Schlimm genug, dass sie dieses düstere Geheimnis mit sich herumschleppen musste.

Sie lächelte. »Du meinst, abgesehen von dieser merkwürdigen Umgebung?«

»Mir ist aufgefallen, dass du Leni keinen Moment aus den Augen lässt.«

»Sie ist unsere Tochter.« Sie hoffte, das würde als Erklärung ausreichen. John schien das nicht zu überzeugen. Dennoch ging er nicht weiter darauf ein, wofür sie ihm dankbar war. Irgendwann, wenn die Situation weniger bedrohlich war, würde sie ihm vielleicht davon berichten. Doch im Moment hatten sie ganz andere Sorgen.

Inanna führte Khalid zu ihnen und bat ihn, in ihren Reihen Platz zu nehmen. Der Kommandant sah die Gruppe prüfend an, dann wählte er einen Platz an Hannahs Seite.

Angewidert rutschte sie von ihm weg.

»Keine Angst«, sagte Inanna, der Hannahs Reaktion

nicht verborgen geblieben war. »Ich habe mit Khalid gesprochen. Er hat mir versichert, dass er sich friedlich verhalten wird.«

»Na, da fühle ich mich doch gleich viel sicherer.« Hannah warf dem Terroristen einen vernichtenden Blick zu. Inanna sollte ruhig spüren, dass sie mit ihrer Entscheidung nicht einverstanden war. Die Anführerin ignorierte ihren Blick und reichte ihr stattdessen eine Schale mit Obst. »Hier, Hannah, nimm etwas davon, du scheinst Hunger zu haben.«

»Habe ich tatsächlich, ja.« Hannah griff zu. Da sie keine Ahnung hatte, welche Art von Obst das war, entschied sie sich für eine Frucht mit roter Schale. John nahm ebenfalls eine davon.

Inanna seufzte. »Ich finde es betrüblich, wenn Menschen nicht miteinander auskommen. Da wird so viel Energie verschwendet, so viel Sinnlichkeit. Aber manchmal helfen ein gutes Essen und eine angenehme Nachtruhe, um die Dinge in einem anderen Licht zu sehen. Unter unserem Schutz wird euch nichts geschehen, vorausgesetzt, ihr haltet euch an die Regeln. Es wird euch bald wieder bessergehen, das verspreche ich euch.« Sie nahm selbst eine Frucht aus dem Korb und biss herzhaft hinein. Der Saft lief seitlich ihre Mundwinkel entlang und tropfte auf ihre Brüste. Hannah schüttelte den Kopf. Was für ein Film hier auch immer ablief, er war eindeutig an ein männliches Publikum gerichtet.

»Ihr seht aus, als hättet ihr schlimme Strapazen hinter euch. Es geht mich ja nichts an, aber ich frage mich doch, wo ihr herkommt. Eure Kleidung ist so ... so fremdartig.«

»Dort drüben aus dem Wald«, sagte Leslie mit vollem Mund. Sie hatte ein Stück Brot in der Hand, auf dem sie herumkaute.

»Welcher Wald?«, fragte Inanna.

Leslie runzelte die Stirn. »Nun, der Wald im Osten. Ihr werdet ihn doch bestimmt kennen. Viele Vögel leben dort, und es ist kühl und schattig.«

»Im Osten gibt es keinen Wald«, sagte Inanna. »Eine Tagesreise von hier beginnt die Wüste. Seid ihr vielleicht von Westen gekommen, vom großen Strom? Dort gibt es Bäume.«

»Nein, nein, von Osten«, sagte John. »Wir sind Richtung Sonnenuntergang gelaufen.«

»Dann müsst ihr euch irren«, sagte Inanna mit nachsichtigem Lächeln. »Mir scheint, eure Nerven sind sehr beansprucht. Aber das macht nichts. Hier, nehmt Wasser und Früchte. Brot und Käse sind auch da, so viel ihr wollt.«

Hannah und die anderen warfen sich amüsierte Blicke zu. Sie schienen in diesem Moment alle das Gleiche zu denken. *Wo sind wir hier hineingeraten?* Sie wusste nicht genau, wie es den anderen ging, aber Hannah kam sich ein bisschen vor wie eine Schauspielerin, die in ein falsches Stück geraten war.

Doch so kurios diese Welt auch war, zumindest für eine Weile würde sie noch mitspielen.

In diesem Moment kamen von den Häusern her etliche Diener mit vollbeladenen Schalen und Krügen. Hannah erblickte gebratenes Geflügel, Lammkeulen und Weinkaraffen – alles wunderbar zubereitet. Ein Duft umschmeichelte sie, dass ihr das Wasser im Mund zusammenlief. Doch wenn sie glaubte, das Festmahl wäre für sie bestimmt, hatte sie sich getäuscht. Anstatt die Leckerbissen vor ihnen abzustellen, trugen die Diener sie hinüber zu der riesigen Steinskulptur, die etliche Meter entfernt am Stamm der mächtigen Feige lehnte. Dargestellt war eine üppige Frau, die, auf einem Löwen stehend, einen achtzackigen Stern als Schmuckstück zwischen ihren Brüsten trug. Wie alle Statuen in dieser Gegend schien auch sie ein beträchtliches Alter zu besitzen. Die Speisen wurden unter vielen Verbeugungen und Demutsbekundungen vor ihr ausgebreitet.

Hannah kräuselte die Lippen. »Sie muss eine hohe Göttin sein, dass ihr sie so verwöhnt.«

»Das ist Istar«, sagte Inanna lächelnd. »Unsere Schutzpatronin. Dies ist ihre Stunde. Seht ihr den hellen Stern dort drüben? Jeden Abend, sobald er aufgeht, bringen wir ihr ein Opfer. Dafür wacht sie über uns.«

»In unserer Sprache ist das Venus, der Abendstern, benannt nach der Göttin der Liebe«, sagte John.

Inanna strahlte. Ihr ganzer Körper schien zu glühen. »Dann haben wir schon etwas gemeinsam. Wir beide benennen diesen Stern nach der Göttin der Liebe. Ein gutes Zeichen.«

Hannah schüttelte den Kopf. Irrte sie sich, oder flirtete diese Frau mit John? Und wenn schon. Er war alt genug, um damit klarzukommen. Abgesehen davon schienen die Bewohner ohnehin alle recht freizügig miteinander umzugehen. Immer wieder verschwanden Pärchen in Häusern, während andere zu ihnen stießen. Eine indische Liebeskommune war nichts dagegen. Vielleicht sollte sie aufhören, in allem und jedem immer nur Böses zu vermuten.

»Wie lautet der Name eurer Stadt?«, fragte sie.

»Uruk.«

»Uruk?« Hannah runzelte die Stirn. Das konnte doch nur ein Scherz sein. Aber Inanna wirkte ganz ernsthaft.

»Ja, *die Schafhürde.* Vermutlich, weil hier das beste Gras wächst und alle Schafe aus nah und fern zum Weiden zu uns kommen. Natürlich nehmen manche Hirten uns das übel, aber was können wir denn dafür, wenn ihre Schafe einen eigenen Kopf haben?« Inannas Lachen klang, als würde Wasser über Steine plätschern.

»Wirklich Uruk?«

»Aber ja. Stimmt etwas nicht damit?«

»Und der Fluss im Westen?«

»Der mächtige Euphrat natürlich.« Sie neigte verwundert den Kopf. »Ihr müsst wirklich von sehr weit her kommen, dass ihr nicht wisst, wo ihr seid. Wo genau liegt noch mal eure Heimat?«

Ehe Hannah antworten konnte, sagte John: »Im Osten. Weit im Osten. Dort, wo die schneebedeckten Berge beginnen.«

»Ah.« Inanna nickte. »Das erklärt, warum ihr so seltsam gewandet seid. Die kalten Berge. Keiner von uns ist je dort gewesen. Aber wir hörten Erzählungen darüber. Nehmt ruhig noch mehr von dem Essen. Es ist reichlich da. Noch etwas zu trinken?« Sie füllte Hannahs Tonschale und schenkte auch den anderen noch mal ein. Die Früchte, das Brot und der Käse waren wirklich wunderbar. Hannah konnte sich nicht erinnern, jemals etwas so Köstliches gegessen zu haben. Selbst das Wasser perlte wie Champagner. Vielleicht war sie aber auch einfach nur hungrig und durstig.

Inanna nickte zufrieden. »So ist es besser, nicht wahr? Mögt ihr nicht eure Kleidung ablegen? Es speist sich entspannter, wenn man sich frei bewegen kann. Kommt, ich helfe euch.« Ehe die beiden Widerspruch einlegen konnten, war sie aufgestanden und half Leslie und Rebecca beim Ablegen ihrer langärmeligen Hemden. Hannah konnte sich ein Schmunzeln nicht verkneifen.

In diesem Moment neigte Khalid seinen Kopf zu ihr hinüber. »Was ist das hier?« Er deutete auf die Gebäude. »Ist das ein Trick? Eine versteckte Kamera? Ein psychologisches Experiment? Haben wir Drogen genommen, oder sind wir vielleicht bereits alle tot?«

Hannah wich vor ihm zurück. »Das ist Uruk, das haben Sie doch gehört. Warum fragen Sie?«

»Wenn das Uruk ist, dann fresse ich einen Besen. Die Stadt existiert doch seit Tausenden von Jahren nicht mehr.«

Hannah überlegte, was sie ihm sagen sollte, dann schluckte sie ihren Widerwillen hinunter. Es hatte keinen Sinn, auf stur zu schalten.

»Ich weiß auch nicht mehr als Sie. Nur eines ist mir aufgefallen: Wenn das tatsächlich Uruk ist, dann eine sehr frühe Form. Es muss aus einer Zeit stammen, die weit vor dem liegt, was wir von den Ausgrabungen her kennen.«

»Wie kommen Sie darauf?«

»Das Uruk der Archäologen war bedeutend größer. Es wurde von einer neun Kilometer langen Stadtmauer umgeben. Diese Palisade hier misst höchstens einen Kilometer. Wenn überhaupt, so ist dies die Obed-Zeit. Schätzungsweise fünftausend Jahre vor Christi Geburt.«

»Sie verarschen mich ...«

»Warum fragen Sie, wenn Sie meine Antwort nicht hören wollen?«

Er nickte. »Bitte entschuldigen Sie. Es fällt mir nur schwer, das alles zu verarbeiten.«

Sie schwieg einen Moment, dann sagte sie: »Ich kann es mir auch nicht erklären. Dass wir tot sind, glaube ich nicht, und für einen Freizeitpark ist das viel zu aufwendig.«

»Vielleicht sind wir durch die Zeit gereist ...«

»Durch Zeit *und* Raum, meinen Sie wohl. Uruk lag weiter südlich. Abgesehen davon: Wieso spricht diese Frau unsere Sprache? Das passt alles nicht zusammen ...«

Inanna bemerkte Hannahs Unruhe und kam zu ihr herüber.

»Kommt, legt eure Kleidung ab, wir können sie für euch waschen. Es ist so viel angenehmer ohne den ganzen Stoff, der eure natürlichen Reize verhüllt.«

»Nein danke«, sagte Hannah. »Ich fühle mich ganz wohl, wie ich bin.«

»Na los, nun habt euch nicht so«, rief Inanna. »Die Luft fühlt sich wunderbar an.«

»Von mir aus«, kam es von rechts. Hannah sah mit großer Verwunderung, dass Rebecca gerade dabei war, Inannas Aufforderung Folge zu leisten. Inzwischen trug sie nur noch Unterwäsche.

»Was soll das?«, fragte Hannah. »Wollen Sie sich lächerlich machen?«

»Mir ist warm«, entgegnete die Militärberaterin. »Außerdem ist das sowieso nicht echt. Was haben wir also zu verlieren?« Ohne ihre Uniform sah sie mager und ausgezehrt aus.

Hannah zog verwundert eine Braue in die Höhe. Sie war beileibe keine Spießerin, aber das ging ihr dann doch etwas zu schnell. Möglich, dass dies eine alternative Realität war, aber galten da nicht dieselben Regeln? Vielleicht sollten sie doch lieber vorsichtig sein. Rebeccas Interesse an Inannas Mann Bassam war allzu offensichtlich. Sie unterhielt sich nun schon seit einiger Zeit sehr angeregt mit ihm und flirtete ganz ungeniert. Und das, obwohl er doch gar nicht ihr Typ war. Zumindest hatte Hannah das angenommen.

Gewiss, Bassam war von stattlicher Natur und sehr attraktiv, aber die Amerikanerin hatte noch nie einen Hehl daraus gemacht, dass sie dunkelhäutigen Menschen nichts abgewinnen konnte. Besonders, wenn sie einer anderen Religion und Tradition angehörten. Doch jetzt verschlang sie Bassam geradezu mit ihren Augen. Ehe Hannah etwas erwidern konnte, riss Rebecca sich auch den Rest ihrer Kleidung vom Leib und warf sie auf einen Haufen. Splitterfasernackt stand sie da, ihre helle Haut im Licht der Abendsonne wie Marmor strahlend.

»Gibt es hier einen Ort, wo ich mich waschen kann?«, fragte sie lachend. »Ich fürchte, ich rieche nicht besonders frisch.«

»Aber gewiss«, erwiderte Inanna. »Gleich hinter den Häusern und ein kleines Stück den Hügel runter. Dort ist der Dorfwaschplatz. Da ist eigentlich immer jemand.«

»Und wenn ich – ungestört sein möchte?« Ihre Augen flammten kurz in Bassams Richtung. Bei Hannah klingelten sämtliche Alarmglocken.

»Dann solltest du vielleicht zum Fluss runtergehen«,

sagte Inanna. »Es ist nicht weit, und es gibt einige geschützte Buchten. Man kann dort herrlich schwimmen.«

»Vielleicht kann Bassam mich ja führen. Ich habe so ein schrecklich schlechtes Ortsgedächtnis ...« Schüchtern senkte Rebecca den Blick. Ihr gelang es sogar, sich einen roten Schimmer auf die Wangen zu zaubern.

Hannah konnte nicht glauben, was sich hier abspielte. War diese Frau verrückt geworden? Sie wollte doch angesichts ihrer derzeitigen Probleme nicht allen Ernstes mit diesem Mann flirten? Ganz abgesehen davon, dass er Inannas Ehemann war, wussten sie überhaupt nicht, wie das alles hier weiterging. Sie mussten einen Rückweg finden, und zwar bald.

»Ich glaube, das ist keine so gute Idee, Rebecca«, rief sie. »Das ist kein Spiel, du solltest lieber vorsichtig sein.«

»Unsinn«, sagte Rebecca. »Sieh dich doch um: Hier ist alles möglich. Mir ist heiß, und ich fühle mich schmutzig und verschwitzt. Du solltest dich ebenfalls ausziehen und dich etwas entspannen. John würde das gewiss zu schätzen wissen, nicht wahr, John?« Mit einem neckischen Augenzwinkern streckte sie die Hand aus und zog Bassam auf die Füße. »Komm, zeig mir den Weg zum Fluss.«

Hannah schüttelte den Kopf. »Ich glaube, du machst einen Fehler, Rebecca. Warum bleibst du nicht bei uns, und wir gehen gleich alle gemeinsam zum Dorfbrunnen hinunter?«

»Wer hat dich gefragt?«, erwiderte die Amerikanerin schnippisch. »Ich gedenke mein Leben zu genießen, und zwar in vollen Zügen. Und das ist mein letztes Wort in dieser Angelegenheit. Komm, Bassam.«

Bassam tauschte einen kurzen Blick mit Inanna, doch die schien nichts dagegen zu haben.

Hannah knabberte an ihrer Unterlippe. Hatte Rebecca recht? Machte sie sich zu viele Sorgen? Bisher deutete nichts auf irgendeine Gefahr hin. Alles schien ganz harmlos und vergnüglich zu sein.

Hannah kam sich mit einem Mal schrecklich alt und verklemmt vor. Sie nahm noch ein paar Trauben. Sie schmeckten unfassbar süß und aromatisch. Leni hatte ihren Kopf auf ihren Schoß gebettet und schlief. Inanna betrachtete sie mit einem Lächeln, dann stand sie auf und sagte: »Ihr seid müde. Ich werde dafür sorgen, dass eure Schlafplätze hergerichtet werden. Bleibt ruhig noch eine Weile hier und stärkt euch. Ihr habt euch sicher viel zu erzählen. Ich komme wieder, sobald alles bereit ist.« Mit diesen Worten klatschte sie in die Hände, und sie und die Diener entfernten sich.

Hannah sah ihnen nach, bis sie hinter der nächsten Biegung verschwunden waren.

50

Kaum waren die Dorfbewohner verschwunden, als Stromberg aufstand und sich den Staub von der Hose klopfte. Hannah sah ihn verwundert an. »Wo willst du hin?«

»Ich habe Hunger.«

»Warum isst du dann nichts?« Sie deutete auf Brot, Käse und Früchte. »Es ist alles ganz ausgezeichnet.«

Der Milliardär warf einen sehnsüchtigen Blick in Richtung der Statue. »Uns geben sie Wasser und Brot, und dem Steinbrocken dort drüben werden die erlesensten Leckereien aufgetischt. So eine Verschwendung. Da ist Wein, Leute! Was gäbe ich dafür, noch mal ein Glas Wein zu trinken. Und habt ihr das Geflügel gesehen? Ich glaube, es sind Tauben. Wunderbar zart mit einer herrlich knusprigen Haut drum herum. Und erst dieses Lamm ...« In seinen Augen war ein gieriges Glitzern zu sehen.

»Ich glaube, Sie sollten besser die Finger davon lassen«, meldete sich Leslie Rickert zu Wort. Die Reporterin war in letzter Zeit sehr schweigsam gewesen. Sie schien irgendetwas auszubrüten, aber Hannah hatte keine Ahnung, was das sein mochte. »Man hat uns klar zu verstehen gegeben, dass diese Speisen nicht für uns bestimmt sind.«

Auf Strombergs eingefallenem Gesicht bildeten sich rote Flecken. »Wenn ich einen Ratschlag von Ihnen möchte, werde ich mich melden. Ich bin alt genug, um selbst zu entscheiden. Und wenn ich mir etwas zu essen holen will, dann werde ich das tun.«

»Lass es doch besser«, sagte Hannah, die Leslie recht geben musste. »Dein Handeln fällt schließlich auf uns alle zurück.«

Stromberg tat so, als würde er sie gar nicht hören.

Leslie schüttelte den Kopf. »Offenbar haben Sie noch nicht erkannt, was das hier ist, oder? Ansonsten hätten Sie Rebecca nicht so einfach ziehen lassen.«

Der Milliardär hob die Brauen. »Rebecca? Was hat die denn damit zu tun?«

»Alles.«

Stromberg stützte sich auf seinen Stab. »Dann erleuchten Sie uns mal, Ms. Rickert. Was wissen Sie, was wir nicht wissen?« Sein Ton war offen feindselig.

Leslie zögerte. »Ich weiß nicht, wie ich es sagen soll, Sie würden mir ohnehin nicht glauben. Deshalb nur dieses: Halten Sie sich an die Regeln, Sie könnten es sonst bereuen.«

Stromberg blähte die Brust auf. »Ungeheuerlich. Sagt mir, ich soll mich an die Regeln halten. Und das von jemandem, der meine Tochter sein könnte. Ich werde tun, was ich für richtig halte, das habe ich schon immer getan.« Damit humpelte er in Richtung der Statue.

»Das ist genau das Problem«, murmelte Leslie resigniert und malte mit einem Stock kleine Kringel in den Sand.

Hannah wartete, ob Leslie noch etwas sagen würde, aber die Reporterin behielt ihre Gedanken für sich. Sie schien unter Strombergs verbaler Attacke den Mut verloren zu haben. Schade. Zumindest in einer Sache musste Hannah der Reporterin recht geben: Vermutlich war es nicht klug, ihre

Gastgeber zu beleidigen. Es war wohl besser, sie hielt Stromberg davon ab, einen Fehler zu begehen. Auf sie würde er vielleicht hören.

Vorsichtig bettete sie Lenis Kopf in den Sand und wollte gerade aufstehen, als ein fürchterliches Husten ertönte. Stromberg stand da, eine Geflügelkeule in der Hand, und keuchte sich die Seele aus dem Leib. Offensichtlich hatte er sich an irgendetwas verschluckt. Krebsrot rang er nach Luft.

Die gelöste Stimmung war mit einem Mal wie weggeweht.

John sprang auf und rannte seinem Freund zu Hilfe. Auch Zarif eilte hinzu. Stromberg hing immer noch etwas von dem Geflügel aus dem Mund.

»Er bekommt keine Luft«, rief Khalid.

John schlug dem Milliardär kräftig zwischen die Schulterblätter. Ohne Erfolg.

Er beugte den Körper des alten Mannes nach vorn und wiederholte den Vorgang. »Husten, Norman. Huste, verdammt noch mal. Du musst den Fremdkörper aus deiner Luftröhre bekommen.«

Ein pfeifendes Atemgeräusch ertönte, doch der Speiserest wollte nicht herauskommen. »Vielleicht ein Knochensplitter, der sich verkantet hat«, gab Khalid zu bedenken. Er drängte John zur Seite. »Lassen Sie mich mal.« Normans Gesicht bekam einen Blaustich.

Zarif stellte sich hinter Stromberg, legte seine Arme um dessen Taille und beugte ihn nach vorn. Eine Hand ballte er zur Faust und presste sie unter Strombergs Brustbein, die andere legte er um die geballte Faust und drückte beide

Hände mit einer nach oben gerichteten Bewegung in den Magen des Milliardärs.

Hannah sah das alles mit Entsetzen. Vor nicht mal zehn Minuten war sie bereit gewesen, diesen Ort als einen harmlosen Freizeitpark abzutun, jetzt wurde sie Zeugin eines Kampfes auf Leben und Tod. Stromberg versuchte krampfhaft, Luft in seine Lungen zu reißen. Aber der erhoffte Atemstoß blieb aus.

Zarif wiederholte die Bewegung. Noch immer kein Erfolg.

Strombergs Gesicht war mit Schweißtropfen übersät. John stand neben ihnen und schlug ihm noch einmal zwischen die Schulterblätter. »Komm schon, Norman«, schrie er. »Atme!«

»Der Brocken steckt in der Luftröhre«, rief Khalid, der ebenfalls aufgesprungen war. »Ihr müsst einen Luftröhrenschnitt vornehmen.«

»Wie denn, ohne Messer?«

»Er wird sterben, wenn ihr nicht etwas unternehmt.«

Stromberg war inzwischen ohnmächtig geworden. John legte seinen Freund mit dem Gesicht nach oben auf den Boden und fing an, Wiederbelebungsmaßnahmen einzuleiten. Er beatmete ihn, machte Herzmassagen und redete mit lauter Stimme auf ihn ein.

Vergebens.

Inzwischen war auch Leni wach geworden. Sie saß neben Hannah und sah dabei zu, wie ihr Vater den Milliardär zu retten versuchte. Hannah bedeckte ihr die Augen. Dann schloss sie selbst die Augen und schickte ein Stoßgebet gen Himmel. Sie hatte das schon seit gefühlt hundert Jahren nicht mehr getan, aber in diesem Moment erschien es ihr wie die natürlichste Sache der Welt. Ihre Lippen bewegten sich lautlos, während die Zeit verging.

Als sie ihre Augen wieder öffnete, sah sie, dass es zu spät war. Ihre Gebete waren nicht erhört worden. Niemand war ihnen zu Hilfe gekommen, kein Gott, kein Heiliger Geist und kein rettender Engel.

John kauerte neben seinem Freund und hielt seine Hand. Die Augen hatte er ihm bereits geschlossen. Norman Stromberg war tot.

Hannah schluckte. Es war ein Ende, wie es unspektakulärer und unwürdiger kaum hätte sein können. Ein kümmerliches Häuflein menschliche Materie, irgendwo im Sand einer fremden Stadt an den Gestaden eines fremden Flusses. Und das bei einer Reise, die die Suche nach Gott zum Ziel gehabt hatte – zumindest für ihn. Die ganze Mühsal, die Strapazen und Torturen. Und wofür?

Sie strich Leni über die Haare. Das Mädchen saß neben ihr und tat so, als ginge sie das alles gar nichts an. Nie war ihr die eigene Tochter fremder gewesen als in diesem Augenblick.

Hannah spürte, wie ihr die Tränen in die Augen schossen. Sie blickte hinüber zu der Reporterin. Leslie sah ebenfalls betroffen aus, schien aber einigermaßen gefasst zu sein. Hatte sie etwas in der Art erwartet? Und warum hatte sie nicht geredet? Vielleicht hätte sie das Unglück damit abwenden können. Was wusste diese Frau, was sie nicht wusste?

Hannah wischte einen Tropfen von ihrer Nase.

Schniefend stand sie auf, nahm Leni an die Hand und ging zu Leslie hinüber.

Sie wollte Antworten. *Jetzt.*

*

Rebecca folgte Bassam den geschlängelten Weg zum Fluss hinunter. Sie bewegte sich wie auf Wolken. Der Duft, der über diesem Ort lag, war eine erregende Mischung aus Blüten und Tierausdünstungen. Der warme Wind auf ihrer Haut, der über ihre Brüste und Scham strich, verbunden mit dem Anblick dieses durchtrainierten, muskulösen Satyrs vor ihr – all das brachte sie schier um den Verstand. Sie wusste nicht, was mit ihr los war. Sie war normalerweise nicht der Typ, der gleich alle Hüllen fallen ließ, aber dieser Ort strömte etwas aus, das sie elektrisierte und sämtliche Härchen auf ihrem Körper aufstellte. Sie fühlte sich beschwipst, erregt und ziemlich geil. Der Fluss war nur noch ein kurzes Stück entfernt. Dunkelgrün und fett wie eine Riesenschlange schoben sich seine Fluten durch das Land. Dichte Schilfgürtel säumten sein Ufer, und allenthalben ragten Palmen auf. Rebecca sah kleine Buchten, in denen Boote vertäut lagen.

Eine dieser Buchten sah ziemlich einladend aus. Ein schattiger Baum, aufragende Schilfstauden, die einen guten Sichtschutz boten, und dazwischen ein kleines Stück heller Strand. Das Wasser gab gluckernde Geräusche von sich, und ein paar Vögel zwitscherten zwischen den Rohrkolben.

Rebecca sah sich um. Niemand war da außer ihnen.

»Bassam?«

Inannas Ehemann drehte sich um. »Ja?« Sein Lächeln war freundlich, aber zurückhaltend.

»Wollen wir noch weitergehen? Hier ist es doch sehr schön.«

»Wie du magst, Herrin.« Offenbar war er sich nicht sicher, was sie von ihm erwartete.

»Wie alt bist du?«

»Vierunddreißig, Herrin.«

»Nenn mich Rebecca.«

»Re...?«

»...becca, ja.« Sie strich mit den Fingerspitzen über seine Schulter. Sie konnte sehen, wie die Muskeln unter seiner Haut tanzten. »Wie lange seid ihr verheiratet, du und Inanna?«

»Bereits unser ganzes Leben. Wir wurden vermählt, als wir noch Kinder waren.«

»Habt ihr selbst auch Kinder?«

Seine Augen leuchteten. »Oh ja, vier. Drei Mädchen und einen Jungen, alle zwischen neun und dreizehn. Sie leben und arbeiten bei Meister Enmerkar. Er wohnt einige Kilometer weiter südlich und ist einer der besten Lehrer in der Gegend. Wir sind sehr stolz ...«

»So genau wollte ich es eigentlich nicht wissen.« Sie zog verführerisch eine Haarsträhne zwischen ihren Lippen hindurch. »Was ich eigentlich wissen wollte, ist, ob ihr zwei glücklich seid miteinander, du und Inanna.«

»Ja, sehr.«

»Und wie ist es mit der Liebe? Ich meine, nach so vielen Jahren kann es doch nicht mehr so sein wie am Anfang, oder?«

»Nein, vermutlich nicht ...«

Sie lachte und tauchte ihre Fußspitzen in den Fluss. Das Wasser war kühl und einladend. Sie spürte, wie sie eine Gänsehaut bekam. Ohne lange darüber nachzudenken, ging sie ein paar Schritte weiter, tauchte hinein und schwamm ein paar Züge. »Komm rein, Bassam, das Wasser ist herrlich.«

Der Mann stand nur da und schüttelte den Kopf.

»Was ist los? Du wirst doch wohl nicht wasserscheu sein.«

Betreten senkte er den Kopf. »Ich kann nicht schwimmen, Herrin.«

»Du kannst nicht ...? Das gibt's doch nicht, du lebst an einem Fluss.«

»Nur die Fischer können schwimmen. Ich bin Schmied.«

»Schmied, aha. Daher also deine Muskeln.«

»Mein Vater sah keinen Sinn darin, mir das Schwimmen beizubringen.«

»Du weißt nicht, was dir entgeht.« Sie schwamm noch ein paar Züge, wusch sich ausgiebig, dann kam sie wieder raus. Das Wasser bildete Hunderte kleiner Tropfen auf ihrer Haut. Sie spürte, wie ihre Brustwarzen hart wurden. Bassam stand da und sah sie mit großen Augen an. Sie kannte diesen Blick bei Männern und wusste, was er bedeutete. Sie kräuselte die Lippen. »Was schaust du so?«

»Nichts, Herrin.« Ein roter Schimmer huschte über seine Wangen. Was war er nur für ein wildes, primitives Tier.

»Hast du noch nie eine rothaarige Frau gesehen?«

»Nein, Herrin.«

»Und meine Haut?« Sie strich mit ihren Fingern seinen Arm entlang. »Sie ist sehr hell, nicht wahr?«

»Wie Milch …«

»Würdest du mich gerne berühren?«

»Ich … nein. Das geht nicht.«

»Heißt das, du findest mich nicht attraktiv?«

»Ihr seid wunderschön, Herrin.«

»Aber …?«

Er hob sein Kinn. »Ich bin verheiratet.«

Sie neigte den Kopf. »Soll das bedeuten, dass du noch nie mit einer anderen Frau als Inanna zusammen warst? Das kann ich nicht glauben. So prächtig, wie du gebaut bist, gab es doch sicher schon Dutzende.« Sie schenkte ihm ein aufreizendes Lächeln.

»Nein, Herrin.«

»Aber wenn ihr so prüde seid, warum verhüllt ihr euch dann nicht? So, wie ihr herumlauft, ist es doch praktisch eine Einladung …« Wie beiläufig berührte ihre Hand seine Männlichkeit. Es war nur eine zarte Berührung, aber sie hatte unmittelbare Folgen. »Aha. Hätte mich auch gewundert.« Ihr Lächeln wurde breiter. Diese Farbigen waren doch alle gleich. Groß, dumm und allzeit bereit. Wäre doch ein Jammer, diese Gelegenheit ungenutzt zu lassen. Und nachher, wenn sie zurück im Dorf waren, würde sie Inanna gegenübertreten und lächeln. Und Inanna würde verstehen. Frauen hatten dafür einen sechsten Sinn.

Die Aussicht darauf erregte sie nur noch mehr. Ihre Augen begegneten sich. Bassam wich vor ihr zurück. »Es … es geht nicht. Es ist gegen das Gesetz.«

»Welches Gesetz? Hier ist doch niemand. Niemand, der uns richten könnte. Nur wir beide, und wir sind alt genug, um ein Geheimnis zu bewahren, oder?« Sie kniete vor ihm nieder, seine Männlichkeit direkt auf Augenhöhe. Ohne zu zögern, nahm sie ihn in den Mund. Er war groß und salzig.

Ein dunkles Knurren stieg aus Bassams Kehle, was Rebecca als gutes Zeichen nahm. Sie umspielte ihn mit ihrer Zunge und schob ihn so tief hinein, bis sie glaubte, ersticken zu müssen. Ein Schauer durchlief ihren Körper. Bassams Hände waren zu Fäusten geballt. Die Leidenschaft schien ihn von innen heraus zu verbrennen. Konnte es sein, dass hiesige Frauen diese Technik nicht beherrschten?

Sie musste jetzt vorsichtig sein, wenn sie nicht wollte, dass ihr kleines Spiel ein allzu frühes Ende nahm. Sie entließ ihn aus ihrem Mund und rang nach Atem. Dann nahm sie seine Hände und zog ihn zu sich herunter. Auf seiner Haut hatte sich ein dünner Schweißfilm gebildet. Ihr war trotz der Abkühlung ebenfalls heiß. *Sie war heiß.* Sie wollte jetzt nicht mehr warten.

»Komm«, raunte sie, während sie sich in den weichen Sand legte und die Beine spreizte. »Komm her, du schwarzes Tier, und besteige mich.«

»Nein, Herrin. Bitte nicht, ich …«

»Hat dich jemand nach deiner Meinung gefragt? Besorgen sollst du es mir, und zwar richtig. Los jetzt, oder willst du, dass ich Inanna erzähle, was ich eben getan habe?«

Seine Augen wurden groß vor Schreck. »Aber …«

»Ich werde schweigen, wenn du tust, was ich sage. Also los.« Sie war jetzt nicht mehr zu bändigen. Sie hatte nie viel Glück mit Männern gehabt – zumindest, was feste Beziehungen anging. Offenbar war sie den meisten Männern zu zielstrebig und dominant. Aber was konnte sie dafür, dass die modernen Mütter eine Generation von Waschlappen herangezogen hatten? Ihre Beziehungen waren samt und sonders gescheitert, so dass sie dazu übergegangen war, sich auf kurze Affären zu beschränken und sich einfach zu nehmen, was ihr zustand. Sie ergriff seinen Pfahl und führte ihn ein. Himmel, war sie feucht! Einige harte Stöße, dann kam sie bereits zum ersten Mal. Aber so schnell würde sie ihn nicht entlassen. Sie drückte Bassam zur Seite, bis er auf dem Rücken lag, dann setzte sie sich rittlings auf ihn. So konnte sie ihn noch viel besser spüren. Ihr Becken fing wie von selbst an zu kreisen. Bassams Hände wanderten nach oben, gruben sich schmerzhaft in ihre Brüste und umschlossen ihren Hals. Na endlich hatte er es kapiert! Die anfängliche Unbeholfenheit fiel von ihm ab. Offenbar war er noch nie richtig zugeritten worden. Nun, Rebecca würde Inanna für diese Lehrstunde nichts extra berechnen.

Seine Hände drückten fester zu. Ja, das gefiel ihr. Sie liebte es, wenn die Männer sie etwas grober anpackten, und vor allem liebte sie es, gewürgt zu werden. Dieser Moment, wenn sie kurz davorstand, die Besinnung zu verlieren, das war für sie der Moment größter Ekstase.

Als ob Bassam ihre Gedanken erraten hätte, drückte er noch fester zu. Schon fast ein bisschen zu stark, aber noch war es zu ertragen. Sie war jetzt kurz davor, ein zweites Mal zu kommen, heftiger noch als zuvor, als sie merkte, dass etwas nicht stimmte. Sie riss die Augen auf. Da war kein ekstatischer Gesichtsausdruck, eine wutentbrannte Fratze starrte ihr entgegen. Die Zähne gebleckt, die Nüstern weit aufgebläht, ähnelte Bassam eher einem Stier als einem Menschen. Und seine Kraft war ungeheuerlich. Die Muskeln unter seiner Haut rekelten sich wie Würgeschlangen, die

Adern krümmten sich wie Würmer. Die Sehnen traten hervor und leiteten die gesamte Kraft ungebremst an seine Finger weiter. Sie versuchte, Luft zu holen, aber es war aussichtslos. Genauso gut hätte man versuchen können, durch eine Plastiktüte zu atmen. Ihre Bemühungen, seine Hände von ihrer Kehle zu lösen, wurden im Keim erstickt. Wie Wurzeln umspannten sie ihren Hals und pressten das Leben aus ihr heraus.

Sie fühlte, wie etwas in ihr zerbrach.

Sterne funkelten am Firmament. Kaskaden von Sternen stürzten auf sie herab. Die Luft war erfüllt vom Schlagen mächtiger Pauken, deren Donner den Boden erzittern ließ.

Ein letztes Mal blickte Rebecca zu Bassam hinunter und gewahrte mit Entsetzen, dass seine Augen nicht länger braun waren. Genau wie bei der Marduk-Statue leuchteten sie in einem kalten strahlenden Blauton.

51

Bahrain …

»Da ist es wieder, haben Sie gesehen, Sir? Genau, wie ich es Ihnen beschrieben habe.« USN Operations Specialist Second Class Gil Diaz deutete auf den Monitor. Im Combat Direction Center herrschte gespanntes Schweigen. Man hätte eine Stecknadel fallen hören, so gebannt starrten alle auf das Display des Computers.

Streitenfeld ging so dicht heran, dass sein Gesicht nur noch eine Handbreit vom Display entfernt war. Die Ausschläge waren ziemlich markant. Stufe vier auf der Richterskala. Er zählte im Geiste mit. *Sechs … sieben … acht …*

Dann brach das Signal ab.

»Sagten Sie nicht etwas von neun?«

»Stimmt, Sir. Neun Ausschläge, ich habe die Aufzeichnungen hier, wollen Sie sie sehen?«

»Nicht jetzt. Und sie kommen immer noch aus dem Zielgebiet?«

»Jawohl, Sir.«

»Wir sollten das an unser Geologenteam weiterleiten. Diese Beben fangen langsam an, mir auf den Geist zu gehen.« Er richtete sich auf. »War das alles, was Sie mir zeigen wollten?«

»Nein, Sir, eigentlich ging es um etwas anderes. Wir haben wieder Kontakt zu unserem Einsatzkommando. Allerdings nur visuell. Die Satellitenkameras sind wieder online und haben uns neue Bilder geliefert.«

»Bringen Sie sie auf den Monitor.«

Diaz drückte ein paar Knöpfe, und ein neues Bild erschien. Ein Wüstengebiet wie viele andere im Irak. Öd und leer. Das betreffende Gebiet war mit einem X markiert.

»Näher ran.«

Diaz bewegte die Maus und zoomte den Ausschnitt heran.

»Noch näher. Ich will es sehen. Am besten, Sie lassen mich mal auf Ihren Platz.«

»Jawohl, Sir.« Diaz räumte bereitwillig das Feld.

Mit versteinerter Miene schwenkte Streitenfeld über das Schlachtfeld. Er hielt den Atem an. Tote überall. Mindestens zwanzig, und alle in Infanterieuniform. Das bedeutete, die IS-Milizen hatten gewonnen und ihre eigenen Toten bereits abtransportiert. Er fuhr mit der Kamera wieder etwas zurück. Reifenspuren zerfurchten die Wüste. Heftiges Artilleriefeuer hatte Krater hinterlassen. Die Schlacht musste furchtbar gewesen sein. Sein Blick blieb an dem Wrack des einen Helikopters hängen. Er war von einer Rakete zerfetzt worden.

»Irgendein Hinweis auf den Verbleib der restlichen Blackhawks?«

»Nein, Sir. Sie sind weg. Die Funkeinheiten wurden abgeschaltet, die Transponder demontiert. Wir haben keine Ahnung, wo sie sein könnten.«

Streitenfeld presste die Lippen zusammen. Zwei so effektive Waffensysteme in den Händen des IS, das war ein gottverdammter Alptraum. Hilflos zoomte er rein und raus. Das Bild wurde dadurch nicht besser.

»Der Wetterbericht kündigt einen Riesenhaufen Scheiße an, der aus Washington auf uns herabregnet, Diaz.«

»Ja, Sir.«

»Vermutlich wird man den Einsatz von Drohnen anordnen und uns das Gebiet Quadratmeter für Quadratmeter absuchen lassen. Wobei wiederum die Gefahr besteht, dass die Drohnen von den erbeuteten Boden-Luft-Raketen des IS abgeschossen werden. Ganz zu schweigen von diesen merkwürdigen Störungen.« Er schüttelte den Kopf. Er konnte sich nicht erinnern, sich jemals so machtlos gefühlt zu haben.

»Irgendein Hinweis auf das Schicksal von Ms. van Campen?«

»Nein, Sir. Wir haben alle Leichen identifiziert. Ms. van Campen war nicht darunter.«

»Entführt?«

»Vermutlich, Sir.«

Streitenfeld schwenkte noch ein bisschen hin und her, dann hielt er mitten in der Bewegung inne. Da war etwas, was seine Aufmerksamkeit erregte. Eine optische Täuschung? Es sah aus, als habe jemand Kreise in den Sand gemalt.

Er tippte auf das Display. »Was halten Sie davon, Diaz?«

»Sieht aus wie Bodenwellen, Sir. Als ob dort etwas detoniert wäre.«

»Ohne einen Krater zu hinterlassen? Und sehen Sie sich mal den Radius von diesem Ding an. Die Rippelmarken erstrecken sich über ein Gebiet von etlichen Quadratkilometern. Selbst für eine Nuklearwaffe wäre das eine gewaltige Ausdehnung. Sie gehen alle von diesem Punkt hier aus.«

»Sie haben recht, Sir. Höchst merkwürdig. Soll ich das ebenfalls an die geologische Abteilung weiterleiten?«

»Und ob. Ich will wissen, was das ist, ehe ich auch nur eine weitere Sonde in dieses Gebiet entsende. Auf keinen Fall gehe ich das Risiko eines erneuten ...«

»Sehen Sie mal, Sir. Ein neues Beben, in ebendiesem Moment.«

Auf einer der parallel laufenden Skalen war ein deutlicher Ausschlag zu sehen. Die Spitzen reichten bis in den Viererbereich.

Diaz zählte laut mit. »Drei ... vier ... fünf ... sechs ... sieben Schläge.«

Er hob überrascht die Brauen. »Sieben, Sir. Und da noch eines.« Wieder zählten alle mit. Diesmal kamen sie auf sechs Schläge.

»Erst sieben, dann sechs?« Streitenfeld runzelte die Stirn.

»So ist es, Sir. Was halten Sie davon?«

Er starrte noch eine Weile auf den Monitor. »Das wirkt wie ein gottverdammter Countdown.«

Auf Diaz' Gesicht malte sich Erstaunen. »Ein Countdown, Sir? Aber zu was?«

Streitenfeld richtete sich auf, nahm die Mütze ab und strich über seine schweißnassen Haare. »Tja, Petty Officer Diaz. Das ist die Eine-Million-Dollar-Frage, nicht wahr? *Zu was?*«

*

»Leute, ich glaube, das solltet ihr euch besser mal ansehen.«

Johns Stimme kam wie aus weiter Ferne. Leslie war tief in Gedanken versunken. Das Gespräch mit Hannah hatte sie nachdenklich gemacht. Erstaunt hatte sie feststellen müssen, dass sie mit ihren Sorgen und Ängsten nicht allein dastand. Allen, außer Stromberg, schien bewusst gewesen zu sein, dass dies nicht die Realität war. Zumindest nicht die Realität, die sie kannten und in der sie sich befunden hatten, als sie in den Tempel eingedrungen waren.

»Ehrlich, Leute«, rief John, und seine Stimme wurde dringlicher, »ich mache keine Scherze.«

Leslie klopfte sich den Sand von der Hose und stand auf. »Was ist denn los?«

Statt einer Erklärung deutete John in Richtung des Ortszentrums.

Vom unteren Teil der Stadt kamen ihnen Menschen entgegen. Eine dunkle Masse von Gestalten, die hin und her wogte. Im Licht des schwindenden Tages waren sie nur unscharf zu erkennen, aber was sie sah, reichte aus, um Leslie in Alarmbereitschaft zu versetzen.

Irgendetwas an diesen Figuren war merkwürdig. Waren das wirklich Menschen? Sie liefen breitbeinig und gebückt, so, als würden sie schwere Lasten tragen. Ihre Arme waren lang und wirkten gegenüber den kurzen Beinen seltsam unproportioniert. Auf den breiten Schultern saßen halslose, gedrungene Köpfe mit spitzen Ohren. Was sie jedoch am meisten erschreckte, war das blaue Feuer, das tief in ihren Augen loderte.

»Lasst uns von hier verschwinden«, sagte John. »Kommt.«

Ein Schauer lief Leslie über den Rücken. Bis zuletzt hatte sie gehofft, dass ihre Befürchtungen unbegründet wären, doch sie musste einsehen, dass alles noch viel schlimmer war.

»John hat recht, wir sollten machen, dass wir hier wegkommen«, sagte sie und ging unwillkürlich ein paar Schritte rückwärts. »Ich glaube nicht, dass wir noch länger auf die Gastfreundschaft der Bewohner zählen dürfen.«

»Lasst uns doch erst mal versuchen, mit ihnen zu reden«, sagte Hannah. »Ich meine, immerhin haben wir hier einen Toten zu beklagen. Vielleicht haben sie ja ...«

»Wenn du bereit bist, mit Dämonen zu verhandeln, dann lass dich nicht aufhalten«, unterbrach Leslie sie. »Ich werde derweil mein Heil in der Flucht suchen.«

»Dämonen? Was redest du denn da? Rebecca ist immer noch fort, und wir sollten ...« Hannah verstummte.

Die wogende Masse war mittlerweile auf eine Entfernung von etwa hundert Metern herangekommen. Auch dem Letzten musste inzwischen aufgegangen sein, dass dies nicht mehr die Leute waren, die sie vorhin so zuvorkommend und freundlich empfangen hatten. Dies war etwas gänzlich anderes.

Leslie sah, wie Hannah den Arm um ihre Tochter legte. Auf ihrem Gesicht breitete sich Panik aus. »Scheiße, was ist das?«

»Was immer das ist, es scheint uns nicht freundlich gesinnt zu sein«, sagte John. »Wir sollten uns beeilen.«

Hannah nahm ihre Tochter an die Hand und lief mit ihr auf der abgewandten Seite des Hügels zum Fluss hinunter. Leslie, Zarif und Khalid folgten ihr. Der IS-Kommandant brach auf dem Weg einen herabhängenden Ast ab und schwang ihn wie einen Prügel.

Leslie blieb ein Stück zurück. Sie verstand selbst nicht, warum sie nicht die Beine in die Hand nahm und rannte. Vielleicht war es die Angst, vielleicht aber auch eine Form perverser Neugier. Sie wollte herausfinden, ob es wirklich stimmte, was ihr überreiztes Gehirn ihr unentwegt einflüsterte.

Die Kreaturen waren jetzt auf fünfzig Meter herangekommen. Dumpfes Raunen und heiseres Krächzen drang aus ihren Kehlen. Schweißausdünstungen stiegen empor. Der Geruch von nassem Fell lag in der Luft. Auf diese Entfernung hatten sie nur noch wenig Ähnlichkeit mit Menschen. Ihre Oberkörper waren dichtbehaart, auf Schultern und Extremitäten wucherte langes, zotteliges Fell. Die Gesichter waren ebenfalls behaart, wobei Bärte und Haupthaar zu kunstvollen Zöpfen geflochten waren. Doch nicht nur sie hatten sich verändert, auch die Stadt sah anders aus. Wo vorher würfelförmige Lehmbauten gestanden hatten, dominierten nun spitze Giebel und windschiefe Dächer die Szenerie. Angeleuchtet von einer Sonne, die langsam hinter blutroten Wolken versank, wirkte das Ganze wie aus einem schlechten Horrorfilm.

Leslie konnte sich kaum von dem unnatürlichen Anblick losreißen, aber sie musste, wenn sie die nächsten Minuten überleben wollte. Denn obgleich alles an diesem Bild künstlich wirkte, wusste sie doch, dass die Bedrohung durchaus real war.

In dem Moment, als sie sich umdrehen und losrennen wollte, hörte sie eine Stimme. Nicht viel mehr als ein Krächzen, aber es genügte, um ihr das Blut in den Adern gefrieren zu lassen.

»Le … sss … liee.«

Eine der Kreaturen war vorgetreten und deutete mit ihrem langen, spindeldürren Arm auf sie. *»Le … sss … liee.«*

Leslie erstarrte. Diese Stimme.

»Alan?«

»Geeeh ... nicht.«

Mein Gott, diese Ähnlichkeit. Die Kreatur sah aus wie eine Wachsfigur ihres Kameramanns, die jemand zu lange in die Sonne gelegt hatte.

»Alan, bist du das?«

»Bleiiib«, ertönte eine andere Stimme. Ein dürres schlankes Wesen trat hinter den anderen hervor und breitete seine Arme aus, als wolle es sie umarmen. Die Spannweite maß von Klaue zu Klaue gewiss drei Meter.

»Bleiiib bei unnsss.«

Oh Gott! Das gab's doch nicht. Das war James. James Faulkner. Man konnte sogar noch die Einschusslöcher in seiner Brust erkennen. Neben ihm standen zwei Kreaturen, die sie ebenfalls gut kannte: Bassam und Inanna. Jetzt allerdings mit düsteren Fratzen und blauen Augen. Ihre Münder waren zu hässlichen Schlitzen geformt, mit langen, spitzen Zähnen, die wie Zahnstocher daraus hervorragten.

Das war zu viel.

Mit einem Schrei drehte Leslie sich um und rannte, wie sie noch nie zuvor in ihrem Leben gerannt war. Den staubigen Pfad entlang, zur Stadt raus, den Hügel hinunter, in Richtung Fluss und hinter den anderen her.

*

Hundert Meter weiter unten hatten Hannah und die anderen gerade eine südliche Richtung eingeschlagen. Der Weg führte durch dichtes Schilf und Binsengestrüpp flussabwärts in Richtung Abenddämmerung. Die Sonne war verschwunden. Düstere Wolken zogen auf. Blutrotes Licht streifte an ihrer Unterseite entlang und ließ sie aussehen wie frisch gehäutete Rinderhälften. Alles deutete auf einen Sturm hin.

»Wir konnten ihn nicht mal bestatten«, stieß Hannah aus. Der Schock saß so tief, dass es ihr schwerfiel, die passenden Worte zu finden. Sie hatte sich nicht mal angemessen von ihm verabschieden können.

»Wir haben ihn einfach dort liegen lassen wie einen verendeten Hund.«

»Was hätten wir denn tun sollen?« Khalid hatte die Führung übernommen und bahnte ihnen mit gezielten Stockschlägen einen Weg durch das verfilzte Riedgras. Der Pfad wurde offenbar selten benutzt und war an manchen Stellen heftig zugewuchert. »Es ging alles so schnell. Glauben Sie mir, ich war genauso schockiert wie Sie. Aber es hilft nichts. Wir müssen weg hier, und zwar schnell.«

»Seien Sie doch still«, fuhr Hannah ihn an. »Sie wollten doch ohnehin unser aller Tod. Was kümmert es Sie also?«

»Sie verkennen mich, wenn Sie das glauben. Mein Bedarf an Leid und Elend ist gedeckt, da brauche ich mich nicht an dem Tod eines alten Mannes zu ergötzen.« Auf seiner Haut glänzte der Schweiß. Er benutzte seinen Knüppel, um auf die widerspenstigen Pflanzen einzudreschen. Die Ränder der Blätter waren scharf wie Messer, und auf seiner Haut prangten bereits überall kleine Schnittwunden. »Wenn wir diesem Pfad noch länger folgen, landen wir in einem Sumpf«, sagte er keuchend. »Wir sollten auf höheres Gelände ausweichen.«

»Khalid hat recht«, sagte John und legte sanft seine Hand auf Hannahs Arm. »Dieser Weg führt in eine Sackgasse. Wir sollten zusehen, dass wir vom Fluss wegkommen.«

Als hätte jemand ihren Wunsch erhört, tauchte nur wenige Schritte später eine Kreuzung auf. Der rechte Pfad führte nach unten ans Wasser, wo er endete, der linke schlängelte sich hinauf in Richtung einer Gruppe von steil aufragenden Klippen. Zu allem Überfluss fielen jetzt auch noch winzige Blutsauger über sie her. Hannah versuchte, sie mit ihrer Hand zu vertreiben, helfen tat das allerdings wenig.

Auf halber Höhe angekommen, blieb sie kurz stehen und blickte zurück. Wo steckte Leslie? Seit sie Hals über Kopf aus der Stadt geflohen waren, hatte sie die Reporterin nicht mehr gesehen. Voller Erleichterung entdeckte sie sie ein Stückchen weiter unten, kurz vor der Abzweigung. Sie hob die Arme und winkte ihr zu. Leslie winkte zurück und folgte ihnen den Pfad hinauf. Hannah wollte schon weitergehen, als ihr Blick von einem hellen Fleck im Wasser angezogen wurde. Kurz hinter der Stelle, wo sie von den Mücken überfallen worden waren, trieb etwas den Fluss hinab. Es verschwand in den Wogen, tauchte wieder auf und drehte sich im Kreis. *Ein menschlicher Körper.*

Die langen rötlichen Haare ließen keinen Zweifel daran, wen sie da sah.

Hannah spürte, wie ihr übel wurde.

52

Ein gutes Stück oberhalb in der Steilwand lag eine Höhle. Um sie zu erreichen, mussten sie auf allen vieren einen Hang emporklettern, der mit rutschigem Geröll übersät war. Zum Glück ragten hie und da verkrüppelte Wurzeln und Baumstümpfe aus dem Untergrund, die ihnen Halt gaben.

Hannah blieb hinter Leni, um sie im Notfall festzuhalten. Das Geröll war ausgesprochen rutschig.

Sie hatten den Eingang noch nicht ganz erreicht, als Zarifs Stimme von oben erklang. Er und Khalid waren vorausgeklettert, um die Lage zu sondieren.

»Sie kommen«, rief er. »Beeilt euch!«

Hannah ergriff den Stumpf einer abgebrochenen Zeder und drehte sich um. Ein Schauer lief ihr über den Rücken, als sie die dunkle Masse von Gestalten erkannte, die entlang des Flussufers hinter ihnen herkam. Das Licht war mittlerweile so schwach, dass es unmöglich war, einzelne Formen zu unterscheiden, was den Anblick umso bedrohlicher machte.

»Ich glaube, sie können uns wittern«, sagte John. »Besser, wir beeilen uns.«

Hannah warf einen Blick zum steil über ihnen liegenden Höhleneingang. »Ich frage mich, ob es wirklich eine so gute Idee ist, uns in dieser Höhle zu verkriechen«, sagte sie. »Da drin sitzen wir doch wie in einer Falle.«

»Ich glaube nicht, dass wir eine Alternative haben«, gab

John zu bedenken. »Abgesehen davon haben wir dort oben eine bessere Verteidigungsposition. Zur Not werden wir uns wie Khalid mit Knüppeln und Keulen ausrüsten.«

»Ich glaube, das wird nicht nötig sein«, sagte Leslie, die gerade schwer atmend neben ihnen auftauchte. »Es wird alles gutgehen. Macht euch keine Sorgen. Ich wette, dort oben gibt es einen Ausgang.«

Hannah sah die Reporterin skeptisch an. Sie musste an das Gespräch mit ihr denken, war aber immer noch skeptisch, was ihre Theorie betraf.

»Du meinst das wirklich ernst, oder? Die Sache mit Dantes Hölle meine ich.«

»Mehr denn je«, erwiderte Leslie. »Was mir im Dorf widerfahren ist, hat meine Vermutung nur bestätigt. Du hättest es sehen sollen, Hannah. Es war alles so unecht, so theatralisch, dass ich mich fast schäme, davongelaufen zu sein. Andererseits: Besser so, als wegen irgendeiner Dummheit zu sterben, oder? Denn die Bedrohung ist durchaus real, davon bin ich überzeugt.«

»Trotzdem ...«

»Darf ich dich daran erinnern, dass du zu einem ähnlichen Schluss gekommen bist? Du hältst das doch auch nicht für echt, oder?«

»Ich weiß nicht, was ich glauben soll«, erwiderte Hannah. »Auf den Gedanken einer alternativen Realität bin ich auch gekommen, nicht aber auf Dantes Inferno. Ich finde, das ist ein bisschen arg weit hergeholt.«

»Ich zähle nur eins und eins zusammen. Gut, es mag ein Zufall sein, dass ich erst kürzlich zu dem Thema recherchiert habe, aber die Parallelen sind augenfällig.«

»Gib uns mal ein Beispiel«, sagte John.

»Da weiß ich gar nicht, wo ich anfangen soll … Am besten ganz vorn. Der Eingang zum Tempel. Er steht für das Vestibül, die Heimstatt der Neutralen. In ihm finden wir das Portal, hinter dem der lange Gang hinunter zum Acheron führt. Dann geht es über die Brücke und weiter hinab bis zu dem runden Raum mit dem Deckenlicht, den Säulen und der Stimme. Das war die oberste Etage der eigentlichen Hölle, der Limbus – der Aufenthaltsort derjenigen, die ohne eigenes Verschulden ihren Glauben verloren haben.«

»Oder die dem falschen Glauben angehören«, murmelte Hannah leise und half Leni die letzten Meter hinauf. »Dichter, Philosophen, Wissenschaftler und Priester von vor- und außerchristlichen Kulturen werden dort gefangen gehalten. Sie werden mit geistiger Umnachtung und Traurigkeit bestraft.«

Leslie nickte. »Danach trifft es die Wollüstigen und Gefräßigen.«

»Was mit Rebecca geschehen ist, können wir nicht wissen.«

»Nicht? Wir haben ihre Leiche doch den Fluss hinabtreiben gesehen. Ich schwöre euch, sie hat sich an Bassam rangemacht und wurde dafür bestraft.«

Über ihnen tauchte Zarif auf. »Beeilung«, sagte er und hob Leni über die Kante in Sicherheit.

Leslie ergriff eine Wurzel und zog sich keuchend ein Stück hinauf. »Ich weiß, wie seltsam das klingt, aber ich bin überzeugt davon, dass wir uns in einer gigantischen Simulation befinden, die aus irgendwelchen unerfindlichen Gründen Dantes Reise in die Hölle nachempfunden ist.«

Hannah erreichte die obere Kante des Abhangs. Mit letzter Kraft zog sie sich hoch und musste danach erst mal eine Pause einlegen. »Eine Simulation«, murmelte sie nachdenklich.

»So ähnlich wie bei Star Trek. Hast du denn nie die Fernsehserie gesehen?«, fragte Leslie verwundert.

»Was hat das denn damit zu tun?«

»Das *Holodeck*. Eine lebensechte, holografische Simulation, bei der Licht in Materie umgewandelt wird. So können Gegenstände real werden, zumindest, bis man das Holodeck wieder abschaltet.«

»Und wozu soll das gut sein?«

»Na, zur Unterhaltung.« Leslie schüttelte den Kopf, als spräche sie mit einer Minderbemittelten. »Es ist so: Die Leute bauen sich ihre Traumwelt, erleben Abenteuer, kämpfen und spielen Szenen aus ihren Lieblingsromanen nach.«

»Ich weiß nicht ... Das, wovon wir da sprechen, ist Zukunftstechnologie. So etwas gibt es doch nicht, oder?«

»Noch nicht«, sagte Leslie. »Aber vielleicht eines Tages. Oder man hat uns nur nichts davon erzählt. Ich will nicht wissen, wie viele Geheimprojekte in irgendwelchen Supersicherheitsbunkern schlummern, von denen wir nicht das Geringste wissen.«

»Aber eine Simulation? Sieh dir nur mal diese Steine an.« Hannah hob einen davon hoch und rieb mit dem Daumen daran. Sandkörner lösten sich von seiner Oberfläche und rieselten zu Boden. »Der ist keine Simulation, der ist echt. Das spüre ich.«

Leslie zuckte die Schultern. »Vielleicht irre ich mich ja,

aber dass wir tot sind, glaube ich nicht, und ein Traum ist das auch nicht. Vielleicht sind wir, ohne es zu wollen, in eine hochentwickelte unterirdische Forschungsstation eingedrungen, ähnlich wie im Film *Cube*. Hast du den wenigstens gesehen?«

Hannah schüttelte den Kopf. Sie kam sich schrecklich ahnungslos vor. Aber sie interessierte sich einfach nicht für Filme. Sie seufzte. »Na schön, nehmen wir mal für einen Moment an, du hast recht und es ist eine Simulation oder ein Experiment. Von wem wurde es gestartet und warum? Warum im Irak? Und wer könnte ein Interesse daran haben, uns durch die Hölle laufen zu lassen?«

»Frag mich was Leichteres«, entgegnete Leslie. »Aber eines ist doch auffällig: die Gradlinigkeit, mit der wir in eine bestimmte Richtung gelenkt werden. Und deswegen glaube ich fest daran, dass es in dieser Höhle weitergeht.«

»Wie kommst du darauf?«, fragte John interessiert.

»Ist euch noch nicht aufgefallen, wie schnurgerade unser Weg bisher verlief? Immer war da ein Pfad, der uns von A nach B gebracht hat. Wir sind nie auf den Gedanken gekommen, umzukehren. Hätten wir es getan, wären wir vermutlich in einer Sackgasse gelandet. Erst der Wald, dann die Landschaft und das Dorf, jetzt die Verfolgung durch diese Kreaturen. Das fühlt sich an wie auf einer Geisterbahn. Es erweckt zwar den Anschein von Zufall, ist aber sorgfältig *gescriptet*. Seit wir die Pforte geöffnet haben, läuft die Unterhaltungsmaschinerie wie ein Uhrwerk. Ich habe diesem Ort im Geiste übrigens schon den Spitznamen *Infernoland* verpasst. Ich sage euch, hier ist ein fremder Wille am Werk. Er zwingt uns auf eine bestimmte Bahn und möchte, dass wir den Parcours bis zum Ende durchlaufen.«

»Infernoland? Das klingt ja nicht gerade angenehm. Und was ist das Ende der Story? Werden wir alle sterben?«, fragte Hannah.

»Dante hat die Hölle durchquert und kam wieder heraus«, sagte Leslie. »Keine Ahnung, ob wir auch so viel Glück haben. Am Anfang waren wir neun. Dreien hat die Reise bereits das Leben gekostet, und ich wette, es werden noch mehr.«

Hannahs Herz krampfte sich zusammen. Sie musste an die Worte ihrer Tochter denken. *Und am Ende werde ich sterben.*

»Ein ziemlich unverdaulicher Brocken, den du uns da vorsetzt«, sagte sie nachdenklich. »Ich weiß nicht, ob ich das so einfach schlucken kann.«

Leslie lächelte schief. »Wir werden ja sehen, ob ich recht habe.«

In diesem Moment tauchte Khalid wieder auf. Er war vorgegangen, um die Höhle zu erkunden.

»Und, wie sieht's aus?«, fragte John.

Im Gesicht des Kommandanten wetteiferten Erstaunen und Erleichterung. »Ich habe etwas entdeckt«, sagte er. »Die Höhle ist unfassbar schön. Und das Beste: An ihrem Ende befindet sich ein Gang, der uns hier rausführt. Es gibt sogar Licht dort. Kommt, beeilen wir uns.«

Leslie warf Hannah einen vielsagenden Blick zu und zuckte die Schultern. »Quod erat demonstrandum.«

Die Höhle war tatsächlich atemberaubend. Geheimnisvoll schimmernde Tropfsteine hingen von einem Deckengewölbe, das mit Schichten sanft glimmender Leuchtalgen überwuchert war. Zwischen den Felsen befanden sich Wassertümpel, aus denen bläuliches Licht heraufdrang. Das Wasser schmeckte herrlich und half, ihren brennenden Durst zu löschen.

Hannah musste Leslie recht geben; wer immer das konzipiert hatte, ihm war offensichtlich daran gelegen, sie sowohl bei Kräften als auch bei Laune zu halten. Mit der hohlen Hand schöpfte sie erst Leni etwas von dem kühlen Nass in den Mund, dann sich selbst. Anschließend verteilte sie den Rest auf ihrem Nacken und Dekolleté. Leslies Theorie ging ihr einfach nicht aus dem Kopf. Sie mochte es nicht zugeben, aber dies alles erinnerte sie ein bisschen an ihr Abenteuer im nigerianischen Aïr-Gebirge. Dort waren sie der Spur seltsamer Felsmalereien gefolgt, die sie letztlich zum Tempel der Medusa geführt hatte. Im Laufe dieser Expedition hatte sie John kennengelernt, hatte sich in ihn verliebt und beschlossen, mit ihm zusammenzubleiben. Obwohl so viele Jahre dazwischenlagen, fühlte es sich an, als wäre seither kaum Zeit vergangen. Sie meinte sogar, sich an den Klang der Stimme erinnern zu können, die sie damals gehört hatte. Sie war anders als die Stimme im Limbus, aber genauso körperlos.

Vielleicht war es ein Zufall.

Mit einem seltsamen Gefühl im Magen richtete sie sich auf. »Dante also«, sagte sie leise zu Leslie. »Na schön. Nehmen wir mal an, dass an deiner Theorie etwas dran ist: Was kommt als Nächstes? Welche Prüfung erwartet uns auf der folgenden Ebene? Und wieso überhaupt die *Divina Commedia?* Die wurde doch erst tausendfünfhundert Jahre nach dem Bau dieses Tempels geschrieben.«

Leslie strich sich die Haare aus dem Gesicht. »Das müsst ihr mir sagen, ihr habt diesen ganzen Quatsch schließlich studiert. Wie gesagt, ich habe dieses Muster nur erkannt, weil ich zufällig kurz vorher zu diesem Thema recherchiert habe.«

»Manchmal sieht man den Wald vor lauter Bäumen nicht«, räumte John ein. »Allerdings war Norman in Sachen Bibelforschung der wahre Experte unter uns. Er hätte den Zusammenhang erkennen müssen. Doch jetzt ist er tot.«

»Ist er das?«, fragte Hannah. »Wenn alles nur eine Simulation ist, dann ist es der Tod womöglich auch. Vielleicht wachen wir anschließend in irgendeinem Labor wieder auf.«

»Darauf würde ich mich nicht verlassen«, sagte Leslie. »Nach allem, was ich über diesen Ort weiß, glaube ich nicht, dass es eine Halluzination ist, aus der man so einfach aufwacht. Angst ist Angst, Freude ist Freude, und Schmerz ist Schmerz.« Sie zwickte Hannah in die Hand.

»Aua.«

»Zumindest das Gefühl ist echt, nicht wahr? Wieso also nicht auch der Rest? Um ehrlich zu sein, ich habe keine große Hoffnung, was unser Schicksal betrifft.«

»Was soll das heißen? Meinst du, dass wir ebenfalls sterben werden? Das klingt für mich verdammt fatalistisch.«

»Ich klammere mich ungern an falsche Hoffnungen«, erwiderte Leslie. »Sie sind wie dünnes Eis. Du wiegst dich in Sicherheit – bis du einbrichst. Und ich bin schon zu oft eingebrochen.«

»Was ist passiert?«

Die Reporterin schüttelte den Kopf. »Ein andermal vielleicht. Tatsache ist: Wenn es geschieht, geschieht es. Wir können nichts dagegen machen. Deswegen sehe ich die Dinge gelassen und mit einer Portion schwarzem Humor.«

»Du erlaubst, wenn ich das anders empfinde. Schon allein deshalb, weil ich ein Kind habe.« Sie gab Leni einen Kuss. Die Kleine saß da und betrachtete ihr Spiegelbild im Wasser. Hannah fiel auf, dass Leslie tunlichst darauf bedacht war, dem Mädchen nicht zu nahe zu kommen. Als hätte Leni eine ansteckende Krankheit oder so. Sie unterließ es aber, danach zu fragen, schließlich war es auch möglich, dass sie sich das nur einbildete.

»Noch mal zurück zu Dante«, sagte sie. »Ich erinnere mich, dass ich bei meinen Eltern früher mal einen Bildband mit wunderbaren Zeichnungen von Gustave Doré in die Finger bekommen habe. Es ist lange her, und ich weiß nicht mehr, wie die Abfolge war, aber Wollust und Völlerei waren dabei. Ich kann mich aber nicht erinnern, was als Nächstes kommt. Weiß das jemand von euch?« Sie sah sich fragend um.

»Was ist mit: Du sollst keine anderen Götter haben neben mir?«, sagte Khalid, der ein paar Meter weiter stand und zuhörte. »Du sollst nicht töten, du sollst nicht ehebrechen?«

»Das klingt eher nach den Zehn Geboten«, sagte Hannah. »Ich weiß nicht, ob das hier passt.«

»Und die sieben Todsünden?«, schlug John vor. »Zorn, Neid, Habgier, Trägheit, Hochmut?«

»Ich glaube, damit kommen wir der Sache näher«, sagte Hannah. »Aber über die Reihenfolge bin ich mir nicht sicher. Kommt zuerst Trägheit und dann Hochmut?«

»Solange das nicht klar ist, sollten wir besser zusammenbleiben«, warf Leslie ein. »Keine Einzelaktionen mehr, verstanden? Apropos, wo steckt eigentlich Zarif?« Sie hob den Kopf.

Der Beduinenführer war nirgends zu entdecken.

»Zuletzt habe ich ihn dort drüben gesehen.« Khalid wedelte mit der Hand in Richtung einer Seitenkammer. »Er meinte, er wolle sich da etwas anschauen.«

»Und was?«

»Keine Ahnung, das hat er nicht gesagt.«

»Verdammt.« Hannah stand auf. »Besser, wir suchen ihn. Hoffentlich ist es noch nicht zu spät.«

53

Sie fanden Zarif in einer kleinen Seitennische, ein Stück abseits der Haupthöhle. Um ein Haar hätten sie ihn übersehen, denn am Boden kauernd und mit den Fingern die Erde durchwühlend, hob er sich von dem ihn umgebenden Gestein kaum ab. Erst als sie herankamen, wurde Leslie bewusst, dass es wirklich ein Mensch war, den sie da sahen.

In sich gekehrt kauerte er da und arbeitete. Neben ihm plätscherte Wasser von der Höhlendecke. Es sammelte sich in kleinen Pfützen und weichte den lehmigen Untergrund auf.

»Zarif«, rief Leslie. »Da bist du ja, wir haben dich überall gesucht.«

Der Beduinenführer antwortete nicht. Erst als sie zum zweiten Mal seinen Namen nannte, wandte er sich um. Seine Hände starrten vor Dreck. In seinen Augen lag ein eigentümlicher Glanz.

»Was tust du da?«, fragte sie.

»Gold«, flüsterte er. »Hier ist alles voller Gold.«

»Wie bitte?« Sie runzelte die Stirn.

»Sieh selbst.« Zarif hob etwas von der Erde auf und hielt es ihr entgegen. Leslie sah mehrere kieselsteingroße Nuggets, die im schwachen Licht der Höhle schimmerten und funkelten.

»Mehr Reichtum, als ich in meinem ganzen Leben besessen habe«, stieß er aus. »Endlich kann ich meine Familie von der Armut erlösen. Endlich kann ich ihnen das Leben bieten, das sie verdient haben.« Ein eigentümliches Lächeln huschte über sein Gesicht. »Schluss mit der Dromedar-Zucht. Schluss mit dem Leben in einfachen Hütten oder Zelten. Stattdessen warmes Wasser aus vergoldeten Hähnen und Fernseher so groß wie Autos.«

»Wir sind gekommen, um dir zu sagen, dass wir jetzt weiterziehen«, sagte John. »Steh auf und dann ...«

»Ich gehe hier nicht weg.« Das Lächeln verschwand von seinem Gesicht. »Erst muss ich noch mehr Gold ausgraben. Der Fels ist voll davon, seht ihr? Es wird durch das Wasser ausgewaschen und landet dann hier unten im Dreck. Ich brauche nur noch einen Moment. Ich glaube, hier steckt ein ziemlich dicker Brocken im Untergrund, seht ihr? Den werde ich mir noch holen, und dann ...«

»Wir haben keine Zeit«, stieß John aus und legte seine Hand auf die Schulter des Beduinen. Zarif fuhr herum, als hätte ihn etwas gestochen. Er wäre John vermutlich an die Kehle gegangen, wenn dieser nicht schnell einen Schritt zurückgewichen wäre. Zarif starrte ihn wütend an, dann stieß er ein abfälliges Schnauben aus und wandte sich wieder seiner Arbeit zu. »Geht schon. Ich komme nach.«

John war sichtlich wütend. »Soll er doch wühlen. Kommt, Leute, machen wir, dass wir hier wegkommen. Leslie, wie steht's mit dir?«

Sie überlegte kurz und schüttelte dann den Kopf. »Ich werde hier warten. Eben sprachen wir noch davon, dass wir niemanden allein lassen sollten. Vielleicht geht es schneller, wenn ich ihm helfe.«

»Tu, was du nicht lassen kannst. Aber beeil dich. Kommt nach, sobald ihr fertig seid.«

»Was ist mit den Kreaturen? Habt ihr von denen noch mal etwas gesehen oder gehört?«

John schüttelte den Kopf. »Als ich zuletzt hinuntergeschaut habe, waren sie fort. Ich glaube, wir haben sie abgehängt. Trotzdem sollten wir weitergehen. Kommt.« Er nahm Hannah und Leni an die Hand und ging mit ihnen zum tiefer gelegenen Höhlenbereich. Khalid stand einen Moment unschlüssig herum, dann zuckte er die Schultern und folgte ihnen.

Zarif grub tiefer und tiefer.

Leslie konnte nicht nachvollziehen, wieso er so besessen war. Aber wer wusste schon um die verborgenen Leidenschaften der Menschen? Sie hörte, wie er irgendwelches unverständliches Zeug vor sich hin brabbelte.

»Geh nicht weg ... muss noch ... werde nicht mit leeren Händen ... gehört mir ...«

Sie konnte sich nur wundern. Was war aus dem höflichen und bescheidenen Beduinen geworden, den sie in der Wüste kennengelernt hatte? Wie er da so kauerte und im Dreck wühlte, hatte er mehr Ähnlichkeit mit Gollum als mit einem Stammesfürsten.

Mittlerweile war das Loch im Boden deutlich größer geworden. Ein faustgroßer Vorsprung aus purem Gold glänzte ihnen entgegen.

Zarif verdoppelte seine Bemühungen. Seine Finger krallten sich um den Brocken und zogen und zerrten. Ein dumpfes Rumpeln drang aus der dahinterliegenden Wand. Der Klumpen schien lockerer zu werden. Wenn das wirklich Gold war, so musste es unglaublich wertvoll sein. Leslie konnte schon verstehen, warum Zarif ihn nicht liegen lassen wollte. Sie selbst hatte nie viel Geld besessen. Der Gedanke, mit einem Schlag aller Sorgen ledig zu sein, hatte schon einen gewissen Reiz. Allerdings nur, wenn man gewillt war, zu vergessen, wo sie sich hier befanden.

»Bitte, Zarif«, sagte sie. »Lass uns gehen. Das ist nicht echt, das ist nur eine Illusion.«

»Eine Illusion?« Der Atem zwischen seinen zusammengepressten Zähnen ging stoßweise. »Wenn das hier nicht echt ist, dann sind es unsere Verfolger auch nicht. Warum sollten wir uns vor denen fürchten und gleichzeitig das Gold als wertlos erachten? Entweder das eine oder das andere, beides zusammen ergibt keinen Sinn.«

Womit er nicht ganz unrecht hatte, wie Leslie zugeben musste. Doch es reichte nicht aus, um ihre Befürchtungen zu zerstreuen.

»Zugegeben«, sagte sie. »Trotzdem sagt mir mein Instinkt, dass es besser wäre, abzuhauen.«

»Hab's gleich«, zischte er, seinen Fuß in die Erde stemmend. Er legte seine ganze Kraft in die Arme – und hatte Erfolg. Mit einem sichtbaren Ruck kam ihm der Brocken entgegen. Allerdings fehlte noch ein kleines Stück.

Das Rumpeln wurde lauter. Wasser quoll aus dem Loch.

In diesem Moment erstarrte Leslie. Eben war ihr eingefallen, was die nächste Sünde war.

Gier!

»Zarif ...!«

Der Metallklotz sprang wie der Korken aus der Flasche. Mit dem Brocken in der Hand kippte Zarif hintenüber.

Wasser schoss aus der Öffnung. Schlagartig schwoll das Donnern an. Die Wand bekam Risse, wurde durchlässig und brach auseinander.

Zarif schrie. Der gesamte hintere Teil der Höhle stürzte zusammen und begrub den hilflosen Beduinen unter massiven Brocken von Kalkstein und Golderz. Die Flutwelle rauschte über den unebenen Boden, schoss auf Leslie zu und riss ihr die Beine unter dem Körper weg. Sie fühlte, wie sie den Halt verlor.

Mit ungeheurer Kraft gurgelte und strudelte das Wasser. Leslie versuchte, wieder aufzustehen, wurde von der nächsten Welle umgeworfen und wieder niedergedrückt. Sie schluckte Wasser, hustete, tauchte auf und versuchte, sich an irgendetwas festzuhalten. Doch das Gestein war rutschig, und ihre Finger fanden einfach keinen Halt.

Panisch sah sie sich um. Die anderen waren längst in dem tiefer liegenden Gang verschwunden. Nicht nur, dass sie Leslie nicht mehr zu Hilfe kommen konnten, vermutlich saßen sie dort unten wie die Ratten in der Falle. Wenn sie nicht schnellstens höher gelegenes Gelände erreichten, würden sie womöglich alle ertrinken. Was allerdings in diesem Moment nicht Leslies Hauptsorge war, da sie viel zu sehr damit beschäftigt war, nicht selbst unterzugehen. Und alles nur, weil sie die Zeichen nicht erkannt hatte. Sie hatte versagt. *Schon wieder!*

Ein weiterer Fehler in einer Kette von Fehlern. Ihr Leben war eine Ansammlung von Versäumnissen und Fehlentscheidungen, die jetzt ihren finalen Höhepunkt erreicht hatten. Sie konnte strampeln und prusten, soviel sie wollte, das Wasser und das Schicksal würden sie doch immer weiter abtreiben. Ob sie lebte oder starb, der Welt war das egal. Nichts, was sie tat oder dachte, machte da einen Unterschied. Aber wenn sie der Welt egal war, dann konnte die Welt ihr am Arsch vorbeigehen. Warum sich länger fürchten? Warum den Glauben an den Sinn des Lebens aufrechterhalten? Es war doch ohnehin alles für die Katz.

Prustend schoss sie aus dem Wasser. Der Gedanke verlieh ihr Kraft. Ihr Selbstmitleid verwandelte sich erst in Resignation, dann in Zorn. Sie war zornig. Oh ja! Und zwar auf alles und jeden – am meisten auf sich selbst. Warum hatte sie nie irgendwo Fuß fassen können? Warum hatte sie keine Familie wie andere Frauen ihres Alters?

Keine der Beziehungen, die sie nach Roberts Tod eingegangen war, hatte länger als zwei Jahre gehalten. Dabei waren sie erst fünfundzwanzig gewesen, als er bei dem Autounfall gestorben war! Noch halbe Kinder. Sie war gefahren – ja –, aber es war nicht ihre Schuld gewesen. Das hatte man ihr immer und immer wieder beteuert. Trotzdem blieb die Tatsache, dass ihr Leben danach auf eine schiefe Bahn geraten war. Kurzzeitige Affären, Alkohol, Drogen. Dann diese riskanten Jobs in Kriegsgebieten, die ja auch nichts anderes als Drogen waren. Adrenalin, Todesangst, Euphorie – ein schwieriger Cocktail. Schwierig, zu überleben, schwierig, wieder herauszukommen, wenn man erst mal bis zum Hals drinsteckte.

Und jetzt das.

Nicht zu wissen, wer hier die Fäden zog und zu welchem Zweck, machte sie wütend. Es war einfach nur unfair. Klar war, er hatte nicht alle Tassen im Schrank, er war krank. Sadistisch und widerwärtig. Niemand, den man ernst nehmen konnte, und schon gar keiner, vor dem man sich fürchten musste.

Die Flut hatte sie quer durch den Raum gespült. Bis hin zum Eingang, durch den sie vor wenigen Minuten die Höhle betreten hatten. Vor dem ersterbenden Licht des Tages standen schablonenhafte Umrisse. Zwanzig oder dreißig, einer neben dem anderen. Geduckt, buckelig und mit schlitzförmigen Augen, aus denen kaltes Licht strömte.

Schachmatt. Die Schergen dieses kaputten Gottes würden sie nicht gehen lassen.

Na, und wenn schon. Ihre Wut half ihr auch diesmal. Sie hob den Kopf und lachte. Ja, sie lachte, und zwar aus voller Brust.

»Na, was ist jetzt?«, schleuderte sie den Dämonen entgegen. »Keine Ansprache, keine schwülstigen letzten Worte? Ihr habt mich, wo ihr mich haben wollt, nun bringt es auch zu Ende.« Sie reckte die Faust empor und drohte dem Himmel. »Hörst du, du durchgeknallter Gott? Ich fürchte mich nicht vor dir.«

Ihre Worte zeitigten Wirkung. Wie aus dem Drehbuch erklang die Stimme:

DIE HÜTER DIESES LANDES KÖNNEN DIR SCHADEN;
NIMM ES IHNEN NICHT ÜBEL. SIE SIND MEINE DIENER.
SIE FORDERN DICH NUR HERAUS, DAMIT DEIN
GLAUBE GESTÄRKT WERDE.

»Ja, du mich auch.« Leslie lächelte grimmig. »Ehrlich, ich war schon in einer Menge schlechter Filme, aber das hier schlägt dem Fass wirklich den Boden aus. Hattest du kein

Geld, dir einen besseren Drehbuchautor zu leisten? Das kann doch nicht wahr sein, bei dem vielen Gold, das du hier unten gebunkert hast. Und wenn wir schon bei Einsparungen sind, ein kleiner Tipp am Rande: Deine Kreaturen sehen aus wie aus einem billigen Puppenkabinett. Wie die Morlocks aus der Zeitmaschine. Nicht mal einen gescheiten Maskenbildner konntest du dir leisten. Alles nur abgekupfert. *Morlock-Gummimasken*, dass ich nicht lache.«

Der Vorderste der Dämonen trat vor. Er war weiblichen Geschlechts, wie Leslie unschwer an den Brüsten und den bleichen langen Haaren erkennen konnte. Ihre Haut war über und über mit Tätowierungen verziert. Als Einzige von ihnen war sie bewaffnet. Sie trug eine Axt, ein klobiges, schweres Ding mit stumpfer Schneide. Leslie sah das Henkerinstrument und verstummte. Sie fühlte nichts. Mit tiefer, innerer Ruhe beobachtete sie, wie die hässliche Matrone ausholte und die Axt in einem weit geschwungenen Bogen in Richtung ihres Halses führte. Alles war so, wie es sein musste. *Zorn* und *Verdrossenheit*, die dritte Ebene in Dantes Hölle. Und diesmal war Leslie die Auserwählte.

Die Axt brachte die Luft zum Singen und traf präzise die Stelle zwischen dem unteren Kieferbogen und dem Schlüsselbein. Ein hässliches Schmatzen, ein kurzer Schmerz, dann war es vorbei.

54

Das Grollen nahm zu. Es war, als stünden sie in einem Bahntunnel. Ein kühler, feuchter Wind drückte ihnen in den Rücken, trieb sie wie Herbstlaub vor sich her. Die Luft war geschwängert mit dem Geruch von Wasser. Was immer das bedeuten mochte, gut war es nicht.

John trieb sie zur Eile. »Schneller, schneller. Wir haben es nicht mehr weit. Da vorn ist schon das Ende, seht ihr?«

Das Ende des Ganges, ja, aber das Ende ihrer Irrfahrt?

Das orangefarbene Leuchten wurde heller. John wagte nicht, darüber nachzudenken, was dort wohl wieder auf sie warten mochte. Orange war in den meisten Fällen ein Warnsignal.

Das Brausen steigerte sich zu einem ohrenbetäubenden Crescendo. Nadelspitze Wassertropfen peitschten ihm um die Ohren, klatschten auf seine überhitzte Haut, auf Kleidung und Haare. Er packte Leni, hob sie hoch und nahm die letzten Meter mit ihr auf dem Arm. Er rannte, wie er noch nie zuvor gerannt war. Hannah und Khalid waren direkt hinter ihm. Gerade als John glaubte, sein Herz müsse explodieren, waren sie draußen. Ausgespuckt aus der Erde, ausgestoßen in die nächste Höllenebene.

»Weg ... vom ... Ein... gang!«

Sein Schrei ging unter im Brausen und Toben des Orkans. Aus dem Augenwinkel sah John, wie Khalid Hannah packte und zur Seite riss.

Kaum waren alle seitlich in Deckung gegangen, als eine weiße Flutwelle aus dem Tunnel schoss und gurgelnd und brausend an ihnen vorbeischäumte. Das Wasser ergoss sich in einer gigantischen Woge hangabwärts in einen Fluss, dessen schwarze Fluten von den orangefarbenen Schaumkronen aufgewühlt wurden.

John fühlte sich wie ein waidwunder Hirsch. Seine Lunge schien wie mit Nägeln durchsetzt. Mit weit aufgerissenen Augen starrte er auf die Szenerie, doch sein Verstand vermochte das Gesamtbild nicht zu fassen. Es war eine Szene, wie sie vielleicht der Fantasie eines Hieronymus Bosch oder eines John Martin entsprungen sein mochte. Für seinen geschundenen Verstand war das eindeutig zu viel.

Er taumelte ein paar Schritte und übergab sich. Schub um Schub einer übelriechenden Flüssigkeit landete im aschgrauen Sand.

Als sein Magen nichts mehr hergab, wurde es besser. Er wischte über seinen Mund und richtete sich wieder auf. Die Flut war inzwischen versiegt, und Hannah und Khalid waren zu ihnen herübergekommen. Sorgenvoll sah Hannah ihn an. »Alles okay?«

»Geht schon wieder«, sagte er, den Mund voller Säure. Er musste ein paarmal ausspucken, bis es besser wurde.

Hannah ergriff seine Hand. Küssen wollte sie ihn nicht, was er nur zu gut verstehen konnte. »Mein Gott, schau dir das an«, sagte sie. »Hast du so etwas schon einmal gesehen?«

Er blickte sich um. Vor ihnen lag eine Ebene, wüst und leer wie die Totensümpfe vor Mordor. Eine Moorlandschaft voller übelriechender Gumpen, aus denen Rauch hervorblubberte. In ihrer kompletten Breite wurde sie von einem mächtigen, pechschwarzen Fluss durchkreuzt. Rechts und links türmten sich gekrümmte Felswände auf. Sie stiegen höher und höher, bis sie in einer Höhe von vielleicht vier- oder fünfhundert Metern zusammenwuchsen. Wolken oder einen Himmel gab es nicht, ganz zu schweigen von einer Sonne. Wären da nicht die rotglühende Mauer und die hell-lodernden Ruinen jenseits des Flusses gewesen, sie hätten vermutlich gar nicht erkannt, in was sie da hineingeraten waren.

John war so erstaunt, dass er fast vergaß, wie knapp sie dem Tod gerade entgangen waren. Er blickte auf die andere Seite, und seine Hoffnung schwand.

»Das ist Dis«, sagte er leise. »Die brennende Stadt. Sie markiert den sechsten Höllenkreis und den Beginn der unteren Hölle. Der Fluss dort drüben ist der Styx, der Totenfluss.« Er war verblüfft, wie sein Gehirn auf einmal Informationen abrufen konnte, die er längst verschüttet geglaubt hatte. Nahtoderfahrungen waren seit jeher die Momente höchster Intensität. Es kam ihm vor, als wäre in seinem Inneren eine Tür aufgestoßen worden, die zu einer Kammer mit verschollen geglaubtem Wissen führte.

»Die brennende Stadt markiert die Grenze zwischen der Trägheit und der Boshaftigkeit. Die untere Hölle ist den Mördern, Gewaltherrschern und Tyrannen vorbehalten.«

»Dis?« Khalid schüttelte den Kopf. »Das dort drüben ist Mossul, meine Heimatstadt. Seht ihr die Moschee mit dem schiefen Minarett? Das ist die al-Nuri-Moschee. Das Haus

meiner Familie stand nur wenige Meter davon entfernt. Dort, wo die Flammen am höchsten schlagen.«

»Es stimmt«, sagte Hannah. »Jetzt erkenne ich es auch. Erst kürzlich habe ich einen Artikel darüber in der *Archaeology today* gelesen. Der Turm stammt aus dem zwölften Jahrhundert und ist nach Ansicht von Experten hochgradig einsturzgefährdet. Das Grundwasser macht den Untergrund instabil und bringt das Minarett in eine Schieflage, die inzwischen extrem gefährlich ist.«

Khalid nickte grimmig. »Allah hat meine Gebete erhört.« Er wandte sich zum Gehen.

John sah ihn verwundert an. »Wo willst du hin?«

»Na, über den Fluss natürlich«, erwiderte Khalid.

Hannah nahm Leni auf den Arm. »Das kann nicht Ihr Ernst sein. Auf keinen Fall werde ich mit meiner Tochter in diese Flammenhölle gehen. Sehen Sie doch mal genau hin. Die Menschen dort laufen panisch herum. Sie versuchen verzweifelt, das Feuer zu löschen. Davor liegen eine rotglühende Mauer und ein übelriechender Sumpf. Hindernisse, die wir nie im Leben überqueren können.«

»Wir können und wir werden«, erwiderte der IS-Kommandant. »Meine Familie ist dort drüben gestorben. Ich hatte bisher keine Gelegenheit, mich von ihnen zu verabschieden. Ein letztes Mal noch will ich das Haus sehen, in dem meine Söhne geboren wurden.«

»Das ist doch Irrsinn ...«

»Und was schlagen Sie vor?« Khalids Gesicht glänzte im Schein der Flammen. »Sollen wir umkehren?«

»Allemal besser als das da ...«

»Sorry, aber wir können nicht umkehren.«

»*Was?* Warum nicht?«

Er lenkte ihren Blick auf den Tunnelausgang. Die Flutwelle hatte eine Gerölllawine ausgelöst, die den Stollen mit Gesteinsbrocken unterschiedlichster Form und Größe verstopft hatte. Nicht mal mit einer riesigen Ladung TNT würden sie da durchkommen.

»Der Gang ist versperrt. Wir haben keine andere Wahl.«

»Es gibt immer eine Wahl.«

»Vielleicht hat Khalid recht«, mischte John sich ein. »Ich denke auch, dass es hier keinen Weg gibt, der uns nach oben führt. Weder hier noch rechts oder links. Unser Weg führt geradeaus.«

»Warum?«

»Weil das so vorgesehen ist, Hannah. Leslie hatte ganz recht: Der einzige Weg nach oben ist der nach unten. So steht es in Dantes Göttlicher Komödie, und so ist es auch hier. Der Erfinder von Infernoland will es so.«

Hannah presste Leni an sich. »Leslie dürfte inzwischen tot sein ...«

»Vermutlich«, räumte John ein. »Aber es ändert nichts an den Tatsachen. Ich bin inzwischen davon überzeugt, dass sie recht hatte. Der Weg ist vorgegeben. Wir müssen ihm folgen.«

Er wollte sie berühren, doch sie zog ihren Arm weg. In ihren Augen glomm Wut. »Stromberg ist tot. Rebecca und Jafar ebenso. Und jetzt hat es wohl auch noch Leslie und Zarif erwischt. Nur wir vier sind noch übrig. Es ist ein Spiel mit tödlichen Konsequenzen. Wer hier stirbt, ist wirklich tot. Und wir werden auch sterben, wenn wir so weitermachen. Bist du dazu bereit?«

John sah ihr tief in die Augen. »Wenn dadurch eine von euch überlebt – ja. Hier und jetzt würde ich mein Leben geben, wenn ich wüsste, dass Leni oder du dadurch gerettet würden. Und ich würde es glücklichen Herzens tun. Was ich nicht ertragen könnte, wäre die Erkenntnis, dass das alles sinnlos war. Komm schon, Hannah, lass es uns versuchen. Wir sind Kämpfer, du und ich. Wir lassen uns nicht unterkriegen. Und für das Leben unserer Tochter würden wir alles geben, oder?«

Hannah schwieg. Sie schien tief in Gedanken versunken zu sein. Nach einer Weile sagte sie: »Natürlich würden wir das, allerdings sind wir uns uneinig, was die Methoden betrifft. Aber vermutlich hast du recht. In Infernoland gibt es keinen Spielraum für Soloaktionen. Es ist nur scheinbar komplex, in Wirklichkeit aber ziemlich eindimensional.«

John lächelte erleichtert. »Dann sind wir uns also einig?«

»Das sind wir.«

»Und wie sieht's bei Ihnen aus, Khalid?«

Der Terrorist blickte ernst. In seinen Augen spiegelte sich das Feuer der brennenden Stadt. »Wir alle müssen irgendwann sterben. Die Frage ist nur, wie? Aufrecht stehend oder auf allen vieren wie ein Hund.«

»In Ordnung«, sagte John. »Gehen wir zum Fluss hinunter. Wenn Leslies Theorie stimmt, müssten wir dort etwas für die Weiterfahrt finden.«

Das Boot war winzig. Eine Nussschale, gerade so groß, dass zwei Personen darin Platz fanden. Allerdings war es das Einzige, was ihnen zur Überquerung zur Verfügung stand. Die Ruder waren fein säuberlich im Inneren verstaut.

Auch wenn ihn die Größe etwas enttäuschte, so war John doch überzeugt davon, die richtige Entscheidung getroffen zu haben.

»Na schön«, sagte er. »Besser, als zu schwimmen. Ich traue diesem Wasser nicht, es sieht irgendwie eklig aus.«

»Wie Öl«, kommentierte Leni, die mit ihrer Schuhspitze eingetaucht war und sie schwarz verfärbt wieder herauszog.

»Besser, wir gehen nicht zu nahe heran«, sagte John und zog seine Tochter ein Stück zurück.

Während Khalid das Boot wasserte, wurde ihm klar, dass sie ein Problem hatten. In das Boot passten nur zwei Personen, sie mussten also mehrmals rudern. Da das Gewässer recht breit war, kamen kräftetechnisch eigentlich nur Khalid und er in Frage. Aber wie sollte es konkret ablaufen? Der Gedanke daran, ein Mitglied seiner Familie allein in den Händen dieses Terroristen zu lassen, behagte ihm nicht. Trotzdem würde ihm kaum etwas anderes übrigbleiben. Auch bei der Kombination von Hannah und Leni war ihm nicht ganz wohl. Hannah befand sich gerade in einem merkwürdigen Zustand. Möglicherweise kam sie auf den Gedanken, dass es doch sicherer wäre, sich ihre Tochter zu schnappen und auf eigene Faust nach einem Ausgang zu suchen.

Und Hannah und Khalid? Hannah war eine unverzichtbare Informationsquelle. Khalids Interesse an ihr war ihm schon seit geraumer Zeit ein Dorn im Auge. Er wich ihr nie von der Seite. Was, wenn er auf die Idee kam, sie in seine Gewalt zu bringen und John und Leni zurückzulassen? Nein, das durfte er auf keinen Fall riskieren. An ihm und Leni hingegen schien er nicht interessiert zu sein. Gewiss, mit ihren Gaben konnte sich Leni auch als wertvoll erweisen, aber erstens waren diese Gaben zu unberechenbar, und zweitens schien Khalid ein Familienmensch zu sein. Ein Kind zu entführen, entsprach nicht seinem Stil.

In diesem Moment spürte John eine Berührung. Leni hockte neben ihm und malte etwas in den Sand. Ihre Finger zauberten drei kleine Bilder, die aus der Höhe nur schwer erkennbar waren. Er kauerte sich neben sie.

»Was machst du da?«

»Der Hase, der Fuchs und der Salat«, flüsterte sie.

»Wie bitte?«

»Die Lösung des Rätsels.«

»Die ...?« Er runzelte die Stirn.

»Willst du es wissen?«

»Klar.«

Sie kam noch dichter und sprach so leise, dass nur er es verstehen konnte.

Nach einer Weile hellte sich sein Gesicht auf. *Aber natürlich.* Es war so leicht – vorausgesetzt, man wusste, wie es ging. Aber dass Leni kein ganz normales Kind war, wussten sie ja nicht erst seit gestern.

Er presste die Lippen zusammen und stand auf. Um das Problem zu knacken, durfte nur er rudern, doch solange er seine Familie damit schützen konnte, nahm er die Strapazen gerne auf sich. Er wuschelte Leni durch die Haare und stand auf. »Also gut. Ich übernehme das Rudern, und ich möchte, dass du mich als Erste begleitest, Hannah ...«

Fünf Minuten später befand er sich schon wieder auf dem Rückweg. Er lud Khalid ein und brachte ihn ebenfalls auf die andere Seite. Dort angelandet, bat er Hannah, erneut zu ihm ins Boot zu steigen.

Sie sah ihn mit großen Augen an. »Was soll ich?«

»Bitte, tu es einfach. Ich verspreche dir, ich habe meine Gründe.«

Sie zuckte die Schultern. Offensichtlich war sie zu müde, um sich mit ihm zu streiten. Vielleicht tat sie es auch einfach nur, weil sie ihn liebte.

Während sie zurückfuhren, sah John zu Khalid hinüber. Der IS-Kommandeur fixierte ihn unter zusammengezogenen Augenbrauen. Er schien unzufrieden zu sein. John klopfte sich innerlich auf die Schulter. Offensichtlich hatte er mit seiner Vermutung gar nicht so falschgelegen.

Wieder am Ursprungsort angekommen, bat er Leni und Hannah, die Plätze zu tauschen, und ruderte mit seiner Tochter an Bord zurück. Inzwischen fühlten sich seine Arme an wie aus Gummi.

»Und, funktioniert es?«, fragte Leni, als sie in der Mitte des Stroms waren. »Sehr gut«, keuchte John. »Wenn nur diese Paddelei nicht wäre. Dieses ölige Wasser ist zäher als Schlamm. Aber nicht mehr lange, dann haben wir es geschafft.«

Gesagt, getan. Er lud Leni bei Khalid ab, hoffte, dass er keinen Fehler gemacht hatte, und paddelte noch einmal zurück, um Hannah zu holen.

Wohlbehalten standen sie kurz darauf alle am gegenüberliegenden Flussufer.

John war hungrig und durstig. Der Gestank und die Fäulnis waren unerträglich, und es gab noch keine Aussicht auf Erlösung. Alle ruhten sich noch einen Moment aus, dann setzten sie ihren Weg fort.

55

Die Durchquerung des Sumpfgebietes ging schneller vonstatten als vermutet, so dass sie sich nach etwa zwei Stunden bereits im hinteren Drittel befanden. Dann allerdings stießen sie auf ein schier unüberwindliches Hindernis.

Eine Barrikade aus Stacheldraht, die sich über Kilometer hinweg quer zu ihrer Laufrichtung erstreckte. Aus der Ferne war das Ding nicht zu sehen gewesen, aber jetzt, da sie davorstanden, wirkte es überaus grausam und abschreckend. Hannah streckte vorsichtig die Hand aus und berührte die gewundenen Metallspiralen. Fast augenblicklich zuckte sie zurück. Die Spitzen waren messerscharf. Nato-Stacheldraht, von der schlimmsten Sorte. Vier Meter hoch und so dicht, dass es jedem die Haut vom Fleisch ziehen würde, der auf die bescheuerte Idee kam, hindurchkriechen zu wollen. Die Rollen waren übereinandergeschichtet, so dass die Haken zu einem scharfkantigen Dickicht ineinandergriffen. Nicht mal ein Kaninchen wäre dort unbeschadet hindurchgekommen.

In Abständen von hundert Metern hingen Warnschilder, auf denen in abgeblätterter Schrift zu lesen stand: »Sperrgebiet. Minenfelder voraus. Todesgefahr!«

Hannah ließ die Schultern hängen. Das Hindernis war unüberwindlich. Natürlich hätte sie jetzt lautstark verkünden können, dass sie es ja gleich gesagt hatte, aber selbst dazu fehlte ihr die Kraft. Noch nie zuvor hatte sie sich so müde und ausgelaugt gefühlt.

»Und nun?«, fragte sie und ließ sich mit Leni auf dem Schoß auf einem bewachsenen Stein nieder. »Wie geht's jetzt weiter?«

»Schwer zu sagen«, erwiderte John. »Vielleicht sollten wir einfach der Barrikade in eine Richtung folgen. Irgendwo wird es schon einen Durchgang geben.«

»Und wenn nicht?« Hannah massierte ihre geschundenen Waden. Sie wollte einfach nur, dass dieses Martyrium endlich vorbei wäre.

»Wo lang willst du gehen, nach rechts oder links? Der Zaun scheint endlos. Wir könnten Tage unterwegs sein.«

»Dann sind wir eben Tage unterwegs«, stieß John aus. *»Wir müssen es versuchen.«* Ein äußerst schwaches Argument, das nur bekräftigte, was offensichtlich war. Dass ihre Reise hier zu Ende war.

Khalid wirkte unruhig und nervös. Unter seinen Augen lagen dunkle Ringe. Sein Gesicht war ausgemergelt und blass.

»Merkwürdig«, sagte er leise. »Ich habe das Gefühl, als wäre ich schon einmal hier gewesen. Was aber unmöglich ist. Trotzdem wirkt es so vertraut ...«

Er erklomm einen Hügel und blickte in die Runde.

»Doch, doch«, rief er. »Jetzt erinnere ich mich. Das ist der *Crazy Battle*.«

Hannah runzelte die Stirn. »Noch nie davon gehört. Du, John?«

»Ich meine, mich zu erinnern. Frühjahr 1984, nicht wahr? Die Feindseligkeiten zwischen dem Irak und dem Iran waren auf dem Höhepunkt. Persische Truppen leiteten damals eine massive Offensive gegen den Irak ein. Ihr Ziel war es, die Kommunikation zwischen Bagdad und Basra abzuschneiden. Ende des Monats eroberten sie ein paar Inseln in den sumpfigen Madschnun-Gebieten, nahe der Stadt Kurna.«

»Das stimmt«, sagte Khalid. »Anfang März waren fast eine halbe Million Menschen in diesem kleinen Teil der Front versammelt. Die Schlacht um diese trostlosen Sumpfinseln war so heftig, dass sie als *Crazy Battle* in die Geschichtsbücher einging. Wäre es den Iranern gelungen, Brückenköpfe zwischen den Städten Amara und Kurna zu errichten, hätten sie eine Chance gehabt, einen Keil zwischen unser drittes und viertes Armeekorps zu treiben und Basra abzuschneiden, was aber zum Glück nicht geschah. Wir merkten aber, dass wir es diesmal nicht mit minderjährigen Glaubenskriegern zu tun hatten. Uns standen fünfzigtausend gut ausgebildete Soldaten gegenüber.« Er erklomm einen Hügel und spähte über das Sumpfland. Er sah aus, als rechnete er jeden Moment mit einem weiteren Angriff. Hannah fragte sich, worauf er hinauswollte.

»Das Artilleriefeuer dauerte Tage. Die Iraner setzten über die Sumpfgewässer und durchbrachen unsere Verteidigung auf einer Linie von zwanzig Kilometern. Sie überquerten den Tigris und nahmen die Straße nach Basra ein. Dort harrten sie mehrere Tage aus und fügten uns schwere Verluste zu. Knapp viertausend unserer Männer fielen dabei, unter anderem zwei meiner Brüder.« Er trat mit der Stiefelspitze gegen die grasigen Hügel. »Ich erinnere mich, dass es auf den Madschnun-Inseln unterirdische Bunkeranlagen gab, die später von den Iranern überrannt wurden. Madschnun heißt übersetzt so viel wie *Insel der Beses-*

senen. Sie liegen über einem riesigen Erdölvorkommen. Die Eingänge zu den Bunkern waren mit Büscheln von Schilfrohr getarnt. Genau wie hier ...« Eines der Grasbüschel erzitterte unter seinen Tritten. Ein hohler Laut erklang. Als hätte er gegen eine Tonne getreten.

Khalids Augen leuchteten im Glutschein der Mauer. Er ging in die Hocke und packte einen Metallgriff. Ein Quietschen ertönte.

Die Klappe lag gut getarnt zwischen den Binsen. Schwaches Licht funzelte ihnen entgegen.

Hannah, Leni und John standen auf und gingen zu ihm hinüber. Hannah warf einen vorsichtigen Blick in die Tiefe. Kein Laut drang von unten zu ihnen herauf. Ein paar verschmutzte Stufen mündeten in einen Gang, der in Richtung Stadt führte. Beleuchtet wurde die gespenstische Szenerie von einer einzelnen dreckigen Halogenbirne.

»Und jetzt?«

Khalid neigte den Kopf. »Was für eine Frage. Runter natürlich. Oder habt ihr vor, in diesem Sumpf euer Lager aufzuschlagen?« Mit diesen Worten stieg er die Stufen hinab.

John berührte Hannah am Arm. »Wir müssen das nicht tun, wenn du nicht willst. Wir können auch umkehren und einen anderen Weg suchen, so, wie du es vorgeschlagen hast. Egal, wie du dich entscheidest, ich halte zu dir.«

Hannah starrte in das trostlose Betonloch. »Es gibt keinen anderen Weg, das weißt du genauso gut wie ich. Ich habe mir etwas vorgemacht, aber es ist genau so, wie Leslie gesagt hat: Der Weg ist vorgegeben, wir haben keine Wahl. Also lass uns weitergehen.«

John ergriff ihre Hand. Er versuchte es mit einem aufmunternden Lächeln, scheiterte aber kläglich damit. Es gab nichts, was sie jetzt noch aufheitern konnte.

Der Bunker wirkte düster und verlassen. Keine Menschenseele, weder Soldaten noch Zivilpersonen oder Plünderer. Die Räume sahen aus, als wären sie seit Jahren nicht benutzt worden. Umgefallene Regale, zerschlagene Stühle, vermoderte Tische. Überall Schimmel und Fäulnis. Die Farbe blätterte von den Wänden und Türen, und Moose und Flechten breiteten sich aus. Der Boden war knöcheltief mit Staub und Dreck bedeckt. Überall waren Schmierereien auf den Wänden. Bibelzitate, Koranverse und Texte aus dem Talmud. Allesamt mit Blut oder roter Farbe geschrieben. Es sah aus wie in einem Horrorfilm.

»Seltsam, dass hier unten immer noch Licht brennt«, murmelte Khalid und deutete auf die trüben Lampen. Das Licht flackerte unruhig, was die düstere Atmosphäre noch verstärkte.

»Irgendwo hier unten muss es Generatoren geben, die immer noch laufen. Ich frage mich, warum die niemand ausgeschaltet hat.«

»Sie glauben doch nicht wirklich, dass dieser Laden hier von Menschen geführt wird, oder?«, fragte John.

Die buschigen Brauen zuckten nach oben. »Von wem denn sonst?«

»Haben Sie denn nicht mitbekommen, worüber wir uns die ganze Zeit unterhalten? Dies ist eine Simulation. Ein Freizeitpark. Eine gigantische Illusion, erschaffen, um uns wie Ratten durchs Labyrinth laufen zu lassen. Oder haben

Sie wirklich angenommen, das dort oben wären die Sümpfe von Madschnun?«

Khalid schüttelte den Kopf. »Ich weiß nicht, was ich glauben soll. Aber eines weiß ich: dass man hier sterben kann und dass ich nicht vorhabe, irgendjemandem dieses Vergnügen zu gönnen.«

»Wir müssten uns jetzt eigentlich schon unter dem Minenfeld befinden«, sagte Hannah mit einem Blick nach oben. »Haben Sie eine Vorstellung, wie weit diese Tunnel reichen?«

»Keine Ahnung«, erwiderte Khalid. »Die Anlage ist sehr viel größer als alles, was jemals in dieser Gegend gebaut worden ist. Aber seht mal, dort vorn ist etwas.« Sie passierten ein Treppenhaus. Die flackernden Lampen warfen zuckende Schatten an die Wände. Tastend und stolpernd bewegten sie sich weiter vorwärts. Vor ihnen lag ein orangefarbener Schimmer, der mit jedem Schritt heller wurde. Brandiger Geruch wehte ihnen entgegen. Hannah spürte die anschwellende Hitze.

»Riecht, als würden dort Autoreifen verbrannt.«

»Die Stadt ist nicht mehr fern«, sagte Khalid. »Ich frage mich, ob wir vor oder hinter der Mauer herauskommen werden. Das Ding sah aus der Ferne ziemlich beeindruckend aus. Aber vielleicht haben wir ja Glück.«

Natürlich hatten sie kein Glück. Wieso auch?

Dies war die Hölle, da gab es keinen Platz für Glück.

Der Gang endete im Nirgendwo. Vor ihnen tat sich ein gewaltiger Graben auf. Ein Erdbeben oder Bombenabwurf hatte den gesamten hinteren Teil des Bunkers weggerissen und eine Schlucht entstehen lassen, in deren Tiefen rotglühende Lavamassen strömten. Unter Aufbietung all ihres Mutes streckte Hannah den Kopf aus der Öffnung. Heißer Wind schlug ihr entgegen und verwirbelte ihre Haare. Das Feuer hatte der Luft jeglichen Sauerstoff geraubt. Die dahinterliegende Mauer sah im Schein der Lava aus, als würde sie in Flammen stehen.

Mit angstgeweiteten Augen starrte Hannah in die Tiefe. Blasen stiegen auf, zerplatzten und schleuderten rotglühendes Gestein in die Höhe. Klatschend landete es an den senkrechten Wänden. Rechts und links ragten Stahlstreben wie knöcherne Finger aus dem zerbrochenen Beton. Auf der gegenüberliegenden Seite befand sich eine Öffnung im Mauerwerk. Sorgfältig eingefasst und mit starken Begrenzungssteinen stabilisiert. Doch es gab keine Brücke oder Ähnliches, die dort hinüberführte. Schon wieder waren sie an ein totes Ende gelangt. Neben ihnen an der Wand hing ein halb abgerissenes Plakat aus dem Jahre 2008. Es zeigte Papst Benedikt den Sechzehnten anlässlich seines Besuchs im Wallfahrtsort Lourdes. Neben dem Konterfei, das das Kirchenoberhaupt mit seligem Lächeln und zum Gruß erhobener Hand darstellte, stand zu lesen: *»Glaube verleiht Flügel.«* Und darunter: *»Dank Maria entdecken wir, dass der christliche Glaube keine Last ist, sondern gleichsam Flügel verleiht, die uns erlauben, in höchste Höhen zu fliegen, um in den Armen des Herrn Zuflucht zu finden.«*

Der gesamte untere Teil des Plakates war abgerissen.

»Na wunderbar«, sagte Hannah. »Ein rotglühender Abgrund, ein unüberwindbares Hindernis und ein Bibelspruch. Die Erbauer haben hier aber wirklich mal ihre Fantasie spielen lassen. Was, bitte, sollen wir damit anfangen?«

John strich über das Plakat. »Ich finde, das ist nicht so schwer zu begreifen. Es ist eine Prüfung. Ein Test des Glaubens. Man will unser Vertrauen in eine höhergestellte Macht testen.«

»Ach, komm schon«, sagte Hannah. »Das hast du dir doch gerade ausgedacht, oder? Ich meine, du siehst dieselben Dinge wie ich, liest dieselben Sachen und kommst zu *so* einem Ergebnis?«

»Ich meine das ganz ernst«, erwiderte John beleidigt. »Denk doch mal nach: Wo wir auch hinkamen, waren Antworten in der Nähe der Rätsel versteckt. Ich vermute, das Plakat enthält eine Botschaft. Und die Botschaft lautet: Glaube! Lass es uns zumindest versuchen.«

Hannah zweifelte, dass es so einfach war. Hilfesuchend blickte sie zu Leni. Vielleicht konnte die ja zu ihrem Problem etwas Sinnvolles beisteuern, immerhin hatte sie schon den einen oder anderen wertvollen Hinweis geliefert. Doch ihre Hoffnung wurde nicht erfüllt. Leni interessierte sich nicht für sie, sondern drehte gedankenverloren ihren Würfel. Hannah wusste aus Erfahrung, dass es sinnlos war, sie anzusprechen. Wenn ihre Tochter in dieser Stimmung war, war nichts aus ihr herauszubekommen. Sie mussten ihr Problem allein lösen.

»Was willst du denn genau versuchen?«, fragte sie scharf. »Willst du fromm die Hände falten und dir Flügel wachsen lassen? Hast du dir das so vorgestellt?« Ihre Stimme triefte vor Sarkasmus. Sie wusste auch nicht, warum sie so gemein zu John war, immerhin meinte er es doch nur gut. Aber sein Vertrauen in eine höhergestellte Macht ging ihr auf die Nerven. Er war doch früher nicht so unterwürfig gewesen.

»Vielleicht bedarf es gar keiner Flügel«, sagte er. »Vielleicht müssen wir einfach nur den Schritt ins Ungewisse wagen.«

»So wie im dritten Indiana-Jones-Film?« Hannah blickte skeptisch. »Du wirst dich wundern, aber den habe ich gesehen. Nicht unbedingt, weil ich Indiana Jones besonders mag, sondern weil ich Sean Connery so cool finde.«

Er grinste. »Dann weißt du ja Bescheid.«

»Nur, damit ich das richtig verstehe: Du verlangst, dass wir einfach ins Leere laufen, in der Hoffnung, aufgefangen zu werden?«

»So ähnlich.« John senkte die Augen. Er schien zu wissen, was sie davon hielt.

Hannah versuchte, nicht zu hart zu ihm zu sein. »Das war ein Film, John, und nicht mal ein besonders guter. Außerdem lautet das Sprichwort nicht ›Glaube verleiht Flügel‹, sondern ›Angst‹. Da hat einer falsch zitiert. ›Glaube versetzt Berge‹, so heißt es richtig. Also komm lieber ein Stück von dem Abgrund weg. Mit wird angst und bange, wenn ich dich da so sehe.«

John blieb, wo er war. In seinem Gesicht spiegelte sich maßlose Enttäuschung. »Ich bin gewillt, das Risiko einzugehen«, sagte er leise.

»Sei nicht albern.«

»Du scheinst zu vergessen, dass dies nicht die Realität ist, sondern eine Simulation. *Scripted reality*, schon mal gehört? Ich bitte euch lediglich, mir zu folgen, wenn ich drüben bin. Mehr ist es nicht.«

»Mehr ist es nicht?« Hannah konnte es nicht fassen. »Bist

du von allen guten Geistern verlassen? Es gibt bestimmt noch eine andere Lösung. Wenn wir ein Stück zurückgehen und …«

»Und schon wieder willst du zurückgehen, Hannah«, stieß er aus. »Hast du denn immer noch nichts gelernt? Es gibt kein Zurück, nur vorwärts. Immer geradeaus.« Er hob den Kopf. »Ich werde den Schritt wagen. Für euch, für meine Familie. Wünscht mir Glück.«

Leni streckte die Hand aus. »Papa.«

Noch ehe Hannah irgendetwas tun konnte, trat John ins Leere.

Und fiel.

56

Bahrein …

»Wieder ein Signal, Sir.«

»Was? Lassen Sie sehen.«

»Hier, Sir.« Der Finger von Petty Officer Diaz wanderte über den Monitor. »Drei Ausschläge.«

Streitenfeld notierte Zeit und Amplitude und verglich das Ergebnis mit den früheren Messwerten. Er presste die Lippen zusammen. »Fängt an, heftiger zu werden«, sagte er. »Mit jedem Schlag weniger steigt die Amplitude. Wir sind jetzt bei sechs Punkt drei auf der Richterskala. Wenn mich nicht alles täuscht, verläuft der Anstieg exponentiell. Das hieße, wir wären am Ende bei …«, er tippte die Werte in seinen Taschenrechner. *»Himmel noch mal!«*

»Was, Sir?«

»Das hieße, wir wären bei über zwölf. Das überträfe das stärkste jemals gemessene Beben.«

»Nicht Ihr Ernst, Sir.«

»Oh doch.« In Streitenfelds Kopf arbeitete es. »Wir müssen umgehend die anderen darüber informieren. Schicken Sie die Info an alle Abteilungen. Die sollen sich mit dem Katastrophenschutz in Verbindung setzen. Die Leute müssen umgehend ihre Häuser verlassen. Gut möglich, dass auch die Innenstädte geräumt werden müssen. Aber das sollen die zuständigen Behörden entscheiden. Viel Zeit werden wir nicht mehr haben. Drei Stunden, höchstens vier.« Er nahm die Mütze ab und strich über seine Haare. »Was sagen die Spezialisten über unsere derzeitige Situation im Golf? Droht uns Gefahr durch die Erschütterungen?«

»Kaum, Sir. Das Epizentrum ist zu weit entfernt.«

»Trotzdem wäre es vielleicht ganz ratsam, die Ankerplätze zu verlassen und aufs offene Meer zu fahren. Nur für den Fall, dass wir es mit heftigerem Seegang zu tun bekommen. Aber darum werden ich und Kapitän Reynolds uns kümmern. Ich werde mich mit den Stabschefs in Verbindung setzen, damit sie die Flottenverbände informieren. Kommen Sie, Diaz, geben Sie Gas. Die nächsten Stunden werden kritisch.«

*

Hannah stand einfach nur da. Von einem auf den anderen Augenblick war ihr persönlicher Kosmos auf einen winzigen Punkt zusammengeschrumpft. Sie sah nichts, sie hörte nichts, sie stand nur da. Wie erstarrt.

Fassungslos.

Eben noch hatte sie mit John gesprochen, hatte Witze gemacht und versucht, ihn von seinem törichten Plan abzubringen, und im nächsten Augenblick hatte er sich umgedreht und war ins Leere getreten. Sie sah ihn noch vor sich. Wie er seine Arme ausbreitete, wie sein Hemd flatterte – dann war er weg.

Abgestürzt.

Zwei oder drei Sekunden hielt sie der Schreck mit eiserner Faust gepackt, dann ließ sie Lenis Hand los, rannte nach vorn zur Kante und starrte in die Tiefe. Sie ergriff einen verbogenen Stahlträger, doch das Metall war heiß.

Feuriges Orange schlug ihr entgegen. Glühender Wind versengte ihre Lungen. Schäumend und blubbernd klatschte die Lava gegen die Wände des Grabens. Rote Schlackenfetzen flogen in die Höhe. *Allmächtiger!*

»John!« Ihr Ruf ging unter im Tosen und Grollen der Lavamassen. Ihre Stimme klang dünn und hohl angesichts des Zorns, der aus den inneren Schichten der Erde zu ihr empordrang.

»Sag doch was, *bitte!*«

Sie beugte sich noch weiter vor. Beinahe hätte sie den Halt verloren. Eine atemlose Sekunde lang hing sie über dem feurigen Abgrund, dann spürte sie, wie jemand sie packte und zurückriss. Sie stolperte, fiel hin und fand sich auf dem Boden liegend wieder.

Über ihr stand der bullige IS-Kommandant. »Sind Sie lebensmüde? Um ein Haar wären Sie ebenfalls abgestürzt.« Sein Gesicht wurde von unten angestrahlt und sah aus wie eine Teufelsfratze. »Wenn Sie sich umbringen wollen, dann für etwas, wofür es sich zu sterben lohnt. Ich hätte Ihnen weiß Gott mehr Verstand zugetraut.«

»John …«

»John, John. Ihr schwachsinniger Mann hat sich völlig umsonst in den Abgrund gestürzt. Nun ist er tot, und wir müssen zusehen, wie wir weiterkommen.«

Mit blutunterlaufenen Augen starrte sie zu ihm empor. »Sprechen Sie nicht so über ihn«, schrie sie.

»Wie soll ich denn sonst über ihn sprechen? Sein Tod war ungefähr das Sinnloseste, was ich in meinem Leben gesehen habe. Jetzt hoch mit Ihnen, und dann lassen Sie uns zurückgehen. Und vergessen Sie Ihre verrückte Tochter nicht.«

In Hannah brodelte es ähnlich wie in der rotglühenden Gesteinsmasse unter ihren Füßen. Eine unglaubliche Wut stieg in ihr auf. Sie sprang auf die Füße und stürzte sich auf Khalid. Der erste Schlag landete genau in seinem Gesicht, doch auf den zweiten war er bereits vorbereitet. Ein Hieb traf sie an der Schläfe und schickte sie zurück auf den Boden. Tränen strömten ihr über die Wangen. Sofort war Leni bei ihr und legte ihre Arme um sie. In Khalids Gesicht war nichts außer Verachtung zu sehen.

»Ich verstehe das nicht«, wimmerte Hannah. »Er war so überzeugt davon, dass Glaube Flügel verleiht. Für einen Moment habe ich ihm sogar geglaubt ...«

»Ja. Aber nicht der Glaube an das Unmögliche, sondern an den gesunden Menschenverstand«, sagte Khalid und riss sie wieder auf die Füße. »Welcher Gott würde von einem Menschen verlangen, sich in den Tod zu stürzen?«

»Ich weiß nicht. Der Gott der Bibel? Der des Korans?« Sie wischte über ihr Gesicht. Ihre Hände waren mit Ruß bedeckt.

Khalid reichte ihr sein Taschentuch. »Unsinn«, sagte er, und seine Stimme klang ein wenig versöhnlicher. »Als Gott den Menschen schuf, tat er das nach seinem Ebenbild. Er gab ihm Verstand und Überlebenswillen. Warum sollte derselbe Gott plötzlich von seiner Schöpfung verlangen, alles über Bord zu werfen und einer hirnverbrannten Logik zu folgen? Das ist kein Glaube, das ist Irrglaube, Fanatismus – *Dummheit.* Genau dagegen kämpfe ich seit Jahren an, und es ist auch jetzt Ihrem Mann zum Verhängnis geworden. So leid es mir tut, aber er hat sich da in etwas hineingesteigert und dafür mit seinem Leben bezahlt. Kommen Sie, Hannah, kümmern Sie sich um Ihre Tochter. Führen Sie sie hier raus, sie braucht Sie jetzt.« Er bot ihr seinen Arm an, doch sie lehnte ab.

Sie fühlte kaum noch ihre Beine. In ihr war alles abgestorben. Sie sah Leni vor sich stehen, sah, wie ihre Lippen sich bewegten. Aber es war nicht ihre Stimme, die sie hörte. Es war, als hätte sie Wachs in den Ohren. Und plötzlich, wie aus heiterem Himmel, ertönte da diese Stimme in ihrem Kopf.

VERZWEIFELE NICHT, MEIN KIND.
VOR LANGER ZEIT FORMTE ICH DIESE LÄNDER ENTSPRECHEND DEN REGELN DES VERBORGENEN WORTES.
AUF DASS BEDEUTUNG ENTSTEHE, WO ZUVOR CHAOS WAR.

Hannah presste die Fingerspitzen gegen ihre Schläfen. War das Leni, die da sprach? Sie fühlte, dass sie kurz davor war, den Verstand zu verlieren. Regeln? Länder? Chaos? Die Worte ergaben keinen Sinn.

Mühsam rappelte sie sich auf. Leni stand immer noch da. Der Tod ihres Vaters schien sie nicht besonders mitgenommen zu haben. Offenbar verstand sie gar nicht, was vorgefallen war. Hannah nahm sie in den Arm und drückte sie an sich. Es fühlte sich an, als hätte sie ein Stück Holz im Arm.

Khalid war ein Stück den Gang zurückgelaufen. Er schien etwas gefunden zu haben. Er gab ihr ein Zeichen, dann verschwand er im Treppenhaus.

»Komm, mein Schatz«, sagte Hannah zu ihrer Tochter und wischte sich die Tränen ab. »Hier gibt es nichts mehr für uns zu tun.«

Sie folgten Khalid ins Treppenhaus und dann nach oben. Die Stufen endeten an einer Eisenluke, die mit einem schweren Riegel gesichert war. Khalid hatte ihn zur Seite geschoben und stemmte seine Schulter gegen die Tür. Düsteres, orangefarbenes Licht fiel von oben herein.

Khalid öffnete die Luke und kletterte ins Freie.

Dem überraschten Laut, den er von sich gab, nach zu urteilen, hatte er etwas entdeckt. Rasch reichte er Leni seine Hand und zog sie hoch. Er bot auch Hannah seine Hilfe an, aber sie lehnte ab. Sie nahm ihm immer noch übel, was er über John gesagt hatte.

Am Rand des Grabens stand eine rostige Konstruktion, die sich hoch in den nachtschwarzen Himmel erhob. Eine Brücke? Daneben war eine bronzene Hinweistafel zu sehen. Hannah nahm die Tafel in Augenschein.

Phlegethon. Hazardous Area. Watch your step!
Folding Bridge ahead. Use at your own risk.

Skeptisch musterte Hannah das rostige Ding. Khalid packte den Handgriff, schwenkte das Gebilde herum, löste ein paar Handgriffe und bediente den Ausziehmechanismus. Stahlseile wurden stramm gezogen, Auslegerarme entfalteten sich und zogen die Brücke quietschend und knarrend in die Länge. Der Wind griff in das Gestänge, und ein klagendes Heulen ertönte.

Oh, John. Warum hast du nicht auf mich gehört? Du hast deine Entscheidung getroffen, und ich muss jetzt mit den Konsequenzen leben. Wie soll ich nur ohne dich weitermachen?

»Mama?« Hannah spürte einen sanften Händedruck und schaute nach unten. Leni stand vor ihr und sah sie erwartungsvoll an. Hannah war immer noch erschüttert darüber, wie gelassen ihre Tochter auf den Tod ihres Vaters reagierte.

»Ja, mein Schatz?«

Statt einer Antwort deutete Leni hinüber zur Brücke. Khalid hatte das andere Ende fast erreicht. Das Metallgerüst schwankte und heulte, schien aber zu halten.

Oh, John. Warum hast du mich alleingelassen?

*

Als Khalid sah, dass die beiden ihm folgten, beschleunigte er seinen Schritt. Um ehrlich zu sein, ihr Schicksal rührte ihn nicht sonderlich. Fälle wie sie kannte er zu Hunderten. Randfiguren in einem Krieg, der bereits zu viele Opfer gefordert hatte. Er selbst konnte nichts daran ändern und hatte die Hoffnung bereits aufgegeben. Ihn trieb nur noch ein Ziel vorwärts: Er musste wissen, was aus seiner Familie geworden war.

Im Laufschritt durchquerte er das Tor in der Mauer, kletterte über eine Schutthalde und setzte seinen Fuß in die brennende Stadt.

Was er sah, übertraf seine schlimmsten Vermutungen.

Die Straße *al-Shaziani* war ein Ort der Verwüstung. Der Gestank nach Aerosol hing wie ein Leichentuch über den verbrannten Gebäuden. Überall waren umgestürzte, geschwärzte Mauerreste, zwischen denen verzweifelte Menschen nach ihren Angehörigen suchten. Schreie und Wehklagen erschollen, während vermummte Frauen die zerstörten Häuser nach Überlebenden oder etwas Essbarem durchsuchten. Rechts wurde eine Tür aufgestoßen. Ein brennender Mann rannte aus dem Haus, überquerte die Straße und flüchtete in eines der gegenüberliegenden Gebäude. Niemand kümmerte sich um ihn. Er war so schnell wieder verschwunden, dass Khalid schon glaubte, er habe sich das vielleicht nur eingebildet. Überhaupt ähnelte diese Stadt eher einem Alptraum als einem tatsächlichen Kriegsgebiet.

Autos brannten, Flammen schlugen aus Geschäften und schwängerten die Luft mit dunklem Rauch. Die Schäden an den Gebäuden waren zwar heftig, aber nicht so schlimm, wie man angesichts der Menge an Toten und Verwundeten, die sich rechts und links stapelten, glauben mochte. Nur die wirklich baufälligen Gebäude waren von der Druckwelle umgeworfen worden. Die al-Nuri-Moschee zum Beispiel stand noch. Genau wie das schiefe al-Hadba-Minarett, das die Katastrophe aus unerklärlichen Gründen überstanden hatte. Freilich stammten diese Bauwerke aus anderen Zeiten. Damals wusste man eben noch, wie man dauerhaft baute.

Khalid umrundete eine Gruppe klagender Weiber, die auf der Ninive-Straße einen halb verkohlten Leichnam aus einem der Gebäude zerrten. Es war das Eckhaus, und er bemerkte verwundert, dass er den Laden im Erdgeschoss kannte. Ein Gemüseladen, in dem seine Frau immer eingekauft hatte. Bei genauerer Betrachtung sah er, dass es der Ladeninhaber war, den die Frauen da rauszogen. Sein

Rumpf war an der Gürtellinie abgetrennt, so dass seine Gedärme über den Boden schleiften. Ohne einen Blick auf das runde Gesicht mit dem markanten Backenbart, das immer noch freundlich wirkte, hätte Khalid ihn kaum wiedererkannt.

Flammen schlugen aus dem Geschäft. Khalid spürte die Hitze auf seiner Haut. Der Rauch schnürte ihm den Atem ab. Die Luft wurde trüber. Inzwischen betrug die Sicht weniger als dreißig Meter. Weiße Ascheflocken wehten durch die Straßen und sammelten sich an den Straßenecken zu regelrechten Schneeverwehungen. Mossul sah aus wie nach einem Schneesturm. Nur noch eine Kreuzung, dann kam sein Haus. Dann würde er sehen, was sie ihm angetan hatten. Die Hände vor Anspannung zu Fäusten geballt, beschleunigte er seinen Schritt.

*

John atmete ein, er atmete aus. *Langsam.*

Nur nichts übereilen. Nicht noch ein Fehler. Der eine war genug.

Er lebte. Das war alles, was zählte.

Er erinnerte sich an seinen Sturz, doch was danach kam, wusste er nicht mehr. Sein Gedächtnis war weg. Ein großes schwarzes Loch, auf dessen Grund sich ein Stapel Fragen türmte. Alles, was er wusste, war, dass er sich nach seinem Erwachen auf einem schmalen Felsvorsprung wiedergefunden hatte. Zwanzig oder dreißig Meter über der brodelnden Lava. Ganz offensichtlich war er irgendwo hängengeblieben oder aufgeprallt. Es hatte eine halbe Ewigkeit gedauert, bis ihm klargeworden war, was für ein Glück er gehabt hatte – was für ein unverschämtes Glück. Er hatte ja schon viele Dummheiten angestellt, aber diese schlug dem Fass wirklich den Boden aus. *Glaube verleiht Flügel? Im Ernst jetzt?* Das klang nicht nach ihm. Eher nach einem Spruch aus einem dieser billigen Glückskekse. Wenn er so darüber nachdachte, kam er aus dem Kopfschütteln gar nicht mehr heraus. Wie konnte er so borniert sein, sein ganzes Leben auf so einen Spruch zu verwetten?

Er war weder jemals besonders gläubig noch besonders naiv gewesen – zumindest dachte er das bisher.

Minutenlang hatte er gewartet. Auf eine Antwort. Auf Hilfe oder einen rettenden Engel. Als nichts davon geschah, wurde ihm klar, dass er selbst für seine Rettung sorgen musste.

Seit einer gefühlten Viertelstunde hing er nun schon in der Wand. Mühsam arbeitete er sich Vorsprung für Vorsprung nach oben. Das Gestein glühte vor Hitze, die Luft war schier nicht zu atmen. Aber der Gedanke an seine Familie trieb ihn unerbittlich voran. Wo waren sie? Was dachten sie wohl von ihm? Hatten sie ihn aufgegeben, ihn bereits betrauert und beweint? Der bloße Gedanke, dass sie sich in der Gewalt dieses IS-Terroristen befanden, schnürte ihm das Herz zusammen. Er wurde unkonzentriert und fahrig. Sein Fuß trat ins Leere, und um ein Haar wäre er abgestürzt, hätten sich seine Finger nicht augenblicklich wie Wurzeln ins Mauerwerk gekrallt und ihn vor dem endgültigen Ableben bewahrt.

»Verdammt noch mal«, fluchte er. Seine übersäuerten Muskeln schmerzten, jeder Schritt war eine Qual. Für die letzten Meter musste er noch einmal seinen ganzen Willen aufbringen. Dann ertasteten seine Finger eine Kante, und Hoffnung keimte auf. Er stützte sich mit den Füßen ab und ließ seine Beine den Rest erledigen.

Und dann war er oben.

Halb ohnmächtig, robbte er mehrere Meter in den kühlen Gang hinein, wo er schließlich zusammenbrach. Sauerstoff, *endlich*! Mit dem Gesicht auf dem Steinboden, saugte er die lebenspendende Luft in seine schmerzenden Lungen. Es war vollbracht. Er lebte. Hannah und Leni waren zwar fort, aber er würde sie suchen. Wenn er nur wieder zu Kräften käme. Tatsächlich dauerte es aber noch eine ganze Weile, bis er so weit war.

Mit dem Handrücken über seine tränenden Augen streichend, richtete er sich auf und machte ein paar wackelige Schritte. Wohin waren sie gegangen? Da war doch nichts außer ... aber natürlich: das Treppenhaus!

Er atmete tief ein. Da waren Fußabdrücke im Staub. Sie reichten bis zu den Stufen und weiter hinauf.

»Hannah«, flüsterte er. »Leni.«

Von neuer Hoffnung erfüllt, folgte er ihnen.

57

Khalid legte die letzten Meter zurück. Die Ascheschicht machte das Vorwärtskommen nahezu unmöglich. Es schien ihm, als wolle eine unsichtbare Macht verhindern, dass er sein Ziel erreichte. Doch er war nicht irgendjemand. Er war Khalid al-Aziz. Befehlshaber des Islamischen Staates und Kommandant der Legionen des Nordens. Nichts und niemand würde ihn aufhalten. Ein Taschentuch um den Mund geschlungen, legte er die letzten Meter zurück.

KEHR UM.

Die Sicht war getrübt, die Luft kaum noch zu atmen.

GEH NICHT.

Weiter, immer weiter stapfte er durch den Schneesturm. Es gab keinen anderen Weg. Nur geradeaus. Bis zur nächsten Kreuzung und dann nach links. Ein paar Schritte noch. Er tauchte in den Windschatten hinter einer Häuserecke, blieb stehen und klopfte sich die Asche aus Haaren und Kleidung. Dann sah er sein Haus.

Der Anblick versetzte ihm einen Stich ins Herz. Unheilverkündend ragte das Gebäude in den dunklen Himmel. Wären da nicht die markanten dreigeteilten Fenster und der Rundbogen über der Eingangstür, er hätte es nicht wiedererkannt. Die ehemals weiß verputzte Fassade war mit einer schwarz glänzenden Schicht bedeckt, die sich beim Näherkommen als Glas entpuppte. Schwarzes Glas. Die Hitze musste so gewaltig gewesen sein, dass der Silikatputz zu Obsidian geschmolzen war.

Ausgeschlossen, dass irgendjemand das überlebt hatte.

Er durchquerte die Eingangstür. Das Holz war zu einem Häuflein Asche verbrannt, die Metallscharniere im Feuersturm violett angelaufen. Den Innenhof betretend, ließ er seinen Blick schweifen. Das Gebäude stand noch, aber es wirkte wie ein Rohbau. Von den Einrichtungsgegenständen existierte nichts mehr. Teppiche, Wandbehänge, Holzgeländer, Rohrstühle, alles verbrannt. Selbst die Palmen waren zu unansehnlichen Stümpfen heruntergekohlt.

Allah, was habe ich getan, dass du mich so bestrafst?

Wie in einem Alptraum stieg er die steinerne Treppe zum ersten Stock hinauf und ging durch die Räume. Wohnzimmer, Kinderzimmer, Bad – allesamt ein Raub der Flammen. Im Schlafzimmer blieb er stehen. Das Bett war verschwunden. Dort, wo es gestanden hatte, war ein Rahmen aus schwarzer Asche auf dem Boden zu sehen. Inmitten dieses Rahmens lagen drei Skelette. Zwei kleine und eines, das etwas größer war. Khalid schlug die Hände vor den Mund.

Das Feuer hatte Kamila, Melih und Memnun im Bett erwischt. Vermutlich waren sie eng aneinandergekuschelt in eine Geschichte vertieft gewesen, als die Katastrophe zugeschlagen hatte. Die Kinder liebten es, Bücher vorgelesen zu bekommen. *Hatten es geliebt*, musste es heißen, denn nun waren sie tot. Nun, immerhin hatte er jetzt Gewissheit. Und es gab etwas, das er bestatten konnte. In diesem Moment erklang eine Stimme von unten.

»Hallo, ist da jemand?«

Die Worte waren englisch, mit amerikanischem Akzent.

»Ob da oben jemand ist, will ich wissen.«

»Hier.« Khalid würgte das Wort heraus.

»Runterkommen, aber sofort.« Die Stimme krächzte und schnarrte wie ein schlecht geöltes Scharnier.

Khalid sah sich um. Neben dem heruntergebrannten Kleiderschrank lag eine angelaufene Eisenstange, an der noch ein paar verkohlte Kleiderbügel hingen. Er griff danach und wog sie in seiner Hand. Gutes, schweres Metall.

Die Stange locker durch die Luft schwingend, schlug er den Weg Richtung Erdgeschoss ein.

Im Innenhof stand eine Gruppe von Blauhelmsoldaten. Ihr Anführer war ein kaugummikauender Mann mit roten Wangen und stechendem Blick. Als er Khalid sah, richtete er seine Waffe auf ihn.

»Was haben Sie hier zu suchen? Sie befinden sich in einem Sperrgebiet. Haben Sie denn die Hinweisschilder nicht gelesen?«

Die Art, wie er sprach, machte Khalid wütend. »Das hier ist mein Haus«, sagte er, die lodernden Flammen in seinem Inneren unterdrückend. »Meine Familie hat hier gelebt. Jetzt ist sie tot. Wollen Sie sie sehen?«

»Ich ... ähm.« Der Mann räusperte sich. »Tut mir leid, das zu hören, Sir. Trotzdem dürfen Sie sich nicht hier aufhalten. Das ist Sperrgebiet. Die Gebäude in diesem Sektor sind massiv von Einsturz bedroht.« Er warf einen misstrauischen Blick auf die Eisenstange. »Sie sagten, dies wäre Ihr Haus?«

»Allerdings.«

»Können Sie sich ausweisen, Sir?«

»Ob ich ... was?«

»Ihren Ausweis. Wir müssen sichergehen, dass Sie kein Plünderer sind.«

Die Metallstange wurde wärmer.

»Ich habe keine Papiere, mein Wort muss Ihnen genügen«, zischte Khalid. »Gehen Sie jetzt, oder ich mache von meinem Recht als Hausherr Gebrauch.«

Der Anführer der Blauhelme hob sein glattrasiertes Kinn. »So läuft das nicht, Sir. Ich mache Sie darauf aufmerksam, dass sich diese Stadt im Ausnahmezustand befindet. Es wurde das Kriegsrecht verhängt. Sie haben unseren Anweisungen Folge zu leisten, oder Sie werden von uns ...«

Weiter kam er nicht. Khalid machte einen Ausfallschritt auf den Mann zu und rammte ihm die Eisenstange mit einer fließenden Bewegung ins Gesicht. So groß war die Wucht des Schlages, dass sie den Knochen zwischen den Augenbrauen glatt durchschlug und quer durchs Gehirn bis auf die Rückseite des Schädels durchrutschte. Noch ehe die anderen Männer ihre Waffen entsichern konnten, hatte Khalid die Stange herausgezogen und gegen den nächsten Mann gerichtet. Das Metall leuchtete flammend rot.

»Ihr überzieht mein Land mit Krieg«, schrie er. »Ihr zündet meine Heimatstadt an, tötet meine Frau und meine Kinder und wagt es, mich in meinem eigenen Haus zu bedrohen? Doch damit ist jetzt Schluss.«

Mit einem hässlichen Knacken durchdrang die Stange das rechte Auge des zweiten Soldaten. Gurgelnd und Blut spuckend brach er zusammen. Flammen züngelten über das Metall, griffen auf Khalids Hand über und krochen seinen Arm entlang. Doch er war noch lange nicht fertig. Genauer gesagt, wurde er gerade erst richtig warm. Das Feuer gab ihm Kraft.

Er war ein Gott. Ein Gott der Flammen und der Rache. Jahrzehnte der Unterdrückung, Generation auf Generation von Hass, Blut und Gewalt brachen sich Bahn. Es war wie ein Rausch. Schon brach der nächste Soldat zusammen. Je wütender Khalid wurde, desto höher prasselten die Flammen. Sie schienen direkt aus dem Inneren seines Körpers zu kommen, verzehrten seine Kleidung, verbrannten Haut und Nägel und ließen seine Augen kochen.

Die Soldaten wichen zurück. Mit blau leuchtenden Augen verfolgten sie das Spektakel. Spontane menschliche Selbstentzündung, das gefiel ihnen. Ihre Häupter gesenkt, zogen sie sich zurück. Keiner von ihnen hatte je so etwas gesehen. Aber der Sucher ließ sich immer etwas Neues einfallen. Er wusste, wie man seine Untergebenen bei Laune hielt. Er hätte den Mann auch explodieren lassen oder ihn in irgendein finsteres Loch stürzen lassen können, aber so war es natürlich viel stimmungsvoller. Ein Flammenopfer für die brennende Stadt – so musste es sein.

Der Mann stand jetzt lichterloh in Flammen. Kreischend und um sich schlagend, wankte er durch die Gegend. Er hieb hierhin und dorthin, traf jedoch nur geschmolzenes Gestein und verkohltes Holz. Da seine Augen tot waren, fehlte ihm die Orientierung.

Am Schluss brach er zusammen, fiel kopfüber auf den Boden und verbrannte zu einem Haufen weißer Asche, den der Wind auf und davon trug.

Applaus brandete auf. Das Finale rückte näher und mit ihm ein Gefühl gespannter Erwartung. Die Diener scharten sich um den Leichnam. Jetzt dauerte es nicht mehr lange.

58

Ein Lachen erklang. Ein Geräusch, das inmitten dieser Stadt des Wehklagens seltsam fehl am Platze war. Hannah blieb wie angewurzelt stehen. Die Stimme kam ihr seltsam vertraut vor. Sie drehte sich um – und hielt den Atem an. Inmitten der Asche und der Flammen stand ein Mann. Kerzengerade, mit breiten Schultern und kurzgeschnittenen Haaren, die an den Schläfen bereits grau zu werden begannen. Seinen Kopf hielt er leicht seitlich geneigt, und in seinem Gesicht leuchtete Freude und Erleichterung.

»Hallo, ihr beiden.«

Diese Stimme!

Hannah zwinkerte ein paarmal. Sie erwartete, dass das Trugbild wieder verschwinden würde, aber das tat es nicht. Es blieb, wo es war. Und dann kam es auch noch auf sie zu.

Sie spürte, wie ihre Knie weich wurden.

»Endlich habe ich euch gefunden.« Ein solches Lächeln brachte nur ein Mann zustande. »Hättet ihr nicht auf mich warten können?«

Ihre Unterlippe fing an zu beben. Ihr Hals war mit einem Mal so rauh.

»John?«

»Wie er leibt und lebt.« Er breitete die Arme aus. »Komm, gib mir einen Kuss.«

Hannah hatte das Gefühl, der Boden würde unter ihren Füßen wegsacken. War das möglich? Sie hatte ihn doch fallen sehen.

Ohne dass sie sich dessen bewusst war, eilte sie nach vorn und umarmte ihn. Kein Zweifel, er fühlte sich an wie John, er roch wie John. Es *war* John.

»Aber das ist doch nicht möglich«, flüsterte sie. »Ich habe gesehen, wie du abgestürzt bist. Wieso bist du noch am Leben?«

»Eine ziemlich dumme Aktion, ich weiß.« Er lachte verschämt. »Keine Ahnung, wie ich auf diesen hirnverbrannten Gedanken kommen konnte. Vielleicht weil ich das dringende Bedürfnis hatte, auch mal einen wichtigen Hinweis zu finden. *Glaube verleiht Flügel*, ist das nicht verrückt? Ich habe mir das so stark in den Kopf gesetzt, dass ich beinahe mit dem Leben dafür bezahlt hätte. Aber zum Glück hat der liebe Gott ein Auge zugedrückt und mir einen Felsvorsprung unter den Hintern geworfen und mich aufgefangen.«

»Der liebe Gott?« Hannah löste sich von ihm.

Sie bemerkte die Tränen in ihren Augen. Es fiel ihr immer noch schwer, zu glauben, dass er wirklich zurückgekehrt war. »Ich habe doch runtergeschaut. Da war nichts ...«

»Vermutlich wegen dieses fiesen kleinen Vorsprungs, der deine Sicht behindert hat«, sagte John und lächelte. »Ich hatte ganz schön Mühe, ihn zu überwinden. Dass ich das geschafft habe, kommt mir im Nachhinein immer noch wie ein Wunder vor. Besonders bei diesen Temperaturen. Es muss ewig gedauert haben. Als ich oben ankam, wart ihr jedenfalls schon weg.«

»Khalid hatte es eilig«, sagte Hannah. »Und ich sah keine Möglichkeit, wie du diesen Sturz überlebt haben könntest.

Hätte ich das, ich wäre keinen Meter von der Kante gewichen, das musst du mir glauben.« Sie verstummte. Ihre Gefühle überwältigten sie. Noch einmal küsste sie ihn, nur um sicherzugehen. Seine wundersame Wiederkehr war großartig. Fast zu schön, um wahr zu sein.

Leni schien sich ebenfalls zu freuen, auch wenn sie deutlich zurückhaltender auf die wundersame Rettung ihres Vaters reagierte. Aber Hannah wusste gerade überhaupt nicht mehr, was ihre Tochter fühlte und dachte.

Mit einem zaghaften Lächeln stand Leni da und hielt die Hand ihres Vaters. John strich ihr übers Haar. »Wo steckt Khalid eigentlich? Ich hoffe, er heckt nicht wieder irgendetwas aus.«

Hannah wischte die Tränen aus ihren Augen. »Keine Ahnung. Ist mir auch egal. Kaum, dass wir die Brücke betreten hatten, drehte er sich um und lief auf und davon.«

»Vermutlich auf der Suche nach seiner Familie«, sagte John. »Soll er ruhig. Sein Weg ist ein anderer als unserer. Wir müssen hier weg. Dieser Ort stinkt nach Tod und Verwesung. Ich will nicht riskieren, dass euch irgendetwas zustößt. Nicht, nachdem ich euch gerade wiedergefunden habe. Ab jetzt werden wir uns nicht mehr trennen, versprochen.«

Er hatte noch nicht ganz zu Ende gesprochen, als auf der gegenüberliegenden Straßenseite unter großem Poltern und Krachen eine Häuserfront zusammenbrach. Menschen brachten sich schreiend in Sicherheit, stoben auseinander wie Gänse beim Eintreffen des Wolfes. Als sich der Staub legte, erkannte Hannah, dass hinter dem

Haus eine unbebaute Fläche war, die von den schrecklichen Bränden verschont geblieben war. Und da gab es noch mehr zu sehen.

»Schaut mal«, sagte sie und deutete hinüber. »Infernoland hat eine neue Pforte für uns geöffnet.«

Blaues Licht strahlte ihnen entgegen. Die Luft war geschwängert von einem durchdringenden Ozongeruch.

Die Pforte war anders als alles, was sie bisher gesehen hatten. Zwei kantig behauene Granitsäulen, über denen quer ein massiver Deckstein lag. Fünf Meter hoch, drei Meter breit und ganz gewiss mehrere Tonnen schwer. Das Ganze wies eine verblüffende Ähnlichkeit mit Stonehenge auf – mit einem entscheidenden Unterschied. Der Raum zwischen den Felssäulen war nicht leer.

»Was ist denn das?«, fragte John. »Sieht aus wie ein Energiefeld oder wie eine verkleinerte Galaxie.«

Hannah trat noch ein bisschen näher. Sie hob die Hand. Die Härchen auf ihrem Unterarm richteten sich auf und ließen ihre Haut kribbeln. »Sieht dreidimensional aus.«

»Und es bewegt sich«, sagte John. »Als wäre es vom Raumteleskop Hubble aufgenommen worden.«

Hannah überwand ihre Scheu und berührte die Oberfläche. Der Anblick war überwältigend. John hatte recht, die Galaxie rotierte. Unendlich langsam zwar, aber wahrnehmbar. Und schon wieder hatte sie das Gefühl eines übermächtigen Déjà-vu. Sie hatte das alles schon einmal gesehen. Vor langer Zeit. Das Herz schlug ihr bis zum Hals.

»Alles klar bei dir?« John war neben sie getreten und berührte ihre Hand. »Du siehst aus, als hättest du einen Geist gesehen.«

»Das habe ich, ja. Wobei das eigentlich unmöglich ist …«

»Erzähl.«

»Es hat mit einem Mann namens Kore zu tun.«

»*Kore?* Moment mal …« John runzelte die Stirn. »Den Namen habe ich schon einmal gehört. War das nicht der Targi, bei dem wir damals die Nacht verbrachten? Dieser Einsiedler?«

»Medusa«, sagte sie und nickte. »Unser Abenteuer in der Sahara. Die Nacht, in der ich den Stein berührt habe …«

»Aber das ist über zehn Jahre her. Wie kommst du gerade jetzt darauf, und was hat Kore damit zu tun?«

Hannah konnte nicht antworten. Die Erinnerungen überfluteten sie mit einer Heftigkeit, die keine Worte zuließ.

Sie musste die Augen schließen.

Und da war es.

Das Auge der Medusa. Das *Tassili N'Ajjer*. Kore Cheikh Mellakh. Die vielarmige Mutter der *kel essuf*. All das stand plötzlich so klar und deutlich vor ihrem geistigen Auge, als wäre es gestern gewesen. Viel war inzwischen passiert, vieles hatte sich verändert, die Welt war eine andere geworden. Nur sie war immer noch da. Der Fels in der Brandung.

»Hannah? Geht es dir gut?« Sie spürte Hände, die sich um ihre Schultern legten und sie sanft schüttelten. Sie schlug die Augen auf.

Johns Gesicht war nur wenige Zentimeter von ihr entfernt. »Was ist mit dir? Ich habe mit dir geredet, aber du hast nicht geantwortet. Geht es dir gut?«

»Ja …«, sagte sie leise. Die Bilder verblassten langsam. Noch immer konnte sie nicht glauben, was sie gerade gesehen hatte. Und dann tat sie etwas, was sie unter normalen Umständen niemals getan hätte. Sie streckte ihre Hand aus und griff in das Energiefeld hinein. Ihre Finger versanken in der Galaxie.

»Oh, Gott, Hannah …« John versuchte, sie zurückzuziehen, doch es gelang ihm nicht. Zu tief steckte sie schon drin. Sie schob noch ein bisschen weiter.

Ihr Arm war jetzt bis zum Ellbogen abgetrennt, zumindest sah es so aus. In Wirklichkeit war er *drüben* – wo auch immer das sein mochte. Eine Weile hielt sie es noch aus, dann zog sie ihn wieder heraus. Ein leichtes Kitzeln, sonst nichts.

»Alles noch dran«, sagte sie und bewegte die Finger. »Siehst du?«

John schüttelte den Kopf. »Was machst du nur für Sachen? Das war sehr unvorsichtig von dir. Du konntest doch gar nicht wissen, was geschieht. Aber zum Glück ist ja nichts passiert.«

»Ja, zum Glück. Versuch du es.«

»Ich soll …?« Sie sah, dass er Angst hatte, auch wenn er es mit einem Lächeln zu überspielen versuchte. »Na klar, warum nicht?«, sagte er. »Bin gespannt, wie sich das anfühlt …« Seine Finger berührten die Oberfläche. Bläuliche Entladungen zuckten über die Ränder. Das Kraftfeld verbog sich, wurde uneben, doch seine Finger durchdrangen es nicht. Es sah aus, als würde er gegen ein Gummituch drücken. Der Gestank nach Ozon nahm spürbar zu.

Stirnrunzelnd zog John seine Hand zurück und versuchte es noch einmal, diesmal kräftiger. Der Effekt war der gleiche. Nur mit dem Unterschied, dass die Entladungen heftiger wurden.

»Was zum Geier …?«

Er unternahm einen dritten Anlauf. Mit aller Gewalt versuchte er, seine Hand durch die Galaxie zu schieben. Ein heftiges Funkengewitter stob auf und schleuderte ihn mehrere Meter zurück.

Schweißperlen standen ihm auf der Stirn. »Ich verstehe das nicht«, stieß er aus. »Versuch du es noch mal.«

Hannah tat ihm den Gefallen. Problemlos tauchte sie in das Sternensystem ein. Sie lächelte entschuldigend. Wenn sie ehrlich war, hatte sie mit so etwas gerechnet.

»Aber … wie kann das sein?« John schien immer noch nicht zu begreifen, was vor sich ging. Wütend hieb er auf das Kraftfeld ein. Einmal, zweimal, dreimal. Mehr als ein paar blaue Entladungen brachte er nicht zustande. Hannah bemerkte, dass sein Umriss an den Rändern unscharf wurde. Seine Fäuste und Arme bekamen eine transparente Qualität.

Hannah seufzte. Letztendlich kam die Wahrheit immer ans Licht.

»Was ist mit mir … los?«, stieß John aus. »Ich fühle mich so kraftlos. Als würde ich gar nicht …«

»… existieren?« Leni sah ihren Vater an. »Tust du auch nicht, Papa. Du bist ein Geist.« Die Einfachheit und Klarheit von Lenis Worten schockierten Hannah. Natürlich hatte ihre Tochter recht, aber musste sie es so schonungslos ausdrücken? Nun, vermutlich war es so am besten. Sie selbst hatte auch eine Weile gebraucht, um darauf zu kommen. Nur John schien immer noch nicht zu verstehen.

»Ich soll ... *was?*«

»Du bist tot, John.« Hannah versuchte, ihn zu berühren, doch ihre Finger glitten durch ihn hindurch wie durch Nebel. »Gestorben. Genau wie all die anderen.«

Die Ruhe, mit der sie das sagte, erschreckte sie selbst. Aber es war nötig, die Dinge beim Namen zu nennen. Das war nicht John. Es war eine Kopie, ein Duplikat. Allerdings eines, das sich dieser Tatsache selbst offenbar nicht bewusst war.

Es war schmerzhaft, seine Ratlosigkeit und Verzweiflung mit anzusehen. Je eher dieser Spuk zu Ende war, desto besser. Sie trat vor und sah ihm fest in die Augen.

»Lass gut sein, John«, sagte sie. »Du bist ein Schatten, ein Geist. Zu guter Letzt ist mir doch noch eingefallen, welche Sünde du begangen hast. Den *Betrug*.«

»Betrug?« Er kaute an dem Wort herum wie auf einem Klumpen Fleisch.

»Genauer gesagt, den *Selbst*betrug.«

»Aber wieso ...?«

»Betrüger dürfen nicht passieren. Auch Selbstbetrüger nicht. Du hast den Phlegethon nie wirklich überquert. Deine Liebe zu uns und dein Wille, uns zu beschützen, haben deine Seele weiter getragen, als es vorgesehen war. Über den feurigen Fluss und hinein in die brennende Stadt. Doch das war nur deine Seele. Dein Körper liegt noch immer dort unten in der Lava.« Sie unterdrückte den Schmerz.

»Unsinn ...«

»Es gab keinen Vorsprung und keine Steinplatte. Nichts, was deinen Sturz abgefangen hat. Ich habe mich vorgebeugt und es mir angesehen. Da war nichts, nur Feuer.« Sie verstummte. So weh es auch tat, aber tief in ihrem Inneren hatte sie Johns Tod bereits akzeptiert. Die gnadenlose Logik dieser Welt ließ keinen Spielraum für Hoffnungen.

»Danke, dass du uns gefolgt bist«, sagte sie. »Es bedeutet mir viel, dass wir uns noch einmal sehen konnten. Aber jetzt ist die Zeit des Abschieds gekommen. *Infernoland* hat seine eigenen Gesetze. Dorthin, wohin wir gehen, kannst du uns nicht folgen.«

John stand da, als hätte sie ihn geohrfeigt. Mit hängenden Schultern und gesenktem Kopf, das Kinn trotzig vorgereckt, schien er die Wahrheit immer noch zu leugnen.

Große Teile seines Körpers waren inzwischen durchsichtig. Mit der Erkenntnis ging die materielle Auflösung einher.

»Ich ... wollte doch nur ...«

»Ich weiß.« Hannah versuchte zu lächeln. »Und dafür danke ich dir. Aber es ist, wie es ist. Auch ich werde bald gehen. Vielleicht haben wir ja Glück und sehen uns auf der anderen Seite wieder. Zumindest an diesen Gedanken werde ich mich klammern, wenn das Ende naht. Irgendwie spüre ich, dass es kein Abschied auf Dauer ist. Und jetzt halt mich noch einmal fest und drück mich.«

Er tat es, aber es war, als würde Wasser über ihre Haut rieseln. Er versuchte, sie zu küssen, doch mehr als ein zarter

Windhauch war es nicht. Und dann verschwand er. Löste sich auf, verwehte und wurde davongetragen.

Nur sein Geruch war noch da.

Hannah stieß einen Laut der Verzweiflung aus, dann nahm sie Leni an die Hand und durchschritt das Tor.

*

Die Welt jenseits des Portals war eine andere. Hier gab es weder Feuer noch Flammen, Hitze oder Brände. Es herrschte eisige Kälte. Die Landschaft wirkte wie auf Spitzbergen und doch wieder nicht. Es war eine idealisierte, *aufgeräumte* Version von Spitzbergen, die man so, in der Realität, vermutlich nirgendwo finden würde.

Um sie herum erstreckte sich eine endlose Ebene. Die Luft war windstill, der Himmel klar. Die Sterne sahen aus, als wären sie mit einer Nadel in den Himmel gestochen worden. Das Mondlicht schimmerte wie Silber auf den fernen Hügeln. Schneefelder bedeckten das zugefrorene Meer, das im nächtlichen Licht wie ein Salzsee wirkte. In einiger Entfernung schien ein grünliches Licht.

Hannah versuchte zu erkennen, was das war, aber es war einfach zu weit entfernt. Nun, vielleicht sollten sie sich ihm nähern. Sie packte Lenis Hand, machte einen Schritt nach vorn und blieb wie angewurzelt stehen.

Der Boden schwankte!

Erschrocken sah sie nach unten und bemerkte, dass sich überall Risse und Pfützen unter dem Schnee befanden. Sie standen auf Eisschollen. Schwarzes Wasser gluckerte in den Vertiefungen.

Was war das nun wieder für eine Teufelei?

»Mir ist kalt.« Leni hielt ihre Hand fest umklammert. Als wäre Hannah der Anker, der ihre Tochter vor dem Davontreiben bewahrte.

»Mir auch, meine Kleine. Mir auch.« Sie legte ihren Arm um sie und drückte sie an sich. Sie waren jetzt nur noch zu zweit. Dies war der neunte und letzte Höllenkreis. *Cocythus*, die eisige See. Einer musste noch ausscheiden, ehe der Letzte von ihnen dem Schöpfer des Irrgartens gegenübertreten durfte. *Nur einer kann gewinnen!* Wie bei einer beschissenen Castingshow. Doch diesmal hatte der Veranstalter die Rechnung ohne Hannah gemacht. Sie würde ihm gehörig die Suppe versalzen. »Leni?«

»Ja?«

»Versprich mir, dass du niemals meine Hand loslässt.«

Leni sah ihre Mutter an, als wäre sie nicht ganz bei Verstand.

»Und was soll das bringen?«

»Sie wollen uns trennen, und das darf auf keinen Fall passieren, verstehst du?«, sagte Hannah. »Wenn sie das schaffen, bekommen sie, was sie wollen. Dann haben sie gewonnen. Das werde ich nicht zulassen.«

»Wer sind *sie?*«

»Versprich es mir!«

Ihre Tochter zuckte mit den Schultern.

»Leni!«

»Von mir aus. Ich verspreche es.«

»Gut. Dann wollen wir mal sehen, wie sie reagieren, wenn wir uns nicht an ihre Regeln halten. Ich hatte das schon lange vor.«

Sie drehte sich um und kehrte dem Licht den Rücken zu. Durch dieses Portal würde sie nicht gehen. Nicht diesmal. Stattdessen schlug sie die entgegengesetzte Richtung ein.

Sie war kaum fünf Meter weit gekommen, als ihre Schuhspitzen Wasser berührten. Wie aus dem Nichts waren überall neue Risse und Tümpel entstanden. Hannah nahm Leni an die Hand, wich auf eine andere Scholle aus und hüpfte über einen Graben. Das Eis schwankte bedenklich.

DIEJENIGEN, DIE DIE HEILIGSTEN GEHEIMNISSE
MEINES GARTENS ENTHÜLLT HABEN,
DÜRFEN ZU MIR KOMMEN, UM ALS GESEGNETE
BOTSCHAFTER ZU DIENEN.

»Das kannst du vergessen«, keuchte Hannah. »Klopfe ruhig weiter deine Sprüche, mich kannst du nicht umstimmen. Du hast jetzt lange genug deinen Spaß gehabt, irgendwann ist Schluss. Weder ich noch meine Tochter werden weiter deiner Unterhaltung dienen.«

Keuchend setzte sie auf die nächste Scholle über. Sie hüpfte hierhin und dorthin, aber aus irgendeinem unerfindlichen Grund nahm die Anzahl der Risse exponentiell zu. Gurgelndes, strudelndes Wasser umgab sie. In den Tiefen trieben bleiche Körper dahin. Schwerelos wie Geister schwebten sie durch die Dunkelheit.

Schaudernd wandte Hannah sich ab. Sie taumelte weiter, glitt aus und rappelte sich wieder auf. Der Weg, den sie einschlug, führte immer weiter in die Irre.

Du bist auf deiner Reise weit gekommen, mein Kind. Du hast viel gelernt und hast unserem Anliegen mit wahrhaftem Glauben gedient, weshalb ich dich nenne: gesegnet und geliebt.

»Blödsinn«, stieß Hannah durch ihre zusammengepressten Zähne aus. »Du wirst mir nicht meine Tochter nehmen. Bis zuletzt werde ich mit dir um sie kämpfen. Aus den tiefsten Tiefen der Hölle will ich dich verfolgen. Mit meinem letzten Atemzug speie ich dir meinen Hass entgegen.«

Ihre Schritte wurden unsicherer und langsamer. Was hatte sie da gerade gesagt? Diese Worte waren nicht ihre eigenen. Sie klangen viel eher nach einem literarischen Zitat. *Moby Dick?*

Abrupt blieb sie stehen. Vor ihr war nur noch dunkles Wasser. Sie hatte das Ende der Eisfläche erreicht. In einiger Entfernung tauchte kurz der weiße Rücken eines riesigen Meeressäugers aus dem Wasser und verschwand dann wieder.

Es hatte keinen Sinn. Der Hassbringer würde sie nicht gehen lassen.

Sie blieb stehen und rief gequält: »Gib uns doch endlich frei. Was haben wir dir denn getan?«

Frohlocke, mein Kind. Du hast alle Aufgaben in diesem Land erfüllt. Du hast alle Wächter besiegt und alle Geheimnisse gelöst, weswegen du dich jetzt selbst Meister nennen darfst. Nun komm zu mir!

»Das ist doch keine Antwort auf meine Frage. Könntest du nicht wenigstens in diesem Fall Gnade vor Recht ergehen lassen? Sie ist ein Kind, wie soll sie ohne ihre Mutter überleben?« Die Wut schnürte ihr den Atem ab. Es war so verdammt willkürlich – so ungerecht.

Sie fühlte sich wie ein in die Enge getriebenes Tier. Sie hätte beißen, kratzen und spucken können. Aber wen? Und was hätte es genutzt? Welches Vergehens hatten sie sich schuldig gemacht? Es gab weder eine Anklage noch einen richterlichen Entscheid, geschweige denn einen Schuldspruch.

»Mama?«

Die Stimme ihrer Tochter holte sie zurück in die Realität. Noch immer standen sie am Rande des großen Meeres.

»Hm?«

»Ich glaube nicht, dass wir hier weiterkommen.« Ihre Tochter zog sie vom Wasser weg. Schwarze Fluten schwappten gegen ihre Schuhspitzen. Die Eisschollen waren auseinandergebrochen und trieben als unerreichbare kleine Inseln auf der See. »Lass uns umkehren.«

»Und uns einfach ergeben?« Hannah schüttelte den Kopf. »Wir dürfen uns nicht auf sein Spiel einlassen. Solange wir uns wie Spielsteine verhalten, hat er Macht über uns. Am besten, wir bleiben einfach hier stehen.«

Sie hatte kaum das letzte Wort beendet, als ein dumpfes Knacken ertönte. Direkt unter ihren Füßen war ein Spalt entstanden, der rasch breiter wurde. Hannah taumelte, wankte zur Seite und fiel auf die Knie. Dabei rutschte ihr rechtes Bein ins Wasser.

Die Kälte biss zu wie eine Muräne.

Hannah schnappte nach Luft. Mit Entsetzen sah sie, dass ihre Eisscholle sich langsam vom Rest der Eismasse entfernte. Leni stand drüben auf der anderen Seite und sah traurig zu ihr herüber.

Jetzt waren sie doch getrennt. *Niemals!*

Hannah sprang auf. Sie musste umgehend handeln, oder sie würde den Sprung nicht mehr bewältigen. Sie schätzte die Entfernung, dann nahm sie Anlauf. Mit einem gewaltigen Satz sprang sie über den Graben und landete vor Lenis Füßen. Ein Stück der Scholle brach ab. Mit beiden Beinen glitt sie ins Wasser. Fluchend versuchte sie, sich irgendwo festzuhalten, aber ihre Finger fanden keinen Halt. Leni packte ihre Hände und half ihr, wieder aufs Trockene zu kommen. Was für eine dämliche Aktion! Schon spürte sie, wie sich die Kälte in sie hineinfraß.

Rasch löste sie ihren Gürtel, zog sich Schuhe und Hose aus und wrang sie aus. Der Schnee ließ ihre Füße taub werden. Binnen weniger Sekunden war die Hose steif gefroren.

»Wir sollten uns beeilen, Mama. Du musst ins Warme. Das Tor ist der einzige Weg.« Ihre Worte waren klar und deutlich. Logisch wie ein Rubikwürfel.

Klick, klack.

Hannah schämte sich für ihren pubertären Rebellionsversuch. Wie hatte sie nur annehmen können, den Verlauf der Geschichte ändern zu können? Das Skript war geschrieben, die Ereignisse festgehalten. Jeder musste seine Rolle spielen, bis ihn das festgeschriebene Ende ereilte. Leni hatte das eingesehen, wieso konnte sie das nicht auch? Vielleicht, weil sie ein solch kaltes und unmenschliches Prinzip nicht akzeptieren wollte? Oder hasste sie es einfach, zu verlieren?

»G… gut«, stammelte sie mit klappernden Zähnen. »A… aber keine Alleingänge, v… verstanden?«

»Ich habe es dir versprochen.«

»In O… Ordnung. Dann gehen wir jetzt weiter. Und lass ja m… meine Hand nicht los.«

Es war weiter, als es aussah. Immer wieder mussten sie Gräben und Spalten ausweichen, Umwege in Kauf nehmen und Sackgassen auslassen. Nach einer Weile merkten sie, dass sie sich dem Licht auf verschlungenen Pfaden näherten. Inzwischen sah sie es besser. Nun hatte sie den Eindruck, dass es sich um eine Art Telefonzelle handelte.

Eine *Telefonzelle?*

Sie streifte ihre Kleidung wieder über. Die Hose war zwar gefroren, aber das war immer noch besser, als gar keine Schutzschicht zu haben. Inzwischen waren sie auf knapp hundert Meter an das Objekt herangekommen. Noch immer war Hannah nicht klar, was sie da sahen. War das tatsächlich eine Telefonzelle oder doch eher eine Bauhütte oder eine Bushaltestelle? Im Inneren funzelte eine einzelne Neonröhre altersschwach vor sich hin.

Vorsichtig einen breiten Spalt umrundend, legten sie die letzten Meter zurück. Leni wurde langsamer. Der Marsch hatte sie sichtlich angestrengt. Hannah blieb stehen, ging vor ihrer Tochter in die Hocke und strich ihr übers Haar.

»Bist du müde?«

Leni nickte.

»Ich auch, mein Schatz. Aber ich muss herausfinden, was das ist. Und für dich ist es besser, wenn du nicht näher als unbedingt nötig herangehst.«

»Warum?«

»Ist dir nicht aufgefallen, dass die Stimme immerzu von einem *Kind* redet? Es ist offenkundig, dass der Schöpfer dieses Irrgartens es auf dich abgesehen hat. Das werde ich auf keinen Fall zulassen. Ich werde herausfinden, was das ist, und dann werden wir versuchen, gemeinsam hindurchzugehen.«

»Okay.«

»Braves Mädchen.« Hannah gab ihr einen Kuss auf die Stirn. Ihre Haut fühlte sich eiskalt an. »Ich bin gleich wieder zurück. Bleib hier und ruh dich aus. Versprochen?«

»Okay.«

Noch einmal küsste Hannah ihre Tochter, dann stand sie auf und ging auf die Pforte zu. Nur noch wenige Meter trennten sie von dem merkwürdigen Kasten. Inzwischen war sie zu dem Schluss gekommen, dass es weder eine Telefonzelle noch eine Bushaltestelle war. Vielmehr sah es aus wie eine Fahrstuhlkabine. In ihrem Inneren war eine Schalttafel, auf der sich zwei Knöpfe befanden. Der eine war mit einer 0 graviert, auf dem anderen stand -1. *Untergeschoss.*

Hannah blickte auf ihre Füße. Untergeschoss? Aber sie standen auf einer Eisscholle. Unter ihren Füßen war nur Wasser.

Illusion, schoss es ihr durch den Kopf. Alles nur ein Trick, wann wirst du das endlich lernen?

Sie zog am Griff, doch die Tür blieb geschlossen. Noch einmal versuchte sie es, diesmal mit mehr Kraft. Das verchromte Metall ächzte und stöhnte, doch die Tür blieb zu.

Neben dem Griff war ein Firmenzeichen zu sehen. *Treachery Lock* stand dort eingraviert. Daneben das Symbol einer Schlange. Wütend trat Hannah gegen die Tür, aber mehr als ein schwaches Klirren hatte das nicht zur Folge.

»Was ist los?«

»Die verdammte Tür klemmt, ich bekomme sie nicht auf.«

»Das war vorauszusehen.«

»Was?« Hannah umklammerte noch einmal den Griff und zog.

»Das Level wurde noch nicht freigeschaltet.«

Augenblicklich unterbrach Hannah ihre Bemühungen. Leni stand etwa zehn Meter entfernt und blickte mit großen Augen zu ihr herüber. Ihre Arme um sich geschlungen, wirkte sie schrecklich klein und verlassen. Allerdings war Hannah froh, dass Leni wieder redete. Sie war die gesamte Reise über besorgniserregend still gewesen. Jetzt war sie wieder das kleine Mädchen, mit dem sie die glücklichsten Jahre ihres Lebens verbracht hatte.

»Level freigeschaltet? Wovon redest du?«

»Vielleicht solltest du doch mal anfangen, Computerspiele zu spielen. Dann wüsstest du, dass man Portale erst durchqueren kann, wenn alle Quests gelöst sind.«

Hannah verstand nur Bahnhof. »Was denn für Quests? Ich habe keine Aufgabe gesehen.«

»Die Aufgabe ist auf allen Ebenen gleich. Einer muss zurückbleiben, damit die anderen weitergehen können.« Lenis Lächeln schwand. »Aber das ist okay. Um ehrlich zu sein, ich habe ohnehin genug von diesem Spiel, es langweilt mich. Ich möchte zurück ins Warme, zurück zu meinen Spielsachen und meinen Schildkröten.« Sie hob die Hand zu einem zaghaften Winken. »Mama?«

»Ja?«

»Ich hab dich lieb.«

Mit diesen Worten machte sie einen Schritt zur Seite und verschwand in den Fluten. Schwarz schlugen die Wellen über ihr zusammen.

Es gluckerte, dann wurde es still.

Irgendwo schlug eine Glocke.

59

Der Aufzug fuhr und fuhr. Er schien überhaupt nicht anhalten zu wollen. Mittlerweile sah es so aus, als würde er direkt bis zum Erdkern fahren. Hannah war wie versteinert. In dem Moment, als das eisige Wasser Leni verschluckt hatte, war für sie die Welt zusammengebrochen. Sie wusste, dass sie nie wieder Glück oder Zufriedenheit erfahren würde. Sie würde noch diesen einen Auftrag erledigen und dann zusehen, wie sie ihrer unbedeutenden Existenz einen schnellen und unkomplizierten Abgang verschaffte.

Ich hab dich lieb.

Hatte sie das wirklich gesagt, oder war das nur ein Wunschtraum gewesen? Nein, es stimmte. Wie sehr hatte Hannah sich danach gesehnt, diese Worte unter normalen Umständen zu hören, doch es war ihr nicht vergönnt gewesen. Stattdessen jetzt das Lebewohl.

Ein qualvolles Stöhnen drang aus ihrer Kehle.

Als die dunklen Fluten über Lenis Kopf zusammengeschlagen waren, war die Tür hinter Hannah aufgegangen. Wie eine Schlafwandlerin war sie eingestiegen und hatte den Knopf gedrückt. Quest gelöst, neues Level freigeschaltet.

Klick, Klack.

Ihr wurde übel.

Versprich mir, dass du niemals meine Hand loslässt.

Ja, im Erteilen von Anweisungen war sie schon immer gut gewesen. Aber wie stand es damit, selbst die Regeln einzuhalten? Die ganze Zeit über hatte sie darauf geachtet, ihre

Tochter nicht loszulassen. Und ausgerechnet im entscheidenden Moment hatte sie versagt? Wie konnte das sein?

Aber wie hätte sie auch ahnen können, dass Leni einen solchen Verrat begehen würde? Sie hatte es ihr doch versprochen. Erst ein paar Minuten später, als sie nochmals auf das Schild an der Fahrstuhltür geblickt hatte, war Hannah klargeworden, welche Prüfung hier stattgefunden hatte. *Treachery* – Verrat. Das Zeichen der Schlange. Die neunte und letzte Ebene. Draußen rauschten die Lichter vorbei.

Noch immer machte der Aufzug keine Anstalten, anzuhalten. Sie hätte schreien mögen, aber da war nichts, womit sie diesen Schrei hätte hervorbringen können. Keine Wut, keine Kraft, nicht mal genügend Luft zum Atmen. Ihre Lungen fühlten sich an wie ausgequetscht.

Doch letztlich hatte alles ein Ende, auch die Fahrt in die tiefsten Tiefen der Hölle.

Als das Geschoss sein Tempo verlangsamte, setzten auch ihre Gedanken wieder ein. Sie atmete ein paarmal tief ein und aus, dann war sie bereit für das Unbekannte. Ein dumpfes Scheppern, ein helles Quietschen, und der Fahrstuhl setzte auf. Die Türen glitten zur Seite.

Kühle, feuchte Luft schlug ihr entgegen. Elektrisches Deckenlicht erhellte den Tunnel. Ein Bergwerksstollen, im Ernst? Mehr konnten sich die Erbauer von Infernoland nicht leisten?

Als Gewinnerin der Castingshow hätte sie mit einem pompöseren Empfang gerechnet. Applaudierendes Publikum, ein roter Teppich, Fanfarenklänge – das ganze Programm. Stattdessen ein weiterer Gang, trister und deprimierender als alles davor.

Sie ließ den metallenen Käfig hinter sich und ging geradeaus. Die Lichter wiesen ihr den Weg. Von der gemauerten Decke tropfte Wasser. Kleine Rinnsale schlängelten sich über den Boden. Das Gestein wies an manchen Stellen eine glatte und geschmolzene Konsistenz auf. Als bestünde es aus Glas. Sie fuhr mit der Hand über die Oberfläche. Teufel noch mal, das *war* Glas. Schwarzes Glas, in Fachkreisen Obsidian genannt. Entstand unter extremer Hitzeeinwirkung in Vulkanen oder bei Meteoriteneinschlägen.

Nicht zum ersten Mal fühlte Hannah sich in die Vergangenheit zurückversetzt. Wasser, Obsidian, das Symbol einer Schlange – konnte das wirklich alles nur ein Zufall sein?

Der Gang endete. Vor ihr lag eine Kammer, die von mattem Licht erhellt wurde. Vielleicht dreißig oder vierzig Meter lang und schätzungsweise zehn Meter hoch. Geschmolzenes Gestein glänzte an den Seiten und über ihrem Kopf. Wobei die Decke den Eindruck machte, als wäre sie künstlich eingezogen worden.

WILLKOMMEN, MEIN KIND.

Die Worte hallten von den Wänden wider. Offenbar wollte jemand sichergehen, auch wirklich gehört zu werden.

»Ich bin nicht dein Kind«, sagte Hannah.

TRITT NÄHER, DAMIT ICH DICH BESSER SEHEN KANN.

Interessant, dass die Stimme weder männlich noch weiblich klang. Sie war nicht mal sicher, ob sie wirklich da war oder nur in ihrem Kopf existierte.

Sie schien ihren Ursprung in einer seltsamen Konstruktion im zentralen Punkt der Höhle zu haben. Auf einem Sockel, einer mesopotamischen Zikkurat nicht unähnlich, stand ein gewaltiger Altar, der offenbar aus einem einzigen, massiven Stück schwarzen Obsidian geschnitten worden war. Darin lag halbschalenförmig eingebettet ein amorpher Gesteinsbrocken, über dessen Außenseite unablässig Wasser strömte. Das Wasser stammte nirgendwoher, sondern entsprang direkt dem Gesteinsbrocken. Es plätscherte über Kanäle entlang des Altars und wurde mittels Rinnen in den hinteren Teil der Höhle abgeleitet. Dort schimmerte ein schwarzer See.

Hannah fiel es wie Schuppen von den Augen. Jetzt konnte es keinen Zweifel mehr geben. »Heiliger Moses«, flüsterte sie. *»Du bist es.«*

ICH FREUE MICH, DASS DU DICH AN MICH ERINNERST.
LEIDER ERINNERE ICH MICH NICHT AN DICH.

Sie runzelte die Stirn. »Wenn du dich nicht an mich erinnerst, wie kommt es dann, dass du von mir weißt?«

ICH HABE DICH ERWARTET.

Sie runzelte die Stirn. Wer immer da zu ihr sprach, er gefiel sich offensichtlich darin, in Rätseln zu sprechen.

Hannahs Gedächtnis hingegen funktionierte gut. Sie erinnerte sich an ihr Abenteuer mit der Medusa. An den seltsamen Stein, den sie gefunden und der so viel Aufregung verursacht hatte.

»Du warst kleiner damals«, sagte sie. »Ich habe dich in einem Brunnen im Tassili N'Ajjer versenkt. Wie kommt es, dass wir uns hier wiederbegegnen?«

Jetzt sprach sie schon mit einem Stein. *Verrückt.*

Ein Lachen erklang. Das Lachen des Geistes in der Flasche.

NICHT ICH WAR ES, DEM DU DORT BEGEGNET BIST,
DAS WAR NUR EIN TEIL VON MIR. EIN WICHTIGER TEIL.
ER NENNT SICH *DER SCHLÜSSEL.*

Der Schlüssel?

Das hatte sie schon mal irgendwo gehört. Nein, vielmehr gelesen. In den Aufzeichnungen von Professor Hammadi. Kurz bevor er sich und seinen Sohn Hasan umgebracht hatte.

»Wer bist du?«

ICH BIN DER URSPRUNG – DIE QUELLE.
DU DARFST MICH *DER SUCHER* NENNEN.

Der Sucher. Es war verrückt, was dieser Name an Erinnerungen in ihr auslöste. Die Bilder brandeten wie eine Flutwelle über sie herein. Der Fund der Medusenskulptur in der algerischen Sahara, ihre Spurensuche im Niger, die Entdeckung des unterirdischen Tempels, die Geschichte von dem versunkenen Volk – all das war plötzlich wieder da.

HAST DU DAS, WORUM ICH DICH GEBETEN HABE?

Hannah fuhr auf. »Du hast mich um nichts gebeten.«

Sie spürte, wie sie wieder von dieser Kraft gepackt wurde. Genau wie im Limbus. Wie in einem Traum stieg sie die Stufen empor und ging auf den Altar zu. Der Brocken war riesig. Halb eingegossen in schwarzes Glas, maß er gut und gerne drei Meter. Verglichen mit ihm, war das Objekt, das sie im Niger gefunden hatten, ein Winzling.

DER SCHLÜSSEL. BRING IHN MIR.

Die Oberfläche dieses Dings entzog sich ihrem Blick. Es glänzte wie Silber, veränderte aber fortwährend seine Struktur, so dass das Auge keinen konkreten Anhaltspunkt fand. Trotzdem schien es fest zu sein. Fest und unglaublich schwer.

Hannah erinnerte sich an das Gewicht des kleineren Exemplars. Schon damals hatte sie sich gewundert, wie etwas so Kleines so viel wiegen konnte.

»Wer bist du?«, fragte sie. *»Was bist du?«*

ICH BIN DER SUCHER.

»Wonach suchst du?«

NACH DIR.

»Und warum?«

UM WIEDERZUFINDEN, WAS EINST VERLOREN WAR.

Hannah runzelte die Stirn. Das Gespräch verlief im Kreis.

Nicht, dass sie eine Vorstellung davon gehabt hätte, was sie finden würde, aber sie hatte irgendwie damit gerechnet, einer realen Person gegenüberzustehen. Einem Dämon, einem Monster, irgendetwas. Stattdessen sprach sie mit einem Stein.

»Ich weiß nicht, wie ich dir helfen kann«, flüsterte sie.

BERÜHR MICH.

»Ich …«

BERÜHR MICH.

»Du hast meine Familie und meine Freunde auf dem Gewissen …«

ICH WERDE DICH BESTRAFEN,
WENN DU NICHT TUST,
WAS ICH SAGE!

Die Stimme hallte von den Wänden wider. Hannah zuckte zusammen, aber sie behielt die Fassung. Der Wutausbruch war eher belustigend.

Sie schüttelte den Kopf. »Wenn du glaubst, mich würde dein Geschrei beeindrucken, dann täuschst du dich. Du hast keine Macht über mich. Du hast alle getötet, die mir lieb und teuer waren. Mir das Leben zu nehmen, wäre ein Segen, keine Strafe.«

DANN SIND WIR SCHON ZWEI.

Hannah presste die Lippen zusammen. Sie erinnerte sich noch gut daran, wie sie damals das erste Exemplar berührt hatte. Nicht unbedingt die angenehmste Erfahrung. Aber wenn es dabei half, diesen gordischen Knoten zu lösen, sollte es ihr recht sein.

»Wenn ich deinem Wunsch entspreche, dann nicht, weil du mich dazu zwingst, sondern weil ich dafür eine Gegenleistung erwarte. Ich will Antworten.«

BITTE BERÜHR MICH.

Hannah hob ihr Kinn. Eine Bitte?

Tief in ihrem Inneren erklang eine kleine Stimme, die ihr sagte, dass vielleicht doch noch nicht alles vergebens war. Eine Stimme, die von Hoffnung und Erlösung sprach.

Sollte sie es wagen?

Was hatte sie schon zu verlieren?

»Einverstanden«, murmelte sie und stieg die Stufen empor. »Ich tue, was du sagst. Aber vergiss nicht, was ich von dir verlangt habe.« Sie trat vor, streckte den Arm aus und legte ihre Hand auf den Stein.

60

Tassili N'Ajjer, Sahara, zehn Jahre zuvor ...

»Nur ein Meteorit, glaubst du? Es ist viel mehr als das. Es handelt sich um das wertvollste Stück Stein, das jemals vom Himmel gefallen ist.«

»Emissionen einer Art, wie sie noch nie zuvor gemessen wurden. Wir wissen nicht, wie sie hervorgerufen werden, nur, dass sie einen Einfluss auf die menschliche Psyche haben.«

»Der gewaltige Sprung in der Nanotechnologie, den wir in den letzten Jahren erleben, beruht zum großen Teil auf den Erkenntnissen, die wir mit Hilfe dieser Bruchstücke erlangt haben.«

»So paradox es klingen mag, in den Splittern scheint eine Art Botschaft zu stecken. Wir wurden sogar über den Ursprungsort des Materials informiert. Exakte Sternenpositionen, Entfernungen und so weiter.«

»Nachdem sich die Menschen das Paradies auf Erden geschaffen hatten, haben sie sich umgebracht. Die letzten Überlebenden haben den Stein dann unter der Erde versteckt, in der Hoffnung, dass er nie gefunden wird.«

»Was immer das für ein Zeug ist, es verwandelt Menschen in willenlose Geschöpfe.«

»Ein Samenkorn, ausgesandt, um die Erde zu befruchten.«

»Hannah?«

»Ja?«

Dialogfetzen schwirrten ihr im Kopf herum. Worte, die sie vor langer Zeit gesprochen hatte. Oder war es eben erst gewesen? Sie schlug die Augen auf.

Da stand er, lächelte sie an.

John!

Gut sah er aus. Jung. So, wie er vor über zehn Jahren ausgesehen hatte. Hannah spürte ihr Herz in der Brust hämmern. Ihre Atmung ging flach. Wie war das möglich?

Sie sah an sich hinab und stellte fest, dass sie selbst ebenfalls jünger geworden war. Sie war schlanker. Die Haut an ihren Händen war braungebrannt und hatte deutlich weniger Falten. Sie hielten eine Holzbox umklammert, die mit wertvollen Intarsien geschmückt war.

Kores wertvolle alte Schatulle! *Mein Gott!* Sie kannte diesen Ort. Hier hatte ihr Abenteuer der Medusa ihr Ende genommen. Oder war es gar kein Ende gewesen? Vielleicht war es ein Anfang.

Steil aufragende Felsen umgaben sie. Ein perfektes Rund aus rötlichem Sandstein. Eine uralte Zypresse, ein grob gemauerter Brunnen, darüber der gnadenlos blaue Himmel der Sahara. Der letzte Ruheplatz des Meteoriten, den sie im Tamgak gefunden hatten. Nachdem sie die Schatulle im Brunnen versenkt hatte, war sie nie wieder dorthin zurückgekehrt.

Bis jetzt! Aber wie war sie hierhergeraten?

»Ich fühle mich nicht stark genug, die Kugel gegen den

Rest der Menschheit zu verteidigen.« Die Worte kamen wie von selbst aus ihrem Mund. »Ich werde dafür sorgen, dass sie wieder in Vergessenheit gerät.«

War sie das, die das sagte? War das ihre Stimme? Sie klang so anders. Höher und jünger.

John hob eine Braue. »Aber was willst du tun? Du willst das Auge doch nicht etwa …?«

»Doch, genau«, sagte Hannah. »Ich werde genau das tun, was Kore von mir verlangt hat. Und zwar hier und jetzt.«

Sie trat an den Brunnen und hielt die Schatulle über die Öffnung.

Der Schlüssel. Bring ihn mir.

Hannah erstarrte. Sie war so erschrocken, dass sie um ein Haar die Schatulle fallen gelassen hätte. Sie trat einen Schritt nach hinten und brachte den Schatz in Sicherheit – weg von dem Abgrund. Das Herz schlug ihr bis zum Hals. Sie blickte auf die wertvolle Holzkiste. Konnte es sein, dass dies der Schlüssel war, von dem der Sucher sprach? War es möglich, dass er sie durch die Zeit zurückgeschickt hatte, um ihn zu holen? Wenn ja, dann hatte sie gerade den Lauf der Geschichte verändert. Der Stein war nicht in der Tiefe versenkt worden. Das uralte Heiligtum der Tuareg war nicht an seinen Ursprungsort zurückgekehrt. Kein Wasser für die Wüste.

Während sie noch darüber nachdachte, löste sich die Szene auf und explodierte in einem Strudel von Farben, Rauschen und Glockenläuten …

… und sie stand wieder in der Höhle.

Die Schatulle befand sich immer noch in ihren Händen.

DER SCHLÜSSEL. BRING IHN MIR.

Sie rührte sich nicht. Es ging nicht. Die Erinnerungen waren zu intensiv. Mit zitternden Fingern öffnete sie den Holzdeckel. Was immer das gerade gewesen war, es hatte ihren Gleichgewichts- und Orientierungssinn gehörig durcheinandergebracht. Wo war sie hier noch mal?

HANNAH …

Richtig. Die Höhle. Der Sucher.

»W… was ist geschehen? Bin ich …?«

SPÄTER.

Sie sah zu dem Gesteinsbrocken hinüber. Die Turbulenzen auf seiner Oberseite hatten zugenommen. Ein Strudel kosmischen Metalls.

Sie hob die Schatulle. »Das Auge. Ist das der Schlüssel?«

BRING IHN MIR.

Ein dünner, tentakelartiger Fortsatz wuchs aus der Oberfläche des großen Brockens heraus und verband sich mit dem Objekt in der Schatulle. Die beiden Stücke wirkten mit einem Mal überhaupt nicht mehr gesteinsartig, sondern vielmehr wie lebende, atmende Organismen. Sie verschmolzen miteinander, wurden eins. Was war das? Kosmischer Sex?

Wellenförmiges Zucken und Flimmern lief über die Oberfläche. Der Brocken in der Schatulle wurde zusehends kleiner. Er löste sich auf, tanzte und zuckte, bis er komplett zum größeren hinübergewandert war.

Hannah starrte in die leere Schatulle. Ein winziger Vers aus dem Koran war auf ihrem Boden eingeritzt.

Am Tage des Jüngsten Gerichts wiegt nichts schwerer in der Waagschale des Gläubigen als ein guter Charakter.

»Sucher?«

Keine Reaktion.

»Sucher, ich rede mit dir.«

Der Brocken schwieg.

Hannah hatte keine Lust, länger zu warten. Sie hatte ihren Teil der Abmachung eingehalten, jetzt war es an ihm, sein Wort zu halten. Sie ging zu ihm, streckte die Hand aus und stellte den Kontakt her.

61

Sie war vorbereitet.

Als es so weit war, wurde sie von der Macht der Gefühle jedoch beinahe aus den Schuhen gehoben. Die Emotionen und Erinnerungen fluteten nur so durch sie hindurch. Es war, als hätte sie in eine Steckdose gefasst, als würden zehntausend Volt ungebremster Energie durch ihre Fingerspitzen rauschen. Wie schon bei ihrem ersten Kontakt sah sie sich selbst wieder in eine Kugel gesperrt durchs Universum rasen.

Zeit, Ort, Raum – das alles spielte keine Rolle mehr. Sie war hier, gleichzeitig aber an unzähligen anderen Orten. Orten, die sie noch nie zuvor gesehen hatte und die in ihrer Fremdartigkeit faszinierend und erschreckend zugleich wirkten. Donnernder Wind schlug ihr entgegen. Eine Sinfonie aus Gefühlen und Erinnerungen brauste in ihren Ohren. Funken stoben ihr entgegen, wurden heller und heller, bis sie es irgendwann nicht mehr ertrug und die Augen schloss ...

... und die Verbindung kappte.

Keuchend und mit rasendem Puls wankte sie zurück. Der Stein war nicht länger ein Stein. Zusammengekrümmt, wie ein Fötus im Mutterleib, lag ein durchscheinender, menschlicher Körper in der Vertiefung. Sein Inneres schien aus Dutzenden von Galaxien zu bestehen, die einander umkreisten und die Dunkelheit mit Licht erfüllten.

Das Wesen streckte sich aus, schwang seine Beine über

den Rand der Schale und erhob sich von dem Altar. Groß, schlank und erhaben sah es aus. Wie ein Gott. Mit ausgebreiteten Händen trat es auf Hannah zu.

»Ich hoffe, mein Anblick erschreckt dich nicht. Ich habe eine Form gewählt, von der ich hoffe, dass sie dir vertraut ist. Wenn du magst, kann ich auch eine andere …«

»Die Form ist in Ordnung. Und auch deine neue Stimme.«

Ein kurzes Lachen erklang.

Humor, tatsächlich?

»Du hast mir geholfen. Dafür danke ich dir.«

Noch immer war nicht zu erkennen, ob das Wesen männlicher oder weiblicher Natur war, aber das war vermutlich unerheblich. Jedenfalls sprach es jetzt deutlich sanfter und angenehmer. Hannah hielt dennoch einen gewissen Sicherheitsabstand ein.

»Wer bist du?«

»Ich bin Der Sucher.«

»Und was ist deine Bestimmung?«

»Ich wurde ausgesandt, nach fremdem Bewusstsein zu suchen. Ich bin ein Suchender.«

»Und da bist du ausgerechnet auf der Erde gelandet? Gab es keinen anderen Ort, bei dem die Suche erfolgversprechender gewesen wäre?«

Wieder erklang dieses trockene Lachen. *»Stellt euer Licht nicht unter den Scheffel. Ihr Menschen seid vielleicht nicht die Klügsten, aber ihr seid neugierig. Und Neugier ist per Definition das Merkmal von Intelligenz. Sogar noch im Tode seid ihr bereit, das letzte Mysterium zu lösen. Ihr seid Forscher und Entdecker – genau wie wir. Auch wenn wir etwas langlebiger sind.«*

Hannahs Furcht begann zu bröckeln. Sie betrachtete das Wesen mit wachsender Faszination. Wenn man genau hinsah, konnte man auf seiner Außenhülle immer noch die gesteinsartige Struktur erkennen. Sein Inneres aber bestand aus Licht. Ein unglaublicher Anblick.

»Wie lange bist du schon hier?«

»Zehntausend Erdenjahre.«

»Zehn…?« Hannah klappte der Unterkiefer runter.

»Hier, in diesem Erdloch? Was ist geschehen?«

»Etwas ging schief«, sagte der Sucher. *»Auf meiner Reise wurde ich von einem Meteoriten oder etwas Ähnlichem gerammt. Ich verlor die Kontrolle. Ein Stück von mir brach ab und landete irgendwo anders. Ein wichtiges Stück. Es enthielt sämtliche Informationen über meine bisherige Reise. Ursprung, Ziel, Navigationspunkte – alles. Nur wenige Augenblicke später berührte ich die Erdoberfläche.«*

»Was geschah dann?«

»Ich befand mich in einem Krater – hilflos. Ich wusste nicht, wo ich war, wer ich war und welche Bestimmung ich hatte. Sämtliche Erinnerungen bis zu diesem Augenblick waren verlorengegangen.«

»Amnesie.«

Zwei kleinere Sternensysteme, die vermutlich Augen darstellen sollten, hefteten sich auf Hannah. »Der Ausdruck für Gedächtnisverlust in unserer Sprache«, erläuterte sie. Sie atmete jetzt ruhiger. »Wie kommt es, dass du unsere Sprache sprichst?«

»Sprache? Dieses Konzept existiert nicht für mich. Ich benutze die reine und unmissverständliche Form der Kommunikation – Gedanken.«

Sie nickte. Deshalb das Gefühl, die Stimme wäre sowohl außen als auch innen. »Ich verstehe. Weiter.«

»Zuerst dachte ich, das Problem würde sich schnell lösen, bis ich merkte, dass auch meine Bewegungsfähigkeit verlorengegangen war. Ich war gelähmt. Sämtliche Informationen zu Motorik und Haptik waren verschwunden. Ich musste auf Hilfe warten …«

»Hat sicher lange gedauert.«

Eine Art Seufzen erklang. *»Ich wartete. Ich beobachtete den Wechsel von Tag und Nacht, den Wechsel der Jahreszeiten, die großen klimatischen Veränderungen. Das Land wurde braun, dann wurde es wieder grün. Die Hänge des Kraters bewaldeten sich. Dann kamen die ersten Menschen. Unbedarft wie Tiere kamen sie, berührten mich, sprachen mit mir. Doch helfen konnten sie mir nicht.*

Zeitalter vergingen. Das Land wurde wieder trocken, die Bäume starben. Immer noch kamen Menschen, von nah und fern. Sie bauten mir einen Altar und beteten zu mir. Sie verlangten, ich möge ihre Feinde besiegen, ihnen gegen die Dürre helfen, sie mit Wasser versorgen. Doch ich konnte nichts tun. Der Kodex verbot es mir. Daraufhin sperrten sie mich ein. Sie bauten einen Tempel zu Ehren ihres astralen Maschinengottes. Zahnräder und Sterne sollten meine Symbole sein. Doch was wie eine Stätte der Verehrung aussah, war in Wirklichkeit ein Gefängnis. Sie sperrten mich ein, verbannten mich auf den tiefsten Punkt des Kraters, bauten ein mehrgeschossiges Bauwerk über meinem Haupt und bedeckten es mit Erde, weil kein anderer mit mir Kontakt aufnehmen sollte. Es wurde dunkel um mich.«

»Klingt, als würde die Geschichte kein gutes Ende nehmen.«

»Um mich zu beschäftigen, flüchtete ich mich in Träume. Was blieb mir anderes übrig? Ein Verstand braucht Ablenkung, um nicht wahnsinnig zu werden. Ich erschuf Welten in meinem Geist, die ich durchstreifen konnte. Welten, geboren aus all den Dingen, die ich während meines Aufenthaltes auf dieser Welt gesehen hatte.

Mir war bewusst, dass es nur Illusionen waren, aber es war etwas, an das ich mich halten konnte. Ich gebar meine Träume aus den Gedanken der Menschen. Ich sah die Welt mit ihren Augen, versuchte zu verstehen, was sie antrieb. Doch eure Gedanken sind von Abgründen getrieben. Die Träume waren voller Blut und Gewalt. Zwietracht und Hass wurden meine ständigen Begleiter. Was ich empfing, spiegelte ich zurück – um ein Vielfaches verstärkt. Ich vergiftete das Land mit meinen Gedanken, schickte Bruder gegen Bruder und ließ mächtige Königreiche zu Staub zerfallen.«

Hannah schüttelte den Kopf. Sie wusste nicht, ob sie alles verstand, was das Wesen ihr erzählte.

»Kores Brunnen«, sagte sie, »die Zypresse – war das ebenfalls ein Traum?«

»Ja. Gleichzeitig war es die Wirklichkeit.«

»Das verstehe ich nicht. Es schien so real ...«

»Es war real.«

Sie hob den Kopf. »Wie ist das möglich?«

»Raum und Zeit bilden für mich eine Einheit. Sie werden aus ein und derselben Quelle gespeist. So wie die Schwerkraft. Auch wenn der Gravitation nur eine schwache Kraft innewohnt, so ist sie doch die einzige Kraft im Universum, die die Geometrie des Raumes zu ändern vermag.«

Hannah sah das Wesen aufmerksam an. »War es das, was

zu den Ausfällen der Geräte geführt hat? Die Veränderung des Raumes?«

Das Wesen nickte. *»Das Besondere ist, dass diese Wellen sowohl Raum als auch Zeit zu durchdringen vermögen. Ich kann auf ihnen gleiten, wie ihr über Wasser. Wer die Schwerkraft beherrscht, dem ist es vergönnt, sich zwischen den Dimensionen zu bewegen.«*

»Wie?«

»Wenn ich in der Zeit vorwärtsreise, ist es, als würde ich einen Berg erklimmen. Reise ich rückwärts, steige ich in ein Tal hinab.«

»Deine Träume hatten Auswirkungen auf die Umgebung«, sagte Hannah. »Die Menschen liegen deinetwegen seit Jahrtausenden im Krieg.«

»Ich hatte Gründe dafür, zornig zu sein.«

»Zornig auf Unschuldige? Deine Träume haben tausendfaches Leid über die Menschen gebracht.«

»Kann man einen Träumer für seine Träume verantwortlich machen? Aber wenn es dich tröstet – ich werde nicht mehr lange hier sein.«

Hannah blieb stehen und sah den Besucher aufmerksam an. So langsam setzte sich das Bild zusammen. »Woher wusstest du, dass ich es war, die das Auge damals gefunden hat?«

»Ich wusste es nicht. Seit vielen tausend Jahren schon versuche ich herauszubekommen, was mit dem Schlüssel passiert ist. Lange geschah nichts, doch eines Tages empfing ich etwas. Radiowellen. Ihr Menschen hattet die drahtlose Kommunikation erfunden. Endlich erfuhr ich, was draußen los war in der Welt. Ich hörte von einem merkwürdigen Fund in deiner Gegend,

die ihr Sahara nennt. Ich extrapolierte die Richtung und stellte fest, dass die Chance bestand, dass der verlorene Datenspeicher dort heruntergekommen war. Also forschte ich nach weiteren Informationen. Ich scannte eure Funknetze, eure Frequenzen – alle Daten, die mir zur Verfügung standen. Doch es war schwierig. Jemand versuchte zu verhindern, dass etwas von dem Fund an die Öffentlichkeit kam. Die Verschleierung machte die Sache nur noch interessanter für mich. Und dann hörte ich zum ersten Mal deinen Namen.« Das Geschöpf richtete sich auf. *»Seit diesem Moment habe ich nach dir gesucht.«*

»Was ist der Schlüssel?«

»Du hast ihn berührt. Was hast du gesehen?«

»Alles.«

»Dann kennst du die Antwort. Der Schlüssel ist mein Gedächtnis – meine Seele. Alles, was ich erkundet habe, meine gesamte Reise, ist dort dokumentiert. Ohne ihn ist die Rückreise unmöglich. Er enthält sämtliche Informationen, die ich für meine Kalkulationen benötige.«

Hannah deutete im Kreis. »Und dieses Bauwerk? Wie viel von dem, was wir erlebt haben, war real? Und wieso ausgerechnet Dante?«

»Wer ist Dante?«

»Dante Alighieri. Ein römischer Dichter und der Erschaffer der Göttlichen Komödie. Du hast dich ja ziemlich ausgiebig bei ihm bedient.«

Ein kurzer Moment des Schweigens, dann eine Art Räuspern.

»Du scheinst noch immer nicht zu verstehen. Was ihr gesehen – was ihr erlebt – habt, waren eure eigenen Gedanken.

Materialisiert durch meine Träume. Ich bin die Projektionsfläche, die eure innersten Gedanken Wirklichkeit werden lässt. Sehr interessantes Konzept übrigens, diese neunstufige Unterwelt. Sie hat mich viel über euch Menschen gelehrt.«

»Moment mal«, sagte Hannah. »Willst du damit andeuten, wir hätten das alles selbst erschaffen?«

»Das Konzept einer stufenförmigen Unterwelt scheint im kognitiven Bewusstsein der Menschheit verankert zu sein. Ihr alle wusstet darüber Bescheid und habt sie für selbstverständlich genommen. Es sieht so aus, als lieferte euch dieses Konzept einen Leitfaden ethischer und moralischer Grundsätze, der euch durch das Labyrinth eurer Verfehlungen führt. Ich konnte die Gedanken bei euch abrufen und die Räume entsprechend gestalten. Um ehrlich zu sein, ihr seid eine ziemlich amüsante Spezies.«

»Und warum die Tests? Warum mussten so viele von uns sterben?«

»Der Tod ist nur ein Portal. Nichts geht verloren. Aber ich bin nur ein Katalysator. Die Prüfungen stammten allesamt aus eurer Feder, ich war nur derjenige, der ihnen eine materielle Form gegeben hat.«

»Willst du damit sagen, wie haben das alles selbst erschaffen, waren uns dessen aber nicht bewusst?«

»Träume sind eine Schizophrenie des Geistes.«

»Was sagst du da?«

»Es ist so. Ein Teil des Gehirns erschafft diese Traumwelten, während ein anderer sie durchlebt und durchleidet. Wie ich feststellen konnte, geht es bei euch Menschen in den meisten Fällen um Tod, Verlust, Liebe und Sex. Ihr lebt in einem selbst konstruierten Gefängnis aus animalischen Trieben und Schuldbewusstsein. Träume sind für euch der einzige Weg, sie zu verarbeiten.«

»Aber die Welten, die wir durchschritten haben, waren echt. Sie waren keine Illusion.«

»So echt wie alles andere, was euch umgibt. Ich greife Ideen und Gedanken auf und gebe ihnen Gestalt. Ich bin ein weißes Blatt, auf das ihr Menschen eure seelischen Abgründe malt. Nimm zum Beispiel diesen selbsternannten Gotteskrieger Jafar. Er hat sich dermaßen in seinen Glauben verrannt, dass ihm sein Gewissen und seine Scham am Schluss das Leben gekostet haben. Oder diesen Mann namens Stromberg. Er glaubte an Regeln und Gesetze – nur nicht für sich selbst. Seine Sünde war die Maßlosigkeit. Oder Rebecca van Campen, die ihre Fremdenfeindlichkeit niemals mit ihrem unbändigen sexuellen Verlangen nach dunkler Haut in Einklang bringen konnte. Oder Zarif, der mit seiner Sorge um seine Familie in Wirklichkeit nur seine Gier nach Reichtum und Wohlstand zu kaschieren versuchte. Oder Leslie Rickert, deren tiefsitzende Verdrossenheit in Zorn und schließlich in den Tod mündete.«

Hannah war fassungslos. »Was ist mit John? Wieso dieser Sprung ins Leere? Er war kein gläubiger Mensch.«

»Da täuschst du dich. Obwohl er sich das selbst nicht eingestehen wollte, glaubte er an Wunder. Er nahm dieses Dilemma mit in sein Grab. Khalids Trauer und Enttäuschung hingegen mündeten in Gewalt. Eine Gewalt, die ausgereicht hätte, den ganzen Planeten in Flammen aufgehen zu lassen. Und dann ist da natürlich noch deine Tochter Leni.« Der Sucher machte eine Pause, in der er seine Gedanken zu sortieren schien. *»Sie ist von allen Probanden die Interessanteste. Geistig steht sie weit über dir. So weit, wie eine Mutter über ihrer Tochter steht – mit allen Konsequenzen.«*

»Von welchen Konsequenzen sprichst du?«

»Der Lüge. Eltern lügen ihre Kinder an. Tausendfach, jeden Tag. Das haben sie immer schon getan. Gleichzeitig fordern sie von ihrem Kind absolute Ehrlichkeit. Lenis Verrat an dir war die Lüge eines Erwachsenen gegenüber seinem Kind. Gut gemeint, gleichsam falsch, verwerflich und inkonsequent, so wie eure gesamte Spezies.« Der Sucher breitete die Arme aus. *»Wie du siehst: Ich habe eurer Sehnsucht nach Vergebung eine Form gegeben. Die Wahrheiten des Menschen sind die unwiderlegbaren Irrtümer.«*

»Nietzsche?« Hannah starrte das Wesen an. »Du hast meine Freunde getötet. Oder war ihr Tod vielleicht nur eine Illusion und sie leben noch?«

Das Wesen schüttelte den Kopf. *»Wenn ein Verstand bis in den hintersten Winkel seines Unterbewusstseins davon überzeugt ist, tot zu sein, dann stirbt er. Und mit ihm der Körper. Das ist ein Naturgesetz. Es gilt für jede Form von Leben, auch außerhalb dieses faszinierenden Planeten.«*

»Dann sind sie also wirklich tot, und es gibt es keine Hoffnung?«

Das Wesen zögerte. *»Ja und nein.«*

»Wie meinst du das?«

»Vergiss nicht, ich beherrsche sowohl Raum als auch Zeit. Ich habe dich bereits einmal durch die Dimensionen geschickt. Das kann ich wieder tun, wenn du es wünschst. Ich bringe dich, wohin du willst. Du brauchst nur die Hacken deiner silbernen Schuhe dreimal zusammenzuschlagen.« Ein Lächeln erschien zwischen den Sternen. *»Diesmal allerdings ohne Rückfahrschein. Denn wenn du zurückkehrst, werde ich fort sein.«*

Hannah runzelte die Stirn. »An jeden Ort, zu jeder Zeit?«

Ein Nicken.

»Und wenn du fort bist, wird es hier wieder friedlicher werden?«

»Das hängt von euch ab. Zumindest gibt es keinen Grund mehr, aufeinander wütend zu sein. Ob das jedoch ausreicht ...« Das Wesen zuckte in einer Imitation menschlicher Gebärdensprache mit den Schultern. *»Was ist? Willst du?«*

»Ich brauche noch etwas Zeit, ich lasse mir die Sache gerade durch den Kopf gehen. Ich will keine voreiligen Entscheidungen treffen. Vielleicht kannst du mir in der Zwischenzeit noch etwas zu dem Turm sagen. Was befindet sich wirklich in diesem Gebäude? Gibt es überhaupt einen Turm unter der irakischen Wüste?«

Das Wesen lachte. *»Wieder eine sehr menschliche Geschichte. Willst du sie hören?«*

»Ich habe gerade nichts anderes vor.«

»Ich weiß, wie sehr dich die Historie deiner Spezies interessiert, ich kann es in deinen Gedanken lesen. Aber wenn du hoffst, hier etwas zu finden, was deinen Ruhm und dein Ansehen vermehren könnte, so muss ich dich enttäuschen. Gaumata und seine neun Architekten waren Schwindler. Der Turm wurde in seinen Grundzügen zwar angelegt, aber nie fertiggebaut. Er ist nur ein Rohbau. Er endet neun Stockwerke unter dem großen Portal, und zwar genau in dieser Kammer hier.«

»Was wurde aus den Baumeistern?«

»Die neun Lügenkönige wurden als Betrüger entlarvt. Sie wurden verfolgt und hingerichtet. Eine unspektakuläre Angelegenheit. Aber ein passendes Ende für diese Geschichte, findest du nicht?«

»Wurden sie wirklich so alt?«

»In der Tat. Der Kontakt mit mir scheint lebensverlängernd zu wirken. Vielleicht trifft das auch auf dich zu.«

Hannah versank in Schweigen. Die neun Baumeister hatten das Geld genommen und waren verschwunden. Wahrlich eine passende Auflösung zu dieser Geschichte. Nicht Gott hatte dem Bau Einhalt geboten, sondern die Menschen selbst. Ihre Gier nach Ansehen, Macht und Geld, ihr ständiges Bestreben, den anderen übers Ohr zu hauen. Und das nur, um sich selbst einen kleinen Vorteil zu verschaffen. Deprimierend. Ob sich die Menschheit wohl jemals weiterentwickeln würde?

»Nun, hast du dir schon überlegt, wohin du möchtest?«

Sie schrak aus ihren Gedanken auf. »Was?«

»Ob du weißt, wohin du möchtest.«

»Ich glaube schon, ja.«

»Wie gesagt: Es gibt keine Möglichkeit zur Umkehr.«

»Das weiß ich. Und ich bin mir sicher, dass ich Ort und Zeit richtig gewählt habe.« Sie hob den Kopf. »Kannst du es in meinen Gedanken erkennen?«

»Das kann ich.«

»Gut«, sagte sie und lächelte. Zum ersten Mal seit ewiger Zeit hatte sie das Gefühl, doch noch alles zu einem guten Ende zu führen. Vorausgesetzt, sie hatte keinen Fehler gemacht. Aber war Geschichte nicht immer eine Verkettung von Fehlern? Und trotzdem hatte es sie bis an diesen Punkt geführt. Wovor also fürchtete sie sich?

»Gut«, sagte sie und schloss die Augen. »Dann lass uns beginnen.«

62

Badiyat al-Jazira, Nordirak …

Hasan Hammadi drehte das Radio ein bisschen lauter. Er hatte ein paar Minuten Pause, um zu essen, zu trinken und sich zu erholen. Sein Vater arbeitete in der Tempelkammer nebenan.

Die Aufregung über den spektakulären Fund steckte ihm immer noch in den Knochen. Ein unterirdischer Tempel. Was für eine sensationelle Entdeckung!

Die Stimme der englischen Reporterin Leslie Rickert war über das Rauschen hinweg nur schwer zu verstehen. Hasan lauschte gebannt. Wenn er das richtig begriff, hatten irakische Regierungstruppen in Zusammenarbeit mit den kurdischen Peschmerga einen entscheidenden Schlag gegen die IS-Milizen im Dschabal Sindschar erzielen können. Bei den Aktionen, die wohl noch andauerten, waren ein ranghoher Führer der Terrorbrigaden, ein gewisser Khalid al-Aziz, sowie sein geistiger Ratgeber Jafar Saleh Mutlak und etliche Offiziere festgenommen worden. Der Nachrichtensender al-Jazeera sprach von einem der wichtigsten Erfolge im Kampf gegen den Terrorismus seit Jahren. Eine Nachricht, die Hasan Mut machte und ihn hoffen ließ, dass es hier bald wieder friedlicher zugehen würde. Wohin man schaute, gute Nachrichten.

Er aß einen letzten Bissen, spülte ihn mit Wasser hinunter und wollte gerade zurück zu seinem Vater gehen, als er ein Motorengeräusch hörte.

Alarmiert sprang er auf. Eigentlich durfte niemand wissen, dass sie hier waren. Sie gruben ohne Genehmigung, und das war im irakischen Staat ein schweres Verbrechen.

Er umrundete ihr kleines Zelt und sah das Auto pfeilgerade auf sie zukommen. Fast so, als wüssten sie genau, wo sie zu finden waren.

»Baba?« Seine Stimme klang hoch und schrill. »Da kommt jemand.«

Professor Ahmad Hammadis Kopf tauchte aus dem Loch auf.

»Du hast gerufen?«

»Da drüben, Baba. Ein Auto.«

Die Augen des Professors wurden zu Schlitzen. »Himmel, du hast recht. Wer mag das sein?«

»Ist doch egal. Vielleicht Regierung. Sie dürfen uns hier nicht sehen. Schnell, wir müssen die Steinplatte wieder in Position ziehen und die Spuren verwischen.«

»Dafür ist es zu spät. Sie haben uns bereits gesichtet.«

Das Auto gab Signale mit der Lichthupe und verlangsamte seine Fahrt.

Hasan überlegte, ob er den Karabiner aus dem Zelt holen sollte, doch sein Vater durchschaute seinen Plan und hielt ihn zurück.

»Lass gut sein«, sagte der Professor. »Es ist zu spät. Was geschieht, liegt nicht mehr in unserer Hand.«

Der schwarze SUV beschrieb einen Halbkreis, bremste ab und hielt etwa zehn Meter von ihrem alten Toyota entfernt. Die Beifahrertür öffnete sich, und ein alter Mann stieg aus. Er ging an einem Stock und bewegte sich langsam und vorsichtig. Auch die anderen Türen gingen jetzt auf.

Heraus kamen ein zweiter, jüngerer Mann sowie eine Frau und ein Mädchen. Die Frau trug irgendetwas in den Händen.

Hasan kniff die Augen zusammen. Das waren keine Regierungsleute, auch keine Soldaten oder Milizen. Es waren Europäer, vielleicht Amerikaner.

Mitglieder einer archäologischen Gesellschaft?

Er sah seinen Vater fragend an, als dieser einen Schrei ausstieß und den Fremden entgegenlief. *»Norman!«*

Der alte Mann breitete die Arme aus, und die beiden begrüßten sich auf das herzlichste.

»Ahmad! Wie schön, dich zu sehen. Wie geht es dir, mein alter Freund?«

»Gut, gut. Und selbst?«

»Die Gesundheit. Aber man wird halt nicht jünger, nicht wahr?« Die beiden alten Männer lachten und klopften sich gegenseitig auf den Rücken. Ahmad winkte Hasan zu sich herüber. »Komm her, mein Junge. Begrüße unseren Förderer und Wohltäter Norman Stromberg. Er hat das alles hier finanziert. Er war der Einzige, der all die Jahre an mich geglaubt hat. Zu Recht, wie sich jetzt herausgestellt hat. Norman, das ist mein Sohn Hasan.«

»Sehr erfreut.« Der Alte streckte Hasan die Hand hin.

Hasan erwiderte die Begrüßung. Stromberg lächelte. »Darf ich vorstellen? Das sind meine besten Leute: John Carter, Hannah Peters und ihre Tochter Leni. Eine Familie von Archäologen. Wir haben eine ziemlich weite Reise hinter uns. Uns ist zu Ohren gekommen, ihr wäret hier auf etwas Interessantes gestoßen. Wir wär's, Ahmad; willst du uns den Tempel nicht mal zeigen?«

Hasan merkte, wie sein Vater sich versteifte. Argwöhnisch kniff er die Augen zusammen. »Wir haben den Tempel erst gestern entdeckt. Woher wisst ihr …?«

Stromberg zwinkerte ihm zu. »Ich habe meine Ohren und Augen überall, das müsstest du doch wissen. Ich hörte auch, du wärst auf ein Portal gestoßen, das sich ohne einen gewissen Schlüssel nicht öffnen lässt?«

»Äh …«

»Wie es der Zufall so will, haben wir dir etwas mitgebracht. Hannah?«

Die Frau zog die Abdeckung von dem Kasten fort. Darunter befand sich ein mechanisches Wunderwerk, das entfernt an eine Nähmaschine erinnerte.

Stromberg lächelte. »Der Mechanismus von Antikythera. Mit ihm sollte es möglich sein, die Pforte zu öffnen.« Sein Grinsen wurde breiter. »Und ehe du dir Sorgen machst, Ahmad, ja, diese Grabung ist legal. Ich habe die nötigen Papiere, Freigabescheine und Genehmigungen bei mir. Dies ist ab sofort ganz offiziell deine Grabungsstelle. Was ist, willst du uns nicht ein bisschen durch die heiligen Hallen führen?«

Ahmad nickte wie in Trance. Hasan kannte seinen Vater gut, aber er hatte ihn noch nie so verblüfft gesehen.

»Aber ja«, stammelte der Professor. »Bitte folgt mir. Ich werde euch zeigen, was ich gefunden habe. Und ihr beantwortet mir hinterher ein paar Fragen, einverstanden?«

»So viele du willst, mein lieber Ahmad. So viele du willst.« Stromberg klopfte seinem Vater auf die Schulter.

Völlig geplättet stand Hasan da und lauschte den Worten der Besucher. Das Mädchen bewegte die Hände. Er sah, dass sie einen komischen, vielfarbigen Würfel in der Hand hielt. Als sie sein Interesse bemerkte, lächelte sie. »Das ist ein Rubikwürfel«, sagte sie. »Schon mal gesehen?«

»Ja«, erwiderte Hasan in holprigem Englisch. »Ich habe aber noch nie einen besessen.«

Ihr Lächeln wurde breiter. Mit einer geschickten Bewegung warf sie ihm den Würfel zu. »Dann gehört er dir. Ich brauche ihn nicht mehr.«

Während er noch verdutzt auf das Spielzeug starrte, ergriff das Mädchen die Hand ihrer Mutter, zog sie zu sich herunter und flüsterte ihr etwas ins Ohr.

Die Frau lachte, und es klang wie das Plätschern von Wasser. »Ich dich auch, mein Schatz. Ich dich auch.«

Danksagung

Es ist eine Wohltat, zu wissen, dass man sich als Schriftsteller auf die Hilfe guter Freunde verlassen kann. Besonders bei einem komplexen Roman wie diesem. Ganz herzlich möchte ich mich bei dem gesamten Knaur-Team für die ausgezeichnete Arbeit bedanken. Sind das wirklich schon zehn Jahre?

Im Einzelnen danke ich folgenden Personen:

– Carolin Graehl, meiner wunderbaren Lektorin bei Knaur.
– Meiner Außenlektorin, Birgit Förster.
– Meiner Kollegin Leila El Omari, für die Übersetzungen ins Arabische.
– Unseren Freunden Doris und Klaus Rübel, in deren Gesellschaft wir die Wunder des antiken Griechenland erradelt haben.
– Vernon Cook für seine Übersetzungen ins Englische.
– Meinem Agenten Bastian Schlück.
– Dietmar »007« Wunder.
– Heinrich Steinfest, mit dem es sich bei einem Glas Whisky wunderbar über Filme, Bücher und andere schöne Dinge des Lebens diskutieren lässt.
– Und last, but not least meiner wunderbaren Frau. Wie immer meine erste Leserin und Kritikerin. Bruni, ich liebe dich.